大方
sight

Empresas y tribulaciones de Maqroll el Gaviero

de

ÁLVARO MUTIS

马克洛尔的奇遇与厄运

〔哥伦比亚〕
阿尔瓦罗·穆蒂斯

轩乐／译

中信出版集团｜北京

图书在版编目（CIP）数据

马克洛尔的奇遇与厄运 /（哥伦）阿尔瓦罗 · 穆蒂斯著；轩乐译 . —北京：中信出版社，2022.9（2023.3 重印）

书名原文：Empresas y tribulaciones de Maqroll el Gaviero

ISBN 978-7-5217-3982-4

I. ①马… II. ①阿… ②轩… III. ①长篇小说–哥伦比亚–现代 IV. ① I775.45

中国版本图书馆 CIP 数据核字（2022）第 021153 号

马克洛尔的奇遇与厄运
著者：［哥伦比亚］阿尔瓦罗 · 穆蒂斯
译者：轩乐
出版发行：中信出版集团股份有限公司
（北京市朝阳区东三环北路 27 号嘉铭中心　邮编　100020）
承印者：当纳利（广东）印务有限公司

开本：710mm×1000mm 1/16　印张：43　字数：572 千字
版次：2022 年 9 月第 1 版　印次：2023 年 3 月第 2 次印刷
京权图字：01–2020–0472　书号：ISBN 978–7–5217–3982–4
定价：148.00 元

服务热线：400–600–8099
投稿邮箱：author@citicpub.com

我的朋友穆蒂斯

(中译本代序)

/加西亚·马尔克斯 著 李静 译

1993年8月25日，哥伦比亚波哥大

阿尔瓦罗·穆蒂斯七十大寿

哥伦比亚总统府纳里尼奥宫，加夫列尔·加西亚·马尔克斯在好友阿尔瓦罗·穆蒂斯七十大寿寿宴上的演讲，当时，总统塞萨尔·加维里亚授予穆蒂斯博亚卡十字勋章。2007年11月26日，在第二十一届瓜达拉哈拉书展上，哥伦比亚作为主宾国，前总统贝利萨里奥·贝坦库尔经坐在一旁的加西亚·马尔克斯同意，再次宣读该文章，向阿尔瓦罗·穆蒂斯致敬。

阿尔瓦罗·穆蒂斯跟我说好，绝不在公共场合谈论对方，好也不说，坏也不说，免得互相吹捧。然而，整整十年前，就在这个地方，就因为不喜欢我给他推荐的理发师，这好好的有益社会健康的约定生生被他撕毁。从那时起，我就一直伺机报复，今天这机会再好不过。

当时，阿尔瓦罗说起一九四九年，贡萨洛·马利亚里诺是怎样在恬静宜人的卡塔赫纳介绍我们俩相识的。我也一直以为那确实是我们的第一次见面，直到三四年前的一个下午，我听他随口聊了几句费利克斯·门德尔松，让我猛然回想起大学时光。

当时，我们几个同学没钱去咖啡馆学习，只好逃到波哥大国家图书馆鲜有人光顾的音乐厅。在下午那些屈指可数的听众里，我特别讨厌一个长着传令官的鼻子、土耳其人的眉毛、像水牛比尔一样身大脚小的人。他总是四点来，也总爱点门德尔松的小提琴协奏曲。四十年后，直到那天下午，在他墨西哥城的家中，我才突然认出他那洪亮的嗓门、孩子般的小脚、抖抖索索连斗大的针眼都穿不过去的双手。“真见鬼，”我垂头丧气地说，“那人居然是你！”

我唯一遗憾的是，旧恨难平，却不能秋后算账。时光无法倒流，毕竟，我们一起欣赏过那么多乐曲。因此，尽管学识渊博的他居然对波莱罗[1]没有丝毫感觉，我们也没有分道扬镳，还是朋友。

阿尔瓦罗干过各种各样奇怪的行当，遇险无数。十八岁那年，他在国家电台当主播，节目中随口胡诌了几句，被一个爱吃醋的丈夫听成给他妻子打暗号，提着枪在街角埋伏。后来，总统府一次正式活动，两位耶拉斯总统的名字被他弄混了，颠来倒去地叫了半天。再后来，身为公共关系专家，他却在慈善会上放错了电影。原本应向社会上广发善心的太太们播放一部反映孤儿生活的纪录片，却被他放成一部修女与士兵乱搞一气，还有个漂亮名字叫《种植橙树》的色情片。此外，他还在航空公司做过公关部主管，后来那家公司在最后一架飞机坠毁后关门大吉。他工作的时间都花在认尸、通报死者家属、接待媒体上。家属毫无思想准备，本以为喜事临头，开门一见是他，惨叫一声倒地。

后来的工作稍好了一些，为了从巴兰基亚的一家酒店搬出世界首富的华美遗体，他在街角的殡仪馆紧急采购了一具棺材，装好后立在员工电梯里运下楼。侍应生问棺材里装的是谁，他说是“主教大人”。他在墨西

1　拉美地区广受欢迎的一种舞曲。（本篇文章脚注均为译者李静注。）

哥的一家餐馆大声说话，邻桌的以为他是电视剧《铁面无私》里的沃尔特·温切尔[1]（阿尔瓦罗给他配过音），就扑上去要揍他。他在拉美推销了二十三年电影，行程加起来绕地球转了十七圈，依然本性不改。

而我最欣赏他的，是他教师般无私奉献的精神。他一心想做教师，却因为热衷台球这个不良嗜好，从未如愿。我所认识的作家中，没有谁像他那样关心他人，尤其乐于提携后辈。他煽动年轻人违背父命，投身诗歌，用禁书毒害他们，用巧舌迷惑他们，鼓励他们闯荡世界，坚信在这世上做一个诗人还不至于饿死。

这么难能可贵的品质，最大的受益人是我。我说过，是阿尔瓦罗带给我第一本《佩德罗·巴拉莫》[2]，还对我说："拿着，好好学学。"他没想到，这么做等于自掘坟墓。读完胡安·鲁尔福，我不仅学会用另一种方式写作，还总备个故事，专用来搪塞别人。写《百年孤独》的时候，我的这种自救方式，绝对的受害人恰恰又是阿尔瓦罗·穆蒂斯。那十八个月里，他几乎夜夜登门，让我跟他说写了什么。尽管我说的是另一个故事，但依然能从他的反应中获得启发。他兴致勃勃地听，添油加醋地四处宣扬。之后，他的朋友们又把他讲的故事讲回给我听，我从中又汲取了不少养分。初稿完成后，我送到他家。第二天，他怒气冲冲地给我打电话。

"您让我在朋友面前没法儿做人，"他冲我嚷嚷，"这玩意儿跟您讲的不是一回事。"

从那以后，他总是我作品原稿的第一个读者，见解犀利，忠言逆耳。因为他，我最起码将三个短篇束之高阁。我也说不清我的作品里究竟有多少他的成分，但一定不少。

别人常问我，这年头，人心叵测，我们俩的友谊为何能天长地久。原

---

1 沃尔特·温切尔（Walter Winchell，1897—1972），美国新闻记者，曾在警匪剧《铁面无私》（*The Untouchables*）中任叙述者。

2 墨西哥作家胡安·鲁尔福（Juan Rulfo，1917—1986）的代表作。

因很简单：阿尔瓦罗和我为了做朋友，很少见面。尽管我们在墨西哥城一起住了三十多年，几乎算得上是邻居，但在那儿我们很少见面。我想见他，或他想见我的时候，得先电话联系，确定彼此都有见面的意愿。只有一次，我违背了这条基本原则，而阿尔瓦罗当时的表现，足以说明他是个什么样的朋友。

事情是这样：那天晚上龙舌兰酒喝多了，我和另一位好友凌晨四点去敲阿尔瓦罗独居的公寓大门。他睡眼惺忪地把门打开，我们俩二话不说，从墙上取下一幅珍贵的一点二米长、一米宽的博特罗[1]油画，抬了就走，然后胡乱糟蹋一通。对这次入室抢劫，阿尔瓦罗事后只字未提，也从未打听过那幅画的下落。而我也直到他今天迈入古稀之年，才说出内心的愧疚。

维系友谊的另一个原因是：我们在一起时，多半在旅行，大部分时间都忙着应酬别人、处理其他事，不到万不得已，顾不上对方。对我而言，在欧洲公路上与他共度的无数时光相当于在大学补念了人文艺术专业。在巴塞罗那到普罗旺斯艾克斯三百多公里的路上，我学到了有关阿维尼翁教皇与清洁派教徒的知识。去亚历山大、佛罗伦萨、那不勒斯、贝鲁特、埃及、巴黎，也都有同样的收获。

然而，疯狂旅行中，我也上过最让人琢磨不透的一堂课。当时，我们正穿越比利时的田野。十月里，雾蒙蒙的，刚被弃置的露营地里散发着人的粪便味。阿尔瓦罗开了三个多小时车，破天荒地一句话没说。突然，他冒出一句："孕育伟大的自行车手与猎手的国度。"他从未解释过自己到底想说什么，但承认他体内有个毛茸茸、流口水的大傻子，正式会见也好，总统官邸也罢，一不留神就溜出来说几句。写作时也得管着，这傻子疯得厉害，又踢又跳，总想篡改书稿。

但这所流动学校留给我最美好的回忆还不是课堂，而是课间。在巴黎

1　博特罗（Fernando Botero，1932—　），哥伦比亚画家。

等候夫人们购物时，阿尔瓦罗就往远近驰名的咖啡馆门前台阶上一坐，仰面朝天，翻出白眼，大手一伸，作乞讨状。一位衣冠楚楚的绅士用地道的法国方式尖刻地对他说："穿羊绒衫讨饭，脸皮真厚。"可他还是给了一法郎。不到一刻钟，阿尔瓦罗就净挣四十法郎。

在罗马的弗朗西斯科·罗西[1]家，他用自创的意大利语，其中没有一个真正的意大利语单词，滔滔不绝地描述了自己在金迪奥的恐怖遭遇，迷住了意大利影视文化精英费里尼、莫妮卡·维蒂[2]、阿莉达·瓦莉[3]和阿尔贝托·莫拉维亚[4]，让他们津津有味地听了好几个小时。在巴塞罗那的一家酒吧，他用巴勃罗·聂鲁达灰心丧气的语调朗诵了一首诗，有个听过聂鲁达声音的人以为他就是聂鲁达本人，居然向他索要签名。

他写过一句诗："我知道，我永远去不了伊斯坦布尔。"读得我心惊肉跳。这首诗对于一个无可救药的君主制国家来说相当怪异，人家不叫伊斯坦布尔，只叫拜占庭，好比早在被历史证明其正确性之前，我们就一直只叫圣彼得堡，不叫列宁格勒一样。我也不懂为什么老觉得应该把诗里提到的去伊斯坦布尔变为现实。终于，我说动了他，一起坐船去，坐的是慢船，挑战命运时，得不慌不忙。在那儿待了三天，我老担心那诗句成谶，心里一直七上八下。直至今日，阿尔瓦罗已是年届七十的老人，而我还是六十五岁的孩子的这一天，我才敢说：当年去伊斯坦布尔，我不是为了打败诗歌，而是为了挑战死神。

我以为自己就要一命呜呼的那次旅途，阿尔瓦罗也在身旁。当时，我们正驾车在明丽的普罗旺斯疾驰，突然，一位司机逆向行驶，发疯似的冲了过来。我只好往右猛打方向盘，根本来不及去看我们会摔在什么地方。刹那间，我有种奇妙的感觉，方向盘飞在空中，完全不听我使唤。一向坐

---

1 弗朗西斯科·罗西（Francesco Rosi，1922— ），意大利导演。

2 莫妮卡·维蒂（Monica Vitti，1931— ），意大利女演员。

3 阿莉达·瓦莉（Alida Valli，1921—2006），意大利女演员。

4 阿尔贝托·莫拉维亚（Alberto Moravia，1907—1990），意大利小说家。

在后排的卡门和梅塞德斯屏住呼吸，直到车子像孩子一般摔进春季葡萄园旁的排水沟。那一刻，我唯一记得的是副驾驶座上阿尔瓦罗的神情。摔落前，他看了我一会儿，满脸同情，似乎在说："瞧这傻瓜，干吗呢？"

在我们这些认识他母亲并深受其害的人眼里，阿尔瓦罗的所作所为还算不上惊世骇俗。卡洛琳娜·哈拉米略人长得漂亮，脑子却不好使。她从二十岁起就不再照镜子，因为觉得镜子里的人不是自己。老太太年纪一大把，天天骑着自行车，穿件夹克，去草原给庄园里的工人义务打针。在纽约的一个晚上，我们出门看电影，拜托她照看我和妻子十四个月大的儿子。她一本正经地劝我们三思，说她在马尼萨莱斯也帮忙照看过一个孩子，那孩子哭个没完，她只好喂他一块有毒的桑葚糖，让他闭嘴。但即便如此，去梅西百货公司那天，我们还是把孩子托付给她，回来时只见她独自一人。保安四处找孩子的时候，她就跟她儿子一样沉得住气，还安慰我们："别着急，阿尔瓦罗七岁那年，也在布鲁塞尔走丢了，瞧他现在不是挺好！"阿尔瓦罗就是她的升级版，还比她有学问，当然更了不得！他名震寰宇，不仅诗写得好，人也特别好。所到之处，胡吃海喝，夸张怪异，胡说八道，令人难忘。只有我们这些了解他、热爱他的人才知道，他只是咋咋呼呼，虚张声势罢了。

阿尔瓦罗·穆蒂斯不幸是个太过和善的老好人，谁也想象不到他为此付出多大代价。我见过他在黑暗中，忧伤地躺在书房的沙发上。那模样，不会让前一晚任何一位幸福的听众羡慕。幸好，那无法治愈的孤独也孕育出他广博的学识、非凡的阅读能力、无尽的好奇心和忧伤凄美的诗歌。

我见过他沉浸在布鲁克纳[1]气势恢宏的交响乐里，像在欣赏斯卡拉蒂[2]的嬉游曲。我见过他躲在奎尔纳瓦卡花园僻静的角落，趁着悠长假期远离

1 布鲁克纳（Anton Bruckner，1824—1896），奥地利作曲家，代表作为九部正式编号的交响曲。

2 斯卡拉蒂（Giuseppe Domenico Scarlatti，1685—1757），意大利作曲家，代表作为555首键盘乐奏鸣曲。

尘器，徜徉在巴尔扎克全集奇妙的文字森林里。有些人隔些日子会看部牛仔片，而他隔些日子会把《追忆似水年华》从头到尾再看一遍，他的择书标准是不少于一千两百页。他蹲过墨西哥监狱，所犯的罪许多作家、艺术家都犯过，可只有他蹲过监狱。他说，那十六个月，是他一生最幸福的时光。

我一直以为，他写书慢，是因为工作忙，再加上他字写得不好，像鹅亲自抓着鹅毛笔写出的鬼画符，足以让猎狗在特兰西瓦尼亚的迷雾中惊恐地乱吠。多年前，我问他，他说等退了休，没有俗务缠身时，会潜心写作。果然，飞了那么多年，他一跃而下，没用降落伞，稳稳着地，文思泉涌，实至名归。六年写八本，创造了文学史上的伟大奇迹。

他的书，随便挑一本，读上一页，你就会明白，阿尔瓦罗·穆蒂斯的全部作品，连同他的一生，都在确信无疑地传递着一个信息：失落的天堂再也无法找回。马克洛尔并不是一个人，这显而易见。我们都是马克洛尔。

作为结束语，我斗胆提议：今晚来祝阿尔瓦罗七十大寿的人，第一次，别假客套，别怕流眼泪，别骂骂咧咧，真心实意地告诉他，我们有多崇拜他，妈的，我们有多爱他。

目　录

阿尔米兰特之雪

给埃尔内斯托·沃尔肯宁

（安特卫普，1908—波哥大，1983）

以纪念他光明无翳的友情，

和令人难以忘怀的教导。

每位渔人只做该做的，

为自己捕着鱼，

那个人在缩紧的网里，拾起

他的悲伤里的纷杂鱼苗，

这一位慌张地捞起

各种疾病的淤泥般的底；

另一人打开鱼笼

迎接胁迫他的绝望；

还有一人沿着堤岸捡起

他的不安的残迹。

——

埃米尔·维尔哈伦[1]，《渔人》

1 埃米尔·维尔哈伦（Émile Verhaeren，1855—1916），比利时法语诗人，剧作家。（本书脚注如无特殊说明，均为译者注。）

那时，我以为自己已看过了瞭望员马克洛尔的所有文章、信件、资料、叙述和回忆录，知道我对他人生故事感兴趣的朋友们也已找尽了关于他落魄流浪轨迹的文字记录，但生命的偶然还是在最意想不到的时刻为我留存了一个饶有趣味的惊喜。

在巴塞罗那的哥特区漫步总能带给我一些隐秘的快乐，快乐之一便是逛二手书店。在我看来，那里藏有最好的书籍，且书店的主人们仍旧保留着敏锐的察觉力、令人心怡的直觉，还有那种默默无声的无所不知，这些都是真正的书贩应有的美德，可惜的是，这一类人正在世间快速消失。一天，我走入了波提耶街的深处，随即被一家古旧书店的玻璃窗吸引住了。那家书店虽然经常关门，但却总能为贪婪的收藏家们奉上非同一般的珍本。那一天，它的门是开着的。我带着热忱走了进去，仿佛走入的是一座正举办某种失落仪式的庙宇。店中的年轻人有西班牙东部犹太人的浓黑胡子和象牙白的脸庞，清亮的黑色眼睛在稍稍惊讶的表情间恍惚了一瞬。他正在混乱的书堆和用旧时纤体字标示分类的大量地图后面招呼顾客，所以只是微微朝我一笑，随后便如一位传统的好书贩，任我在书架间四处探寻起来，尽力不做任何打扰。在取下了几本想买的书后，我忽然看到了P. 拉蒙德某本书的极美的版本，由紫色的皮料装订而成，这本书我已经找了很多年，仅看书名便可知其质量——《巴黎城市首脑针对奥尔良公爵路易一世刺杀案的调查研究》，1865年由法国国立文献学校编辑出版。事实上，我很久前便已放弃了找到它的希望，多年的等待终于得到了突如其来的幸运补偿。我拿着书，没有翻开，径直去问大胡子年轻人书的价格。他说出那数字时，语气果断、坚决、不容置疑，与他高傲的犹太教友会的气质十分相符。我没有犹豫就付了钱，买下了这本以及先前挑中的其他几本书，随即离开了书店，想要独自享受自己的收获，在有拉蒙·贝伦格尔三世雕像的小广场的长凳上悠闲惬意地品味那些文字。翻过书页，我发现封底内侧有一个宽口袋，本来是用作放置地图和家谱的，想必那些资料可以很好地补充拉蒙德教授丰富有趣的文本。在口袋中，我找到了大量的纸张，大部分是粉红、明黄和天蓝的，像是商用发票，格式类似于账簿。仔细看过，我才发觉，上面密密麻麻写着很小的字，由紫色铅笔写出的笔画在我看来有些颤抖、激动，有些部分还染着这些拥挤文字的作者为了固色而留下的口水痕迹。正反面虽然都写了东西，但却在极力避免压到纸张原本印刷的字迹。我得出了结论，那些纸的确是各类商业用纸。就在那时，一句话忽然跃到了我的眼前，让我顿时忘记了法国历史学家对那起奸猾的凶杀案——受勃艮第公爵“无畏者约翰”指使，谋杀查理六世之弟奥尔良公爵路易一世一案——的严谨调查。在最后一页纸的最下方，有一行绿色墨水写成的字，字迹相对沉稳坚定：“瞭望员马克洛尔写于溯苏兰朵河而上时。期望某日能交给芙洛尔·埃斯特维兹，无论她身处何方。佛兰德斯酒店，安特卫普。”我们的人物用同一支铅笔在书页间画了许多下划线，标了许多注释，显然，作者很珍视此书，他怕手稿遗失，才将它们放入了封底那个用来保存重要学术资料的口袋。

在鸽子不断往马略卡岛征服者——熙德女婿的高贵身躯上泼洒着秽物的同时，我开始阅读那些杂乱的纸张，上面的文字以日记形式呈现，是瞭望员沿某条河——有许多这样的河顺山而下，渐渐消失在无垠雨林的幽森植物间——逆流前行时诉说的他的不幸、回忆、思考、梦境及幻想。一些段落的字迹相对扎实稳重，显而易见，字迹颤抖的罪魁祸首是他那条船上震动的马达，我原以为，字写不好是因为发烧，在那种气候中，这类疾病很容易患上，并且常常无药可医。

瞭望员的这本日记，和许多他记录下来，作为他偶然命运的见证的其他东西一样，拥有无法界定的混合文体：有对无意义琐碎日常的叙述，也有对深奥戒律——那些应该算作他的人生哲学——的列举。试图对它进行仔细的校对是纯粹的愚蠢行为，因为这几乎无益于他记录这趟旅行中日复一日经历的原本目的——旅途单调又无用，或许这类定时的写作可以让他得到些许消遣。

此外，我也认为，将一个休息站的名字作为这本日记的题目是格外公允的，因为在那里，马克洛尔得到了相对的平静和芙洛尔·埃斯特维兹的照顾，她是休息站的老板，是最能理解他的人，也是最能分享他离经叛道的梦境维度和他纠结而炽热的存在的人。

我想，对于瞭望员日记的读者来说，或许，得到一些马克洛尔的其他消息——这些消息或多或少与他在日记中提到的人或事有关——也是有趣的事。因此，在书的最后，我收集了一些关于我们主人公的记述，这些文字在之前的一些出版物上发表过，但我认为，其实把它们放在这里才最合适。

3 月 15 日

先前手上的资料告诉我，这条河的大部分河段都可以航行，船一直能开到山脉脚下。显然事实并非如此。我们在一条有平板龙骨的船上，柴油马达正带着哮喘般的固执奋力地推它逆水前行。船头有几根铁杆支起的帆布凉棚，杆上系着吊床，左舷两张，右舷两张。船身中央铺着棕榈叶，以防金属板散出的热把人烫伤，其他乘客上船时，会聚在那里，他们的脚步声会在底舱的空洞中响起，散出鬼魅怪诞的回音。水流任性来去，河里会忽然堆起过会儿便会消失的沙石浅滩，大家需要不时停下，让搁浅在滩上的船抬升起来。我们两个从西班牙港上船的旅客占了四张吊床中的两张，其余的两张分别属于机械师和领航员。船长睡在船头五颜六色的海滩遮阳伞下，并会随太阳的轨迹变化不断调整阳伞的位置。他不时抿上几口酒，用这种聪明的方式保持着半醉半醒，永不脱离微醺状态，让愉悦和从来不曾彻底打败他的迷倦困意一直交织延续。他的命令和航程没有任何关系，总是惹人生出愤怒的困惑："打起精神来！当心这阵小风！拼命苦干，赶走黑暗！河水是我们的！烧掉水砣！"白天这样，大半个夜晚也是如此。机械师和领航员对此完全不予理会，然而那一串串的命令却以某种方式保持着他们的清醒与警惕，向两人传递着必要的熟练与机敏，使小船得以避开苏兰朵河中不断出现的陷阱。机械师是个印第安人，沉默寡言到可以说他是个哑巴，只偶尔会和船长用难以翻译的混杂的语言交流一下。他赤裸上身，光脚行走。一条浸满皮肤油脂的牛仔裤绑在光洁圆挺的肚皮下，肚脐疝气鼓出来，随它主人维持马达运转时的用力与放松而膨大和缩小。很显然，机械师与马达之间是一种变体[1]关系，二者不分彼此，一起朝同一个方向努力：让船前行。

---

1 变体论（transubstanciación），基督教神学名词，指圣餐礼所用的饼与酒经过祝福在实体上变成基督的肉与血。

领航员属于那种拥有无穷拟态能力的生物，他的脸、表情、声音，以及其他所有个人特征都达到了完美的“不存在”的状态，从来都不曾留在我们的记忆里。他的双眼离鼻梁很近，我只能通过回忆《小杜丽》中阴险的里戈-布兰多先生的样子来记起他的形象。然而，二者之间这样难以抹除的联系也没能维持多久，我一观察他，狄更斯笔下的人物便会消散无踪。他着实是个怪胎。我的旅伴待在帆布棚下的阴凉里，是个金发大个子，说话时嘴里咀嚼的带斯拉夫口音的词语几乎让人无法解译。他很安静，不停地抽着机械师以夸张价格卖给他的臭烟。据我所知，他应该和我去的是同一个地方：一个加工木材的工厂，那里的木材要沿着这条河道被运下去，按理说将由我来负责它的运输。工厂这个词会惹来船员们的笑话，这让我很不愉快，感觉自己被扔进了一种含糊的犹疑里，无依无靠。夜里为我们照明的是一盏科尔曼煤油灯，大个儿的昆虫会扑棱棱地撞上去，各种形状、各种颜色的都有，有时会让我觉得那是哪个人出于难以解释的教学目的所组织的展示活动。我会在白炽灯灯丝的光亮下读书，一直读到困意仿佛突然下药似的把我放倒。在沉入势不可挡的梦境之前，奥尔良公爵的轻浮鲁莽会占据我的一小段时间。马达的节奏在不断变化，这让我们很不踏实，很怕它哪一刻突然停止运转，永远不能再发动。水流愈发任性，愈发难以驾驭了。这一切都很荒谬，我也永远都不会明白自己为什么要爬上船做这艰难的工作。每次旅程的开始都会这样。之后，冷漠会带着恩惠到来，解决掉一切问题。我正焦渴地等待它。

3 月 18 日

我已经担心了一会儿的事情发生了：螺旋桨撞上了河底的树根，桨叶依托的桨轴被撞歪了。它震动的声响让人十分紧张。我们不得不停靠在一片河岸沙地旁，那里弥漫着腐烂植物颇具穿透力的齁甜味道。他们在昏沉的热气中手忙脚乱地折腾了几个小时，之后，我终于说服了船长，只要给桨轴加热，便可以把它掰正过来。一片蚊子云停在了我们上方。幸运的是，我们对这类虫灾有免疫力，只有金发大个子除外，他遭受着众蚊攻击，目光里流露出克制的愠怒，仿佛不知道自己所忍受的折磨到底从何而来。

暮色降临时，出现了一家土著人，男人、女人、一个六岁左右的男孩，还有一个四岁左右的女孩。都全身赤裸。他们待在那儿望着火堆，眼里头是爬行动物的冷淡。男人和女人都美得无瑕。他的肩膀很宽，臂膀与腿部活动起来有些迟缓，但也因此更凸显出他身材比例的和谐。女人的身高与男人相仿，胸脯丰满而坚实，大腿尽头是紧致且优美浑圆的臀部。一层轻薄的脂肪裹住他们的全身，隐去了关节的棱角。两人的头发都剪成头盔形，用某种植物的提取物染得乌黑、油亮、硬挺，在余晖下散着光泽。他们用没人能听懂的语言问了几个问题。两人的牙齿被锉过，尖尖的，声音溜出来，像瞌睡的鸟儿发出的低哑咕咕声。入夜时，我们矫正了桨轴，但要等第二天才能装上。印第安人在河边抓了些鱼，去河滩的一角吃了起来。他们用稚嫩的声音窃窃私语，一直持续到天明。我看书看到有了困意。夜里还是一样热，躺在吊床上，我长久地想着奥尔良公爵的冒失狂妄，还有其余一些将在他的*旁支*男性后代家族成员身上重复的品格，他们虽然来自不同分支，但却都具有背信弃义的倾向，喜欢风流冒险，享受党恶朋奸的丑恶趣味，对金钱贪婪无厌，对他人永远不忠。着实应该思考一下，为什么时至今日，这些出身迥异的王公贵族仍旧不可避免地出现上述恒久不变的行为举止。水拍着平直的金属船底，汩汩响着，很单调，又出于某种难以捉摸的原因，很能给人安慰。

3 月 21 日

土著一家在第二天清晨上了船。我们在水下奋力安装螺旋桨时，他们一直站在棕榈叶地板上。一整天，他们就这样站在那里，不动也不说话。男人和女人身体上都没有毛发。她的私处裸露在外，仿佛一颗刚刚裂开的果实，他的阴茎也赤裸着，包皮很长，垂到尖尖的顶端。可以说像一只角，或一株飞燕草，一种完全与性无关的东西，不包含任何情色含义。有时候，他们会笑一下，尖尖的牙齿一露，那微笑便会失去所有亲切的感觉，甚至连和平共处的气息也都失去了。

领航员和我说，在这个地方，印第安人搭白人的船走一程是很常见的事。他们通常不会做任何解释，也从来不说在哪里下船。某一天，他们会像当初出现时那样消失。这些人性格和善，从来不拿不属于他们的东西，但也不会与其他乘客分享自己的食物。他们会吃些草叶、生鱼还有爬行动物的生肉。有一些上船时会背着箭，箭头在毒液里浸过，他们从没有向任何人透露过如何制作这种致命毒药。

当天晚上，我睡得正沉，突然有一种气味侵入了我的身体，像腐烂的淤泥，也像发情的蛇，那是一种愈发强烈、浓郁、令人难以忍受的恶臭。我睁开了眼睛。印第安女人正盯着我看，她的微笑里不怀好意，有食肉动物的气息，同时又包裹着一种令人反感的天真。她把手放在我的阴部，开始抚摸。随后又躺在了我的身旁。在进入她时，我感觉自己陷入了一种索然无味的蜡，它没有丝毫抵抗，带着一种植物般的静止的安详，任我去做我在做的事。那种叫醒我的气味越来越浓，因为那具瘫软的身体正往我身上贴得越来越近，它的触感无法让我联想到任何女性色彩的体貌。一种抑制不住的恶心在我身体里不断膨大。我草草结束了，在完成前差一点就需要撤下身子去呕吐。她安静地走了。也是在那会儿，在斯拉夫人的吊床上，印第安男人缠住了他的身体，一边进入他，一边发出低微的呻吟，仿佛面临危险的鸟发出的尖细哀鸣。随后，大个子也进入了对方，印第安人继续着他毫无人类特征的低吟。我走到船头，尽力清洗了一下自己，想去掉黏在身体上的那层腐烂沼泽的恶臭。我终于吐了出来，轻松了。不过，直到现在，还不时会有腐臭的气味突然飘进鼻子，恐怕它还会追随我很长时间吧。

他们还在那儿，站在船中央，呆呆地望着一片片树冠，不停咀嚼着他们的食物——类似香叶的叶片与他们凭借出色技艺捕来的鱼或蜥蜴的混合物。斯拉夫人昨晚把印第安女人带上了他的吊床，今早却又和他拥在怀中的印第安男人一同醒来。船长把他们分开了，倒不是因为那臭味，而是因为，如他用含糊的话语解释的那样，其他船员可能会效仿，这一定会给船队带来危险的麻烦。他还补充说，旅途漫长，对那些并非出生于此地的人来说，雨林拥有他们难以控制的强大力量，可以影响他们的行为。它会让他们暴躁，将他们置于不免危险的谵妄里。斯拉夫人嘟嘟囔囔地解释了几句，我没能明白，他在喝过一杯领航员递的咖啡之后，又平静地回到了吊床上，我有些怀疑他们从前就相识。我不相信大个子的顺从温驯，从他的眼里，有时会探出倦怠的暗影和悲伤的疯癫。

3 月 24 日

我们来到了一片开阔的林间水域。多日之后，蓝天终于在上方现身，云朵正带着仁慈的迟缓轻轻移开。热意随之愈渐强烈，它令人压抑的浓度在高大林木的青绿树冠下、在绵延不断的荫翳中，将闷热变成了顽固无情、慢慢啃噬我们却又不至于让我们窒息的存在。马达的噪声溶解在天空，船向前走着，让人察觉不到它逆流而上的绝望抗争。一种类似幸福的感觉在我内心驻扎下来。不难看出，其他人也放松了许多。只是，在远处的视野尽头，阴暗树墙的轮廓已渐渐明晰，几小时内，它就会将我们吞没。

这样充满阳光的平和间隙以及相对的静寂能帮我好好审视那些推动自己踏上这趟旅程的原因。第一次听到木材的事是在“阿尔米兰特之雪”，芙洛尔·埃斯特维兹那家开在安第斯山上的休息站。那时，我已经和她一起住了几个月了——之前被三角洲雨林里某种有毒的蚊虫咬了腿，我一直在她那里休养。芙洛尔照顾着我，她的亲切有些疏离，但很坚定。晚上，我们会做爱，我的废腿自然有些碍事，但那爱欲的释放里也饱含着拯救和解脱的意味，让两人都卸下了各自背负的沉重包袱，脱离了来自过去的不幸。关于芙洛尔的休息站和我在荒原地区的日子，我想在此前的书写中都已有所提及。一天，一位亲自驾卡车的货运老板路过了那里，车上载着他在平原上买的一群牛。就是他告诉了我们木材的事，说雨林尽头有一家木材加工厂，从苏兰朵河顺流而下，可以在大河两岸正在建造的数个军事据点把木材高价卖出去。伤口愈合后，我就带着芙洛尔给的钱，下山去了雨林，心里却总是怀疑这趟旅程里藏着某些让人不踏实的地方。山上很冷，雪不断地下，仿佛列队的悔罪者穿行在低矮而茂密的灌木丛间，让我迫切地想将自己埋入低地平原炽热的天气里。我原本还有份没签的合同，合同要求我随一艘挂突尼斯国旗的货船去安特卫普，并对船只做一些改装，将它变为运送香蕉树的船只。我把合同原封不动地送了回去，给了些笨拙的解释，应该也骗过了那些老板，他们都是我在其他艰难旅途中认识的老朋友、老伙伴了，也许有一天，那些故事也会值得人回忆。

登上这艘船时，我曾提起那座林间空地上的木材加工厂，但却没有人能说出它的精确位置。他们甚至都不确定它是否存在。这样的事常常发生在我身上：奔赴的行程总是谜一般不确定，总是经受着随意变更的厄运。现在，我在这里，像个偏执狂般逆流而上，心里却早已知晓，自己终将遇上些什么事，把一切都叫停。雨林里，没有任何东西在等我，那儿鬣蜥洞般的气候让我很难受，也很悲伤。远离大海，没有女人，说着一种愚蠢的语言。然而此时此刻，我亲爱的阿卜杜尔·巴舒尔应该还在等着我，想着或许我已经死去。我曾和这位伙伴在博斯普鲁斯海峡的岸边度过了那么多个夜晚，两人的那些在瓦伦西亚和土伦轻松发大财的美梦实在令人难忘。从生命初始，我便一次又一次地落入泥沼，做出错误的决定，究竟为什么会这样呢，这让我万分不解却又极度着迷，这些没有出口的小路合而为一，组成了关于我的生命、我的存在的故事。对幸福的热望不断被背叛，日复一日地偏航，最终总是汇入注定的一次又一次的惨痛失败，在生命最深、最确实之处，我一直都明白，如果不是因为自己在不断渴求那些溃败，我对幸福的热望原本是可以被满足的。但有谁能明白这一点呢？阴郁的丛莽埋伏在前方，我们就要再次进入它的绿色隧道。已经能闻到那种气味了，闻着像厄运，也像恶心的温热坟墓。

3 月 27 日

今天早上，我们在一座被军队占领的村落旁靠了岸，卸下了几桶杀虫剂，印第安人下了船。我在那儿得知，我的吊床邻居叫伊瓦尔。印第安夫妇在岸上向他道别，唧唧啾啾地叫着“伊瓦尔，伊瓦尔”，他则报之以新教牧师的温柔甜笑。夜幕降临，我们在吊床上躺下，没有点科尔曼煤油灯，怕招蚊虫，我用德语问他是哪儿的人，他回答我说派尔努，在爱沙尼亚。我们聊到了很晚，分享了许多回忆和经验，最后发现说起的很多地方两个人都熟悉。这样的事常常发生，语言顷刻间便能暴露出一个人的真实模样，并截然不同于我们之前对他的想象。他给我留下的印象是极端刚硬、理智、冷静，对自己的同类抱有绝对的鄙视，他用某些方式为这种轻蔑罩上了面具，却又会第一个跳出来揭露自己的虚伪行径。他十分谨慎。关于与印第安夫妇的风流之事，他所想所说的完全是玩世不恭的冰冷叙述，让人感觉他不仅已脱离了俗世羞耻和社会伦常，更脱离了人类最简单基本的温情。他说他也去木材加工厂。当我叫那地方“工厂”时，他便抛出了一大串含糊的介绍，描述起那里有什么设施，这让我更加沮丧和犹疑。谁知道在山脉脚下的那片空地上会有什么在等我。伊瓦尔。随后，在梦里，我终于明白了为什么这个名字听起来那么熟悉。伊瓦尔，是“晨星号”上那个被捅死的见习水手的名字，杀他的是个水手长，坚称两人一起光顾皮特尔角城的一家妓院后对方偷了他的表。伊瓦尔会背诵克莱斯特的全部作品，在寒冷的夜里，常自豪地穿着母亲为他织的那件毛衣。梦里，他带着一贯温暖而纯真的微笑和我打了招呼，并试着和我解释他和我的吊床邻居并不是同一个人。我立刻明白了他的担忧，向他坚定地表示自己很清楚这一点，不可能把他们弄混。已是清晨时分，我趁着相对的凉爽写了些东西。关于奥尔良公爵谋杀案的冗长调查已经开始让我无聊。在这种天气下，只有最基本最龌龊的欲望会一直延续，并在不可抵挡、不断侵蚀我们的可恶闷热中破水前行。

我又思考了一阵自己那些反反复复的陷落，那些带着一贯的笨拙转过的命运拐角，突然发觉，在我身旁，有另一个生命正绵延前行。一个紧挨着我但我却从不知晓的生命。它就在那里延续，包含着所有我在半路上放弃拐弯的时刻，所有我舍弃掉另一种出口的时刻，就这样汇成了另一种命运的盲目湍流，一种可能是我的命运的命运，它用某种方式继续存在在那里，在那我不曾踏上的另一侧河岸，平行于我的日子，奔涌向前。它与我毫不相关，却拖扯着如同焦虑的此刻一样属于我的所有梦境、幻想、计划和决定，它们本有机会组成另一段有血有肉的故事，在可能发生之事组成的边缘里延绵生长。那段故事或许和落在我身上的这段故事相同，但里面充满的事物却与这里的迥然相异，那另一个故事不断成形，在我的身旁流淌，仿佛顶着我的名字却对我一无所知的鬼魅血液。换句话说，如果我成为那个故事的主角，为它染上我一贯蠢笨的焦虑，那么它或许便是同一段故事了，只不过其中的情节与人物会完全相异。我同时又想，到达人生尽头时，在我眼前一幕幕出现的，将是那另一个生命——我将因完全错失了它而痛苦不堪——而不是这一个真实的、已经完成了的生命，这个生命的内容不值一看，不值得临终前和解的目光，因为它不配，我也不希望由它的出现来安抚我生命的最后一刻。抑或生命的第一刻？这个问题应该其他时候再思考。一只巨大的深色夜蛾扇动着毛茸茸的翅膀，撞击着油灯的玻璃罩，打断了我的专注思索，令我立即陷入了一种难以承受的、脱离了轨道的惶恐。我泡在自己的淋漓汗液中，等待它停止绕着光亮翻飞，等待着它飞回自己的黑暗故里——它完完全全是属于那里的。伊瓦尔丝毫没有察觉到我短暂的瘫痪，他熄灭了油灯，深深喘息着进入了梦乡。我嫉妒他的淡漠。不过，在他内心深处的某个角落，会不会有一道藏着某种未知恐惧的缝隙？我想大概是没有。因此他才可怕。

4 月 2 日

我们正要把船泊在岸边修理故障，却被忽然堆起的沙石浅滩拦了下来。昨天有两个士兵上了船，要去边境的营地治疟疾。他们瘫在棕榈叶上，因高热而不断颤抖，但始终没放下手里的步枪，任它们单调地敲击着金属地面。

我确立了一些生活的准则，但同时也清楚，它们单纯到毫无用处。不过这是我最喜欢做的事之一。它让我感觉良好，我相信，通过它，自己内心的一些东西会变得更有秩序。这是耶稣会学校给我留下的老习惯，没有任何功用，也不能将我引领向任何地方，但它一直拥有仁慈的巫术的特质，每当我感到自己的生命根基在动摇，便会躲藏到它里面去。这些准则如下：

思索时间，尝试弄清过去与未来是否有价值、是否真实存在，时间将我们带入一个迷宫，无论我们对它有多熟悉，都将难以走出。

每一天我们都会成为另一个人，但我们总是忘记，同样的事也会发生在我们的同类身上。也许，这就是人们口中的孤独。是孤独，或是一种庄严的愚蠢。

每当我们欺骗女人，我们就会变回那个无依无靠、在无助中什么都抓不住的孩子。女人，就像植物，像雨林中的暴雨，像轰鸣的水声，从天空最黑暗的思想中获取滋养。越早知道这一点越好。反之，等待我们的将是令人肝肠寸断的意外。

捅进熟睡之人身体的一刀。不流血的简洁伤口。眩晕、竭力的鼾息、最终的静止。这就是生命——无法解译的、准确的、飘忽的、冷漠的生命——给予我们的精准击打。

我们得为一些东西付出代价，而另一些债则会一直欠着。我们相信这一点。陷阱就在“得”字里。我们一点点付出，一点点亏欠，很多时候，自己竟毫不知觉。

当我想起判决者、立法者和统治者时，脑中唯一出现的形象是在悬崖上鸣叫着、在天空飞旋着寻找猎物的雀鹰。希望他们都受到诅咒。

一个畜群什么都不代表。我们的错误在于，总认为它们正在走向某个地方，或是正从某个地方来。畜群的移动就穷尽了它的所有意义。组成它的牲口知道这一点，但赶牲口的人却不知道。永远都会是这样。

指出溃烂的伤口，一针见血。这是人才能干成的事，任何动物都无法做到这般惹人厌。先知和满口胡言的算命人说着蠢话。他们品性恶劣，但却总有人凑过去听。

我们所说的关于死的一切事情、我们在死的话题周围织就的一切装饰，都是无用功，全是徒劳。就此永远缄口不言，默默等待，难道不是更有价值吗？但不要向人提出这个要求。他们在内心深处应该是需要死神的，也许他们只由死神支配。

一个女人身体上涌过的激流和她短促的惊叫与喜悦，她的四肢拍打着水面的泡沫，泡沫里裹挟着红色的咖啡果、碎甘蔗的甜浆、挣扎着想逃脱水流的昆虫：眼前所见的幸福，一定永不重现。

骑士堡的遗迹立在的黎波里附近的一个悬崖上，内部有座无名墓，墓碑上刻着如下铭文，“并非此处”。我每一天都会思索这句话。它那么简明，同时又包含着所有我们不得不承受的谜题。

我们是否真的忘却了大部分发生在自己身上的事呢？这些过去难道没有像种子一样，激励我们重新上路，走向此前被我们愚蠢抛弃的命运吗？只是笨拙的安慰罢了。是的，我们会忘却。但这样也挺好。

把这些年鉴上才会出现的格言警句串联起来，把这些从无所事事中、从对水流变化的勉强期待中生出的空洞的虚假箴言串联起来，最终只会让我更加缺乏精力来面对这倒霉的气候和这摧残生命的工作。我又重新看了一下在那个阴森的圣殿老街街角杀害奥尔良公爵的袭击者的名单以及他们的简要生平，而后又读了读上帝和人们对他们的惩罚。真是什么样的都有。

4 月 7 日

前天，两个士兵中的一个死了。那把步枪敲击地面的声响戛然而止时，沙石浅滩刚刚消解，马达也已经开始运作。领航员盯着浸透了棕榈叶的那摊深色的汗水，叫我过去帮他瞧瞧那个一动不动的身体。逝者的同伴已经把他的步枪拿走，在那儿看着他，默不作声。“必须现在就把他埋了。”领航员说道，语气很确凿，只有知道自己在说什么的人才会这样说话。“别埋。”士兵回答，“我得把他带到营地去。他的东西都在那儿，我的中尉还得做报告。”领航员什么都没说，但显而易见，时间会证明他是对的。是的，我们今天就靠了岸，去埋那肿胀得吓人的尸体。之前，沿途留下的一溜儿恶臭引来了聚成乌云的兀鹫。鸟群之王已经降落在船尾帐篷的支架上。那是一只散发煤玉光泽的美丽兀鹫，颈上一圈鲜亮的橙色羽毛，头顶一丛茂密的粉色羽冠。它如相机快门般按节奏眨着眼，每眨一次，天蓝色的薄膜便会下落一次。我们知道，只要它不在尸体上啄下第一口，其他兀鹫就绝不会靠近。几个人在雨林和大沙滩之间挖墓穴时，它一直在高处望着我们，高贵的目光里不免带有些许鄙夷。必须承认，这种威严的动物的确美得慑人，它的在场甚至为仓促的葬礼带来了关乎荣耀的纹章学的气息和饱含军事意味的庄严高傲，与寂静的周遭相融相洽，只有拍打平直船底的水流微微侵扰着那无声的氛围。

在我们所经过的这个地区的所有林间空地上都有人造工事。河水和缓，几乎察觉不到前行的阻力。幸存下来的士兵已经脱离了危险，一直带着军人的服从性，按时吃着白色的金鸡纳药片。他抓着那两把枪，一刻也不松手。有时也会坐在船长的阳伞下和我们聊天，给我们讲先头部队军营里的事，讲与邻国士兵同吃同住的经历，讲节日时小酒馆里的斗殴——这种事闹到最后，总会有几个人死，无论是这一伙的还是那一伙的。之后的葬礼举办起来都遵照军事规格，仿佛他们是在完成任务时英勇牺牲的。他有荒原人的毛病，念字母“s”时总是带有气音，话又说得格外快，很难懂，让我们听得很费劲，因为我们早已经习惯了某种讲话的节奏——对我们来说，交谈是为了躲避交流而不是进行交流。当伊瓦尔开始问他边境营地的一些细节时，比如他们用什么设备，驻守着多少新兵这些问题，他便会半闭着眼睛，狡猾地笑起来，答非所问。说到底，他并不太喜欢我们，我想，是因为我们没经过他的同意就把他的同伴埋了，他没法原谅我们。但还有个更简单的原因。他和所有接受过军事训练的人一样，对他来说，平民就是一群碍手碍脚的笨蛋，他们得保护我们、容忍我们，我们永远做着不清不白的生意，进行着愚蠢的工程。平民既不会领导也不会顺从，或者说，他们活在世上，永远都会搅起不安与混乱。他最细微的动作里都在向我们透露他的此类想法。虽然我一直试图瓦解他坚不可摧的防备，但心里却嫉妒得厉害，因为我至少得承认，面对雨林闷声不响的摧毁力量，他的自我防御做得很好，而我们则已不幸地受到了明显的影响。

领航员准备的饭菜简单且单一：已变成一团米糊的米饭、菜豆炖肉干，还有炸香蕉。之后是一杯假装是咖啡的东西，事实上是味道难以界定的寒碜汤水，如果把粗糖块丢进去，便会留下令人不安的沉淀物，里面有昆虫翅膀、剩菜渣，还有来源不明的小碎块。从没出现过酒。只有船长才会一直随身携带装有烧酒的军用水壶，他会遵照严格的时间间隔啜上几口，从不与别的旅客分享。不过也没人想去尝那酒水，从饮者嘴里的气味判断，应该是走私犯在哪个内陆小村庄里生产的劣质蒸馏甘蔗酒。

晚饭过后，士兵讲完了他的故事，大家纷纷散去。我站在船头，盼着清凉的空气。船长把腿搭在船舷上，舒服地抽着烟斗。据说烟气可以熏走蚊虫，此刻我丝毫不会怀疑，他抽的碎烟草的质量恶劣至极，刺鼻的酸气完全不像是香烟散发出来的。船长看上去很想说话，这很少见。他开始给我讲他自己的故事，也许是那个士兵的滔滔不绝为他的舌头松了绑，旅途中这样的相互影响时常会发生。那是一段由粗哑声音道出的松散独白，穿插着大量迂回冗余的叙述，缺乏实质的意义，但能从中听出的东西却让我一直兴趣不减。有些段落我听着很熟悉，像极了曾发生在我身上的某些故事。

他出生在温哥华。父亲是矿工，后来做过渔夫。母亲是红皮肤人[1]，和他父亲私奔了。她的兄弟们追了两人几星期，一天，他父亲请自己一个

---

1 Piel roja，指北美原住民。

做酒馆老板的朋友帮忙，把那几个人灌醉了。他们出酒馆时他父亲等在那里，把他们都杀了。印第安女人认可自己男人的行为，几天后就和他在一个天主教区结了婚。夫妇二人过着流浪生活。他出生之后，就被送到郊区的修女那里去养。从某天开始，他们便再也没有回去过。满十五岁时，他从那儿跑了出去，开始在渔船厨房里做帮工。后来，又上了一艘去阿拉斯加运油的大船。乘同一艘船，他后来又去了加勒比，在一些年间往返于特立尼达和大陆海岸城市之间。他们负责运输空军的汽油。那艘船的船长很喜欢这小伙子，教了他一些航海技艺的基本知识。那是个德国人，缺了一条腿。他曾是潜水艇的艇长。没有家人，一大早就开始喝混着香槟和轻啤酒的饮品，再配上黑面包抹羊乳干酪，夹鲱鱼、三文鱼或鳀鱼一起吃。一个早上，他再也没醒过来，死在了自己寝舱的地板上，手里紧攥着一个铁十字架，他生前平日里会把它藏在枕下，在公海上喝醉了酒时就会骄傲地拿出来展示。年轻人自此开始了一场漫长的远行，他驶过了安第斯山脉旁的众多港口，直到船只停靠在帕拉马里博。他在那儿和一个妓院老鸨搞在了一起。那是个混有黑人、荷兰和印度血统的女人，胖到了极致，开朗爱说笑，不时抽几根妓院里小妓女卷的细雪茄。她极喜欢说闲话，经营起自己的行当颇有些令人惊叹的天分。我们的船长在那里爱上了朗姆酒配焦糖加柠檬。他负责照看妓院入口的三张台球桌，主要是为了让当官的来消遣，普通客人玩不玩倒没那么重要。几年过去了，两人相互理解，互惠互利，做成了典范，加勒比所有岛屿上的人都在谈论他们的生意。一天，一个中国姑娘来到了妓院。她的父母把她卖给了老鸨，带着赚的钱跑去了牙买加讨生活。他们给她寄了两三张明信片后便杳无音信了。新来的妓女还不到十六岁，身形纤细，沉默不语，只偶尔说两个帕皮亚门托语[1]单词。水手看上了她，在女主人宽

1 帕皮亚门托语（papiamento），西印度群岛库拉索岛方言。

容又心不在焉的目光下，几次把她带进了自己的房间。后来，他彻底迷上了这个中国姑娘，带着她跑了，一起带走的还有女主人的一些珠宝和台球桌里为数不多的现金。他们在加勒比海奔波了一阵，后来登上了一艘瑞典货船，他在底舱做帮工的工作，就这样在汉堡上了岸。在那里，两人很快花光了之前攒下的一点儿钱。于是她开始在圣保利区的一家夜总会工作，和其他两个姑娘一起表演复杂的情色体操节目。她们登上一个很小的舞台，在几个小时内上演不间断的肢体表演，为客人的淫欲助兴，但三人在演出时却好像总会将自己抽离出来，不在现场，徒留脸上机械人的笑容和身体里柔术家永不疲倦的灵活。后来，中国姑娘又开始和一个高壮得像是患有肢端肥大症的鞑靼人一起演出独幕剧，一位患萎黄病的单簧管女乐手则负责为二人当日的剧目配上音乐解说。一天，船长——他那时已经开始这样称呼自己了——卷入了一桩海洛因交易，不得不离开了汉堡和中国姑娘，以免落入法网。

船长后来又模糊地叙述了一段难懂的故事，里面出现了加的斯和生产旗子的生意。当时，载有非法货品的商船会借助旗语中某些难以察觉的动作变化相互交流，互相掩护。我没能弄清他们运送的是武器、东地中海的劳动力，还是没经过处理的铀矿。其间也穿插着关于女人的故事，她们中的一个最终和警方坦白了一切。于是宪兵队夷平了生产旗子的作坊。我没听懂他是如何及时逃脱的。再之后，他去了巴西帕拉州的贝伦，在那儿做起了半宝石的生意，逆大河而上，各式各样的买卖都做，那时他已开始沉迷酒精，在那条路上一去不返。这条平板龙骨船是他在一个军营买的，当时军队正在贱卖过时的装备。驾着这只船，他深入了雨林中错综复杂的支流网，深入了流水组成的引发人谵妄的迷宫。他在令人能力受限的大雾中，仍能因一些完全不合逻辑的奇怪理由保持永不出错的方向感和对下属的管控力，他们对他的感情中混合着恐惧和无限信任，他利用起这点来游刃有余，只不过连他的耐心里也藏着狡猾。

4 月 10 日

气候开始缓缓变化。我们应该离山脉的起始地不远了。水流更加急猛有力，河道也逐渐窄起来。山上鸟儿的歌声听着更近也更熟悉，植物的香气也比之前更易察觉。我们正离开雨林里棉花般的潮气，它使人的感官受阻，能扭曲我们试图感知的所有声音、气味和形状。晚上，会有凉一些也轻一些的微风。之前的夜总是被了无生气的黏稠雾气包裹，让所有人都难以入睡。今天清晨，我做了个梦，这一类梦很特别，总是在我接近气候炎热的地区，接近咖啡、香蕉种植园，接近湍急的潺潺流水和永不停歇的夜雨时出现。它们是幸福前奏的梦，会掉落出一种欢喜预言般的别样能量，但却转瞬即逝，会立刻变形为我所熟知的、无法避免的惨败氛围。但那留不住的一瞬已然足够，它会让我预见到更好的日子，会在轰然崩塌的计划和糟糕不幸的冒险——正是这些构成了我的生命——中支撑住我。我梦见自己参与了某个历史事件，正站在诸国命运发展的交叉口，在最关键一刻，奉上了自己的见解，一个能改变一系列史实的建议。梦中，我的参与甚为果断，所提供的问题解决办法极度公正又发人深省，让我对自己的能力顿时深信不疑，这自信扫清了各种阴影障碍，引领我感受到自己的人生巅峰，那感觉着实强烈，醒来之后，它修复身心的力量还延续了好几天。

我梦见自己在滑铁卢之役的第二天，在热纳普或其近郊的一座佛兰德斯风格的乡间大宅内遇见了拿破仑。当时，皇帝陛下正在几个诚惶诚恐的随从和平民的陪伴下，在一个家具散乱的狭小房间内来回踱着步子。

心不在焉地问候过我之后，他又开始继续情绪激动地走来走去。“您想怎么做呢，陛下？”我问他时语气热情而坚定，像一个已经认识他许久的人。“我会向英国人投降。他们是有信誉的军人。英国一直是我的敌人，但他们尊重我，是唯一能保护我和我家人的国家。”“这会是个巨大的错误，陛下。”我对他说，声音里延续着方才的坚定，“英国人不守信用、不讲信誉，他们在海上作战时，靠的全是阴险的陷阱和恬不知耻的海盗伎俩。作为海岛人，他们天生多疑，将所有人都视为仇敌。”拿破仑笑起来，对我说：“您难道忘了吗？我是科西嘉岛人。”我压抑住疏忽大意搅起的慌乱，继续发表着自己的看法，建议他逃往南美洲或加勒比海上的岛屿。在场的人纷纷加入了争论。皇帝陛下一开始有些犹豫不决，但最终还是倾向于采用我的建议。我们去了一个有些像斯德哥尔摩的港口，乘一艘蒸汽船驶向了南美，那艘船依靠船身上的巨轮前行，不过仍留着船帆来维持锅炉的运转。拿破仑认为这怪异的船很新奇，我向他解释，在南美，人们已经用了很久这种船，它既快又安全，英国人永远都不会追上我们。“这艘船叫什么名字？”拿破仑的好奇里掺杂着些许不安。“这船是‘苏克雷大元帅号’，陛下。”我回答他道。“这位军官是谁？我从没听过他的名字。”我于是向他讲述了阿亚库乔大元帅的故事以及他最终在贝鲁埃科斯山所遭到的阴险暗杀。“您要把我带到那儿去？”拿破仑斥责我时，眼里充满了赤裸裸的不信任。他命令他的守卫把我拿下，于是几个人朝我扑了过来，但却通通被正改变速率的机器所发出的巨响震慑住了，只顾呆呆地望向从烟囱中冒出的浓厚黑烟。我醒了过来。因自己安然无恙而感到的释然和向帝王进献良策的得意混在一起，持续了好一阵子，毕竟我的建议为他免去了圣赫勒拿岛上多年的屈辱和窘迫。伊瓦尔惊诧地看着我，我这才发觉自己的笑声对他来说应该有些莫名其妙，让人不安。我们第一次遇见了几处湍流，虽然它们不易察觉，但马达不得不使出更大的力气。叫醒我的正是它的噪音。船身晃动起来，颠簸着，像在伸懒腰。一群鹦鹉从天空划过，欢快地叫着，逐渐消失在远方，仿佛一个无条件的幸福承诺。

士兵说我们很快就会到军营了。在领航员和爱沙尼亚人的脸上，我似乎看到一丝不安和隐秘的踌躇划了过去。两个家伙应该是在合计着要搞些破坏或者要合谋做些可疑的勾当，这一点已经越来越清楚。船长勉强保持着清醒，船员加士兵一共三人，躺在船头，一面低声交谈，一面往脸上拍着清凉的水。趁这会儿工夫，我问船长是否知道些什么。他盯着我看了一会儿，说："也就这几天吧，他们就都会入土了。关于他们，人们已经知道得太多了，已经多到对他们不利了。这不是他们第一次一起走这趟水路。现在我还能罩着他们，但是最好能把他们交到别人手里。几个倒霉货。您就不用担心了。"事实上，我大部分的人生都丢在了和这类倒霉货的交往中，因此我的感觉并不是担心，而是厌烦，厌烦重复而愚蠢的相同故事中又一个雷同情节的到来。这故事永远关于那些想在人生中抢先一步、那些聪明的、那些自以为无所不知但最终带着满脸惊诧死去的人：在最后一刻，他们能确信的永远都是，事实上，他们再也不会明白任何东西，也再也不可能在双手中拥有任何东西了。老故事了。又老又无聊。

4 月 12 日

中午时，我们听到了马达的嗡鸣。几分钟后，一架容克斯水上飞机开始在船身周围盘旋。那是这个地区的空军在其辉煌时代拥有的机型，我本以为它现在已经不服役了。它有六个座位，机身的板材呈波浪形。它的马达有时会咳嗽般震动几下，每当这时，飞机便会降到水面上以便查看是否有什么故障。一刻钟之后，它消失在了远方，机械师和他的朋友顿时松了口气，飞机盘旋在我们上方时，他们一直很警惕，紧张得很。我们吃下了如以往一样难以下咽的午饭，而后开始睡午觉，这时，容克斯忽然泊在正前方的水面上，向我们的船驶了过来。一位穿草绿色衬衫、没戴军帽且没有军衔徽章的军官踏上了浮筒，在那里示意我们停靠在指定方位。他的语气威严，里面听不出任何善意。我们照做了，半开着马达的容克斯跟在船后。我们停好后，从飞机上下来的两个军人立即跳上了船。他们腰间别着手枪，都没有军衔徽章，但很容易就能从两人的举止和声音中推断出他们是军官。飞行员戴着手套，指尖部分已经磨破了，衬衫上有空军的银翅标志。他留在了驾驶室，其余的两位军官则命令我们把各种文件拿来并聚集在船尾的布篷下站好。一直在船上的士兵立即站到了他上级的那一边，军官中的一位拿去了死去士兵的枪。下令让我们靠岸的那位拿着我们的文件开始盘问，只不过瞄都没瞄那些纸。看起来他认识船长和机械师。他只问了问船长要去哪儿。后者说去木材厂，说完就嘬了一口军用水壶，去自己的遮阳伞下休息了。机械师回到了马达那儿。对领航员和伊瓦尔的讯问要详细得多，二人的回答越来越模糊，他们的恐惧也越来越明显，于是另一位军官和士兵便慢慢地移到了这两个可疑人物的背后，显然是为了防止他们跳河。问完他们后，军官又走向了我，问了我的名字和此行的目的。我于是把自己的名字报给了他，船长在我还没来得及说下句之前，便替我答道："他是和我一起去木材厂的。很可信。"军官的目光并没有从我身上移开，像是没听见船长的话。"带武器了吗？"他问我，声音干涩，是习惯于发号施令的人的声音。"没有。"我低声说。"没带，长官，虽然他说得慢了，但真没带。"船长紧绷着嘴唇补了一句。"带钱了吗？""带了……长官，带了点儿。""多少？""两千比索。"他察觉出了我没说实话，转过身背对我，开始下达命令。"把这两个带上飞机。"领航员和爱沙尼亚人微微反抗了一下，但一感觉到抵着背的枪口，便软下去服从了。他们进机舱前，军官又喊道："把他们手绑在背后啊混蛋！""没东西绑啊，上校。"另一位长官辩解道。"他妈的用腰带啊！"士兵拿枪指着两人，军官把枪放在机舱地面上，用他们自己的腰带把被捕的两人绑了起来。两位军人提着裤子的滑稽模样没能引起在场众人的任何反应。他们把人押上了水上飞机，飞行员在控制盘前坐好。上校盯着我们看了一阵，随后，用一种少了许多军人气的中立语气对船长说："我不想有麻烦，船长。您在这儿活动，一向知道该怎么避免它，请您保持下去，这样咱们就能继续相互理解。您呢——”他用手指指着我，好像我是个新兵，“就好好干您的活儿，之后赶快离开。我们不反对外国人，但这儿的外国人越少越好。看好您的钱。两千比索的事儿您还是去骗您母亲吧。骗我？没门儿。我不在乎您有多少，但是您得知道，在这儿，人为了搞十比索去买瓶烧酒都能杀人。至于木材厂，您自己去过就知道了。我希望尽快看到您顺着苏兰朵河下来，就这样。”他没有道别，转身登上了飞机，坐在了飞行员身旁，关舱门时，合不严的金属部分相撞，发出了一声巨响，在河道两岸回荡了许久。容克斯缓慢且艰难地爬升起来，向远处飞去，几乎擦着雨林树冠的顶部消失了。

看起来，船长并没有把上校的话听进去。他仍旧坐在吊床上，一个词都没有说。过了一会儿，他抬起头，对我讲："咱们脱险了，朋友。命悬一线，但还是脱险了。具体的过些时候我再和您细讲吧。我不知道他又回来管基地了。所有在这个地区出现的人他都了如指掌。之前总参谋部把他召走了，我以为他不会再回来了。所以才冒险把那两个家伙带上的。我不知道他为什么没抓咱们。很多他抓过的人罪名都没这个严重。我看看在河港能不能找个领航员吧。我现在已经干不了这种累活儿了。粮食在哪儿您都知道。我吃得很少，所以您得给自己做饭。倒不用管我。机械师也会照顾自己。不管怎样他都不能去做饭，因为得有人看着马达。他自己带了吃的，会在下面自己搞一搞。咱们走吧。”机械师回到船头，干起了领航员的工作。他把船倒出去，在河中央朝着上游笔直开了起来。随着午后时光的渐渐逝去，我忽然发觉，领航员和伊瓦尔的眼神交换、他们的低声暗语、他们神经兮兮且充满邪气的存在所营造的紧绷、怪异和略带恶意的气氛已然慢慢散去了。机械师对船长怀有盲目的忠诚，他沉默不语，尽心尽责地维持着几年前就该停工报废的马达的运转，这一切都为他添上了苦行僧式的英雄主义色彩。

4 月 13 日

雨林将我们埋在了放逐和迷倦中，消磨掉了关于从前世界的记忆，因而此次与外部世界的接触倒带来了些许慰藉，尽管那位上校的严词警告传递了些许危险的讯号。不仅如此，那危险本身也将我带回了过往的日常生活，令我的防御机制重新运转，让我集中起必要的注意力，以便对付可以轻易预见的困难，这些都可以激励我摆脱沉沉死气，摆脱那令人麻痹的无人之境——我早已在令人惶恐的一片融洽中安顿下来了。

树木愈发细长起来，不再那样浓密。白日的大部分时间都能看见蓝天，夜里的繁星和赤道地带的星辰截然不同，有熟悉的切近感，因而也告别了那圈护佑、守卫我们的光晕。在休养生息的夜路上，它曾带给我们短暂却真切的踏实，让我们的心中充满恬适，确信世事依旧，仍在遵循它们注定遵循的规律，这规律支撑着时间之子，支撑着所有臣服于命运的生灵，支撑着作为人的我们。船长把我在小船底舱找到的海关票据和申请书送给了我，让我在上面写日记，这大概是我在恹恹旅程中唯一的放松形式，只不过这些纸张即将耗尽，墨水笔也几乎磨坏了。船长告诉我，在我们明天即将到达的军事据点就能找到新的纸笔。我想象不出该怎样请那位威严的上校帮这个小忙，因为这实在是太过简单又单纯的私事了。他的声音还留在我耳中，所留的不是说话的内容，而是那种金属质感的、赤裸的、干枯如一颗子弹的语气，它能让人瞬间失去抵抗力、失去保护，开始沉默地盲目服从。我察觉到这对我来说是新鲜事，此前我从来没有经历过类似的考验，在做水手时没有，在陆地上以各种身份做各式工作时也没有。现在，我终于明白了那些骑兵是如何形成那席卷一切的攻势的。我想，我们通常称为勇气的东西只是一种无条件的屈从，屈从于用上校那种语气发出的一个命令，屈从于那命令不可抵挡、能摧毁一切的中性能量。需要更仔细地思考这一问题。

4 月 14 日

今天清晨，我们到了军营。容克斯被拴在木头做的码头上，随水流的推动一晃一晃。那架旧式飞机有波浪形的机身，鼻梁涂成了黑色，星形马达和机翼锈了一半，完全是不合时宜的存在，它奇诡怪异的现身，让我在往后的回忆中不知该把它放在何处。军营是平行于河道的建筑，有锌板做的屋顶及框架撑住的金属网做的墙壁。中间是指挥官的办公室，前面的旗杆立在一片土坡的中央，整日都有受罚的士兵在那里打扫。建筑的两翼用来挂军队的吊床，还有给军官睡觉的小小隔间，每间里都有一张吊床。一位中士走出来迎接我们，把我们带到了指挥部。上校像与我们从未谋面似的接待了我们。他不太客气，军人的语气也丝毫没有改变，并且保持着一种距离、一种冷漠，让人害怕引起他的憎恶，同时也让人明白，他对我们的监视并没有松懈，只是手头有别的营地日常事务需要处理，所以才把我们稍稍放在了一边。

我们被安排在建筑右翼的尽头处就寝。但机械师更愿意回到船上，在马达旁的吊床上睡。我们和士兵们在楼房背后的一个露天长桌上吃了饭。几条河鱼和相伴的啤酒都让我感觉面前的是一桌意料之外的大餐。饭后，上过我们船的士兵过来问候我们。我们点燃了他给的几根烟，抽了起来，其实更像是为了驱散蚊虫才抽的，那烟太呛，没什么好尝的。我们问起了他们带上容克斯的囚犯。他没回答，看了看天空，一会儿又低头看了看地面，他的动作便能说明一切，已无须更多解释。他顿了顿，用尽可能自然的声音说："处决总是有很大动静，还得走很多程序。所以他们掉进雨林里了，地上的沼泽太厉害，他们掉进去，就算自掘坟墓了。也没人再问起来，很快就被人忘了。这里有很多事情要做的。"船长嘬了一口烟，朝雨林望过去，又摸了摸他的水壶，仿佛确信自己携带了所有的厄运魔法。在他看来，对这类惹人厌的家伙的速判速决已不是什么新鲜事了。我自己也需要坦白，在脊背上划过了第一个寒战之后，我便把事情忘记了。现在再回想起来才发现，生活劈头盖脸地到来，我们身上最先变迟钝的就是同情心。一直被人挂在嘴边的人类间的团结，对我来说从来都不意味着任何具体的东西。人们在害怕的瞬间总会提起它来。但其实我们想得更多的是如何获取他人的帮助，而非自己可以为别人提供的东西。我们航程的伙伴向大家道了别，船长和我则留在那里，看星空和圆月，月亮近得扰人，让人想回到卧室，去吊床上休息。在那之前，我已经问过我们的朋友是否能给我一些纸和一支新笔。一会儿，他就带着它们来了。他带着一种我无法解译的微笑说："是上校给您的，他请我和您说，希望您能用它们写下您应该写的，而不是您想写的东西。"显然，他重复口令时客观忠实得很，于是那话便显得更加神秘莫测。夜的静寂和马达的缺失让我许久都没有睡着，我已经很习惯于那机器的噪声了。我写着东西，想招来些困意。也不知什么时候能出发。我想，越快越好吧。我不该待在这里。在所有曾经收留过我的各种各样且数不胜数的地方里，毫无疑问，这是唯一一个一切都对我充满敌意、一切都陌生的地方，它蕴藏着一种我不知该如何与之讨价还价的危险。我发誓不再让自己经历这些，它实在是太没必要了。

4 月 15 日

今天上午，就在我们准备动身时，清晨离开的水上飞机载着上校和驾驶员回来了。机械师正开始为柴油马达点火，船长则正与基地帮他新找的领航员一起往底舱里添加粮食。一个士兵在岸上叫我。上校想和我说话。船长看了看我，眼里有些担心，还有些恐惧。很明显，他那时更关心的是他自己，而不是我。我正要走进指挥室时，上校正好在往外走。他做了一个手势，像是要拉住我的胳膊，请我与他在土坡上走走。我跟上了他。他黝黑、匀称的脸庞上装饰着浓黑髭须，打理得十分精心，却也不至于做作。一种介于嘲讽和保护意味之间的表情在他脸上游走，丝毫没有亲和力，但却让人对他多了些许信任。

“看来您是下了决心要去上游的那些木材厂了。”他一边点烟一边说。

“那些木材厂？他们只和我提过一个。”

“有好几个。”他一边回答，一边心不在焉地看着平底船。

“嗯，我想这也不会影响什么。重要的是买好木材，然后再顺着河把它们运下来。”说话时，一种焦虑感从胃里涌上来，这感觉我已经很熟悉了：我总会自欺欺人地按照自己的欲望去一点点矫正现实，一旦遇到障碍，这种感觉便会出现。

我们走过了整个土坡。上校的烟抽得很缓慢，也很享受的样子，仿佛那是他人生最后的一根。走到头，他停下来，面对我，对我说：

“您自己的事您会尽力做好。这和我无关。我只是想提醒您一件事：您不该长时间待在这儿。您从别的国家、别的气候、别的人群中来。雨林不像人们想的那样，它并不神秘。这才是它最危险的地方。它不多不少就是您已经看过的样子。就是您正在看的样子。简单、重复、单一、邪恶。在这儿，智慧会变钝，时间会变浑，法规会被遗忘，快乐不会存在，悲伤不会成形。”他停顿了一下，深吸了一口刚才说话时慢慢吐出的烟，“我知道他们已经给您讲了那些囚犯的事。他们每个人的故事都能写好多页的诉状，但那些诉状永远都不会上交。爱沙尼亚人一直往河对岸贩卖印第安人。卖不出去的，就被他毒死，扔到河里去。他还把武器卖给种古柯和鸦片的人，之后又来向我们报告那些种植园和营地的位置。他无缘无故地任意杀人。只是为了去伤害。领航员也差不多，但比爱沙尼亚人更老练，几个月前我们才确定，他参与了一次印第安人的屠杀，为的是把政府划给印第安人的地卖掉。多给您讲这两个家伙的事也没意义。那些罪行都很无聊，没什么花样。我想和您说的是：如果我派人押他们到最近的法庭去受审，要花十天的时间。我要冒险把六个士兵派去，他们可能会落入诱惑的幻觉里把性命丢掉，或是被这些罪犯在村子里的同伙给干掉。六个士兵对我来说很宝贵。是必不可缺的。在关键时刻甚至会关乎存亡。而且，那些法官……您应该也能想象吧，我都不用告诉您。我和您说这些，不是为了给自己开脱，而是为了让您了解这个地方是什么样的。”他又停顿了一下，说：“我看您已经和船长成为朋友了，对吧？”我点了点头。“有酒喝的话，他就是个好人。如果喝不上那口酒，他就会像变了个人似的。您得确保这不会发生。不然的话他会失去理智，干出最荒唐可怕的事来。之后他又会什么都不记得。我也看出来了，您在这军营里不太自在，和穿制服的人也合不来。您有您的理由。我完全理解。但是，某些任务总得有人来完成，我们军人之所以存在就是为了这个。我在北方的总参谋部培训过。在法国，执行过两年联合军事任务。在哪儿都一样。我知道您以前的人生大概什么样，也许您还遇见过我的哪个朋友。我们不服役的时候，比较不那么惹人厌。工作的时候，他们就把我们培训成……您现在看见的样子。”我们来到了船埠前。“那我就不耽误您了。路上小心。新的领航员是信得过的人。回来时，把他在这儿放下就好。不要相信任何人，别指望军队帮忙。我们有别的事要做。没工夫去照顾怀揣梦想的外国人。您明白的。”他向我伸出手，握手时，我才意识到这是他第一次这么做。两人走向了小码头。我上船时，他拍了一下我的肩膀，低声对我说：“看好烧酒。别少了他的。”接着做了个手势，向船长道了别。随后，他迈着缓慢却有弹性的步伐，挺着有些僵硬的身子，走向了自己的办公室。我们开到了河中央，开始逆流而上。营地渐渐远了，最终和雨林边际混在了一起。不时能看见容克斯机身反射的阳光，它向我们指明着那个位置，仿佛一个满载预言的警告。

4 月 17 日

新领航员名叫伊格纳西奥，脸上布满了暗淡的皱纹，把整个人衬得像具新鲜的木乃伊。他不停说话时，口水会从仅剩的几颗牙齿旁喷出来。他和自己说的话比和别人说的要更多。伊格纳西奥很久以前就认识了船长，也很尊重他。于是自然而然地也和机械师保持着良好的友谊，在这段情谊中，他主要负责去说，机械师则用自己温和的性情回应，同时还得凭借自己用之不竭的天分去应对马达难以预料的运转情况，因为它微小的变化在任何时刻都可能造成行船彻底的崩溃。

我原以为，从这里开始，风景和气候都会越来越像干燥炎热的地区，但我的判断错了。下午时，我们又进入了雨林。树冠以及从河的一侧延绵盘绕至另一侧的藤蔓铺洒下大片阴影。马达的噪音仿佛响在大教堂里，伴着深远的回声。鸟类、猿猴和昆虫来来去去，喧闹不已。我不知该如何入睡。“木材厂，木材厂……”我随着船头水流击打的节奏一遍遍重复着。这注定要发生在我身上。发生在我身上，而不是别人身上。有些东西我永远都学不会。它们在生命之河中积聚，愚蠢的人会将之称为命运。可怜的安慰。

今天，午睡时，我梦见了一些地方。我在那些地方无所事事了很长时间，然而，它们之中藏着一些隐秘的意义。从那里生出的一个信号似乎是要为我揭示什么。光是梦见这些地方，对我来说已经是个预兆了。只是我没能猜出所收讯息的谜底。也许，把这些地方都数过一遍就能明白它们想告诉我的事了：

波旁省一座小城的火车站的候车室。火车将在午夜之后经过。燃气炉不够热，还散着一种类似沼泽的气味，黏在人的衣服上，逗留在布满潮湿菌斑的墙壁表面。三幅海报分别展示着尼斯的奇观、布列塔尼海岸的美景和霞慕尼的冬季运动。画面都已褪色，只给周遭环境添上了更浓的悲伤。

候车室是空的。卖烟的小铺子关着，还拉上了布满窟窿的铁网，原本那里会提供咖啡和罩在防蝇玻璃罩里的牛角包，玻璃罩上有些可疑的油脂印，和在空中飘浮的尘灰混在一起。我坐在一条长凳上，但它实在太硬，让我怎么待都不踏实，睡不着觉。我不时换着姿势，瞧一瞧卖烟的铺子和一面橱窗里展示的破旧杂志的封面，那橱窗上也罩着保护用的铁网。里面有个人在动。我知道那不可能，因为店铺紧靠着角落，那边没有门。但画面越来越清晰，里面确实关着一个人，还对我做了些表情，我隐约分辨出那模糊脸庞上的微笑，但没弄清这人是男是女。那时，我的腿已经因为寒冷和长久保持的不适姿势而又僵又麻，但还是挪着步子往那边走了过去。有人在里面说了些难懂的话。我把脸凑到保护网前，听到了低低的声音："或许，更远些。"我把手指伸进铁网，想移开它，就在这时，有人走进了候车室。我于是回头去看。那是个戴军帽的看守，独臂人，空的那只军服袖子用别针固定在胸前。他疑心重重地看了看我，没有问候，径直走向了火炉取暖，显然是为了宣告他的存在，避免我破坏车站的规章制度。我怀着难以言喻的不安，向自己原来的位置走了回去，心像被豁了一个口子，嘴里干得很，我确信自己错失了一个不会再次出现的关键信息。

一片沼泽之上，蚊子聚成了令人晕眩的螺旋乌云，忽近忽远，在那片水域，我看见了一架大型载客水上飞机的残骸。那是一架拉铁科耶尔32。机舱几乎完好无损。我钻进去，坐在了一把藤椅上，面前是小小的折叠桌。入侵的植物覆满了内舱两侧，爬上去从天花板垂下来。黄色的花明艳得很，几乎发着光，让人想起黄金风铃木，迷人地挂着。所有有点儿用的东西早被卸光了。机舱里散着宁静、柔和的气息，像是在邀人留下歇息片刻。穿过一扇许久前就没了玻璃的小窗，一只胸脯透着古铜色泽、喙部有橙色斑点的大鸟飞了进来。它停在我前面第三排一把椅子的椅背上，用同样泛着铜光的小眼睛看着我。忽然，大鸟抖着颤音唱起一段音调逐步爬升的旋律，随即曲调倏然下落，仿佛我的在场搅扰了它兴致勃勃唱起的乐句。它在拉铁机舱的上方飞旋，寻找着出口，离开时，把歌声留在了舱内环绕的植物间，我感觉有邪恶的巫术落在了我身上，闯入禁地之人都会暴露在它的威胁之下。就在此刻，在我内心，在我灵魂最隐秘之处，舵盘轻轻地转动了，我没来得及去阻止，它根本不在乎我的意愿。

某个战场。前一日大战已结束。缠头巾的劫匪正肆意掠夺尸体的财物。湿热的空气让人的肢体疲倦，仿佛发着一场还没把人烧出幻觉的烧。阵亡的人中有穿紧身红军衣的。军衔标志都已经不见。我向一具尸体走去，他下身穿着开心果绿的丝绸阔腿裤，上身穿着有金银丝线镶边的制服。劫匪没能偷成他，因为他的身体被一根长矛穿过，结结实实地扎在了地里，衣服也就被固定在了那儿。这是一位高阶军官，面庞年轻，身形颀长。他的头巾让我反应过来，他是马拉地人。这时，劫匪没了踪影。远处有一位着红军衣的骑士向我走来。在我面前，他停下了马，问我道："您在这儿找谁?""我在找蒂雷纳子爵。"我回答。他不解地看着我。我知道我搞错了战役，弄错了世纪，但却无法纠正自己。于是那人下了马，语气更加礼貌地说："这是阿瑟耶战役的战场，过去是佩什瓦人的土地。如果您想见阿瑟·韦尔斯利公爵，我现在就能带您去。"我不知该如何作答，呆立在那里，像个想在人群中找到方向的瞎子。骑士耸了耸肩："我无法再为您效劳了。"接着便向着来处走远了。天开始暗下来。我琢磨着蒂雷纳的尸体在哪儿，但思考的同时又清楚，事实上一切都是错的，没有任何事可做。空气里飘着香料的味道，像广藿香，像多日未更换的伤口绷带，像死尸上的日光，像方才上过油的军刀刀面。我醒了过来，确信自己走错了路，错过了那道在我的滚滚焦虑中等我——它终于在等我了——的口谕，这种确信让我压抑得很。

我在一家医院里。床被布帘掩着，从其他床铺都看不见这里面。我并没有生病，不知为什么被人带了过来。我拉开一边的帘子，看到同样的布帘护着另一张床。一只女人的手臂拉开了它，是芙洛尔·埃斯特维兹，她穿着刚做完手术的病人会穿的那种寒碜的病号衫。她笑眯眯地看着我，带着现实中的她并不会有的纯真，胸部、大腿还有私处半露半掩。同以往一样，她的头发乱糟糟的，像某种神话动物的乱发。我上了她的床。两人开始爱抚对方，那热情急迫得很：知道时间不多、很快就会有人来打扰的人便会这样地急迫。我正要进入她时，帘子猛地被拉开了。几个侍童把她架起来，一位神甫坚持要我领圣餐。我挣扎着把帘子拉上。神甫的饼放在圣杯里，一位侍童把一个装有圣油的银质盒子递给了他。他要试着为我行临终涂油礼。我回过头去看芙洛尔·埃斯特维兹，她躲避着我，很羞愧的样子，仿佛这一切都出自她的设计，但我无论如何也猜不出她的目的。芙洛尔用手指蘸了油，想涂抹我的手臂，同时还唱起了一首歌，歌里的悲伤把我扔进了无可依靠的结局里，在我看来，那仿佛是一场凶残的欺骗。一切的情欲都消散了。我想像一个窒息的人一样绝望地呐喊。终于醒了过来，伴着我的，是自己在怪诞惊叫中熄灭的喉音。

我思索着，沉迷在这些影像所隐藏的预兆中。夜降落下来，平底船缓缓前移。领航员和船长在争吵，怒火暗淡，听起来熟悉又无害。船长处在酒醉的边缘，正开始下达他那些荒唐的命令："你得去闻那风啊，老顽固，不好好闻，咱们就迷路了，混蛋！""知道了，船长，知道了，您别催了，咱们不往前走是因为没法往前走。"领航员回答，耐心得像在和孩子说话。"你这开得像没脑袋的蛇一样，伊格纳西奥，怪不得营地不要你了。舵要稳，他妈的，它又不是汤勺！"就这样过了大半个夜晚。很明显，其实他们这样很开心。这就是两人交流的方式。他们是老相识了，该说的早已说尽了。我的午觉睡得太久，所以只在清晨睡着了一会儿。醒着时读书或写东西。"无畏者约翰"的借口完全不合理。在判决了法国国王兄弟的死刑之后，他将自己的族人也带入了必然的种族灭绝。可惜可叹。一个勃艮第王国或许本可以成为合理的答案，或许可以很好地应对如雨水般降临在欧洲的一系列不可避免的不幸。

4 月 18 日

一如以往，昨日午睡中的游历在今天渐渐揭开了它们可能的谜底。仍是我从前的心魔，那些已经腐旧的鬼魂，变了衣装，换了语调，带着舞台艺术般的新的恶念，像惯常发生的那样，再次现身，让我记起那些织就我命运的恒量：活在一段与我个人利益和喜好完全无关的时光；习惯把慢慢死亡当作日复一日的本质工作；接受这本质工作中情色世界的一贯隐晦的存在；连续不断地回溯过往，追寻旧日中本可以让我找到生命意义的时间地点；还有那特别的频繁参考自然的习惯——参考它的表象、它的变形、它的陷阱、它的隐秘的声音，我在犹疑时所做的决定完全取决于它们，我在行动时的果断看似毫无依据，但事实上总是在遵从那些召唤。

只是思考一下这些，就让我平和地接受了这落在我身上的迷惘的、与我本人毫不相关的此时此刻。因为某个很容易理解的视角的错误，我在思索时忽略了一些在昨日梦中显现的熟悉的元素。它们就在那里，但我并没能领会。我已经习惯了那些自己的梦境所揭示的预兆，甚至在谜底解开之前，就先感受到它所带来的恩惠和镇静作用。现在只需再解读一下芙洛尔・埃斯特维兹的态度。她主动邀我上她的床，但在往日类似的情境中，她绝不会这样做。事实上，尽管外表狂野——大腿浑圆，粗硬的长发蓬松散乱，湿润的黝黑肌肤仿佛隐形的天鹅绒般轻轻抗拒着触摸，宽宽的女先知的胸脯整日若隐若现，尽管拥有这些性感符号——但芙洛尔完全不谙矫揉媚惑的游戏，不懂爱欲勾引的诡计。她是横冲直撞的，几乎悲伤的，她只会带着无声的绝望——在失去束缚的威权之下的人会有的绝望——在维斯塔贞女[1]式的静寂中享受爱欲。或许，芙洛尔在梦中的挑逗态度是我在这趟旅途中的禁欲造成的；除了与印第安女人的那一段，就再没有别的什么

1　维斯塔贞女（Vestal），亦被称为护火贞女，为古罗马炉灶与家庭女神维斯塔（Vesta）的女祭司。

了，但那次经历也并没有带给我抚慰，反而让我不安。更有可能的情况是，她是一个典型的兼具不同人样貌、气质的混合体。正因如此，我们从来都无法确认梦中人的确切身份。我们面前的永远都不是独一的人，而是一个合体，一个短暂的浓缩的群像队列，它永远都不会是唯一的、确定的存在。

芙洛尔·埃斯特维兹。从没有人和我这么近过，从没有人对我来说这么不可或缺过，从没有人像她那样，在微微蹙着眉的粗鲁距离之外，怀着隐秘的轻柔悉心地照顾过我，她整个人都是安静的，常常只说些单音节的字，哼或者嗯，简洁的回应，既不否定，也不确认。在我向她问起木材的事时，她只是说："我不知道木材还能赚钱。它能造房子、围栅、抽屉、托架，能造任何东西，但是赚钱？是故事里才有的事吧。还是不要信了。"后来，她去藏着自己所有积蓄的盒子里，把所有钱都拿出来给了我，一个字都没说，连看都没看我。芙洛尔·埃斯特维兹，生气时率直又暴躁，爱抚时放肆又粗鲁。她会一边聚精会神地看雾气在高高的刺桐间飘过，一边唱起低地地区的歌曲，水果味道的歌曲，轻快、天真，染着尖锐的乡愁，那乡愁留在我的记忆中，旋律和歌词里都有明澈的质朴。而我在这里，逆流而上，与我一起的，是一个半克曼切[1]半英国佬的酒鬼，一个爱上了他的柴油马达的沉默印第安人，还有一个像是从那些无名亦无用的参天大树的肿胀树皮中生出来的九旬老人。我鲁莽的流浪之途没有解药，永远都不合时宜，永远都有害，永远都与我的真实意愿相悖。

4 月 20 日

我们又进入了一个平原，平原上散落着小片的树林，各处都有河水

---

1 克曼切人（Comanche），得克萨斯及新墨西哥原住民。

泛滥形成的沼泽。一群草鹭划过天空，保持着整齐的队形，让人想起侦察机方队。它们环绕平底船飞行，随后又带着无懈可击的优雅，降落在岸边。它们迈着迟缓而谨慎的大步，寻找着吃食。当一条鱼被抓住，会先在草鹭抖动的长喙里挣扎一下，随后那受害者便会如变戏法般消失。在一大片令人生厌的水面，太阳直直落下去，让芦苇和藤本植物间的波光更加耀眼。不时有小片的林子出现，从中散出猴子、鹦鹉和其他鸟类的喧闹，还有巨型蟋蟀催眠的单调歌谣，像是在提醒我们，船很快就会回到雨林。那地方的孤寂让我们无所依靠，我们无从得知为什么在雨林中并没有这样的感觉，虽然那里无时无刻不飘着死气沉沉的雾气，提醒着我们它毁灭性的切近存在。我躺在吊床上，丧失了意志力般冷漠地看着周遭景色列队划过，唯一能感知到的不同是，随着午后的过去，光线在缓缓变化。水流几乎没有给前行的船造成阻力。马达的节奏快了起来，清脆多了，让人难以置信，毕竟它已经老了，疯疯癫癫的，不稳定。不过这些都没能进入我的几乎不涉及个人色彩的注意力的表面。与往日一样，在那些满含预示的梦境降临之后，我陷入了一种边缘性的冷漠，紧挨着喑哑的恐慌。我感知着它，仿佛它是种无法避免的攻击，攻击我的存在，攻击那些支撑我存在的力量，攻击我勉强的空洞希望——或许某天事情会好转，最终一切都会开始有好结果——无论如何，它都仍是希望啊。我已经十分熟悉这种短暂而危险的中立期，我很明白，最好不要考验它们。否则，能得到的无非只是短暂的延长期，效果类似于因疏忽而过量服下药片，只有当身体吸收完解毒药剂时，药效才会停止。

船长走来告诉我，傍晚时我们会停靠在一座村庄旁，添些燃料和补给。我想起上校的建议，问起了他酒壶的状况。他知道他们嘱咐过我，带着轻微的厌烦答道："不用担心，朋友，我在那儿会买的，够剩下的路上喝的。"他吸着自己烟斗飘出的烟气走了，一副生气的架势，像是要保护自己那片被别人践踏了的私密地带。

5 月 25 日

一行人下船时，我完全没想到自己会在那儿逗留很久，在生死之间挣扎几个星期；没有想到整个旅程将完全改换模样，甚至会变成一场令人精疲力竭的对抗，对抗彻底的绝望沮丧，对抗类似失智状态的攻击。

村里一共有六栋房子，围着一片圈牲畜的空地，似乎有时也被当作广场使用。两棵参天大树肆意长着，为下午聚在那里的肮脏、干瘪的居民提供阴凉。他们坐在未经打磨的树干做成的长凳上，抽着烟草，谈着从首都传来的永远令人不安的模糊传言。唯一有锌板屋顶、砖垒墙壁的建筑是一所学校，教士来布道时也作教堂。它有一间教室和一个给女老师的小房间，厕所已经很久没人用了，里面布满了青苔和无法辨认的污物残渣。女老师一年多前被印第安人掳走了，起先一直没下落，后来有人带来了消息，说她和一个部族的首领住在了一起，不愿再回来。军事基地也派来了微不足道的一小队士兵，住在原先教室里的吊床上。他们的所有时间都用来擦拭武器和反复做独白式的祈祷，叨念着滋养军人生活的那些苦痛。

船长给自己的军用水壶补了酒，之后，我们开始搬运大桶柴油，想把船的储藏间填满。空气潮湿得很，气温高得难以忍受，又缺人手，这工作实在让人筋疲力尽。没人想帮我们。船长状态差极了，老领航员几乎不能动，活儿只能机械师和我两个人干，当地居民无动于衷地看着我们，他们的身体被疟疾毁了，玻璃珠样的眼里空无一物，许久前就丢失了逃离此地的最后一丝希望。在第一天的下午，我开始恶心，并感到了剧烈的头痛，我将它归因为长时间呼吸柴油马达的废气——船的行进实在慢得让人绝望。第二天，我们继续着同样的活计。看起来，睡眠和休息让我的不适减轻了一些。到中午时，我的所有关节都开始痛到难以忍受，颅底的针刺感让我开始暂时性地瘫痪。我去问船长这症状的原因，他听闻后直直地看着我，从他脸上的表情推断，情况应该很严重。他抓着我的手臂，把我带到了学校中的一张吊床前，让我平躺在上面，往一大杯水里滴了几滴黏稠的琥珀色的苦味液体，逼我喝了下去。他和士兵们低声说了些什么。显然和我的状况有关。他们看着我，仿佛知道我需要进行某种他们熟悉的可怕测试。一会儿，船长回来了，还带来了我在船上用的吊床。他把那张床系在士兵聚集的角落的对角处，撑住我的腋下，几乎是举着我把我带去了那里。那时我才反应过来，自己的脚已经失去了知觉，不知道自己是拖着它们过去的，还是踏着步走过去的。夜降临了。温度稍稍降了一点，河上飘来了难以察觉的微风，我开始剧烈地打起永无终结的寒战。一个士兵给我喝了些热的东西，我没尝出味道，随后便落入了一种深深的昏睡中，几乎像失去了意识。

我完全失去了时间的概念。日与夜晕眩地揉在了一起。有时，它们像停在了某种我并不想懂的永恒里。那些凑过来的面庞很陌生，都泡在一种蛋白色的光线中，把他们衬成了某种未知世界的生物。我做了些惨烈的噩梦，总是和屋角还有锌板的接合处有关。我试图把一个角和另一个接合起来，于是便去改造支架的结构，或者为连接板材的铆钉配对，想让一切都正常，不要有一点缺陷。在做这些事时，我投入了高烧和痴念堆起的所有力量，一遍又一遍，永不停歇。仿佛思维忽然凝滞在了一种对周遭空间所进行的最基本的熟悉过程里。在日常生活中，意识甚至都不会记录这类过程，但现在，它却变成了我的存在的唯一目的，是我之所以存在的最终极、最必要、最不可或缺的原因。也就是说，我不是别的，只是那一件事，我只为那一件事而继续存活。这样的痴欲延绵着，它越来越频繁地出现，越来越重要，与此同时，我逐渐落入了一种无可逆转的疯癫状态里，一种呆惰的、矿工常会有的失智，我的本质，或者说，我曾经的本质，都在里面以失控的飞快速度溶解了。此时此刻，我正尝试描述那时所受的痛苦，但却发觉词句不可能完全表述出我想赋予它们的意义。比如，该怎样描述那种冰冷的恐慌呢？它曾陪伴我去观察自己被极度简化的能力以及那在折磨中度过的无边无垠的时间。不可能描述出来。因为从某种程度上讲，它与大家通常理解的我们的意识或我们同类的意识完全相异，甚至完全相反。我们不会变成另一个人，但是会变成另一种东西，变成一片矿藏结构，它内部的棱角不断增殖，永无止境，对它的记录与重数正是我们在时间中存续的原因。

我最先听懂的话是："他已经熬过了最可怕的那一段。奇迹一样活过来了。"一个人身着草绿色衬衫，没有任何军衔标志，普通、黝黑的面庞，浓黑、平直的髭须，他像是在远处说出了这些话，但事实上，当时他离我的脸只有几厘米的距离，正直直地盯着我看。后来，我才知道，上校驾着容克斯来了。他从一直随身携带的医药箱中拿出了一种药品，每十二小时为我注射一次，看上去，就是它救了我的命。他们还告诉我，在我神志错乱时，曾叫了几次芙洛尔·埃斯特维兹的名字，还有几次，我坚持要逆流而上，去夺下被霍雷肖·纳尔逊将军包围的、距尼加拉瓜湖几公里处的圣胡安碉堡。似乎我还讲了些别人无法辨别的其他语言，不过上校后来和我说，当他听我喊出"他妈的！"时，他就知道我没事了。

我的身体仍然很虚弱，四肢的反应很迟钝，让人窝火。吃东西没有胃口，也没有什么能解我的渴。我想喝的不是水，而是一种带强烈植物苦味、如薄荷般散着白色微光的饮料。它并不存在，我知道，然而，这特别而明确的食欲却真的存在，有一天，我会找到这自己日日夜夜渴望的茶饮。书写是极其艰难的，但在记录下对病痛的记忆时，我逐渐摆脱了曾到访的失智状态——它是我所受到的最大伤害。病情一步步好转得很快，有时我甚至觉得，那一切都发生在了某个别人的身上，而不是我的身上，那个人不是别的，就是那一切的病痛，病走了，他便也消失了。不容易，想解释清楚这些并不容易，我知道，我很怕自己过于用力后，会陷入那些痴狂的练习，我现在对它们怀有无尽的恐惧。

今天下午，机械师走过来，把蹩脚的葡萄牙语、西班牙语和一些我辨不清是哪种的雨林方言混在一起，和我说了些话。这是他第一次主动和船长之外的船员讲话，事实上，他和船长之间也只是交换些单音节的词，但这样就足够相互会意。他的五官太具印第安人特色了，所以，要把他脸上的所有表情都仔细地观察到，才不至于犯下严重的理解错误。那面庞上显露出的，绝不仅是纯粹的好奇，还有深深的忧虑。他开始问我是否知道自己患上的是什么病。我回答说我并不在乎。他惊讶得很，认为我的无知不可原谅，并且极其危险，他对我说："您患的是井热病。这病专找和我们的女人睡觉的白人。是致命的。"我说，我想我已经痊愈了，但他却像个神秘的怀疑主义者般，回答道："您别这么肯定。有时还会再犯的。"他的话里有些东西让我不禁去想，是雨林的妒意和针对外来人的黑暗战斗驱使了他，把我推入了痛苦的、与我对雨林不成文的法律的侵犯相匹配的疑虑中。我也想戳一下他的恶意，于是问他，那些与印第安女人长期保持关系的白人是怎么做的，可以不发这样的高热。"他们最后都会滚蛋，先生。这不是什么秘密了。"他带着刚学会的傲慢责备我，好像在和一个与之无须多言的人讲话。"之后得用蜂蜜水泡澡，再夹一片曼陀罗花的叶子在两腿之间，哪怕它很蜇、会引起水泡，也要夹着。"他还是教给了我一些办法的，说着便转身向马达走了过去，那样子很像一个放下手中重要工作去做另一件事，但另一件事又没有什么意思的人。午夜我正看书时，船长走了过来，问我情况怎么样。我告诉了他机械师和我讲的话，他微笑着安慰我说："您要是信他们说的所有话，最后会疯的，我的朋友。最好忘了那些。您已经好了。别的都不重要了。"他转身往船首走去，胡乱地发了些指令："半速前进，不要困倦！别用貘的油把发电机给我烧了，他妈的！"同时把一团劣质烧酒的呵气留在了吊床床脚。他的声音在无尽的夜中散去了，一直升到了星辰之上，它们那样近，终于化作了一种柔缓悦人的力量。

5 月 27 日

船长不再喝酒。我刚刚在今天早上他过来陪我们吃天天重复的早餐——“咖啡”配炸香蕉片——时注意到这一点。他通常都会在喝完“咖啡”后饮下一大口烧酒。今天他没喝，甚至都没把他的军用水壶带在身上。我看到机械师一贯冷漠而疏离的脸上投射出了诧异的目光。我知道船长在村里买了不少，所以这变化肯定不是缺酒引起的。我一整天都在观察他，所注意到的唯一改变是，他也不再发出那些令人惊诧的命令了，此前，我已经开始把那些指令视为某种必要的、讨好运的祈求，仿佛它们关乎着小船的顺利航行，也关乎着整个旅程的顺利进行。一整天，他都没喝军用水壶里的一口酒。晚上，他走到其中的一张吊床前，躺了上去，在谈了谈天气和即将到来的新的湍流——它们的确湍急得很——之后，抛出了一段漫长的关于他人生某个阶段的独白。“您想象不到，”他和我说，“把中国姑娘扔在那个汉堡的夜总会对我来说意味着什么。我从来都不是一个有女人缘的男人。也许是因为，白种女人和我母亲给我留下的印象太不相同了，她是我接触的第一个异性，我和她的关系永远都影响着我和她们的交往。我母亲暴力又沉默，盲目地遵从着他们部族的古老信仰，完成着日复一日的仪式。白人对她来说，是罪恶本身必然且不可避免的化身。我想，她是很爱我父亲的，但是她永远都不该表现出来。我父母有时会去教区看我。在那儿待几个星期，之后便会离开。探访期间，我母亲总是无缘无故地对我使用暴力，像野兽一样。她是夸夸嘉夸族的。我没有学他们语言里的哪怕一个词。那应该给我留下了很大的阴影吧，在遇见中国姑娘之前，女人们到最后总会抛弃我。好像我身上有什么东西会让她们感觉到自己受到了拒绝。我本可以和圭亚那的妓院老鸨一起度过余生的。那段关系诞生于利益而不是情感。她的脾性那么平和、宽厚，永远都不可能和她吵架。在床上，她的性感也是慢吞吞、心不在焉的。结束的时候，她总是笑得像个孩子，几乎是天真的。认识了中国姑娘后，一切都变了。她钻进了我在那之前一直密封的、连我自己都不认识的私密地带。她在她的表情里和皮肤的气味中，在投向我的浓烈却又瞬间消散的眼神里，在把我浸入致命温柔的短暂一刻中，在不经思考就接受一切的依赖里，藏着解救我的美好能力，能把我立刻拖出犹疑和执迷、沮丧和堕落，甚至能让我立即离开简单的日常琐事，把我放置在由蓬勃的能量和充满生命力的笃定所组成的明媚之地，仿佛一种不为人知的药剂，能带给人没有阴影的幸福。每次想起这些时，我都没法不问自己，怎么会因为一些生硬拼凑起来的原因而抛下了她，这些原因的确源自一些事实，但这些事实本身并不重要，从前我应付起它们得心应手，轻而易举，从来都没掉进过任何陷阱。有时，我会带着失落的怒火想，我遇见她时已经太晚了，已经无法去把握那健康美好的源泉了，我心中的那个合宜的答案已经死去，无法再延长这样的好状态，如果不是这样，事情也许会不同。您应该知道我要说什么了。对我们来说，有些事情来得太早，有些又太晚，我们只有在已经无可奈何时才会明白，只有在已经开始和自己对赌时才会懂得。我想，我已经很了解您了，想来您身上应该也发生过类似的事，应该能明白我所说的。从离开汉堡的那一刻起，一切对我来说都无所谓了。我心底深处有些东西永远地死了。酒精和让人晕眩的近在咫尺的危险，是仅有的能让我开始新一天的东西。我以前不知道，连这些都会耗损。酒精只能让活着的理由持续一瞬；而危险总是在我们靠近它时就被化解。当我们把它置于心中时，它是存在的。当它抛弃我们，当我们触到谷底，明白事实上已经没有什么可以再失去，甚至从来就没什么可以失去的时候，危险就会变成别人的麻烦。他们会知道该如何处理，该怎么办。你知道为什么上校会回来吗？就是为了这个。我没和他聊过这件事，但是我们已经很了解彼此了。您在学校的教室里不省人事时，我们再一次理解了对方。当我问他为什么会回来时，他只是回答我‘那里和这里一样，船长，只是这里更快。您明白的’。他说对了。雨林只会让离开变得更加迅速。在它之中，已经没有意外、没有异域风情、没有任何惊喜了。那些东西是以为自己会永远活着的人才需要的。这里什么都没有，永远都不会有什么。有一天，它会不留痕迹地消失。会充满道路、工厂和人，那些人会像驴一样伺候着那浩大华丽、被称为进步的毫无价值的东西。总之，无所谓，我从来都没有掷过那些骰子。我都不知道为什么会提起它来。我想和您说的是，不用担心。不是我戒了酒，而是酒戒了我。我们会继续逆流而上。像从前一样。上到我们能上的地方。之后，就再看吧。”他把手放在我的肩上，扭头看着水流。但旋即就把手撤走了。他没睡，却一直镇定、平静，充满了战败者的宁和。我停下笔，拿起书，希望困意来访。它总是伴着清晨的微风到来。我确信船长的话里藏了一个信息，一个隐秘的预兆，在为我提供某种奇妙的安抚时，也告诉我，骰子在很久以前就已开始滚动。最好让一切自然而然发生。这样就好了。也不算是隐忍。远远不是。是另一种东西。它和把我们与一切以及把一切他人分隔开的距离有关。有一天我们终会明白。

5 月 30 日

一切都奇妙地渐渐好转，归于平静。旅程初始渐渐积聚在头顶的阴云也慢慢散去，现在，眼前是一大片简洁的风景。印第安人下了船，被完全遗忘了。伊瓦尔和同伴自掘了坟墓，葬身在雨林的土壤深处。上校每日都在暗中监视我们，不动声色，但又显而易见。船长戒了酒，进入了梦境萦绕的平和状态，满怀迟缓的思念与并不尖锐的怀恋。伊格纳西奥在我眼中一日日老去，越来越像雨林的守护神。机械师则让马达完成了神秘哲学的壮举。在命悬一线时得救的感觉配合着休养，给我带来了平静的安全感，让我感觉自己拥有“被选中之人”的强韧体魄。我很清楚这些保障有多不牢靠，但目前还沉溺于它们的力量，所以一切事物仍旧在我的眼前列队行过，占据着它们应有的位置，没有什么落在我的头上，妄图伤害我对自己身份的认同。因此，哪怕和印第安女人发生关系真的给我带来了没能置我于死地的致命后果，在今天的我看来，它也是一种我从前缺少的考验，我必须要经历它，才能战胜这贪婪的、吞噬一切的植物世界的力量。一个人在世上有他必须走完的路，此刻，雨林在我眼中也成了那条路的必经之处，走完那条路，人便可免受折磨，不再于死前坚定地认为，在世人傲慢的表演背后一定有灵薄狱存在。

我从光线充足的午后开始读拉蒙德所著的关于奥尔良公爵谋杀案的那本书，一直读到了点燃科尔曼煤油灯，读了许多页。关于这个话题，的确有很多可说，但现在无论时机还是精神状态，都不适合做此类思辨。罪行发生后，巴黎城市首脑在此事的报告上缺乏客观，而与此同时，就此给出评论的作者又缺乏狡黠的灵光，无论如何，记录下这一点都颇为有趣。政治罪行的动因永远都错综复杂，其中所掺混的戴面具的隐秘动机纷繁交错，为了得到一个最终结论，对各个事件之间最微小关系的考察、对每一个牵扯其中的人物对此事的看法的记录永远都不会嫌多。勃艮第公爵叵测的灵魂所藏起的深渊与迷宫，远远比巴黎城市首脑所能感知的部分和拉蒙德试图澄清的部分要更为曲折。不过这一事件中最吸引我注意的，是罪行本身的毫无作用，事实上，所有因取人性命而在编年史中占据特殊地位的事件都是如此，那摊不成形的盲目泥浆没有目的也没有特定的渠道，就那样向前流动，它便是我们称为历史的东西，在它之中，事件的后果总是显而易见地缺席。人们在裹挟他们前进的不驯洪流中凭借异乎寻常的自恋占据着某处位置，只有这个位置和他们无可救药的虚妄可以让他们觉得，某一次已经成功的刺杀便可以在无垠宇宙中改变早已编好的结局。我觉得自己已厌倦了研究奥尔良公爵之死的真相。追踪到促成刺杀的妒忌以及肮脏的仇怨对我来说已经足够了。所以，也许正是因为如此，越往下读，我对这事件本身的兴趣就越小，并会将它投射到平日在各处所遇人物的生活场景中。我们抛在身后的任意一个寒酸的小村落中，都有一个“无畏者约翰”和一个“奥尔良公爵路易一世”，并且总有一个如圣殿老街街角的阴暗角落在等待着后者，邀他在那里与死亡相遇。那罪行的无聊单调，无论是在书中还是在现实生活中，都要尽量避免。人甚至在作恶方面都很难有奇思妙想，很难让同类意外。正如那广施恩惠的森林、荒原和辽阔的海洋。我早就都知道。并无新事。于是合上了书。一群萤火虫在我们的片刻陪伴下，在水面舞蹈着，最终消失在了沼泽间，月亮在那里断断续续地亮着，随后便被遮挡在了云朵后面。暴雨近了，但先送来了些许清风，把我缓缓带入了梦乡。

6 月 2 日

今天上午，我们遇见了一条与我们的小船十分相像的另一条平底船。它停在水流中一片沙石浅滩处，旁边积聚着河水裹挟来的一些树干和枝叶。它是在夜里开到这里的，随后便搁浅了。当时领航员睡着了。陪伴他的机械师一脸无动于衷地看着自己的同伴想用长竿推动船只的样子。船长用我们的船去推他们的一侧船身，想助他们摆脱困境，我则和那位机械师聊了起来，他仍一脸狐疑地看着众人的努力。我向他问起了木材厂的事。他告诉我，它们的确存在，如果不被上游的湍流拦下，一星期就可以到达。面对我对那些工厂的兴趣，他表现出了好奇。我和他说，我想在那边买些木材，卖到大河沿岸的河港去。他看着我，目光里混合着压抑与厌恶。他刚要再和我说些关于林木的话，我们的马达就开始加速，把小船拽出了困境，同时响起的噪音盖住了他的声音，我什么都没听清。我大喊着请他再解释一遍，但他只是冷漠地耸了耸肩。急流正推着他们的船，他于是下去发动马达了。很快，一船人便在河道转角的地方消失了。

我们继续着我们的路。我想去船长那里打听一下那个机械师跟我开了个话头的话。“别理他，”船长说，“他常就着这个话题胡说八道。您就自己去吧，自己看，自己去了解。那件事我知道的不多。木材厂是在那里，我亲眼见过几次，还带人去那里工作过。就是吧，那儿的人只说自己的语言，我也没兴趣知道他们都在那儿干什么，不想知道他们做什么生意。好像是芬兰人，我觉得是，但如果你和他们说德语，他们也能听懂一些。我再跟您说一遍，不要听信传言。这儿的人很善于编故事。他们就靠这个活，在村子里讲，在军营里讲。他们把事情搞得花哨些，弄得更大些，改换个模样，就靠这个打发无聊。您不用担心。已经都走到这儿了。您自己去验证事实，看看它到底是什么样的。”我在那里想着船长的话，突然发觉自己几乎完全失去了对木材的兴趣。就是现在立即返航也无所谓。我没有这么做只是出于惯性。仿佛自己踏上旅程只是为了旅程本身，只是为了经过这些地方，只是为了与在此认识的人共享穿越雨林的经历，而后满载着画面、声音、生命、气味和幻觉，以及将与它们相聚的、陪伴我的阴暗树影，返回出发地，目的只有一个：拨开索然无味的缕缕时光。

6 月 4 日

河里的水流忽然变了模样。想来河床已经变得多石而陡峭。沙石浅滩都消失了。河道变窄，河岸边开始鼓起低矮的小丘和山包，暴露出红土地面，有些地方的红像干掉的血，另一些地方的则像鲜艳的玫瑰。树根暴露在崖壁上，如刚打磨过的骨头，树冠上拥着许多花，淡淡的丁香紫和浓烈的橙黄交替出现，仿佛有意在踩着节奏。天更热了，但让人窒息的潮气以及夺走我们所有活动欲望的浓稠氛围已经散去了。现在包围我们的是一团炽烈的干热，它完好无损地传递着日光，让明亮落在一切事物上，勾勒出它们绝对的、必然的模样。一切都喑哑无声，像是在等待某种毁灭性的启示。马达啪嗒啪嗒的噪声在景色醉人心的静寂里像一个污点般的存在。船长走来提醒我："很快咱们就会进入湍流。人称'天使关'。我也不知道这名字是哪儿来的。也许是因为顺流而下时，过了这里，旅人知道已经渡过了险关，就会放下心来。但逆流而上时，这名字简直是迷惑人的，因为新手甚至可能在这里把命搭进去。每到这里，我都会高声为冒死前行的旅人念祷词。是我自己写的。就是这段。您念一下吧。即使您不信，也至少可以分散一下注意力，不至于太恐惧。"他把一张套了塑料套的纸递给了我，正反面都写着字。长久以来，经过那么多双手，上面已满是油渍、泥点、污垢，有些字迹都看不清了，那字体很女性化，傲慢、锐利，鲜明到有挑衅的味道。在等待湍流到来时，我把船长的祷词誊写了下来，文字如下：

诸守护神、列祖列宗、时刻引导护佑吾辈者的最高权能，

请于这危急时刻现身，挥动利刃，坚定捍卫你意志的律例，

请抚平鸟群及其他负载预兆的生灵的骚动，并清洁无罪者的前庭

在那里，被拒之门外者的呕吐物已结成不祥的讯号；在那里，哀求者的衣装

是一摊污迹，令我们的指南针偏倚，令我们的计算失误，令我们的预测成为骗局。

我召唤你在此刻现身，我赤诚为自己一连串的罪孽悔过：

我曾与凶残的豹子在畜棚立下盟约，

我曾在蛇蟒面前显得隐忍与软弱，尽管迷路猎人的一声吼叫便能让它们蜕下全身蛇皮，

我曾与无数身体结合为一，它们经过了许多人的手，仿佛帮船离开浅滩的竹竿，它们的皮肤上有卑微者的口水，在其表面逐渐结晶，

我有能力织就富有权势和智慧的谎言，令我的兄弟无法顺利达成目的，

我在海关办公室和警卫门房里，

在痛苦的殿堂和开五光十色派对的船只上，在守卫边境的高塔顶和高官的楼道间，宣读你的权能时，不免疏忽大意。

请一笔勾除这大量的不幸与恶行，佑护我

凭借我对你苦涩的戒律、严厉的训诫、疏离的存在和痛苦的缘由的遵从。

我将自己全心全意放入你不容置疑的慈悲，并万分谦卑地匍匐在地，

只为提醒自己，我是死亡险境的行者，我的影子毫无意义，

提醒自己，远离亲人的暴亡者正如市场角落被捣碎的垃圾，

提醒自己，我是你的奴仆，一无功用，在这些话语间，囚禁着毫无杂质的金属，它的主人已奉上了

赊欠你的供品，直到暗淡的永远。阿门。

我实在怀疑这段胡言乱语般的祷词的效果。这合情合理，但我并不敢和船长去讲，毕竟他将这段文字交给我时热忱无比，对它祈福驱祸的能力深信不疑。我走到了船头，站在那儿看开始震动船身的一个个漩涡，随后将那张纸交还给了他，他把它塞进了裤子后面的兜里，和他用来清洁烟斗的所有东西放在了一起。

6 月 7 日

我们还算顺利地渡过了湍流，但那揭示性的经历在很多方面都印证了我在心底——直到昨天为止——勾勒的危险本身的模样以及死亡真正到来时的画面。我在这里说“真正”是因为，它并非那些我们用想象力招来的鬼魂，那些我们用曾见过的各种人的各种死相来塑造其身躯的鬼魂。不是。它是我们用所有意识与所有感官去感觉死亡本身极其切近又不可阻挡的到来，它是去感觉那种无法挽回的存在本身的停摆。就在那里，近在咫尺，不可否认。很好的证明，漫长的一课。姗姗来迟，如同所有曾给予我们直接且深刻影响的教训一样。

船长把他的著名祷词交给我的那一天，机械师认为我们该停下来检查一下马达。逆湍流而上，一个故障就意味着必死无疑。我们泊了船，机械师开始拆卸、清理、调试机器的每一个部分。这个印第安人来自林莽的隐秘深处，这台机器来自先进文明几乎完全建立在科技基础上的那些国家——在那里被发明出来并被不断完善——但他却能凭借从容的智慧与它融洽地相处，着实令人赞叹。他的双手灵活无比，仿佛受到了某位机械学保护神——这位神祇本该与这位面庞丑陋呆笨、皮肤光滑如蛇的土著人毫不相关——的牵引。直到仔细检查过马达在各种模式下的运转情况之后，他才放下心来，对已准备好逆流渡过天使关的船长轻轻点头示了一下意。夜幕降临，我们决定留在原地，等第二天清晨的到来。一开始就在黑暗中溯流而上可不太好。翌日，最初几缕阳光刚散出来时，我们便出发了。和我预想的不同，湍流河段里没有冒出水面、阻截水流、让河水更加汹涌的大石。一切玄机都在深处，河底布满了坑洞、起伏、凹陷、漩涡和断层，当它们更陡峭时，水便会向下冲去，陷入一种由时刻变换方向与强度、能席卷一切的力量所推动的隆隆作响的涡流。

“您别去吊床上。要站着，抓紧顶棚的横杆。不要去看水流，尽量想些别的事。”这是船长仅有的建议，他一直站在船首，抓着一截不太结实的舷梯，身旁是掌舵的领航员，不时猛打方向盘，以躲避水流的冲击和突然抬升、仿佛未知巨兽后脊的泡沫。马达一直悬在水面上方，螺旋桨也在空中打转，翻搅出一片失控的晕眩。我们在水流冲刷了数千年的河谷中越行越深，光线渐渐暗淡，将我们的身体裹在了旋转的湍流——在冲撞水道两旁被磨平的石壁时——所轻扬的泡沫与雾气的薄纱里。很长一段时间，人们都以为夜正在降临。平底船晃着脑袋，船身震动着，像轻木做的。金属框架发着闷响，仿佛遥远的雷声。固定板材的铆钉也颤抖、跳跃着，像是在向船体宣告，在灾难到来前，一切已经垮掉。时间已经过了数个小时，但我们并不能确定自己在前进。一行人像是在冷酷的轰轰水流中定住了，正等待某一刻被漩涡忽然卷走。一种难以形容的疲惫麻痹了我的双臂，我感觉自己的两腿也像某种迟钝的松软的东西做的。在我觉得已经坚持不下去时，听到船长朝我这边喊了些什么。他用脑袋指了指天，脸上露出了有些扭曲的神秘笑容。沿着他的目光，我看见天慢慢清亮起来，泡沫和雾霭积成的浓云被几缕阳光穿透，映着虹彩的灿烂。激流的咆哮和船体的轰鸣已渐渐隐去。我们的船开始前进，在螺旋桨规律而笃定的力量的控制下，有节奏地摇摆着。当船身的颠簸更轻了些时，船长蹲了下去，并示意我可以躺回吊床去了。他漂亮的彩色阳伞已经不见了踪影。我活动了一下筋骨，浑身都疼，像是挨了一顿棒打。我摇摇晃晃地走到吊床边，躺上去，放松的感觉传遍了全身，仿佛每个关节、每块肌肉、每厘米被水抽打到僵硬的肌肤都涂上了舒缓香脂。在我庆幸自己还活着的同时，微醺和难以抵挡的困意渐渐俘获了我。河流重新伸展开来，两岸长满了灯芯草，草丛间一群群草鹭正在起飞，飞向长满鲜花的树冠。空气再次不动声色地干热起来，凝滞在那里，让我想起，曾有过一些酷似这个午后的下午，想着想着，便落入了一种上天恩赐的无限平静中。

我睡得正沉时，领航员走到了我身旁，端着一杯热咖啡和一只破旧的锡制小盘，里面盛着几片炸香蕉："得吃点儿东西，先生，要是不恢复力气，一会儿就会叫饥饿给抓住，会梦见死人的。"他的声音里有父辈的慈祥，让我一时间沉浸在了一种天真而无用的怀念里。我谢过了他，一口气喝光了咖啡。在吃下那几片香蕉时，我感觉自己往日的忠诚信念一个接一个地回来了：对生命的忠诚、对这个世界——它保管着永远崭新的意外——的忠诚，还有对那三四个人的忠诚，他们的声音越过时间和我无可救药的游牧人生，来到了我的身边。

6 月 8 日

风景开始变化。最开始，迹象零零散散，不太明显。气温虽然一如既往，但却有几缕清爽的微风划过，完全不同于仿佛呆滞炉火的闷热，后者实在像极了拒绝上路的执拗牲口。一阵阵属于另一种气候的气息让我想起大理石上的纹路，无论色彩、色调还是质感都与底料相差甚远。沼泽渐渐消失，被低矮、茂密的灌木丛代替，它们散发的混合香气像碗里盛的花粉，让人想起蜂蜜，却仍保留着自己显而易见的植物韵味。河床狭窄起来，水更深了。两岸逐渐积起泥泞的土地，一戳，就会有黏土露出来。水清新澄澈，微微带有铁色。这些变化影响到了所有人的心情。紧绷的弦松下来了，大家开始想交谈，眼里也闪着光，仿佛感觉到长久期盼的事就要到来了。傍晚最后的几道光下，地平线那边，出现了一条铅蓝色的细线，和在模糊的远方聚起的暴雨云自然地融混在了一起。船长走过来，指了指我饶有兴致望向的地方，用手画起波浪，仿佛在描绘山脊的线条，他没有说话，只是点了点头，微笑里透着某种悲伤，让我又不安起来。"是木材厂吧？"我问着，似乎也并不需要答案。他又点点头，之后抬起眉，撇了撇嘴，像是在说："我虽然什么都做不了，但绝对全心全意地支持您。"

我在船头坐下，腿悬在河面上，水滴溅上来，带着星星点点的清凉，若是在其他时候，我一定能更畅快地享受这感觉。我想着那些工厂，想着它们藏匿的东西，想着或许这些东西正是我预感之中的意外灾祸，但却没有人愿意给出更多细节。我想着芙洛尔·埃斯特维兹，想着她的那些钱，想着它们即将被扔进一段充满预言的冒险；我想着我在接下这类苦活儿时一如既往的笨拙，但很快就发觉，自己早已对它失去了兴趣。一想起它，我的心里便会涌上一阵不悦，还混合着一个人——他已经游走到事件的边缘，一心只想尽快摆脱时刻都在荼毒他生命的那个承诺——令人无力的愧疚感。这种精神状态对我来说再熟悉不过了。我清楚地记得出口在哪儿，因为自己总是穿过它们去躲避焦虑或惘然若失的状态。这些状态一直阻碍我去享受生命每一天的馈赠——那些为了奖励我仍追随在其左右而发给我的寒酸奖品。

6 月 10 日

我和船长进行了一段奇怪的对话。谜一直在词语之下流动。所以，简单把它誊写下来是不够的。他的语调、神情，他迷失在漫长沉默中的方式都使我们对话中的言语非但不能帮我们沟通，反而成了表达的障碍和让人分神的因素。它们隐藏了对话的真正原因。他的声音从我对面的吊床上传来，吓了我一跳。我本以为他已经睡着。

“已经要结束了，瞭望员。这趟冒险已经没剩什么了。”

“是啊，看上去咱们离木材厂越来越近了。今天连山脉都能看得很清楚了。”我应他说着，清楚对方话里有话。

“我想，走到这儿，对您来说木材厂应该也不重要了。决定咱们踏上这段旅程的东西想必您已经见识过了。您不觉得吗？”

“是啊，的确是这样。有点这种意思。”我回答他道，想让他把话说完。

“嗯，如果好好地想想，您就会发觉，从遇见印第安人到渡过天使关，一切都能连成一串，接合得天衣无缝。那些事总是一件挨一件地发生，有明确的走向。最重要的是知道该怎么去理解它。”

“您要是在谈论我，那说得有道理，船长。但您呢？关于自己，您怎么说？”

“在这些支流上，还有大河上，我经历了很多事。和这一次发生在咱们身上的事一样或者很相似。我觉得有意思的是这次各个事件发生的顺序。”

“我没明白，船长。我的事有它的顺序，您的事自然也有它的。您没和印第安女人上床，没在军事据点患病，也没在天使关以为自己差点没命。”

“如果一个人经历了您所经历的事，通过了那些造就了如今的您的考验，那么，当第二个人遇上他时，去做他的见证人和伙伴与亲身经历那些事同样重要，甚至更加重要。在军事据点的那些日子里，在您的吊床旁，眼睁睁看着您的生命溜走，对我来说比对您来说更是一场决定性的考验。”

“您就是因此才放下酒壶的？”我想问得具体一些，所以说得有些唐突。

“是的，我那么做正是因为这件事和它带给我的思考。就好像突然发现自己正在玩还没轮到自己玩的游戏。在生命中的某一段扮演自己不该扮演的角色是很糟糕的事，更糟糕的是，在已经无力挽回过去、寻回已丢失的东西时幡然醒悟。您明白我的话吗？”

“嗯，我想我是明白的。我身上发生过类似的事，很多次，但时间很短，我后来平复了，重新站起来了。”我想让他明白，我收到了他的讯息，但同时也想把话题引往别的方向。

“您是不会死的，瞭望员。有一天您会和其他人一样死去，但那不重要。它并不会改变什么。您在活着时是不会死的。我想，我在很久前就死了。我的生命就像用小片小片的破布头随意缝在一起的。在意识到那一点时，我就戒了酒。不可能再自欺欺人了。看到您在那间教室战胜疾病、起死回生，我也看清了自己。我看到了自己的错在哪儿，从什么时候开始犯的。”

“也许是从离开汉堡开始的？”我试探着问。

“都一样。您知道吗？都一样。也可能是和中国姑娘逃走时开始的。或离开安的列斯群岛时开始的。我不知道。这也不重要。都一样。”他的声音里透着不安，有种冲着他自己而不是冲着我发的愠怒，仿佛他在开始对话时，并没有料到会聊得这么远。

“是啊。”我接着说，“您说得有道理。都一样。得出那样的结论时，怎样开的头并不重要，也不能让事情更明了。”

一阵漫长的沉默落下来，我以为船长睡着了。但忽然他又说起话来：

“您知道还有谁和咱们一样明白吗？”他问我说，语气里似乎有戏谑的味道。

“不知道。谁？”

“上校，是上校啊。所以他才回到了那个据点。我从没见过他像关注您一样这么着迷地关注一个病人。要知道他已经见过那么多弥留之际的士兵了。像他这样的人是不会被轻易打动的。您也见过他的。我也不用再费口舌去讲。您知道，他和我一起在您身边待了好几个小时，看着您神志不清，在那张吊床上，像刚被捕获的困兽一样，不停挣扎。”

“嗯，我大概能想到这些，从和他告别时他的举止、他说的话就能看出来。他不明白我为什么能活过来，这是让他着迷的地方。”

“您错了。他和我一样明白。他也在您身上看到了那种不死的特质，所以陷入了茫然，茫然到彻底改变了性格。我第一次在他身上看见了裂缝。以前，我以为他是刀枪不入的。”

“希望能再见到他。”我脑里想着，口里便说了出来。

“您会再见到他的。不用担心。他也想的。两位再见面时，您会记起我刚说的话的。”他把声音压下来，像天鹅绒一样柔软又遥远。

我明白我们的对话结束了，却很久都没睡着，在那里反复琢磨船长话语的表层之下隐秘流动的含义，它们钻入了我的内心深处，在我的意识的遗忘之地耕耘着，四处播撒着警告标识。仿佛有人正在我的灵魂上安装通风口。

6 月 12 日

山脉耸立在地平线上，在我们面前明晰得让人喘不过气。我忽然发觉自己之前已然忘记了伫立在它面前的感觉，忘记了对自己来说，它曾意味着庇佑的氛围和无尽的泉源，从中不断涌出磨炼我心智的考验和磨尖我感官的挑战，并一直刺激我去探索、确立偶然的边界。连山被天空泛起的青色笼罩，我在它面前，感觉心底涌上了一种用愉悦填满我身体的喑哑的坦诚：只有我才知道该将自己生命中的每一个小时诠释到何种程度、赋予上何种意义，“我属于那里。当我离开那里，我便开始死去”。或许，这便是船长口中“我的不死”所指的东西。是的，就是它，现在我彻底明白了。芙洛尔·埃斯特维兹和她桀骜不驯的褐色乱发，她慈悲的粗野言语，她放纵的身体，她那些能安抚泼皮无赖的歌曲，只有她，能凭借无法生育的女性的学识，完全理解这些人一无是处的纯真，能摇晃着生命的肩膀，迫使对方交出她所要的东西。

山脉。雨林正在腐烂的瘫软地狱带给我的试炼仍在我体内留着新鲜的痕迹，一切将我带到雨林的事之所以发生，都是为了在此刻让我发现，我真正的居所在那里，在上方，在巨型蕨类植物摇曳生姿的峡谷深涧，在废弃的矿洞，在披着花朵惊人的雪白或覆着果实喜庆的嫣红的咖啡园中湿润的咖啡木上；同时也在香蕉树上，在它树干难以形容的柔滑中，在它从容、光润的嫩绿枝叶的谦卑里；在向下流淌的河流中，水流会撞击被阳光晒热的巨石，对爬行动物来说，那里是块宝地，它们会在那儿进行自己的情色游戏和无声会议；我的居所也在令人晕眩的大群鹦鹉里，它们会像一支聒噪的军队，划过天空，落在刺桐高高的树冠上留停栖息。我属于那里，现在，我完完全全地明白了这一点，就像一个终于找到自己在地球上安身之所的人。我将不知多少次从那里再出发，但绝不会再回到我刚刚离开的地方。当我远离山脉，它的缺席会使我心痛，痛苦里满是焦虑，想回到它身边的焦虑、想迷失在它山间小路上的焦虑：那条条山路上会飘着山野香、红苞茅草香、刚被雨浸润的泥土香，还有榨糖季时榨糖机器的香。

夜幕落下，我躺在了吊床上，清风像守信的承诺，断断续续地送来在记忆中已被抹除了的水果的芬芳。我进入了梦乡，像是要在一个短暂的夜重度青春，要把它解救出来，保它完好无损，不让我自己的愚笨和我与虚无进行的交易伤害到它。

6 月 13 日

今天，我读完了关于勃艮第公爵“无畏者约翰”策划谋杀奥尔良公爵路易一世的书。我在自己为数不多的随身物中把它放好，以便将来翻看事件的某些细节。显而易见，受害者曾在自己的兄嫂兼毫无疑问的情人——巴伐利亚的伊萨博——的支持下对敌手进行了长期的挑衅。巴黎城市首脑的羞怯及作者的矫揉造作阻止了真相大白，把这一在我看来极为重要的历史事件蒙在了一团模糊里。可以从各种新颖的角度来研究阿马尼亚克派和勃艮第派之间的斗争，造成这场内战的真正动因及源头尤其值得考察。不过这类追踪溯流的事还是留待其他时候来做吧。在安特卫普和列日的资料中一定有能揭露真相的文件，有朝一日我一定会去翻看。如果还有机会为我亲爱的阿卜杜尔·巴舒尔及其同伴提供些服务的话，我就去查询那些资料。阿卜杜尔真是个人物。他身体里住着热情仗义的朋友，时刻准备着牺牲一切，救我们于水火之中；同时住着狡猾无敌的生意人，执迷于错综曲折的复仇事业，在上面花去大量的时间与金钱。我是在塞得港的一个咖啡馆认识的他。他当时坐在邻桌，正试图把一些蛋白石藏品卖给一位来自得土安的犹太人，后者或许听不懂阿卜杜尔的黑话，或许只是假装不懂，好让对方省去口舌把东西便宜卖给他。阿卜杜尔回过头来看我，用东地中海人的直觉猜测着该与这位陌生人用哪种语言讲话，随后，他开口用佛兰德斯语请求我帮他做成这笔买卖，又向我提出了一笔可观的回扣。我坐到了他的桌旁，和以色列人说起了西班牙语。阿卜杜尔用佛兰德斯语把他的那套说辞讲给我，我再用卡斯蒂利亚语[1]解释给犹太人听。生意遂阿卜杜尔的愿做成了。犹太人抚摸着他的石头走远了，嘴里还嘟嘟囔囔地诅咒着我的历代先人。我们两个则留在了那里。阿卜杜尔和我很快就成了好朋友。他告诉我，他原先和自己的表兄一起经营造船厂的生意，但时运不济。他正在攒钱，想回安特卫普，改善一下自己的生意状况。我们在地中海的几座城市间艰难地来回漂泊，直到在马赛卸下了无人敢冒险运送的一批危险的货物。阿卜杜尔用那趟活儿挣下的钱重组了公司，我则得以填补上了在科科拉矿场头脑发昏犯下错误所造成的损失，在那个地方我几乎失去了一切，甚至包括生命。我应该在哪儿讲过那时的事。

阿卜杜尔·巴舒尔后来写信给我，问我要不要参与一艘挂突尼斯国旗的货船的工作，我回答说自己更倾向于在木材厂的事上试试运气，现在

1　卡斯蒂利亚语（castellano），即西班牙语。

看来，这件事可能的回报太少，甚至可能完全没有。这些过往的篇章与旅程纷纷回归探访，一种难以形容的疲惫、麻痹和丧失意志的感觉侵入了我的身体，仿佛自己十年的生命时光就在这些被诅咒的、充满废墟的地方过去了。

6 月 16 日

前天清晨，一片阴影挡住了通常会照在我眼睛上的最初几缕朝阳，叫醒了我。从前我已经习惯了那样的刺眼光线，它会迫使我在吊床上转过身去，不完全醒来，继续做着格外抚慰人的梦，好补偿夜里不安的睡眠。是凉棚铁杆上吊着的什么东西挡住了阳光。我突然醒过来：船长的身体挂在横杆上，轻轻摇晃着。他背对着我，吊在那儿，头倚在上吊用的粗绳上。我马上去叫了机械师米格尔，他立刻赶到，帮我一起把悬着的身体放了下来。那张青紫的脸庞上的表情扭曲怪诞，令人难以辨识。那时我才记起，死者生前最常有的表情之一，是他醉酒最厉害时的脸，带着某种规整的尊严，让人想起以前致力于表演古希腊或伊丽莎白时期戏剧的某位演员。我们翻了翻他的衣服，想看看他有没有留下些文字，但什么都没找到。机械师的脸比以往任何时候都锁得更紧，更没有表情。领航员过来看着我们，带着老年人才有的克制的共情能力摇了摇头。我们找到一块适合埋葬尸体的土地，把船停在了岸边。将他裹进了他从前最常用的那张吊床里。几个人挖着地，那里的土硬度和黏土差不多，坑挖得越深，土便红得越烈。几小时后，墓穴挖好了。我们全都浸在汗水里，四肢也痛起来。几个人把尸体放下去，将土重新填好。领航员刚一下船就去砍了两根黄金风铃木树枝，在我们拿铁锹干活儿时，怀着温柔的耐心做了一个十字架，并用小刀在横木杆上刻下了精心设计的字样：只有“船长”两个字。我们站在坟墓周围默哀了一会儿。我本想说些什么，但发觉那会破坏大家正沉浸于其中的专注。每个人都用各自的方式追寻着自己那份独有的回忆，纪念着这位——用他和我重复了许多次的话来说——在度过了不属于他的人生之后终于安息了的同伴。我们向平底船走去准备继续上路时，我知道我将一位朋友留在了那里，他前后一致的严谨和没有棱角却坚定的温和亲切，是我永远的榜样。

平底船开起来时，我找到机械师，想问他该怎样继续旅途。“您不用担心。”他用他虽然粗野却也能让人明白的混合语言说着，“咱们会去木材厂的。从两年前开始，我就是船的主人了。船长在大河的军事基地买下它时，我就把这个宝贝了很久的马达给装上了，在那之前，我一直都在等待一个那样的机会。后来我从他手里把船买了过来，但是从来没想过让他走。他能去哪儿呢，谁会要他呢，他那种办事的方法？他吼出来的那些命令可能会让他觉得自己仍然是船的主人和船长吧。他是个好人，受了很多罪，谁能比我更懂他呢。他管我叫米格尔。我真正的名字是森杜，但他不喜欢。他很尊重您，有时候会感叹没能在其他时候认识您。他说两位要是早些认识，也许能做出一番大事来的。”米格尔回到了马达旁，我靠在一根柱子上，看着水流。我又想到，关于死亡，我们什么都不知道，我们所说的、所编造的、所散播的关于它的一切不过是寒酸的幻想，与那个敦实的、必要的、不可避免的事实毫无关系，正是死亡的秘密把我们带向了它。显然，船长在几天前就已经决心去死。他不再喝酒就是一个标志，标志着他心里有东西停止了，那东西仍然维持着他的生命，但却永远破碎了。那晚我们的对话又浮现出来，清晰到无可争辩。他当时就是在告诉我他已经决定了的事。他不是那种会突然说“我要自杀”的人。他有战败者的羞耻。我当时也并不想去解译那个信息，或者更准确地说，我当时更倾向于把它掩在灵魂那个转角处，我们通常都会在那儿藏些已成定局的消息，那些无须依靠我们便可以走向终点的无法抵抗的消息。他应该会感谢我当时的态度吧。他对我说那些话，是为了在死后被记得，是为了在永远与我相伴的——他很清楚这一点——关于他的记忆里永存。他放弃生命的方式谨慎至极。一直等到我睡沉时才行动。应该是在拂晓之前不久。他唯一能用的就是凉棚的铁杆。因为用其他任何东西都会被我们发现。那种羞耻心和谐地将他的性格填补得更加完整，让我觉得他离我更近，更符合我心里那个懂得如何——在或阴险或茫然的同行间——周游世界的男人的形象了。我越想他，就越明白，自己几乎了解了他的全部人生，他的性子、他的堕落和他曾寻得的幻梦。我像是认识他的父母：他的母亲有着粗野的红皮肤，无限忠于她的男人；他的父亲则迷失在淘金梦和永不可抵达的幸福里。我能看见帕拉马里博妓院里那位胖胖的老鸨，听见她畅快的笑声和性感的踱步。还有那位中国姑娘。他周围的人中，我最熟悉的就是她了。关于她还有把她抛弃在汉堡圣保利区阴沟里的事，有太多可以讲述。那是他的一种开始死亡的方式，一种在无可救药的多重道路上，迈着不可逆的步伐，在内心建立死亡的方式。我睡不着。整夜都在吊床上翻来覆去，回忆、思索、重建着一个切近的过去，在这个过去中我接受了两三个教训，应该已在我的未来留下了永久的痕迹。或许，从这时起，我也开始了自己的死亡。只是我不敢多想。唯有希望一切能自动重上正轨。现在最重要的是回到荒原，躲进芙洛尔·埃斯特维兹桀骜不驯却有益于健康的保护里。她一定很能理解船长。谁知道呢，她拥有能探测到失败者的敏锐异常的嗅觉，但这些人通常都不是她喜欢的类型。一切都那么复杂。迷宫中有那么多的困难与意外，我们却想尽办法对它的出口视而不见，而后，当我们发觉事实并非如此，发生的一切事情都有同一张脸庞、同一个源头时，等待我们的又是无尽的单调。不可能再睡着了。我会去和米格尔一起喝杯咖啡。我已经清楚这关于无可奈何之事的苦苦思索会走向哪里。最好不要靠近那种枯燥无味。它就在我们心里，最好能忽视它在我们灵魂中所占据的面积。

6 月 18 日

现在，我正端详着船长放在抽屉里的一些有正式抬头的四开的信纸，它们就躺在其他和平底船或是海关手续有关的文件旁。我觉得自己很难把日记再写下去了。从某种意义上讲，我陆续写下的大部分文字都与他的存在有关，因此再提笔很难。但这也并不意味着我曾经希望他有朝一日能读到我写的东西。这是我最不可能有的目的了。一直以来，他的陪伴、他的形象、他的过往、他继续在生命边缘存在的方式对我来说，仿佛是某种参照、准则与灵感，我得把它说出来，尽管这看起来十分笨拙，因为许多蠢人都曾扯出“灵感”这个词。我现在在纸上记录的东西仅与我、与我所见、与我周遭正发生的事相关，我正挨受着一种空白、一种重量的缺失，让我感觉自己像众多旅人中的一位，正寻找着新的经历与意想不到的情绪，或者说，正寻找着一种东西，来动摇我根深蒂固的、近乎生理学的对事物的拒绝。不过，话说回来，只需忆起他的一些话语和举动，便能支撑我继续在纸上胡乱写下去。昨晚我做了一个发人深省的梦，细节丰富、内容饱满、情节连贯，想来一定是他从地下传来的能量，请我继续把日记写下去。

我正与阿卜杜尔·巴舒尔在安特卫普——他总是用荷兰语叫这座城市的名字——的码头向那艘将由我来负责的货船走去。走到近前看，船身刚刷过漆，闪亮如新，舷梯与管道也干净整洁、熠熠生辉。我们从梯子爬上去。甲板上，一个女人正擦着木地板，她身上喷涌的精力与专注让人有些不安。每次弯腰拿刷子用力擦除顽固的污渍时，她浑圆的形体便会突兀起来。我瞬间认出：是芙洛尔·埃斯特维兹。她微笑着倾了下身，带着一贯粗鲁的亲切问候了我们，并和阿卜杜尔说了些什么，我随即明白他们已相互认识。接着，她对我说：“我们的活儿就快干完了。等船出了港，肯定会叫所有人嫉妒的。驾驶舱有咖啡，还有在等二位的人。”她的衬衫扣子松了，几乎露着整个胸部，黝黑而丰满。我不太情愿地把她留在了甲板上，跟着巴舒尔去了驾驶舱。进舱时，船长正站在乱糟糟地摆满了文件与地图的书桌旁。他手上拿着烟斗，问候我们时带着体操运动员的风采，热情洋溢且短促有力。“嗯。”他边说边用持烟斗的手挠了挠下巴，“我又回到这儿来了。平底船上的事差不多就是个演练吧。结果不太好。我们做了很多辛苦的工作，这条船买得很好，现在无论是把它卖掉，还是想办法自己用它，都很划算。女士觉得我们自己留着好。我和她说要看您二位怎么想。对了，瞭望员，她等你等得很着急。把您留在荒原的东西都带来了，但不确定是不是缺了什么。”我说我们已经见过她了。“那咱们就走吧。”他接着说，“我想请二位把各个地方都看看。”几个人于是走了出去。天黑得很快。船长走在前面，给我们领路。我注意到，他每次回头，脸都会有些变化，无助的悲伤与怪诞渐渐被钉在了他的面庞上，愈发明显起来。到达机械间时，我察觉到他有点儿瘸。于是我开始确定，那已经不是他了，我们跟着的是另一个人，的确，当他停下来展示锅炉时，我们面前的已然是一位老人，落败的笨拙的老人，口中含混不清、断断续续地嘀咕着什么，与他用颤抖的脏手指着的东西毫无关系。阿卜杜尔已不在我身旁了。一阵寒风从舱口钻进来，摇晃着船身，它之前的宏伟与坚固顿时消失不见。老人走向了一段通往底舱深处的梯子，越走越远。我则留在了一堆乱糟糟的铁器、连接杆、阀门中间，想来它们应该很久前就被弃用了吧。我想起了芙洛尔·埃斯特维兹。她会在哪儿呢。我没法儿把她与周围的破铜烂铁联系在一起。于是急切地往甲板上跑去，在一节缩回去的楼梯台阶上摔倒，落入了一片空无。

我大汗淋漓地醒来，嘴里很苦，像吃了腐烂的水果。河里的水流已变得更加急猛不驯。早晨的微风仿佛一道通知，告诉我们，正进入的地区与之前所经过的所有地方都截然不同。目光停在山脉上的领航员为我们做了菜豆和木薯，散着无趣的香味。我忽然想起了雨林和它消沉而泥泞的气候。

6 月 19 日

今天我和领航员说了会儿话，算是帮我弄清了——尽管只有一部分——关于木材厂的谜。上午，他帮我拿来了咖啡和必不可少的炸香蕉。之后便留在那儿等我吃完早餐，很显然有话和我说。

“嗯，咱们这就快到了，对吧？”我问出来，好让他就着话头把想说的说了，年老的人总会把话闷在那儿，不敢说，留着一段距离，好藏在里面，免得被人可怜或不被人理睬。

“是啊，先生，就差几天了。您从来没去过那儿，是吗？”问题里有着尖锐的好奇。

“从没去过。那您和我说说，那些工厂里都有什么啊？”

“那些机器是几个从芬兰来的先生装的。一共有三座木材厂，之间相隔着几公里。是军队看守的，工程师都走了。一些年前就走了。”

“他们用的是什么木头呢？我看这儿的树可供不起您和我说的三个工厂。”

“我想山脉脚下有好木材吧。我哪次听人说起过。但是好像运不到厂里去。”

“为什么？”

“我不知道，先生。真的不能说。”他隐藏了些东西。我看到他的脸上划过了一丝恐惧。话也开始不自然，磕磕绊绊的。看起来他已经没有了谈话的欲望，好像说过的那些话已经足够。

“那谁知道这些事呢？咱们到的时候，也许军队的人能告诉我。您觉得呢？”我也不指望套出更多话来了。

“先生，军队是不会说的。他们不喜欢人问这个，而且，我也不觉得他们比我们知道得更多。”他收拾起空杯子和空盘子，一副要走的样子。

“如果我和上校说呢？”我触碰了敏感的点。老人定住了，没敢回头看我。“如果需要的话，我就和他聊聊。他肯定会告诉我我想知道的事。您不觉得吗？”

他缓缓朝船尾走去，看着远方，低声说道：

“也许他会和您说些什么吧。对我们这些生活在这儿的人，他从来都不说，也不喜欢我们掺和进去。如果您想的话，就去问吧。我觉得他对您印象挺好。”他嘟哝着这些话，手臂扬起来，像是在忍受无药可救的事和他人的愚蠢，这是典型的老年人做派，似乎在他身上更加明显些。我仍记得在放下船长身体和下葬时米格尔的样子。他不想参与人们搞的有害的活动。他已经经历了太多，因此，对他来说，叠在一起的蠢事不是不再难以忍受，而是几乎与他毫不相关了。

领航员和我讲的话中并没有太多新信息。慢慢收集资料的过程中，我从很早就开始确信，在荒原时货运司机向我描述的、到雨林后我从人们口中听到的那桩生意不过是谣言堆砌的幻象：唾手可得的模糊财富，从天而降却从来不曾落在人头上的好运。毫无疑问，我便是落入这种陷阱的最佳人选，因为我一生都在不停进行这样的冒险，也总是在最后幡然醒悟。结束时我也常自我安慰，说真正的奖赏就是险途本身，除了走遍天下路的满足感，再不用寻找其他东西，只是走到最后，路与路总是越来越相像，难免让人怀疑。尽管如此，那些路还是值得走的，至少可以赶走厌倦与我们的死亡，后者是真正属于我们的东西，它正盼望我们能认出它、接纳它。

6 月 21 日

在工厂的事上，我的沮丧日益增长，兴趣不断锐减，旅程本身和它的意外、灾祸以及它所揭示的意义对我来说也索然无味起来。风景和我的精神状态和谐一致：大片低矮的植物，绿得热烈，浓重的花粉味贴在人身上散也散不去；薄雾筛下的缕缕阳光，让我们猜不准事物的距离和大小。一整晚都在下绵绵细雨，浸透了整个凉棚顶，沥过来，温和地落在人身上，比起雨，更像某种浆液。机械师米格尔一直在抗议马达的不配合。在那之前，我从没听过他的抱怨，哪怕在面对湍流险关时都没有。很显然，他很想念雨林，眼前的土地让他不适，影响了他的情绪，削弱了他与机器之间的联系。他仿佛忽然失去了庇护，对马达来说，变成了另一个毫不相关的、不合心意的人。领航员仍然定定地望着山脉，偶尔摇晃一下脑袋，像是要赶走哪个扰人的念头。

现在的状态并不适合继续手中的文字。但我足够了解自己，知道没有帮助，也还是可以顺势写下去的。残酷的雨林工作只剩最后两人的陪伴，在此地的孤独里，存在着一种危险，可以让人无法恢复继续活下去的哪怕最微小的动力。午后光线里落下了细雨。雾气散了，一时间，周遭的一切都明澈起来，整个世界都仿佛是崭新的。领航员在船头向我示意，正前方，在山峦结实的峭壁脚下，最后几缕阳光中，反射着一种泛着金色的金属光泽，让人想起达尔马提亚海岸东正教的小教堂顶。“就在那儿了。就是那些。一切顺利的话，明晚我们就会到。”他用疲倦的声音对我说道，没什么语气，像从一个腹语艺人的木偶嘴里发出来的。我有些惊讶，随即开始在心里祈求旅途更长一些，因为很快就要面对那些怪诞建筑的恼人现实了，我只想离那一刻更远一些，现在，它们的光泽正随天色变化而逐渐暗淡，黑夜迈步走来，陪伴它的是蟋蟀的喧嚷，和正在山尖寻找安身之处的鹦鹉群的聒噪。我开始给芙洛尔·埃斯特维兹写信，只为了感觉她在我身旁，在聆听这旅程中的笨拙故事。我相信自己有一天会把信交给她。此刻，写下一行行文字能带给我的宽慰是，它像一种逃离，正拉着我，不让我滑向那即将战胜我的虚无，在回忆中，我会把这种虚无当作不着痕迹的过往，但不幸的是，我更熟悉的是现实的它，而不是我记忆想象出的它。

“芙洛尔女士：上帝的天国之路深奥难解，我在这地上所行的路亦不会简单半分。我现在在这里，过几小时，就会到达著名的木材厂，就是从亚诺平原来的载着牛群的司机和我们说起过的那些，直到现在，我也没多获得多少关于工厂的信息，知道的差不多就是在那晚的‘阿尔米兰特之雪’，那位司机出于信任就着朗姆酒告诉我们的东西，顺便说一句，我真正想待的地方是那里，而不是这里。事实上，我有很多理由去相信，事情最后会不了了之，一路逆苏兰朵河而上，我接收到的模糊信息大概都指向这个结果。苏兰朵河很任性，有些坏毛病，脾气很差，比您在荒原阴云密布，雨日日夜夜地下个不停，连屋脊都湿透了时所表现出来的坏情绪还要更猛烈些。有一晚我梦见了您，但或许不该和您讲，因为要讲，就得先描述一下梦中出现的一些您不认识的人物，废掉大量篇幅。我在这儿，有空时就会在质量不一、来源也大不相同的纸上写日记，什么都写，写做的梦、一路的坎坷、旅伴们的形象和性格，还有逆流而上的沿途风景。回到梦的话题，我想，如果提前透露些东西给您也好，因为在梦里，或者更准确地说，通过那些梦，我意识到，您在我的生命里，每一日都比前一日更加重要，您的并不总是温柔的身体与脾性，主导着我生命的起伏不定，也在我厌倦了奔波和意外时主导着那片我避难于其间的废墟。当然了，到现在，对您来说，这些已不是什么新鲜事了。我深知您在占卜和深不可测的巫术上的天分。因此，我要毫不犹豫地仔细地告诉您，自己有多需要在这张吊床上感受到您凌乱无序的身体，听到它在爱欲中的咆哮呻吟，仿佛正被一个漩涡吞噬。这些东西本不该写出来，不仅因为没有任何好处，而且也因为它们受着严苛的限制，并且时刻经历着显著的变化，不值得被言语记录下来。我不知道接下来的事会如何发生。事实是，山脉就在我眼前，它的各种香气与飒飒细语扑面而来。我只是想着那些地方，便已彻底明白，那些地方就是我在大地上的安身之所。您的钱，还在这里保存着，我期望自己分文不动，但不知能否做到。我曾想给您讲讲雨林的样子，讲讲什么样的人生活在这里，但随即想，您从我的日记中读到更好，如果我能带着完好如初的它和它完好如初的作者回去的话。我见识了两次死亡，它们的面目各不相同，诉说着它们的巫术，它们就在我的身旁，那么近，我以为我再不会回来了。奇怪的是，这样的经历丝毫没有改变我，只是让我觉察到，死亡这位‘女士’一直都在监视我，数着我的步子。船长是我想尽快给您好好讲讲的人，他和我说，如果有一天我死了，那将并不重要，因为是预料之中的事，但只要我活着，我就是不死的。嗯，我说得不太好。他说得更好，当然了，不过基本就是这个意思。最触动我的是，我此前也曾想到这一点，但是我想到的人是您。我想，是因为，从‘阿尔米兰特之雪’出发，您渐渐织就、构筑、建起了周围世界的一切图景。很多次，我甚至相信是您召唤又驱散了落雪，是您编织了刺桐上垂挂的巨型地衣，是您掌管着瀑布水流，令它们从岩间绽放又坠入蕨类植物和苔藓的奇谲色彩间：从浓烈的铜色到仿佛在发光的嫩绿色，应有尽有。我们相处的时间很多，但交谈的时间极少，所以这些东西在您听来也许很新鲜，事实上，正是因为它们，我当初才决定留在您的休息站里养腿伤的。这条腿的一部分仍旧没有知觉，不过我还是可以用它来走路。我没有天分把信写好，给这样一个深藏我心底的人，给这样一个拥有无尽能力、能触及我这个瞭望员的生命中最隐蔽的角落与褶皱的人，如果能更早在人生中遇见她，我便不会流荡到那么多地方，索然无味又鲜有所得。在这样的一个女人身旁，一个人能比奔波在路上学到更多的东西，在路上，他能接触到的那些人只会留下混乱生活的悲哀后果以及由他们可笑的贪婪来衡量的凄惨野心。写下这些文字只是为了和您聊一聊，好安抚一下我的焦虑，滋养一下我的希望，写到这里，我想对您说，很快就再见了，我们很快就会重聚在‘阿尔米兰特之雪’，在房前的长廊喝咖啡，看落雪，听那些加足马力往上行驶的卡车，凭司机换挡的样子，认出他们分别是谁。这些不是我想和您说的全部的话。我甚至还没有说出真正想说的话。当然，这不重要。和您其实并不需要把话说出来，因为在说之前您就已经明白，您从一开始就明白的。为您送去许多吻，和一位思念您至深的人的全部怀恋。”

6 月 23 日

今天傍晚时，我们到达了第一座木材厂。远处看来直线距离很短的地方事实上并没有那么近。苏兰朵河的这一段有许多宽阔的弯道，渐次远离又靠近着那玻璃和铝制的闪闪发亮的建筑结构，把它变成了海市蜃楼般的幻景。在这样气候条件的地区中，类似的建筑突兀得很，让人印象深刻。我们停靠在一个小小的浮桥码头，浅色的木板用黄色的粗绳固定着，一尘不染。让我想起波罗的海的某个地方。下船后，几个人向一栋建筑走去，建筑外围有一圈两米多高的铁丝网，由涂成海蓝色的铁栏杆抻着，每隔十米一根。在入口的亭子等了好一会儿后，终于有一个士兵从主楼中走了出来，整理着衣服，像是刚醒来。他说其他人都去打猎了，明天清晨回来。在不期而至的好奇心的驱使下，我问对方，他们去猎什么了，士兵惊讶地看着我，军人在不知道该怎样向平民隐藏信息时，就会是这副模样，实在很典型，最后，他说了谎，这种事是他绝不敢在自己上级面前做的。“我不知道。我从没去过。我想，是打负鼠之类的吧。”他回答道，说着，就转身向楼房走去。我们于是回到平底船，去吃晚饭，睡觉，想第二天再去试试。在傍晚最后的几道光线下，那座屹立在那里的巨大金属建筑再一次地被包裹在了金色的光晕中，看上去很不真实，像是悬在空中。它包括一个巨型飞机棚，类似旧时人们用来停放飞艇的棚库，侧翼有一座小型建筑，很明显是仓库，还有三个排成一线的棚子，每个棚子有四个房间，应该是给那里的看守住的。

飞机棚由铝制结构支撑，侧面与正面都装有大窗，拱顶上有一片接一片的宽大防雨罩，也由玻璃制成，不过是磨砂的，好减弱进入室内的光线。我记得自己在哪儿见过类似的建筑，不仅在康斯坦茨的湖岸、北海和波罗的海的海岸，在路易斯安那州和不列颠哥伦比亚的一些港口也见过，在那些港口，人们会将已经切成模板的木料装上船，再运往分布于世界各地的遥远口岸。在苏兰朵河岸，雨林脚边存在类似的建筑着实是件怪诞的事，它所接受的完美无缺的维护更显出了它的突兀。它的每一厘米的金属和玻璃都在闪光，仿佛几小时前刚刚落成。忽然，一阵噪音响起来，是涡轮机发动的声音。整座建筑都染上了一种类似霓虹灯管的光泽，只不过要微弱、模糊得多。周围并没有被照亮，因此我们在远处也并没有看到。那种不真实的感觉，那庞然大物在赤道的夜晚令人难以忍受的梦魇般的存在，让我睡得很不踏实，它不时进入我断续的梦乡，将我浸入了淋漓的汗水，让我的心裂出了豁口。我的本能告诉我，自己已没有任何机会接触到那栋宏伟建筑中的人了。一种模糊的不适感逐渐占据了我，我现在正写这篇日记来分神，尽力避免去看那栋哥特的、玻璃和铝混制的奇特建筑，它飘浮在空中，被仿佛来自停尸房的灯光照亮，在它自己的电机层的温和嗡鸣声中昏昏欲睡。我与船长、上校及其他许多人谈起此地时总是执着地想弄清木材厂的真实面目，但所有人都支支吾吾，含糊其词，现在，我明白了他们的态度。因为努力解释也是徒劳一场，真相根本无法传递。“您到时就知道了”，所有人最后和我说的都是这一句，之后便不再告诉我任何细节。他们是有道理的。在这里，瞭望员再一次进入了一处极为诡异且他在其中将一无所得的奇景。无计可施。永远都是这样。

6 月 24 日

今天上午我又去了一次岗亭。一个哨兵听见我想找人谈事，没有回答，直接把小窗关了起来。我看见他打了通电话。他开了窗，对我说：“厂房这里不接待陌生人。祝您早安。”他把窗子再次关起来前，我趁机问道：“工程师呢？我不想和卫队的人谈话，我只想找工程师。是和木材贩卖有关的事。所以我希望能和工程师在电话里解释一下我此行的目的。”他面无表情地看了看我，仿佛我的话是从一个远处的高音喇叭里传来的，而后，用同样毫无色彩、几乎没有任何气力的声音回答我：“这里从很久之前起就没有工程师了。只有军队和两位士官。我们受到指示，不得与任何人交谈。您再坚持也没用。”就在这时，电话铃声狂躁急切地响了起来。士兵把小窗关上，接起了电话。他凝神听着，最后，点了点头，像是接受了一道命令。随后，他把窗开了一道小缝，对我说：“诸位得在明天中午前把船开走，不要再试图见任何人。您也不要再回岗亭来了，因为我不能再和您说任何话了。”他干巴巴地把窗玻璃撞上，开始翻阅书桌上的纸张。我感觉他像是浸没在了另一个世界，仿佛沉入了一片陌生且对我充满敌意的海洋的深处。

我回到船上，和领航员谈起话来。“我之前就恐怕会是这样。”他对我说，“我从来都没试着和他们说过话，也没靠近过那里的入口。那支军队不属于附近任何的军事基地。每隔一段时间就会换岗。他们从山脉边缘来，回也是往那里去，从半山腰切进去。现在您说咱们该怎么办。明天中午之前得离开这里。我觉得不值得再坚持了。”我建议去上游的另外几家工厂。“试也没用的。它们都一样。而且，咱们也快没柴油了。咱们得半开马达，借着水流，漂下去。如果碰不到村子，就只好祈祷能开到基地了。”我躺在吊床上，没再说话。一种模糊的失落、一种喑哑的对自己的愤怒侵入了我的身体，是一条由延误、邋遢与疏忽组成的链条将我带至此地的，如果我的性格并非如此，那我就可以轻易地避免眼前正经历的一切。我们要再次顺流而下了。怀着难以治服的失落，我瘫在那里，试图消化愤怒的情绪，但它已蔓延至一切，蔓延到一切人的身上，意识到它的无用只能让它更加猖狂。晚上，我平静了些，打开灯，想写些东西。手术室般的灯光环绕着那栋建筑，我已经开始无法忍受它的玻璃铝制骨架以及它电机层的嗡鸣了，于是决定明天就走，远离这令人窒息的存在。

6 月 25 日

清早，我们便伴着朝霞出发了。一松开船，就被水流带到了河中央。这时，从建筑中传出了一声沉闷的如野兽嚎叫的警报。远处也响起了一声作为回应，接着，更远处也响了一声。是工厂间在相互通知入侵者的撤退。那些讯号中带着傲慢的警觉和阴郁的沉重，让我们几乎一整天都沉默又萎靡。一开始，船前进的速度很快，让我觉得新鲜且惬意。但我随即想起了天使关。一阵冷战爬过了脊背。也许，顺流而下会简单些。只是我感觉自己已没有精力再承受一次水的轰鸣了，它的巨响、漩涡和喷涌而出的能量中那席卷一切的力量都让我难以承受。中午过后，我们来到了一段开阔的缓流，苏兰朵河在那里变成了一片湖泊，无论看向哪里，都望不见岸。我渐渐睡着，进入了期盼之中能让人休养生息的午后梦乡，正好可以借它来遗忘那个我刚刚见识过的充满敌意的工厂世界。一声遥远的嗡鸣传了过来。我在梦境与好奇心之间挣扎了一阵，随后，就在梦境即将胜出时，听见了一个声音在叫我："瞭望员！马克洛尔！瞭望员！"我醒了过来。基地的容克斯正在我们旁边滑行。上校站在浮板上，伸出手，正要接过领航员给他递过去的绳索的一端。试到第二次，他就抓住了绳子，把水上飞机拽到了我们船头旁。"去岸边！"他一边下达命令，一边用空出来的手打招呼。我看出来他瘦了些，髭须也不像从前那样齐整完美。我们把船靠过去，确保容克斯待在船首的位置。上校跳上甲板，像猫科动物一般轻盈。我们握了手，随后一起坐在了吊床上。他没有向我问起旅行的情况。而是凭他掌握的信息直入主题："一队巡逻兵发现了船长的墓。我上星期去了那儿。已经有动物想把他挖出来了。我让人把坑挖得更深了些，用卵石填了一半墓穴。在雨林里，死者不能这么葬的。动物几天就能把尸体刨出来。您这是已经顺水下来了？我能想到会是什么样的。去提前阻止也没有用。人们不会相信别人解释的东西的。最好自己去经历。现在，您打算做什么？”“不知道。”我回答他，“我没什么计划。只想尽快上山，不知道山脉这一侧有没有路。但是在弄清工厂那些人都是怎么回事前，我还不想走。他们说那些设施从来没人碰过。我永远都不会再回到那里。您不想和我讲讲吗？”他看了看自己的手，掸了掸绳索在上面留下的树叶和泥。“瞭望员，”他一边模模糊糊地笑着，一边说道，“我现在就和您讲。首先，没有什么好神秘的。那些设施三年内就会归政府管。上面有人对它们很感兴趣。这个人肯定位高权重，因为他能调海军陆战队过去看守那个地方。事实上，那些设施确实从来没被碰过。它们没能运行起来是因为，在木头的产地——”说着，他指向了山尖：“有武装起义。至于是谁搞的，也没必要想破脑袋去猜。到收管的日子，把木材厂交给政府的时候，游击队很可能就神奇地消失了。您明白我的意思吗？很简单的。永远都有人更聪明。对吧？”又是那种介于玩笑和慈祥之间的语气，坦然自若，像是已看透了一切。在我提问之前，他又说道：“为什么我之前没告诉您呢？咱们已经岁数不小了，对吧？那时，我只能把能说的告诉您。您就要走了，而且也不会再回来，所以现在我就能把一切都说出来了。诸位能及时撤出来是再好不过的事。那些人可不客气了，他们话只说一次。之后就会开火。”我对他谨慎的提醒表达了谢意，并为自己的执意前行表达了歉意。“没关系，”他对我说，“事情总是这样的。那生意实在诱人，您完全没有失去理智。只是，就像我和您说的：永远都有人更聪明。永远都有。还好，您对此已经能泰然处之了。这是唯一的路。现在，我可以再给您一些建议：您要去荒原的话，或许我能帮上忙。明天，如果您想，我们可以飞到索尔多湖去。它在山上。岸边有一个镇子，有卡车从那儿出发去荒原。您和米格尔商量一下，我明天一早就来。一个小时就能到那边。您意下如何?”“真不知道该怎么报答您。”他的关心让我很感动，“说实话，我真的没力气再回雨林，也不想再过一遍湍流了。我会和米格尔把钱结清，明早等您来。再次感谢，希望不会太麻烦您。”“第一次见面我就和您说了，您不适合这儿。没事儿，没什么好麻烦的。权力在有权力的人手上。重要的是学会有度，这是我在做少尉时明白的。戴上军衔徽章时，这是唯一要懂的东西。明天见。我得走了，不然就来不及回基地了。”他和我握了下手，冲领航员吹了声口哨，就跳上了水上飞机。对飞行员说了些什么之后，他回头来看我，笑了一下，并不那么亲切，更像是某种坏笑。

这将是我在这里的最后一晚。必须坦承，我感到了一种难以言喻的解脱。像喝了一种酒，一瞬间，一切都恢复了力量，世界被重新建立，属于我的东西已再次就位。我和米格尔谈过了。他对现在就结账没任何意见。我付清了他的钱，又给了领航员一笔可观的小费。我试着入睡。但一种躁动不安在我身体里不断扑腾，让我无法睡着。像是卸掉了身上的重担，像是有人把我从一个庞大的、折磨人的、令人难以忍受的任务中调走了。

6 月 29 日

早上七点，上校乘着容克斯现身了。我收拾好东西，与米格尔和领航员道了别。后者笑了笑，老人们在看着别人偏执地去犯他们曾犯的且被他们遗忘了的错时，通常脸上就会出现这类微笑。米格尔向我伸出手，却没有握，仿佛我的手上有条湿热的鱼。在他眼中，我察觉到了一点遥远而微弱的光亮，里面浮现着他能有的所有真诚。在那一刻，我才意识到我正在向雨林道别。机械师不仅可以完全代表它，他本人甚至就是构成雨林的物质做的，就是那个没有面孔的不祥宇宙的沉闷延伸。我登上容克斯，坐在飞行员和上校身后，系好了安全带。我们在水上滑行了一阵，随后在机身飒飒作响的震动中爬升起来。我像是被催眠了一样，昏睡了过去，直到上校拍着我的膝盖给我指下方的湖泊时才醒来。我们轻轻降落在了水面。随后滑向了一个码头，一位士官和三个士兵正在那里等我们。上校和我一起下了飞机。我和飞行员道了别，那一刻，才发觉他并不是我从前认得的那位。这位少了一只眼睛，额头上有一道珍珠母颜色的疤。上校把我交给了士官，指示他为我在镇上找个小旅馆，并安排我坐上一辆去荒原的卡车。他向我伸出手，在我表达谢意之前就故作严肃地抢着说道："以后，请您再三考虑好您要做的生意，不要再冒类似这次的险了。不值得。我很清楚我的话是什么意思。想必您也知道。祝您好运。再见了。"他爬进容克斯的驾驶舱，把门撞上，机身发出了我熟悉的声响，随后，飞行器便开走了，在水上留下了一道泡沫痕迹，在飞机隐没在山间低云中时，那痕迹也随之消失了。

有些事结束了。有些事开始了。我见识过了雨林。和它从没有发生过任何关系，也没带走它的什么。或许，只有这些纸张能给这一章节做些褪色的见证，它并没有过多地描述我的卑鄙邪恶，我想尽快忘掉它。一个星期内，我就能到达"阿尔米兰特之雪"，去给芙洛尔·埃斯特维兹讲述那些我敢肯定和事实并没什么关系的经历。我的嘴里已经有了咖啡的香气，还有它令人兴奋的苦涩。

昨天，几个海军陆战队员来到了镇上。他们属于木材厂轮岗的一支分队。说船在天使关沉了，米格尔和领航员的尸体没能找到。看起来是水流把他们卷到了河底。它应该会把他们带到雨林的哪片河岸。平底船被毁了，满身凹痕，摊在了一片沙石浅滩上。没有人去救援。

在瞭望员马克洛尔的日记装订成册的笔记本中，有散落的一页，文字由绿色墨水写在酒店的便签上，没有日期。读起来，我才发觉它与日记有关，因而在此也将其誊写下来。一直在读他日记中故事的人或许会有兴趣。

佛兰德斯酒店

织工码头9号　　电话：3223

安特卫普

……都一如约定。一连三天，我们都在公路上向高地行驶，路很崎岖，弯道一个挨一个，险象环生。到达某个地点后，我便下了车，在古奇亚旅店租了一头驴，晕头转向地在荒原里走了两天，寻找通往“阿尔米兰特之雪”的公路。找到它时，我几乎就要放弃全部希望了。我把驴子留给了租它给我的小伙子，在一片土坡上坐下，等卡车来，把我载到道路的最高处。两小时后，一辆载重八吨、带着哮喘奋力爬坡的萨赫卡车开了过来。司机答应载我一程。“我要去高地。”和他解释时，他一直看着我，像是要认出我是谁。我们一整夜都在行驶。清晨，雾气浓厚，车几乎要开不动了，司机叫醒我：“应该就是这儿了。您要在这荒无人烟的地方找什么？”“一个叫‘阿尔米兰特之雪’的休息站。”我回答着，一种恐惧顺着腹腔神经爬上来。“好，”司机说，“我在这儿停一会儿。您去下面找找，看看能找到什么吧。这么大的雾……”他点燃了一根烟。于是我钻进了一团乳白，几乎什么都看不见。顺着排水沟往前走，很快便认出了那栋房子。掉了几个字母的招牌由一颗生锈的钉子固定在屋檐一端，在风里晃着。一切都从屋内反锁着：大门、窗户，还有侧门。少了很多块玻璃，整个建筑随时都可能倒塌。我走到后门去看。阳台原本由几根粗重的木梁架在悬崖上，现在已塌下来了一部分，粗木吊在深涧之上，晃动着，裹满了苔藓和鹦鹉的粪便：在启程飞往低地之前，它们会在此地停留一阵。这时，飘起了细雨，雾气一下子就散了。

我回到了卡车上。“什么都不剩了吧，先生。我其实早就知道了，但是没能把休息站的名字对上。”司机话里带有的同情深深地刺伤了我，“如果您想的话，可以继续坐我的车。我会一直开到拉奥萨的咖啡园。我想那儿的人应该认识您。”我默许了他的建议，坐到了他身旁。卡车开始下坡了。频繁的刹车让燃烧石棉的味道散了出来。我想着芙洛尔·埃斯特维兹。习惯没有她的日子将会很难。我心里有些东西疼起来。是需要许久才能医好的伤痛。

其他关于
瞭望员马克洛尔
的记录

科科拉

我留在了这里，照看矿场，已经忘了自己在这个地方待了多少年。应该有很多年了吧，因为通往矿洞、随后延伸至河岸的那条小路已经消失在了布满庄稼茬和香蕉林的地里。几棵番石榴树从路中央长出来，已结了很多次果。矿主们和开矿人应该已经忘记了这里的一切，他们也不会奇怪它最后变成了这副模样，因为从来就没有人找到过任何矿藏，不管挖得多深，从主矿道挖出去多少支道，都一无所获。此时，我这个属于大海的人——对我来说，港口意味的不过是露水情缘的借口或妓院里的斗殴——仍能在骨头里感觉到桅杆的晃动，我曾经那么多次爬上它的顶端，去遥望天际线，告知将至的暴风雨、已能看见的海岸，以及如醉酒的村民般旋转着朝我们涌来的鲸群和鱼群。我留在这里，巡视这迷宫中清新的黑暗，在它之中，时常有温润的空气流过，带来声音、哀叹、昆虫无休无止的执拗的劳作声，黑暗蝴蝶扇翅的轻响或某只在坑洞深处迷路的小鸟的啁啾哀鸣。

我在被称为阿尔菲雷兹洞的矿洞睡觉，它是相对最不潮湿的一个，正冲着陡峭的悬崖，下面就是湍急的河水。雨夜，嗅觉会告诉我涨潮的消息：一种淤泥的气息，辛辣刺激，能闻见被扯断的植物，还能闻见跌落在巨石上粉身碎骨的动物；一种混沌的血腥气，像在炽烈的热带辛苦劳作的女人散发的气味；一种在河水带着毁灭一切的狂怒上涨前便消融了的世界的味道。

我曾想记录在闲暇长日中见识到的一些事，那些日子里，我逐渐地熟悉了这种矿洞的深邃，它们把我变成了另一个人，与在水上漂泊时的那个我截然不同。或许坑道里的酸性气息改变、磨利了我对秘密生命的察觉力，让它纤薄而丰饶，在这些不幸的洞穴中驻扎了下来。我们从主矿道说起吧。一条大路直通洞口，两边站满了刺桐，它经久不衰的橙色花朵铺就了一条有时会探进矿道中的地毯。往里走，光线会逐渐消减，但无法解释的明丽却停留在被风刮进洞内深处的花朵上，迟迟不走。我在那里住了很久，后来不得不离开，是因为接下来要讲的事。雨季快来时，我开始听见一些难以解译的低语，像女人在守灵时的祈祷，但又夹杂着一些笑声和争辩，这些是丧葬时不会出现的东西，我想，或许有人正在昏暗的洞穴里进行某种不怀好意且永不终结的活动。我试图弄明白那些话，在不分昼夜地痴迷地听了几天之后，终于听懂了“比亚纳”这个词。但就在那时，我病了，像是疟疾，我瘫倒在之前随意搭就的草垫上，神志不清了许久。不过，高烧在其紊乱症状之下，却涌动着明澈的察觉力，得益于此，我开始逐渐明白了那些女性之间的对话。她们蜜糖般的态度和显而易见的虚伪将我困在了某种闷闷的屈辱里。一天夜里，不知顺着哪些被谵妄激活的隐秘冲动，我也高声吼叫了起来，回声长久地冲撞着矿洞墙壁：“闭嘴吧，你们这些婊子养的！我曾是比亚纳王子的朋友，请你们尊重一下这无上的不幸吧，尊重一下这不可救赎之人的王冠吧。”一阵寂静，它的浓厚延绵伸展，我吼声的回音随之逐渐消隐，我被推到了高热的堤岸。我瘫在那儿，全身泡在了健康恢复后的汗液里，等了一整夜。那些卑微的生灵用草叶与唾液编织着她们的至轻至薄之物，寂静一直留在那里，扼住了她们所能发出的最细小的声响。乳白的明亮向我宣告白昼的到来，我走出了矿道，再也没有回去。

另一个矿洞是被矿工称为碧纳多的洞。它并不深，却被完全的黑暗掌控，不知工程师在绘图时用了怎样的技巧。凭借触觉，我熟悉了那个地方，里面满是工具和谨慎钉好的盒子。盒子往外渗着无法描述的气味。像某种未知金属蒸馏出的秘密物质所做成的胶状物的香气。我在那条矿道里待了许多天——其间差一点儿就疯了——是因为矿洞尽头墙壁高处嵌着的一个东西。组成它的任何一个零件都无法移动，不然的话，或许还可以称之为机器。它的金属部件形状大小不一，应有尽有，圆柱的、球形的，都严苛地组装在一起，构成了难以言喻的结构。我从来都没能弄清这该死筑物的边界在哪儿，构造比例如何，它的整个侧面都被固定在了石壁上，向上拉扯着打磨过的钢制经线，仿佛一心要在这世上代表绝对的空洞。我的手一星期接一星期地在它复杂的部件接合处、僵硬的小齿轮和冰冷的球面游走，终于累了，我反应过来，自己竟然在乞求这个难以定义的存在向我揭示它的秘密、它的终极真相，我吓坏了，于是逃离了那里。也再也没有回到过矿场的那个部分，但后来，在有些湿热的夜晚，那缄默的庞大的金属物件会来我的梦中拜访，每到这时，我总会突然从床榻上坐起，心脏像被豁了口子，双手不停颤抖。任何地震、塌方，无论多么剧烈，都不可能让这已归于永恒的无敌机械消失。

第三条矿道是我最开始提起过的那条，阿尔菲雷兹矿道。我现在住在这里。温和的昏暗蔓延至矿道的最深处，下方河水冲撞石壁与河底巨石的声响，营造着一种欢快的氛围，勉强地敲碎了作为废弃矿山守夜人的我所感受到的无尽厌倦。时常有淘金者爬到河流上游这里，在小木桶中浣洗河岸的沙石。刺鼻的烟草气会向我告知探矿者的到来。我会下去看他们工作，但大家很少交谈。他们来自很远的地区，我几乎听不懂他们的语言。这些人干活时十分仔细，收入却寒酸得很，他们的无限耐心让我惊叹。每年，在对岸撒甘蔗种子的果农的女人们也会来一次。她们在河岸浣洗衣裳，把它们一遍遍砸在石头上。我也是这样才知道她们来了。我和一些跟我上到矿洞里的女人发生过关系。都是草草了事、不值一提的相遇，快感似乎没那么强烈，强烈的是感受另一个身体挨着我肌肤的需要，是欺骗我蚀骨孤独——无论那肌肤之亲多么转瞬即逝——的需要。

有一天，我会离开这里，沿着河岸走下去，找到通往荒原的公路，期待着遗忘能帮我抹去在这里度过的艰难岁月。

“阿尔米兰特之雪”

到达山脉最高处时，卡车通常都会在一座木材库前停一阵。仓库里乱糟糟的，之前修公路时，工程师们曾使用那空间来办公。大型卡车的司机在那儿停下，喝一杯咖啡或一小杯烧酒，祛祛荒原的寒气。寒冷常常冻僵司机握着方向盘的手，让车子滚向深渊，顷刻间，司机尸体和车辆便会被渊底汹涌的河水席卷而去。甚至在下游的炎热地区，也不时能见到在那些事故中扭曲变形的残骸。休息站的墙壁是木质的，屋内有一大片地方已被火炉熏黑，炉子上日日夜夜热着咖啡和寒酸的食物，供给饥饿的旅人，事实上很少有人饿着到来，因为那里的海拔高度会让人恶心到不想吃任何东西。墙壁上钉着醒目的金属板，是啤酒或者止疼药的广告，画上有身着泳衣的性感女子展露着她们的清凉身姿，背景是蓝天海岸棕榈树，与阴沉冰寒的荒原毫不相关。

雾漫过公路，润湿了仿佛未知金属的闪着光亮的沥青路面，接着便迷失在了高大的树木间。那些树有笔直的灰色树干、生机勃勃的树枝与极少的树叶，淤泥侵入了树间的地面，同样是灰的，上面生着色彩明丽的花朵，肥厚的花瓣里有迟缓而透明的蜜。

入口上方有一块木板，红字写着那地方的名字，已然有些褪色了：“阿尔米兰特之雪”。店主人称“瞭望员”，他的出身、历史一概不详。粗硬的花白胡子遮住了大半张脸。走路时拄着用竹竿做的临时拐杖。右腿上一处伤口化了脓，发着恶臭，散着虹彩，不过他从来不管。他只是来来去去地招呼顾客，拐杖敲击着木地板，节奏均匀而猛烈，漾着沉闷的回声，慢慢消失在这荒凉之地的悲戚中。男人的话很少。有时会微笑一下，倒不是因为听见了什么，他只是自己笑，或者是过了许久才对客人说的话做出了反应。有一个女人在帮他做事。她身上透着一种浓郁而疏离的野性。猜得到，在她用来御寒的头巾和斗篷之下，藏的是仍然健硕且常享鱼水之欢的身体，那欢愉里载着一片片土地的精华、芬芳与记忆，那些土地上，条条大河奔流入海，河的上方有连绵不断的树冠，在低地炎热的空气里一动不动。那女人有时会唱歌。她的歌声纤细，像炽热的广阔平原上鸟儿慵懒的叫声。这种尖细、蜿蜒的动物的私语响起时，瞭望员便会停下来望着她。司机们回到卡车，开始顺山脉而下，那被空阔距离所滋养的、无依无靠的哀戚歌声会伴着他们，将他们留在不可抵抗的怀念旁。

瞭望员的破木屋里还有一样东西，让习惯在此停下休息、渐渐熟悉起这地方的人难以忘怀：一条狭窄的过道通往屋后的走廊，走廊被几根木梁撑在悬崖边，下方便是被蕨类植物叶片半掩起来的深谷。旅人都会谨慎缓慢地去那儿小便。几乎听不见液体落下的声音，它们会消失在峡谷令人晕眩的雾霭和植物间。斑驳的走廊墙壁上，写着一些格言、建议和警句。有很多都被人记了下来，当地的人也常常引用，却没有人知道它们准确的用法与意义。这些句子都是瞭望员写的，其中的许多已被那些走向奇异小便池的旅客磨掉了。

仍顽固地留在人们记忆中的是以下的这些：

我是毫无条理的制造者，制造出了最隐蔽的路径与最隐秘的码头。它们的无用和偏僻滋养着我的生命。

守好那颗光滑的卵石。当你死期将至，便可把它置于掌心来抚摩，以此驱赶眼前出现的、自己曾犯的可悲错误，它们的总和将会磨灭你徒劳存在的全部意义。

一切果实都是一只盲了的眼睛，看不见构成自己的最温柔的物质。在某些地方，人们会无缘无故、毫不停歇地在自己的幸福之中挖掘不幸福的地下洞穴。

追随舰船而去吧。沿破旧、悲伤的船只犁出的航线行驶吧。不要停泊。避开哪怕最不起眼的可下锚的地方。溯流而上。顺流而下。在打湿床单的雨水中迷失。要拒绝堤岸。

看看这些地方有多破落荒凉。我人生的每一日亦是如此。仅此而已。它不可能是别的样子了。

女人从不骗人。真相永远都会从她们身体最隐秘的皱褶中涌出。事实上，我们可以极为节制地诠释它。有很多人还未做到，就在真相意义的没有出口的盲目中死去了。

有两种金属可以延长生命，有时，亦能予人幸福。它们不是金银，也不是任何与之相似的东西。我只知道它们确实存在。

若是我仍跟着商队。若是我已死去，在高阔的高原天空下，被赶驼人埋葬，坟上覆着驼群的粪便。若是这样，更好。其他，说真的，都不重要。

正如前文所言，有许多其他句子已被穿行在昏暗廊道上的手掌或躯体磨去。文中提到的，似乎是荒原人最喜欢说起的语句。它们一定与瞭望员从前的人生有关，那些记忆在永远熄灭之前，踉跄着，不经意来到此处，并留了下来。

阿拉古利亚雷河谷

若想知道瞭望员在阿拉古利亚雷河谷度过的日子对他人生的影响，需要在诸多方面细细了解该地。因为它离低地人走的大路小道都很远，也因为它的阴森人尽皆知，所以那里人迹罕至。这名声并非毫无根据，但与它的真实形象也不全都相符。

河顺山脉而下，水流冰冷而湍急，撞在巨大的岩石和危险的石壁上便粉碎成星，留下飞转的泡沫、漩涡和汹涌水流失去节奏的愤怒哀号。有人相信河水夹带的沙里有黄金，于是，常有人在不太稳固的河岸支起探矿者的帐篷浣洗河沙，但至今还没听说谁淘到了值得一提的金块。失落很快就占据了这些外国人的心，当地的高烧与恶疾很快就结束了他们的生命。恒久不变的湿热和食物的匮乏让仍不适应炎热气候的人疲累不堪。这类活计通常都以简陋坟头前的念珠祈祷结束，坟下安息的，是活着时从未停下休息过的人的骸骨。流进一条狭窄的河谷之后，河水和缓下来，水面因而变得光润平滑，摆脱了一切障碍的水流把沉猛的能量藏匿在平静之下。河谷尽头耸立着气势慑人的花岗岩石山，中央一道阴森的裂缝，将山石一分为二。河水由此穿过峡谷的晦暗，在流淌中透着行进的庄严。谷内高耸入天的石壁上，稀疏地攀爬着找寻光明的藤本、蕨类植物，整个地方都透着破败教堂的气息。雀鹰在为数不多的石缝间筑巢，不时惊扰峡谷的幽森，成群的鹦鹉一开始鸣叫，便能用喧闹填满整个空间，让人神经紧张，却又能激起最久远的怀念。

峡谷内的河水冲刷出了些许黑板颜色的沙滩，在阳光短暂探到谷底的间隙，它们会闪起明媚的光亮。通常，水面总是宁静恬和的，甚至让人很难察觉出河的流动。只偶尔能听见水翻滚的声响，它最终会化为从河底升起的一声模糊的叹息、一声低沉的抱怨，揭示着温和水流所藏匿的令人意想不到的巨大能量。

瞭望员去那儿是为了送一些器械、几台天平还有一壶水银，东西是两位探矿者订的，双方之前在海岸的石油港口早已约定好。一到达目的地，他便发现自己的顾客已在几周前去世。某个善良的人将他们葬在了河谷入口。一块已被腐蚀的木板上写着他们的名字，字迹模糊难懂，瞭望员差一点就没辨认出来。他于是进入了山谷，向里越走越深，经过了一片一片的河滩，在它们平滑的沙石上，不时会出现鸟类的骸骨和被水流从上游哪个遥远村落裹挟来的竹筏残骸。

温和的修道院般的寂静，与喧嚣无序人世的隔绝，以及对他的强烈而坚定的、无法用言语乃至思考精确描述的呼唤，已足以让瞭望员动了在此地留一段时间的念头，他只想远离繁忙的港口，还有自己在永不满足的流浪中已找到的那颗命运星辰。

他选择了一片河滩，安顿了下来。滩地尽头有一片高出地面的板岩，他用在河岸拾到的木头和从水流中捞起的棕榈叶在上面搭盖了一个茅屋。吃的是河水不断送来的水果，还有他轻松猎下的飞鸟。

过了一阵子，瞭望员开始漫无目的地检视起自己的人生，将自己的困苦与错误、起伏不定的运气和糊涂的热情一一列了出来。他不断地深入思考，彻底而暴烈，将自己完全剥离出了那个一直陪伴他的生命、那个承受过他所有苦痛与辛劳的生命。他又开始进一步探索自己的极限与真正的局限，当他看到自己生命曾经的主人公已经远离并消失时，留下的便只有那个观点简省的观察者了。他试图去了解那个从自己最隐秘的本质中诞生的人，却被混着惊异与愉悦的、突如其来的感觉侵占了心绪：第三个观众正在他自我的中心漠然等待，轮廓逐渐清晰，最终成了形。他可以肯定，这个从未在他人生之前的章节中占据任何位置的人，事实上知晓他的一切—— 一切真相、一切道路、一切织就他命运的缘由，如今这命运已由赤裸裸的证据呈现，在那一刻他便彻底明白，这证据不仅无用而且应该立即销毁。不过，在面对那个无所不知的自我见证人时，他也终于做到了平静而喜悦的自我接受，这是他多年来在冒险旅途的贫瘠征兆中从未寻得的东西。

在这次相遇之前，瞭望员已在河谷中艰难探索了很久，经历了无数的试探，见识了许多虚假的惊喜。幽谷飘荡着教堂的回声，和缓到可以催眠的水流披着赭色的薄毯，于是，在他的记忆中，谷内的氛围与他内心的进步混淆在了一起，这进步将他带到漠然的第三位观测者面前，对方观察着他的存在，一语不发，既不称赞，亦不贬损，只是带着来自另一个世界的专注望着他，同时又如镜子般，将他人生每一刻的样子依次归还给他。人们都会期望死前能到达一片乐土，但随着年龄增长，这片土地会伴着岁月裹挟来的日渐浓郁的绝望离我们越来越远，然而，那种侵占了马克洛尔的染着几丝狂热喜悦的平静，似乎把那片乐土提前带给了他。

瞭望员感觉，如果自己刚刚挽救的那种圆满能绵延下去，死亡便会彻底失去分量，它将只是剧本里多加的一个章节，如同某人拐过了街角，或睡觉时在床上翻了个身一样容易被接受。对他来说，谷内的花岗岩石壁、慵懒和缓的水流及其光润的表面，还有回声不断的岩洞共同组成了预告的影像，显现着被遗忘之人的国度的模样，在那片疆土之上，死亡众多的造物彻夜不眠，列队前行，死亡本身便在它们的身躯间凸显出来。

瞭望员知道，以后发生在自己身上的事将会与从前的迥然不同，他也一直担心自己刚刚获得的宁和受到打扰，所以很久都没离开河谷、重新混入喧嚣的人群。终于，在某一天，他攀上了船舶的吊索，将船引到河流中央，穿过细窄的峡口，向下游开了过去。一星期之后，他来到了笼罩河口三角洲的白晃晃的光芒里。河在那里注入平静温暖的大海，海面上有轻薄的雾气升起，令远方更远，令海平线延长到了无限。

他从未与任何人说起在阿拉古利亚雷河谷的日子。出发前往沼泽地前，他曾在一家寒酸旅馆的某个房间里住过几天，上文中的内容，摘自那个房间衣柜里散落的一些文字。

瞭望员来访

他的样子完全变了。也不能说看起来更老了，更像是岁月更替和燥烈的气候给他留下了痕迹。他其实没有走那么久。是别的东西造成的。是他不敢直视的疲累目光里承受不住的东西。是他失去了表达活力的僵直肩膀上——仿佛它们已经不用再载起生命的重量，不用再扛起他的幸与不幸——的东西。他的声音小了许多，操着天鹅绒般的中性的语调。像一个因无法忍受他人的沉默而说起话的声音。

他将一把摇椅搬到了朝向河岸咖啡种植园的走廊上，坐上去，像是在等待什么，仿佛即将拂来的徐徐夜风会为他深沉而模糊的不幸带来些许解脱。河水冲撞着巨石，远远地伴着他的话语，为他的独白添了几分昏暗的喜悦，他总是在说自己的事，总是一样的话，只是如今它们浸没在冷漠而乏味的老生常谈里，与他现时的状况大相径庭，现在的他，是无可奈何的战败者，是空无的人质。“我在瓜西莫的渡口卖女人衣服。过节的时候，荒原上的女人会从那儿过河，她们得蹚着过去，所以哪怕把衣裳卷到腰上都得被打湿，最后都会跑到我这儿来买点东西，以免湿漉漉地进镇子去。

“要是换些年，那样一排黝黑粗壮的大腿、浑圆紧实的屁股，还有像鸽子胸脯的白肚子，早就让我头昏脑涨得受不住了。后来，有一天，我正给一个笑嘻嘻的绿眼睛姑娘量细棉绣花裙呢，她那嫉妒心极强的兄弟以为我在和她调情，举着砍刀就朝我奔了过来。她及时拦住了他。我心里忽然生出一阵厌烦，几小时内便贱卖了所有东西，永远离开了那里。

“我就是在那会儿，在一条铁道上的废弃火车车厢里住了几个月。那条道后来也没建成。我有次和您谈起过这件事。不过，也不重要。

“后来，我下到了港口去，成了一艘货船的船员。那艘船在冰天雪地的严寒地区做些沿岸贸易。为了打发时间、避免无聊，我常下到机械间去，给司炉讲最后四位著名的勃艮第公爵的故事。锅炉咆哮着，连接杆发着轰响，我总得把故事吼出来才行。他们老让我反复讲‘无畏者约翰’在蒙特罗桥死于国王所安排的暗杀，还有‘大胆查理’与‘约克的玛格丽特’的婚礼庆典。船穿行在迷雾与宏伟的冰山间，旅途永无止境，我也永远做着相同的事。船长已然忘记了我的存在，直到某一天，水手长跑去向他控诉，说我不让司炉干活，还往他们的脑子里塞了许多骇人听闻的凶杀故事。因为我在讲述‘大胆查理’在南锡遇刺事件的结尾时，被他撞了个正着，谁能想到这可怜鬼听了这些会想象出什么呢。他们把我扔在了埃斯科河的一个港口，一起扔下的还有我的破烂衣衫，以及一份圣拉撒路岩山墓园中无名坟墓的清单。

“于是我在马约尔河各个榨糖厂的门口开始了赞美上帝和布道的日子。我宣称一个新的上帝的国即将降临，在这里，罪与赎罪的交换细致而严苛，每日每夜每时，都会有难以预料的意外或短暂而强烈的欢喜等候我们。我向人们贩卖印有祷词的纸片，上面的文字总结出教义的精髓，为人祈愿善终。我已经不太记得内容了，但有时会在梦中记起三句祈祷：

生命之轨，放下你的戒心
水之眼，收去片片荫翳
淤泥之天使，斩除你的双翅

“有时，我会怀疑这几句话是否是那些祷词的一部分，或许它们只是我在常有的凄郁梦境中梦到的内容。不过现在已经不是该探究此事的时候了，而且，我对它也不大有兴趣了。”

瞭望员忽然停了下来，不再继续讲述他口中越说越牵强的故事，转而开始了一段冗长的独白，有些语无伦次，目的也不明确，我虽然不知为何隐隐感到厌烦，但还是努力且忠实地将它记录了下来：

“因为，这些工作、际遇和地方，到最后，都不再是我生命的真正本质。后来我甚至分不清哪些是我想象出的，哪些又是我真实经历过的。因由它们，通过它们，我曾徒劳地尝试逃离一些执念——它们是真实、持久而确切的，编织出了我游荡世间无可置疑的最终情节和命运。把它们挑出来、给它们起名字，都不太容易，不过，它们大致是以下这些。

“我甘愿缩短生命去换取童年时光般的幸福。

“把孤独延长，不要畏惧遇见我们所是的那个真实的自己；不要畏惧遇见那个会与我们交谈的、为了不使我们陷入莫名恐惧而藏匿起来的人。

“要知道，没有人会听别人的话。没人能了解别人的任何方面。语言本身就是一种欺骗、一片陷阱，因此它会掩盖、矫饰、埋葬我们梦想与真相的残破楼宇——这些都是不可言说之物。

“尤其要学习如何不去信任记忆。我们相信自己所记得的与真实发生的事实上毫不相关、截然不同。有多少愤懑、苦涩的充满厌倦的时光在被记忆交还给我们时，已然变成了明媚幸福的篇章。怀念是种谎言，它让我们更迅速地接近了死亡。活着，却不记忆，或许正是神明们的秘密。

“我在讲自己的游牧生活、我的堕落、我的迟滞的谵妄和我秘密的无度纵欲时，只是为了留住——几乎是在空中留住——那三两声野性的嘶吼、那穴居动物的嘶吼，通过它们，我才能更准确地表达我真实的感受和我真实的模样。不过，我好像有些偏题了，这不是我真正想说的。”

他的眼里生出了铅一样沉重的坚定，像是定在了一堵密实的巨型高墙上。他的下唇也微微颤抖起来。双臂交叉在胸前，开始轻轻摇晃，仿佛在陪伴河水的汩汩节奏。一种新鲜的泥土味掺着泡在水里的植物味和腐臭的浆液味告诉我们，就要涨潮了。瞭望员沉默了好一会儿，夜晚带着令人晕眩的黑暗侵入了这片热带地区，冷漠的萤火虫开始在咖啡园温热的寂静中舞蹈。他这时又说起话来，迷失在另一段含糊的叙述中，他向自我最隐秘的黑暗疆域越行越深，话语的意义也渐渐地逃脱了我的理解。随后他又忽然再次提起了过去的故事，我才得以捡回他独白的线索。

“我活着，只遇见过几件让我惊讶的事，”他说道，“没有哪件值得讲，但对我来说，它们每一件都蕴含着灾难丧钟的阴郁能量。一个早上，河港闷热得很，我正在一家破落妓院的杂乱茅屋中穿衣服，忽然看见木墙上挂着一张我父亲的相片。画面中的他正坐在加勒比某家白色酒店前庭里的一把柳编摇椅上。我母亲把这张相片摆在床头柜上，在未亡人漫长的岁月里，她从没移动过它的位置。‘那个人是谁？’我问刚陪我过完夜的女人时，才看清她肉体的肮脏邋遢和她面颊上的野性。‘是我的父亲。’她心酸地笑了，咧着掉光了牙的嘴，用被汗液和秽物浸湿的床单遮住了自己肥胖的躯体，‘我从没见过他，但是我母亲，她也在这儿干活儿，她一直记得他，还留着他的几封信，好像能保佑她永远年轻似的’。我穿好衣服，走上了外面宽宽的土街，不知该去哪儿，阳光烈得像是要在土上钻洞，咖啡馆和餐厅里，已经坐上了越来越多的客人，司机、牧人、地区基地的军人，餐具碰撞的声音和收音机的响声混在一起，嘈杂得很。我带着令人眩晕的悲伤想，这个，就是，我永远不会想转过去的那种街角。厄运。”

“还有一次，我留在了亚马孙林区的一家医院，治染上的疟疾，当时我就要没力气了，而且经常神志不清。夜晚的湿热简直无法忍耐，但它同时又能把我拽出晕眩的漩涡，一句不知谁说的傻话或某个声音的音调就能成为那些漩涡的中心，围绕它旋转的，是让我所有骨头都疼的高烧。旁边床位是一位被毒蜘蛛咬了的商人，他一直晃着已经侵占了他整个左侧身体的黑色脓疱。‘我这个马上就要干了，’他高兴地说，‘我这个马上就要干了，一干我就走，把生意给结了。我到时候就会变得特别有钱，有钱到再也记不起来这家医院的破床还有这个狗屎雨林，这个地方只适合长尾猴和鳄鱼。’他讲了许多遍自己的生意，主要项目大概是为水上飞机提供一种复杂的补给，那些往来于该地区的飞机持有的是军队的优先进口许可，免过海关免缴税。至少我粗粗记下来的是这样，那个男人整晚都迷失在那生意的极琐碎的细节里，这些细节则被嵌入了疟疾危机的最微小的涡流中转个不停。清晨时，我终于睡着了，但仍旧被陪我过完整夜的疼痛与恐惧包围着。‘您看，所有文件都在这儿了。他们全要完蛋了。您到时候就知道了。明天我一定走。’他某个晚上这样对我说，随后挥舞着蓝色粉色的彩纸——上面满是印章，还有三种语言的示意图——激动地重复了一遍又一遍。在坠入一段漫长的高烧和恍惚之前，我听他说的最后的话是‘唉，多么好的休息，多么幸福。这狗屎破事儿结束了’。一声听起来仿佛世界末日的慑人枪响吵醒了我。我转头去看自己的邻床，他被子弹炸开的脑袋摇晃着，形状松软，仿佛正在腐烂的果实。他们于是把我转到了另一个房间。我在那里、在生死间一直徘徊，直到雨季清爽的微风将我带回到了生命里。”

“我不知道自己为什么说起这些。其实，我来这儿是为了把这些材料交给您。如果我们没机会见面了，您再看该怎样处理它们吧。是我年轻时候的一些信件、当票和书稿，书我是永远都写不完了。是关于瓦伦蒂诺公爵塞萨尔·波吉亚的：他加入了自己的妹夫纳瓦拉国王的宫廷，并协助后者与阿拉贡国王进行了一系列争斗，我想讲述这一切背后的确切原因，还想说明他是如何在清晨时分，在比亚纳的郊外落入士兵们设好的陷阱。我从多年前起就认为，事件背后错综复杂的原因与黑暗地带很值得被讲述清楚。这个铁十字架我也留给您，阿纳托利亚郊外有一座被荒废的清真寺，它的花园里有一片地，用来存放深入敌后的士兵的骸骨，这个十字架就是在那儿找到的。它总能带给我好运，但我想，是时候该放下它，自己去闯了。留下的东西里还有一些账目和票据，可以证明在塞雷诺矿洞的爆炸物工厂事件中，我是无辜的。当时，我的女伴—— 一个吉卜赛通灵人—— 一个巴拉圭小伙，还有我，三人本打算卖了爆炸厂的货就去马德拉岛退休，但他们俩卷着所有东西跑了，付款的责任落在了我一个人的身上。很多年前追诉期就已经过了，但我总习惯把东西都放好整理好，所以这些收据就留了下来，但我已经不想再带着它们了。”

“嗯，现在，我该走了。要下去，把一艘空船带到殉道者沼泽那里，如果顺流能捎上几个旅客，就能凑够钱，再上路。”他站起身，伸手过来，那姿势像个普通人，又像军人，实在是他的风格。我本想留他过夜，这样他可以明早再出发去河岸，但还没来得及说，他便已经消失在了咖啡园间，吹着口哨，是一首老歌，有些俗气，是我们年轻时曾经很喜欢的歌。我翻着他的资料，在中间看到了瞭望员的许多往日的生命轨迹，有些他应该永远都不会再提起。沉浸于其中，我仍能听见他在下方踏过桥面的咚咚脚步，能听见它的回音在护桥的锌片廊顶上嗡鸣震荡。我感觉到了他已不在，于是开始回想他的声音和神情，我早前便察觉出来它们变化了太多，现在，这些又成了某种不祥的迹象，仿佛向我宣告，自己再也见不到他了。

伊洛娜随雨而至

给我的弟弟莱奥波尔多

Qedeshím qedeshóth[1]，人物，神学家

疯子，[2]铜，铜

的嗥叫，希波的

奥古斯丁，也曾放荡，

在非洲犯下罪，纵然是他也不能

偷去一夜那光洁的

腓尼基女人的身体。罪人

我，向上帝忏悔。

——

贡萨洛·罗哈斯[3]，*Qedeshím qedeshóth*

他对世界的无私的爱令我富有，

并在艰难时日里给予了我不可战胜的力量。

——

高尔基，《童年》

1 腓尼基语：神庙中的高等妓女。——原书注

2 Personaja, teóloga, loca（人物，神学家，疯子）均为阴性形式。

3 贡萨洛·罗哈斯（Gonzalo Rojas，1916—2011），智利诗人、学者。

致读者

从前，瞭望员马克洛尔在给朋友们讲述自己的人生故事时，总会偏爱那些有戏剧色彩和情节张力——它们有时会散发鲜明的诗意——的篇章，或那些充满谜团的章节，谜团中总带有相应的疑问，那些疑问都是形而上的，自然也无法得到标准答案。然而，我们这些熟悉他的多年老友都知道，他坎坷的人生中的确存在过一些并不完全符合上述特点的——尽管叙述者本人十分看重这些特点——阶段，这些阶段更能反映出他本人的一些边缘人的特点。很多时候，他都在蹭着刑法的边界行事，其他时候则会不加掩饰、无所畏惧地直接违反法律。对瞭望员来说，道德是一种具有特别延展性的物质，他总能让它适应当下。他不会去想违法之后会发生什么，因为他很容易忘记自己曾做过的事；过去本可以完成却没完成的违法行为也不会成为他意识上的负担。顺便一提，过去与未来对他来说，并不是压在身上的概念重负。他总让人觉得，他耗费掉全部精力的唯一目的就是，用他在路上遇到的一切事物让每一个此时此刻都更有价值。这显而易见，许多很了解他的人，或者说比我了解他的人都同意这一点，规定、原则、条例、戒律，所有这些合起来构成所谓法律的东西，对马克洛尔来说，都没有太多意义，也从没有占据过他人生中的任何一刻。它们是他关注范围之外的事物，没必要让他从自己的事情和诸多任性的计划里因为这些而分神。

我曾在公海上，在与这位朋友把酒回忆往昔时，听他讲过自己的某几段人生故事。不过那些并不是他在思念未知命运，或者说渴望未知命运时最常记起的东西。其中的一些故事将在下文中以主人公的口吻讲述出来。我想，它们作为叙述，是认识这个人物另一面的有趣途径，于是曾反复和他谈起这些内容，并最终用曾让瞭望员十分着迷的口吻和松散的方式，把它们固定在了我的记忆中。

还有一点想说的是，我并不认为马克洛尔把这些故事留在心里，是因为它们明显是法外之事，不能坦白或有苦衷。我想他不轻易说，是为了不把事件的参与者卷入他们因为羞耻或恐惧而宁愿隐藏或忘记的故事里，对于瞭望员来说，它们不算什么，但对于其他人，也许就并非如此了。总之，我发觉自己已在这多余的解释中扯得太远，只是，印在纸上的文字有着绝对的见证感，还很可能引起麻烦，因此，无所顾忌地在可能的读者面前将它们写下来并非一件易事。这便是我想说的所有东西了，现在就让我们的朋友开始讲述吧。

克里斯托瓦尔

海岸警卫队的灰色小船向我们靠了过来，船尾的巴拿马国旗高傲地翻飞着，看见那条船时我便立即明白，我们的多舛航程已经接近终点。说实话，几星期以来，每次要停靠港口时，我们都感觉会有类似的客人来访。只不过加勒比地区的官僚事务通常进行得松弛缓慢，我们还不曾有过类似的经历。小船在灰色的湖面上行驶，周围飘着难以辨识的垃圾和已经开始腐烂的鸟类尸体。龙骨划过油腻的水面，一排迟缓的水波往旁边漾着，很快就死在了路上。我们已经离永远变幻莫测的大海很远了。三位身着草绿色军装、腋下和后背已被汗水浸湿了大片的军官顺梯子爬上了船，动作慢得夸张。其中的一个看起来像领导，他属于在当地被称为牙买加人的黑人——当初，他们的祖辈被美国佬从牙买加岛上贩卖到这儿，来开凿运河。他用夹杂英国方言口音的生硬西班牙语问我们船长在哪儿。我把他们带到了二层甲板，敲了几下寝舱的门。许久过后，一个昏沉疲惫的声音说："请进。"我请几个人进去，把他们身后的门关上，随即回到爬梯旁，之前，我与水手长正在那儿交谈。船的马达隆隆响着，节奏有些突兀的变化，一阵势不可挡的热气从无云的天空压下来，加重了腐烂植物和丛莽泥土的气味，已被太阳晒干的淤泥正静待着涨潮时刻的到来。

"到这儿就结束了。现在要各奔东西了，看看会怎么样吧。"水手长望着克里斯托瓦尔港说道，仿佛那里有能抚平他的不安的答案。科内琉斯是一个胖乎乎的荷兰人，个子很矮，总抽着一支塞满劣质烟草的烟斗。他的西班牙语说得完美无瑕，有滋有味，里面充满了五彩缤纷的脏话，让人感觉他在加勒比海航行的这些年里一直在刻意地收集它们，如今已成就了一部真正的加勒比污言秽语大全。我们刚出发时，他不太信任我。海上的人，有了一点权势就难免敏感多疑。他们永远都不会相信陌生人，总感觉对方侵占了他们的领地。但我很快就解除了荷兰人最初的敌意，并最终与之建立起了一种既疏离又亲切稳固的关系。我们是靠分享与重筑共同经历和逸闻趣事来维系这份友谊的，交流有时会在两人的哈哈大笑中结束，有时则在异想天开的失落怀念降下帷幕时戛然而止。

“维多逃不过这次查封了。但他好像从很久之前就在往这一步走。如果他的船没了，那么这种生活方式也会随之消失，如此一来，一切早晚都能恢复。相当于叫停了一种他早已不信任的生活准则。所有这些东西从很久之前就让他觉得无聊透顶了。至少这些是我在这次旅行中从他的态度中推断出来的。科内琉斯，您怎么想？您更了解他。两位在一起航行多久了？”我试着把对话延续下去，只是借口有些牵强。与此同时，从几个星期以前就开始威胁我们的黑暗司法仪式仍在楼上继续进行着。

“一起干了十一年了。”水手长答道，“可怜的维多，是她女儿的离开把他给毁了。她和一个巴巴多斯的新教牧师私奔了，对方不光已婚，还有六个孩子。他丢下了信徒、教会和家庭，和女孩一起去了阿拉斯加。可怜的姑娘，不光丑，还是半个聋子。维多就是从那会儿开始做这些不着调的生意的。还卷进了各种抵押，把船和威廉斯塔德的一处房产都押上去了。您了解这种事的。拆东墙补西墙。要说现在正好发生的这件破事能帮他把问题解决了，也不是没道理。”他耸了耸肩，焦虑地抽了几口烟斗，眼睛看着寝舱，那房间里的对话结果比显而易见还要明显。过了一会儿，军官们走了出来。他们把几张纸夹入文件夹，把手抬到帽檐，潦草地敬了礼，从梯子爬下去，上了自己的船。随后，那小船便轻轻裁开海湾的水，向克里斯托瓦尔驶了过去。

船长出现在寝舱的房门口，叫住了我：“马克洛尔，如果您愿意的话，可以上来一下吗？”这一次，他的声音显得坚定而平静。我们进了房间，船长请我在桌前坐下，他把那张桌子当作书桌，不过我们吃饭时用的也是这一张。他看起来如释重负的样子。船长很瘦，中等身高，狐狸脸形，轮廓瘦削。浓密、粗硬的花白眉毛几乎完全遮住了双眼。第一次看到他时，最让人印象深刻的是，他一点儿都不像海员。他没有任何动作或神情能让人联想到出海的人。把他想成寄宿学校的校工或是教授自然科学的老师倒是更容易些。船长讲话很慢，很明确，几乎有些过于隆重，因为每一个词语他都会强调，每一句话结束他都会稍做停顿，仿佛在等别人将他的话做成笔记。尽管如此，还是可以轻易察觉到，他在教育者的气质背后藏起了一些模糊纷乱的情感，并在努力遮掩着某道隐秘痛苦的伤痕。从多年前起，这一点就打动了他身旁的所有人，因此我们一直对他抱有温和的宽容，只是这并没能促成大家之间更加深厚持久的关系。他身上的某个地方烙着失败者的印记，这样的记号最终会无可奈何地让他们的同类远离他们。

“马克洛尔，”船长的话比以往还要慢，“您应该已经想到了，是关于船的事。它被抵押给一个在巴拿马有分行的银行集团了。”他仿佛是在提前进行辩解。这让我心里苦涩起来，好像就要知晓一个我宁可不知道的秘密。我们对面的墙上钉着一台小电风扇，它嗡嗡作响，缓缓旋转，却没能为凝重的气氛带来些许清爽，任由浸透了衣裳的汗味与隔夜的烟蒂味飘在空中。“我担心了几个月的事，”他继续和我说着，“终于发生了。我失去了这只船，还有威廉斯塔德的一栋小房子。船会被扣押者雇的船员带到巴拿马去。您和水手长，如果愿意的话，可以和他们一起穿过地峡，在巴拿马下船。两位可以根据和我签的工作合同在那儿把东西清点一下。如果您现在想留在这儿，他们也会进行清点。只要和他们说一声就好。看您怎么决定了。”

“您呢？船长，您打算做什么？”他处理这件事的平静冷漠让我不安。

“不必为我担心，马克洛尔。您实在太体贴了。我已经做好一切准备要……”他说到这儿就吞吞吐吐起来，有一丝转瞬即逝却很容易被发现的恐惧，“要继续下去。能拥有您的友谊是我的人生幸事之一。您教会了我许多事，可能您都想象不到，凭借着它们，我撑过了许多好运和厄运，无论怎样，我都一直珍惜着您所说的‘生命赠予我们的惊喜’。关于这一点还有很多可说，只是现在并不是该交心的时候。我想您应该比我更明白。”他忽然有些生硬地倾了下身，紧紧地握了握我的手，像是要把言语中极力避开的热切都灌入相握的手中去。我离开时，他请我叫科内琉斯也上去和他谈谈。

他和水手长谈话的时间要更短些。荷兰人回来时，我正呆呆地望着港口，那片泥泞死水的寂静越来越长，一种闷闷的压抑也随之在我心里逐渐涌涨。天空弥漫着泛珍珠光泽的、出人意料的薄雾，下午时光在这天空之下伸展，那寂静就生长在这午后的湿热里。科内琉斯背对海面，靠着古铜光泽的栏杆。他没提起和船长的谈话。我知道，他说了也没什么意义。维多和他说的与和我说的不会有多少不同。他猛吸了几口烟斗，很急，像是要把脑中所有折磨人的执念都驱走。

那声枪响很像木材开裂时干巴巴的声音。在帆桁上打瞌睡的一对海鸥立刻飞了起来。翅膀扇动的声音和聒噪的叫声也伴随它们，消失在了渐渐黑下来的天空里。我们一进寝舱，浓重的火药味便扑鼻而来，刺向喉咙。船长坐在椅子上，正向地板滑落下去。他眼里的是垂死之人的目光，像玻璃做的，已完全失了神。一道从太阳穴涌出的血流与从鼻子流下的另外两道汇在了一起。嘴上挂着的勉强微笑，与维多平日里的神情迥然不同。我们感到了一种极度的不适，仿佛侵犯了一位陌生人的隐私。他的身体倒在了地上，发出了沉闷的声响，电扇的嗡鸣挠破了无声的空气——那本该是死亡为了在活着的人中彰显自己的存在而特意安排的静寂。

我们通过电台通知了港口当局，他们很快就过来了。坐的是之前来调查时开的那艘船。这一次来的是三位身着白色制服的警官，还有一位勉强把自己套入长褂的医生，那条褂子也是白色的，他似乎想给自己营造出一种专业的气质，但那却与他本人的卷发、黑白混血、满脸写着享乐的酷似昆比亚歌手的样貌极不相符。事情处理得很迅速。警察们将尸体塞入一个灰色塑料套内，丢了下去。就那样丢在了他们的船底，仿佛那只是一袋信件。他们离开时，夜幕已完全降临。港口的光亮起来，同样被点亮的，还有刺眼的霓虹灯广告。夜总会和小酒馆的音乐响起，宣布热带安的列斯群岛粗糙、悲伤的派对已经开始了。

多年未见之后，我们是在新奥尔良相遇的。当时，我走进了德卡图尔街的一家挂着花哨唬人的“高档美食”招牌的商店里。店中摆放着一系列愚蠢又无用的酒吧和厨房“用品”，此外还有源自世界各地的、不同品牌的食品与调味料。从外包装上看，它们与伦敦、巴黎或纽约某些特卖店中的商品相似得可疑。我想买一些姜糖。哪怕是最穷酸时，我对这种零食的秘密热爱都从未消减。包装瓶上的价格实在高得离谱，我于是走到柜台前，想确认它是否正确。维多当时正好在那里为两盒大吉岭茶——这是他最爱的饮品——付款。在张口说话前，我们彼此先报以了老同谋之间的微笑，我们深知彼此的弱点，又在对方向其低头时相互抓了个现行。店主油腻腻地为玻璃瓶上的夸张价格辩解了一番，他的布鲁克林口音像是在提前告知我们，不管怎么样，我们都会吃亏，最后维多还是坚持为我付了姜糖的钱。随后两人一起出了门。在表达了对茶叶和姜糖是否正宗的疑虑之后，他邀请我和他一起去吃午饭。他雇了一位牙买加厨师，会做配得上世间所有赞美的梅子猪腿。他的船泊在比安维尔码头，就在我们相遇的那个商店的对面。那是一艘被漆成亮黄色的货船，我只在卡拉蕾的巨嘴鸟的脖子上见过那种颜色。主控舱的甲板和寝舱及办公室的甲板都是白色的，不过早该重新上一遍漆了。船的名字与它低调的吨位和更加低调的外表不甚相配。它叫“*汉莎·施特恩*”。这是我朋友的妻子苏珊娜起的。她年轻时曾在汉堡生活过一段时间，因此对波罗的海沿岸的大城市深怀仰慕之情，也因此将它们美化了许多。为了尊重她的回忆，维多也从未想过要改名字。其实，对我做这些解释毫无必要，但这确实也体现了他的其中一个特点：好为人师，要带着日耳曼人的严谨，将一切都用最精准的语言解释出来，仿佛其他人都需要一份特别的帮助才能理解这个世界。

温弗里德·格尔顿。此人的故事值得写一整本书。他的人生充满了各式各样的章节，其中的一些他总是跳过，不愿细说，因此当他讲起故事来，人们听一听就会在其错综复杂的情节中迷失。在加勒比的各个港口与角落，人们总是叫他维多。没人知道那个高傲、冷漠、有维京血统的名字如何变成了这个荒谬的简称。或许是因为，加勒比的海岸残酷而肮脏，海岛气候造就了萎靡的狂欢节与充斥生活的悲哀讽刺，在这一切的中间，任何东西都会飘摇着简化缩小吧。维多有狐狸般的面庞和迷茫教授的气质，让人无法在他的简称后再加上船长的称谓，从视觉上来讲，倒也很合理。人们就只是管他叫维多，不加别的东西。他从没发觉这个不合宜的简称有多荒谬。他出生于但泽，不过家族来自威斯特法伦。世界上的所有语言他都可以说得流利自如。他从不讲述任何与他的海上生活有关的逸事或细节。仿佛那是他经验之外的、他不想也不喜欢做的事。他走路时身子挺得笔直，笔直到有些僵硬，倒是与他如钟表匠调试出的断续言语的特点配合得天衣无缝。他有时会开些讽刺性的玩笑，突发奇想地蹦出些奇言怪语，但随后又会突然沉默下来。一天，我听见他极为严肃地说："气候完全是个人的事。根本没有冷的或热的、好的或坏的、有益身心的或有害健康的气候。是人自己用想象力创造出了一种幻想物，然后将它称为气候。地球上只有一种气候，其余的，都是人们依据严苛的、不可转让的个人标准对大自然传递的信息所进行的解读。我见过芬兰的拉普人热得出汗，还见过瓜达卢佩的黑人冻得哆嗦。"说完这些话，他像军人一样反复而生硬地向前倾身点头表示肯定，仿佛自己刚刚预言出了整个宇宙的命运。我从不知道应该怎样回应这些怪异的言论，是该微笑，还是该严肃，像个刚被真理启发照亮的学徒。

我们在他的寝舱吃了饭，不得不说，金斯顿厨师的厨艺果然配得上他雇主的赞美。维多点了一根黑烟，散着烧成炭的灌木的酸气，我们对着两杯浓咖啡，开始相互诉说在没能相见的漫长日子里各自的状况。快说完时，我对他讲，自己正处在走背运的时期，做什么都不顺。我先前有笔不错的生意，负责把一些远海渔具卖给格兰德艾尔的卡津人[1]，后来在新奥尔良搁了浅，货都清仓甩卖了，得到的几个钱也很快要用光了。我向我在五大洲的朋友发了几次求救信号，但是没有任何人回应。好像所有人都死光了。“是啊，”维多打断我，“然后你会在某个酒吧碰上他们，他们则会摆起刚刚练好的惊讶脸问你‘哎呀你去哪儿啦？我们以为你已经死了呢’。”事实是，我身上连付房租的钱都没有了。那只不过是土耳其人、摩洛哥人聚居区里的一个破房间，之前我和一个肚皮舞舞娘住在那儿，她是房东的外甥女。没过多久，舞娘就起身去旧金山了，我一个人留在那儿，还算有耐心地忍受着那位尖酸刻薄的姨妈整日惹人厌的数落——她把自己眼中天真无邪的外甥女的出逃全都归咎于我了。这小姑娘真是块宝，一块能让良家妇女出乎意料的宝。她在表演时偷了客人不下十块名贵手表，都是趁他们朝她贴过来往她腰间或文胸里塞入油乎乎的五美元或已经贬了值的某种南美货币时，从他们身上顺下来的。维多透过他厚密丛生的眉毛看着我，人畜无害的狐狸脸上漾着一种满足的微笑。

“跟我一起干吧。”他在我的故事结束时对我说，“我需要一个会计，虽然我知道这不是你的强项，但是要做的事情太简单了，您肯定没问题。我带来的那个会计得了疟疾，在圭亚那住了院。海上贸易条例要求我必须得雇一个在船上。您来帮我解决这个问题。但我也得坦白，瞭望员，我的情况也没比您的好到哪儿去。我从一年前就开始欠债。我一点一点尽可能地还着，但是情况忽然变复杂了。没有货可运，还出现了越来越多的空运公司，简直是半个海盗，三架道格拉斯DC4就能运那么多货，我都不知道那价格是怎么够它们的汽油钱的。”

---

1 原文为cayun，但在相关文化背景下，唯一能找到的是Cajun（卡津人）。不知是否为同一概念。

“还是要看运的是什么，维多，得看运的是什么。”我说道，他的天真着实让我吃了一惊。

“是啊，”他接着说，“您说得对，我可真傻。嗯，是这样的，汉莎·施特恩的三分之二已经属于银行了。但是现在好像有一批圣安德烈斯的干椰肉，要运到累西腓去，我觉得有的可赚，明天，他们还会安排我把一批洋苏木运到休斯敦去。这两件事要是干成了，那我就能解除船的抵押，之后咱们就能去塞浦路斯载朝圣者了。”

我们多年前就是在那儿认识的，当时的情况总有机会再详说。我顺理成章地接受了维多的邀请，尽管心里对那两笔买卖的真实性和可靠性抱有怀疑，不知它们是否真的能将我们救出困境。他眼里飘忽不定的东西告诉我，也许他的情况比他自己想得更糟。可留在新奥尔良对我来说无异于待在井底。我深深地厌恶这城市此时的样子。曾经的“克里奥尔”[1]港口嘈杂喧闹，飘着美妙的音乐，满眼都是来自四面八方的、愿意做任何事的姑娘，如今它已经变成了一个野心勃勃的首府，涂抹着俗气又虚伪的本地色彩，随时准备着迎接来自得克萨斯和中西部地区的游客——这些人简直是美国中产阶级最差最令人作呕的样本。只有那条河依然壮观，依然忙碌，有尊严地背对着那座它曾经最钟爱的城市里上演的可悲剧目。我收拾好自己的东西，抛下了操着三种阿纳托利亚方言咒骂我的房东，跳上出租车离开了那里，司机是一个身材壮硕的黑人，他无法听懂那如瓢泼大雨般砸在我后背上的恶毒辱骂，却一直笑个不停。我在属于我的寝舱把自己的东西放好，它们实在少得可怜，一个破旧的海员行李包就已装下了全部。随后，我用钥匙把房门锁上，准备去找维多吃晚饭，这时，我碰见了科内琉斯。在前文中我已描述过他当时的反应。与弗里斯兰人交往的漫长经验帮我耐心冷静地度过了他谨慎小心陪伴在侧的最初几天。

1 克里奥尔（créole），在各语言人群混杂居住地所产生的用于相互沟通的自然语言，亦称混合语。

正如我一开始所怀疑的那样，生意与维多和我描述的截然不同。洋苏木的买卖变成了将枕木由墨西哥港口运到伯利兹的简单工作。简直可悲。而干椰肉的生意则简化成了两趟从圣安德烈斯到卡塔赫纳的旅行，糟糕的产品把空气都染成了它油腻的刺鼻味道，像极了驱赶蚊虫的膏油。几趟跑下来，连路上烧的油钱都没挣够。后来，我们又运送了同样重要的几单货，但它们显而易见地都无法维持汉莎·施特恩的运转，并把那船名衬得愈发尴尬可笑起来。维多欠了我们差不多三个月的薪水。“和你们两位，”饭后闲谈时，他把灰色的眼睛藏在茂密的眉毛森林后向我们道起歉来，“我还可以痛苦地做下这个决定，因为大家是我的朋友，比谁都能理解目前的情况。但是面对供应商、港口当局还有其他的船员，我不能拿我说的话或者善意的承诺来付钱。肯定会有好活儿的，我知道，只是希望它能快点儿来。我真不知道该怎么做了。”他说着，把双手插到花白的头发间，像一个想另辟蹊径从而得出深奥几何定理的人。面对他的艰难而迟缓的道歉，科内琉斯和我总是试着去安慰和鼓舞。对我们来说，他当然不用担心，因为我们毕竟在一条船上——听到这笑话他也笑不出来，因为我们说都说腻了——而且很快，我们就会接到一份合同，拯救我们于水深火热之中，这样糟糕的幽默话，维多甚至都反应不过来哪里好笑。

显而易见，维多高估眼前生意的能力逐渐枯竭了。不过他并没有抑郁或一蹶不振。他是不可能抑郁的。只是一直支撑他多年的机制忽然从内部卡住，给我们的朋友挂上了空档，把他交给了运气。他表情与姿态的僵硬愈发明显，话语间波罗的海风格的沉默也愈发漫长。他不再如以往一样，于饭后留在桌旁回忆往昔：我们在塞浦路斯的相遇；他与科内琉斯——后者是他妻子在鹿特丹时的中学同学——的第一次结伴航行；还有我们与阿卜杜尔·巴舒尔在亚得里亚海的往来活动，阿卜杜尔是我们的好友，也是我们那些游走在法外之地的生意的同谋。现在，他的沉默很明显。常对着一杯黑咖啡一言不发，这样的情况越来越频繁，他还不停往小酒杯里斟树莓酒，再一口气喝下去，有些失神，但从不失礼貌。

维多的妻子生在阿姆斯特丹的一个犹太家庭。维多在不来梅北德意志劳埃德航运公司的一艘名为穆拉的客船上做大副时，两人结的婚。她一直如一个情窦初开的十五岁少女般爱着他。升为船长时，维多从阿鲁巴的几个没有孩子的叔父那里继承了一笔遗产，并用它买下了汉莎·施特恩。当时那条船有别的名字，似乎和它低调的吨位更相符些。苏珊娜怀着对汉堡的思念，为它重新命了名。一开始，她陪伴维多完成了许多旅程。穿行在安的列斯群岛间时，人们开始称她为维妲[1]，若是了解当地人，就完全不会意外。只是她本名叫苏珊娜，和这外号一点儿都沾不上边。但她也无可奈何，只好漠然处之，带着犹太人的幽默接受了它。她的样貌和自己的丈夫形成了鲜明的对比：瓦格纳歌剧女高音般的身高，笑意盈盈的宽脸庞，少女般粉红的脸颊为不知疲惫的灵动的棕褐色眼眸又多添了几抹神采。她像小妹妹一样待我温柔可亲。也总是耐不住要来揶揄数落我：

“啊呀，瞭望员！我不知道你怎么看自己这样的，永远漂着，从这儿跑到那儿的。你干吗不结婚，然后找一个地方安定下来啊？”

“嗯，有一天会的。你帮我找找老婆呗。”我想赶快脱离她的拷问。

“才不要呢，那女人得多可怜。你毛病比犹太教士还多，而且一天比一天更像个疯子。”她一边说一边过来坐在我的膝盖上，拧着我的耳朵，脸上装出指责人的样子。

我是在塞浦路斯认识的维多，当时巴舒尔和我正在找一条货船，想运送一批非常规货物——这么称呼它们是因为这样有趣且谨慎。那其实是一批武器弹药，要运到海法附近的一个小海港去。因为路途艰险，合作谈成后，我们都让维多把妻子留在陆地上。“要是你被炸碎了，我宁可你是和我在一起被炸碎的。”她态度坚决地说。没有任何办法说服她留下。意外

---

1 Wita（维妲）是Wito（维多）的阴性形式。

频出的旅程中充满了夸张的场景，因为许多时候，维妲只是假装而不是真的感受到了某些突如其来的恐惧或某些在我们避开某种危险后喷涌而出的喜悦：有时是遇上一艘船尾插“联合杰克”旗[1]的鱼雷艇，有时是遇见一群掠地飞行、发出各种讯号——最好不要理睬它们——的埃及飞机。

我贱卖掉可怕的科科拉矿石生意时，得知了维妲的死讯。她因为一场没有被照料好的伤寒在威廉斯塔德离开了人世，当时，她以为自己已经脱离危险，冒失地吃下了一篮父母从荷兰寄去的樱桃。我能感受到她的缺席，只有很少人的离世能带给我这样的感觉。她传递幸福的方式那样奇怪，仿佛时时刻刻都在萌发着它，就那样毫无缘由地凭空将它吐露出来，那幸福源自她，源自她的表情、她的笑声，源自她对人、对小动物、对热带傍晚的爱，还源自那些对她来说永远幼稚和难以解释的男人们的工作和烦恼。当我们失去这样的一个人时，我们便知道，那上天赐予我们的原本就稀少的美好，又永远地少了一大块。

维多在告诉我他女儿和一个新教牧师私奔了的时候，话说得很简短，没提太多细节。那时女孩还不满十五岁。她没遗传到母亲浑身洋溢的清爽，不过身高倒是与她相仿，她还继承了父亲动作的僵硬和神似丛林狼的瘦削面庞。她的听力有些问题，并且敏感易怒。最让维多伤心的，是牧师的虚情假意，他依靠裹着蜜糖的善意，利用母亲的缺席和女孩的软弱逐渐渗入了这个家庭。维多很快就原谅了女儿。虽然事实上他摆脱了一个难以控制的巨大负担，但那谅解也显得太轻易了些。每次提起女儿，他都像是在暗暗责备她身上一点儿都没有她母亲的怡人美德。维多依旧怀着与年龄不相符的狂热爱着自己的妻子，她离开人世之后，那爱意也从未间断。每次提起她，都让人觉得她仍在他身边。只是最近，在饭后闲谈中，这类与他家庭有关的话题也越来越少出现了。僵固的命运、愈发明显的邋遢和意

1 指英国国旗。

志的丧失——他按部就班地过着越来越无用的每一天，小心翼翼地粉饰着这一点——形成了一条锁链，目的就是要将他的一切毁灭。

我的职责慢慢缩小到了几件事：记录燃料的消耗和账单；支付六名水手、一名厨师和五位机械师的薪水；负责补给，管理粮食，还有控制其他不重要的意外开销。每天一小时就可以做完所有事。剩余的时间，我会在科内琉斯的帮助下思索怎样才能改变难以为继的现状。荷兰人晃来晃去，总是慢悠悠的，这是闲来无事的表现，那些完成了工作的胖子都是这种状态，具体来说，他的工作是到下面的机械间去监工，还有就是代替维多在驾驶室工作，近来第二种情况已经越来越频繁。我们的朋友开始每天都把自己锁在寝舱，并且越锁越久，眼神总像迷失在了自己晦暗的思想里。所有人都进入了被压抑的、贫瘠的绝望状态。有一次，我竟然觉得，是汉莎·施特恩船身涂的那种奇怪的黄色影响了我们的生意，本来应该等在每个港口的货运合同就是因为它而消失的。谁会把船涂成这种鹦鹉尾巴的颜色呢？这一涂，把这条八十年前在贝尔法斯特制造、如今已然破落的小船的最后一点儿尊严都抹掉了，它可是一艘曾打过无数旗帜，经历过不止一次战争的船啊。只有苏珊娜·格尔顿——她本姓西威尔巴赫——会这么做。因为在海的事情上，她与自己的丈夫一样，有着近乎放肆的态度。只是，把错都怪在颜色上，也不过是另一种逃避问题的方法。事实是，我们实在运势不佳。每一个人的阴郁霉运，都和难以抵御的暴风雨的力量混在一起，压在了我们头上。

我一直认为，不应该给这种坏运气造成的灾难阶段赋予太多形而上的宿命意义。我从来都不相信人们所说的那种厄运，仿佛那是天意造成的，我们无法插手干预它的变化与走向。我想，那只是一种秩序，外界的、与我们无关的秩序，它会将一种与我们的决定和行动相反的节奏强加给我们，但它不应该影响到我们与世界及其生灵之间的关系。当这种厄运降临在我头上，我仍旧会享受酒吧里朋友的陪伴、与露水情人的同谋关系、与风月场所智慧又稳重的老鸨的交谈；仍会与遍布世界各地的、我十分敬重的知己一起思考西方历史上伟大王朝的命运：决定它们的通常是那些难以避免的、带有明确政治目的的联姻，结果便是几个世纪的历史全都因之而改变。在波多黎各时，我曾与一位广受爱戴的卓越的历史学家一起讨论勃艮第的玛丽与马克西米利安一世之间的婚姻。对新手来说，迷失在这样的历史迷宫里毫无功用，但对我来说，它却脚踏实地，具有现实意义，胜过头脑简单地一味冲撞周遭令我们困惑的状况，正是这些状况联起手来，让生命绝对现实的那一边变得格外复杂，同时，毋庸置疑，现实的那一边又是最不现实和难以琢磨的，因为它本质上很愚蠢，愚蠢得让人无奈。最有助于让人好好思考王朝历史的是热带炽烈的暑热，至少我的情况是这样，它能让我的感官与智慧更加敏锐，甚至可以让我到达萌生幻觉、参透未来的边界。炎热与潮湿结合，营造出夜晚锅炉旁的氛围，睡意降临，仿佛满怀慈悲的天鹅绒断头台，将我们带到已被遗忘的童年乐土或历史的黑暗角落旁，那里站满了令我们感到亲切的人，但那些场景却似乎无法言说。在到达克里斯托瓦尔之前的那几个星期里，有一个梦曾拜访过我许多次。在梦中，我是一位政治、军事参谋，负责辅佐巴列奥略家族一位统治尼西亚的成员，他个子很高，皮肤黝黑，苦行僧般消瘦。一切都进行得有条不紊，令人欣喜。战事的完满终结以及条约的艰难签订都在一种近乎永恒的纯粹精神的秩序里达成，这种秩序与同时在我的内心及马尔马拉海旁小小帝国的黄金时代建立起的秩序几乎完全相同。因此，当我的日常生活开始向不合心意的方向倾斜——比如在汉莎·施特恩号上——时，那些在世界上、历史中曾被我感知的生灵在我内心的位置并不会被更改，我对他们的感情也不会变化。甚至，当实际困难倍增时，他们占据的领土反而会逐步扩大，与此同时，我也更能享受那些织就了我人生线索的命运的馈赠。

事情已经糟透了。当时，我们正驶向马提尼克岛，准备接几个要去圭亚那工作的印第安家庭。一天，科内琉斯私下里找我在第二夜间监控室开了个小会，他不安地对我说："维多在拿空头支票付油费。您也知道，和埃索[1]可不能开玩笑。等咱们到阿鲁巴加油时，肯定会露馅儿。咱们已经要玩儿完了，瞭望员，我和您说吧，要玩儿完了。"水手长的预言没有成真。或者说，只有一部分与事实相符。在阿鲁巴，的确有两张无法兑换的支票在等着维多。但他终于还是用钱把事情盖了过去——在埃索的供货层撑过了痛苦的一幕之后，他像变魔法似的，三小时内就搞到了那笔钱。驶入远海后，他向我们坦白，自己当掉了苏珊娜生前视如文物的珠宝，还有一块怀表，是他在但泽考过了领航员考试后父亲送他的。现在是彻底地毫无疑问了。正如科内琉斯的真知灼见，到这儿我们就玩儿完了。

这时，维多的脑子里突然出现了驶向巴拿马的想法。一天上午，科内琉斯和我正待在控制室那层的甲板上，身着睡衣的他突然半梦半醒地用熬过夜的暗淡声音对我们命令道："改变方向，科内琉斯，咱们去克里斯托瓦尔。"随后，他便回到了寝舱，厨师每天早晨都会为他准备的茶水和几片抹蓝莓果酱的面包已在那里等他。我们沉默了一会儿。水手长改变了船的方向，疲惫且小心地填起了烟斗。最后，他说："我现在明白了，咱们之所以去克里斯托瓦尔是因为不可能去巴拿马，他没有钱交地峡费的。之后咱们再坐火车去巴拿马城，自己掏钱。"一阵有气无力的笑声从他仿佛塞满了石子的喉咙——他一直抽糟糕的杂牌烟——里冲出来。从那一刻起，我们就知道了等待我们的是什么。停靠克里斯托瓦尔的决定纯粹意味着旅程的结束。一种轻松了许多的感觉同时渗透了我们的身体，随后又化为一种遗憾，毕竟，为了拯救汉莎·施特恩号和它的主人，大家花了几个月的时间，做出了各种失败的尝试：机器费力的气喘和连接杆虚弱的敲击都像在凸显我们的沮丧。

维多继续着他每日的日程，越来越与世隔绝，将自己锁在了克制与

1 埃索（Esso），美孚旗下的一个加油站品牌。

冷淡筑起的涣散精神里。在餐桌上，他格外礼貌，仿佛在尽可能地为这场灾难中他该付的责任道歉，尽管我们共同承担着这一切，且没有丝毫的抱怨。我们试图说服维多，自己选择陪伴他完全出于自愿，并且也知道生意的状况不佳。大家都很熟悉类似的危机，从多年前起，就已经对它们的一切后果都免疫了。但那没用。他还是把自己锁在自己的世界里，看起来并没有听进我们的话。

我们在傍晚时分到达了克里斯托瓦尔，天空很美，星辰像是玩心四起，纷纷好奇地朝地球靠近。港口的灯光为天空染上了绯红的光晕。乐队大声奏着切分节奏的乐曲，一直传到我们的耳边，它伴着安的列斯的伪非洲节拍，鼓动着挤在街头巷陌破酒馆里的生活。我已经习惯了那种单调而悲哀的喧闹，甚至把它和旅途结束带来的情绪混为了一谈，告别漂泊时，我总能感到轻微的焦虑和模糊的恐慌，不知在踏上土地的那一刻，会有怎样的未知降临在我头上。

巴拿马

维多死后，我想在克里斯托瓦尔登陆，之后坐火车去巴拿马。科内琉斯留在了船上，银行为汉莎·施特恩派来的新船长给他提供了一份新待遇，荷兰人觉得这比在人生地不熟的地方重新找工作要好些。我们翻了翻维多留下的文件，希望能找到关于他女儿所在地的线索。我们想告诉她她父亲去世的消息。但唯一能找到的是那个牧师所属教会的地址，于是便发去了一份电报。尸体很可能会被移出停尸间，送往巴拿马医学院的阶梯教室做解剖课的标本。在这件事中，有一条属实但阴森的逻辑：可怜的来自但泽的维多，贯穿他一生的标志性表情与姿态的确是绝佳的研究对象，他从容缓慢的说话方式，就像来自一位早已把课程内容铭记在心的教授。

火车上的旅行持续了好几个小时。我在一节三等舱的车厢里尽可能把自己安顿好，那里挤着许多港口的家庭或在那里工作的工人。一种无法抑制的喧闹在缓缓地催我入眠。街区里的逸事、邻居间的闲话、坊间的血案或其他卑鄙凶残的事件，还有幼童的哭喊，那些个没有姓名、没有面孔的生命的永恒却暗淡的素材，对我而言，永远都可以简化为人们口中的“脚踏实地的生活”——它总是压抑得我喘不过气。那片热带风景里的树木都长着泛金属光泽的深绿叶片，湿热从敞开的小窗中钻进来，寻找着不可能存在的清爽空气，这一切再加上周遭的喧嚣，像是把我带到了哪个欧洲国家在亚洲的殖民地。有那么一刻，我甚至确信自己正在新加坡和吉隆坡之间穿越马来半岛。借助柚木和它附带的、难以界定的生意，我曾在那儿过了一段相对风生水起的日子。伴着火车特有的节奏，车轮滚滚向前，车厢轻轻摇动，让我不禁打了一个小盹儿，只保留了几丝警醒的意志。周围人说的语言柔和松散地传入我耳中，听不到西班牙语s和r的发音。女人和孩子说起话来语调尖尖的，仿佛大香蕉园里一群迷路的禽鸟所发出的鸣叫。“渐渐地，又到了，”我想，“该问自己的时候了：我在这儿做什么？到底是谁把我带到这儿的？每次知道自己将在陆地上待很久时，我心中都会萌生出一种混着无边厌烦的模糊恐惧，它们最终总会停留在这些疑问上。这很不好，但我也看不出有什么解决的办法。巴拿马。我已来过了许多次，但一共待过不到一星期的时间，到最后，它在我无依无靠的、没有目的只有无尽漂泊的生命中，竟变成了一个熟悉的地方。这座城市并不太宜人，也不很有趣，但是能留给人一种强烈的不用负责的印象，在这里，在真正的、匿名的自由下，为了享受我们的生命，一切都可能发生。它很能让人镇定，并且充满了愉快的承诺，说一定有伺伏的幸福惊喜在等待我们，只是这承诺永远都不会实现。”那一次，情况很不同。我计划在地峡多待几个月，待在那永无终结的雨水和土耳其浴室温度的从容热浪里。我不认识任何人。每次来都只是匆匆路过。没有任何我认识的人在这里留下过任何痕迹。我们的情况其实就很有说服力——维多、科内琉斯和我本就是来这里暂时停靠的，他们中谁都不曾真的陪我去经历过我的幸运和失败。我们只是临时的朋友，当我穿行于生命险途的阴暗地带，与真正可以称为朋友的人一起分享罕有的幸福时刻、一起疯狂起舞时，他们都不在。我之前也已经料到，在巴拿马不会遇见任何朋友。从汉莎·施特恩号离开时，收到的钱可以花几个月。但是我足够了解自己，几星期后，我的口袋和肚子就会空空如也。不过那想法并不困扰我。一杯及时饮下的伏特加和一位之后永不再相见的临时女伴就足以在我们以为自己跌落谷底时拯救我们。这两样都不一定要靠钱来获得。生活中有许多拐角背后都藏着难以避免的陷阱，但我已知道该如何躲开那些拐角了。我会这样过完一天又一天，直到某个早上，重新起航，或者突发奇想奔向另一段疯狂的经历，像在科科拉矿洞或索贝尔比奥斯医院时做的那样。都无所谓，一切都不重要。重要的是另一件事：是我们内心的东西，是那虽然破损却没有停止运转的螺旋桨。秘密就在那里，它永远都不会失败。我陷入了很深的梦境。醒来时，火车正在进站。很快，我就感觉到，自己刻不容缓所需要的，正是一杯冰伏特加。在遇到的第一间酒吧，我便会招来自己的诸位守护神，他们是我盲目的参谋，只有伏特加依靠智慧而无情的忠诚才能将我们带入那种恩赐的状态，而只有在那种状态里，神明才会现身。那里有救赎的答案、被揭示的真理，还有彼岸，那边有各种被打磨过的符号，还有迟缓的、消融掉一切困惑、扼制住一切犹疑的庆祝。

我下了火车，被纷乱的喇叭演奏会包围着，在下午最后一缕余晖中，刺耳的警笛渐渐远了。我把包裹背上肩，朝市中心走去。蟋蟀一起开始尖叫，霓虹灯亮起来，粗俗刺眼的颜色把地球上的所有城市变成了同一副模样。伏特加仪式会帮我整理好一部分思绪，再安抚住另一部分一离开海就都会纠缠我的魔鬼念头，但在进行这仪式之前，我需要找到一家用来过夜的便宜旅馆。在巴尔博阿达道通往中央大道的一条小巷里，我寻到了一个与期待大致相符的地方。它很名不副实，叫阿斯托尔豪华公寓。前台留花白的亚述人胡子的老头儿正打瞌睡，他的脸庞像极了弗朗茨·约瑟夫治下维也纳的犹太车夫，雄伟、肥大的身躯被掩在柜台后面，白白浪费了那一览无遗的巨大能量。他起身递给我房间钥匙时，我才发觉他有一条腿是假肢。生锈弹簧刺耳的吱吱声透着悲伤与无助，却怎么都无法与我面前的希伯来巨人的形象调和起来，他没有任何笑容，脸上展露的只有讲不好当地语言的外来人会有的生硬呆板。我的房间在四层，朝着海湾。几只迷惘的海鸥在水面上空盘旋，静止的水里满是淤泥，与我们在克里斯托瓦尔所看到的相差无几。那片被玷污的海为人的精神里注入了某种失败和卑贱的味道，似乎并不是可以让我振奋起来的东西。汽车在马路上野蛮地横冲直撞，每一段漫长的航行之后，这一点都会让我吃惊。每次下船时，我们都不会去想，再次熟悉陆地上的事物是需要时间的。简陋床铺的弹簧已经扭曲。淡紫色的床罩也已经褪色，上面的污渍还是不细看为好。房间里还有一张危险的瘸腿桌、一幅装饰画，画面上的圣伯纳犬正在照看在雪中安眠的幼童。这些陈设营造出没有个性、索然无味的风格，像极了我这一生住过的所有旅馆。走廊尽头有一间浴室和两个厕所。两扇门上分别有一位戴礼帽的男士和一位三十年代风格的女士，过于明确地指出每个隔间的适用对象。这时我才反应过来，自己身上从许久前便开始累积的污垢很快就要消失了。我走上街，去找酒吧。离开前，我向维也纳车夫询问最近的一家在哪儿，他忽然扯出了一连串不知所云的话，不禁让人觉得最好不要问他与门房工作无关的问题。我走过了几条街，街边是落败的居民区，相对还算安静，接着，是一条有几家酒吧的路，一家挨一家，挂着各自的霓虹招牌，高声放着各自的音乐。我走进感觉不那么吵的一家，要了一杯加冰的双倍伏特加。

我成了这家酒吧的常客。它不光是最安静的，也是回头客最多的一家。老板叫阿莱杭德罗，但所有人都叫他阿莱克斯。他是一个消瘦的巴拿马人，眼睛很突出，是那种从不问问题，但绝不会记错老主顾在喝酒方面任性偏好的酒馆老板。理想的酒保。我于是把那里的地址告诉了朋友们，好让他们把给我的信都寄到那里去。我甚至没有试着去找工作。经验教会了我，在熟悉每座城市各自的隐秘节奏之前努力去找好工作将是徒劳一场。以前，我总是会冲到街上去找活儿干，但事实上那种急切没有任何作用，它只会欺骗意识。最后无非就是去收垃圾，做妓院的门房，做码头的装卸工。因此，这一次，我决定静下心，好好研究巴拿马可以为我提供什么，好一次走上正轨，而不是落魄地走一步看一步。当前景愁云密布，内心又翻滚起疑虑与沮丧时，伏特加仍然可以颇有效率地平息这些不安，让我继续潜心等待。

某个星期六，在发觉平时的酒量已无法完成它的救援任务时，我便慢慢喝掉了一整瓶，最后在酒精迷雾的包裹下，回到了床上。星期日一早，我诧异地看到自己身旁睡着一个身形硕大、赤身裸体、头戴祖鲁战士假发的女黑人。我把她摇醒，她于是回头看向我，惊诧里还涌着滚滚怒气。随后从已经没牙的嘴里凶恶地喷出了一连串混合着帕皮亚门托语和格林纳达英语的安的列斯方言。我让她穿好衣裳，给了她几美元，叫她离开了。根据我的记忆，我是一个人走出酒吧的，踉踉跄跄地回到旅馆，没有任何人的陪伴。我没有再多想这件事。几天之后，我又喝多了，但没有之前那次那么多。第二天一早，叫醒我的，是一个女人惊恐、呆滞的目光，她的头发被染得金到发白，皮包骨的身体上满是粉红的斑点，十分令人不安。我打发走了她，任何报酬都没给。我很确定之前从未见过她。类似的情况有了第三次。这一次是一个印第安女人，她应该是来自塔沃加岛或是附近的哪个岛屿。几乎不说西班牙语，还试图用一把小刀攻击我。我猛地把她推进了楼道，回了房间。随后给前台打了电话，想要干净的床单。是那个门房接的，他假装听不懂我的话。就在那一刻，我意识到发生了什么，明白了为什么会有之前那些女人的到访。我穿好衣服，下到前台。要了我的账单，仔细看了看，我发现，只要有女人过夜的日子，账就多记了一个人的。我盯着瘸子的眼睛，冷静缓慢地用通俗易懂的德语让他把所有多出来的账目都抹掉，并且要他当时就当着我的面做。他从容地照做了，不过全然不感到羞耻，一句话都没说。随后，我警告他，如果再有女人去我的房间，我就会闹到警察局和卫生署，叫他们关了他的豪华公寓。“不会再发生了。”他说着把账本塞进了钥匙格下面的木质文件盒里，而后上了锁。“您不用担心。应该就是个失误而已。”他嘀咕着，在穷车夫愤怒的五官间，在被唾沫润湿了的肥厚嘴唇上，挤出了一个勉强的微笑。

我把事情讲给了阿莱克斯听，他让我不要理那个瘸子：“他就是旅馆的老板，而且还控制着那一片儿的妓女。但是他最重要的生意不是这些。他也搞别的事情，警备队从很早就盯上他了。但是他在更上面有人，会和那些人分钱，很多的钱。”我问他是不是换家旅馆更好，他让我不要换，其他家也不会好到哪儿去，这家的位置好，周围人也都认识我了，这对找工作有利。他说得有道理。老板兼门房依旧不动声色地与我保持着距离，待我的方式与待其他所有人的没有任何不同。

已经失去希望时，我收到了阿卜杜尔·巴舒尔的一封信。信上的钢戳属于意大利，是从拉文纳寄来的，不过信上的消息并不太鼓舞人心。他正在讨要一艘船的赔偿金，那艘船属于他、他弟弟，还有他姐夫，也就是他大姐亚米娜的丈夫。保险商正想尽一切办法避免理赔。尽管当时那艘船打的是利比里亚的旗帜，还是被利比亚人的飞机击沉了。保险商正试图证明此类危险不在保险范围内，巴舒尔一家一直在付律师费、专家费、咨询费，钱都快要花光了。亚米娜的大儿子有白血病，为了给他治病，全家人的牺牲已经越来越大。尽管如此，他还是把自己在巴拿马一家银行里存下的英镑[1]给了我，那些钱来自多年前的一笔受地峡附近某国武装力量保护的生意。我清楚地记得那次行动，我和阿卜杜尔都参与了，当时看到那么严阵以待的架势，我还笑了起来。可怜的阿卜杜尔。少有的真朋友，他的慷慨已经在生意以及其他更难办的事情上经历过了各种各样的考验，总是让我感动落泪。

我渐渐熟悉了这座城市，并且一如既往地发现，人的第一印象一定会得到验证：对于踏足此地的人来说，它只是沿途一站，是暂时落脚的地方，这赋予了它一种独特的魅力，那种不会给人留下印记的地方，那种不会把定义它们的秘密精神强加于人的地方，那种甚至不会要求过路人努力遵循它们的特殊规则——哪怕这些规则促成了那里特有的风貌——的地方才会有这样的独特魅力。这对于我的目标来说，实在有些可怕。因为这种地方并不能给当时那个状态的我提供更多机会。所有人都在过渡。他们很可能几个星期乃至几个月都找不到一份确定的工作或者某种生意，不论是多么卑微低级的生意。更可怕的是，我们的目标越低贱，就越难实现，因为在那种不停歇的奔波中，根本没有人会注意到其他人。人们穿梭在银行业大酒店的大厅和酒吧，夜幕降临后又会流连于各个夜总会，不同地位、

1　下文有些地方写作“美元”，不知是否是作者笔误。

职业、种族的人都想在那里找到乐子，缓解他们的倦意，这倦意产生于差旅途中强加的中转站，产生于相同酒店、不同地方的赌场的浑浊——更准确地说是肮脏——的空气里，在那儿，会有一种平庸的替代品来换掉巴拿马在人身上唤醒的短暂的冒险焦虑和情绪。我在这类还有其他更放不上台面的地方徒劳地找寻着可以开始做点儿什么的机会，好把自己救出那让我缓缓陷入其中无法自拔的泥潭。很快，我衣着的寒酸和其他更明显的贫穷表象就让我开始远离那些场所。我不再进去，只靠在它们的门口游荡来获取些满足。我还会去游客常常进出的气派商铺周围晃一晃，人们被店中的商品吸引，但其实那些不过是用名牌废料生产的东西，或者干脆就是大胆的假冒名品。

雨季到了，借助一场水龙卷的失控能量，雨水在地峡驻扎下来，把街道变成了湍急却无法通行的河流。我猛地意识到，再在那里寻找下去是毫无意义的，我不会找到那个在我想象中漂浮于附近的转运街角，不会找到那个召唤我们、邀请我们跳过去逃向那场——我们深藏内心的小男孩用自己的秘密命名的——“大冒险”的街角。我明白了，事实上，自己无事可做，雨水像是堵住了我的一切通路，于是我把自己关在了旅馆的房间，只是偶尔去一趟熟悉的酒吧，每一次的间隔时间也越来越长。一道雨帘落在太平洋的脏水上，从窗户望出去，城市仿佛溶解在了我冷漠的眼中，最终汇聚着泥土、垃圾和枯叶，在下水道的嘴边，旋转出了一个个贪婪的漩涡。

在我花掉阿卜杜尔留给我的最后一美元的那天，门房凭着他们犹太人在算计这类事情上的延续千年的本能，把电话打到了我的房间，说在我下楼时，希望能和我谈谈。下午，在去酒吧前——在那里赊下的账也已经开始让我担心——我经过了前台，去找那位多瑙河车夫。他长满浓密胡须的巨大脑袋从柜台上探出，仿佛魔术师放在桌上的一颗头颅，从他口中冒出了一些西班牙语词汇，缓慢、艰难，却异常准确。显然，我在巴拿马的日子已经走到了尽头，并且这里不会有任何能拯救我的出路。他很熟悉这座城市。如果我接受的话，他，可以提供给我一些机会，尽管是暂时的，但能解决我的问题，让我可以同时付清还没结的一个月的住宿费和在阿莱克斯那边赊下的账。这个男人知道的比我想让他知道的要多得多。他还说，想等我从酒吧回来时，去我的房间再多聊一聊。我同意了他的提议，并一口气喝下了两杯伏特加，觉得藏在那酒意里，与凶悍的瘸子守门人之间的谈话会更加容易。从前，在许多相似的危机中，我也曾遇见过类似这样主动给我提供机会的人，他们的气质也都与这位门房十分相像。大体上已经可以预见他会提出的条件。我回到房间时，已经过了午夜，随后很快就听见了一瘸一拐的脚步声。他坐在了我面前的一把快要散架的椅子上。一边尽力带着族长的气势抚摸自己的胡子——这反倒让他显得更加可疑——一边提出了他的条件。一如既往。需要越过法律，才能勉强挣到够我生活的一笔美元，并且也不能避免被当局发现的危险，尽管这危险看似遥远。他手里有些值钱东西——手表、珠宝、相机、名贵香水、著名酒庄好年份的酒——是他一些朋友借钱时押给他的。他不用明说，大家就心知肚明，实际上这些东西是从科隆海关仓库或者巴拿马其他大型存储仓库中偷来的。拐弯抹角拿抵押当借口时，他眼里划过了一道无法形容的光亮，厚嘴唇上永恒的微笑则冻结出了一副难以捉摸的怪相。在地中海游荡的岁月已经教我熟悉了那些卑鄙骗财术的蛛丝马迹。我平静地听对方讲着，他说完时便告诉他，自己明天一早会给出答复。“您不要想太多了。”他出门前对我说，“还有别的候选人，而且，他们更有经验。”他说出这话的方式我也早已料到，口气里有轻轻的威胁，对水没到脖子的人，他们就是这么说话的。

我并不需要想太多。第二天，我到楼下和他说，我接受了。“我就知道。”他一边回答，一边把我请进了一间小黑屋，就在钥匙格后面。他在那儿睡觉。从没有铺好的、散着浓浓尿骚味的床铺下面，他拿出了一个木箱，里面铺有洋红天鹅绒的内衬，放着一些手表、金手镯和一些装在夸张做作的玻璃瓶里的香水。他随后告诉了我这些东西规定的售价。如果我能以更高的价钱卖出，差价的一半归我，如果卖便宜了，那我只能拿到售价的百分之十五。接着，他把适合卖货的地点推荐给了我，就是我最近几星期常去的那些地方。面对这成败难测的买卖，还要考虑连续不断的大雨。“等在门廊那边吧，车子会在那儿停，放下或接上客人。”是啊，这我早就知道，实在无须多言。我不是第一次怀着这样的目的接近那些人了。困难在于那些场所也正是保安防守最严密的地方。我把东西塞进包里，上了街，开始做这笔没有任何把握的买卖。

最开始，事情进行得比我想象的顺利。东西的价格比商店里要低得多。顾客们作为过客，纷纷抓住了这可以逍遥法外的低风险购物机会。然而，正如我所预料的那样，保安们注意到了我在酒店和夜总会门口的频繁出现，很快就走过来对我进行了询问。我扯了些谎，但都有些荒唐，于是不得不赠送了他们些小礼物好换得脱身。后来，我凭借兜售赃物的小贩的巧舌，说服了瘸子与我平分售货金额。在拖欠旅馆第二个月的房费之前，就把账填平了。之后又去了酒吧，想把在那儿赊的钱也结清。阿莱克斯过来低声和我说：“一会儿别走，咱们得聊聊。很重要。”一种以前经历过的、预告危险来临时的不适感，浇灭了我喝下眼前已经倒好的伏特加的欲望。等了一阵之后，我才一口气干掉了它，盼着机会好在私下里和酒保说上话。越来越浓的沮丧和模糊的、没有出口的绝望让我的四肢瘫软起来，仿佛它们是某种可以塑形的材料做的。胃里开始感到一种浓稠的重量，让人无力，并且断续摇晃着，像某只半睡半醒的爬行动物形成的疙瘩。终于，阿莱克斯走到了吧台一头，他一边擦杯子，一边向我示意过去找他。他警惕地四处张望着对我说：“他们来问您的事儿了，警察的人。您知道，他们很扎眼，所以来的时候都穿着便服。他们知道您住哪儿，也察觉到了您和旅馆的犹太人之间有关系。我不知道您在忙什么，但是一定要小心。这儿的人行事鲁莽得很，不会客气。他们很注意城市形象，因为要照顾那些游客还有过境巴拿马的生意人。您今天就换地方住吧。还要断了所有和瘸子的关系。住在这家酒店。那儿的人我都熟，都是朋友。”他递过来一张卡片。是米拉马尔酒店，在旧城区。

说服犹太人着实不易。他想让我打消恐惧，还装出了老好人的语气：“我知道怎么摆平那些事，朋友，不用担心，不用担心。”正是他温和的冷静帮我下定了立刻走人的决心。我把货都还给了他，把账结清，一刻钟后就离开了那里，兜里揣着的四十美元，胃里压着的僵死的重量，都是我很不幸地已经熟识了的灾难预告。

米拉马尔酒店比阿斯托尔豪华公寓要小一点儿。房间更干净些，女主人看起来很和蔼，比留车夫胡子的阴险跛人要值得信任得多。她来自厄瓜多尔，嫁给了一个巴拿马人。阿莱克斯提前和她打过招呼，她于是待我格外亲切，打消了我的一部分有据可循的恐惧，让我不再担心她和警察串通一气。可怕的喧闹从窗口钻进了唯一一间空房里。房间朝街，街上满是杂货铺，店主清一色来自印度，他们纷纷站在店面外，锲而不舍地向过路人拉着生意。每家店铺里，都有收音机或唱盘的音乐跑出来，一家比一家的音量高，像是要在被震聋耳朵的客人面前证明他们商品的上乘质量。顾客们大多都会买下印度商贩兜售给自己的第一样东西，大概是为了摆脱熟练吆喝价格的店主和扑面而来能把人震呆的音乐吧。幸运的是，在夜晚，笼罩这里的是一片宁静，打破它的，只有某个醉汉偶尔发出的一声洪亮的吼叫，或是妓女的咯咯笑声，她们就站在街角，等着很可能等不来的客人。就是在那会儿，在我即将触到深渊底部之时，救赎的奇迹发生了。它带着确实的幸福，降临在我的生命，完成了它的仪式，我只能将这归因于我的诸位守护神的难以解译的意志，他们在隐秘的计划中，一直用无形却显然存在的缕缕线索引领着我。

伊洛娜

一天下午，我全身心地投入回忆练习里，当时的我认为，这或许是种缓解恐惧与沮丧的办法。雨水看起来像是走远了，为灿烂的太阳留下了一条路，任由它照耀着刚被洗刷过的空气。我所说的练习的内容主要是回忆往日曾有过的穷困潦倒，比起如今在巴拿马的窘境，它们或许还要更可怕更绝对。我在众多经历中想起了在萨利纳斯医院工作时的事。那时，我主要负责和其他同伴一起将一列有四五节车厢的运输压载物的火车推到堤岸尽头海水滞留的地方。然而，我们在每节车厢里运的不是石块和碎石，而是三四个病患。他们要去堤岸吹吹海风，晾一晾从几个月前便开始溃烂和化脓的皮肤。那地方很奇怪，类似的溃疡是海水造成的，但却只有海风能帮他们减轻一些痛苦。病人喜悦地期许着疗愈的感觉，有时会低声唱起歌谣，将另一些病人缓缓哄入梦乡。早前，他们被盐田耀眼的白伤害了视力，几乎都变成了盲人，或许正因如此，他们的触觉更加敏锐，能以我们无法企及的强度去享受微风有益健康的吹拂。他们唱歌时，我们就在下面锈迹斑斑且被硝腐蚀了的轨道上艰难地推着小火车，潦草地包裹着病患的床单便会被风吹得飘扬起来。很多年前，我曾在别的什么地方讲起过这些，不过都是些琐碎的画面片段，但事实上，也许那样讲会更贴近我所希望忆起的那段往事吧。记忆总是任性地为过去涂上香气，所以那段在盐田的时光并没有给我留下悲伤遗憾的回忆，想起的只有微风拂过劳苦疲惫的身体时的快乐、那些嗓子唱出的歌曲——它们仿佛是充满恩惠的呢喃——以及无云蓝天的明耀存在。不过，再仔细想想，我就记起来，那时我们每天只吃一顿饭，报酬又低得可怜，甚至连去码头买醉忘掉自己窘境的钱都不够。随后，我又想起了在一艘寒酸的船上做司炉的日子，那艘船当时负责把皮毛从阿拉斯加运往旧金山的某家工厂，差一点儿就沉没了。我们都是被骗上船的。几个人被预支的钱吸引，纷纷签下了一年的合同。屋外，极地的夜晚在刺骨的冰寒中蔓延，我们钻进西沃德某个晦暗的小酒馆，连喝了三天，便花光了那笔钱。第二段旅程开始时，我们去要对方所承诺的工资。水手长向我们出示了我们上船时签下的收据，文书被奸诈地做了手脚，说我们都接受，一整年的唯一工资就是在西沃德喝光的那些。我们一共三个司炉：一个独眼爱尔兰人，整个人都被酒精浸透了，无时无刻不在胡说八道；一个北美印第安人，沉默而凶狠，不知怎么在工作的第二天就搞断了一条胳膊，并以此为借口，再没碰过铁铲；还有就是我了。船上的货物散着一种发甜的恶臭，黏在我们的衣服和皮肤上不走。那时候，我以为有美酒和玫瑰的日子已经彻底结束了。如果我曾经拥有过它们的话。幸运的是，航行了五个月之后，那艘该死的船撞上了一座在加拿大海岸附近漂浮的冰山。海岸卫队救下了我们，几个人在温哥华上了岸。海上救援基金会发给了我们一些钱，够我们过几星期的。就是在那时，一个加拿大疯子说服了我去科科拉矿洞试试运气。

生命中还有许多其他的转角，我曾在那些地方度过了更可怕的危机，比当下在巴拿马让我压抑的境况要严重得多，我在那个午后记起了它们，随后，很显然，就又把它们抛在脑后了。我决定趁着好天气上街去走走。我离开满是印度杂货铺的窄巷，往大酒店集中的区域走去，就在那时，一场大雨毫无预兆地泼了下来，随后又化作了一场真正的水龙卷，像是要摧毁一切。我匆忙钻入了遇见的第一扇门去避雨。那是一个小小的酒店，透着些许对奢华的向往。在它的大堂里，除去惯有的几把椅子和几张放着过时报纸和杂志的桌子，朝向主庭院和泳池的那一侧，还摆着一排老虎机。那地方看起来空无一人，但我还是尽可能地低调起来。因为我全身都已湿透，而且穿的衣服早就不能看了。

我从背后看见了她，她正操作着一台机器，机身发着各样的声音，还有摇中了某种图案的音乐铃声。我迟疑了一会儿。根据我所得到的关于她的最后消息，她几乎不可能在巴拿马。我走了过去，她转过头，脸上是她独有的惊喜表情——无论是因为什么原因，这表情随时都可能在她的面庞上绽放。是的，是她。毫无疑问：

“伊洛娜！你怎么在这儿？”我呆呆地说。

“疯子瞭望员！你在巴拿马干什么呢？”

我们拥抱了彼此，随后，默不作声地一起坐到了庭院中的小酒吧里，头顶的遮雨棚上爬满了藤蔓植物的枝叶。她点了两杯伏特加汤力水。然后就坐在那里看我，像是永远都不会再把目光移开。过了一会儿，她开了口，语气里藏着近乎同情的不安：

“我看出来了。事情不太顺，对吧？但是现在什么都不用告诉我。咱们有的是时间慢慢说。让我不踏实的事情是，在你最不该靠岸的地方遇见你。在这儿的人没有出得去的，落到你这种地步的人就更出不去了。这就只是个中转站。只是中转站。但是，告诉我，在那里面，你知道我指的是什么，在那边，在深处，你保守着自己的地方。情况还好吗？”她像亲切的皮提娅[1]一般注视着我，女人如果很了解自己正在拷问的男人，就会是她当时那样的神态。

“那里，”我回答她的声音愉快而平和，连我自己都吃了一惊，“仍然很好。一切都很有序。不好的是其他东西，外在的东西。你说得有道理，这里确实是不宜久留之地，但事已至此，我也没有办法。我兜里有两美元，是我仅有的钱了。不过现在我见到了你，我能感觉你就在我面前，实话说，那些东西就翻篇儿了，因为有伏特加，有你头发的香气，有你西班牙语里的的里雅斯特和波兰口音，所以那些东西现在已经都模糊了，我现在又沉浸在了一种类似幸福的东西里了。”

“你最近肯定倒霉透了，这么多愁善感、甜言蜜语的。跟你一点儿都不搭。”她边说边笑起来，那笑声里的嘲讽总被她用来掩饰自己的情感。我

---

1 皮提娅（Pitia），古希腊阿波罗神庙的女祭司，可预知未来。

们完全恢复了两人之间惯常使用的语气，许多时候，说着说着，那语气里的情绪就会阴郁起来，最终愉快地证明，是哪些东西将我们聚在了一起，又是哪些性格上的巨大差异让我们虽不至于决裂，却最终总是分道扬镳。

她用之前赚来的硬币付了酒钱，留下了一笔可观的小费，随后站起身来。“跟我来，”她对我说，“上去给你找件衣裳，你好好洗个澡。你现在看起来就像穷吉卜赛姑娘的情人。”我跟她走到了电梯，上到了她的房间。她硬要我踏进盛满热水的浴缸，而后又把我的衣裳都塞进了酒店的洗衣袋里。我用她除腿毛的刮毛刀刮了胡子。雨后明媚的热气从敞开的窗口钻进来，雨水已经退到了海上，为海面涂上了尘灰般的阴影。她在大双人床上躺在了我的身边，一边轻抚我，一边在我耳旁模仿着曾在索列米斯修道院带我们参观的本笃会修士的低沉声音，说："疯子瞭望员，混蛋马克洛尔，疯子瞭望员，没良心的马克洛尔。”就这样，我们渐渐交缠起身体，气喘吁吁地在笑声中做了爱，像两个奇迹般逃过了巨大危险的孩子。出汗后，她的皮肤散发出了杏仁的味道，有些让人头昏。夜忽然就来了，蟋蟀开始发出夜晚的讯号，它们用不规则的沉默谱写的颂歌让人想起植物世界的某种隐秘而慷慨的呼吸节奏。从开着的窗口飘进的气味闻起来像潮湿的土地，还像开始腐烂的落叶。酒店旁一家中国饭馆里响着音乐，让我们回忆起一段两人共有的澳门往事，那一次能活着脱身简直可以被称为奇迹。我们谁都没有提。根本不需要提。

伊洛娜。实在是位奇女子。我曾和她一起经历了那么多，还能相互陪伴着经历无数事。她出生在的里雅斯特，父亲是波兰人，母亲是当地人，她是马其顿的女儿。

“你把音发好了。这样，看着：Thesaloniki[1]，把舌头放在上门牙下面。伊洛娜·哥拉博夫斯卡，Grande Famille[2]。”她总是带着讥讽的语气说。根

1 塞萨洛尼基，希腊城市。

2 法语，意为：大家族。

据不同的情况，她的姓氏有不同的变体。有一次我在阿利坎特遇见她时，她名叫伊洛娜·鲁宾斯坦。我和她说这有点儿太夸张了，她则摆出一系列理由，说他们正在做一笔有些复杂的地毯生意，要装饰一家日内瓦的银行，那姓氏可能会出人意料地帮她做成事情。她很高，皮肤白皙。气质有些粗鲁。头发很短，是蜂蜜色的，她有自己标志性的手势，所以很容易一眼就认出她来。我在酒店大堂看见她时，她的手正在老虎机上忙活，所以我才有所迟疑。她已经满四十五岁了，双腿依然修长、结实，走起路来身体仍像青少年般有弹性地轻轻摇摆。她的脸庞很圆，嘴唇很丰满，轮廓也清晰，像是在否认自己的马其顿血统。她的门牙很大，还稍稍前突，所以表情永远都透着幼稚和嘲讽的意味。她的声音有些沙哑，每次要强调些什么，或要讲述一件格外让她激动的事时，低沉的嗓音便会让她变成一位音域宽广的女歌手。她从不和任何男人交往太久。但对自己的朋友——其中的一些偶尔也是她的情人——始终保持着无条件的忠诚，关心着他们的安危，甚至可以为他们牺牲很多东西。她对金钱的价值毫无概念，花起谁的钱来都一样。她对物质也没有多大爱好，一时兴起就可以随意舍弃。一次，一位司机沿着一条几乎无法通行的路，穿过安第斯山脉，把我们载到了门多萨，她便随手摘下在伊斯坦布尔买的精美手镯送给了人家。最惹她生气的就是那些遵守小资产阶级混沌日常秩序的人常有的固执的、混着过分自负的愚蠢。官僚主义也常常会滋生此类愚蠢。在五个大洲，所有的官僚主义都长得一模一样。在瓦尔帕莱索的一家银行里，一位倒霉的经理曾试图告诉她向境外汇款是无法操作的业务，她忽然就冲着对方吼了起来，连街上过路的人都能听见："赶紧戴着您那金丝小眼镜和您那'有序的银行交易'去死吧！混蛋！"随后她做了一个让对方无比困惑的手势，转身就走了。

我是在奥斯坦德的一家可丽饼店认识的她，当时是为了避雨才钻进的店里。那种冰冷的小雨，细密、绵长，佛兰德斯常常会下，很短时间内，在人发觉之前，便会沾湿人的衣裳。她在我之后不一会儿也进了店。当时我正坐在一张残破的小桌前，靠着朝向港口的窗户玻璃，吃夹瑞可塔奶酪的可丽饼。她没看见我，甩了甩脑袋，想弄干头发，水甩到了我身上。“啊呀，对不起！我好像把您的可丽饼给毁了。我们要两个，我陪您吃，等等雨。”不可能拒绝这样亲切坦诚的邀请。我们成了朋友。一起住了几个月，在拉芒什海峡法国和英国的一些港口间穿梭，专注于做一笔复杂的走私黄金的生意。那是曾是她情人的一个奥地利人的主意，只不过他已经落到了苏黎世警方的手里。“他以前还想把我卷进他做的很多其他蠢事里，比如纽约的那些。他做起事简直像只耗子，但是黄金生意的想法目前看来还算可行。”寥寥几句话，就算把奥地利人的事说完了。她之后再也没有提起过他。她会为友谊定下不成文的规矩，这些规矩也扩展到生意关系以及其他的人际交往中，凡是坏了她规矩的人，她一概会忘得一干二净。我们最后在塞浦路斯安顿下来，在那里，阿卜杜尔·阿舒尔也加入了我们。他带来了一个关于旗语的主意，是专为海上商人发明的，只需稍稍改动舞旗的方式和旗帜的颜色，便能促成走私犯彼此之间的交流，并且相互提醒海岸护卫队的动作。我们用维多的汉莎·施特恩号和两艘黎巴嫩的货船演练了一番，事情进行得天衣无缝。后来，伊洛娜和巴舒尔展开了一段浪漫关系。她表现得像是对方的保护者，而我的好兄弟阿卜杜尔则假装这是世上最自然的事。要知道，他自小就和其他东地中海的小孩一样，是个谙熟各类狡诈诡计骗术的人物。也只有伊洛娜能做到这些。我们几人之间的所有事就那样毫不费力地发生，将我和巴舒尔聚在一起的多年情分也没有减少半分。我在马赛待了一阵，推广旗语，他们则去了的里雅斯特，去处理我们这位女性朋友的遗产事宜。那些遗产在随后的缴税过程和遗产诉讼产生的罚单中很快蒸发了。“我以为，”伊洛娜说，“至少能继承米拉马尔的城堡。最后留给我的，只有守林人茅屋的债。”说着，她便大声笑起来，洪亮的笑声里抖落了无数欢乐。

此后我们有多年未见。直到某天，在登上一艘去往马恩岛的渡轮后，我又见到了她。当时正下着苏格兰那种绵长的细雨——它既可以让植物绿得亮眼，又能精准地打击人的支气管。我们于是在拉姆齐的一家寒酸的小旅馆住了下来。我挨受着四十度的高烧，还有让我失声的喉炎，她则一直在学织毛衣，但却像是永远都织不完，因为袖子总是无法一样长。维多把我们救出了那里，是阿卜杜尔派他去的。我们一起去了拉巴特，去治我的支气管炎，同时也开始准备为日内瓦银行做地毯的生意。伊洛娜后来去了瑞士，几个月后，我们约在了阿利坎特见。她去了那里，我也是在那时发现，她变成了伊洛娜·鲁宾斯坦。

她有那种突然出现又消失在我们生命里的能力。离开时，她不会让任何人背上内疚的负担，也不会让我们后悔。到来时，她总是带着积蓄好的新热情和她独有的能力，一瞬间便能驱散我们头顶日渐堆起的所有乌云。和她在一起，一切总是从零开始。她手边用之不竭的、能让人脱离困境的资源让人感觉，在她身旁，每一次，我们都能按上苍旨意消除所有障碍，重新宣布生命的开始。

我告诉了她汉莎·施特恩号的事以及维多去世的消息。“我猜到了，”她只是说，“最后一次见他我就猜到了。生命不喜欢人们这样待它，好像它只是坐在学校的长凳上一样。”我最后和她讲，自己在巴拿马就像在一段隧道里，所做的事情都是为了找到隧道的出口。维也纳车夫的事让她大笑不止。“我很熟悉那些人，”她说，“就跟在我眼前似的。他们看人时，就好像对方不会付钱一样。那时候的里雅斯特还有一些。我父亲拉着我的手送我去上学时，我总能看见他们。他们总是摘下帽子问候他，用那种俄国人的粗嗓子充满敬意地说‘早上好，伯爵先生’。你也知道，我父亲不是伯爵，但因为他的穿着打扮，还有那种枪骑兵军官的气质，在的里雅斯特人人都这么叫他。”我又和她说起了阿卜杜尔和他在自身难保时赠予我的英镑，她只是温柔地微笑着摇了摇头，仿佛在说，她仍记得我们共有的这位朋友的真诚与义气。我说完了我的故事——在谈论她自己之前，她坚持让我先讲——伊洛娜站起身，去洗了个澡，回来时身上裹着一条浴巾。她冲着我，坐在了床尾，表情严肃却有些心不在焉地说："我的事要简单得多，瞭望员，而且也没那么有意思。做完你口中的'地毯行动'的生意之后，你一心要去秘鲁，去奇克拉约的采石场，我呢，去了奥斯陆。我在那儿有个表姐，做海藻成分的护肤品生意。那段经历简直是法国人口中的'á dormir debout'[1]。我在那儿待了两年，做她的合伙人。最后失败了，其实也可以想到。谁会在那种国家做这样的生意，一整年有一半时间都是黑夜，女人的皮肤像孩子的一样细嫩，身材又像炮兵一样高大。在奥斯陆，我又遇见了艾瑞克·班德斯菲尔德，那个想在塞浦路斯和我结婚的卢森堡人。有一次，你和他谈了一夜，告诉他我不可能做任何人的妻子，而且大半辈子做的事都和家务没有任何关系。没人能扳动他那种撒克逊人的顽固，但看起来你当时真的说服了他。这一次，他没那么大野心了，我于是陪他去了两回香港。他还是在做珍珠的生意，咱们认识他的时候，他已经赚了很大一笔了。后来事情有了变化，他不得不改了行。他在布鲁塞尔安顿下来，开了一家素食餐厅。一开始，生意进行得和奥斯陆的海藻面霜差不多，但后来，比利时人都开始疯狂地控制饮食来减肥。他们也确实需要，你了解他们的。艾瑞克彻底地留在了那儿，像是手里有了金矿似的。我后来去了南非，开了一家有脱衣舞、想模仿疯马夜总会[2]的夜总会。一切都进行得很顺利，直到种族冲突爆发。当局让我辞退两个特别美的海地姑娘，她们表演的是一出欢爱场景，其中的一个一边做爱一边打电话。那是场子里最火的节目。我可不干，宁愿把生意卖了，回的里雅斯特。嗯，细节就不说了。还有比较老套的两三次冒险，就是那种虽然你知道成不了，但还是会往里跳的生意，纯粹是习惯吧，而且，也许它们可以为别的事情

1 法语，直译为"站着睡觉"，引申义为荒诞不经。

2 Crazy Hors，法国巴黎的演艺剧场。

搭桥牵线。咱们这一行，你也知道的。一年后，我跟一个床伴去了加那利群岛，他说他是富家少爷，在特内里费有巨额遗产要继承。结果也不是少爷，也不富，也没遗产。就是一个漂亮的笨蛋。电线杆子都比他谈吐风趣。不过，在加那利，我遇见了一个匈牙利寡妇，她向我提议到巴拿马开一家服装精品店，卖大设计师的正品，还有高档品牌的内衣。二手的或假货一律不卖。她告诉我，巴拿马已经做好准备要迎接这类生意了。有越来越多邻国的富人到这里来，他们的品位挑剔又高雅。已经不是从前那种过境的中产阶级了。我们达成了一致，甚至一致到了床上。我得承认，在那方面，她真的是位大师。只不过很快就愚蠢又认真地爱上了我，嫉妒，掉眼泪，带着马扎尔人[1]的歇斯底里闹了很多出戏，把客人都吓跑了，让我筋疲力尽，什么都不想做。你也知道这里的气候会对精神产生什么样的影响，它好像能把人的神经蒙在塑料泡沫里，很久才能接收到外部世界的微弱信息和讯号。我费了好大力气才说服了她，我并不是她在自己的火热幻觉里打造出来的那个人，我也没有能力住在一场噩梦里，我当初也只是想玩一玩，乐一乐，没别的目的。她的怒吼简直冲上了天。我们卖掉了生意。两个星期前，她回了伦敦。想和她的旧情人，一个智利钢琴家重续前缘，她曾经朝那个女人开过一枪。没有打中，但和英国警察可是起了不小的冲突。然后，就是现在了。住在这家无忧宫酒店，花着国立西印度商贸银行一个账户里的钱，虽然不能过得很奢华，但也不至于寒酸。现在，我和你说个想法吧：咱们明天就去米拉马尔酒店，结清你的账，你把你的东西带来。如果你还有东西的话。因为，瞧你现在身上的衣服，我想你应该也没什么重要的东西了吧。咱们再合作一番，和从前一样。用咱们公认的聪明才智赚些钱，分掉，之后再看接下来怎么办。好不好？”我甚至无须回答她那个好字。那么多次，我们都是这样开始合伙的，无论是用她的

1 Magyar，匈牙利语：magyarok，为匈牙利主体民族。

钱，还是我的。一定会进行得很顺利。一如既往。

第二天，我们按计划去了米拉马尔酒店，付清了账单。我挑了两件衬衫、几双不太好穿的网球鞋，还有几条混纺布的裤子，已经不太成形，还满是油渍，我留着它们不是为了穿，而且为了带着个念想。它们陪我度过了在新奥尔良和汉莎·施特恩号上的日子，我不想离开那段时光。有些衣裳，穿着穿着，就变成了护身符。我们觉得它们能帮我们抵御灾难，所以我绝不会丢掉它们，以及它们被假设拥有的、无从验证的宽厚力量。

与伊洛娜在一起，必然要过两种层次的，或者说两种平行存在、同时进行的生活。一边，永远脚踏实地，机智却不过分地掌控着每一个日子提供给我们的东西，以此来应对走一步看一步的生活对我们日复一日的拷问。另一边，是一种想象，一种放肆的幻想，它连绵不断地、自发地、令人意外地构建着一幕幕画面和前景，永远向彻底的反叛伸展，挑战着既定规则。那是一种永恒的破坏力，鲜活而残酷，绝不允许大多数人所偏爱的寻常路通行，绝不复制人们躲避其中的传统模板，伊洛娜会把那些人——她不强调、不展现出高傲，同时也不表示赞同——称为“其他人”。唉！一个人在她身边，哪怕展现出一点点要走入那种模板的迹象，她瞬间就会与之斩断所有联系、所有感情、所有约定，与这个陷进了不可原谅的软弱的人说再见，并且再也不会提起他。这个人会变成“其他人”的一员，意思是，他从未存在过。对于我们这些和她生活过一段时间的人来说，她的一个眼神就足以警告我们，自己已经离危险区不远了。阿卜杜尔讲过一件与此相关的逸事，可以清楚地描绘出我们这位女性友人的原则：一次，他们两人在一起旅行。阿卜杜尔有一个朋友，当时正和他做生意，虽然这个人将全部利润都装进了自己的口袋，但阿卜杜尔仍想寄给对方一张明信片表示谢意，因为对方把自己在基洛斯岛的一座夏日庄园提供给了二人避暑。他把卡片递过去，想让伊洛娜也签上名字，她看了他的眼睛一眼，就回到卫生间，继续梳起了头发。她没说一句话，阿卜杜尔就撕碎了明信片，扔进马桶冲走了。几个月里都没人提这件事，直到我在马赛见到两人，他们才说起来。当时，我们正在一个码头吃橄榄油蒜蓉龙虾，佐餐的慕斯卡德白葡萄酒有些差劲，但却透着一种海洋气息的简洁且抚慰人心的喜悦。阿卜杜尔提起那件事时，语气轻松愉快，不无嘲讽。伊洛娜也笑起来，但巴舒尔一讲完，她就变成了一脸愠怒的弥涅尔瓦，说：

“这个黎巴嫩人把礼貌放错了地方，当时很危险。差点儿掉了脑袋。”

“我马上就意识到了。”巴舒尔再说话时已不再那么轻松，他吞下一大口酒，想掩饰伊洛娜的话引发的那一瞬恐慌。

日子平静地过着。雨稀疏起来，我们已全然进入了地峡傲慢的夏日，对我来说，它具有隐秘而高效的美德，轻而易举便能让人振奋起精神。一天，我提起了钱的问题。伊洛娜说：“嗯，咱们先不要想这件事。你清楚得很，现在为这个着急，办法也不会出现。而且，咱们也不赶时间。我知道，这儿不是能待一辈子的地方。再说了，没有任何地方能让人待一辈子。至少对你我来说是这样。你刚刚经历过的那种危机最糟糕的地方是，它会破坏你对随性的信任和对偶然机会的信心，但这些恰恰是找到出路的关键条件。别再琢磨那些事情了，它们总会把钥匙送来的。去找的话，反而会失去发现它的能力。”她说得有道理。那时我才意识到自己坠得有多深，才意识到，一向令我盲目信任命运的那套机制的弹簧已经被这次的坠落几乎砸到失灵，要知道，此前无数次救我于水火之中——远比伊洛娜和带她来的雨水救我脱离的困境更艰险——的正是这种盲目。

我们会在午后做爱，像用纸牌搭建城堡的人一样拥有迟缓且细致的耐心。汹涌自由的发泄之后，我们便会开始回忆两人共同的老友、一起闯荡过的地方、在只有我们认得的角落里品尝过的难忘佳肴，还有那些最后总是无法避免地终结在警察局或港务局的暴雨般的醉意。我们都极其善于高效、新颖的大串诡辩，所以，在那两个地方，事情总能化险为夷。一天晚上，我们想起了在安特卫普被带到警察局的那个清晨，两人笑得差点儿背过气去。当时，我们面对的是一位和气的比利时宪兵，唇上有一溜儿浓密的铜色花白髭须。伊洛娜严肃地向他解释说，我是她哥哥，她刚刚把我从疯人院里救出来，把我关进去的是一艘船的几位船主。我之前在那艘船上做第二机械师。合同结束后，我本有权利得到一份补偿款，但他们想吞掉那份钱，就把我送进了疯人院。可怜的佛兰德斯人眼睛瞪得浑圆，目光里满是思索。他用铅笔挠着脑袋，将信将疑地观察着我们，思考着是要开出一张大额罚单还是要把我们关进铁窗几天。最后，他决定请我们离开，并永远不在那里出现。我们当然照办了，至少照办了一部分。不再回安特卫普是不可能的，因为当时我们正把它的港口作为基地，穿梭于布列塔尼海岸和坎塔布里亚海间。就这样，我们在一个又一个下午温习了两人共度的过往，以及和类似阿卜杜尔这样的朋友一起度过的时光，那些岁月把我们凝合成了不可战胜的共同体，它属于某一类人，他们不想要自己被分配到的世界，只想去把它改造成自己想要的模样。

尽管严格遵守着不谈论、不操心我们经济状况的约定，但两人都清楚，国立西印度商贸银行账户里的钱在无可奈何地减少。目前倒不至于拉起警报，但总会有那么一刻，显示的余额恰恰就是能将我们带离巴拿马的最后一笔财富。在这件事发生之前，必须要找到那一向能拯救我们的神奇办法，对此，我们——尤其是伊洛娜——都有钢丝走到一半的杂技演员的充分信心。某些瞬间的影射、短暂的沉默、在这件不可提及之事的切入点的轻轻徘徊，都说明，尽管我们硬是安排了这没有终结的假期，并且没有干扰它的节奏，但这件事还是开始令我们不安了。上午，阳光下的酒店泳池；中午，海鲜屋或Matsuei餐厅的午餐——他们的寿司拼盘简直让人肃然起敬；下午，午睡，或是溶在愉悦回忆中云雨欢爱；晚上，流连在大酒店赌场，我们最喜欢做的，就是看那些来自东方和南美的贪婪顾客散尽钱财，他们仿佛正身处蒙特卡罗，但是赌起钱浑身都透着好斗的外来人的粗鲁。我们的夜晚总是在某个二流夜总会结束，在那些地方，只需要一点很收敛的想象力，便可以看见女人们赤裸的身体，我们常常参与猜她们国籍的游戏，但是很少能猜中：那个主持人口中“亮眼的智利姑娘”事实上是马拉开波一家妓院里的忙碌学徒，“性感的阿根廷女郎”无可奈何地坦承自己实际上来自安巴托、昆卡，或瓜亚基尔，无论如何，都是厄瓜多尔的市镇。我们的茫然在一个晚上到达了顶峰。当时，我们打赌说，那位“火辣的乌拉圭女人”是哥伦比亚人，结果，她真的来自塔夸伦博。的确，夜总会不多，舞台上的女人就更少了。我们闯入那个世界的次数越来越少，两人开始倾向于待在希尔顿或是罗斯福饭店安静的酒吧里，慢悠悠且不间断地喝鸡尾酒，我们常让酒保稍稍改动酒的做法，并会仔细评判这些新版本的酒饮。在那里，诞生了一种被我们称为“巴拿马线索”的伏特加马提尼，它与原版的区别在于用樱桃酒代替了诺里普拉苦艾酒，能让人缓慢地愉悦起来，于是被我们——伊洛娜和我都极其忠诚于我们经过无数考察之后所制定的品味标准和细致规则——奉为了自己漫长的酒徒征程上最伟大的发现之一。

我们的日程已经无法延续，它需要改变。最早的、几乎难以察觉的迹象开始隐蔽地浮现，之后日益明显起来。我们不再去楼下的泳池，而是待在床上，试图继续无法回笼的睡眠，我们会颇有成效地爱抚对方，但是从某种程度上讲，它也是让自己留在房间内的借口。对于常常穿行于地中海港口之间的人来说，那里的酒吧也无法提供各种花哨的选择。有时，连一杯好的基尔酒或一杯正宗的尼格罗尼都没有，实在扰人得很。有时我们忽然兴起，想要一杯带冰的亚力酒，但找到的替代品也只能给人失落的欲望上更添一层愠怒。在情况变得更加严重，我们不得不采取激进措施之前，伊洛娜灵光一现，有了主意。

玫瑰庄园与庄园的人

一个下午，我们在巴拿马希尔顿大堂的扩展露台上喝到了乐堡啤酒，是一位与我们相处愉快的侍应变戏法似的搞出来的，这在那地方可不常见。热气从石砖上弹起来，让裹在热浪里的出租车都变了形，它们正泊在那里，等待着哪位在烈日下有心购物的客人出门乘坐。两辆小巴士停在了门口，从上面走下了在巴拿马转机的伊比利亚航空DC10班机的机组成员。我们瞧着那些一眼就能看出是西班牙人的家伙。制服和他们并不太搭。“西班牙人穿什么制服都不合适。”伊洛娜说。她在这一点上和我看法相同。“他们性格太明显，简直像图拉真时代的罗马人，那种制服撒克逊人穿起来倒是很合适，一穿上大家就都一样了，每个人都像是匿名了似的，西班牙人可达不到这样的效果。比如这个空姐组长，我跟你打赌，她住在马德里，但她不喜欢住在那儿，她肯定有个哥哥，做海上生意，还有另一个，是打回力球的。”我说她讲得夸张了点儿。无论如何，也没法印证她的猜测。我可不会去问那位又瘦又高、宽肩膀、小麦色脸庞的优雅女士这样的私人问题。伊洛娜敷衍地笑笑，没把我的话当回事。随后，她忽然专注地走起神来，毫无疑问，这位女士又开始动她有名的脑筋了。我们把酒喝完，去了Matsuei，想来一盘美味的豚肉豆腐，因为寿司实在是吃腻了。吃饭时两人没怎么说话，回酒店后甚至更沉默了一些。我们躺在床上，赤裸着身体，开着窗，向往着不可能到来的一丝微风。伊洛娜的一言不发让我察觉到，此刻并不适合享受鱼水之欢。于是在希尔顿的啤酒还有日本餐馆的清酒的引领下，我走入了深深的梦境。醒来时，下午已经快要结束，蟋蟀已经开始练习发射它们难以解译的黄昏信号。伊洛娜在洗澡。她正唱着一首波兰歌曲，忘掉的词就用相近的语音哼哼过去。走出浴室时，她裹着一条印有古希腊象形文字的浴巾，是在本拉比大巴扎集市买的，结果却是圣萨尔瓦多生产的。“不管怎么说质量非常好。”她言之凿凿，语气和所有不愿意承认自己受骗的人一样。伊洛娜在床角坐下，每次要做严肃计划时，她就会这样。她一边用梳子梳头，一边开始讲她在午饭时想到，随后又在我睡觉时—— 一定是这样——仔细打磨好的计划。

“马克洛尔，”她说道，“我已经有办法了，可以让咱们不怎么干活儿，就能拿着足够的钱离开这里。也就是说，不用做太多咱们不喜欢也不值得尝试的事。你得好好听，也别打断我。等我说完了，你再告诉我你怎么想。听好了：可以打造一座妓院，里面只招在巴拿马过境的或者其他有名的航空公司的空乘员。你别摆出那种脸啊。我知道你在想什么，当然不是真的空姐啦。我还没有疯到那种程度。咱们可以找些想做这行的女孩子，外形得好到真能做空中小姐。咱们做些制服。给她们培训一下：比如专业词汇、她们公司的航线、机组成员、日常服务中的趣闻逸事，还有在陆地上的日常生活这些。我有一份当时和巴斯托里·艾尔莎白开精品服装店时的客户名单，可以从上面找第一批候选人。她们中的有些人当时已经在过我爸所说的‘风流生活’了，另一些巴不得也能过上。在吸引客源方面，咱们有两组合作伙伴，只要咱们周期性地把一部分钱打给他们，他们就会参与：一组是大酒店酒吧里那些调酒风格被咱们带偏了的酒保；还有一组是那些酒店的大堂经理，其中的一些本身就会为客人们提供此类信息。嗯，我知道，一切都会严格保密，谨慎进行。不管怎么样，早晚警察都会出现。在精品店时，我已经获得了一些相关经验。一些女孩得为了生意牺牲。拿一些钱，巧妙地安排好，就能解决余下的事。地点得选在酒店附近的居民区，得有仓库、餐厅、夜总会。这个酒店附近，我已经发现了几条符合条件的街道。咱们得谨慎点儿找。是的，周围的房主要是知道那是什么生意，肯定会抱怨。我比较倾向于找一个可以开诚布公说实话的房东。房子里的运作一定要非常小心。每次两个，最多三个姑娘。肯定不能跳舞，每个房间中的音乐音量由咱们控制。姑娘们在客人来前打扮好。客人们要电话预约好才能来。她们不能在房子门口下出租车或任何汽车，要在最近的街角下。每次只能进一个人，绝对不能两个一起进，或是让朋友、丈夫还是别的什么人陪着来。还得做好准备，因为时间一长，航空公司肯定会抱怨。这生意也做不长久，我告诉你为什么：因为那些制服不可能和真正的空中小姐穿得一样。要做一些改动。如果客人问起来，就说是在某些航线上正试穿的新款式。付款方面，客人愿意付多少，姑娘都会收下，这是自然。但是客人到达房子时，在进入房间前，要先交一百美元。姑娘每个月要付给咱们一笔固定的款项，无论她从客人那儿拿多少，交的都是一个数。要是哪个客人爱上了哪个女孩子，咱们就想方设法制造障碍，不让他轻易见到她：他们给她安排了新的航线，她正在休假，或者正在迈阿密还是坦帕参加培训，任何听起来又专业又合理的借口都可以。要拉开他们见面的间隙，而不是彻底阻止见面。如果客人想和两个姑娘一起玩儿，就要告诉他这是不可能的，因为姑娘们要保守自己逃出来的秘密，不想被同行看见，哪怕是别的航空公司的。基本上就是这样。一个知根知底、可以信任的客户，倒是可以再享受些更特别的服务。现在你可以说话了。”

我惊叹于伊洛娜就这样做出了整个计划。在此之前已然忘记了她在这方面的天分。我向她表达了自己的赞叹，毫无疑问，整个计划都缜密扎实，看起来也完全可行，但有一点远比生意的运行机制更让我担忧。

“我怕，”我对她说，“要是运作得好，咱们就会无限期地留在巴拿马了。我可不能一辈子都待在这儿。如果阿卜杜尔哪天重整旗鼓，会有很多可以和他合作的机会的。而且，我已经有些厌倦这儿的气氛了。这儿什么可能性都没有。我的意思是，这儿什么可能性都有，但是没有哪个让我感兴趣。”

“在这一点上我的想法和你完全一致，瞭望员。”伊洛娜把梳子放在了床上。“我也不可能余生都待在这里。你了解我的，如果眼前的一切让你腻了，那我都腻到这儿了。”说着，她猛地把手抬到了额头那么高。“但是我们做这件事，恰恰是为了至少把投资在这里的时间利用起来，攒够钱离开巴拿马，恰恰是为了能和阿卜杜尔凑在一起再做点儿值得做的事——你手上得有钱才能实现啊。你也了解他的那些计划。他心里一直想做个船业大亨尼阿科斯的小翻版。”我不禁笑起来，她把我们这位朋友的野心描述得实在太过准确。准确又辛辣，因为阿卜杜尔和我们一样，永远都在一段又一段的生意间跳来跳去，永远都不可能实现他的梦。那些我们在很久之前就已经放弃锻造的梦。显而易见，生命里永远都蕴藏着诸多更复杂、更不可预见的意外，秘密对策便是，任其造访，并且不要在途中筑建空中楼阁。只是，阿卜杜尔作为一个优秀的东方人，仍旧忠于他的宏大构想，在我们面前展开那些画卷时，仍旧说得头头是道、天花乱坠。不过这是另一件事了。伊洛娜的计划无懈可击。目前我想不出任何拒绝的理由。我们决定投身这场冒险，深信它能迅速高效地帮我们达到自己的目的。

我们没费力就找到了理想的房子。房主是位上了年纪的寡妇。聊了一会儿之后，我们便得知，她的过往岁月里也有许多情色缠绵的章节，公序良俗从来都不是她行事的障碍。于是我们平静地向她坦承了租用房屋的目的。她只是问了问我们是否也会住在里面。我们回答说，两人自然也想住在里面，好给人留下值得尊重的、和睦的普通家庭的印象。见没有合同担保人，她便向我们要了三个月预支的房租。大家在所有事情上都达成了一致，在很短时间里，我们便置办了家具，装饰了房子，把它打造成了明显带有伊洛娜的南欧风情的风格，舒适宜人。一层的宽敞客厅里还有一处壁炉。地处热带，这实在惹人发笑：“只有在美洲，马克洛尔，只有在美洲才可能有这么讨人喜欢的怪东西。”伊洛娜看着壁炉——它透着建筑商所憧憬的所谓欧式高雅——周围那一圈荒谬的巴洛克石框说。客厅通向饭厅，我们将后者改造成了客人与女伴相见的地方。并在客厅与这个更加私密一些的小厅之间安了一扇折叠门。一层的两个房间及一间用人房被打造成了各自带有独立浴室的卧室。伊洛娜和我会住在二楼共享浴室的两个房间里。我们还共有一个露台，朝向邻居家荒废的后院。二楼的另一间卧室被改造成了简易的厨房和存货充足的酒吧。仆人的问题也被伊洛娜轻而易举地解决了。房东会不时过来看看我们对房子的改造是否和我们之前说的一致，也总是会露出介于喜悦和怀念之间的满意微笑。伊洛娜向她提起仆人的事时，堂娜·罗莎[1]——这是寡妇的名字——说，可以把原来家中的两位黑人女仆中的一个派给我们。每天来我们房子里打扫房间，再做一些其他活计。这个办法很好。在无忧宫酒店认识的一个小伙子很喜欢我们，也同意跟我们走。

伊洛娜有个毛病，我称之为“命名冲动”。她总给人和地点乱起名字，但最后那些名字总会比原名更加深入人心。我们的房子就叫“玫瑰庄园”。我刚听到时脸上一定写满了惊讶，因为伊洛娜紧接着便对我说：

“我知道它简直俗到不能再俗了，但是怎么样也得向房子的女主人和她从前的那些辛勤工作致敬啊。你不这么认为吗？”

我没怎么被说服，但去争论也没用。我们雇的小伙子名字很普通，叫路易斯，也被改成了“朗希诺斯”。他个子很小，胖乎乎的，皮肤黝黑，长相平庸，还有些女性化。第一眼看上去，和朗希诺斯的外号实在不般配，但慢慢地我们就习惯了他的新名字，他自己也是。伊洛娜为人“命名”时总是这样，总要过一段时间，大家才能发现新名字简直一针见血。

当一切都准备妥当，我们就搬入了玫瑰庄园。伊洛娜随即开始联络那些可能的空姐。她说起了“即时可用性下限”。让我想到政客，更让我想起经济学家：他们一给某种活动命名，它便顿时变得不可更替、确凿无虚，并立即获得了一种毋庸置疑的生命。还有制服的问题。是我提出的解决办法，并且一直坚持，自己的重要贡献应当被承认。朗希诺斯有许多酒店跑堂朋友，许多机组都会下榻他们工作的酒店。他与他们串通好，在空姐把制服交给他们熨烫或清洗的那几个小时把衣服拿走。一位曾在服装

1　罗莎（Rosa），西班牙语中意为玫瑰。

精品店负责修改成衣的裁缝则趁机拷贝下制服的式样，再根据伊洛娜的建议，加入一些小的修改。几天后，一系列制服就已准备妥当。我们则再次开始光顾大酒店的酒吧。那是生意里比较棘手的阶段。众所周知，警察们与酒保、侍应还有大堂经理们都保持着联系，这些人是无价的信息来源。需要在一开始就用足够的金钱诱惑他们，避免他们把信息交给当局。我们行事时一直很谨慎。几天后就收到了第一波来电。女性员工差不多已经培训好，生意开始了，尽管如我们预期般缓慢，但是并没有遇到大的阻力，基础也铺设得坚实稳固。堂娜·罗莎会定期出现。她喜欢听我们讲的逸事，她管这笔生意叫贩卖空姐。我得承认，在那里发生的许多事已经从我的脑海中被抹去了，也许是由于它灾难性的结局吧，我永远都无法从它所造成的后果中完全恢复。我对那段时期的记忆实在模糊得很，能回忆起的只有一些面孔，还有一些人说话的口音，以及几桩比较特别的事件。最开始，房子里有五位姑娘。每一位都能完美地代表对应航空公司所要求的形象。马拉开波出生的金发姑娘，父亲是得克萨斯人，母亲是葡萄牙人，英语说得很不错，可以完美无瑕地扮演泛美格雷斯航空的空中小姐。一位雪茄肤色的黑发女孩，五官古典，黑色直发盘成发髻，远远地透着安达卢西亚气息，与荷兰皇家航空的制服相得益彰。我们为她编造了来自阿鲁巴的父母，还有在巴兰基亚度过的模糊的大学生活。事实上，她来自柠檬港，只能勉强含混地说两句英语。接下来为哥伦比亚和委内瑞拉的航空公司做准备则容易得多。两个巴拿马姑娘，外加一个萨尔瓦多女孩，就绰绰有余了。她们全都是在精品店里认识的伊洛娜。那时，她们就已经向她暗示过自己赚钱的需要了。她们有时会和一些在希尔顿或洲际酒店遇到的生意人出去，但仍旧不足以支付服装费和其他保证外表光鲜的花销，而这些又是吸引阔绰客户的不可或缺的条件。玫瑰庄园的模式就是来为她们解决问题的。

我记忆中我们遇到的第一个困难是伊洛娜和朗希诺斯有如神助的配合

化解的。一个晚上，大约十一点钟的样子，来了一位顾客，他此前已致电两次，但都因为这样或那样的原因没能和他心仪的荷兰皇家航空空姐约会成功。那一晚，一切终于都安排妥当。他来得早了些。朗希诺斯跑上楼去找伊洛娜。他吓得差点儿把眼睛瞪出来。事情的确严重：看起来，客人就是荷兰皇家航空的。朗希诺斯认识他很久了。他见过他和机组成员一起进入酒店。伊洛娜下了楼，去解决问题。事情不简单。事实上，我们的客人的确曾在荷兰皇家航空的载货部门工作过。但已经离开了。他现在在科隆做海关官员，有自己的生意。伊洛娜抓住阿鲁巴姑娘到来之前的几分钟，摸清了事情的来龙去脉，原来，他在荷兰的航空公司工作时，曾为一段说不出的爱意饱受过嫉妒的折磨。他一直绝望地寻找着那位总是拒绝他的空姐。他确定她就是会来玫瑰庄园的那位，因为一个会解塔罗牌的女人曾经借模糊的暗示向他预言过些什么，这位绝望的求爱者又按照自己的方式解读了一番。伊洛娜看见朗希诺斯做了事先约定好的手势，明白姑娘已经等在后面的小厅里了。她为客人端上了一杯免费的威士忌，随后便走出去找那位姑娘。几分钟内，她便给对方换好了制服，重新回到了客厅里。伊洛娜来到客人身旁，告诉他他的荷兰航空的朋友没能来，因为她正在阿姆斯特丹参加培训。但有一位委内瑞拉航空公司的绝美的姑娘正等着他，那是她第一次来。男人被一种难以形容的困惑俘获了，他噙着泪水道了别，嘟哝着一些话，付清了此次赴约的费用。

这次意外让我们看清了我们冒名的那些航空公司的职员可能带来的麻烦。

“咱们得用那些不在这儿运作的公司的制服。就说是过境的机组，飞机在加勒比的哪个地方出现故障了。”伊洛娜总有这种灵机一动的时刻，她对自己想法的信心无边无际。我对她说，这会降低客人的兴趣，而且也会引得别人怀疑起她口中“我们的基本服务”的真实性。她略有些同情地说：“唉，你太天真了，瞭望员！你不知道一个男人为了和女人上床都能相信些什么事。我要是讲给你……”

另一个晚上，雷吉纳酒店的酒保打来电话，告诉我们，将会有一位极为特别的客人致电：那是一个来自阿纳托利亚的土耳其人，瞎子，有钱到无法想象，掌管着合伙人的大量资金，他们都十分信任他战无不胜的嗅觉，请他帮忙管理银行投资，因此他收入颇丰。他的人生跟随着自己心血来潮的冲动，大半时间都在飞机上度过。他想同时约两位姑娘。他很快就打来了电话，我用自己的三脚猫土耳其语说了几句，他用完美的法语接过了我的话。向我确认了他的意愿，我则回答说第二天会告知他何时能来。我告诉了伊洛娜。

“有两个问题。”她说，“你根本就没过脑子，它们都很关键。第一，如果他是瞎子，肯定会有人跟他一起来，给他带路。这倒可以解决，我们让他在客厅等着，姑娘们去负责那位阿纳托利亚阿凡提[1]就好。再来就是，如果他曾经乘过那么多次飞机，又对空中小姐情有独钟，应该很熟悉空姐制服的触感。也许他最大的快感就来自触摸，如果他和听起来一样老，就更会如此了。瞎子都极不轻信。任何制服上的改动都会让他怀疑。如果说是哪个航线正在试穿的新式样，他有可能不信。但是现在担心也没用了。他到小厅去见姑娘们的时候，我会在场。到时候再看。土耳其人都和魔鬼一样难对付，不过在的里雅斯特我们可把他们治得服服帖帖的，要不然，几个世纪前他们就把我们给消灭了。”

男人在我们约好的下午六点准时到了。陪他的女人应该是他的妹妹，从老远就能看出来：一样的卷曲红发，一样向外凸起的眼睛，只是她的眼瞳是酒瓶绿的，他的则被一层泛着虹彩的灰白色蒙着。男人应该有八十多岁了，但身上仍显耀着东地中海人的强壮，所以看起来只有六十五岁左右的样子。那里的人很长寿，岁数过百也不罕见。他们或者在哪位情人的床

1 自土耳其到中国新疆广大地区所用的尊称头衔，意为“先生”或“师傅”。

上心脏骤停去世，或者死在自己商店的柜台后面。他妹妹要年轻一点，脸上从没有过笑容。她要了杯茶，她哥哥则在伊洛娜的陪同下进入了小厅。为阿凡提留好的两位姑娘就站在那里。男人走向她们，正如伊洛娜所料，他用双手仔细地抚摸过制服上的每一颗扣子和徽章，而后又在姑娘的胸部和腰臀处流连了一番。检查过后，他转向伊洛娜，脸上慢慢绽出不怀好意的笑：

“这小花招挺可爱的。很可爱。她们要是空中小姐，我就是土耳其国父凯末尔了。但是姑娘们都年轻漂亮、身体紧实，在这种地方我从没遇见过这样的女孩子。您呢，女士，是的里雅斯特来的，对吗？或者克基拉岛？不对，是的里雅斯特。”他一边说，一边抚摸起伊洛娜的手，动作里有摸两位姑娘时没有的轻柔。

“是，我是从的里雅斯特来的。”她回答说，“您怎么知道的？”

“通过口音啊，夫人，通过口音还有皮肤，只有的里雅斯特女人的皮肤这么光滑有弹性。克基拉岛的女人也是这样，但那儿的人口音太难听了。嗯，咱们去房间吧。”

两个姑娘，一边一个扶他进了房间，他一边抚摸两人的腰臀和小腹，一边用一种粗粝却不乏魅力的口音重复着：“妙招，真是妙招。哎，这些的里雅斯特人，太狡猾了，太狡猾了！”

这会儿工夫，他妹妹在客厅里一杯接一杯地喝着伊洛娜端上来的茶，看起来她很喜欢这项服务。她只会说一种难懂的阿纳托利亚方言。午夜过后，男人出来了，陪伴在侧的两个女人被他的一个笑话逗得花枝乱颤。他抓住了妹妹的手臂，与伊洛娜道了别，临走还很过时地行了礼，吻了她的手背。两个姑娘留下来，吃了点朗希诺斯带来的三明治，喝了点儿咖啡，她们是伊洛娜刚招来的哥斯达黎加女孩。很有幽默感，如许多她们的同胞一样，开放又自立。两人给我们讲了这位客人情色伟绩的细节。这位老年人的精力、体力非同寻常。他从容的闺房智慧令两位姑娘钦佩不已。他没有相信空姐的故事。打电话时就已经开始怀疑了。不过他把它当作了一件趣事，向两位床伴详细描述了各大航空公司制服的特点。这也再次证明了伊洛娜的预料有多准确。

这次事件让我们谨慎地放弃了著名航空公司的名号。实在麻烦又没必要。它甚至让我们明白，其实并不用提起具体是哪家公司。大多数时候，客人哪怕怀疑姑娘们不是真的空姐，也都过得很愉快。她们工作的航线，只是次要的细节。除了马拉开波的金发姑娘、梳吉卜赛人发髻的黑发姑娘，以及几位特别适合某些国籍和公司的姑娘，其余的都可以用一套模板来对付，我可以自豪地说它是我编出来的：告诉客户姑娘还没有被哪家公司正式签下来，现在只是在参加基地位于杰克逊维尔的空中小姐学校的培训，这样就可以了。伊洛娜一如既往地正确，只要姑娘们具有某种大都会的气质，表面上散发着些许魅力，符合客人们基于大饭店酒保和跑堂的描述所做出的想象，那客人们便不会热衷于证实那些描述的真实性。正如之前的预期，很快地，消息在旅行社的雇员们、总在出差的区域经理们、美国公司的会计们和凭着某些过得去的借口外出旅行的有钱人之间传开了。玫瑰庄园的电话在他们之间流传，这让酒店人员的工作变得无足轻重起来。不过我们仍然保留着他们的职位，一是为了义气，二是因为我们对事业之初帮助我们的人始终心怀感念。

出于公平和感激，在此必须着墨说说玫瑰庄园里越来越占主导地位的那位人物了，他不仅无可替代，并且能很智慧地将众人团结起来，令人对他更加感激与钦佩。这个人就是路易斯·安特罗，对我们来说，他是朗希诺斯。他来自奇里基省。说话时有山地人的口音，像是唱歌，并且“s”“c”不分，听着有些幼稚，那里的人都是这样。他是独子。在他四岁时，父亲便去世了，当时后者在电力公司工作，在城市入口处的一根电线杆上检查变压器时触电身亡。冒烟的尸体在那儿挂了一天，被风摇晃着，像具无力的玩偶。那是朗希诺斯最初的记忆。他的童年是贴着母亲的裙子度过的。母亲搬去和两个单身的姐妹同住，她们都一直宠爱着这个孩子，这给他留下了永远的印记。他毛发很轻，体态圆润，举手投足都透着难掩的女性气息。他不是同性恋，但有些像同性恋，因为他从抚养自己的女人们身上无意间学了许多姿态和说话的方式，对女性行为中最复杂与隐秘的皱褶都了如指掌。因此，在酒店工作的日子里，他成功地追求到了许多女人，让旁人羡慕不已。这一成就同时也要归功于他完美的分寸感，哪怕再复杂的情况中，他都坚持着自己的严谨。如果有人提起他曾经征服过的哪位女士的名字，他便会摆出万分无辜、惊讶的脸，仿佛听到的是绝对的无稽之谈，不像我们这样熟识他精妙且隐秘的技艺的人便会被这副模样骗过去。在玫瑰庄园待了一小阵子之后，朗希诺斯便表现出了对伊洛娜的热情与爱慕，甚至在她开口之前，就能明白她的所想所愿，并可以完美高效地完成我这位朋友的所有愿望。几个月之后，生意迅猛增长，我们邀请他成为利润的共享者。朗希诺斯逐渐开始负责新姑娘的招募和已经固定下来的姑娘的管理。他对她们像是在对待同谋，里面同时夹杂着严厉与友爱，这让我们得以不再操心生意的运转。伊洛娜最初有意负责管理，但是她缺乏耐心，也没有管理一众女性职员所必需的那种机敏，的确，她之前就没怎么和类似的群体打过交道。“说到底，”她讲，“她们就是一群小鸟，永远都长不大。无论她们是从哪个地区来的，都生在热带、拉丁文化的大男子主义里，连最普通的教育都缺乏。我总是猜不出她们属于哪个社会阶级，因为她们有一个共同点：完全没有教养，任性多变，令人难以捉摸。并不是说她们总说谎，而是说她们不知道该如何看到真相。总是停在半路上。总是拱起我的火气。但朗希诺斯不一样，他管起她们如鱼得水，能从这些姑娘身上得到我永远得不到的东西。”

伊洛娜放手让朗希诺斯管得越多，我们就有越多的时间待在一起。我们恢复了午后的欢爱时光，在晚上也会同从前一样，做些计划或者幻想些油水极多的生意。说着说着我们就会笑起自己天方夜谭的想法，笑到几乎背过气去。伊洛娜瘦了些，更凸显出她胸部的丰满坚挺。她不穿内衣，所以散着一种重回青春的气息，令她光彩耀人。她像是在漾着金光的宁和中驻扎了下来，言语简省了许多，所以她的话听起来更加果断，语义也像是更加不容置辩。她也把朗希诺斯称作“米蒂利尼的维齐尔”，顺着那条思路，委内瑞拉的金发姑娘化为“比莉缇丝”，利蒙港的黑发姑娘则变成“堂娜·蕾夫西奥”，看起来对方并不太喜欢这名字，但也没表示出来，只是会皱一下浓密、漆黑、雅致的两条细眉。玫瑰庄园也成了“马耳他之家”，以此纪念马赛尔·达里奥和薇薇安·罗曼主演的某部老电影，我们的青春期都受到它的影响。记忆中它是我最早的另类观影体验之一。

多亏朗希诺斯，我们才得以顺利避开了佩尼亚罗萨那可悲又棘手的麻烦事。这件事值得细细来讲。里面混合的温情、哀伤和固执有别于常见的那类经典戏码，在后者中，我们常常自认为是不屈不挠的梦想者，在极致荒唐的情景下，用尽全力与那被我们称为“现实”的东西抗争，但直到最终都无法知晓那“现实”究竟是什么。

我们房间后面的小露台被一旁荒芜花园里高大的橡胶树和细叶榕的枝叶簇拥着。我们从未在那一片被我们命名为“地峡雨林”的茂密浓厚里见过任何人。因为不会突然被人撞见，我们在伊洛娜或我的房间做爱时，总放心地敞着窗户。一天早上，我们正在那小露台上吃早饭，朗希诺斯小心翼翼地敲了两声门，随后说我们得谈谈。那个时间点，得是什么非同寻常的事。他通常休息得很晚，从不在凌晨四五点前睡觉。我们请他进来，他对我们说：

“有一位自称洲际酒店客人的先生刚刚打来说，他明天想来。”

“好啊，”我答道，“你安排就好，有什么问题吗？”

“先生，问题是，那人听起来有些犹豫，不是很确定的样子。他问了几个问题，我认为他不是警察，就是从来没做过这件事。”

“哎呀，朗希诺斯，”伊洛娜插进话来，“如果是警察，他绝对不会犹豫的，听起来肯定很自然。难道你不熟悉他们吗？”

“您说得对，夫人，但是，我有些不确定。他听起来像是神父，或者类似的人。我告诉他一小时内给他答复。我该怎么说？”

“他如果是个神父，”伊洛娜答道，“也不会犹豫，根本不会让你察觉到他的慌张。把‘卡利小妞璐尔德斯’安排给他吧。我大概知道是什么情况。”朗希诺斯平静下来，离开了。伊洛娜说：“是个害羞鬼，瞭望员，他肯定是个害羞鬼。这种人我再熟不过了，就像他们是我亲生的一样。都啰唆得很，到处惹麻烦，跟瞎驴一样四处乱撞。”

我觉得她说得有道理，没必要提高警惕。

“卡利小妞璐尔德斯”这名字是伊洛娜为那个纤瘦的金发姑娘取的，她的脸庞天真，暗蓝色的眼睛，很谦卑，说话时总是看着下方。发“s”时，总是夹着哨音，很像修女说话的方式。她告诉我们她来自哥伦比亚卡利。我想，她这么说大概是为了沾一沾那座城市的名气，因为人们都说，在太平洋沿岸及其周边地区，卡利的姑娘最美。我们得出的结论是，她来自安第斯的高原，她不告诉别人是因为这实在无法为她清心寡欲的模样增添上任何色彩，这倒情有可原。不过通过客人们的回馈我们才得知，床上的她拥有巴比伦文明般的丰饶智慧。他们都会做她的回头客。伊洛娜照例为她取的有些放浪的这个名字倒也贴切。那男人第二天准时到了。当时是下午四点，这在玫瑰庄园并不太常见。朗希诺斯上楼来请我下去：

“我想夫人是对的。但如果您能再去看一眼也无妨。他这样的人真的从来都不会来这里。”

的确，我们的客人的确是另一个世界的代表，在他们的世界中，玫瑰庄园这类的地方几乎是不存在的。他很矮，很瘦，面相普通，髭须平直，显然染过色，与花白的头发并不相称，他从前应该是一头金发。佩尼亚罗萨先生立刻带着毫无防备的纯朴报上了姓氏，他带着金边眼镜，神情举止有些机械、缓慢，一看就是整日埋头在账簿和数字里的人。他带来了一个棕色的手提箱，上面烫印着金色的他姓名首字母的缩写。毫无疑问，是公司在最近哪个纪念日赠送给他的礼物。“纪念您与我们共度的第一个二十五年，亲爱的佩尼亚罗萨。”箱子上的文字来自他的某位上司，估计在那二十五年中，一直把这可怜的男人压在不安和屈辱的永恒地狱里。我请佩尼亚罗萨落了座。两人开始了客套的交谈，聊起了巴拿马的气候和昂贵的物价，不过这至少能让人放松一下神经。他着实吓坏了。不知道该把手提箱放在哪儿，手和脚也不知该往哪儿搁。后来，他终于平静下来，开始向我坦白：

“先生，是这样的，这辈子，我是第一次做这种，怎么说呢，越界的事。我是一家会计公司的审计经理，我们企业专门为各个航空公司提供服务。昨天，我到了巴拿马，帮我提行李的门童告诉我有这个地方，听说空姐们会过来，和一些有头有脸又谨慎的人约会。他给了我电话，我就打了。请允许我向您坦白，我一直有这个弱点，就是特别喜欢这个行业的年轻姑娘。我在我们国内常坐飞机，但是这是我第一次出国。我来这儿的目的是给一家一年前开通了巴拿马航线的公司做一次审计。我结婚了，有两个女儿，一个十岁，另一个十二岁。”他从钱包里拿出了一张彩色照片，上面是他的两个女儿，在自家前面的自行车道上。后面还站着一位面容有些模糊女士，她微笑着，笑里满是隐忍之人的善良。

“孩子们很可爱。谢谢。”我把照片还给了他。差一点就说出口，说这不是个展示家庭的地方。但我随即便意识到，任何类似的言语都能将他击垮。一阵被拉得过长的沉默终于被隔壁小厅里的动静打断了。是卡利姑娘正走进去，在那儿等待佩尼亚罗萨。一定是因为压抑多年的梦想和炽热的情色幻想近在咫尺了，我们的客人此刻又陷入了失控的恐慌，我感觉自己应该告知他等待他的年轻姑娘是谁，尽管这有违我们生意的一切原则：

“她是位十分正经且谨慎的姑娘，很少来这里。在泛美格雷斯航空做空中小姐的培训员，只是路过巴拿马。明天她就要出发去迈阿密继续她的工作了。您可以完全信任她的谨言慎行，佩尼亚罗萨先生。在这方面您不用担心。就把这儿当自己家吧。我会给两位送两杯威士忌。”

“十分感谢您，先生。”他再次平静了一些，“但是我从来都不喝酒。不知道是不是该喝。您太客气了。”

“我想您应该喝的。”我回答他时，语气里尽显老到，“没什么能比一杯及时饮下的苏格兰威士忌更能破冰的了。”

可怜的佩尼亚罗萨感到自己有义务笑出来，他以为我玩了个文字游戏。显然，我并无此意。审计员进了小厅。朗希诺斯把姑娘介绍给了他，我则上了楼，去给伊洛娜讲我对这位客人的访谈。

她和我讲了讲腼腆的人在这类情形下可能会有的不可预见的反应，我没太当回事。午夜过后，朗希诺斯再次出现了：

“佩尼亚罗萨先生说他想和卡利姑娘过夜。先生，您怎么想？”

“去问夫人吧。”我对他说。倒不是觉得有什么不合适，只是想知道她有什么看法。

这时伊洛娜恰巧进了我的房间。

“过夜的话得收他双倍的钱。而且明天一早就得离开房间。我不想让他在这儿待一整天。”

“他已经付过了，夫人。我和他说，之前付过的只是几小时的钱，他就立马付清了。但是有件事让我有些担心。”

“现在所有人都在替那可怜的傻瓜担心了。”伊洛娜明显有些厌烦，“他想干吗就干吗吧。别烦我们了就行。你们就别想着那蠢货了，不然咱们都得变成他那副德行。”

“夫人，”朗希诺斯不动声色地接着说，“问题不是那个人。是那个人带来的手提箱。里面全是钱，他从里面拿了一些付酒钱。两个人已经喝下了第二瓶帝王威士忌。他已经给了卡利姑娘两百美元了。”

“孩子，你最先告诉我们的应该是这个。”伊洛娜平静而低沉地说，这是她谈论危险时的语气。“瞭望员，得下去看看那家伙。告诉他咱们不想有麻烦。让他把放钱的手提箱给咱们，咱们给他放进楼上的保险箱里。会给他收据的。等他走的时候，再把账结了，一切都清楚明了。他在下面哗哗地扔钱可不太合适。还有别的客人会来，不能惹麻烦。我和你说过，这些腼腆的人，受人尊敬的好爸爸好丈夫，都是魔鬼一样危险的家伙。”

佩尼亚罗萨先生同意了一切，他把手提箱交给了我们。又亲自手写了一张收据作凭证，尽管他醉意已浓，字迹仍完美得如在账簿上一样。第二天一早，朗希诺斯叫醒我们，说我们的客人仍然想继续留在房间，并且，在卡利姑娘之外，他还希望我们能帮忙再把与她同住的另一位姑娘叫来。

“马蒂尔迪达说，”现在卡利姑娘的名字变成了这个，“她的室友很迷人，而且十分可靠。”朗希诺斯模仿着佩尼亚罗萨的声音说。

“我知道他说的小鸟儿是谁了。”伊洛娜在厕所说，我们向来都敞着它的门。“打电话给她，但是要告诉她，如果再像上次似的喝个酩酊大醉，我们就立刻把她揪出来。上次那个圣保罗人来，带了两瓶卡沙夏，她差点全给喝了，出了大洋相。”

三天过去了，佩尼亚罗萨仍旧在房间里，他的账单也越积越多。他点了一瓶香槟，来庆祝卡利姑娘和朋友之外的另两位萨尔瓦多姑娘的加入。一切都在大致的平静中过去。他仍没有失掉自己的谨慎。他将自己的床伴们称为“机组小姐”。脸上闪耀着修女常有的欣悦满足，漾着不期而至、无穷无尽的幸福，最后连我们都有些感动。结局是可以预见的，也很快就来了。一天下午，玫瑰庄园来了三个人，毫无疑问，都是那种在公司有大好前途的管理人员。我把他们请进大厅，听他们言明来由。几个人为佩尼亚罗萨而来。他们在那家航空公司任职，过来是受其审计部门委派。手提箱中的钱本该存入巴拿马的一家在国外没有分行的银行中，用以支付几笔紧急款项。三天前他们把电话打到了酒店，但没能找到他。第二天得知他没有回房间。在经过了一些谨慎的调查之后，当天早上，一位门童把他之前给佩尼亚罗萨的电话交给了这几个人。按照号码，他们很快就找到了地址。事实上，他们中的其中一人曾和朗希诺斯预订了一次服务，只不过随后便取消了。他们告诉我，佩尼亚罗萨是绝对可信的员工。与他们合作了三十年。从未在其他地方工作过。最开始是做会计。行为举止完美无瑕，从未出过哪怕一丝一毫的错误。他自称从未对妻子不忠，结婚时仍是处子之身。我则向他们讲了我们对他的态度，并请他们放心手提箱的事。还给他们看了看给佩尼亚罗萨开的消费发票的副本，随后告诉对方箱子里的那笔钱任由他们支配。几个人结清了余下的账单，超过两千美元。他们说想和佩尼亚罗萨谈一谈，并把他带走。

“如果诸位同意的话，”我说，“我建议我先去和他说一下，给他解释一下目前的情况。他喝了三天的酒，很容易失控，虽然到目前为止，还没有什么不端的行为。”

他们同意了，在大厅里等我的消息。

我在敲门并报上名字后，进入了房间，眼前的情形令人感动，却也着实荒唐。佩尼亚罗萨穿着内裤，被女伴们包围着，一些赤身裸体，另一些穿着内衣，被爱抚的他仿佛帝王般的满足。我请女人们穿上衣服，到隔壁房间去。我得和先生单独谈谈。她们立刻遵命离开了，佩尼亚罗萨看着我，脸上的伤感逐渐变成了残酷的恐慌。

“怎么了，先生，怎么了？小姐们什么都没做，我敢保证。”

我向他解释了情况。他们公司的三位先生正等在外面。他们希望见他。泛着泪光的他含糊地道着歉，嘟囔着一些辩解的话。他想永远留在这儿。他的人生是一段没有终结的谎言，是一种卑贱的懦弱：

“没人告诉过我这里的存在，先生。我从来都不知道。您明白吗？”他抑制不住哭了出来。泪水渗进花白的胡子里，三天，他就老了十岁。“我不想走，先生。别让他们把我带走。我想留在这儿。大家对我都太好了。”

我一边帮他一点点穿好衣服，一边试着说服他他的愿望无法得到满足。

“您有一天肯定会回来的。”我安慰他。

“不会的，先生，我再也不会回来了。我都不知道我的饭碗还在不在。但是也好。它结束了，我知道。谢谢您，谢谢您所做的一切。”

他拖着双脚离开了。我不想陪他去客厅。是朗希诺斯去的，带着那种没有感情的礼貌，那是他在酒店学到的，知道适时使用。

那时的生活本已让我愈发厌烦，佩尼亚罗萨先生的故事更是将我的忍耐耗尽了。同时，伊洛娜经营生意的耐心也到了转折点。来来往往的女人的简单生活流转在我们的生活里，撞击着我们的生命，为它形成了一种索然无味的表皮，里面充满了琐碎的故事、吝啬的算计、工作上的妒忌以及她们每个人用客人所谓的偏好滋养起来的自恋情绪，这一切都化为令人窒息的日常。尽管如此，伊洛娜仍旧对自己的同性抱有浑然天成的同情，仍旧拥有我没有且从未有过的对那种鸟笼般的青楼环境的宽忍，她的限度要宽泛得多，因此能扛住对我来说已无法忍耐的东西。她都了解，对此也温柔地报以理解，一直试着减轻这件事在我身上的重量，但不管怎么讲，这事本身就要走到终点了。

一天，我们把露台上的早饭一直吃到了午后，终于好好审视了一下眼前的情况，并决定做个了结。两人同意，初雨来时，便告别玫瑰庄园。伊洛娜算好了我们的收支——她比我天分高，也有兴趣，所以一向负责这件事——我们一致决定将收入平分为三份，把巴舒尔也算在生意里。我们决定立刻把我们朋友的这份寄给他，好让他脱离目前的困境。我们两人则会把各自的收入在一个联名银行储蓄账户中放几个月。从那时起到我们出发，连本带息的钱将用于支付我们的旅程，并且也将帮助朗希诺斯开始做些独立的小生意。初雨会在两个多月后到来。做出这些决定，以及为我们在巴拿马的居留和玫瑰庄园里的日子定下期限都让我们感受到了渐渐舒展开的、疗愈身心的解脱。

“为什么有些我们从没体验过的东西，”伊洛娜说，“会带给我们这么大的影响，像是在攻击我们特有的道德原则。想想这个应该会很有趣。这种厌倦来自其他地方，来自我们内心中的其他地方。”

“我想，”我回答她说，“与其说是道德问题，不如说是美学问题。对我们来说，这些女人在我们的应许和支持下卖淫完全不是问题。让我们觉得难以忍受的地方是这笔生意为我们决定的生活质量。毫无疑问，这买卖收益颇丰，但它又实在单调得无可救药。在我们的天主教西方世界里，习惯将卖淫与婚姻放置在相反的两端。现在，在实际生活中，我们近距离见识到了二者之一，于是这种对立便消解了，转而成了一种超乎常规的平行关系。不过，我想，也不该给这件事冠上太多的哲学意味。在证实卖淫与婚姻一样稀松平常的同时，我们只是更加确定，漫漫长路上我们所选择的方向以及我们所持有的态度至少能够防止我们落入那种宿命的厌倦里，我说的态度是指从来不拒绝生活、命运和偶然——你怎么叫它都可以——沿途给我们的馈赠。”

伊洛娜快乐地鼓起掌来：

“说得好，瞭望员！你每次一开始思考，就能把事情捋得很清楚。讨厌的是，过不了多久，一切就又会乱七八糟。不过，如果我们知道该怎么调整，这些也就都不重要了。雨季开始我们就离开这里。你呢，就负责把自己关在山中哪个矿里，或者遇见的第一条河的河谷里，在那儿呢，你会一天到晚研究自己的肚脐眼儿，然后像个和尚一样把自己一分为三。”

“滚蛋吧你！”我对她说，“再给我来点儿茶。等你脑袋一热要在纽芬兰开服装精品店时，我就会去找你的。你也没有精明到能想出多妙的生意来。”

她走过来坐在了我的腿上，揉着我的头发，在我耳旁模仿普罗旺斯口音说道：

“不用担心，瞭望员，等我们离开这里时会很有钱的，这才是最重要的事。”

这是那一日我们在露台上的对话，几天后，一位诸神派遣的不祥信使来到了玫瑰庄园，来提醒我们，我们没有能力改变自己的命运，哪怕其中最微小的部分都不能。那信使化作了一个有斯拉夫名字的女人，拉丽萨，这显然是伪造的名字。我们在露台上做出决定之前，骰子就早已开始滚动。很快我们就会明白。

拉丽萨

拉丽萨是某个上午来的，当时已接近正午。派她来的是阿莱克斯和马拉开波的金发姑娘。后者事先和伊洛娜打了招呼，说有个姑娘，生于查科，出身不明，但是去过世界上的许多地方，会讲几种语言，为人十分谨慎，外表令人印象深刻。朗希诺斯把她带到了露台，当时我们正穿着泳衣在那儿晒太阳。最先引起我注意的是，她的模样与伊洛娜有些相像。同样笔挺的鼻梁、轮廓清晰的丰满双唇、相似的身高，同样修长的双腿里蕴藏着某种具有弹性的力量和某种不可战胜的青春气息。但多看两眼，我便发觉，她们的相似只停留于表面，一仔细观察，那些相像之处便会瞬间消散。她浓黑的头发梳得很潦草，乱蓬蓬的，就快垂到肩膀。她们像是来自同一个地区，但除去那转瞬即逝的相似，便再没有任何共同点了。她的声音沙哑，用词也简单。算不上聪明，但让人感觉，她拥有那种极为少见的能力，可以忽略所有旁的东西，直捣事物的精髓及其恒久、真实的特性。但我们很快便察觉到这是一个错误的印象。当她看着和她交谈的人的眼睛时，她看的其实并不是那个人。也就是说，她不是在看，而是在寻找，带着一种隐秘而耐心的狡猾，寻找那个一直陪伴我们的人，只有在我们独处时，这个人才会浮上表面，传递些许信息，消解某些脆弱的信念，将我们置于无法坦承的困惑所带来的无依无靠的境地里。拉丽萨要找的就是那个人，她在那里屏息静待，试图救出我们认为已无可救药或我们希望已无药可救的东西。

她讲了讲对在玫瑰庄园工作的兴趣，说了说她在新加坡、斯德哥尔摩以及布宜诺斯艾利斯做这一行的经验，她在语言以及其他事情上的天分。我听拉丽萨讲话时，注意到她完全吸引了伊洛娜的注意力，这事儿并不多见。我们想请她喝些东西，她便要了一杯浓咖啡。一旁的花园里有一棵刺桐，它的一部分树冠探到了我们这边，洒下了大片的阴凉。她坐在树荫下的一把帆布椅上，树上的花朵断续落在了她的身旁，不一会儿，她便被一种明亮的橙黄裹在了中央。就在那时，我感觉眼前的画面仿佛是作为某种秘密仪式的一部分被召唤出来的，但我却寻不到那仪式的意义。她沙哑的嗓音，带着性感的语调，从阴凉中发散出来，令我想起为赤手空拳的过路人预测不定未来的女占卜师。她忽然转向我，让我很意外：

“我常去上个冬天您常光顾的那家酒吧。咱们从来没有遇见过。其实，遇见过一次，但是您没有看见我。阿莱克斯和我说起过您。说您住在阿斯托尔公寓。我住得离那儿很近，也认识那儿的老板。不知道您是怎么摆脱他的。他通过那些阴险的买卖织网捕获猎物，要是掉进去，实在很难脱身。”

“您脱身了吗？”我想出其不意，于是问她道。

“我从来都没有需要过他，我可不会让自己落到他的捕猎范围内。”

这个教训有点儿难以下咽。伊洛娜警觉地看了我一眼，虽然那目光转瞬即逝，但也十分显眼。我想，还是把问题探究到底比较好。我已经明白在和什么样的人交手了。

“有一段时间我不得不为他工作。但是咱们共同的朋友阿莱克斯帮我及时逃脱了。我后来去了别的地方住。”

“嗯。”她说着，刺桐的花朵接续不断地落在她身旁，“去了米拉马尔酒店。那厄瓜多尔姑娘是个好人。他们整修我现在的住所时，我在那儿待了几个星期。”

很明显，我应该闭口不言。不该和这个女人成为敌手，甚至不该和这个来自查科的婆娘有一点点明显的摩擦对立，因为她很会掩埋自己的鲜明个性，消息极其灵通，同时又小心谨慎，与她对抗并不是好的选择，并且也将是一场徒劳。如果她要来我们这儿工作，最好能划定一个中立区域，让事情进行得更顺利些。伊洛娜显然在认真地听我们的谈话，她自然地将话题引向了拉丽萨应该穿着的制服以及她作为空姐的背景故事的细节上。

“我不想穿任何制服。”查科女人的语气很笃定，我们也只好等她接下来的解释。“诸位可以说我是客服监察员。我定期出差，检查工作人员是否遵守了为旅客服务的各项规则。我会假装在民用航空委员会，由于显而易见的原因，需要匿名旅行。”

民用航空委员会的主意在我看来有些荒谬。我对她说，这里面冒最大风险的就是她本人了。她立刻同意了我的看法，这让我有些不解。这个女人的身上每时每刻都会出现令我捉摸不透的东西。这并不是因为她在刻意隐藏，而是因为她属于一个我不了解的世界，虽然没有敌意，但她所代表的各种力量、水流和地域对我来说都是一片未知。

拉丽萨起身要告别时，伊洛娜也站了起来，陪她走到了楼梯。穿过卧室时，两人低声交谈着，伊洛娜用手搂着她的肩，我从没看过她对其他姑娘做这个动作。她想做出保护者的姿态，但事实上，却在向一位比她更强大的人寻求支持。

最初，拉丽萨的出现并不特别引人注意，也没有给玫瑰庄园的日常运作带来大的变化。她常常在上午过来，陪我们在露台晒太阳。她总是坐在树荫下那张她第一天选择的椅子上，被周围不断落下的刺桐花朵包围着。我们则会读书或聊天，话题大概都是回顾我们所去过的城市或其他地方。拉丽萨说的话总是有些模糊，仿佛裹在迷雾里，无法给记忆一个清晰的轮廓和确切的规模。伊洛娜则与之相反，她的故事和回忆的最大的特点之一便是清晰确切，从一小段情节，她便能扩展出一座城市、一片风景、一座岛屿、一个国家。拉丽萨的语焉不详一直延伸到了她对自己在巴拿马本地生活的叙述中。我们并不知道她住在哪里，唯一知道的就是她没有电话。她的电话都是从我们以前常去的那个酒吧打来的。我们也会打到那里给她留口信，告知她我们为她定下的约会服务。她还有一个特别之处：选择客人时有严格的年龄、教育水平和出身的条件限制。几次服务之后，她用自己发情男中音般的嗓音心不在焉地解释说：

“拜托各位不要给我安排年轻人。我比较偏好年长一些，至少在其他国家接受过教育的人，不要像这几个国家的人这样热情过头、手忙脚乱。没有特别的原因，但是我也不想见美国人或亚洲人。我知道从电话里很难了解到这些细节，但如果两位能帮帮我，再加上朗希诺斯的配合，剩下的我自会逐步打理好。我会慢慢培养起自己的客户群。我与一些男人十分合得来，他们也都会变成回头客。”伊洛娜想说些什么，但拉丽萨没给她机会。“是，我知道，”她摆出一个尽量友善的微笑，但也只是透露出了些许宽容，“也许我的要求太多了，不该在这儿的规矩里强加这类条款。我明白。但是您两位会看到，这很快就不会是问题了，相反，这是我能为所有人带来收益的唯一可行的工作方式。”

伊洛娜没说话。我则一直看着云，它们被一阵预示雨季即将到来的微风轻推着，在天空缓缓移动。

通过朗希诺斯，我们知道了新来的姑娘住在哪里。一天，酒吧打来电话告诉我有我的信。一些朋友仍旧会把给我的邮件寄到那里去。朗希诺斯去取了信，回来时，耽搁了许久才把它送上来，表情里掺着些疑惑，也有些忍俊不禁。

“我去拿信时，”他说，“阿莱克斯让我把别人放在那儿的给拉丽萨小姐的包裹给她带去。看起来像是女人的衣服。他对我说那些本该送到她的住处而不是那个酒吧。我和他说我不知道地址，他像是不敢相信似的看了看我。犹豫了一会儿之后，他告诉我，我需要往下走到巴尔博阿大道，再向北走几个街区，直到海边，在那我会看到一片石子海滩，有几根水泥房梁横在地上，好像是挡潮水的，那儿还有一艘渔船，已经拆得差不多了，靠在海岸公路的墙上。他告诉我要在那儿的人行道叫那位女士。她会出来拿包裹。于是我就照做了。我叫她时，她从唯一看起来能勉强住人的寝舱的舷窗里探出头来，问我带去了什么东西，还问了是谁告诉的我她住那儿。她当时穿着内衣，脾气差到魔鬼难及。‘你不要到处去说我住哪儿。这对谁都不重要。你也别再来这儿了。跟你的主子们你爱说什么就说什么。我自己会和他们讲的。滚蛋吧，浑小子！’她说话的声音很低，像是不想让人听见我们的对话。可那会儿没有任何人从那儿经过。那婆娘脾气也太火爆了。看她到时候会怎么和两位说起这事儿吧。”

“不用担心。”伊洛娜安抚他说，“不是你的错。她没让酒吧的人保守她住处的秘密，是她的问题。你不再去，这事儿就算完了。”

朗希诺斯离开了。我们许久都没说话。那艘废弃船只的样子我记得很清楚，歪在碎石和钢筋混凝土的碎块上。那时，透过阿斯托尔酒店的窗口，我每天都能看到它。有些我已经忘记的东西回到了记忆中，引起了我的注意：有些夜晚，能看到已经支离破碎的舰桥旁的其中一间寝舱里亮着微弱的光。我也记起了那艘船的名字。一块发黑的铜色招牌，钉在右舷的栏杆上，仍能读出那字迹：*勒潘托*。响亮的名号和商贸小船的残骸之间的差异让我着迷，它已经腐锈，不成形了，歪在那片许多年前便成为垃圾场的狭窄海滩上。朗希诺斯把它和那些常常停靠在海湾尽头的渔船弄混了。根据它的设计特点、它的舷窗以及两个通风口——它们依然奇迹般保持着平衡——的形状，很容易判断船只的来源。应该是土伦或热那亚或加的斯的造船厂出产的。它是怎么在这儿停下，毁灭在巴拿马的一条堤坝旁的呢，如果当初我问了这个问题，它或许就不会再回来烦我了。现在，*勒潘托*号悲哀残骸的影像从一段切近的过往跳脱了出来，从幸运的遗忘中被捞救了起来。它的存在让人备受折磨，大概只有在希腊祭祀预言的恐惧中才能把它的谜底解开。

在朗希诺斯拜访过她几天之后，拉丽莎表示想和我们聊聊。她刚打发走了一个常客。上楼来到了我们的房间，面露疲态，克制的怒气找不到合理的发泄之处。伊洛娜慢慢安抚着她，逐渐将她引入了一种和缓的、适合倾诉的疲倦中。伊洛娜对这个难懂的查科女人的影响是显而易见的。随口说出的几句话，便可以将能维持多日的平静和平衡传递给她。拉丽萨冷静下来，做好准备，要把她住处的谜讲给我们听了。她开始了自己的讲述。她的故事里有些角落、迷宫和捷径是与某一个幻觉世界接壤的，这个幻觉世界是一张温床，供一些染着神秘色彩的假设生长。我一向都会提防那些神秘的色彩，因为我总是在遵循盲目的本能，以避免失控——它是死亡的面孔中最令我难以承受和最致命的。

“我是在巴勒莫上的勒潘托号。”拉丽萨开始了她的讲述，“作为一位西西里贵族夫人的陪伴仕女，在那座城市住了几年。那位夫人是拉·维加·伊·沃约斯公主，是西西里脱离西班牙王室统治之后，一个留在本地的西班牙大家族的最后的继承人。那位老夫人的财产不多，节俭得很，像是知道自己在顷刻之间就可能落入穷困。她很有文化，知识渊博得让人眼花缭乱。她会用好几种语言读各种书籍，但是最爱读的是经典名著和伟大的历史类书籍。她的精神有一点失常。雇用我时，已经开始对招魂术和其他秘传体验感兴趣。她对我的态度是一种疏离的亲切，也许是因为对我的拉美出身有所疑虑，还有就是她本身也很少与他人有日常交往。她独自生活在城郊一座巨大的庄园里。一位园丁会去修整房子周围的花园，一星期一次的样子。那栋房子看上去很破败，会让人感到巨大的悲伤。老厨娘，耳聋得很，每天会准备两顿饭，那饭菜里已经看不到任何的想象力，只能满足最基本的食物要求。公主此前在下楼梯时摔断了一条腿，所以才登了报，想聘请一位陪伴仕女。我去找了她，她就雇了我。等她可以走路时，她请我留在她身旁：‘我已经习惯了您的照顾。如果您离开的话，我会很想念您的陪伴的。’她对我说这些时，言语里仍旧掺混着那种贵族的漫不经心的傲慢和不知如何与他人相处的独居人的粗鲁。我决定留下，虽然她付起工钱来完全没有规律，我到最后都没弄清自己的工资到底有多少，也不知道她到底什么时候该把钱付给我。我需要把书本的内容高声朗读给公主，也因此爱上了阅读。读书都是在晚上，在她的房间。很多时候，读着读着，便已到了黎明。我们会睡一整个上午。午饭过后，会在花园里散步。她会把家族的传奇故事讲给我听。家族男性复杂的爱情丰功伟绩，被添上了乡野味道的生猛元素，多年后仍旧在西西里流传，且越传越广。一天早上，拉·维加·伊·沃约斯公主再没有醒来。是心脏骤停。做死亡证明时，人们发现，她已经满九十四岁了。我从来没想过她竟这么老了。我一直猜想她可能七十出头。公证员在处理剩余事物时，交给了我一笔钱，说是夫人在遗嘱中留给我的。不管怎样，都比我计算的她应付我的工资要少得多，尽管我之前在某些时候收过部分报酬，并且我这边的账目也不太可信。公证员说，我在为自己的未来做打算期间，可以留在房子里。我不想接受。没有了公主的陪伴，茫然无所依的庄园简直让我窒息。我下到了港口去，想找一艘将要起航的船，无论去哪都可以。勒潘托号当时就停在那儿。我和船长聊了聊。他是个狡猾的加的斯人，满口脏话，在漫长的讨价还价之后，我终于同意了上船的票价。我在底舱一个有简易床铺的角落安顿了下来。他向我道了歉，说船上唯一能用的寝舱正在整修，将来要做办公室，供一位不知什么航运机构的公务员使用，那个机构掌握着那艘船一半的所有权。勒潘托号曾经应该风光过。但我上船时感觉，在远海遇到的最轻微的风暴都能让它沉没。不过，回过头再看，那种脆弱具有欺骗性，因为它面对利翁港的暴风雨时都没有出现任何问题。加的斯人告诉我，他们要先去热那亚，再从那里去马略卡岛，我得在那儿下船。我同意了，回到庄园，带上了已经打包好的行李。我在勒潘托号的底舱安顿下来时，完全不曾想过，自己会在那里一直住到现在。船上的事从不可说的事物的阴暗角落里生出，实在特别，我以后会慢慢讲给二位听。已经晚了，要讲的话，还需要分好几次。现在，二位只要知道我的确住在勒潘托号的残骸里就可以了。如果需要找我，只要在酒吧留个信儿就好。我每天都会去那儿。我不希望再有人去船那边找我，也不要试图去那儿和我联络。我不想张扬，希望这件事越隐蔽越好。只有很少人知道那残骸里能住人。大家认为船上有时会亮起光是因为有情侣会躲在那儿做爱。如果真的知道那里发生的事，两位会吓到，整个人生都会改变的。”

拉丽萨离开后，我们都没说话，不仅在接受着、思索着她刚给我们讲的故事，也在猜测她最后那句话背后所隐藏的东西。它让我们隐隐地难受起来，黑夜里，一旁废弃花园的植物暗影中，那不适感逐渐长大，终于成了我们无法承受的样子。

“去哪儿喝一杯吧。”伊洛娜提议说，“这儿简直没法待。”

我们去了从前在无忧宫酒店时常光顾的几个地方。酒吧老板和侍者看到我们时都很亲切，也有些惊讶。回到家时，两人已经醉意睡意都很浓郁，但仍赶不走拉丽萨的话给我们留下的晦暗的不安。接下来的几天里，我们继续清算着生意。巴舒尔告诉我们他已经收到了之前寄去的钱。他的言语里混杂着如释重负与感激。这个种族的人表达感激时，总是强烈又深刻，仿佛某种宗教仪式。他已经顺利脱离了所有困境，正在整修一艘油船，想运送些化学原料和染色剂。他兴高采烈地宣布，最后我们在巴拿马相见也不是不可能的事。等他的船在安特卫普的造船厂里修好，他便会发来消息。他已经给船想好了名字：的里雅斯特仙女号。

“真拿这些东地中海人没办法。”伊洛娜把阿卜杜尔的好意在她心里燃起的温柔藏匿了起来，同时发表了自己的见解，“从天方夜谭中跑出来以后，就开始发射炮弹，跑到山里去打仗了。瞭望员，我觉得你就不可能给自己的船起这么个名字。”

我回答她说，首先，我实在不太可能拥有一艘船，其次，给东西和人起名字一向是她的事，不是我的。我们还有朗希诺斯的问题。他和我们，尤其是和伊洛娜走得这么近，一旦告知他我们要离去的消息，他一定会十分痛苦。

“我负责和他说吧。”伊洛娜果断地说，“换作是你，肯定要把他带着一起走，不能这样。”

她一如既往地有道理。

距上一次与拉丽萨的对话已有几个星期的时间了，一个晚上，她来了，来赴一位客人的约。那是一位斯堪的纳维亚银行财团驻巴拿马分公司的经理。一个高大温顺的维京人，打招呼时很有仪式感，在哪里都是一副要睡着的样子。离开时，他请朗希诺斯把我叫了过去。他想和我说说私人事务。我来到大厅。他没有坐下，手里拿着草帽，对我说：

“我感觉我们这位姑娘状态不太好。不是生病，是别的问题。您看要不要和她聊一聊。我想诸位一定能帮到她。”

他只说了这些。随后，就像是被催眠了一般，离开了。热带的夜很快就将他吞食了下去，只留下周遭蟋蟀的喧闹和藏匿于草叶间的蛤蟆那无足轻重的带切分音的歌声。

那一晚，拉丽萨给我们讲了后来的故事。如同第一次见她时那样，那片在她的存在、她的话语和她的细微表情背后饱受折磨的，我能感知的阴暗区域又一次搅乱了我的心神。只是这一次，又加入了某种新的东西，让我十分不安，不知如何应对：我发觉，几乎与我想的一样，伊洛娜被裹进了那张拉丽萨撒开的风雪网中。这个来到玫瑰庄园的女人仿佛哈德斯的开路官，用她散发的死亡光晕构建着周遭的氛围，伊洛娜自然地处于其中，平静得让人警觉。正因如此，我才觉得自己应该把她扭曲的故事誊写下来。我把方才那个刚与拉丽萨相处过的北欧人的担忧讲给了伊洛娜听，于是她把拉丽萨请了上来。当时我们正坐在露台上，享受着微风徐徐的夜，风洗涤了空气，将天空擦净，苍穹都显得近了些，让人感觉那因某种躁动而闪烁的广阔穹顶几乎触手可得。拉丽萨直接躺到了她看见的第一把沙滩椅上，沉默了一阵子。她的面容极度憔悴。身体虚弱地静止着，仿佛生命的最后一口气就要从她体内逃脱。她开口说话时，我们立刻被她嗓音中粗哑的坚定吸引住了，它指向了一种强劲的秘密能量，从某个更隐蔽、更无法想象的处女地中诞生，与此同时，她的实体却行将消逝。

“我应该，”她说道，“把事情从头讲起。在加的斯人确定的起航日期的两天之后，勒潘托号仍旧停在巴勒莫港口。它在等待马略卡岛帕尔马市的什么文件，如果没有那几张纸，就不能起航。我不想回庄园，何况行李已经在船上了，于是就留在了那里。虽然舱内充满了阴沟的味道，但我第一晚睡得很沉。白天，我上岸去了码头，买了些必不可少的个人卫生用品。我需要和船长共用厕所，不过他从很久前就不再使用它了。那个想满足厕所功能的逼仄空间里没有毛巾也没有肥皂。船上的饭菜实在不太诱人，于是我还去买了些食材，想改善一下伙食。傍晚时，我回到了船上。船长试着和我说了些话，他的意图十分明显。我当时就觉得需要立刻向他表明他应该放弃那方面的念头，哪怕将来他再坚持，都是没用的。他很快就领会了，我们于是聊了聊其他东西。我想向他要一盏台灯，夜间照明用。他告诉我底舱尽头有一个开关，能点亮一个电灯泡，我之前没看见它，一定是因为它被床铺上方的钢制横梁挡住了。要下到底舱睡觉时，我才发觉自己需要穿过整个房间才能去点亮或熄灭灯光。于是，我又爬了上去，还没说话，船主便递给了我一把手电筒。他毫无表情，不甚友好，说明我之前对他的拒绝让他十分不快。不过这样更好，我没有理会他的坏心情。几乎立刻就睡着了，也忘记了关灯。我已经习惯了那地方的气味，泊在码头的船轻轻摇着，帮我进入了深沉的、让人休养生息的梦乡。忽然，一个人影出现在了床铺与灯泡之间。我当时半梦半醒，还以为是加的斯人又来了。那个人影慢慢靠过来，坐在了床角。眼前的景象猛地叫醒了我，很难形容我当时的诧异。是一个拿破仑帝国卫队轻骑兵军官在那里望着我。他有灰色的眼睛，钢铁般锐利，在眉下格外引人注目，他的花白眉毛弯成两道圆拱，与尾部细心挑起的金色髭须和头盔下探出的两条发辫相得益彰。头盔上系着金丝带以及他的军衔标志。这位粗壮骑士的双手强健有力，虽然青筋爆出，却保养得很好，搭在他的膝上，为他的出现带来了一种自然的亲切感。‘您别怕。’他用带兰斯口音的法语对我说道。他格外强调高音，是典型的习惯了在旷野发号施令的军人。‘我只是想和您聊聊。很抱歉我吵醒了您，但是我已经很久没和人说过话了，您意外的到来对我来说是个很美好的机会。’我不记得自己是怎么回答的了，但他的存在的确传递了一种自然的、和蔼可亲的对陪伴的需求，于是我们聊了起来，仿佛许多年前就早已相识。他安抚了我一阵，为自己的不请自来表示了抱歉，随后，更礼貌地正式介绍了自己。他叫洛朗·德鲁埃-德隆。是帝国卫队轻骑兵队的上校，他的表兄是让·巴蒂斯特·德鲁埃-德隆伯爵将军，后者与皇帝关系很近。他在执行一项伯爵给他布置的任务，具体细节不便透露。要去热那亚。要在那里获取一些厄尔巴岛的消息，我应该知道的，拿破仑被反对他的联盟国家软禁在那里。之后他会接着去马略卡岛。这儿有些不太好理解的东西需要我解释一下，其实对我来说也不那么好理解。与一位帝国时代的军人交谈是没有逻辑的，他口中的现在，对我来说，是一个半世纪以前。在我脑中，这是无法解释的荒谬，但与此同时，一切都自然流畅地发生着，自从那个男人开始说话，整件事的逻辑也像是无可辩驳的了。也就是说，我丝毫没有反对这种不可能，也没有因之惶恐，这个来自从前时代的人所散发的热度以及他显而易见的完满状态，令他不再是不可能的，仅凭他的存在，那过去对我来说便已变成了绝对的现在。一旦感知接受了这种预设，它便会走上无可争议的正常道路，在它之中，驻扎着从我登上勒潘托号后的一切事情的秘密。”

“那一晚后来的时间我们都在谈话。其实，是他一直在说，我只是偶尔打断，确认一些信息，核实一些我所熟悉的地点、事件，那些都是通过公主庄园一个又一个长日的阅读了解的。试图去重建一个我曾与之共同生活那么久了的人——比如洛朗——的人生细节是不可能的，因为那些故事在被讲述之后，便成了我们共同生命的一部分，大家默认对方已知晓，便不再提及了。第一夜难免礼貌正式，但也不乏亲切，让我们的对话进行得很顺利，也让我们成为相互理解的旅伴。两人都把这种互相陪伴当作了某种幸福的巧合来享受，它将我们从穿越海洋时共同承受的绵绵厌倦中解脱了出来。甲板上有了声响，宣告着黎明的到来，上校站起身，与我道别，他行了吻手礼，比起礼貌，更像是出于友爱。他走向底舱尽头，熄灭了灯光，把我留在了清晨的晦暗里。我在床铺上躺了许久，徒劳地——显然是徒劳地——想要将刚才所发生的事与我醒来时所进入的现实调和在一起。我敢肯定，自己身上有些什么永远地改变了。我很怕登上甲板，在生动而清晰的、对那段难以想象的经历的回忆中度过我在巴勒莫的最后一天。终于，我还是决定要出去。加的斯人看着我，带着怀疑和不解。‘我以为您病了，’他对我说，‘要在下面待一整天。要吃饭了，您想和我一起吗？还是您想上岸去，在码头吃？’我回答他我想上岸，去透透气，我还不怎么饿。他耸了耸肩，一句话都没说就转过身去了。我们的关系有些紧张，不过大家都知道行事的界限在哪里，旅程会变得更好忍受。第二天一早，我们便会出发驶向马略卡岛。我在港口一家小饭馆吃了午餐，之后又去逛了逛那座城市里我以前很喜欢的地方，再次踏足，它们还是能唤起许多令人喜悦的回忆。下午将尽时，我回到了勒潘托号。一直在甲板上待到了晚餐的钟点。港口的繁忙让我发起呆来，痴痴地在那里忘记了时间。吃晚餐时，只有船主和我两个人。我们几乎没怎么说话。之后我很快走下底舱，躺上了床。午夜将近，就在我要下床去关灯时，感觉到有人在底舱尽头扳动了开关。脚步声朝手电筒靠过来。看到是昨晚的来客时，我其实已经不再意外。他坐在了我的身旁，收起了到那时为止一直使用的礼貌而不动声色的语气，抛出了一长串炽热的爱情宣言，我从未听过如此浓烈的告白。他的双手开始在我的身体上游走，随后，那抚摸变得愈发亲密和急切起来。我们最后做了爱，他半掩在衣裳里，我则彻底赤裸着身体。他的进攻接续不断、急猛有力，令我进入了一种恬静的完满，随后力量便逐渐减弱了。后来，我们钻到了粗羊毛毯下，毯面残留的线头和绳结轻轻刮擦着我们的皮肤。他给我讲了他人生的许多事。曾经做过两次俄国人的俘虏。

一次是在奥斯特里茨战役之后，另一次是在从莫斯科撤退后过别列津纳河时。他两次都被流放到了克里米亚。第一次，在那儿待了两年，享受着当地温和的气候以及格鲁吉亚人的热情好客。第二次，则陪在黎塞留公爵身旁，后者为沙皇亚历山大一世效力，做当地的行政官。在敖德萨和第比利斯，他们指派给他的切尔克斯姑娘们用美妙而特别的欢爱节奏让他对女人上了瘾，类似于鸦片或神秘主义致幻状态的瘾。机器开始轰鸣，宣告着勒潘托号的起航，上校用漫长而热烈的吻道了别，他迅速穿上衣服，再次消失在了清晨恍惚的晦暗里。一直延绵至午后的深沉睡眠把我从适时而至的躁动的夜中叫醒。醒来时，我们已经在远海上了。船对抗着被北风摇起的大浪，不时急猛地转着方向。接下来的夜晚，我们重复了前一天的情色章节，一切都没什么不同，只是洛朗一直很沉默，像是在用他所有的专注和能量享受我的肉体，仿佛在享用一场他被禁止参与许久的盛宴。告别之前，他告诉我，自己不确定在接下来的几天会否到访。不过我们在旅程初始已走得这样近，他承诺我们一定会再相见。事实的确如此。第二天的夜晚，我一直不安、焦渴地等到了早上，直到那等待化作了梦境。梦里满是欲望催生的各种荒诞元素，像是在阻止它变成现实。”

“船上的生活在单调的常态中缓慢地过着。乘勒潘托号这样的小船旅行必然是这番景象。船上与旅伴的交往都围绕着桌旁乏味的对话或对航行中琐碎插曲的评论。我的日子沉浸在对与洛朗共度的短暂时光的记忆里，皮肤中仍超自然地保留着他存在时的热度。就这样，又过了两晚，到第三晚，又有新的意外前来拜访。当时，我正用毛毯的一角遮着灯泡发出的光，试着入眠，这时，又有人站在了灯光和我的床铺间。我本以为是自己的朋友，便带着急切的渴望露出了脸，但看见的却是另一个人，最开始，我没能认出他来。随后，我才发觉，自己曾在公主挂在她庄园书房中的画上见过类似的人。那是个高瘦的男人，有纺锤形的苍白的手，脸庞细长，也是苍白的，介于朝臣与苦行僧之间的苍白。他有乌黑的眼睛和很长的、类似女性的睫毛，散发着聪慧、克制、充满仪式感的光芒。他的黑呢料罩袍一直垂到脚面，袍面的两种色调透着无可挑剔的高贵：深紫色的、从脖颈到腰间的排扣旁是十分精美的银色绲边。领口与下摆处，都有一条生动的折线，将一道柠檬绿锁在里面。他头上戴一顶笔直的天鹅绒高帽，也是紫色的，压着长长的假发，黑玉般的发色里还透着幽蓝的光泽，细心的打理难免令人觉得有些俗媚。胸前凸显出一条金链，挂着同样质地的有双翅的雄狮，狮子的其中一只前爪抓着一本打开的书，书页上写着‘安息吧，马可，我的福音使徒’。他的手藏在罩袍的长袖中，眼睛直直地盯着我，像是想认出我是谁。忽然，他开口说了话，讲的是完美无瑕的意大利语，并且很明显地在避免使用能透露出他来自哪里的口音和语汇。他的声音低沉，里面饱含的温暖宁静说明他受过长期的贵族教育。他为以那样的方式打搅到我道了歉，随后，向我介绍了自己。他名叫乔万·巴蒂斯塔·扎尼，最尊贵的威尼斯共和国大议会司法秘书处的报告员。此行去马略卡，是为了向穆特银行收取一些他们因使用共和国达尔马提亚海岸的一些码头而欠下的款项。我邀请他在我的床脚坐下。他高大的身影气势逼人。我更想让他坐低些，这样平视他，也能更自然平静地对话。他微笑着接受了，露出了一排完美的牙齿，一下子年轻了许多。那种无比熟悉的氛围再一次出现了，那种德鲁埃-德隆上校出现时我所感知到的氛围。它同样轻而易举地、不掺杂丝毫暴力地将我所处的当下与意外访客来自的那个过去融合了起来。与扎尼在一起，一切都显得更加迫切。他在漫长的一小时里给我讲了一些事件、一些无关紧要的流言以及另一些骇人听闻的有趣传闻，正是这些活跃了威尼斯封闭的社会生活。之后，他将手搭在了我的膝上，接着又沿着大腿内侧轻缓且有节奏地滑了上去，一看便知，他曾花去大量的时间讨好那些妖媚迷人的本国女人。他行动起来谨慎而果断，应该从未遇见过哪个人会拒绝他的殷勤和包含情色意味的跃跃欲试。他自然而缓慢地揭开罩袍的扣子，褪去细亚麻布的贴身衣物，与我一同钻到了毛毯之下，让我想起了某些宗教仪式，仪式上的神甫看似不动，但他们摆出的每一个表情都对应着一个已经过明智计算的反应。我们做爱时，两人都一直裹在最尊贵的共和国公职人员黏腻芬芳的浓香水味里，一定是在里亚尔托哪个卖东方精油的小店里购得的吧。在最初的几道曙光出现之前，扎尼带着他一贯的迟缓穿好了衣裳，并在我额头留了一个吻，道了别，告诉我他会在后续夜晚继续拜访。他还说，在靠近陆地时，他便不再会出现，直到我们回到远海。”

“勒潘托号的船长已经事先通知了我，旅程会分几站进行。因为船只的情况不佳，所以机器需要经常检修，以便继续航行。于是我们不得不在萨勒诺停靠，之后，又在里窝那休整了两天。在热那亚我们甚至停了整整两星期去等螺旋桨中轴的一个配件。从热那亚起航后，我们还在尼斯靠过港，再出发开向马略卡时赶上了风暴，整艘船都被摇晃了起来，好像时刻都有沉没的可能。我的夜间访客会按照渡海航程来调整他们现身的时机。洛朗会在到达每个港口的前一晚、在港口停泊期间以及出发后的当晚出现。扎尼则在我们于远海航行时现身。我与他们每个人的关系都达到了极致的亲密。帝国上校给我讲了他在德国的战役、他与朱诺在西班牙的驻扎、他作为俄国人的俘虏在高加索度过的两段漫长的时光，以及他所参与的、意图帮助被软禁于厄尔巴岛的皇帝返回法国的密谋，他的表兄让·巴蒂斯特·德鲁埃-德隆伯爵将军在此事件中表现得十分积极。我甚至适应并喜欢上了他做爱的方式，并开始热切地期待靠港的日子。和扎尼的关系里则包含着一些宗教仪式元素，它被拜占庭的光彩环绕，金碧流光，将我裹入了由十人团[1]秘书智慧而熟练的抚摸所不断滋养的绵延幻想与和缓谵妄中。因此，我也总会如准备赴夜宴的人般期待夜晚的到来，在那宴会之上，神秘与缄默会消减一切不合时宜的欢悦表达。扎尼从不与我谈论他的

1 十人团（Consejo de los Diez），意大利语为Consiglio dei Dieci，威尼斯共和国政府主要组成部分，由威尼斯大议会选出。

私人生活。他小心翼翼地避免谈及他的工作责任、他的日常生活以及在威尼斯的家庭，当然，也从不会说起他亲属、密友，甚至任何在共和国相识的人的名字。然而，这种明显而严苛的谨慎丝毫没有影响他与我保持关系时炽热而温柔的方式。他让我感觉我们是同谋，要执行某种不确定的复杂任务，其中的细节与关联我一概不知，也没兴趣知道，因为我已将自己的意愿与感官都投入他充满智慧理论的抚摸之中去了。去回忆那些旅行中的插曲和其间丰富多彩的性事经历，用多种多样的方式侵入一段过去并把它当成毋庸置疑的现在来讲述，这些会花去好多个小时甚至很多天的时间。对我来说，讲很久这些事也不容易。而且，在一个外人面前回忆起这些，不管他有多感同身受，他的存在、关注和好奇都会把这一切变成一场不真实且让我无法承受的噩梦。最后，我想简单说说勒潘托号最后为什么会在这里的海滩搁浅，还有为什么我仍旧住在里面。我们到马略卡后，加的斯人把船彻底整修了一番。他对我解释说，想把它开到加勒比，在中美的海岸和岛屿间做些沿岸贸易。还说在我找到生活的新方向——无论是在热那亚还是在欧洲的其他地方——之前，可以继续住在里面。他还暗示，如果我想的话，可以与他一起航行到安的列斯群岛。他不会收我费用，也许，我可以在那边找到谋生的方法。他摆出这机会时十分小心，并澄清说背后没有任何其他意图。他说其实就是为了在路上有个伴，同时也想把他眼中这段很愉快的关系延长一些。他钦佩我的独立，也尊重我在这世间行走的独特方式。我回答他说会在几天之内给他答复，因为我需要好好想想。船长狡猾的油橄榄色的脸上划过了某种意味深长的微笑。有那么一刻，我甚至怀疑他知道了我在底舱的夜晚是如何度过的。不过有趣的是，这种怀疑丝毫没有让我不安。加的斯人，从某种意义上说，已经身在其中了，他也是那段历史的有意义的组成部分，尽管我夜间的情人们从未提起过这艘船、这艘船的主人，也没提起过这段横渡旅程以及其间所发生的事情。”

“洛朗在那天黎明道别之前，对我说了一些决定了我命运的话：‘继续待在船上吧，拉丽萨。不要抛弃我们。也许，在离开这些地方的过程中，我们会出现得越来越少。但是我们永远都会回来，为了你，继续存在。’那一刻，我很想问他那件引起了我浓厚兴趣的事：他用了复数形式，让人觉得他应该知道威尼斯人的存在。我从未和他们中的哪一个说起另一个人。上校只是温柔地微笑着把手指放在了嘴唇前，像是在哄小孩子睡觉。而扎尼又只有从马略卡出发之后我才能见到。在那一刻我发觉，其实并没有什么好问的。洛朗刚才的话就已经回答得再明白不过了。于是，第二天，我对加的斯人说自己决定去加勒比试试运气，所以会接受他的提议。‘得知这个消息我很高兴。’他答得很严肃，话里已经没有别的深意。‘船上很需要您。我们已经习惯了您的陪伴。您是勒潘托号的一部分了。我们没法想象没有您的日子。’也是复数，或许他只是把船员和船本身包括在内了，的确，他提起船时，总像是在说他的一位老朋友。那一刻，我感觉到了一丝难以形容的不安，顿时发觉，自从踏上勒潘托号，它就一直陪伴着我。从帕尔马启程后，最开始的几天天气都差极了。往南走过马拉加的海岸就平静多了，船不再剧烈摇晃，不再仿佛每一刻都可能沉没。一天夜里，远远地已经看不见海岸的灯火时，扎尼来看我了。他很严肃，也很真诚，他的真实情感便是如此，在开始循序渐进的、猛烈的、沉默的情欲仪式前，他对我说：‘您决定在去往安的列斯群岛的旅程中陪伴我们，这让我无比快乐。这是我唯一能留在这世上的机会了。也许，我不能像从前一样频繁地拜访，但是我们一定会不时相见的。感激到极致，无以言表。’说完，他便开始缓慢而狂热地爱抚我，仿佛一个起死回生的人。”

“我们在穿过直布罗陀海峡、离开地中海后，两位情人的拜访便越来越少。但最惹我注意、为我带来针刺般的不安的是他们待我的方式的变化，最开始时，几乎难以察觉。我无法弄清这种改变的本质是什么。他们的表情一如往常，抚摸也同从前一样，但两人在爱欲的仪式中都越来越疏离，我不仅习惯了这些仪式，并且已经无法想象在生命中失去它们的可能。洛朗和扎尼在夜里都越来越沉默。他们的话语日渐稀疏单薄，最后甚至失去了意义。那些话不像特别对我说的，而像对某个并不通过鱼水之欢与他们产生关联的生灵说的。尽管我们的爱欲时光仍保持着节奏，但它已无法让我确信——这信任本是不可或缺的——自己是它唯一且不容混淆的参与者。我们经过佛罗里达半岛、进入加勒比海时，我徒劳地等待着朋友们的到来。后来，船只不得不在金斯敦停靠了几日，因为当地人正在修理水位不断增高的水道，情况也威胁到了勒潘托号的安全，离开时，有消息说一场龙卷风正在靠近。那一晚，扎尼来看我了。他用模糊的语言，晦涩地向我说，他觉得他可能撑不了多久了。已没有力量去面对正在靠近的考验了。那是他第一次完整地说出洛朗的名字：'洛朗·德鲁埃-德隆上校已经不在我们身边了。我勉强多留了些时间，也许是因为我们这些生在拉拉古纳的人在这种气候中更有优势，能幸存下来吧。'他悲伤地抚摸着我的胸部，就像再也不会在手中感受一个女人身体的热度了一样，这的确很悲伤，因为女人会奉献出自己，像补偿幸福的见证者，加倍抚慰活着的痛苦。接着，他迅速撤开了身子，有种笨拙的迅猛，这在他此前的动作中从未有出现过。第二天一早，龙卷风掠过，携着毁灭一切的旋转，带着失控的、无法止息的怒气，将我们甩到了克里斯托瓦尔，勒潘托号差一点儿就沉没了，它的所有机械都停止了运转。加的斯人和为数不多的船员上了岸。我则在晦暗的底舱一直躺在床铺上，没有活动的力气，身体因几天以来船舶无法平息的愤怒旋转而肿胀、麻木着。第二天，我们被带到了巴拿马。在这之前，船主已经把勒潘托号当作废铁卖掉了，船就这样停在了巴尔博阿大道前的小海湾，等待着它的最终命运。他们没有再回来管船的事。我上了岸，去移民局办理了手续。回到勒潘托号后，住在了船主的寝舱。我敢肯定，加的斯人认为我在克里斯托瓦尔不辞而别了。几星期后，一场新的龙卷风把船身残骸卷到了现在所在的那片满是垃圾的石头海滩。

我不能扔下那只船。尽管不太可能，但那里保留着我的朋友们再次拜访的希望。至少威尼斯人还有可能来吧。我总是长久地想着他们，重建着我们共度的时光、他们的生命故事、他们的爱抚的温暖以及他们与我团结一心的情爱共谋。花光了从巴勒莫带来的钱之后，阿莱克斯和我提起了玫瑰庄园。于是我去找了委内瑞拉女人。这就是我来到这儿的过程。”

伊洛娜一直极认真地听着拉丽萨的故事。她自始至终都没有试图打断过她，在查科女人离谱的叙述面前，她脸上没有显露出任何怀疑或惊讶的痕迹，我很想知道为什么。查科女人没有等待我们的回应或问题便告辞了。仿佛讲述这样难以承受的经历会耗尽对讲述者本人的所有好奇心和兴趣。很长时间，我们都不知道该说什么，后来伊洛娜终于用有些陌生的声音——仿佛发自一个刚从沉闷噩梦中醒来的人——说：

“可怜的女人。留在这里接客对她来说得多么困难啊，每次接客后又要受多少折磨。可怕的是根本没有办法能帮到她。她好像住在彼岸，我们说的话根本传不过去。而且，即便能传过去，她也听不明白，因为我们说的是她不懂的语言。我们每个人都需要承受自己的小地狱，她呢，除此之外，还得承受那几个已经不在人世的人的地狱。她头上真的笼着一大片阴霾啊。”

我们决定提前离开。拉丽萨的故事给我们带来了难以克服的郁闷不适。朗希诺斯向我们表达了留下来照看生意的兴趣。他会放弃空姐的背景故事，事实上，它已经几乎不存在了。他和堂娜·罗莎谈过了，对方也同意把我们的生意转给他。此外，她还对这个聪明谨慎的奇利基小伙子产生了显而易见的好感，一聊就能与他聊很久，话题总是关于生意的管理以及与之相关的生活，在这些事情上，朗希诺斯表现出了远远胜过我们的热忱和天分。分给他的那一份收益已足够让他继续成功地经营这生意，他其实早已拿起了买卖的缰绳，把我们从那些我们无法承受的东西中解放了出来。这日常生活的单调对于我们是陌生的，它不符合我们永远在路上的原则，不符合我们对那些意味着长久责任的事物的拒绝，对不得不久留于某地——无论世界上的任何地方——的拒绝。

在我们继续准备着离开巴拿马，让朗希诺斯入主玫瑰庄园时，我的担忧与日俱增，我不知道拉丽萨的出现和她之后讲述的故事怎样影响到了伊洛娜。表面上看并不明显，但是对于像我这样十分熟悉她且和她共同生活过很久的人来说，她的改变无法让人无视。但若与她谈起此事，不仅没用，而且也并不妥当。在向自己所爱的人们——她与这些人的友谊是建立在绝对的信任和严格而公平的协定上的，大家都知道限度在哪儿——透露信息时，伊洛娜总是令人嫉妒地保有着她的独立，且小心得格外有智慧、有她自己的特点。我知道，总有一天，她会和我谈起这件事的。事实的确如此。在听过拉丽萨故事的几星期后，我们收到了一封阿卜杜尔·巴舒尔从拉罗切利寄来的信。他告诉我们，的里雅斯特仙女号的生意做得很不错。他正在和两个从年轻时就认识的叙利亚商人合作。下趟旅程的终点是温哥华，所以他正盘算着近期来一趟巴拿马，在到运河的前一站时，会电话告知我们。接着，他又聊起了我们在玫瑰庄园的活动，它们非但没有冒犯到他的伊斯兰信仰，反而唤醒了他顽皮的幽默感，他那东地中海商人的才干下所隐藏的纯真可爱的底色也随之暴露了出来。阿卜杜尔的消息让我们大大松了一口气。很快能与他相聚的希望让我们格外愉快。然而，正如我所预料的，阿卜杜尔的信也加重了伊洛娜的不安。一天上午，我们正在露台吃早餐，她谈起了那个话题，谈起了她的情感，语言中透着深思熟虑后的紧张。她用她特别的、颇具仪式感的姿势——从我们住在一起的第一天起，她一直是这么做的——为我倒茶时，用她自己最低沉的声音说：

“我不知道该拿拉丽萨怎么办。我觉得她不能留在这里。但是对我们来说，带走她责任又过于重大了。你怎么想？”

她盯着自己的茶杯，缓慢地倒着茶，那缓慢里是她已然绷紧的对我的答案的期待。

“我想，”我在仔细斟酌过用词后对她说，“事情比你计划得要复杂得多。很显然，如果这个女人继续住在勒潘托号的废墟里，很快，便会无可奈何地走向肉体和思想的解体。她等待的时间已经到了尽头。在深渊面前，在空无面前，她会像一个落水的人抓住救生圈一样抓住你的友谊、你的理解、你对她荒谬经历的兴趣。但是我所看到的，真正让我恐惧的是，事实上，不是你把她拽出吞没她的沼泽，而是她正用一种你不曾估量的力量把你拖走。我们带她走解决不了任何问题，这是肯定的。而且，我不认为现在带她离开勒潘托号有什么好处。她就是那条船，是那被甩上岸的残骸的一部分；甚至无法知道残骸到哪儿终结，她又从哪儿开始。问题不是拉丽萨，她从很久之前就开始不再问自己问题了，不再有任何疑问了。问题在你，你一头栽进去，也不看看已经到什么程度了，我不知道你走了多远，也不知道还有没有回头路。只有你自己知道。我发觉我根本帮不上忙。也不清楚你和查科女人现在的关系有多紧密。不光是多紧密的问题，是什么性质的关系的问题。我不知道该和你说什么了。”

伊洛娜没有喝她的茶，她只是睁着惶恐无助的眼睛看着我。

“没有，”她回答道，“我没有和她上过床。如果你想问的是这个的话。那其实不重要。你足够了解我，知道这类关系是不足以让我改变生活的。是更深更可怕的关系。是一种赤裸裸的同情，让我觉得自己对可能发生在她身上的事情有责任，更可怕更无法让人理解的是，我觉得自己对她已经痛苦地经历过的事也有责任。拉丽萨身上有某种东西唤醒了我体内的魔鬼，唤醒了停留在我内心的不祥预兆，那是我从孩童时期起就学会驯服的东西，我学会了麻醉它们，以免它们浮上表面将我杀死。可这个女人有种奇怪的能力，能唤醒它们，不过从另一方面讲，在我为她送上宽厚的支持和倾听时，我就又能平息那群有毁灭力量的恶犬了。我也不知道，所以我既不能为她做什么也不能放下她。”

我回答她说，正如我们还有其他所有人在生命中多次经历过的一样，我们在死胡同中寻找的答案和办法总会由生命的偶然、由不容置疑且不可预见的时间转角为我们带来。我发觉自己给她的安慰实在勉强，也发觉她已开始运用战无不胜的明澈理智开始思考，思考那些时间转角也曾带来过的超乎想象的可怕阴谋与意外。我们继续沉默地吃着早餐。很显然，两人都没什么好说的了。我们唯一能做的事就是继续我们离开的计划，不在抓不住解决办法的事情上浪费时间，或许，寻找它的事根本不在于我们，找到它的事就更不用说了。

勒潘托号的终结

拉丽萨依旧会来拜访，只不过已经不再接待客人了。她的话很少，身上赘着一种无法缓解的疲累。一种精疲力竭，让她时刻处在正逼近的漫长梦境的边缘，随时可能坠落其中。朗希诺斯已经接过了生意运作的责任，既高效又谨慎，我们甚至开始觉得自己是他的客人，永远被招待得很好，但却已经与玫瑰庄园的生活毫无关系了。空中小姐的骗局已经属于历史。我们不时会遇见陌生的美丽访客，或某个在银行界或商界工作的衣冠整洁的公务员，他们会像看入侵者一样看着我们，仿佛与我们的相遇是他们一直小心翼翼避免的事。我们会把两人所赚的钱放在一起，存入阿卜杜尔推荐给我们的卢森堡银行的一个联名账户里。我们只是在等待他的消息，好确定启程的日期。我知道拉丽萨的命运仍旧是折磨伊洛娜的没有答案的未知数。一天上午，朗希诺斯上楼来找我。我注意到他想告诉我些什么，但是需要躲开伊洛娜。我随便找了个借口，跟他下了楼，他轻声对我说，拉丽萨想见我。当天下午，她会在船上等我。

我到达勒潘托号破落残骸的所在地时，她从舷窗探头看了看我，请我上了船。加的斯人的寝舱寒酸得令人伤心。床上的被褥乱糟糟的，散着廉价香水混合汗液的味道。淡淡的烟气从原先放置航海地图和信件，现在是小火炉的地方飘出来，下面放着装丙烷的小罐，和一些有豁口的丑陋餐具。墙上内嵌的衣柜已经没有门了，被一块破布半遮着，从里面掉出了些衣裳，我当即认出来，它们的女主人去玫瑰庄园找我们时，穿的就是这些。拉丽萨站在那里，靠在舷窗上看着我，但有些陌生的感觉，仿佛她不太能认出我了。没有坐的地方。我只好站着，听她说些断断续续的、没什么因果关系的句子。她提到了我们近在眼前的离开的计划，还有玫瑰庄园事务最近的走向。我含糊地回应了几句，想弄清她请我来找她的原因。短暂的沉默之后，她用喑哑的、试图控制住泪水的声音说道：

“伊洛娜不能走。她不能把我一个人扔在这儿。我绝不能请她这么做。但是您是可以和她说的。求您了，瞭望员，如果她抛弃了我，就什么都不剩了，什么都没有了，您也看见了。”她伸手指了指寝舱，动作里满是可悲的沮丧。我不知该如何作答。

“您去和她说吧。”我这么提议，但心里明白这是没用的，“现在我也想不出什么办法。您去找我们，然后咱们一起聊聊。我也不知道。我想我也帮不上什么忙。”

她再次用手捂住了面庞。我说完话后，她耸了耸肩，像是知道自己已经无可奈何走到了尽头那么绝望。

我回到家，把去看拉丽萨的事讲给了伊洛娜。

“得尽快解决这个问题。把她扔在踌躇里只会让她更痛苦。我明天告诉你我的决定。”她回答得很坚定，决意不再延长没必要的苦楚。

我们坐在露台上，等着更深的夜，等着困意将我们打败。我们回忆着与阿卜杜尔·巴舒尔一起闯荡时的片段，无数次地想起他那些让我们深深感动的品格。最后，我们想起了那件最能刻画出他形象的事来：那一次，我们去了阿比让，要进行一笔交易，当时一个内陆部落的首领要卖给我们一些古代小铜像，但他突然执意要离开，只是为了去还一笔钱——此前他曾将一些朝圣者从的黎波里运送到麦加，收了高额的报酬。“订下船票的那个男人，”他对我们说，“是个无比单纯的托钵僧，我刚提出一个价，他立刻就接受了。我得还给他一半。这样我心里才踏实。”我们和他说这件事可以以后再做，在象牙海岸做生意，他不能不出现，因为除了他，我们没人了解非洲古代雕塑。但没法说服他。他当天夜里就走了，十天之后回到了我们身旁，脸上满是酸楚的自责，情绪无比低落。那位族长已经去世，也没留下任何亲属可以料理他的事务。他所属的什叶派团体不愿收阿卜杜尔的钱。“他们不明白我的意图。”他说，“以为我在捉弄他们。我要把那笔钱捐给萨桑德拉的麻风病院。”他也的确这么做了。那些钱本可以让我们在铜雕生意中获得翻倍的收益的——如果我们买下了最主要的那一件作品，在欧洲一定会有人花大价钱购取。

那天晚上伊洛娜一直在床上辗转反侧。后来我听见她起身去露台透气了。很显然，她根本睡不着。我醒来时，看见她躺在露台的一把帆布椅上。她看起来实在太疲惫了，所以当她告诉我她最终的决定时声音里的平静让我很吃惊：

“咱们走吧，瞭望员。咱们离开这儿，我不会内疚的。我不能和拉丽萨一起沉下去。而且，她已经在彼岸很长时间了。不是她有没有救的问题。这不取决于我，也不取决于任何仍然属于这个生者的世界的人。没人知道她在多久之前就已经主持了自己的葬礼。你知道我从来都不喜欢，也从没参加过葬礼。时候到了我自己会和拉丽萨说的。我不会再想这件事了。”

我很熟悉伊洛娜，所以丝毫没有怀疑她做决定的果断。她对于生命的忠诚总是有种猫科动物的味道，总在转瞬间出现，也总是条件反射一般，理性在其中不扮演任何角色。事实上，关于拉丽萨，也没有任何好说的了。伊洛娜内心要付出的代价不重要。命运的骰子已经掷好。离开已然确定了下来。

朗希诺斯搞到了一辆小货车，我们坐在车上，和他跑遍了从前常去的地方，那些地方让我们想起我曾经的穷困，还有随伊洛娜的出现突如其来的富裕。拉丽萨有时会陪我们一起。虽然伊洛娜还没和她谈话，但查科女人已经预感到了正等待她的判决。我们与她一同出门时，她没有提起过这件事，我也看不出来她比往日更悲伤，或给往日的阴郁再多披一层阴霾。阿卜杜尔的电报在一个礼拜六的下午到了。一周后他就会到克里斯托瓦尔。他会在光彩夺目的*里雅斯特仙女号*上等我们。他把最好的托考伊葡萄酒放在了底舱里带了过来。这部分信息是说给伊洛娜听的，我们常常开她的玩笑，笑她对*匈牙利*葡萄酒的偏爱。我们会跟他一起走，但阿卜杜尔不会想到，因为我们一直保留着这个惊喜没有告诉他。走之前的那天，伊洛娜说她要去找拉丽萨了。她很平静，但脸庞上的僵硬还是出卖了她内心克制的痛苦，只是这痛苦已经被她接受了，为了继续做我们自己，这是必须要付的代价。

我们在露台上吃了顿清淡的冷餐。吃完后，我躺上床睡起了午觉。伊洛娜吻了下我的额头，与我道了别：

“这事情不简单，瞭望员。你不知道有多痛苦。就像去殴打一个残疾人。但也没有别的办法了。游戏结束了。”

我看着她用纤长的双腿迈起有弹性的步子，像男人一样摇晃着身体——这让她永远都像个少年——消失在了门口。我陷入了深深的梦乡。醒来时几乎已经是夜里了。长久的睡眠让我的脑袋发沉。天气明显更热了，雨季临近时总会这样。那是这一季的第一场暴雨。遥远的闪电用耀人的戏剧化的间歇性光亮点明了天空。几乎听不见雷声，但是很容易就能猜到它正在靠近。忽然，朗希诺斯大惊失色地闯进了我的房间，脸上满是泪水。他几乎说不出话了：

“夫人她，先生，夫人，请跟我来。”

他颤抖着，像头受折磨的动物。我随便抓起了些衣服套上，跟他一起上了小货车。

“我开吧。”我对他说，“你这样开不了。”

“不，先生。”他控制了一下情绪回答我说，“您没有驾照。我可以的。咱们走吧。”

他一路上都在哭，没能给我半点儿解释。我们到了勒潘托号原来所在的位置。一群看热闹的人围着一小堆灰烬，消防员正手持手电筒在里面翻找些什么。光束划过扭曲的钢铁和碳化的木头，残破的木料从海滩上的石头和烧黑了的水泥块之间探出来。我朝其中一个消防员走过去，问他发生了什么：

“那个疯女人寝舱里的燃气罐爆炸了。谁能想到呢。都烧成碎片了。火很快就灭了。我们已经找到了她。但好像还有一个人。”

忽然，他开始有些怀疑地打量起了我。朗希诺斯上前一步：

“这位先生不认识她。我认识，我会留在这儿，看看有什么能帮忙的。”

看起来消防员并没有太大兴趣，他回头去做自己的事了。

“在这儿，在这儿！”我们听见有人在废墟里喊。很快，一个消防员从我们面前走过，抓着一块床单的四角，提着不成形的碳化了的上半身。混着泥水和灰烬的脏床单往下滴着一种玫瑰色的液体，落在地上几乎看不出来。先前与我们说过话的消防员走向了朗希诺斯：

“过一会儿来解剖室帮我们认一下尸体。会比较困难。几乎都碳化了。但是也许能找到些什么，文件或者珠宝什么的。告诉我您的名字和地址。”

朗希诺斯把信息留给了对方。公职人员从衬衫口袋中掏出了一个笔记夹，做了些记录。

我们木然地望着勒潘托号留下的东西。看热闹的人渐渐散去了。只留了五六个人。那时，我听见了假肢敲打在地面上的独特声音。于是回头去看。是阿斯托尔酒店的前台，他消失在了前方街道的阴影里。就在那时我一下子受到了所发生的一切的重击。一切都太突然，那一刻之前，我一直都是懵的，只能做些本能反应。朗希诺斯抓住了我的胳膊：

“咱们去阿莱克斯的酒吧吧，先生。喝点东西。您都不知道您的脸色已经成什么样了。”

我们于是去了那里。在吧台，阿莱克斯给我端来了一杯加冰的双倍伏特加。他用手抓住我的手臂，用发自内心的同情的声音对我说：

“我明白这有多痛苦，瞭望员。有什么需要的都可以来找我。我是您的朋友。您知道的。在这儿待会儿吧。待多久都行。”

他走向了唱机，在不影响亢奋的顾客们的情况下，尽量调低了音乐的声音。

一种喑哑的痛苦开始在我的胸腔膨胀。仿佛一只鼓起来的刺猬，不停地、不得解脱地割刺着一切。朗希诺斯在一旁无助地看着我。我不知道自己在那儿待了多久。午夜过后，朗希诺斯把我带到了米拉马尔酒店。老板娘感同身受，她很同情我，迅速为我收拾好了一个房间。我不能回玫瑰庄园。朗希诺斯不想把我一个人丢下，但我坚持让他去把司法方面的流程走完。我还请他之后帮我带来些衣服，还有我房间里的一个装文件的手提箱，以及行李箱。

“过一会儿我就回来。您别走。请一定等我。”他说着，明显不放心我一个人。

“你放心地去吧。”我说，“不用担心我。我在这儿很好。不想见任何人。你事情办好了就回来吧。”

他于是稍微地安心了一些，随即离开了。我躺在床上，尽力什么都不想。但无法做到。关于伊洛娜的记忆贪婪而残酷地侵吞着那停滞的、凝固的、令人无法承受的每一刻。我无法赶走那个纠缠我的画面——被消防员用救护车里随便一块床单兜着的那一团碳化了的肉体。简直无法想象。那些滴落在地面的粉红色液体和带着地峡雨水的急猛气势刚刚落下的初雨混在了一起。死了的伊洛娜。伊洛娜，小姑娘，生命最美好的东西遭到了卑劣的重击。回忆开始接续出现。一个又一个小时，睁着没有泪水慰藉的干涸的双眼，在做最后的尝试，想留下过往的画面，它们仍完好无缺，但死亡已经蠢蠢欲动，就要永远地吞噬掉它们了。死亡抹除的不是我们最亲近的人，他们就是我们的生命本身。死亡永远带走的是关于他们的记忆，逐渐被抹掉、被稀释直至消失的画面，画面消失时也就是我们也开始死亡之时。伊洛娜在世时，她的缺席是我已熟悉、习惯的东西。但她彻底的缺席对我来说实在太过艰难、痛苦、无法想象，我宁愿回到回忆中去。在那里，我仍可以找到一处转瞬即逝的微小避难所，那一刻，它是我唯一能向之求助且能令我免于坠入虚无的东西。

朗希诺斯带着衣服和文件回来了。他去了停尸房。拉丽萨的一个戒指帮他确定了她的尸体。消防员认为是她打开了气阀，让气都跑了出来。看来也是她放的火。爆炸太过猛烈，一瞬间一切都被摧毁了。

“是拉丽萨，先生。那个婊子女巫。我从来都没相信过她一星半点儿。那女人就是个疯子。她给伊洛娜夫人设了陷阱，让她无法逃脱。所以最后那几天她才显得那么温顺。”

可怜的朗希诺斯再次哭了起来，他单纯地把自己交给了那种天真的原始人类才会有的痛苦，这种痛苦是能陪伴逝者并从他们的缺席中找到些许解脱的唯一途径。我请他去睡觉了。第二天他还得带我到克里斯托瓦尔去接阿卜杜尔。

翌日清早，朗希诺斯就在酒店大堂等我了。我们先去了账户所在的银行。把伊洛娜的钱转给了她的来自奥斯陆、现居的里雅斯特的表妹。那是她家里唯一还在世的人了。伊洛娜很爱她，只是受不了小资产阶级的典型生活方式，一直不明白为什么自己的表妹能那样活着。去克里斯托瓦尔的路上，我告诉了朗希诺斯自己希望他怎样安葬我们朋友的尸骨。一块简单的墓碑，刻上她的名字，伊洛娜·哥拉博夫斯卡，下方，一行小字：“深爱她的朋友阿卜杜尔、瞭望员。”在余下的旅途中我们没说一句话。到达克里斯托瓦尔时，一艘蓝橘相间的小油船正往码头缓缓驶来。一种丑陋的刺痛扎在我的胸口，向我告知着那等待我的令人撕心裂肺的任务：告诉阿卜杜尔·巴舒尔，伊洛娜，我们的朋友，已经离开我们了。已经能看见船首的字了，那里清晰地写着：的里雅斯特仙女号。

绝美之死

给鲁伊兹·杜埃尼亚斯，

一位模范朋友、一个爱听马克洛尔故事的人。

绝美之死荣耀一生。

——

弗朗切斯科·彼得拉克

一切都会逐渐消逝于遗忘，

一只猴子的叫声，

橡胶树被砍伤处

发白浆液的渗出，

水流冲撞行船龙骨而四溅的水花，

都将是比我们漫长的拥抱更值得记忆

的东西。

——

阿尔瓦罗·穆蒂斯，

《绝美之死……》，收入于《失去的工作》

让我们累积那些不可挽回的东西！

让我们跳脱自己的运气！

一切移动的，都在移向死亡，

没有任何海港。

——

朱尔·拉佛格，《月之独奏》

所有人都活得像被围猎的动物。

——

尼古拉斯·戈麦兹·达维拉，《评注集》

一切都从马克洛尔渐渐留在银港，无限期推迟溯流而上的旅程开始。原本想进行的那次驶向河流源头的航行，是为寻找多年前曾与他共享精彩旅途的人们所留下的生命痕迹。没有老伙伴们的任何消息，他沮丧无比，眼看着那份把自己从远方带来的怀念逐渐耗尽了最后的养分，他心底泛起苦涩，终于觉得怎样选择都已无所谓，可以留在这寒酸村落，也可以逆流前行，只是现在已没有动力再上路了。

他在银港一位备受尊敬的盲妇人的公寓里找到了可住的房间。当地人都称她为堂娜·恩蓓拉。商定好住宿费以及其他服务——诸如饮食及缝补他为数不多的衣裳——的价格之后，他选择了一间位置非同一般的卧室。为了争取空间，女主人将两间卧室建在了河水上方，由斜插在河堤泥土上的数根铁轨架在空中。那建筑一直很稳固，是当地人筑起的平衡奇迹之一，他们很会利用粗壮的竹子——那里人称它为瓜多竹——的一切可能性，它的轻盈与弹性可以满足超乎想象的建筑工程的需要。墙壁也由同一种材质建成，并抹上了来自河道收紧处两侧崖壁上的红黏土，以此来加固完善。

那房间看起来更像笼子，悬在汩汩腾涌的烟色河水之上。有令人愉悦的气味从水里飘上来，闻着像新鲜的淤泥，也像被难以揣测的任性水流泡软的植物。其他房间被堂娜·恩蓓拉用来租给偶尔借宿的情侣，她的要求不算多，住客只需提前支付留宿的房费，并把随身携带的物品严格地放在固定位置就好。她自己负责整理房间，十分殷勤，但不容别人插手。住客到达的第一天，她便会问好对方什么东西该放什么地方，之后便会按照规矩整理房间。当马克洛尔来到女主人家询问是否有空房间时，她毫不犹豫地回答：

“我认识您，先生。您路过了几次银港，但从来没留下来过。我听人说起过您。但没人告诉过我您的职业，或者靠什么谋生。不过在我看来，这也并不奇怪。倒是有件事让我更感兴趣：提起您时，女人们都没有恨意，不过从她们的声音里，我还是听出了一些让她们不敢随便说话的恐惧。”

“她们一向很爱夸张，女士。”马克洛尔说。他曾三四次路过这里找落脚的地方，和他过过夜的女人都是露水情缘，没有清晰的面孔，也没有能被记住的个性，没什么值得堂娜·恩蓓拉感兴趣的。“我从没留下什么好让她们讲的，也许正是这一点让她们胡思乱想出了很多东西吧。”

“有可能。”她回应着，看起来没怎么被说服，“对我来说，最重要的是您是可靠的，值得我信任。剩下的就随它去吧，我不在乎。我们这些瞎子比那些有眼睛能看却不看的人要更了解人。别人如果骗了我们，那也是因为我们想让他骗，任他来骗。您经历了那么多，应该明白的。”

女主人离开后，马克洛尔开始在房间里整理、布置。都收拾好时，她又回到了那里，他逐一解释了各个物品所放的位置。

“您随身带的东西不多。”女主人说道，她有些好奇，也有点儿同情。

“我只带必需品，夫人，只带必需品。”马克洛尔回答道。他想尽快结束对话。

“那些书呢？也是必需品吗？”堂娜·恩蓓拉问道。她脸上浮现出盲人想让别人原谅自己好奇心时的那种暗淡微笑。“是关于什么的？”她纯粹出于兴趣坚持问道，让马克洛尔有些不安。

“一本是关于亚西西的圣方济各的生平，一个丹麦人写的，是它的法语译本。另外还有两卷关于利涅亲王的书，包含了他的书信，也是法语译本。从那些信件里可以学到很多关于人的事情，尤其是关于女人的事情。”书的主人，同时也是读者的马克洛尔需要——甚至是必须要——提供类似的细节才能满足这位盲妇人的好奇。

“我的孙子，”女主人接着说道，“会给我念很多书，尤其是历史书。联邦军把他杀死的时候，我把书都卖了。他们怀疑他是游击队的，因为他总是在读书。他给我读东西，主要是为我解闷儿。但那些人什么都不问，进门就杀人。他们走到哪儿，那儿的人就害怕得不得了。”

“他们常来银港吗？”马克洛尔问道。他对她提起的那些武装人员很感兴趣。他和他们之间的关系在任何地方都不曾好过。“不常来，先生。他们已经有很久没下来这里了。现在一切都平静多了。不过这说明不了什么。他们的事向来都说不准。”

马克洛尔没有说话，继续收拾起东西来，还把屋里寒酸的家具挪了挪位置。他对这话题失去了兴趣。在与现时相去甚远的情况下，他曾和不同境遇的各类人一起与军队打过几次交道。那些事他几乎已经忘记了，似乎都是可以被丢进人类愚蠢言行记录里的经历。离开之前，堂娜·恩蓓拉向他宣布了一些守则，也可以说是女性来访的规矩。这些口头的敬告让他觉得十分有趣，也让他窥见了公寓女主人的犀利智慧的几缕光亮。

“如果您要带哪位女性朋友回来过夜，”堂娜·恩蓓拉说，“我基本上是没有意见的。但是您也注意到了，我们这个村子里，大家早就互相认识了，我呢，建议您，在把哪个朋友带来之前先问问我。您别觉得我多管闲事，我只是为了避免让咱们两个都陷入麻烦。我可以给您一些有用的建议，免得事情纠缠不清。您也知道我指的是什么。还有一件事：要看好您的钱。别在这样的小村子里显阔，我们都是掉到贫穷沼泽里的人。好好休息吧，祝您好运。”

拐杖敲击地面的声音越来越远，到房子尽头就消失了。马克洛尔在硬邦邦的床上躺下来，劣质棉绒塞的薄床垫摊在瓜多竹竹竿铺就的地板上，装作能提供些许柔软舒适的样子。他听着下方的流水，里面裹挟着某种日复一日的单调能量。汩汩水声催人入眠，慢慢将他送入了深沉的梦乡。当所有微风悬停，蚊虫都涌了过来，难以抵挡的午后暑热忽然把他吵醒了。他已有多年没感受过被叮咬的感觉，但无情的嗡鸣还是让他不禁烦躁起来。

银港的生活与河边所有其他村落的生活没什么差别。当地发生的大事无非是客船转着巨大的赭红色桨轮把旅客带来，或吭哧吭哧的拖轮拖拽着驳船靠岸。在不时充当广场的土台对面的众多房屋间，有一个面朝河水的小酒馆，每当有船来，酒馆里便会罕见且短暂地热闹一下。船只离开继续旅程，便会再次把村庄留在身后，任它在寂静里沉入桑拿般的闷热天气，让人觉得所有生命都永远从这里撤退了。在一些夜晚，某台唱片机会打破沉默的黑暗，有时响起的是三十年代的探戈，乐音中的哀叹有些刺耳，几乎难以辨识；另一些时候响起的是奥尔提兹・蒂拉多带着厚重鼻音演唱的歌曲，谈论的是爱情，歌声里抹着虚假做作的色彩。

酒馆寂寥时，马克洛尔偶尔会放下书本，离开房间，有节制地去那里坐一坐。堂娜・恩蓓拉会帮他和她的几位女性朋友联络。她们都是从山上下来的农妇，要在村里唯一的商店买东西。商店店主是土耳其人，叫哈齐姆，不时用高额报酬骗她们的身体，但事后给的钱常常少得可怜。她们下山来，总希望能往从茅舍带下来的一点点钱里再多添点儿收入，好买些漂亮的饰品或是扯上几米布。盲妇人的朋友们是这种生意最谨慎可靠的来源。马克洛尔甚至没能记住这些一夜情人中任何一位的名字。他有时能从皮肤的气味或是她们的故事——这些被拿来填补爱欲章节间隙的故事总是很相像——里认出谁是谁。他所经历的是一种与炼金术类似的过程，不让没有面孔的此时此刻渗透其中，只将怀念中最不可或缺的部分沉淀下来，避免他慢慢滑向空无——它确实的存在一直令他饱受折磨。

房间的其中一扇窗一直开到了地面，前方用瓜多竹支起一个摇摇晃晃的阳台，架在河水上方。马克洛尔常在那儿待着，倚着栏杆，看时刻变化、令人惊叹的没有记忆的褐色水流。对岸能远远看见棉花地，和一片片甘蔗田交织相错。白色的棉花团连在一起，为风景压上了泛泛的沉重，与钢铁光泽的深色甘蔗形成强烈的对比。视线尽头屹立着雄伟的山峦，山尖或被炫目的浓雾面纱遮掩，或被连绵几小时的厚重雨帘笼罩。在下过雨的午后，常常可以看见最高的那几个山尖，以及遥不可及的孤独荒原的轮廓，澄明犀利、出人意料。那是一片齐整、浓重、催人入眠的景色，与生锈的浓稠水流的慵懒节奏正好相配。大河从高处流下，流向大海，寂阒无声，只有水面时而冒出的黑板岩周围形成的涡流的咕嘟水声会偶尔搅扰整条河的宁静。马克洛尔会长久地沉浸在那颇具仪式感的水流的行进中，直到它消融在低垂的夜幕里。随夜晚一同来的还有蟋蟀狂热的合唱，以及擦着水面和房屋的外壁匆匆飞过的蝙蝠的尖利叫声。

银港和大河两边其他所有面临消亡的村落都很相似，它们单调乏味的存在没有确切的理由和目的。只有几栋棕榈叶铺顶的房子。军营和哈齐姆的商店有锌板做的房顶，军营的顶刷成了老鼠灰，土耳其人的顶则涂成了廉价刺眼的粉。马克洛尔已经进入了一种恬适的宁静，但他心底却不免担心，因为它与自己对流浪生活的无限渴求相去甚远。这种焦渴的缺席或许说明他的本质在彻底改变，一开始，他是拒绝习惯这一点的。他一直畏惧这类变化，总隐隐感觉它们是不祥后果的征兆，仿佛幕布落下，便会看到他从未准备好去面对的东西。忽然到来的讯息打断了他在阳台上进行的类似的思考和平静的阅读。消息说山脉最高最不宜居的地区之一——坦博山上——要建一条铁路。他每天上午都能从房间的阳台上眺望到那座山，它几乎一年四季都披着难以穿透的浓雾。是堂娜·恩蓓拉指给他看的，还给他讲了令人难以置信的当地历史，其中充满了癫狂暴力，给他留下了预言般的模糊阴影。

马克洛尔与坦博山铁路项目的相遇诞生于一次和语言有关的意外和突然将他带回过去的思念。他在堂娜·恩蓓拉家安顿下来已经有几个月的时间了。和女主人之间的关系比起友谊，更像是亲情。她是智慧过人的妇人，随着两人的相处，慢慢对自己的房客产生了一种散透母爱色彩的好感，其中也夹杂不少对他的好奇。通过午饭时的长谈和在马克洛尔到来前自己所得知的信息——她一直在饶有兴致地搜集它们——她逐渐熟悉了他的人生。他则有些厌恶盲妇人在遮掩这些信息时的沉默不言。他只知道这些信息与他从前在荒原一条公路旁的某地居住时的故事有关。这撩拨起了他更多的兴趣，但堂娜·恩蓓拉却坚持只字不提。

马克洛尔依靠的里雅斯特一家银行转来的微薄钱款过活，钱能否正常到达完全仰赖令人摸不着头脑的、荒谬且毫无规律的邮政服务。他会把汇来的钱拿到哈齐姆的店里去换，后者之所以愿意这么做全因对马克洛尔怀有某种神秘母子情的公寓女主人过来拜托过他。从一开始，堂娜·恩蓓拉就对混乱的邮政服务造成的迟缴房租表示出了彻底的理解与耐心。很快，她便开始一小笔一小笔地借钱给这位租客，让他可以应急用，还可以支付他在哈齐姆的店里和小酒馆里赊下的账。应急的钱用来支付那些短暂的爱欲关系，不停的赊账则是多年来他总想迫切地忘记一切的冲动造成的。每当感觉岁月正在他那把没救了的流浪骨头上消逝，他便会堕入怨怒，跑去酒馆，脑中想的也都是白兰地可以让这情绪更容易忍受一些。可以预料的是，这类精神状态的危机最后总会引起幻想：越来越具体的、关于他人生终点的幻想，与此同时，他也会开始彻底清点那些支撑自己继续活下去的疲弱理由。他会花大把时间待在酒馆，总是默不作声，离别人都很远，酒保和老主顾们从第一眼见到马克洛尔起就明白，不该打扰他，第一次去时，他就径直走到酒馆深处的角落里，在最远的一张桌子旁不紧不慢地坐了下来，要了一杯双份白兰地。无论唱片机发出的声音多么吵，他都仿佛听不见。一杯接一杯的白兰地下肚，他飘忽空洞的双眼便会迷失在他内心世界某片令人心头一惊的风景中，这些是在场的旁人捕捉不到的。但他却在挨受着残暴无情的熟悉感。时间就这样过去，待到夜幕降临，他会要来账单，如果收到了的里雅斯特的转账，便会用现金支付，否则就写一张欠条，字迹大而清晰，稍稍有些幼稚。堂娜·恩蓓拉早已与酒馆老板商量好，让对方迁就她的房客，不过她并没有把这件事告诉马克洛尔。

没人靠近马克洛尔坐的那张桌子。甚至他在银港认识的女人都不会过去。她们进到酒馆里多半是为了买烧酒，然后再把它带回去给山上的男人。每当有船或驳船停靠在银港，酒馆里便会挤满冲动、口渴的客人。酒馆老板是一个头发胡子都已花白的严肃的黑人，力气非常人能比，用眼神便可掌控整个人群。马克洛尔刚来时，有一次去酒馆，碰上了一个拖轮的机械师，对方是个斜眼的壮硕桑博人[1]，喝一点儿烧酒就立刻化作凶悍的猛兽，他挡在了马克洛尔面前，口齿不清、唾沫飞溅地训斥他不与人来往的个性。马克洛尔抬起头，带着疲惫的平静——他知道该如何处理类似的冲突——看着对方，低声说：

“滚开，厚嘴唇。你想要什么，在我这儿都能找到……但你不会喜欢的。”

男人嘟囔着含混不清的脏话走了，更像是在骂自己，而不是在羞辱这位不太可能成为他对手的对手，马克洛尔一口饮下白兰地，脸上堆起宽容的微笑，视线始终没有离开对方。

正是因为他这样的个性，一个星期六，老主顾们都吃了一大惊。那天马克洛尔很早就开始喝酒。后来，大家看见了一个留着邋遢红胡子的外国人，敦圆矮胖，面色红润，脸上的好人相值得怀疑，他走到吧台，要了些

1　桑博人（Zambo），指黑人与美洲原住民的混血人种。

酒保没听懂的东西。马克洛尔在角落抬起头，高声向酒吧老板解释道：

“金酒，他想要加水的金酒。”

随后他对那男人说了些弗拉芒语，请对方过去和他同坐。男人于是往他那边走过去，马克洛尔则把对面的椅子往外拉了拉摆好。老板亲自把金酒送上了桌，眼睛一直盯着马克洛尔，像是在提醒他小心来客。马克洛尔向对方表示自己知道，随后便开始听肥脸男子的讲述。后者与他展开了一段冗长的谈话，粉红色短胖的胳膊一直做着强调的手势，向外突出的深灰色眼珠转来转去，表现力与其手臂不相上下，里面冰冻着些细碎的诚恳，但只要他永不停歇的如簧巧舌稍不留意，那仅有的真诚便会溜走。那男人后来也说起了西班牙语，还算流畅，虽然需要不时掺些英语词汇，尤其是在句尾。他说自己名叫詹·范·布兰登，是一名铁路工程师。马克洛尔一直以来都很熟悉佛兰德斯人，但无法确定对方是他所知的佛兰德斯人中的哪一种。如果他来自他自己所说的国度，那么还犯了一些语言上的错误，用了一些在荷兰而不是比利时更常用的语汇。不过，这在大半辈子都在英格兰和荷兰港口之间漂泊的佛兰德斯人身上倒并不少见。尽管抱有这些疑问，马克洛尔对佛兰德斯的怀念还是把他推入了一片无聊的埋伏之中，让他不知该如何脱身。他自己的回忆已纠结成团，混乱不堪，于是也只好继续听下去。他就这样带着本笃会教士的耐心听着工程师的废话，直到对方问起他是否知道哪里有出租的房间。他们于是一起来到了堂娜·恩蓓拉的公寓。她同意给对方提供住宿，但心里还是有些许不安，不过想到对方既然与自己的租客相识，也就不再多想。范·布兰登说他要住到下一艘船来银港，也就是说，要住两星期的时间。

他已经告诉过马克洛尔，自己的工作是负责坦博山某项铁路工程中某些方面的技术问题。或许，他也在顺便暗示马克洛尔可以在上述工程中谋个职位。范·布兰登同许多与之相似的人一样，自然而然、心安理得地接受了新朋友的照顾。这类人会让所有人都知道，神通广大的他们可以帮全世界都占到便宜。他们绝不会感恩，也绝没有好风度。但马克洛尔心底对佛兰德斯平地的思念占了上风，因而还是与这个比利时人建立起了关系，不幸的是，这种关系建在了无奈的不解之上：范·布兰登不明白马克洛尔为什么会在山脉荒凉角落里一条满是淤泥与险况的河流旁安顿下来。马克洛尔也不明白这位话痨工程师为什么会出现在这里，尽管对方不断挥舞的有关铁路的借口的确有些说服力。马克洛尔的直觉告诉他，比利时人心里有鬼，他想，或许对方也对他抱有相同的疑问，这让他觉得有趣。不过范·布兰登自命不凡，认为没必要过多解释自己的过去，旁人也不必多疑。在度过了一段观望期后，两人终于理解了彼此，当然，也并没有越过某些并未设立却已然明了的界限，不然后果不堪设想。他们隔两三天就会光顾小酒馆。马克洛尔只会喝他的白兰地，喝得尽可能地慢，范·布兰登则一口就能轻松喝下半升加水的金酒。最后，他总会说起夹杂英国口音的弗拉芒语，进而对周围的一切都甩出愈发激烈的肮脏言辞。马克洛尔对此并不理会，午夜将近时，两人便会迈着节奏整齐的缓慢步伐回到公寓。

堂娜·恩蓓拉一定也已经告知了范·布兰登在她公寓居住的守则，并延续惯例，不时向他提供女性床伴。“知根知底的女人。”这是她的宣传语。只要在银港停留，每星期佛兰德斯人选的都是一个年纪已经不小的女人，个子很高，有些笨拙，牙齿几乎掉光了。她带着两个孩子，一个七岁，一个五岁，从山上下来，她接待工程师时，孩子们就留在河边玩耍。她经常用一件已经不白了的大衬衣潦草地遮住身子，从窗口探头去看，看她的孩子们是否太过靠近河水。马克洛尔则开始接受一位面庞黝黑的年轻女孩的拜访，她的眼睛很黑，像是会说话，体格强健，却颀长纤细、比例合宜。她叫安帕洛·玛利亚。身上有些像切尔克斯公主的东西，让他十分着迷。她很谨慎，话很少。做爱时一直害羞内敛，像在尽力远离感官的释放，马克洛尔觉得这倒很符合这位新女伴的形象。

盲妇人的两位租客显然不会就女伴的事交换任何意见。但有一天，范・布兰登却越过了这条约定俗成的界限。当时他刚送走自己的女伴，在回房间的路上遇上了正出门的马克洛尔，他挽住了后者的手臂——马克洛尔极其厌恶这一点——整张脸上都透着淫荡的表情，眯起鼓鼓的眼睛，冷不丁说起来：“这些热带女人！这性情！真迷人啊！您不这么觉得吗？”马克洛尔不动声色地挣脱了对方抓着他的爪子，什么都不想说，只用对比利时人的言论既不认同也不反对的微笑带过了。他还是有些意外。

那时，马克洛尔刚刚接受了范・布兰登的提议准备为坦博山的工程工作。比利时人不太谈起这些。他收到信件时，也几乎不对同租的邻居细讲，只是泛泛地说一说铁道线的规划、走向。但有一天，他却邀请马克洛尔去酒馆吃午餐。吃的是酒馆不定时供应的杂烩炖鱼，事实上，堂娜・恩蓓拉在家里也会做。菜一做好，酒馆老板便会派人去顾客家里通知对方。在银港，这道菜已经变成了具有仪式感的庆祝某些特别日子的菜肴。范・布兰登说，这一次是为了纪念坦博山具体工程的正式开工。负责这些工作的工程师和相关人员会随下一艘船来。一起带来的还有技术团队用于工程的第一批技术设备以及各种机械。“我觉得您，”范・布兰登一边在如热汤般闷热的酒馆里小心翼翼吃滚烫的炖鱼，一边说，“可以来做一份工作，它要求人很可靠，我不会把这个活儿交给我在这种地方认识的任何其他人。我亲爱的朋友。”这个新称谓比赞美话更让瞭望员警觉，他十分清楚什么样的人才是自己的朋友。“这份工作呢，就是用骡子把一箱箱精密、贵重的仪器送到坦博山上去，那边做铁道测绘要用的。我这儿有不少钱可以支付报酬。做这种工作，严谨、高效必不可少，您应该可以做到。”

瞭望员没有把比利时人俗套的赞美听进去。他回答对方说，自己既没有骡子也没有钱去买骡子。说他只是小时候帮脚夫把甘蔗送到庄园的榨糖厂时与这种动物打过交道，此后就再没有过接触了。并且，他也不确定，以他的年龄，是否还有能量和体力去做这样的活计。

范・布兰登仍旧一副他自己的做派，假装没听见马克洛尔说的理由，只是把手从堆着大量配菜的鲱鱼上方伸过去，搭在了对方肩上，带着假惺惺的兴奋说道："太棒了，朋友，太棒了。我就知道能指上您。您到时候就知道了，咱们会特别交心的。您当然需要一些预付的钱来买骡子和其他肯定要用上的东西。没有任何问题。您来算一下，告诉我需要多少。至于所有活儿的工钱，我一收到公司通过的预算，还有他们将会为上山这部分工作转来多少钱的报告就告诉您。这些东西会和机器还有工程师一起到。不过咱们别说这件事了。来做点儿别的庆祝一下。"他叫来了服务员，点了一杯白兰地和一杯加水的金酒，继续说起话来，弗拉芒语里又一次掺进了"of course""you know""you follow me?"[1]还有其他零零碎碎，让与他对话的人窝火的英语表达。那份语言沙拉明显是要隐藏或引开对方的注意力，要放下烟雾幕帘，挡住某些东西，每当瞭望员就要捕捉到它时，它便会逃得无影无踪。

事前宣称的人和货物都在第二个星期准时到了。马克洛尔醒来时，那艘客船和另一只拖轮驳船已经朝着海的方向往下游驶去了。人们很快重整行装，开始向山上进发。"趁着早上凉快。"比利时人说着，移开了视线，又给出了一连串没有人向他要过的解释。没能按时到达的是预算。不过这并不重要，比利时人有足够的钱，至于总数，之后再计算就好。范·布兰登说起钱的问题时，态度总是很含糊，永远不确定，令人难以捉摸。瞭望员在潜意识的某个角落一直都明白，这份工作的报酬一定会和重重的意外变化相关联。但他还是顺着这个盲目的斜坡滚了下去，他的性格就是如此，总在听到他人的或谄媚或居高临下的说辞之后就立即接受，进而将自己卷入空中楼阁一般的活计，并最终需要无奈地收拾残局、付出代价。范·布兰登向他提出的工作很可疑地恰好是他熟悉的这一类。他将要把货物运上坦博山。在清晨或某些清凉、安静的午后，从他房间的阳台就能眺

1 英语，分别意为"当然了""您知道的""您明白我的话吗？"。

望到那座山。此刻，当他再次看向那片巍峨的山岭时，忽然反应过来自己应承下的任务有多不明智，要攀上高山，还要带领骡队，它们还需驮着看似非常精密的——比利时人也是这么强调的——陌生仪器。他此前甚至没有停下来想想，那个男人，直到那时都从来没有出示过任何收据、任何证件、任何负责此工程的公司的抬头文件。然而，当他再次和范·布兰登谈起话时，却又被绕进了那错综复杂的说辞、计划、具体的描述，还有关于两人过去都常去的一些地方的模糊记忆里，并认为自己眼中的一切都清晰、简单、不容置辩。

比利时人在提供了机会之后不久，再次邀请马克洛尔去了酒馆，要庆祝他的计划大获成功。他给了马克洛尔一笔钱，据他说，足够买五头骡子、相应的鞍辔，还有去荒原地区的其他必不可少的东西，此外，还够支付一个陪他上山的脚夫的工钱。脚夫得是信得过的人，还要由同样信得过的熟人推荐。瞭望员放好钱后，范·布兰登让他签了一个收据，签在了一张横线纸上，当然，上面没有任何抬头。马克洛尔提出纸上的金额要比他收下的钱多。比利时人慌忙甩出了解释："我之后会付清全款的。现在出了点问题。您别急。咱们中间的事情都很清楚的。如果钱不够，就告诉我。我会在第一次出发前把一切都处理好。"

他费力把发红的宽脸上浮现出的同谋之间的黏腻表情挤成了一个微笑。只有那双向外突出的腐鱼眼睛仍旧麻木、顽固、冰冷。

马克洛尔开始为荒原之旅做准备了。他做的第一件事就是告诉堂娜·恩蓓拉。她不太明白为什么自己的租客——他已经成了她的朋友——要去做这么一件事。但是她还是决定给对方些建议。要买骡子的话，最好去阿尔瓦雷兹高地，那儿有她熟人的咖啡园还有甘蔗田，他们会给他提供一些身体健壮的骡子，价格也会合理。他只要和庄园主堂·阿尼巴尔·阿尔瓦雷兹提她的名字就好。他们是故交。除此之外，他在那边还会碰上几个熟面孔。而且在那片高地上，他还能找到熟悉当地的脚夫，他们的帮助不可或缺。没有经验就不能急匆匆地扎进荒原满是致命埋伏的广袤孤独里。

听过堂娜·恩蓓拉的建议还有她关于如何去阿尔瓦雷兹高地的解释，瞭望员第二天清早就上路了。他在盲妇人借给他的小背包里装了些必需品，以防需要在那边过夜。还把身上带的买骡子的钱缝进了裤腿。第一个小时，他一直走在甘蔗田里。小路旁有一条水渠。宁静、清澈的水流提前告知了行者，前方等待他的正是他童年的风景。平地之后是有些陡峭的上坡路。他放缓了脚步，有几次甚至坐在路旁休息起来。多年的航行和在港口长时间的休整让他有些禁不住这样的体力考验。路过了坡顶就直直插进咖啡园里。尽头，有山脉拔地而起，看起来很近，被发蓝的光环围绕着，彩色的屋顶和遍布繁花的果园在那光环下更显得澄明耀眼。童年的记忆倏忽而至，携带着涌流的香气、影像、面孔、河水，还有瞬间的欢喜。他再次回到了凝重、潮湿的乡间庇护所，回到了那里充满的气味、哀叹和歌声之间，那些庇护所被无名的野花装点，是阴郁寡静的山谷里仅有的几抹欢乐色彩。谷底淌着源自荒原的河水，水流两旁拥簇着芦苇，一只翠鸟轻晃着，有些紧张却不失高傲，对自己银灰的羽毛和紫色的颈羽充满了自信。此时，他进入了山峦支脉上的咖啡园。咖啡树的绿色树冠被合欢和刺桐护佑着。刺桐的花朵很大，是鲜亮的橙色，有“高不可攀”的名声：这些百年老树高耸的威严将人们的好奇远远丢在了下边。只有花朵落在地面，才会被女孩子们捡起来插在头上，但不过几小时，花儿便会凋谢。马克洛尔被四周齐整如凡尔赛宫花园格局的咖啡树环绕着，感到一种无边无际、毫无荫翳的幸福正浸润自己的心。是童年里曾占据他的那种幸福。他慢慢走着，尽可能地享受着那完好如初的确凿的归途，他将回到的地方是他在这世上唯一且无可争辩的喜悦美好。此刻他带着舒心的热忱所珍视的东西，不久之后会在他攀登高山的艰险旅途中带给他慰藉。咖啡园在一座小丘脚下忽然终止，在小丘的最高处有一片天然的“小高原”。橙树、柠檬树、有深色肥大树叶的高耸的芒果树间伫立着庄园的大宅。小小的高原叫“阿尔瓦雷兹高地”。阿尔瓦雷兹家是创建庄园的家族。他通过盲妇人知道了他们的历史。三兄弟在二十年前为逃避自己家乡的政治迫害，来到了这里。他们来自山里，是种咖啡和甘蔗的农人，当地况和牧草允许时，也会放牧。几个人都粗壮，话少，会做很多活儿，捍卫起自己的东西时坚定又机警。他们来时带着自己的妻子、孩子，以及一些从祖辈起就和他们关系密切的佃户家庭。最年长的几年后就回了家乡。最小的为救一头失足牛犊在拉奥萨河里淹死了。于是，只剩下堂·阿尼巴尔、他的妻子和他的三个儿子。他们为了从山上一寸一寸地争取到适合播种的土地都付出了极其辛勤的劳动。

马克洛尔到大宅门口时，一个男人正等在楼梯最高处围绕房子的环廊上，那是个瘦高、挺拔的人，面庞黝黑、干瘦，平常五官，领主的疏离气质缓缓融化在他的深色眼眸里，那双眼睛不失警觉，但目光亲切，间或露出些许顽皮，甚至狡黠，瞬间便会掩盖住他的和气。瞭望员问候了他，表示自己是堂娜·恩蓓拉的租客，是她推荐过来的。庄园主于是请他进入宽得可以作为露台的门廊，从那里能清楚地望见结实巍峨的山脉和繁花装点的咖啡园。堂·阿尼巴尔叫人端上了咖啡，开始亲切地询问客人的来由。马克洛尔简要地叙述了一下他和范·布兰登之间的约定，以及堂娜·恩蓓拉给他的关于在阿尔瓦雷兹高地购买骡子的建议。

“的确，时不时会有人说起。”堂·阿尼巴尔说道，“在山上建铁路的事。没想到项目忽然就要落实了，还签下了初始工程，带来了工程师。我完全没听到消息。骡子，我确实可以卖给您五头。其中的三头您现在就可以去挑，后天另两头就能到，质量都一样。我需要提前告诉您，它们并不是最优等的牲畜，但也绝对不差。有一点您确实得小心，在银港时，千万别叫它们吃香蕉叶，也别吃河边的草，会生病的。在那边，只给它们吃谷粒就好。等您往山上去的路上经过这里时，我再把上山的饲料给您，好让它们在上头吃。”

瞭望员很喜欢堂·阿尼巴尔处理事情时的直白、简单。他很快就在眼前的这个男人和其他那些务农的男人之间建立起了一种精神上的亲缘关系，无论那些人来自法国的贝里、卡斯蒂利亚平原、波兰加利西亚还是阿富汗陡峭的山峰，他们都紧贴大地，靠地为生，延续着一种不曾改变的中世纪的行为特点，坚持着浓厚、固有、不可动摇的豪爽慷慨。堂·阿尼巴尔还帮他找了一个在路上帮忙的小伙子，至少前几趟会跟着他去。小伙子会教他该如何管驯骡子，以及如何适应荒原的条件。马克洛尔觉得庄园主提出的骡子价格很合适，同时又把范·布兰登的嘴脸看得更清楚了些。那个数字差不多是他剩下的所有钱了。他回去后会再去找比利时人谈谈。

庄园主叫的咖啡端上来时，马克洛尔正和他说着话。看到端盘子的人是谁时，马克洛尔无法也不想掩饰自己的惊讶：对方打扮得简单清爽，是安帕洛·玛利亚。女孩儿倒没显露出丝毫的惊讶，应该是在他到来前就收到了消息。马克洛尔问候了她，并没有掩盖双方相识的事实，堂·阿尼巴尔对眼前的事也泰然处之。安帕洛·玛利亚退下后，他说：

"她是个好姑娘。腼腆、认真，忠厚又和气。她的父母在我们省暴乱时都被杀害了。我们把她带到这儿来，她和几个父母的兄弟姐妹住，他们都待她像亲女儿一样。我妻子也很喜欢她，现在去首都给几个孩子注册学校去了，本想把她也带去。她不愿意。失去父母后，她就变得胆小、多虑。也可以理解。"

他没再说别的什么。这时，一个杂工过来说骡子准备好了。他们于是一起去了畜棚。瞭望员十分信任庄园主检查骡子的方式，特别是因为后者还讲了讲这些骡子应对接下来这份工作时的缺点与优点。他建议马克洛尔先把它们留在这里。等剩下的两头来了，他会派要陪马克洛尔上山运货的脚夫帮他把几头骡子一起赶过去。瞭望员付清牲口的钱就准备回银港了。在与堂·阿尼巴尔告别时，对方亲切地对他说："您上山会路过这儿。在我们这里住一晚吧。休息好了第二天上路。请信任我和您的友情，还有给您的建议。”他说着，伸出手来，瞭望员热情地握了握。

马克洛尔随后便离开了。安帕洛·玛利亚在第一个拐角等他。他们搂着彼此的腰，走了好一阵，说了些稀松平常关于眼前风景和当时天气的话，除此之外，还有几句像用永恒温柔的绳结将他们连在了一起的悄悄话。在咖啡园入口告别时，安帕洛·玛利亚在瞭望员的唇上印上了一个吻，他瞬间愣住了，她的热情出人意料，一直藏着，直到那一刻才释放出来。

“别摆出这张脸啊，看好路，小心掉到沟里去。”女孩子笑着说道，露出了切尔克斯人洁白的牙齿。

马克洛尔走回了银港，一路上，胃里像有成群的蝴蝶在悄然飞舞。从前，在他准备全情投入与一位女士的感情时，就会有这样的感觉。他本以为在自己的年纪，这种事已不会再发生。但事实并非如此，这让他脱离了岁月压在他身上的沉重。

到银港的第二天，他给堂娜·恩蓓拉讲了讲庄园之行的结果以及庄园主和在那儿接触到的其他人给他留下的好印象（这其中不言而喻地包括了安帕洛·玛利亚，盲妇人随即心领神会。她没说什么，只是露出了满意的微笑），随后便出门去找范·布兰登了。比利时人去了码头，去询问下一班航船到港的情况，马克洛尔在那儿找到了他。并表示要请他去酒馆喝一杯，后者勉强接受了，斜着眼瞟了他一眼，目光里满是疑虑。

“我已经买来了骡子。”他告诉对方，“明天或后天他们就会给我送来。一起来的还有一位脚夫，负责陪我。是很信得过的人。阿尔瓦雷兹先生推荐的。但是现在我已经几乎没钱了，还需要一笔，至少得和上次你给我的数儿差不多。不然的话，我是没法干下去的。”

范·布兰登本想用无耻的方式糊弄过去，但马克洛尔随即果断地表示自己不干了。说他可以找另外的能人，看看能不能把对方卷进他的诡计里。比利时人立刻改换了态度，从钱夹里拿出了一大叠钱，交给了他，连数都没数，仿佛一个被某位烦人的顾客的申请惹恼了的银行家。面对佛兰德斯人极度虚伪和戏剧化的表演，瞭望员只能不无嘲讽地笑了笑。范·布兰登装着咳嗽了两声，掩饰了一下尴尬，说道：

“这是前几个来回的费用。比预算的要多得多，不过也不要紧。我不希望您对我有任何的怀疑。钱用完了您就告诉我。但是我还是得强调一下，我觉得这些绝对富余了。”

瞭望员开始数钱，慢得让人窝火，比利时人的脸上渐渐浮现出了他在走背运的日子——这种日子很多——里常有的发紫的肤色。数好后，马克洛尔用自然到无须着墨的语气和对方说：

“当然了，我现在会签一张收据给您。这样一切就清楚明了了，我的先生。写明是前三趟旅行的劳务费比较好。是吧？”

“不用。”比利时人又变回了《痴儿西木传》里寡头的嘴脸，“这回就不用收据了。这转账靠的是咱们之间的信任。我相信您，也毫不怀疑您也相信我。咱们是君子之交嘛。”

马克洛尔发觉自己永远都摸不准这个滑头的心理。他也不想多说，于是站起身来。比利时人也站起来，用他那双腹语人偶的眼睛——它们空无一物，让一切都失去了真实和意义——看着马克洛尔，对他说：

“午安，我的先生。祝您好运。”他不无讽刺地重复着瞭望员此前用佛拉芒语说出的称谓，不过马克洛尔倒也无所谓。他已经考察过这个人，给他定了性。在瞭望员东奔西走的生命中，已经不知在路上遇到多少个范·布兰登了。很久之前，这类人及他们的行事方式给他造成的反感就已消失，变成了他漠不关心的东西。每当遇上这样的家伙，他都会想起桑丘·潘萨的话，或许他所记忆的与杰作原句并不完全相同，但大致的意思是：“上帝把一个人造成什么样他就是什么样，有些时候还要更糟些。”他回到旅馆，和堂娜·恩蓓拉讲了讲两人见面的细节。

“您还能指望那家伙什么样？”她说，“他甚至还要去占他房里那个可怜女人的便宜。不付她钱，总说最近要装假牙啦或是要给儿子们注册圣米格尔寄宿学校啦。他倒是会付我的钱，因为他怕我。他以为我知道他的很多事，其实我知道的没有那么多。最好他能继续这么认为。这样我还能治住他。您要多加小心。如果他给您钱付得不够，就把他的东西扔到码头去，看他能怎么办。到时候他也只能乖乖交钱。"

看见机敏的盲妇人也同自己一样警觉，瞭望员心里松了口气。伟大母亲般的人物，保护众人的女先知，有她在，他上荒原去时便可免除后顾之忧了。

第二天，脚夫赶着骡子到了，堂娜·恩蓓拉让他把它们安置在了房子后面的一小块空地上。第一趟旅途的一切行前准备已经做好。堂·阿尼巴尔派来的年轻人是个皮肤黝黑、活泼风趣的小伙子，对这个地区了如指掌，介绍起自己所熟知的沿途美景、秘密陷阱和风险时很是高兴，兴奋劲儿似乎永远都不会褪去。他叫菲利克斯，但所有人都叫他"苏络"[1]，大概是因为他的额前垂着一绺白发的缘故。很快瞭望员就会发现，没有苏络的帮助，他是不可能活着到达坦博山的。菲利克斯最先教他的是如何给骡子装货。他们先在码头仓库领了要送上山的箱子，随后，脚夫用最合适的方式将它们分配给了五头骡子。要尽量避免它们委屈抱怨，还要让它们走起来不那么费力。他还告诉瞭望员要在哪里停下休息，以及哪些人信得过，可以为他们提供住处。第一段路到阿尔瓦雷兹高地为止。他们可以在那儿过夜。瞭望员之前走过这条路，知道若想到达那片阿尔瓦雷兹家族庄园所处的高地，需要顺一条雨水冲出的小路爬四个钟头，路上遍布巨石，轻轻的刮蹭都可能会让他们带着致命的急猛冲向某条沟渠或滚向某个深渊。再之后，他们会走入那些曾给他带来童年幸福的咖啡园。翌日，他们会到达一栋石屋，是从前在峡谷的河水里淘金的矿工留下来的。他们将在那儿过

1 Zuro，原意为玉米穗。

夜，接下来在荒原上艰难地走一整天，再之后，就会到达坦博山的营地。苏络讲着他们一路上可能遇到的困难以及当地人的性情，瞭望员听着，发觉这项任务比他最开始想象得要更艰难、更复杂。但同时，自己同伴的能力、他的快乐和果断，以及他判断未来困难时的智慧都给了马克洛尔必要的信心——这是此刻他最需要的东西——让他可以面对挑战。

此行一共六天，三天去三天回，骡子载好了货，其他准备也都已做好，他们带着盲妇人感人至深的叮嘱，披着黎明最初的几道日光出发了。去阿尔瓦雷兹高地的上坡路不如上次那样艰苦，大概因为第一次去时他没有同伴也不识路。到达咖啡园时，他再次感受到了那种完好如初的迷人氛围，温和可爱，布满了色彩鲜明的独特植物，令人觉得它们是被特意挑选和培养出来的，目的就是营造出一种自然却齐整的美。其实，从这层意义上讲，人类做的事情极少。在热带，能造出这样和谐如天堂的美丽的，大概就只有气候了。他穿过种满咖啡木的土地，慢慢享受着每一棵树和每一条安静的水渠，渠底有淤泥，渠水明澈，向前流淌，抚着一旁摇曳的蕨类植物。就要开始沿最后一段通向庄园大宅的缓坡向上走时，安帕洛·玛利亚跑出来拥抱了他。苏络赶着骡子在前面走。女孩子完全没有掩饰自己因重逢而生的喜悦。显然，脚夫是知道她去银港的事还有她和马克洛尔的关系的。她比从前更美。黑色细棉布的长裙贴着她的身体，更凸显出她的纤细修长，她仿佛由一种特别的材料长成，筋骨先占了位置，接着，脂肪的温柔才按模子生了出来。她腰部的曲线、结实的双腿以及在后颈盘成紧实发髻的、如煤玉般的黑发都让他想起赫雷斯·德·拉·弗隆特拉还有加的斯酒馆里的年轻女舞者。安帕洛·玛利亚如往常一样沉默寡言，她只是紧紧贴着瞭望员的身体，用那种不慎闯入某个房间的鸟儿小心窥探周遭环境的眼神望着他。一种酸楚的意识一点一点地侵蚀着马克洛尔的身心，它来自岁月的重量，来自他乱麻一般的漂泊与不幸、欢喜与失落，在那团沉重中，他唯一能抓住的一丝惬意就是感觉身旁倚着这样温暖、年轻、如猫科动物般的柔情，它伴着他，仿佛一位偏爱宽容温柔之道的命运之神。

堂·阿尼巴尔在房前的门廊迎接了他们，苏络赶着骡子去了畜棚，好给它们卸货喂食，庄园主把客人请进了屋，邀他共享冒着泡沫的热巧克力和刚烤好的木薯蛋糕。两人坐在摇椅上，望着巨大到令人压抑的山脉和另一边宁静、缤纷的咖啡园，一言不发，只有必要时才讲一两句话。入夜时，堂·阿尼巴尔和客人说，第二天旅途艰险，最好尽早休息。他们需要在睡梦中养精蓄锐。瞭望员照做了，但还是想在睡前谨慎地找个借口，再和女孩儿说几句话。庄园给他们安排的是畜棚上方的房间，她往那儿送了一杯牛奶，想给他夜里喝，也顺便与他见了面。他们在一棵巨大木棉摇曳百年的绝美枝叶下聊了好一会儿。女孩儿想请苏络去别处睡，好陪自己的朋友过夜。尽管万分不情愿，但马克洛尔还是请她打消了念头。安帕洛·玛利亚最终也承认，第二天和之后往山脉去的旅程会十分艰险。她忽然就道了别，像是不愿再延长那本已很深——比外表看起来还要更深——的痛苦。马克洛尔进了房间，脱下衣裳，点了根蜡烛，在地铺上读起书来，他发觉它竟比银港房间里的床要更舒服些。他知道自己不读书便很难入睡。一会儿过后，脚夫回来了，他没有把衣裳脱光就躺在了房间角落的另一张地铺上。

马克洛尔随身带的是约根森所著《圣方济各生平》。他习惯随便翻开一页读下去。苏络对这种在他看来很奇怪的习惯很好奇，便问对方：

“您在祷告吗？您没有很累吗？”

“我不读点东西就睡不着。”瞭望员答道，他旅伴的天真让他觉得有趣，“我没在祷告。应该不至于需要祷告，对吧？我在读书，读一位圣人的生平，他热爱动物、山岭、太阳、河谷和穷人。出生在很富有的家庭，外表看起来应该有点儿像你。他抛下了一切，将自己献给了他所爱的事物，也把对上帝所造万物的爱献给了上帝。”马克洛尔发觉自己的解释有些片面和琐碎，可能会在苏络心里塑造出一个不够公允的“亚西西的穷人”[1]的形象，以偏概全又流于表面。苏络的回答则让他安心了许多：

“当然了，如果他喜欢动物、山岭和太阳，钱就是多余的了。他最后一定创造了奇迹。上帝也会想帮他的。”

“是啊。”瞭望员回答道，小伙子自然通透的智慧让他感到惊喜，“他创造了许多令人仰慕的奇迹。哪天我讲给你听。现在咱们该睡了。”

苏络闭上了眼睛，开始了均匀的呼吸，进入了深沉的梦乡。

第二天清晨，安帕洛·玛利亚带去了刚煮的咖啡和前一日的蛋糕，叫醒了他们。她已梳妆好，头发向后扎起，盘了一个完美的发髻。像是已准备好要去参加农庄的某个节日聚会了，马克洛尔边喝咖啡边想。女孩猛地转身走了，消失在宅子深处。瞭望员也没有力气向她道别。她实在太过美好，甚至让他想抛下一切，永远地留在那里。

从阿尔瓦雷兹高地到废弃石屋的上坡路花去了他们一整天时间。路逐渐变成了山谷中被雨水冲刷出的河床。骡子艰难地向前行走，一直在尽力跨过随它们的步伐裂开的水沟和危险的、一不小心便会滚到悬崖边去的石块。瞭望员的灵魂中正播种着沮丧：类似的考验不知道已经历了多少回。从这份活计中能挣到的收入完全取决于含糊其词的范·布兰登和他那负责坦博山工程的幽灵般的建筑公司。一种他从多年前起便已熟悉了的旧日苦涩开始压在了他的精神之上，并随着这近乎疯狂的攀爬之旅的每一个步子愈发酸楚起来。然而，他越深入山岭最陡峭之处，就越能嗅到永远潮湿的植物的香气，越能看到浓郁丰饶到暴烈的颜色，越能听到山涧深处、泡沫水波间磅礴落水歌唱般的轰鸣，于是，一种古老、慈悲的和平——这也是他个性中的重要一笔——驱走了旅途的疲惫和赶骡的辛苦。在充满变数的任务里，那些下流骗术终于彻底暴露了真实面目，坠入了他隐忍接受态度的深处，也坠入了他伊斯兰宿命论的深处。鸟的歌声逐渐增多，音调不

1 天主教圣人亚西西的圣方济各（San Francisco d'Assisi）亦被称为“亚西西的穷人”（Poverello d'Assisi）。

一，不时有成群的鹦鹉放肆地吵闹着，从满树繁花、如火焰般燃烧的高大刺桐和在清晨的寒冷中仍昏昏欲睡的蓝花楹的树冠上飞过，这一切的鸟鸣为他带来了瞬间的笃定，令他确信会有完全的救赎降临。精神状态的更替将瞭望员带入了摇摆不定的思索，次数不多但一贯坚持的阅读——无论他在哪里，文字总会陪伴他——更是滋养了他多变的思绪。

他在人生途中遇见的所有范·布兰登都只有一个作用，那便是确认他在人类一切虚妄活动面前所拥有的无可救药的孤独和战无不胜的怀疑主义。人都是不幸的瞎子，在迈入死亡时甚至都不曾思考一下世界的奇奥美妙。他们并不知道，存在一种激情的奇迹，可以让我们更深刻地感到自己还活着；他们也不知道死亡也是游戏的一部分，无始无终，因为它正是没有疆界的此时此刻。他专注欣赏风景时发现，当各种各样的感觉——穿过令人迟钝的疲惫，举办着永无终结的美妙庆祝——列队到来时，它们早已被岁月耕种过的笨拙记忆磨损得体无完肤了。

苏络在前面走着，他引着队列中领头的骡子。有时会离开主道，走些捷径，躲避艰难的路段。他们越往上走风越大。最初，只是耳中轻轻的嗡鸣或徐徐的微风，几乎不能摇动树冠也不能吹动蕨类植物的叶片。激流的声响随风的强度时远时近。当他们踏上深渊旁曲折且狭窄的上坡路时，风便开始带着持续的愠怒疯狂地抽打他们。那里开始出现低矮的灌木，叶片厚密多绒，长在高大树木的周围，灰色树干透着金属质感，树冠上枝叶零落，常常隐身在浓雾中，雾向四处弥漫，到山顶才逐渐消失。他们已经进入了荒漠地区，马克洛尔已经很久没有踏上这里的土地了。苏络和他说，需要在那片旷野过夜的旅人常常用那种灌木的叶片裹身取暖，他们那儿管它叫高山菊，它的表皮可以抵御风寒，保护冻僵的旅人。马克洛尔的呼吸逐渐迟缓、沉重起来。太阳穴一直跳，嘴里很干，让他有了口渴难耐的幻觉。他想建议休息一下时，苏络也正好说该停下歇歇脚了。“咱们什么都不能做。”他说，“要尽量少喝水。慢慢嚼一嚼这个，生些口水。”他说着，递来了一片柠檬。又切下了一片给自己。接着，便躺在了路旁高山菊堆起的草铺上。马克洛尔沉默地照做了。两人在那里平躺着，深深地呼吸，期望身体能够适应荒漠严酷的环境。柠檬立即起了效果，缓解了口渴的感觉，也轻微地去除了让瞭望员口中难受了好一阵儿的苦涩的金属味。

重新上路时，各种不适都变得更好忍受了一些。伴着下午最后的一道光，他们到达了矿工废弃的石屋。墙壁由石块垒砌，没用灰浆也没用水泥。缝隙用他们之前休息时取暖用的灌木叶填充。屋顶是黑板石，由未经抛光的粗壮木梁支撑。屋内空间被一分为二，大小相同，一边是卧室，另一边是畜棚。一面由竹竿和陶土修建，一直顶到天花板的墙，把两边隔开。在旅人的卧室里，有一个石头和黄铜修筑的火炉，完全可以使用。地方还算干净。除了火炉篦子上的一小堆冷下来的炭灰，之前留宿的人没有留下任何痕迹。火炉旁有可烧的木柴。这里的规矩是，离开时，要把用掉的木柴补上。苏络用树叶铺了两张地铺，建议先躺一会儿再吃饭。不然，消化食物时头会再疼起来。他们于是这么做了。

“很少有人上来。没人能受得了。”脚夫和马克洛尔说起话来，那时后者正望着天花板，感受着苏络生的火所带来的疗愈的温暖，“他们到山谷的河岸边找金子。没找到什么值钱的东西。之后不断有外国人过来，做着能找到矿藏的美梦。我不相信这片荒地上有矿。现在又有了这些修铁路的人。您看见了，他们把石屋收拾得还可以，挺干净的，也算整齐。”

“建石屋的人是从哪里来的？”石屋的风格引起了瞭望员的好奇，于是问苏络。

“从加拿大来的。”苏络回答说，“很好的人。但是他们下到银港去时，就会疯了一样地喝酒，接下来就是可怕的斗殴。连军队都镇不住他们。再之后这些人会直接倒在街上睡觉，连狗都在他们身上撒尿。清早起来，他们会去土耳其人的店里买东西，然后像什么都没发生过一样回到荒原来。他们都很高大，红胡子从来都不修剪。他们在这上面迷失了，每天在山谷里的砂石河滩上干活儿，一直淘啊淘地找金砂。如果找到一颗，就拼命大叫，直到其他哪个人回应了为止。就这样过了两年多。一天，他们吵架吵了一晚上，杀了四个士兵，也没付哈齐姆钱，就这样忽然消失了。没能追上他们，也没人再在哪儿见过他们。”

在柔软的草床上休息了漫长的一小时后，他们煮了咖啡，用香蕉片炒了鸡蛋。银港带来的面包难以下咽。苏络拿出了些干肉末，把它和剩下的食物拌在了一起，又给马克洛尔递过去了一些。马克洛尔也照做了，发现这样吃的确要美味得多。

“得好好吃东西，先生。”脚夫语重心长地说，“明天的路会更难。现在试着好好睡一觉。看书别看得太晚了。在这里，只有睡眠能解乏。”

马克洛尔笑了一下，小伙子有保护欲的劝导语气让他觉得很有趣。他不知曾在多少条件更糟糕、更不宜人的地方过过夜。只是他哪怕提起其中一些地方的名字，阿尔瓦雷兹高地的年轻脚夫也并不会知道它们意味着什么：萨尔普勒省的夜晚，阿富汗高山上的风呼呼抽打着帐篷，一直到黎明才停；客拉拉邦的夜晚，大群舞姿优美的萤火虫铺散开淡紫色的悲伤暗光，透着肉桂和生姜的香；圭亚那边境的夜晚，陷入红树林散发恶臭的淤泥；阿纳托利亚一个废弃小村庄里的夜晚，忍着饥饿和恐惧；维拉瓜海湾的夜晚，被蚊虫萦绕，忍受高烧的煎熬，雨长久地下着，仿佛令人无可奈何的诅咒；与卡津人共度的夜晚，在潮掩区边，密西西比河的疲倦成灾地泛滥；暴风雨前平静的夜晚，在被武器架起的也门的海岸；与这个等待他的夜十分相似的荒原的夜晚，还有与其他许多已被遗忘的夜十分相似的夜晚。

行前，堂娜·恩蓓拉细心地把一根蜡烛和他的其他物品一起放入了他的背包，现在，他点燃了它，迷失在了约根森的书页中，迷失在了翁布里亚和美的景色中，十二世纪时，当地的一位家境殷实的青年，离开了那里，去寻找上帝。困意渐渐征服了他，书从他手上滑落下去。他随着那声响醒了过来，把书放入了背包，随后熄灭了蜡烛。

瞭望员做着梦。他的所有肌肉都已舒展开，将疲倦化成令人愉悦的醉意，仿佛一种平淡的解毒过程，从中生出了某种明澈的智慧和柔缓的喜悦，能与之相比的，只有他记忆中孩童时代的感受，那时他周遭的一切都井然有序，让他在清醒时也能拥有——与现在即将在他梦中出现的奇遇类似的——奇妙经历。他身处马焦雷湖的湖岸。正在岸边的小道上散步。本该有什么人陪伴他。他不想一直待在那里，因为他确信，如果继续等待，他心里非同寻常的惬意便会瞬间消散。需要尽可能长时间地、完整地保留住这感受。他下到湖岸边，选择了一条小径，起风时，湖面上的浪会涌过来，渐次死在小径边缘。另一侧长着一些灌木，像桂树，却散着檀木的香气。有脚步声跟过来，他不用回头就明白，是他刚才在等的人。如果转头去看，他的幸福狂喜就会变为缥缈不定的东西。听声音是个女人。西班牙语说得很好，但是带着一种他辨识不出的浓重口音。她讲起了没有赶上的火车旅行，在车站的漫长等待，和阻止她到达湖边的没完没了的麻烦。

“从米兰到诺瓦拉，”她说，“一切都很顺利。我本该从那儿去奥莱焦和阿罗那，但却往北方去了。所以我在第一站就下了车，跑到窗口想换票时，里面那个像教士的男人一定要看我的胸。我给他看了。因为那是唯一能让我掉头回来的办法。我的行李在诺瓦拉等我。我上了火车，知道它的终点站是奥莱焦。在那儿我需要等六个小时，才能再登上一列火车，它会把我带到阿罗那的湖边，我们约好见面的地方。我最后在奥莱焦上了一辆大巴车，它停在了离阿罗那几公里远的地方。在下车地方看到你就站在车站旁，真是惊喜。你就在那儿，疯子瞭望员，和以前一样懵懵的。你总是和一个被赶下船的船员似的，永远都不会改变。”

最后的几句话让他心里倏地卷起了凶猛的悲伤。是伊洛娜，他的来自的里雅斯特的朋友。只有她，独一无二、无与伦比的她，才会这样和他说话。是她特别的口音，不可能与别人混淆。她的声音、她的有弹性的坚定步伐。她美妙而白皙的，在巴拿马的一次荒谬绝伦的燃气爆炸中化为灰烬的身体。他于是回头去看她，所看到的却像一个西班牙女子，有尊贵的摩尔人的气息，正面带愠色地看着他，仿佛她所抱怨的火车之旅的麻烦都是他的错。“伊洛娜！”他眼里噙着泪水，这样叫她，丝毫没有察觉到自己的错误有多么愚蠢。女人诧异地看着他，像是面对一个突然和自己说起话来的陌生人。她猛地转过身，踩着年轻的、体操选手的步伐，伴着某种伊洛娜特有的节奏——他太熟悉它了——轻扭着腰胯向远处走去了。

一阵冲撞他胸膛的啜泣唤醒了他。抽打着石墙的寒风和草铺叶片的强烈味道忽然让他失眠了。那一刻，那样清醒的黑夜让他觉得无法解译又遥远陌生。过了好一会儿他才再次睡着。清晨时，苏络递上了一杯咖啡，叫醒了他。瞭望员小口喝着，有些心不在焉、心神不宁。

“您得好好睡觉啊，先生。”脚夫对他说，“在这儿得睡好才能活下去。荒原的海拔还有身体的劳累都会让人做很多的梦。这很不好。因为那样的话，力气很难恢复，而且那些梦都很糟糕。都是纯粹的噩梦。我这么和您说是因为我了解：那些来挖矿的外国人，最后都疯了，不是在酒馆里互相残杀，就是一头栽进河水的漩涡里溺死。”

马克洛尔没有回应苏络的提醒。他知道小伙子说的是真的。关于伊洛娜的梦依旧在影响他的精神，像一直沉睡、许久没来折磨他的心魔又开始萦绕。他没说话，帮着把骡子的货装好，清扫了住处。随后，他们开始沿着上坡路往坦博山走。过了一会儿，大风变得凛冽难耐，脚夫于是建议他在汗衫和衬衫间加了一层高山菊的叶片，护住前胸后背。新大衣立即起了效果。身体的热完全留住了，不再散去。让攀爬变得更加艰辛的是地上的火山砂石，每走一步，都会往后退些，它折磨着骡子的蹄子，打磨着旅人的鞋底。摩擦还常常产生令人无法忍受的热量和灼烧鼻腔黏膜的硫黄气味。爬三步，退两步。几个小时一直如此。他们不得不减少休息的时间：荒原上，夜来得早，在那样的旷野摸黑行走无异于自杀。在悲凉而广阔的火山岩地带，唯一的生命迹象是间或冒出的几株植物，它们茎上的美丽花朵透着亮，仿佛低垂的夜幕下燃起的微弱而阴郁的火焰。两人趁着最后的天光，依稀望见了营地的灯火。要到达那里至少需要一小时。圆月开始照亮他们的路。只要它挂在天上，就不会有问题。

他向前走着，仍沉浸在对梦境的回忆中。这种事常发生，随着时间的流逝，画面、言语和所梦事物隐含的意义会逐渐明晰、延展，侵入他生命的更深处。伊洛娜，来自的里雅斯特的无与伦比的女人，蜜色的头发，马其顿人的面庞，智慧、警觉，在情感上原则坚定的朋友，唯一一个察觉到他流浪嗜好——他总想去做那些闯荡四方、在法律边缘游走的麻烦工作——的女人。每当他滑入类似的境遇，她都知道该如何用三言两语及时将他捞出来。此刻，骡子落进了火山砂石的水坑，水一直没到了它们的肚带，他在奋力帮它们脱离困境时，猛地发觉，和她一起生活的那段时光是他真正接近幸福的唯一时光。那时，他并不梦想不着边际的金银财富或是好到极致的运气，唯一在乎的就是尽情享受自己的流浪癖好。他们一起旅行时，最佳路线都由她来选择，在路上，一切都服从且只服从于她的微笑——那微笑总是绽放在她唇边，展露出她色雷斯农妇一样的大门牙——和她卓越的判断力，她的运筹帷幄轻松自然，让人根本察觉不到。

沿荒原艰难而上的过程中，他一直反复咀嚼方才梦中的一些隐秘细节，并在其中找到了导致自己多次溃败的关键。他比较着伊洛娜和芙洛尔·埃斯特维兹——后者也是他无法忘怀的女伴，某次被毒蜘蛛咬伤后，他曾在她开的名为“阿尔米兰特之雪”的休息站修养，当时她一直照顾着他，那座紧挨公路的寒酸休息站就建在与眼前类似的一片荒原上——发觉芙洛尔与的里雅斯特女人正好相反，她会全心投身瞭望员的幻想，最终也总会被卷入她情人的脑中所闪现的痴愚漩涡。是她鼓励他踏上了那次荒谬的苏兰朵河之旅，去找一些虚无缥缈的木材厂。在那次旅程中，他生了很重的病，等回去找她时，她已消失不见。石屋中的梦为他传递了关键的信息，让他发觉，对两个女人的比较不仅荒谬至极，而且毫无用处。芙洛尔·埃斯特维兹的欲望像持久、细密的针芒，总能实现，却从未得到完全的满足，在遮蔽一切、扭曲一切的感官的呼号中，这欲望寻找不到出口，她与他人的关系也因此而放纵随性。她像是在一条隧道里，不断挣扎在如蜂群般抓不住的纵欲享乐中。

回到现实时，他们已经站在了铁道工程队的棚屋前。那是两座低矮的建筑，用波浪形的锌板搭成，材料暗淡的灰和周遭景致融合在一起。有一队杂工，领头的是一个高瘦的男人，身形长如猎刀，说话时有明显的北欧口音，他朝两人走来，步伐倦怠，透着些许厌烦。走到两人近前时，他盯着瞭望员看了看，仿佛他不过是从此地经过的又一个脚夫而已。但后来他忽然转变了态度，像是记起了什么，装作礼貌的样子，朝他伸出手问候起他。他换成法语，问起了两人上山的旅途是否顺利，马克洛尔也用法语回答了他，讲了讲路上的一些细节，语调平直中立，并向对方表示想要一张货物的收据——他们已经开始把货往仓库里放了。男人像是在迁就对方似的微笑了一下，让瞭望员有些恼火。明天，他们会把票据给他，不急。男人请两人进了屋，他们便默认当晚会在这里过夜。事实上，他们也没想过要在夜里踩着泥泞的砂石回矿工石屋去。但如果可能的话，马克洛尔还是会选择掉头回去住。他走进去，想看看他们在仓库里是如何摆放货品的。两盏科尔曼煤油灯照亮了屋子内部。那里小心整齐地摆放着大小不一的箱子，其中的一些用很大的黑字标着“易碎品”的字样。需要至少十趟这样的旅行才能把那些货都载过来。范·布兰登从未和他提起过。也许其他人是走别的路过来的。接待他们的那个男人——瞭望员一直没猜出他来自哪个国家——极为谨慎地监看着新到货品的卸货和摆放情况。有些箱子被搬动时能听见金属的叮当响声。一听见这声音，男人就会忧心地皱皱眉。马克洛尔想，之前怎么都没有听到过这声响呢？或许是野外的噪声和荒原的风声把它盖住了，所以没法听到。另有一件事也引起了他极大的兴趣：木箱上、做收货记录的文件上，以及棚屋的其他各个地方都看不到负责坦博山工程的公司名。

仓库里的活儿干完了，他被请去和大家共进晚餐。桌子摆在另一边对称的屋舍里——由一条同样是锌板搭就的管道形状的小走廊与仓库连接在一起。苏络则留下和一起摆箱子的杂工一同吃晚饭。长桌的一端，坐着一个矮个子的人，有些驼背，有浓密的花白眉毛和扁平的鼻子，说自己是土地测量员，来自但泽，外号叫克拉肯。高个子介绍自己说是工程师，来自比利时。报名字时吐字有些含混，让人无法听清。马腾斯或哈棱斯之类的。晚饭吃的是罐头食品，搭配一些在那种地方质量罕见的葡萄酒和啤酒，席间众人一直很沉默，只偶尔交换些与气候和艰难旅途有关的平淡话语，它们构成的对话总是迅速就结束，紧接着又落入令人厌烦、索然无味的寂静中。马克洛尔注意到，餐盘和刀叉以及用作桌布的布匹——很显然它曾是精美的东西——都没有能显示它们出产地的商标或标志。更让他觉得奇怪的是，葡萄酒、啤酒的酒瓶上以及金枪鱼、沙丁鱼和蔬菜的罐头上的标签都已被撕掉，商标也都已被小心地刮除。饭后闲谈很快便结束了。两个外国人用干巴巴的一句“晚安”道了别，各自回了房间睡觉，他们的卧室在建筑的另一端，与作为餐厅的屋舍正好相对。他们先前已经告诉过马克洛尔，他可以在仓库一角杂工为他支好的吊床上休息。去厕所时，他看见苏络正在那儿等他，做手势说想和他单独聊聊。两人于是去了紧挨着仓库的畜棚，棚子是拿没有抛光的木桩临时搭建的，供和他们一起上来的骡子住。苏络说：

“您知道吗，他们连一米铁道都没设计，那些杂工完全不知道铁路的事，相关的一切都不知道。得小心啊，先生。不知道为什么，我总感觉他们最后会把您给耍了的。”

瞭望员正要答他的话，那个自称是比利时人的男人忽然走了进来，假装要在睡前四处检查一下。他脸上一副“我完全不在乎你们在说什么”的表情，但事实上，只有知道并且在乎对方说什么的人才会摆出这副面孔。“晚安。”他说着，挤出了一个暗淡的微笑，露出了一排因为抽烟和缺少清洁而快掉光了的牙齿。

瞭望员躺上吊床，把手头所有的东西都盖在了身上，身下还有苏络铺好的草垫护着脊背，他相信自己在疲累的重压下会马上睡着。但却根本无法入睡。前一晚的隐藏在安帕洛·玛利亚模糊身影背后的伊洛娜的拜访为他带来了不安和一种老旧的苦闷，再一次开始侵蚀他所剩无几的力量和本就贫乏的激励他前行的精神。平行于此次拜访、又间或与之交织在一起的，是目前这份工作的恶劣状况。它令他深受折磨。显然，范·布兰登把他变成了一场既蠢笨又明显的骗局的受害者。他究竟是怎么落入这陷阱的呢，事实上，他本不需要往里跳的。依靠从的里雅斯特寄来的钱，他完全可以找一份更踏实、更清爽的工作。显然，他的能力已大不如前，开始自甘堕落了，再这样下去，他的人很快就会垮掉。他决定回去之后和比利时人谈谈。要试着从这生意里抽身，把骡子卖掉，坐上遇到的第一艘船或平底船船队尽快离开银港，顺流而下。他最终睡着了。落入了深沉的梦境。清晨，苏络叫醒了他，告诉他骡子已经备好，吃过早饭就可以上路。没有人在仓库里，脚夫对他说，一大早所有人都出去了，说是要去山顶那边测绘。“您把咖啡喝了吧，”他又说道，“咱们赶快离开这儿。我觉得他们不想让咱们在这边多转悠。这些人很怪。”

马克洛尔喝完咖啡后两人就踏上了下山的路，包裹着他们的浓重雾气被山脉上的寒风推着，移动得很快。强风烧着他们的脸，钉着他们的大腿，一口咬住了便不再松开。他们用高山菊的叶片护着身体，继续走在比来时还要更艰险的下坡路上。骡子没有负重，迈的步子也急起来，时刻都在流动的火山砂石间打着滑，眼里涌着痛苦的恐惧。许久之后，他们终于到达了矿工石屋，疲累不堪，脸和手都冻僵了。腿上的针刺感和皮肤上的灼烧感——这些是他们没能躲过的寒风的折磨——几乎让两人无法放松下来休息。好在前一晚苏络铺好的草垫还保持着原样。他们摊在了上面，精疲力竭。但苏络还得起身用带来的椰子油给骡子揉揉蹄子。

“这样可以给它们保暖。不然的话，明早起来就谁都管不了它们了。”

瞭望员问为什么他们俩不用：

“咱们不用，先生，”小伙子解释起来，“人自己会发热。您会发现咱们一会儿就没事了。骡子的血液更黏稠，一旦冻着了，很难自己暖和起来，也就休息不好了。”

苏络的理论有些怪异，但马克洛尔还是接受了它。他随后翻开《圣方济各生平》，专心读了几小时，因而有效地缓解了身上的沉重与不适。微笑不时划过他的脸庞。苏络惊讶地望着他，也不敢打扰：对他来说，圣人的故事很神秘，但却是禁忌。最好不要过分探究或走近细瞧。

第二天，他们顺路而下，回到了阿尔瓦雷兹高地。温暖地带的气候一如既往地给马克洛尔的精神状态带来了影响。他很想和堂·阿尼巴尔聊聊，弄清修建铁路事宜的细节，了解一下与工程有关的那些人。他们受到了庄园人的热情欢迎，爬上坦博山所意味的艰难考验很是让众人担心了一番。两人单独在畜棚给骡子卸鞍时，安帕洛·玛利亚出现了。苏络于是默不作声地离开，女孩子走过去带着从前少有的热情拥抱了瞭望员。她断断续续地温柔地告诉他，自己之前一直替他担惊受怕，不仅因为荒原的严酷条件，也因为那儿的居民并非善类，让她觉得有些阴森，但也说不出为什么。女孩子温暖、健壮的身体环绕着他，带着新鲜而外露的热情诚恳，传递给他一片宁和舒心，将咖啡园和甘蔗园给他带来的仁慈的惬意延续了下去，让身在其中的他渐渐恢复了活下去的欲念以及对人世间美好事物的爱意。

晚餐是在门廊上用的，席间，马克洛尔试探着与堂·阿尼巴尔谈起了他在坦博山上产生的疑问。但庄园主尽力避开了与之相关的一切具体看法。显然，他想等其他人去睡觉时再谈论这个话题。马克洛尔随即明白了对方的意思，只好默默等待时机的到来。晚饭过后，堂·阿尼巴尔点起了一根雪茄，在摇椅上摇晃着，往一杯黑咖啡里加了几滴白兰地，慢慢喝起来。瞭望员也喝起了他的咖啡。他并不想加酒。晚餐时在桌上忙前忙后的女人们——安帕洛·玛利亚也在其中，有时会露一下脸——收起了桌子，道了别，去自己的房间就寝了。沉默了一阵之后，堂·阿尼巴尔说起话来。已经入夜了，只能看见他的雪茄的火光在随他话语的节奏晃动。马克洛尔听对方讲着。他完全没有困意，庄园主的话让他很感兴趣。

“是这样，”堂·阿尼巴尔狠狠地抽了一口雪茄，照亮了一瞬他的面庞，说道，“关于那个工程，我确实没有太多可以讲。建一条铁路，经坦博山穿过山脉，这些是人们从很多年前起就在说的事了。我们到这儿来时，我父亲就提过。但是，很快，他们就修了一条从别处过的公路，起到了和那条铁路一样的作用。所以人们就渐渐把它给忘了。最先画图、做早期工作的是几个英国人。一开始都很规矩、严肃。但后来，他们中的一些开始在业余时间里跑去山谷的河边洗沙淘金。好像确实淘到了一些金砂，这对他们是很大的诱惑。稍微淘一淘，就能获得比修铁路高得多的报酬。所以最后工程被搁置了，那地方也挤满了探矿者。一些地方现在还有残存的铁道甚至车厢，会被他们当成仓库，存放工具和食品。坦博山的石屋也是那时候建的。淘金的生意后来也没成功。除了最开始让人兴奋的那点儿金砂，后来就再没有人找到过什么值钱的东西了。于是铁道和矿藏的事都被人彻底遗忘了。几个月前，有传言说工程要重启。说是一家比利时的公司，在银港已经搞了些动静。一些骡队驮着您刚运过的那种箱子爬上了山。但是一切都很奇怪：那儿的人什么活儿都没干。他们在山上跑来跑去，也没个目的，不知道在找什么。到银港的人差不多能按时付清报酬，逆流顺流上上下下，有时也会登上坦博山，也像是在找别的东西。那个范·布兰登就曾经过这里。我从来不外出，连省城都没去过，但是我可以说，这个人我一点儿都不喜欢。首先，我觉得那根本不是他的真名字。他有时候自己都能叫错，发音总是变化。签名也很潦草，每次都不一样。我觉得他以前用别的名字干过类似的事。很可能在那些英国人在时就干过。我们用对待所有外乡人的方式在这儿接待了他，但他很快就发现自己引起了众人的怀疑，后来我们就再也没见过他了。有人和我说他总在夜里倒腾什么。我也不太清楚。但有一点我可以和您肯定：那个人运气非常好。军队撤走了在银港的营地，所以那一片儿根本没有监管。要是有军队在，那个叫范·布兰登还是其他什么名字的家伙必须得出示身份证明，还得解释清楚他和他那帮人到底在做什么。这是肯定的。”

瞭望员再次焦虑起来。在那些国家，他和军队打过的交道让他接受了极多的教训。苏兰朵河上的航行让他了解到军事力量能以何种程度控制当地，以及他们可以以怎样的方式发号施令和维持秩序。从个人方面讲，他倒无可抱怨。那时他患上了一种在当地肆虐的疾病，似乎已无药可医，是军人在他命悬一线时治好了他。后来，他在返航即将进入一段湍流时，被他们接走，这也算救了他的命，因为他船上的同伴都死在了那段湍流里。不过他也见证了他们不经手续便就地行刑，现在回想起来他仍会起鸡皮疙瘩。这一切都涌入了他的记忆，仿佛令人窒息的洪流。感觉像是要重新经历一场旧时的噩梦。日渐颓弱的力量和年岁在他身上的累积都让对过去的回望变得可怖起来。他不愿再想这件事。堂·阿尼巴尔察觉到了瞭望员的反应，也善解人意地转变了话题，谈起了他想改善庄园的地方，继而详细地描述起它们的具体细节，一时忘记了——或并不想去考虑——多年来，马克洛尔一直如不得安宁的逃亡者，漂泊在大海与港口之间，早已不记得他童年世界的那些农活儿了。堂·阿尼巴尔说完话，两人沉默了许久，都望着繁星遍布的苍穹，迟缓的和平从夜空落下，仿佛标示着我们在宇宙计划中微不足道的存在。安宁又回到了马克洛尔的灵魂中，随之而来的，还有倦倦睡意。他回头去看方才与自己交谈的人，发现烟灰落在了浆过的白色衬衫上，对方雪茄还叼在嘴里，却已经轻轻点起了头。他轻声对对方说了一句晚安，便回到为客人预留的、饲槽旁的棚屋中去了。

回到银港时，他得知范·布兰登还没有到。要等他坐下一班船来。至少这是他走时人们听到的说法，也就是说，无法保证它的可靠性。他为了安抚债主和与他的计划相关的人所说的话，已经没人当真了。马克洛尔准备等下去。也没有新到任何要送上坦博山的货。他恢复了和盲妇人的闲聊和阅读。会将随身带的两本法语书中的一些内容翻译给对方听。她则会为他提供当地的信息，讲述近二十年来在那里所发生的事件。他越熟悉堂娜·恩蓓拉便越钦佩她，认为她的智慧与真知灼见配得上更好的境遇，不该在摧残民生的乱象与间歇发生的暴力中做经营客房的生意。她的见解很值得一听，比如对利涅亲王某些行为的评价，后者的真实目的其实都小心地埋在他透明且信息丰富的信件中。盲妇人总能领会这位比利时贵族隐藏的真相，并可以用大白话把它们解释清楚。她总能切中要害，事情最后也总如她预料的那样发展。在这样漫长的夜晚，马克洛尔便会忘记自己的纠结和身体常犯的毛病——它们忽然变得强韧起来，开始提醒他岁月的流逝。

那几天，安帕洛·玛利亚来看望了自己的朋友。女孩儿进入他房间后，他出去和公寓女主人谈了谈。说他不再想继续这类欢爱，因为他已和堂·阿尼巴尔建立起了充满信任的友好关系。他担心这种事情会滋养不堪入耳的闲话，将他和庄园主——他对对方怀有亲切的敬意——卷入尴尬的气氛中。盲妇人安慰了他，说庄园主对这类事一直睁一只眼闭一只眼。在此之前，女孩子也来过这里，陪伴去高地前或从高地回来时在此留宿的阿尔瓦雷兹家族的友人。她还说，除此之外，女孩子本身也极为谨慎寡言。这对她本人也是好事，因为回到高地，她也有棘手的麻烦：一个曾经试图强奸她的海军陆战队中尉一天清早死在了一条峡谷的深处，胸膛上扎着两把尖刀。事情一直没查清楚，但是海军陆战队的人不会轻易忘记这类事情。马克洛尔回到了房间，难免有些不安。但年轻女孩在他身上唤醒的欲望压过了谨慎与恐惧。

他们于是做了爱，很激烈，这激烈是崭新的，或许源自逐渐开始在他们周围累积起来的阴霾。两人卧在瓜多竹扎成的寒酸床铺上，望着窗外向下流去的河水，窗上勉强挂一块薄布，完全抵御不住蚊虫。他们就这样聊了一整夜。安帕洛·玛利亚，有吉卜赛人腰身的沉默寡言的黝黑女孩。她在莽撞和野性的气息背后展现的是曾被生活摧残的生灵的模样，因为缺乏信任和担心受骗而掩饰着对温柔的渴求。她很多略显粗暴的本能反应正源于此。出于同样的原因，在做爱时，她总是保留着最后一步，因此，对马克洛尔来说，完全占有她变得十分费力，必须谨慎小心地按剂量享受那个身体，尽管它不安而浓烈的美开启了广阔的可能性，但每一次都需要凭借狡黠的智慧来争取。不过，安帕洛·玛利亚也像所有期盼爱抚与甜言软语的人——他们期盼这些可以把他们救出自己搭建的牢笼——一样，会自然地流露出温柔与热情。但她所经受过的挫折还是使她无法利用自己慷慨的秘密天分——这才是她性情的真正内核——顺利表达出类似的情感。他们之间的对话总是从漫长的沉默开始，再逐渐沿着螺旋形的轨迹展开，最终会到达一种顽皮的喜悦，满是童趣和未经演练的纯真。两人营造出充满信任的气氛，毫无保留地付出着，也因此拥有了美好的友谊。是瞭望员促成了这一切，因为他猜中了自己女伴的真实性情。到了这把年纪，他常想，如果怀中有一位年轻女子，样貌与身形能让他记起当年自己在地中海小港口曾有过的那些女伴，总该算件乐事，在那些地方，若想征服这等条件的女子，需得冒着生命危险潜入瓦赫兰或苏萨的妓院才行。在暮年的门槛前，瞭望员正在学习——他虽然无奈，却已游刃有余——满足于自己命中注定被赐予的东西，而不是那些本可能拥有却已不能再拥有的事。命运的偶然把安帕洛·玛利亚带给了他，倒退二十年，他可能会爱上她，把她藏在卡塔尼亚的某个隐秘的庄园里。只是，现在拥有着她的他正身处一片无所依傍的可怖之地，早已疲惫不堪。但她仍是诸神赐予的礼物。

他随后对公寓女主人简单地说起了这些，对方则带着有所克制的嘲讽语气回答道：

“是啊，瞭望员。是岁月把咱们推到那些路上的，但那也是每个人都得走的路。可怕的是，它们总是来得太突然。等咱们察觉到自己正在做那些事儿时，事实上已经做了很久了。您可以想象，我们这些盲人，从看不见的那一刻起，就得开始学着应付那些事。更难啊。您不这么认为吗？”

马克洛尔表示同意，但他其实并没有完全理解堂娜·恩蓓拉的所有话。不过，她接下来所说的倒是让他平静了一些：

“不，这话不对。是一样的，瞭望员，一切都一样。生命就像这河里的水，会把一切它们带来的和它们丢下的都抚平，直到流入海洋。水流永远都一样。一切都一样。”

他无法也不想再给盲妇人的话补充些什么了。她所说的与他从多年前起就开始一遍遍思考的东西实在太过相似。荒原之旅也加深了他的笃定，让他退回到了冷漠之中，后者是他的老相识了，从前常常将他从他所承受的崩溃失败中拯救出来，同时会高效地将裂痕——有时，他觉得自己的灵魂就要从那里溜走了——都焊合起来。那是一种特别的冷漠，与女房东所说的形同双生兄弟：它在令他免于自我毁灭的同时，也可以继续赐予他世间的某些美好，继而将那唯一能让他活下去的理由提供给他。

范·布兰登的确随下一艘船来了。瞭望员听到消息时，对方已经到了酒馆，坐在尽头的桌前，大杯大杯地喝着加水的金酒。他的双眼充血，满脸都是泛着苦涩的不悦，眼睛下方挂着灰暗的眼袋，与因无法缓解的失眠而产生的黑眼圈融在了一起。他们的对话肯定不会轻松愉快。马克洛尔告知了对方第一趟货运旅程的情况。男人先是嘟哝了些没意义的东西，随后突然开始斥责瞭望员把年轻脚夫带上山的做法：“您要想雇个臭脚夫，就把他扔在矿工石屋。别给我往山上带人。”瞭望员不愿和他过多争辩，把话题转到了他感兴趣的报酬问题上。从佛兰德斯人——他有时会虚张声势，装作生气的样子——含混的话语中，唯一能弄清的是，下一艘船会带来需要送上山的新货物。这次的箱子更大，货也更精贵。之前付的钱至少还够再运两次货的，您他妈还有什么好叽叽歪歪的？马克洛尔没听清其他东西。范·布兰登继续着醉鬼的抱怨，一切都和前几次一样混乱不清。不过这次见面倒是有些新的迹象，似乎让瞭望员窥见到了某种并不确切的警告讯号。虽然不确切，但又清晰到可以唤醒他——曾被命运甩到过世界各个角落的他——的那些老旧的防御机制。仿佛有一道幽森的阴影，包含着可怖的内容，从范·布兰登断断续续的话语中探出头来。后者到此刻一直散发的逍遥法外的傲慢气息逐渐让位给了怯懦而慌乱的喃喃自语，显然易见的事实变成了脆弱的丝线，一遍遍绕着被醉意浸透且没有丝毫攻击力的圈子。

瞭望员把自己关在房间里，阳台门朝夜晚和缓的水流完全敞开着。他试图抓住两人的谈话在他心中唤醒的不经意便会溜走的危险讯号。熬了几小时后，他得出了几点对他来说比较明确的结论：那条所谓的铁路，哪怕是真的，也隐藏着其他东西，修建它的真正目的被掩盖起来，背后原因应该涉及某种违法行为；山上仓库里的那两个外国人和范·布兰登应该都是阴谋的一部分；银港和阿尔瓦雷兹高地的居民都对铁路工程抱有疑问，不认为项目管理者诚实可靠，因为他们表情里总是有所保留，十分可疑。这一切之所以存在，都要归结于当地政府权力——看起来是暂时性的——的缺失。这是他确定了的。并足够让他为即将到来的第二次旅程做些防御准备。他会和堂·阿尼巴尔谈一谈，诚恳地告知对方自己苦苦思索后的结论。他相信，凭借良好的判断力和正直的秉性，农场主可以帮他把一些仍在暗处的东西捋顺弄清。他相信，在自己与安帕洛·玛利亚的东家的交往中，存在相互的善意。

两天后，新货到达了银港。是七个长箱子，很重，每只骡子只能驮一箱。他把多出来的两箱送到了堂娜·恩蓓拉公寓，范·布兰登的房间里。

苏络负责把货在骡子背上载好，要避免让它们委屈埋怨，同时还要保证爬坡时箱子没有滑落的危险。这很不简单，但脚夫灵巧又勤快，最终一切都让马克洛尔很满意。在一个雾气湿重的清晨，在与公寓女主人道别并谨慎地请对方保守好自己的行程秘密之后，瞭望员第二次踏上了攀爬坦博山的旅途。走到中途，咖啡园已经繁花遍布了。女人们正忙着摘下每一棵树上的枯叶和剪下某些树丛中拔得过高、有害于整株植物生长的枝条。温暖的空气中弥漫着咖啡花的香气，花朵雪白一片，看上去像是落在浑圆树顶的不可思议的雪。女人们的歌声和谷里从山上流下的纷杂水声为马克洛尔带来了一段可以喘息的间隙，充满祥和与遗忘，没有打扰，也没有阴霾。那个炎热之地的早晨仿佛一个正从他童年岁月中慢慢浮起的奇迹。山地仍被透明雾气的青纱笼罩，小径蜿蜒而上，连起了佃户们寒酸的房屋，整片风景让人领略到广阔的权势，不受牵制的统治，人们备受保护，但同时也在挨受令人恐惧的雄伟宏大。眼前所见的壮丽让他记起了在远海时做的一些梦，现在他才知道，它们当时的到访是为了提醒他，他与那片风景、与那遍布他记忆的变幻不定的美妙奇观有着不可分割的联系。在拐向通往庄园的上坡路的路口，安帕洛·玛利亚正等着他。她身上的白色长围裙和手中修剪枝叶的剪刀为她带去了些许女祭司的气息。女孩子吻了一下他的唇，有点挑衅的味道，又凑到他的耳边说话，暖暖的呵气像在胳肢他的耳朵："堂·阿尼巴尔想和你单独聊聊。他说，等你到了，会给你个暗示，找个借口让你陪他出去转转。但是在这之前，咱们要在咖啡树下休息一下，我刚刚收拾好，藏在那儿，谁都看不见。"

那邀请中包含了一个温柔的承诺，延续着侵入他身体的炽热的惬意。他对苏洛做了个手势，示意对方继续往前走，他则在女孩子的带领下钻入了树丛，她脸上有狡黠的微笑，与他在亚得里亚博物馆看到的依特鲁里亚小雕像的笑容一个模样。在咖啡树蓝绿色树冠的庇护之下，安帕洛·玛利亚事先已用干香蕉叶准备好了床铺。她躺上去，猛地脱下了衣裳。瞭望员轻缓地抚摸着她，同时，不紧不慢地默默褪去了衣衫。他进入了她，那一瞬，像是在进行某种神圣的仪式。女孩子起初装出的兴奋因为对这个外来人——他所度过的岁月的分量带来了陌生土地上的故事，以及醉生梦死、充满危险与快意的日子里催人凋零的经历——的仰慕与感恩而变得真实起来。他们拥在一起，许久没有松开，太阳悬在绿色树冠的间隙，光斑抚遍了两人的身体，宣告着时间的流逝。马克洛尔决定起身离开时，安帕洛·玛利亚如脱衣时一样迅速地穿好了衣裳。她表情严肃、凝重，仿佛突然间成熟了。她有些贪婪地再次吻了吻瞭望员的唇，随后便奔跑着去找她的同伴们了，她们要一起去吃饭。

瞭望员赶上苏络时，对方已经爬完了上坡路的一大半。“骡子都累了。看看它们能不能在荒原坚持住吧。”他对马克洛尔说。当时后者的脸上一定堆满了走了好运的人才有的晴朗，所以，脚夫才半开玩笑地说：“等您醒了之后咱们再说吧。谁会在咖啡园想荒原的事呢。什么时候做什么事，我爷爷是这么说的。他是咖啡园园主。我没那能耐，所以在这儿和这些魔鬼造的牲畜斗智斗勇。它们从没像今天似的状态这么差。背的货让他们很不舒服，倒不是因为重，而是因为伤到了它们的后臀。”马克洛尔继续沉默着。他没什么好和苏洛说的。只想躲入寂静，把转瞬即逝的幸福再延长一点。他从没想过自己还能再次拥有这样的幸福。所以一直在默默数算着类似这样的约会次数。他内心深处明白，自己已经接近了这幸福绳索的终点，那些圆满的时刻就要撤离了。

他们到阿尔瓦雷兹的庄园时，堂·阿尼巴尔出来迎接了他们。他身上还穿着羊皮袄。说有几头牛在庄园和荒漠的交界处走丢了，他去找它们了，刚回来。接着他请瞭望员来到了露台上，他自己则一边回去换衣服，一边叫人端上了咖啡。他再次回来后，两人默默喝起了热腾腾的香气四溢的大杯咖啡。过了一会儿，庄园主很自然地不经意对马克洛尔说：“要不您陪我去一趟山谷吧。我想给您看看我在水边种的几棵果树，现在果子结得正好。我觉得您可能会感兴趣。”瞭望员马上同意了，他觉得这借口编得很勉强，有些可笑，因为堂·阿尼巴尔也知道马克洛尔有多不在意这些与他漫长水手生涯毫不相关的事。他们慢慢向山谷走去，尽力避免着在潮湿泥泞的小道上滑倒。随后，庄园主走入了一片与水流平行生长的小树林。林中的鹦鹉群间或喧闹起来，有些让人无法忍受。于是，他走出去，请马克洛尔与他一起在河水缓流处突起的巨石上坐了下来。庄园主环视了一下四周，开门见山，直奔主题：

“是这样的，朋友。我想说的是铁路的事。您知道的，我一直对这项工程有很多疑问。今天早上，我很想验证一下自己的疑虑是否有道理，于是借口去找走失的牛，爬上了荒原的边缘，想和在那边帮我照顾羊群的牧人们聊一聊。他们很了解那边发生的事。把他们对我讲的和我一直以来从银港收到的消息比较了一下，我得出结论：那条铁路根本就不存在，连个影子都没有。他们在那边存的，也就是您往坦博山上运送的，不是校准的器械，也不是任何机器。有人在半夜去仓库搬箱子或者箱子里的东西，这样的情况已经发生了三次。不知道他们去了哪里。我决定提醒您是出于两点原因：首先，我相信您和那些阴谋毫无关系，您还有像您这样的人对我来说很亲切，我不想看到您在那片倒霉的荒地上遭遇不幸；其次，这也和我的利益、我手下的人的利益有关。和您打了招呼以后，您就可以及时告知我在坦博山上或者在银港有没有与之相关的事情发生。这样我就可以提早准备，应对各种危险，在可能发生的事情到来前及时保护好我的人。这可能需要一些时间。也许您得带着骡子们再上去一两次。危险讯号会先到银港而不是坦博山，山上的人现在应该已经有所放松了。任何消息您都可以通过安帕洛·玛利亚告诉我，她是很忠诚的女人，而且比看起来要机灵得多。有什么事我在这边会立刻采取措施，避免灾难发生。”

“堂·阿尼巴尔，”马克洛尔回答道，“您怕的东西，具体是什么？我很愿意告诉您我在银港和坦博山听到的消息。关于我们面临的威胁，如果我能再多了解一点儿可能会更好，这样就不会把无关紧要的谣言和至关重要的信息弄混了。我得向您坦白，在银港那个村子，一切都让我不安。让人安心的事一件都不会发生，连最傻的傻子都不得安宁。我对您还有您这里的人一直抱有真挚的好感和深深的敬意。现在，您对我展现出的信任让我更愿意为您效力，同时也让我更加确定您对忠诚和正义的坚持。但是您得明白，如果不能再给我一点儿线索，让我更了解一些您的担忧，危险很有可能会从我鼻子底下溜走。”

“您说得有道理，朋友。”堂·阿尼巴尔答道，“我先给您讲讲这一切的背景吧。从多年前起，这片土地就一直很混乱。我现在很难说准可能会发生的事，也不知道谁是这一切背后的主使。追踪这类事情的线索向来不易，见光之前，它们走的暗道都隐蔽复杂。在恩蓓拉家、在小酒馆、在码头，还有上面，在坦博山上和矿工石屋里，都能感觉到有新的事情发生，有东西离开了正常的轨道，与之相关的人的生活也都有了变化。我也不能再多说什么了，倒不是不想说，而是我也不知道突然的攻击会从何处发起。但我可以和您说，应该是某个叛乱活动，或许是军队的阴谋，或许是他们之间的冲突交火，不然就是走私犯之间在解决恩怨。比起您在坦博山上看到的，我对您可能在银港察觉到的信息更有兴趣。山上我有人，一直在盯着。但这并不是说您可以不注意那两个藏在山上的鸟儿人。还是要看着点儿他们。但是，朋友，最可能带来可怕意外的是河水。自从我住在这里开始，就没有好事从河上漂来过。我很明白自己说的是什么。现在咱们上去吧。我不想让庄园里的人觉得您和我在搞什么鬼。可怜的人，他们忠诚得让人感动，我觉得自己对可能会发生在他们头上的事有责任。是我们把他们带来的。对了，不要把这些讲给苏络，他忠诚也聪明，但是太爱说话，已经给我惹过几次麻烦了。您要信任他的人，但不要信任他的舌头。就这些。”

他们顺着山坡走回了庄园的宅子，瞭望员去看了看骡子。苏络在一个杂工的帮助下给它们卸完了货，两人正在那儿谈论箱子有违常规的形状。他给苏络使了眼色，请他结束了对话。杂工立刻离开了，脚夫则开始给骡子们喂吃的。那一晚他们睡在了畜棚里。马克洛尔不想让任何好奇的人靠近那些箱子。和堂·阿尼巴尔进行的谈话使他警觉。此刻，他已经能把范·布兰登与他进行的对话和盲妇人曾提到过的某些东西对上了，并开始切实地感觉到，自己所踏入的地界实在危机四伏，凶险异常。

第二天一早，他们在黎明之前便出发向矿工石屋赶了过去。很快，骡子们就展现出了疲累的迹象，面对苏络的指令，愈发叛逆了起来。他们就这样来到了山坡前。小径蜿蜒而上，每攀过一段路，一旁紧挨的山崖便更幽深。路越走越窄，险象环生，绕在硬生生凿出的石壁旁。石壁上有些大石突兀出来，是修路时无法凿去的部分。骡子从刚上坡就开始发抖，不愿再往前走。“是因为载的货。”苏络解释说，“因为重量分布不均匀，它们能感觉到危险。咱们一头一头地带它们过吧，要是一起卡在了上坡路的一半，咱们就回不去了，和这些牲口较着较着劲，就会落入陷阱。更可怕的是，万一下了雨，地面就会和香皂一样滑。”

瞭望员提议再往前走一点。他怕赶不到石屋去，天黑了还在路上。他们于是又往前走了走，然而，就在他们走过山坡的一半后，骡子们都不愿再继续了。于是两人决定按苏络提的建议来做。前几头骡子走了上去，没有太大的问题：马克洛尔在上方等着它们，脚夫则一头一头把它们往上拽。但就在拽最后一头骡子时，它被一只从岩壁中突然飞出的鸟儿吓到了。路太窄，它往后退了几步，随后便被沉重的货物拽下了山崖。它的坠落没有任何声响。悬崖太深，云雾将谷底全部笼住了。不时有风会带来下方奔流的水声。骡子们察觉到了同伴的消失，这让它们更加焦躁不安。终于，他们攀到了山顶。旅途令人精疲力竭，夜劈头盖脸地落下。一场冰冷的暴雨在闪电间泼洒向地面，噼里啪啦的声音越来越近了。骡子颤抖着，闪电耀着它们瞪大的惊恐的双眼。到达石屋时，已经接近午夜。他们马上卸下了骡子的货，把它们从重负造成的虚脱中解救了出来。接着两人用石屋里一直存放的高山菊的叶片各自铺了一张地铺。瞭望员点燃了随身携带的用来夜读的蜡烛头，就在那时，看见了一张被生锈铁钉——那里本是用来挂马具骡具或是过路人衣裳的地方——固定在墙上的纸。纸上的字句用毫不讲究的生硬西班牙语和印刷字体写成，明显是为了避免别人识出字迹，内容是让马克洛尔等在原地。会有人在第二天中午前来提取货物。他们松了一口气，因为不用再去完成荒原中那段通往坦博山的可怕的路了，但另一方面又感觉有某种危险在悄无声息地到来，两种感觉混在了一起。他们都明白对方在想什么。整晚，雨一直在下，带着热带风暴的执拗，仿佛要淹没整个世界。早上，他们热了咖啡，炸了一些香蕉片。前一天的行程唤醒了他们体内的饥饿，让他们渴求着更有养分的食物。于是两人又躺了下去，想用睡眠来欺骗越来越强的食欲。敲门声突然吵醒了他们。那时二人都已忘了自己身在何处。

在坦博山上接待他们的瘦高、苦相的工程师和另外五个男人一起进了屋。五头容光焕发、体态清爽的骡子等在外面。杂工没有说任何话，极小心地把箱子搬走了，同时，所谓的比利时人在列表上核对着驮上来的货物的数量。“少两箱。”他盯着瞭望员说，眼里满是猫科动物的怀疑，也丝毫没有遮掩脸上的警觉。

“不对。”马克洛尔回答，“只少了一箱。从悬崖上和骡子一起滚下去了。”

“我再看看。”男人说着，又按照列表核对起已运来的货物，“您说得对，只差一箱。但这也没区别。骡子从哪儿跌下去的？”

“在到达圣安娜平原前。倒数第二个转弯那里。我们甚至都没看见它掉下去。云雾把一切都挡住了。”苏络着急地解释起来，他比瞭望员更熟悉当地地形，一心想尽快打消外国人的疑虑。

“这故事，”那男人转过头直冲着马克洛尔说，“您还是和跟您签合同的人去讲吧。您可是有麻烦了。要带来的这些箱子，可不能乱扔，更不能扔在大山里。最好能把货救回来。如果您发现了它，要是看见了什么，最好保持沉默。如果有人比您早到了，那您就准备好吧，我们可是不会开玩笑的。总之，您得去找一趟了。”他耸了耸肩膀，转过身，赶着骡队消失在了仍沉沉往下砸着的顽固雨水中。

待到只剩两人的时候，苏络说："您别担心。我认识一条小路，可以把咱们带到谷底去。可以把骡子拴在半路上。离那儿不远有条近道儿，一个小时咱们就能到下面去。到那儿咱们再看是什么情况。之后找个安全的地方把货埋了，事情就结了。咱们把矿工留在这儿的铁铲拿上吧。”

马克洛尔松了一口气。同伴的话让他恢复了信念，一切都可以解决，不会有太大风险。工程师的警告刚才一直横亘在他的胸口。对马克洛尔来说，如果他的命运取决于某人，那么最能让他失了阵脚的就是对方所发出的难以揣测的空泛威胁。然而这一次，他的恐惧却不及厌恶感那么强烈，屈从于一个既不值得尊重也不配得感恩的人让他觉得恶心。他一向都会尽力躲避这种关系。

雨已经停了。他们顺着下坡走到了苏络刚才说到的位置，开始寻找可以将他们带到谷底去的小路。在很多地方，小径的踪迹已经隐去，不过苏络还是能把它认出来。泥泞的地面在雨后更加湿滑，在一些路段，他们甚至抓着一旁长得又高又浓密的野草，任由自己的身体往坡下滑去。终于，两人来到了一片草木葳蕤的地方，湿气包裹着一切，让人呼吸顺畅，也让因寒冷和下山的动作而僵硬的肌肉舒展起来。中午，他们来到了河道边，河水奔涌湍急，欢快地卷着泡沫与漩涡。冰冷而清澈的水发出的声响在高耸的石壁间回荡，伴随入侵者的脚步，有成群的聒噪的鹦鹉从崖壁中忽然飞走，还有成对的大鸟展翅离开，英姿飒爽，为周遭景色带来了阿波罗神庙的壮观气息，仿佛存在于时间之外，与二人悲惨的境遇毫不相关。苏络一边顺着河岸往下走，一边抬头寻找骡子失足滑落的地点。他忽然停下来，把那里指给了马克洛尔看。但让两人困惑的是，他们既没有发现骡子的尸体也没有看见它当时载的货物。苏络说，尸体有可能被水卷走，卡在下游的巨石前了。但箱子可没那么容易被水带走。的确，他们往前走了一小段，就发现了骡子肿胀的尸体，当时正在几块巨石间顺着漩涡打转，不停撞击着周围的石块。兀鹫停在腐肉上，一边躲避激流的喷溅，一边兴奋、凶猛地啄食着自己的食物。

他们于是回到了先前所估算的骡子的坠落点，再次开始寻找箱子。

“妈的！”苏络一边从地上捡起什么东西一边叫道，“有人来过，把箱子给带走了。您看。”他把一块碎木头递给了瞭望员，后者立刻认出了它。他们继续在那儿搜寻了一会儿，马克洛尔很快就拾起了另一样更让他担忧的东西。那是一小块印在塑料上的标签，机器打的，但是几乎已被水流和恶劣的暴雨冲刷掉了。不过，内侧的边缘还隐约能读出“捷……制造”[1]的字样。标签上的字不完整，但是也并不难猜。马克洛尔把那一小块塑料片塞进了口袋里，和苏络说，他们可以回头去找其他骡子了。暴露在此地不是谨慎之举。脚夫则表示，顺着河水走下去，马克洛尔不多久就能到达阿尔瓦雷兹高地。骡子就交给他自己去找。它们货都卸了，应该不难赶了。而且，要逆着那条容易滑倒的小道往上爬，实在是很辛苦。瞭望员有些不情愿地同意了。如果到夜里苏络还在路上，就有可能遇上那些拿走箱子的人。

“到了晚上，”脚夫说，“就没有人敢往坡上去了。我会照顾好自己的，您不用担心。”

“我可没法这么确定。”瞭望员回答说。“他们肯定是昨晚来把箱子拿走的。怎么会怕那条坡道呢？”

“先生，不是的。”苏络回答道，“他们是从小路来的。那和坡道差别

1　原文为英语：Made in Czec…。

可大了。”

瞭望员在苏络的要求前让了步，两人在那里分开了。马克洛尔顺水流往下走着，一种喑哑的不安慢慢占据了他的心。不确定但显而易见的危险再一次让他沉入了那种十分熟悉的状态里，充满了厌倦和单调的疲惫，仿佛在邀他投降，请他停下日复一日的脚步——他每天都在干那种活儿，总被别人占去便宜，总由别人来主导，而他则变成了不知不觉为他人目的效力的人。每次有这种感觉，他的嘴里都会泛起苦涩的味道，太阳穴会痛苦地跳动，腹中也会翻腾不止。是恐惧，旧时的恐惧，会按时袭来、如猫科动物的跳跃般的恐惧：在科科拉矿洞感受过的恐惧；在苏兰朵河的湍流中等候他的恐惧；在勒潘托号的底舱中窥伺他的恐惧；在安特卫普、伊斯坦布尔时的恐惧；一直以来的恐惧，陪伴他整个人生——一连串的肮脏溃败，夹杂着脆弱、浑浊、无法解译的幸福时刻——的恐惧。

当他到达阿尔瓦雷兹高地时，他认识的人都不在。厨房里接待他的是一位面庞好似中国木乃伊的妇人，她说所有人都出去了，但堂·阿尼巴尔吩咐过，请马克洛尔进去休息并在那里等他，他有话要对马克洛尔讲。还说让瞭望员在他们谈话之前不要回港口。其他人都在山上的田里，明天才能回来。安帕洛·玛利亚也在上面。老妇人像是知道什么似的笑了一下，让瞭望员很是不快。他不想在那儿喝掉咖啡，只想把它连同妇人给他热过的饭菜一起带到他们给他安排的房间去。在屋里，他填饱了一早起来便开始折磨他的辘辘饥肠，随后躺上了床。在进入深沉梦乡之前，又看了看在山谷里找到的残缺的标签：捷……制造。他知道该如何补全那文字，但却无法再进一步得到其他结论。那条铁路根本就不存在。在一切背后，有一项阴谋，它的齿轮滚滚转动，在任意时刻都能让他丢掉性命。事情就是这样，这类意外总是这般轻松随意地到来。

轻轻的敲门声叫醒了他。夜还没有过去。他一下子睡了好几个小时，已不知是几点了。他起身打开了门，是堂·阿尼巴尔，披着一层油布，一直垂到脚面，还有雨水在滴滴答答地往下落。他刚从马上下来，马就拴在过道的廊柱上等他。苏络站在一旁，他带着骡子，按时和庄园主一起回来了。

“早上好，朋友。”堂·阿尼巴尔问候道，他的语调很亲切，但也掺杂着忧虑，“您休息好了就好，因为天亮之前，咱们得去不远的地方干点儿活儿。我敢肯定您很有兴趣陪我去，顺便还能知道一些对您，当然也对我们很有用的信息。他们已经给您备好了一匹很聪明的马。还有一件防雨的披风，这雨从昨天开始就没停过。我会在庄园出口等您。现在我得去安排几件事情。苏络会把骡子安顿好，然后把马给您带来。一会儿见。”

苏络向瞭望员问了好——他的表情说明一切都很顺利——随后跟着堂·阿尼巴尔离开了。马克洛尔进屋去找了些御寒的衣裳，脚夫很快就又回来，还带来了一匹马和防雨的披风。堂·阿尼巴尔像是猜到了瞭望员的水平应该还不及一位平庸的骑手，特意为他挑选了一匹温驯的母马，稍稍有些僵硬，但十分听话。他骑上去时心里难免有些许恐惧，苏络迅速为他递上了披风，让他尽快穿好。大雨倾盆而下，完全没有要停下的迹象。瞭望员与堂·阿尼巴尔在庄园入口汇合后便一同骑马离开了。他们在路上沉默了好一阵。密集的雨点砸下来，声音浑浊厚重，节奏越来越快。马克洛尔问对方他们要去哪儿。堂·阿尼巴尔做了个手势，示意他现在还不到讲话的时候。过一会儿再说。在披风的口袋里，瞭望员找到了一顶油布做的帽子，很像他在海上风暴时用的那一顶。他把它戴上，突然就有了正身处远海的感觉。断续而温热的暴雨继续把水抽打在他的脸上，让他有了轻轻的睡意。终于，堂·阿尼巴尔骑着马靠近了马克洛尔的母马，缓缓地低声说：

“咱们要去山上的一个角落，那儿有一个人有兴趣和您谈谈。是我很久前就认识的人，我绝对信任。先和您透露点儿信息：他告诉我，您的一只骡子和它载的货一起从悬崖上掉了下来，您昨天一直在尽力找它。这次事故本可能让您付出更昂贵的代价。摔下来的骡子被兀鹫发现了，它们立刻围住了尸体。货被捡走，送到了安全的地方。他们在那儿把箱子打开了，一共包了两层。木头那层摔下来就毁了。箱子里有一把AZ.–19机关枪，捷克制造的。是现在生产的连发武器中最现代和致命的，在武器黑市上有很大的需求量。过一会儿您会知道更多信息。如果说关于铁路谎言还有什么疑问的话，这下子，也都清楚明了了。不过事情不会这么简单。我了解，您和这交易完全无关，是被利用的，那些人知道您不熟悉这里，就利用了您。因为这一点，也因为您与我之间真诚的友谊，我完全相信您的无辜。不过我想，他们应该会请您与他们合作，好帮您离开那些人把您卷进的麻烦。我也得告诉您，我并没有参与进去，我只在乎我的人还有我自己的安全，再有就是，我想尽可能地保护这片庄园，因为我兄长和我把大部分人生都投入在里面了。为了这个，我得力分小心。我们所拥有的短暂的和平已经过去了。军队已经到了，很快就会血流成河。我们都明白这是怎么回事。我会尽力保卫庄园，但也并没有做好为之丧命的准备。我不想像我的一些亲人那样死去。您到银港时，没有人提醒过您吗？这儿就是一个火药库，随时可能爆炸。”

“我从堂娜·恩蓓拉和其他人的话里猜出了一些吧，但没怎么在意。”瞭望员说道，“我总是想，在这类事情里，只有自己去找麻烦的人才危险。我在世界上的好几个地方都遇到过类似的情形，我的好运总能救我于水火之中。的确，决定留在这儿时，我是过于信任它了。不过事实上，一切对我来说已经无所谓了。我觉得自己已经大不如前，就听命运的吧。我走得太多，已经累了。人们总是拼了命地想改变世界，但我看见的无非两种结果：或者落入肮脏、残忍的独裁，意识形态被简化得厉害，执行起来就更加粗鲁直白；或者变成硕果累累的生意，由几个厚颜无耻的人操控，他们表面上又总装成大公无私、致力维护国家与居民利益的体面人。在这两种情况下，死人、孤儿和寡妇都会变成令人作呕又虚伪的游行和活动的借口。他们很会在苦痛之上建起宏大的谎言。我知道很多年前，在银港掀起了大规模的血腥暴乱。我没有理会。让我觉得费力的是继续活下去，而不是死亡。我当时觉得银港是个理想的地方，可以让我——至少在一段时间里——停止我已经厌倦了的那种颠沛流离的生活。盲妇人房子里的瓜多竹床、在下方流淌的河水，还有酒馆里我的酒精同谋，这些就是我想从那个地方得到的一切了。酒精能让我休养生息，每次我与自己的斗争激烈起来时都会去找它，在记忆占据我的身体、向我讨债的可怕的黑夜里，它总能帮我忘记那些东西。在银港，没有人认识我，也没有人需要我还债。但有一个魔鬼守护天使，总是强迫我去完成愚蠢的任务，做那些和我类似的人会做的工作，把我和他们混在一起，让我感觉自己是那任务中某个微小部分的主人。就这样，我掉进了这个铁路的阴谋里。这几天我总是在想，自己在世界的各个角落，已经不知多少次遇见像范·布兰登这样的人还有他在坦博山上的那些同伙。他们总是一样的嘴脸，相同的诡计也已经用到了腻烦，没有任何智慧可言，只有被棒打过的狼的贪婪，其实骗不过任何人的。我可以和您坦白，我内心深处从来都没有相信过铁道的事，但正是这一点把我卷入了这场阴谋里，大概是因为我仍在隐隐希望自己能满足那位邪恶的守护天使，可以像昨天那头骡子一样把生命就这样了结了吧。”

“兄弟，我觉得，在最后这一点上，您可能有些夸张了。”堂·阿尼巴尔回答道，“我倒是会用截然不同的方式来看您，并可以向您坦承，我不仅感觉您很亲切，很欣赏您，而且也很喜欢听您讲您的经历与故事。对我来说，像是上了一课。您想，在这山里扎了根，我能认识的，也就是这些山谷，还有这种有利于鳄鱼生长的气候。我能理解，和坦博山上的人打交道让您重新体验了一遍曾有过的经历。我想我们每个人都有遗憾的事。您现在去看它们时，透过的是阴森恐怖的光。我听过您讲过去的其他经历，那时候，您看待事情的方式和现在是很不一样的。”

堂·阿尼巴尔是真心实意在对瞭望员说这些话。他常把马克洛尔当作拥有丰饶人生——经历过无数激情澎湃的章节和色彩缤纷的意外——的典范。对方的人生与他的截然相反，他的人生在自己看来充满了索然无味的日常琐事，几乎毫无意义。两人围着这话题绕着圈子。各自坚持自己的看法。雨水酷烈无情，不祥的阴云沉沉地压着他们切近的未来，给他们描述各自命运的墨水里都注入了不小的影响。

雨忽然停了，天空也瞬间清朗，热带夜晚炽热的美妙展露无遗。一切都被澄明的星辰所散发的轻薄磷光照亮，微光抚着潮湿的叶片，也落入路上的水坑，马一踏上去，便碎成千万个镜子，一同破碎的还有它们刚刚获得的宁静。两人进入了一片小树林，庄园主应该很熟悉这里了，他策马加快了脚步。马克洛尔想跟上去，他笨拙地摇晃着缰绳，让马加速，却徒劳无用，母马的步子依然不紧不慢，让他有些恼火。骑了好一阵后，堂·阿尼巴尔拐上了一条缓缓向下延伸的小路，路的尽头是一片浓密到仿佛无法穿越的林地。他在那儿停了马，像是在等某种信号。听到轻轻的一声哨响之后，他示意瞭望员下马，并把自己的马拴在了近前的树干上。马克洛尔照做后跟上了已经钻入密林的堂·阿尼巴尔，后者步伐缓慢，但很自信，一看便知他很熟悉这条路。在一片窄小的林间空地上，有一个男人正坐在被闪电劈出的、已经覆满青苔的树桩上等他们。他随后站起身，问候了来客。声音刚硬坚定，与他的军服、他橄榄绿色的衬衫领口的上尉军衔标志很是相符。他邀两人在树桩上坐下，自己则站着，双臂交叉在胸前。暗淡的光线能让人看到一张干瘦、苍白的面孔，留了几天的胡子，营造出一副病人的假象。精力充沛又硬朗的声音和动作瞬间打消了他给人的第一印象。在他的大而黑的眼睛里——下方是疲惫不安的黑眼圈——闪现着紧张的目光，充满了即将到达体力极限的人才会有的警觉。堂·阿尼巴尔先开了口，向马克洛尔介绍了一下眼前的人：

“赛古拉上尉想和您谈谈。我希望您能知道，他是我们的老朋友了，您在他面前不必有所保留。他已经通过我了解了您。您无辜陷入了目前的困境，能否从中全身而退取决于现在我们的谈话。”他说着，转向了上尉，“在路上我已经把箱子的下落以及里面所装的东西告诉了他。很显然，他一直不知道自己在运什么。现在由您来和他说说吧，上尉。”

上尉在空地狭小的空间里踱起了步子，一边走，一边不时用手搓着脸，像是在驱赶困意和缓解疲累。他说起话来带着军人的严酷，衬得那些句子格外有分量：

“关于您，朋友，我们该知道的都已经知道了。虽然不太好接受，毕竟您去了几次坦博山，但堂·阿尼巴尔还是为您的行为和无辜做了担保。所以，我想问您的问题很少。第一个问题，我想知道，您在坦博山的仓库里看见了几个外国人。”

“我在那边见到了两个外国人。一个说自己是比利时人，另一个，外号叫克拉肯的，说自己来自但泽。我没在那儿看见其他外国人。”马克洛尔希望自己的答案如那位军人的问题一样准确且客观。

“好。”军人答道，“说是但泽人的那个是德国人，出生在不来梅，在蓬塔阿雷纳斯欠下了血债。先前因为走私而入狱，试图逃跑时杀死了两个狱警士官。比利时人其实是荷兰人，是他在巴拿马买下了武器。现在，请告诉我，您在矿工石屋曾经看到过什么值得注意的东西吗？奇怪的、反常的东西。有人和您一起过夜吗？有没有迹象表明最近有人住过那里？有的话是什么迹象？”

“没有，上尉。”马克洛尔回答说，“我们没看到任何人，也没有迹象表明有人去过那里。我们住的那两次，那地方都比较干净，东西也都放在原位。现在我想起来了，对，有人给我留了一张字条，挂在一个挂钩上，告诉我不要爬上坦博山，要在石屋等他们来拿东西。昨天确实是荷兰人带着他的杂工下来拿的东西，然后用骡子把货都载走了，那些骡子看着很好。”瞭望员说着，心绪慢慢沉稳下来，他感觉到了一种对与之交谈之人的自发的信任，对方很令人心安，因为他熟识脚下这片土地，也了解他要对付的那些人。而且，他哪怕曾对马克洛尔有过疑虑，此刻也全都打消了，这显而易见。

“和您签下这份工作的合同的是一个矮胖子对吗？眼睛外突，很暴躁，脸总是红的，很爱喝酒，或者装作爱喝酒的样子，说他叫范·布兰登或布兰顿，对吗？”

“是的，上尉，是的。我的确也不认为他会喝下那么多酒。而且在钱的事情上，他乱来的方式很奇怪。他既不要收据，也不要开销的票据。我从来都不知道我这份工作到底该拿多少钱。”

“这说得通。”军官说着，一丝疲倦的微笑浮上了他的双唇，“他也不问买他服务的人要账。军火生意上的钱很松，每个中间商所赚的钱差别很大，很难确定。他姓布兰顿，是爱尔兰人。前科数不清：因为伪造支票在特立尼达入狱；因为在中东贩卖妇女卖淫，英国人也在通缉他；在沙特阿拉伯，他把两个姑娘卖给了一位酋长，说她们是来自阿里坎特的处女，但她们实际上是来自圣佩德罗苏拉的妓女，于是酋长命人暴打了他一顿，以为他已经死了。正如我对您所说的，他的罪行列表真的很长。在此地，他所犯下的罪更为严重。我可以说，您很可能再也不会见到他了。咱们进一步说：银港还有要送上坦博山的货在等您吗？或者，您知道还有货在路上吗？”

“在银港，我把和前天运的一样的两箱货放在了布兰顿的房间里。我没听说还有货在路上。”马克洛尔感觉军官正直勾勾盯着他的眼睛。对方仍在踱着步子，仿佛更焦虑了一些。他稍稍改变了一下声音，又问起来：

“都有谁知道那两个箱子的事？安帕洛·玛利亚知道吗？”

马克洛尔心里悄悄生出了无声的愤怒。他的情感突然遭到了入侵，让他觉得自己正受着毫无约束的武装力量的摆布。他一生都在尽力避开与它的交集。于是简短、勉强地回答了对方：

“我不觉得她知道什么。除非堂娜·恩蓓拉告诉了她。盲妇人显然知道与我上坦博山有关的所有事。”

“很抱歉，但我必须得坚持问一下这个可能会触及您私生活的问题。对我来说，知道自己该如何做准备非常重要。您想象不到我们面对的这些人什么样，想象不到他们能做出来的事。很显然，我对您的私生活完全没兴趣，但是我确实很想知道，关于帮布兰顿做的工作，您是怎么和安帕洛·玛利亚说起的。”军人在努力把问题塑造成常规的询问。

“我没有和她具体说过什么。她知道的不过是所有人都知道的：我给一群骡子载上装有铁路工程所需机械和仪器的箱子，然后带它们上山。关于布兰顿和坦博山上的仓库，我什么都没说过。不过她会和堂娜·恩蓓拉聊天。盲妇人的确知道许多我和您讲过的细节。她对这个地区和居民的了解对我来说很有用处。”马克洛尔不愿更多地提及公寓的女主人，怕给对方惹来麻烦。

“堂娜·恩蓓拉只会说应该说的话，我敢肯定，她会小心谨慎，不说出没必要说的东西，无论是对安帕洛·玛利亚还是对其他人都一样。现在，我得请您帮个忙，我想，这并不需要您去冒额外的风险。请您仔细听好。是这样的：您继续去完成您的工作，就像什么都不知道一样。要记得，您和我从未见过面。把剩余的两个箱子运上去，这两天船又要到了，如果它又带来了新货，也一起送上去。这会是您的最后一趟旅程了。您在上山的旅途中路过堂·阿尼巴尔的庄园时，他会把我的指示带给您。您不要试着去调查这些事。在银港时，也不要对他们的货运表现出任何兴趣。知道得越少越好。如果您落入他们的手中，他们怀疑您知道了些不该知道的东西，那么无论您去过世界上的多少地方，经历过多少事情，都无法想象他们为了能撬开人的嘴会做出什么事情来。他们做这一行已经很多年了，早就不知道什么叫慈悲了。”

“如果范·布兰登回来了，我该怎么和他说？”瞭望员故作天真地问道，上尉显然也没有在意。

“哪怕您真的想知道布兰顿怎么了，我也只能告诉您，没必要去弄清楚。您到时候自然会知道，或者永远都不会知道。有什么关系呢？现在只要知道您不会再见到他了就可以了。我们接着说：您回到银港后，就像从前那样正常过就好。任何的改变都会引起怀疑。和以前一样，常去小酒馆坐坐，假装在那边找找布兰顿。那地方就是走私犯的碉堡，总有他们的人在那边转悠。您再去码头看看船什么时候来。继续给堂娜·恩蓓拉念故事，和安帕洛·玛利亚见面。任何事，只要它可能显露出您对生意有了哪怕一丝的怀疑，都不要去做。尽量装作清白无辜，与这个国家尤其是这个地区相关的东西一概不知。您可能会在港口看到新面孔。他们也许会接近您，想套您的话，调查坦博山上发生了什么。只要坚持说铁路的版本就好，不要离题。不要告诉任何人您想离开银港。总之，继续做那个布兰顿雇用的人。还有就是，永远不要说出他的真实姓氏，有人说出来了，您也不要表现出知道的样子。最后，我希望您明白，说这些，更多是为您而不是为我们考虑。但万一您走错了路，也很有可能让我们丢掉很多人命。现在我们可无法承受这个。都明白了吗？没有别的问题了？”

“一切都明白了，上尉。这类事我经历过很多次了，我会照顾我自己，说话会很小心。您不用为我、为您的人担心。我完全了解自己所冒的一切风险，还有可能在等着诸位的危险。”一种微微的怒气在他的心中翻滚。穿军装的人总是不相信平民能明白和掌握那个世界——他们认为只有自己在掌控它——里的事情，这一点常让他感到恼火。

赛古拉沉思了一刻，像是在准备该如何回应马克洛尔的话，但随后，他只是把手举到军帽边，简短地说了一句“晚安，先生们”便转身走了，消失在浓密的林木中。他的靴子踏着水坑的声音越来越远，直至消失，没有留下任何能让人听出他离开方向的线索。仿佛夜在倏忽间将他、将他的军人的傲慢、将他抹不掉的军人的命运都吞噬了下去。

回庄园的路上，堂·阿尼巴尔试着补充了一下上尉没有提及的一些情况。将武器从海港运到银港的计划一开始就被发现了。在国际海关的仓库，军事特工一下子就认出了那些箱子。总参谋部决定把线索一直跟到营地，看是谁在收货。他们跟着马克洛尔，一直跟到了坦博山的仓库。军事特工同时也在收集打着参与铁路工程的幌子进入该地的那两个外国人的情报。几年前，赛古拉上尉曾带着他的小队在那边执行任务，牺牲了很多士兵，后来他被任命为这项行动的领导，负责围攻去荒原仓库取武器的人。在堂·阿尼巴尔看来，军队太过相信他们行动方案的效率。从储存在山上的武器的重要性和价值来看，走私犯的数量很可能远远大于赛古拉的判断。

“但是，”马克洛尔说，“我只去了两趟，无论那些武器有多先进多强大，也只能装备不多的人。仓库里肯定有之前运上去的货。”

“您送上去的，”庄园主说，“是最复杂、最精贵的武器。之前，他们已经运上去了很多弹药和轻型武器。”

瞭望员察觉到他的朋友不愿再多说，但他还是再问了一个问题：

“是谁负责运上去的？”

“那个土耳其人哈齐姆联系的人。在收到报酬之后就消失了。也是我把骡子租给的他们。也是犯了个错。他们不想买下骡子，我也不想惹麻烦。您不知道，这么多年，为了躲开这些野蛮人，我们真是使尽了浑身解数。”

“那您和赛古拉上尉之间有矛盾吗？”

“没有。”阿尼巴尔回答道，“和上尉没有矛盾。他很了解我，也理解我的态度。但是我和这个地区的军情局之间确实有些问题，他们听海军陆战队的。我想这些人不太喜欢我。他们不允许有中间地带。只要是参与了某项可疑的活动，不管是有意还是无心，都会变成他们准备直接消灭的候选人。”

“还好赛古拉来了。”瞭望员回答道。

“我也不知道，我也不知道。”堂·阿尼巴尔有些心不在焉地说，像是把脑中所想的直接说了出来，“如果他的计划奏效了，那么在一段时间内就不会有问题了。否则，我们全都会被卷入灾难。我不知道谁更糟糕：是海军陆战队还是走私犯。从很多年前起，他们就开始沿着这条河争斗。双方最后变成了一个模样：冷血残忍，不夹杂愤怒，暴力得精细、专业，并且开始拥有越来越可怕的想象力。这就是被摧毁了的土地上的法律。生活在这里的人天然有罪，就是这样。一群又一群的人过来，当下就行刑，紧接着就去忙别的事了。但愿上帝保佑我们。”深深的叹气为他的话画上了句点。两人继续骑着马，沉默起来。

瞭望员开始深切地感觉到了自己深陷的沼泽。他带着不可饶恕的天真，进入了残暴噩梦的中心，看起来已经几乎没有全身而退的可能性了。他回顾着将他带到银港的脚步，还有自己落入范·布兰登陷阱的方式。一切看起来都那样简单、轻易。那个家伙的奸相其实蠢笨得很，一眼就可以看出。而且，从第一次见到堂·阿尼巴尔起，对方就已经表达了对这项铁路工程的疑虑。马克洛尔意识到，自己久经考验的、避免落入这类陷阱的防御机制已经磨损得如此严重，他不免一惊。的确，他所做的工作总是不着边际，最终也总会灰飞烟灭，如被风吹走的纸页。然而直到此刻，他一直都在尽力躲避过于暴烈和无用的风险，也都会为最后一刻留好出口。毫无疑问，岁月在他不知不觉间流逝，他的能力逐渐被削弱腐蚀，于是他坠入了这个圈套，圈套中的死亡已布好它的控制，准备收割泪水和苦楚。他感觉到了骨头里战败者的颓萎。

“我能想到您在想什么。”瞭望员的同伴因他阴郁的沉默而不安起来，突然说道，“事情很严重，但还没到让人绝望的程度。您做好赛古拉吩咐的事就可以了。他是您的保障。这个人很讲信用。我很了解他。等一切都结束时，您尽快离开这里吧。无论去哪儿，远离这里就好。需要的话，我会想办法和我的人一起离开。我也就不邀请您和我们一起走了。您是外国人，在这儿也没有亲人，会给我们的逃离带来更多麻烦，也更危险。去海上吧，您的救赎在那里。”

“我一直在海上的，堂·阿尼巴尔。它从没让我失望过。每次我尝试着在陆地上干点儿什么，事情就变得糟糕起来。但我好像总是不长记性。也许是岁数大了缘故吧。”马克洛尔在说话的同时感觉到了自己信念的沉重和力量的崩塌。

第二天，他们回到了银港。苏络把骡子带去了畜棚，准备给它们喂食，然后再用椰子油揉一揉蹄子，帮它们缓解一下之前活计——它们已经被逼迫到了体力的极限——带来的疲累，马克洛尔在问候过公寓女主人后就把自己锁进了房间。他想一个人待会儿，整理一下自己被旅途中的意外和浮现出的晦暗想法扰乱的心绪。几小时后，堂娜·恩蓓拉把他从自己的冥思中叫了出来。她谨慎地敲了敲门，他热切地请对方进了房间。因为也想和她聊一聊当前的情况。他完全信任公寓女主人的智慧以及她与本地人交往的经验。她总是能切中要害，理性中不掺杂任何激烈情绪的成分。瞭望员躺在床上，妇人进来，坐在了床角，等着他说话。她从他邀请自己进屋的方式察觉出来，租客十分渴望与自己交流。马克洛尔问起了他们藏在范·布兰登床底下的箱子。她回答说它们还在那里。没有人去看过，房间的钥匙在她这里。马克洛尔给她讲述了旅途中发生的一切，包括与赛古拉上尉见面的事。

“他是个死板的人，但是忠诚又谨慎。”她说，“上一次他们来时，大概几年前的样子，我认识了他。我们变成了朋友，有时候我会给他介绍些女伴，她们应该还保留着对他的良好印象。您可以也应该相信他，但是要一直记得，他是个职业军人，为了履行职责，不论什么任务，只要他认为是他该完成的，就绝对不会心软。如果他说他相信您的无辜，那他就是真的信任您，也会告知他的上级。这对您来说可是一张免死符。下一次旅程会很危险。已经有走私犯在那边了。军队也在上面，说变天就变天。但是您也没得选。您也不能现在逃走，赛古拉不会原谅您的。”盲妇人做了个手势，打断了瞭望员想说的话，接着继续说道：“我知道您没想过这么做，但是，不管怎么说，我想要做好准备，因为我熟悉我们这儿的人。您什么都不要和苏络讲。和安帕洛·玛利亚也不要讲，对了，她说明天要过来，和您一起待几天。他们两个，各有各的方式，但是都十分忠诚、正直。女孩子很尊敬您，把您看作父亲一样的人物。她并没有把您当情人来欣赏，您不要以为自己执迷不悟流浪人生的盛名不会吸引像她这样的人，她们做梦都在过着另一种人生，梦想自己的美貌是所有目光的焦点。”

最后，瞭望员又问了她几个关于范·布兰登的问题，比如下一班船什么时候来，酒馆中还有哈齐姆商店里新顾客的动静。盲妇人则和气地再一次建议对方只做赛古拉吩咐他做的事就好。如果有什么新消息，她会立即告知他。她就要开门离开时又转过头递给了他两个信封：“我差点给忘了。是昨天到的。我觉得是汇款单。”的确，是的里雅斯特来的汇款单。马克洛尔请她帮自己保管到下一次从坦博山回来。

很快，他便进入了深沉的梦乡。他感觉自己正没入一片愉悦身心的困倦中，这困倦从他内心的某个角落涌出，在那里，他仍完好地保存着自己对生命、对世界和对他周围生灵的眷恋。他醒来时，已是夜里。潺潺河水在他的房间下方流淌，和缓如低语，不时被翻腾的水声打断，或许是因为水流撞到了某段被裹挟至此的树干，或许是因为哪个动物正游向对岸，想寻找过夜的栖身之地。连绵几日的雨水过后，热气驻扎下来。他不知道已经几点了。村落上方笼罩着寂静，由此推算，应该已是午夜过后了。他点起蜡烛，开始读约根森所著的关于亚西西圣徒的那本书，随意翻开一页便读了下去。热带沉默的夜和宁静的水流很快帮助他进入了中世纪的翁布里亚平和恬静的景色之中。和往日一样，他完全钻进了丹麦人创造的世界，消抹掉了此刻的现实以及它所附带的荒谬章节，他感到自己与之毫不相关，觉得它奇怪且怀有某种敌意，让他远离了之前重新燃起的不合时宜的对世界的眷恋。

黎明最初几道光线从混泥竹墙的缝隙钻进了房间，村庄睡醒后的噪音传入了瞭望员的耳中，他这才沉沉睡去。中午醒来时，他已从旅途的劳顿中恢复了大半。堂娜·恩蓓拉做好了简单的午饭，备好了大杯的浓咖啡，正在厨房等他。那杯咖啡最终帮他回到了银港的世界，不过此时他已没有了那些晦暗的预感——它们大多是由于疲累和饥饿而产生的。他下楼去洗了澡，洗澡间是在房子的地下一层建起的隔间，朝着有时被作为天然厕所的河水。里面有手动的水泵，可以把河水抽到上方的储水缸里。他在夹杂泥浆的水中洗了好一阵子。水里比泥更多的是铁水，让他产生了药浴的幻觉。在堂娜·恩蓓拉公寓中洗澡总能让人感到身心康健，备受滋养。留了四天的胡子为他落魄流浪汉的形象添了浓重的几笔，更让当地人对他多了许多不必要的揣测，他也一并把它都刮去了。他换上干净的衬衫，还有上次安帕洛·玛利亚来时为他熨好的草绿色裤子，下到码头去询问下一班船的消息。他们告诉他船最晚也会在两天内到。他随后又去了仓库，想看看有没有来货清单。他们告诉他电报断了，也许是因为雨水的缘故。他觉得或许是别的原因，但什么都没说。他回到村里，想去酒馆喝一杯啤酒，却看到它关着门。他问了几个在那边闲晃的爱打听事情的人，但他们都不知道怎么解释。他觉得他们在隐瞒什么。这些人既不担心也不害怕，只是不敢说出具体的信息。好像没有人愿意在之后被人说成某条消息——将来最好被忽略的消息——的来源。

两天后，船没有到，安帕洛·玛利亚也没有如之前所说按时到来。他在瓜多竹床的草垫上没完没了地躺着，看着棕榈叶的天花板，因房间地板下方急匆匆过的潺潺水流生出了困意。或许是因为想要守护某种内心和谐的意愿——他一向会不惜代价地捍卫它——银港这个小世界的一切元素在他面前都开始变得无关紧要，它的周遭，它的人。他看见他们就要落入那个暴力与恐怖的漩涡了。这一切都好像发生在远处，在一片由混乱支配的遥远地域里，在他自己的生命之外，在被攒在一起的、他所经历过的故事与回忆——正是这些组成了无法转让的实质材料，进而构成了他的存在——之外。

他选择忽略掉的此时此刻被放逐了。为了填补由此造成的空白，马克洛尔把空闲的白天和一大半夜晚都用在了回忆往昔上。他躺在那里，双手交叉在脑袋下方，目光迷失在天花板变幻莫测、难以解译的图案中，回想着记忆为他带来的一个又一个生命的章节，它们来得任性，却有明显的计划，仿佛要为他揭开他的命运的隐秘情节的谜底。有蝙蝠不时从屋顶飞下来，两三次从他头上划过，随后再回到原位，发出尖细的鸣叫，像没有上润滑油的金属。在漫不经心地等待着的那几个小时里，他回顾了往日的许多场景，其中的一个格外真切，仿佛是要带来某个极为明确的讯息。

那是伊洛娜和他一起完成的一次旅行，目的地是下诺夫哥罗德，后来被更名为高尔基市，他们从不这样叫它，倒不是因为他们对那位伟大的小说家有什么不满，而是因为两人实在太过钟情于那个俄罗斯帝国的著名边境港口的古老名字。他们去那里是要找一位古代圣像的收藏家。一位伦敦艺术商人帮他们得到了苏联的签证，前者对几件藏品十分感兴趣，东西很可能在俄国收藏专家的手里。他们从彼得大帝的城市去了雷宾斯克，在那儿上船，要逆伏尔加河而上，到达下诺夫哥罗德。船吃水很浅，但比例很好，拥有三层寝舱以及“水上航行的各类现代、舒适的设施，可与旅行者在世界上其他任何地方享受的客房相媲美”，他们在寝舱看到的宣传册子上这样说。和其他的一些年的夏天一样，那年的北欧夏日也像化成了永恒，不再更变，透明得令人不安。金属蓝的天空没有一片云，也没有一丝风，随之而来的是大个儿牛虻的猖獗，它们的叮更像凶狠的咬，总是让人措手不及。寝舱的风扇虽然崭新亮眼，但却不能运转。餐厅顶上吊着的也都无法使用。瘫痪的扇叶上满是品位可疑的十九世纪末风格的装饰，如今通通变为了某种残酷的嘲讽，讥笑着喘不过气的食客们，他们试着打开窗，让凉风透进来，但却惊讶地发现，窗户的扣锁全都坏了，很可能刚装上时就无法使用。于是伊洛娜用还算流利的俄语发表起了意见，声音大小刚好让坐在身后几桌的船长听见："如果革命以后人们还打不开窗户，那就可以说这命是彻底革失败了。在到达社会主义之前，这些可怜的俄国人全都会窒息身亡的。"

他朋友的大胆言论很快就起了效果。下一次用餐时，别人吃完，他们的菜才上，已经都凉了。在寝舱里，他们甚至连一杯水都不再能叫来。于是两人去船上的储藏间买了几瓶伏特加，在房间里有意喝得大醉。他们做爱时飞扬跋扈，吵得众人皆知。伊洛娜会如发情母狼般发出长长的呻吟，而马克洛尔则会像一个正与上帝进行神秘主义对话的犹太教哈西德派教徒，用他会的各种语言不知廉耻地大声咆哮。二人吵闹的情色表演所制造的紧张氛围在其他旅客——他们几乎都是在度假的传统本分、恪守常规的公务员——中引起了极度的不适，于是船长不得不让了步。伊洛娜在餐厅发表看法后的第四天，两人在寝舱中收到了一份全套的餐饮，有茶、茶点、不同口味的高加索果酱，以及菜单上其他不知名的精致点心。晚些时候，二副来敲了他们的门，那是一个乌克兰人，玉米色的头发，如领圣餐的人一样面色红润，如东正教司铎一般肥胖。伊洛娜裹着浴巾去开了门。他的脸一直红到了脖子，但还是尽力地传达了船长的邀请，说是请两人在星光初现时去他的房间共进晚餐。他们接受了邀请，却猜不透对方的用意。按约定好的时间到达船长的房间时，他们看见了一桌精致的晚餐，就摆在朝向船头甲板的私人露台上。四台风扇吹着凉风，令牛虻无法靠近。他们不知吃下了多少欧洲鳇鱼子酱和烟熏三文鱼，搭配着最高档的、由圆柱冰包裹着瓶身的伏特加，最后还喝下了处于最理想温度的格鲁吉亚白葡萄酒。在亲切友好的氛围中，他们熟络了起来，并且关系一直延续到了旅程结束。但乘客们对这对外国情侣始终怀有敌意，船长的态度更是其中主要的原因。后来两人发现，那个他们要找的下诺夫哥罗德男人不过是一位平庸的抄写员，他蠢笨的仿造文书甚至连威奇托福尔斯最无知的卖家都骗不过。回程时，两人先与一大群俄国游客——他们都焦渴地想要饮下芬兰所有的伏特加，并且不愿错过港口酒吧里任何一个尺度寒酸的裸体表演——完成了一段轮渡之旅，随后选择了乘坐火车并在赫尔辛基下车。在芬兰首都，他们给正行驶在伏尔加河上、在沿岸居民面前炫耀奢华船身的船长寄去了一张明信片，当然，是藏在一个普通信封里暗着寄的，他们写了一些感谢对方款待的话，只是，明信片上的情色内容有些平淡乏味。他们后来再也没有过对方的消息，伊洛娜觉得他会被流放到西伯利亚，倒不是因为那张明信片，当然不是，而是因为他在自己房间里奉上的那些丰盛晚餐，回想起来，他的寝室实在是奢华无比，有吊在丝绸装饰的墙壁上的银质花瓶，还有十九世纪末风格的扶手椅，椅面的紫色天鹅绒甚至会令人想起沙皇村里的家具。

同伊洛娜一起完成的这次旅行中的种种细节在记忆中显得极为真切，让他更加确信此生遇见她的重要性。这个来自的里亚斯特的聪明的美人最终在巴拿马以那样可怕的方式结束了生命。许多年过去，这件事给他带来的痛苦以及与命运无法达成的和解一直都无法得到缓和。与之相反，随着暮年最初征兆的出现，他越来越深切地为这位不可替代的同伴的缺席、为这位生性愉快的流浪同谋的缺席而感到惋惜。在格外危险的当下，被马克洛尔召唤出的这些回忆有宽慰心绪的作用，但它很快就消散了。安帕洛·玛利亚没多久便来到了银港。她就在那里，大而黑的眼睛从来没有像现在这般圆睁着，就要瞪出来的样子。猫科动物一般谨慎的步伐更显现出她的腰臀。傲慢的举止无法掩饰——事实上恰好相反地凸显着——如第二层肌肤一般贴合她身体的细棉布深色衣裙的简朴和寒酸。瞭望员已经熟知安帕洛·玛利亚的贫苦，但她的挺拔潇洒、流亡女王般的姿态与她实际出身之间的强烈对比每一次都会让他感到吃惊。这种不一致在他心里激起了尖锐的情欲。那对比像是年轻女孩特意呈现出来的，有某种细致却颓废的意味，但显然，她并不具备这些特质。

安帕洛·玛利亚对他解释说，没能按期到来是因为堂·阿尼巴尔下了命令，让大家做些准备，也许他们需要抛弃庄园，离开那里。一切都尽可能在暗中进行。他们上了几次山，去以前准备好的地方存放了一些食物、衣服、农具，还有为度过不安定的长日而需要备好的其他必需品。女孩子看起来更瘦也更黑了。那工作一定很繁重累人。在疲累之外，她身上更引人注意的是一种持久的警觉状态，让她的动作更为迟缓，呼吸更加局促不安。他们关上门，她脱下了衣裳，躺在了马克洛尔身旁。两人沉默了一阵。他欣赏着她身体拥有的哥特比例，这让他想起埃尔·格列柯画中一些迷醉的天使，还有在阿尔及尔或大马士革的隐秘角落见过的半遮半掩的女人身体。他们在沉默中做了爱，如仪式般缓慢，仿佛在完成远古时代的祈祷，正如瞭望员的一位朋友在所作回忆腓尼基神庙圣妓的诗作*Qedeshím qedeshóth*中所描述的情景。他所熟知且具有启示意义的充满幻象的诗句降落在了他生命中的——卷入欢愉漩涡的——某一刻，为它冠上了名字。这已不是第一次发生了。

安帕洛·玛利亚和瞭望员多待了两天。除了去厨房与盲妇人吃饭，她几乎没有离开过房间。她的话很少，比以前更少。也更宽容和温柔。对瞭望员来说，这些都是无法避免的分离的前兆。船到达的日期还在往后延，这让马克洛尔十分不安，因为此前它总是按期到达的。安帕洛·玛利亚在一个下雨的早晨回到了阿尔瓦雷兹高地。她在与朋友道别时，眼泪紧贴高颧骨和精致轮廓的黝黑、光洁的脸颊滑了下来。那模样让瞭望员心里很不是滋味。他们约定好等马克洛尔下次上山路过高地时再相见。“我会在路上等你。像每次一样，在你离宅子很远的地方开始爬坡时，我就能看见你了。在这里要小心。你明白的。”女孩子知道的其实比她表现出来的多。这并不让人意外，从盲妇人和她的友谊还有庄园人对她的信任里都能看得出来。谨慎、成熟与克制和她美貌中浑然天成的高傲和谐地混合在了一起。这一点也是她与伊洛娜或芙洛尔·埃斯特维兹的共通之处，她们都是瞭望员生命中最紧要的人，在确认几人的共同点之后，他感觉内心生出了针刺般的怀念，对他艰难的流浪人生的那几段岁月的怀念——那时他曾完满地享有着这几个非同寻常的女人的陪伴以及她们与他分享的热情。

一天清晨，到港航船闷闷的鸣笛声吵醒了他。他在床上多躺了一会儿，拖延着，不愿面对那个正等待他的充满敌意的现实。他决定下到码头去时，已是最热的时候了。人们几乎已经卸完了所有要运来银港的货物。他去了仓库，想在所有货品中找到与他先前运上坦博山上的那些类似的箱子。但没找到任何相像的东西。仓库管理员叫住他时，他正要离开。那是一个戴着水手帽的梅斯蒂索人[1]，很久前那帽子应该是白色的，现在，它混合着油污和发臭的汗液，颜色已难以界定。他来取过几次货后，男人已经认识了他。

“朋友，要找什么吗？”他有些厌烦地问道。

“就是以前那些东西。有个叫范·布兰登的给我寄的。”瞭望员看着对方流脓的眼睛说道，那男人正不怀好意、满腹怀疑地打量他。

“范·布兰登？啊，对，当然是他。这有给您的两个箱子。他们最先卸下的就是这两箱，就在这儿，在阴凉里。它们不能晒。您知道吗？是修铁路用的，是吧？当然了当然了，请进请进。就在那儿。”他一边说，一边用手指着仓库尽头两个显眼的箱子。他说的每个词都渗着双重目的，其中的含义隐晦难解。马克洛尔去搬了搬那两个箱子，倒不太重。在木隔板外，还包裹了一层金属纸，印着红铅的标志，有一些被黑色的涂料盖住了。仓库的人没有给他任何收据，只是对他说：

“小心轻放。得放在阴凉里，不能撞着。这里说让尽快交到坦博山的收货人手里。您都明白的。旅途愉快。”信息的泄露已经变快了，快到令

1　梅斯蒂索人（mestizo），指欧洲白人与说西班牙语的美洲原住民的混血人种。

人警觉。这个男人一定知道铁路工程的所有骗局，也不知道他还清楚多少关于这些要运上山的货物的细节。

瞭望员决定自己把两个箱子搬走，往日船到时，总有一些小伙在港口转悠，想帮人扛东西。他不想接受他们的帮助。第一眼看到它时，他就知道里面是什么了。他很熟悉科科拉矿洞所用的炸药，他曾在那儿和它打了一年多的交道，拼尽全力想在已被挖空的洞中再挖出点儿什么。尽管他们试图除去标签、外包装和一些关于货运规定的指示标志，但很明显，里面装的就是TNT[1]。每一箱里至少有十二颗包裹在明胶保护套里的弹药盒，以及相应数量的、保存于小纸盒中的炸药。他想，要是一头骡子在悬崖边走着走着撞到了石壁上突起的尖锐石块——走过那里本就十分艰险——事情就有意思了。然而，事实上，尽管新的风险与之前已知的那些叠加在了一起，但他心底却有了无所谓的感觉，一种确定了最后一趟旅程所运货品为何物的踏实，一种了解了铁路骗局真相后的释然。就这样，一切明了，接受这次挑战让他感觉轻松，甚至愉快。类似游戏玩家看好了筹码之后的平和在他心里驻扎下来，更新了他对冒险的向往。之前他被范·布兰登或布兰顿——现在他叫什么已经不重要了——的阴谋绑住了手脚，在谎言与诓骗的乱麻中丢失了对冒险的憧憬。如今，所有的迹象都明确地表明，那个倒霉鬼已经*死掉*[2]了。

安帕洛·玛利亚已提前告诉他，这次苏络没法陪他走从银港到阿尔瓦雷兹高地的第一段旅程。因为堂·阿尼巴尔让他负责监督山上储备的准备情况，以应对可能的逃离。根据赛古拉上尉的指示，他没有别的办法，只能在银港找一个人帮他来给骡子装货。堂娜·恩蓓拉一如既往地帮他解决了问题。她找来了一个智力有些问题的小伙。他母亲是村里一家面包店的老板娘，马克洛尔总觉得她做的面包难以下咽。小伙子平时负责在村里采

---

1 TNT，三硝基甲苯，常见炸药之一。

2 拉丁语：ad patres。本意为：去见使徒了。

购，尽管他在表达时有些障碍。人们很难理解他摇晃到让人晕眩的脑袋透过雨水般的口水所传达出的信息。但和许多情况相同的人一样，他拥有惊人的肌肉力量，正因如此，银港的人对他都很尊重，连码头上那些最粗壮的装卸工人都怕他。

出发的前一晚，马克洛尔与公寓女主人进行了一次漫长的谈话。他这最后一程的危险显而易见。于是和对方讲了讲万一自己命丧途中她该怎么做：通过电报告知的里雅斯特那个给他汇款的银行；他的两部书就由她来保存，以后有说法语的租客总可以读的；他行李箱的最下面有一个油布套，她需要把他的衣物和保存在油布套中的所有纸张文件都烧掉，不要给任何人看；告诉安帕洛·玛利亚，遇见她是诸神送给他的最后一份美好的礼物。最后他们算了一下账，马克洛尔结清了欠公寓的钱后就睡了，第二天要早起。

天蒙蒙亮时，盲妇人叫醒了他，说小伙子已经在那里了，等着要给骡子装货。她给他带来了一杯黑咖啡，还准备了一些木薯蛋糕路上吃。瞭望员起了床，去检查货物重量的分配以及箱子在驮架上的固定情况。小伙子按照盲妇人的吩咐，已经把布兰顿房间里的箱子带到了畜棚。瞭望员给他指了指自己房间里的两个箱子，并嘱咐对方要格外小心轻放。给骡子装好货后，他们给TNT的箱子上铺了一层玉米叶，接着又裹上了涂了腊的布，防晒防热。随后，瞭望员把报酬付给了面包店老板娘的儿子。他很遗憾自己不能带着对方一起去阿尔瓦雷兹高地，如果小伙子能帮他赶骡子，一切都会容易很多。但要是遇上了什么危险的情况，比起帮手，他更可能是个累赘。瞭望员已经准备好要上路了，他走到盲妇人身旁要与她道别。马克洛尔刚开始说话，堂娜·恩蓓拉便打断了他：

“您会回来的。我知道。我还有些您可能感兴趣的事要讲给您呢。等您回来咱们说。不过您回来后，需要马上离开。有脑袋的傀儡是不能留在这儿的。我会负责做好准备，让您能尽可能顺利地走。现在，一定要照顾好自己，不要做蠢事，不要过度使用您的力量，要一直保持清醒。我在这儿等您。再会了。”说完，妇人便紧张地用拐杖敲击着墙面把握着方向，快步走回了厨房。

路上，盲妇人的话一直回荡在他心里，向他传递着某种隐秘的笃定，预示着一切都会顺利，但与此同时，她的承诺——要讲一些他可能特别感兴趣的事——又让他很不踏实。他担心那是一个突兀的通知、一个针刺般的消息，会翻搅起他过去人生的某片区域，到目前为止，他还是希望那些地方能留在暗处，最好无人触碰。在爬上阿尔瓦雷兹高地前，骡子停下来，在一条溪边喝起水来，公寓女主人的承诺仍然笼罩在他心上，连最后一次荒原之行所意味的危险情势都已经退居其次了。甚至与安帕洛·玛利亚可能的见面以及拥她入怀的欢愉都被埋入了一片沉重的旧时迷雾中。

到庄园时，他只看见了几位留守的老妇人，还有三四个病着的孩子，堂·阿尼巴尔及其随从前一天就已经出发赶往山里了，那些孩子无法跟着一起去。明天苏络会来接老人和小孩，带他们与其他人会合。老人中的一位曾和安帕洛·玛利亚的叔父们一起生活，她向马克洛尔走来，故作自然地对他说：

“安帕洛·玛利亚姑娘请您不要忘记她，让您一旦有机会就脱身。她说您对她很重要，希望您能好好活着，不要落入围捕。她请您一定要小心。”

他原本担心高地上已经没有人了。想着一切都还好，朋友们也都安全，就安心了一些，也因此觉得在迈入最危险的下段旅程之前，自己已做了更好的准备。妇人们帮他给骡子卸了货，给他准备了些吃的。他之后就睡在了畜棚，免得货物无人看管。

早上，昨天那几位妇人又帮他重新装好了货。在喝过一杯咖啡后，他顺着上坡路，朝矿工石屋走去。他相信最大危险就在那段路上。很明显，军队和走私犯都在那一带活动。带着炸药走隘道则构成了他所面对的更切近和确实的危险。崖壁上满是突兀慑人的石块，任何剐蹭都可以让他们连骡带货跌落下去。他通过科科拉的经验得知，无论多么小心，控制炸药的结果总与命中注定的意外有关。寒冷会让保护炮弹盒的明胶套变硬，仅这一项就足够让它们在骡子迈步时相互碰撞；如果装炸药的纸盒打开，炸药就会滚落到外面的弹药盒，爆炸的风险也会随之增加。他在做看守的那个矿洞里，不知多少次看到过被炸飞的整只马队，脚夫们也不能幸免。没人知道事故的原因。他还记得把职位留给他的老守卫在死前最后说的话："要小心炸药，孩子。它就像女人，你永远都不知道它为什么会炸掉，什么时候会炸掉。"

而且，苏络不在，骡子在悬崖上的行走就更成了让他压抑的艰巨任务。他到时会知道该如何引导它们吧。此刻，他已开始慢慢尝到了那喑哑的预感，预感他再也不会见到安帕洛·玛利亚了。他们最后一次见面，她留在银港与他共度的那几天里，她逐渐和伊洛娜还有芙洛尔·埃斯特维兹一起，形成了恩慈的三人组，互为同谋、坚定忠诚、不可或缺、令人喜悦，为他的生活填满意义，驱走他一次次的厌倦与落败。他惧怕它们的袭击，正如惧怕死亡。她们每人都以自己的方式，在命运的某一个转角——瞭望员的生命中充满了类似的拐角——被突如其来的、野兽在失去伴侣时所燃起的暴力卷走。阿尔瓦雷兹高地的女孩更吸引他的地方是她外表中出人意料的潇洒、她地中海特征的面庞上古旧的美丽，而不是她性格里的某些元素，比如温柔，那是一种有些疏离和克制的东西，与芙洛尔·埃斯特维兹急猛的暴烈或伊洛娜尖酸苛刻的脾性反差很大。现在，他毫不怀疑，安帕洛·玛利亚必定也会主宰他的过去。那是生命给他的最后一次机会，让他可以拥抱一个女人——由诸神派来的女人——的身体的无尽美妙。

开始爬坡时，他卸下了将骡群聚在一起的缰绳，算好谨慎的间距，慢慢让它们一头一头地走了上去，分散得很开。他知道过一会儿它们就又会聚在一起，但还是希望这种情况等过了有尖锐石块的崖壁之后再发生。习惯了前几次的旅行后，几头骡子按照瞭望员的预想完成了那段路。领头的骡子驮着其中的一箱炸药。接下来的两头驮着自动枪的箱子。最后一头驮着另一箱TNT。这一头走到陡峭的悬崖边时，开始四蹄跺地，不听指令。鞭子的抽打已经毫无用处，它不愿继续前进：一不小心，箱子就可能撞到崖壁的石头上。最后，马克洛尔只得把箱子取下，自己搬着走。前三头骡子带路，不愿走的那头也没有再反抗，也跟着走了。马克洛尔开始小心翼翼地攀爬，每一步都极其谨慎，因为怀里有箱子，他看不见路。风灌进狭窄的山谷，发出长长的哀号，过一阵便离开，向山地涌过去，后面紧跟的浓雾也在朝山顶逃离。走过危险路段之后，瞭望员把箱子放在路边，靠着坡面喘了口气。他的心脏在剧烈跳动，太阳穴被一顶苦痛的冠冕狠狠缠住，越勒越紧。他闭上眼，开始大口呼吸，试图放松一些，忘掉自己身在何处。年龄再一次带着倏忽而至的征兆——他到那时仍觉得它们很陌生——现身了。他想，衰老的真正悲剧在于，我们内心深处仍有一个从不计算时间流逝的永远的年轻人。在阿拉古利亚雷河谷隐居时，马克洛尔便清晰地察觉到了这种隐秘的分裂，那位年轻人保留着永不衰老的特权，因为他永远背着未完成的幻梦，怀着固执的希望，做着荒谬但看似有未来的工作，在做这样的工作时，时间并不流逝，甚至无法察觉。终有一天，身体会负责前来告知，我们醒来后一时间所面对的就是自己衰老的证据：有人一直在过着我们的日子，耗费着我们的力量。但很快，我们就会回到完美无瑕的青春幻象里，一直过到众所周知的那个最终清醒的时刻。

骡子停在他的身旁，透着动物不知自己终有一死的温和的冷漠。一声遥远的噼啪声——如干枯树枝折断——从山里传过来。骡子们抬了抬头。瞭望员过了一会儿才反应过来那是什么：零星的自动枪枪响。紧接着，他听到了断续的阵阵枪声，无疑是从同一个地方传来的。随后，两次爆炸的轰鸣带着回声，在山谷中激荡起来。听起来像是火箭炮或高能手榴弹。他站起身来。把先前那头骡子拒绝背的弹药箱装在了它的背上，随后迅速重新上了路，希望能尽快到达矿工石屋。一种意想不到的轻松让他的步伐轻盈起来。他此前深深恐惧的事情已经发生了。随不确定感一起结束的，还有他的令一切扭曲、让一切中毒的焦虑。人类再一次开始了他们召唤死亡的黑暗任务。一切，都这样清晰有序。现在要做的，是尽力活着逃出去。他不会参与那场游戏。已经不再能听见枪声。爬上坡，已经离石屋不远时，他听见了比之前要猛烈得多的爆炸。坦博山顶升起了一个浓密的黑烟柱，带着瞬间的怒火穿透了云雾。马克洛尔继续走着。他决定把货物放在石屋。坦博山的仓库已被炸碎，化成了仿佛能摧毁一切的耀眼火光。他决定到达后立即返回，尽管这意味着要在夜里走过悬崖边的小道。在通往石屋的平直的路上，骡子发起了脾气，变得很难控制。他耐心地用平静的声音一遍遍安抚它们，终于让它们重新上了路。下午快结束时，他们到达了石屋。不时能听见从远处荒原方向传来的枪声。他把箱子放在了石屋内，尽管壁炉里没有火，他还是把它们搁在了离之很远的地方，并小心分隔开了装火药的那几箱。随后，他把骡子们带入畜棚，想给他们喂些吃的。打开在原位放着的装玉米的麻袋时，他看见了一张从信笺上撕下的信纸。上面用印刷体写着："把箱子留在这儿，迅速返回河港。就此消失。"字是紫色的。他几乎可以肯定，是赛古拉上尉写的。

凶猛的饥饿感突然向他袭来。为了努力把装TNT的箱子送上来，他耗尽了所有的力气。但他还是立即重新上了路，好尽可能利用下午的天光。他用同一根缰绳圈住了四头骡子，好让它们下山时能走在一起，不用一头一头地分别照顾。他拿出盲妇人给他准备的路餐木薯蛋糕吃了起来。浓稠苦涩的唾液根本无法润湿吃进去的东西。他只得把那一口含在嘴里，直到看见路边的一处水源才咽了下去。他在那儿坐了会儿，吃完了所有的点心。这给他带来了些继续下山的力气。但他仍旧口干舌燥，浓稠的口水里泛着马鞭草的味道，需要时不时把唾液吐出来。这些都表示他正心怀恐惧。他很了解这感觉。类似的状况他也熟悉。所以又轻松了起来。恐惧是他的老朋友了。他已习惯了它的狡猾和拟态能力。对马克洛尔来说，与之共存是种惯例，也是挑战，能将他带回从前那个他的力量无条件臣服于他的时代。

到达悬崖时，骡子仍保持着秩序，并没有在隘道的困难面前表现出抵触情绪。但仍时不时地动动耳朵，像是在听着遥远的危险。天空清朗、宁静，月亮开始移动，有种安逸的缓慢，像是能调和一切。尽管山势让骑行变得艰难，马克洛尔的技术又惨不忍睹，但因为疲惫和饥饿，他还是跨上了队伍里的最后一头骡子，并且一直变换着姿势，试图躲开固定在骡子身上的驮架。他开始在骡背上断断续续地睡着。骡子踩空或是下坡变陡时，就会惊醒。他的思绪一片空白。极度的疲惫和想吃一口热东西的欲望麻醉了他的记忆。路变得更加平缓时，骡子开始踩起了焦急的碎步。它们猜出了阿尔瓦雷兹高地的切近，猜到了温暖的畜棚里有一份玉米在等着自己。瞭望员决定下来自己走。骑行的步伐磨着他的骨头，让他感到了一种在海上从来没有经历过的晕眩。午夜过后，他到达了庄园的大宅。最主要的那栋房子和佃户住的地方都没有任何人的迹象。他把骡子带到畜棚，给它们弄了些吃的。正喂着，听见一声门响从宅子那边传来。他于是走出去看。正好撞见了站在入口楼梯处等他的堂·阿尼巴尔，对方手里还拿着一盏科尔曼煤油灯照明。

“太好了，您回来了。我之前担心得很。昨天下午山上就开始响枪，我们也不知道您当时走到哪儿了。”庄园主深切的担忧让马克洛尔觉得感动。

他们进了厨房。晚饭已经在那里等了几小时了。堂·阿尼巴尔请马克洛尔自己盛了饭。他大口进食的样子不禁惹得堂·阿尼巴尔发笑。等喝起咖啡时，他已恢复了体力，于是向对方问起了最新的情况。

“我的人已经都去山里了。”庄园主说，“明天清晨之前，我就会去和他们会合。苏络会跟我一起去，带上去几匹马，给女人、孩子，还有几个几乎走不了路的病人用。您昨天听见枪响了吧？事情已经开始了，而且情况不太好。军队正想办法包围那些要去坦博山的仓库里拿武器和炸药的人。他们今天会去石屋，看是什么人去拿您昨天送上去的货。但是有一点让我很担心。昨晚的最后一次爆炸应该是在荒原的仓库里。您听见了吗？”

“听见了，先生，我听见了，我也觉得是坦博山的仓库炸了。”瞭望员回答。

“这可不是个好消息。”堂·阿尼巴尔继续说，“是糟糕的信号。如果是走私犯炸的，就说明他们已经有足够的弹药了，而且还有从他们控制的那些地方来的援兵。赛古拉手下没多少人。他们虽然都经过了严格的训练，但是不会超过三十个士兵，外加一个中尉和三个士官。他们也许可以干掉坦博山上的那些，包括那几个外国人，但是如果来更多人，他们就会陷入麻烦。现在，我只希望山里那条小道还通着，我们得从那儿逃走。要是那群人从那儿上去偷袭赛古拉，我们就完蛋了。但是无论如何，都得冒险试一把。没有别的退路了。”

“为什么不从银港走呢？”马克洛尔问，“走那儿很容易，又近。”

“并不是的，朋友。那儿并没有更容易。”庄园主说，“如果他们在那儿堵截军队，就会聚在港口，把所有人都杀死。而且，我也没法把我的人从河上送走。银港的两三只驳船根本不够。一只上面只能坐三四个人，他们身体状况还不好。”他停下来看了看瞭望员，继续说：

“明天您就尽量从那儿离开吧。最好是在夜里。哪怕是划独木舟，只带着随身的东西走。赛古拉无论如何至少还能再坚持两天。他已经打了那么多年的仗了，果断又老练。您还有时间，堂娜·恩蓓拉也会帮您。她熟悉那儿的人，大家也都尊重她。好了，您去睡吧。不用担心。您在这边没有前科。尽管放心吧。”

“我不确定，堂·阿尼巴尔。运送那些武器可能会让我付出很大的代价。我想，军队是不会相信我的无辜的。如果落入另一帮人手里，那他们就更有理由让我闭嘴了。”

“赛古拉是相信您的。您安心睡吧。明天会是新的一天。您太累了，所以看什么都是灰暗的。”

马克洛尔于是道了别，去庄园主给他安排的房间睡了。床很软，床单清新又干净。他已经很久都没有享受过这样的舒适了，所以睡得很沉。

阳光初现时，堂·阿尼巴尔就来敲了门。“朋友，起床吧。咖啡准备好了，还有热好的昨天的晚饭。您得尽快赶到银港去。今天清晨又响枪了。我估摸是矿工石屋那儿传来的。”

马克洛尔起了床，与堂·阿尼巴尔一起吃了早饭。之后他去畜棚牵出了骡子。走到庄园大门时，庄园主和苏络正等在那里要与他告别，他们各骑了一匹马，牵着马辔头，旁边还另有两匹。他们只说了简短的几句话，尽力淡化着这前途未卜的离别所带来的感伤。瞭望员感谢了堂·阿尼巴尔的友谊以及他给予他的帮助，用力地握了握对方的手。他也与苏络握了手，并对他说：“我想我们不会再见面了，苏络。但我希望你知道，你是最好的旅伴。我坚信你的才干。并且永远都不会忘记你。祝你好运，小伙子。替我向安帕洛·玛利亚问好，告诉她，我也永远不会忘记她。也祝您好运，堂·阿尼巴尔，再次感谢您所做的一切。”

“那是我的荣幸，朋友。”堂·阿尼巴尔回答道，他笑得很节制，也很悲伤，“也祝您有好运，现在大家都需要它。愿上帝保佑您。”他用马刺刺了一下马，骑走了，脚夫则引着另外两匹马跟了上去。那条窄窄的小路从庄园起始，一直延伸到山峦的支脉下面，马克洛尔一直目送两人消失在路的尽头。他顺下坡路走到咖啡园，在园中穿行，心底压抑着悲伤，那悲伤里混合着他对那位有神庙圣妓气质的女孩的思念，他对那两位即将面对致命风险的朋友的不舍，还有他对热带土地的怀恋，或许，此刻，他就要与它永别了。

到达公寓时，女主人正焦急地等待着他，她不时用手摸着花白的头发，脑袋也轻轻地震颤着。瞭望员给她讲了讲旅途中发生的事还有他与堂·阿尼巴尔及苏络的告别。堂娜·恩蓓拉一直听着。他快讲完时，坐在椅子上的她开始用双手摩擦膝盖。每当她想让别人认真听她说话时就会这么做。她对他说：

“您得走了。越快越好。我给您讲讲咱们怎么做：我有一个老朋友有一艘平底船，想要卖掉，我已经和他说好了。他的名字是托马斯·伊兹杰尔多，但是全世界都叫他托马西多[1]。很多年前，他有很多钱，但是全都赌光了。唯一剩下的财产就是河边的一个破房子还有一艘烧柴油的平底船。他用它沿河给附近的地方运些货物，但是几次高烧把他撂倒在了床上，从此他就萎靡不振，什么都做不了了。我已经和他说好，他也准备好了，要用平底船换你的骡子再加一点儿现金。比利时人给你的钱应该还剩一点吧，而且我这儿还有您让我保存的两张汇款单。我觉得够，甚至还能余下点儿路上用。明天一早您就去看看那艘船。得检查一下马达，因为它四个月没用过了。船身比母鸡身上斑点还多，但是很好驾驶。你可以一直把它开到潮掩区。明天我们就会有荒原上的消息了。您现在赶快休息一下，再收拾收拾东西。”

瞭望员接受了盲妇人的计划，并告诉对方他更想现在就去见托马西多，如果需要修理一下平底船，也好提前准备一下。“您现在不能去，”堂娜·恩蓓拉对他说，“他有个外甥在，不是很可靠。都说他是个告密的，感觉像个双面间谍。但是明天一早他就走了，要去一个上游的牛油果林。别担心。明天一切都会准备好。事情明了之前，我们还有几天的时间。”

无所事事让瞭望员觉得压抑，似乎比他之前所陷入的圈套更让他觉得沉重。他出门去河边的走道转了一圈。酒馆关着门。他于是回到房间，想借阅读来分散一下注意力，他读的是利涅亲王的信。这位伟大的贵族彬彬

---

1 托马西多（Tomasito）是托马斯（Tomás）的指小词，表亲切。

有礼又风流倜傥，他行文中一贯的优雅和聪敏的简洁立即起到了缓和马克洛尔心绪的作用。他的所有注意力都集中到了十九世纪初，那时——如塔列朗所说——所有在旧制度[1]的衰落中尝到过活着的甜美滋味的人都在继续学习良好的礼仪、平和的怀疑主义以及面对政治强加的变化时厚颜无耻的分析能力。那位比利时贵族的事例比任何食物都更能安抚马克洛尔在现实中的犹疑困惑：他凭借同样多的财富与同样和善的微笑，接连躲过了雅各宾党的断头台、维也纳警察的监控和他们的小黑屋，以及沙皇宫廷的致命埋伏。马克洛尔总是可以完全进入另一个时代，另一个与现时毫不相关的氛围，这种能力不知多少次拯救了他，让他从——流浪欲望将他带入的—— 一个又一个厄遇之中逃了出来。重新斩获的平静将他引入了梦乡，他没有脱衣服就在瓜多竹床铺上，在房间下方潺潺流水的催促下沉沉地睡着了。

第二天他很早就醒了。吃早饭时，盲妇人在厨房对他说：

“现在就剩我老朋友一个人了，也备好了船等您去看。您已经知道了，他叫托马斯·伊兹杰尔多，但我们都叫他托马西多。他的茅屋就在河边，仓库的后面，杜恩德溪入河口那里，一片香蕉树间。”

瞭望员往那边走去，路过了一排粉刷过的、棕榈叶顶的房子，它们在极为短暂的探矿热时，组成了这个乱糟糟的村子，赋予了它模样与名字。现在，没有一个活人，窗子紧闭，屋里连最微小的声音都没有，原先这里总是吵吵嚷嚷，有很多小孩子，还有一边洗衣做饭，一边在院子之间喊叫着对话的女人。他们本该起床了，因为热气总是很早就把他们从床上叫醒。一片恐惧在村庄上空飘浮，模糊、不定，溶解在沉默的等待中——由此可猜出灾难的切近。马克洛尔到托马西多的茅屋时，对方正坐在一把皮椅上，斜靠着支撑屋顶的一根柱子。茅屋没有墙。屋里挂着一张吊床，下

1 Ancien Régime，指法国从15到18世纪的历史时期，从文艺复兴开始，至法国大革命终止。

面睡着一只狗，听见陌生人的声音便醒了过来。

“安静，恺撒[1]！”老人对它吼道。狗委屈地接着睡了。

很难判断托马西多的年龄。可能五十岁，也可能九十岁。气候对他的身体造成了很大的影响，一部分皮肤紧贴着骨头，另一部分垂坠下来，颜色黯黄，已经没了生机。他的很多牙都掉了，一根熄灭了的枯叶卷的烟被他叼在嘴里，有节奏地在双唇的缝隙间转来转去。从他羸弱、颤抖的身体的其他部分撤出来的全部生命力都被这个男人的眼睛占走了。黑亮、凛冽，像是就要发出诘问，流转着令人晕眩的激烈表达。仿佛在用即将熄灭的火堆的余柴烧起最后的火焰，要把自己烧毁。托马西多请瞭望员与他一起走到岸边去看船。他们顺着一条满是黏土、几乎被人踩烂的小道向下走去。那里的水流和缓，被一条发红的、探入水中数米的土堤圈着。平底船就系在一根钢棍上。大约八米长、三米宽。平直的龙骨上遍布焊接的补丁和斑点，在旋转水流拍打下频频点头，发着单调的水声。固定在船身两侧的四根生锈的铁柱支撑着两片锌板，上面覆满了鸟类的粪便及河岸一棵高大芒果树滴下的绿色汁液。托马西多说马达已经没有油了，得给它安上累加器，东西在他姐们儿的家里。于是他们去了那边拿，还在哈齐姆的店里买了四加仑的柴油。土耳其人一开始并不愿意开门，一听到盲妇人的声音，虽然仍是一脸怨怼，但还是很快就把门打开了。

“他要是还想要女人，就必须得招待咱们。他清楚得很。”堂娜·恩蓓拉无须做更多解释了。

他们把累加器安好，给油箱灌满了柴油。试了几次之后，马达发动了。

“得调整一下。这样子开不远的。”瞭望员说。

老人也这么想，于是两人一起在烈日下忙活起来。他们及时把马达修

1　原文为德语：Káiser。源自拉丁语Caesar，意为皇帝，德意志君主的称呼。

好时，马克洛尔又发现螺旋桨转不起来。这样他还是不能出发顺流而下，在水浅的地方也无法控制航船。托马西多说他有一个备用的螺旋桨，但也在堂娜·恩蓓拉家。他们于是又去找了她。装好时，夜幕已经降临，热带的夜总是来得这么快。瞭望员往堂娜·恩蓓拉的房子走去，去拿自己为数不多的行李。走近时，他听见厨房里有人在说话，语气听起来像是有大事发生。进门后，他看见一个小伙子坐在草编椅上，瞪着眼睛，不停发抖，像是得了痢疾。他的衬衫、胳膊还有膝盖上都有血迹。堂娜·恩蓓拉坐在自己的椅子上，扭头看着小伙子。一种大理石般的苍白把恐惧的表情凝固在了她的脸上，只有盲人在无能为力的黑暗中才会有这样的表情。瞭望员问发生了什么。盲妇人只能费力地说出一些词：

“他是纳奇多，安帕洛·玛利亚的表哥。上面……山上……所有人。你来说，孩子，你讲给先生听。在这儿说不会有事的。告诉他吧……”但可怜的男孩显然已经说不出一句完整的话了。于是盲妇人告诉马克洛尔她没有全都听清，但小伙子带来的是极坏的消息。瞭望员的出现让她平静了一些，一会儿过后，她也安抚住了男孩，渐渐地，他的啜泣差不多平息了下来。几道眼泪滑过他的脸颊，就要滴落在血渍已快要干掉的衬衫上。

男孩讲了将近一个小时。总是说着说着就回到同一些细节，然后就会颤抖起来，再也说不出话。堂·阿尼巴尔和他的人在林中遭到了半路袭击。看起来，埋伏在那儿的人用的是走私犯用过的自动步枪，他们一波一波地扫射，直到所有人都倒在了血泊中。在第一波扫射后，还能听见幸存的女人和孩子的叫喊。但在缩小了包围圈、放过了最后一轮枪后，那些叫声便永远地熄灭了。纳乔[1]一直抱着父亲的身体，后者被击中了胸口，是第一批倒下的。他被吓得瘫在那里，几小时一动不动，没发出任何声音。他父亲的弥留之际很短。他后来感觉加速的脚步消失在了山林最茂密的地

1 纳乔（Nacho）为指小词纳奇多（Nachito）的原型，为伊格纳西奥（Ignacio）的昵称。

方，还有断续的遥远的声音，但无法听见他们在说什么。几小时后，惶恐万分的他顺着一条他常走的通往银港的路逃脱了。他在村子外面等了一下午。天黑后才来敲了堂娜·恩蓓拉的门，他以前常来为她传口信，所以很熟悉她。

小伙子讲完后，瞭望员让他坐在了自己的身旁。他抚摸着对方的头发，什么都说不出来。他感觉到一种难以承受的怜悯之情，一开始先聚在男孩消瘦虚弱的身体，随后迟缓、沉痛地弥漫向了被无缘无故、残酷无情——只有我们这种物种能做到这一点——杀害的所有人。面孔、话语、动作、笑声、阿尔瓦雷兹高地居民的小小的家庭历史汇拢在一起。他无法理解也无法接受这没有目的的兽性屠杀。这苦楚猛烈地袭来，甚至化成生理上的疼痛。他感到无数的针在越来越猛利地刺向他的身体，几乎让他彻底崩溃。盲妇人把纳乔带走了，想帮他换身衣服，再洗一洗全身上下已经干掉的血迹。她安排他睡在自己身边的吊床上，以往他如果得留在银港过夜，就会睡在那里。

那几个小时里，马克洛尔一直想做一个决定。不可能在这种情况下离开。他想等到第二天早晨，堂娜·恩蓓拉平静一些的时候再走。在山上死去的那些人的音容笑貌再次回到他身旁，围绕着他：安帕洛·玛利亚还有她如戈雅笔下玛哈的气质，她不能主宰也没说出口的爱意；堂·阿尼巴尔·阿尔瓦雷兹，那片土地上的高贵绅士，待朋友忠义两全，又如绿衣骑士[1]般认命；苏络，聪明、忠诚、不驯、独立，在荒原之上总能源源不断地生出好主意。还有那么多没有名字的面孔，都是亲切好客的人：全部都被屠杀了，全部，被匿名的手——随意杀戮的习惯已经成了它们存在的唯一理由——杀死。它们所服从的人冷酷、贪婪，操纵着提线，连着这些又疯又蠢、时刻准备接受命令的胡狼。马克洛尔躺在那里，他知道自己的绝

1 绿衣骑士（El caballero del Verde Gabán）为《堂吉诃德》中人物。

望只会越来越浓。于是把椅子带去阳台，想在那儿看看河水。它流着，丝毫不在乎人类千年的愚蠢和不幸的、对杀戮的热衷。那片寂静有时会被迷路小鸟的哀鸣或水流中漩涡的声响打断。只有星辰在徒劳地尝试让自己的光芒穿过笼罩风景的浓重雾霭。月亮许久前就已被掩住了身影。沉重和哀戚飘浮在周围。又或者，是瞭望员的心绪将凝结在他喉咙的死亡和毁灭的味道传给了夜晚的风景。在黎明最初的光芒出现前，他终于回到床上试着睡了一会儿。等待他的是第一段顺流而下的航程，充满了难以预料的隐蔽危险。

马达的轰鸣带着喷泄而出的怒气划过屋顶时，马克洛尔睡得正沉。他猛地惊醒，从瓜多竹床上坐了起来。定了定神后，他跑上了阳台，想看看发生了什么。就在那时，两架灰色的卡特琳娜水上飞机依次落在了水面，它们的机翼上喷有海军陆战队的标志。船埠拴着两只型号相同的驳船，从上面按秩序安静地走下了一队穿灰色野战军装、戴同色头盔的海军陆战队员。军官喊着铿锵有力的简短口令，监督着军士的登陆。两架飞机分别拴在驳船两侧。打开舱门时，下来了不同兵种的军官：穿着医生制服的军医，拿着文件夹和移动打字机的后勤指挥官，还有穿白色薄衬衫和浅咖色裤子的军情局的人——很难把他们和别人弄混。马克洛尔瞬间反应过来，他今早出发的计划要泡汤了。但他还是决定一试。于是把仅有的几样东西捡捡收拾好，塞进了堂娜·恩蓓拉送他的背包里。在无声的紧紧拥抱中，他告别了公寓的女主人，她则像个梦游的人，一遍遍重复着：

“您快点儿，上帝啊，您快点儿。”她嘟哝着咒语，念着各位圣人的名字，混乱不知所云地为他送出了祝福。马克洛尔把行李箱连同剩余的衣物和文件纸张都留给了盲妇人，并告诉她如果他被杀，就把东西通通烧掉。到托马西多家时，那位老人的眼睛瞪得比任何时候都大，里面燃着从未有过的紧张：

“先生，您可小心啊。和海军陆战队可不是闹着玩的。那些人来这儿就是要叫人听话的，他们说到做到。”马克洛尔按事前的约定把钱交给对方，好补齐买船的余款。骡子在畜棚里，盲妇人会把它们交给他。瞭望员拽开了平底船一头的斜桅帆，跳了上去。马达立即发动了。老人解开缆绳，挥手道着别，手势里画着绝望的祝福。

马克洛尔半开着马达，让船驶到河中央，慢慢顺水航行起来，假装不经意地看着对岸的风景，像只是在开船而已。路过军队的驳船时，其中一只船的指挥室屋顶的高音喇叭里传出了声音：

“您以为您要去哪儿啊？那个，平底船，立刻掉头返回！到这儿来！到边上来！对！就是您！”

说出那道命令的不容置辩的声音带着慑人、粗鲁的回声在周围扩散开来。瞭望员以他驾船的缓慢速度遵循着命令，停在了驳船的一侧。几个在那儿等他的士兵在驳船边缘对他做着手势，伸出手帮他跳了上去。其中的两人跳上了平底船，把它开到了卡特琳娜所停泊的下游，在村子的尽头。一位军士长让瞭望员上前一步，对他指了指一个开着门的小舱，并紧跟在他身后，什么话都没说。一进舱门，马克洛尔就看见了一位军官正俯身在一端固定在墙面的小桌上仔细研究铺开的几张地图。他趴在那里继续用圆规测量着距离。对马克洛尔来说，短短几秒钟有几小时那样长。终于，对方抬起了头。军士长敬了个军礼，说：

“长官，您的命令已执行完毕。”

军官摘下架在鼻梁上的无框眼镜答道：

“您可以退下了。”随后，他定在那里直勾勾地盯住了刚进门的马克洛尔，还眯起眼睛，像是要看得更加清楚。他的眼睛是深邃的蓝色，光照上去，又变成闪烁的浅蓝。用推子贴头皮推出来的金黄短发已经花白，发际线有些高，这让他看起来更像是银行家，而不是军人。他一边条件反射般用手绢擦着眼镜，一边对瞭望员说起话来，声音低得与他的外表很不相符：

“我恐怕您就是那个把从巴拿马黑货市场弄来的自动枪和炸药运上坦博山的人吧。您的名字是马克洛尔，如果没记错的话，人们都叫您瞭望员。您是在不久前来的这儿，我想您的身份证件不全都合法。我猜对了吗?”他的话语和动作里有种疏离的礼貌，仿佛在严苛地保持着与对方的距离。这大概是他从总参谋部的培训中学到的完全无意识的惯有态度。

“是的，先生。你说得都对。但是关于您提到的武器，我想澄清一下。”瞭望员回答着，他从很久前起就一直害怕这件事的到来，并一直承受着这种恐惧，现在反而因此平静了下来。

“您所说的澄清，不用在我这儿做。到时候自会有指派的人来审您。现在，我只能告诉您，鉴于本地的紧急状态，军队被授予了特殊的权力，您被捕了。”用官腔讲完这照例说的话，军官对把马克洛尔带来后等在门外的军士长下达了命令：

“叫值班警卫来。”随即听见一阵匆忙的脚步声，一个士兵在门口立正站好：

“静候指令，长官。”

“把这个人带到司令部去，告诉阿里萨上尉，关于此事，我晚些时候会再和他沟通。”

“是，长官。”士兵一边敬礼一边答道。

他抓住犯人的手臂，与他一起出了船舱。两人向停着驳船的码头走过去，随后又顺坡爬上了一片土台。那是一个肥壮的桑博人，外表像足球运动员，制服穿得完美无瑕，面目模糊，是人永远不会记得的那种相貌。他一直没松开瞭望员的手臂，但是动作中也并不夹带丝毫的暴力。他更像是在引导犯人走向一个后者不认识的地方。他们走到了军营，瞭望员从前看见它时它总是关着的。现在则意外地熙攘繁忙，让他想起了蚂蚁窝。军人和军官不断进进出出。武器相互碰撞，家具和杂物在建筑内被移来送去，在这一切的嘈杂声中夹杂着果断下达的一个个命令。一切都以一种快速而准确的节奏找到了自己的位置，彰显出令人敬畏的效率与纪律。空气里飘浮着刚上过油的步枪的味道，闻起来也像教室，混合着汗臭和刚削完的铅笔的气味。

警卫把瞭望员带到了阿里萨上尉的办公室。对方是个黝黑的男人，身形矮胖，留着四十年代墨西哥电影中美男子的小胡子。身穿亮眼的白色薄衬衫和咖啡色的裤子。领口有一颗小小的纽扣，周围一圈橙色和开心果绿的条纹。“军情局的。”瞭望员在心里自语，“现在好戏开始了。”

阿里萨听过了警卫传来的口信，点了点头，没有说话。他把手举到额头的高度，草草敬了一个军礼，并示意士兵可以退下了。随后，他走出门，叫了某个人的姓氏。一个与阿里萨身穿一样便服的中尉走了进来，站到他身边，听了对方耳语的指令。中尉点点头，走向了马克洛尔，语气中不乏尊敬地对他说：

“请您跟我来。”

马克洛尔没有向阿里萨道别就跟着中尉出去了。后者领他走在熙攘的过道和办公室里，对他的态度里有种客观的尊敬，这让马克洛尔很意外。那声“请”仍然在他耳中回响。在普通的军人里，已经没有这样的讲究了。尽管是在军队服役，但从行事方法和语言来看，一般的军人已经越来越趋近于——地球上任何地方的——警察了。类似的发现让他相对放松了一些。他几乎可以预见到等待他的是什么了。他只是有些厌烦要去扮演老鼠，和狡猾又不知疲倦的猫做游戏，并要试着在对方的尖爪下逃生。但这并不是不可能，他已经准备好要开始比赛。

他们穿过了一个庭院，几个海军陆战队员正在那里组装六架机关枪。他们在太阳下平静地干着活。腋下和胸前的汗渍越扩越大，把灰色卡其布的军装染成了深色。马克洛尔和领他走的中尉走入了一个由强光照射、铁丝网保护的走廊。他想，他们应该自己组装了一个发电机，因为银港还没有通电。这些人之前应该在这里驻扎了很久。开开合合的门间，军官和士兵来来往往，都拿着纸张和装满资料的文件夹，两人就在那些门旁走着。到走廊尽头时，军官在一扇有圆柱插销的金属门前停了下来。门中央有一个带铁网的窥视窗。他从口袋里掏出一把钥匙，试了几次之后，找到了能开启那扇厚重大门的那一把。他示意让瞭望员走进去，自己也跟进去后又把门锁了起来。那是一间牢房，两扇几乎贴着屋顶的狭窄高窗被粗重的金属格栅保护，有些许光线从中透进来。地板上的浅蓝色瓷砖一直蔓延到高近三米的墙面上。房间正中有一张类似水泥桌的台子，台面中央有一条窄窄的凹槽。台面微微向前倾斜，让人想起洗衣台，只不过更狭长一些。台子脚下是他在瓜多竹上铺的被褥，还有从驳船上带来的他的背包。房间的一角有一个双盆洗脸池，一旁放着肥皂，侧面还挂着毛巾。另一角，挂着一条寒酸的窗帘，遮也遮不住它后面的厕所。水箱挂在房顶的高度，踩着马桶都无法够到。军官请他脱下鞋、解开皮带。瞭望员沉默地照做后把脱下的鞋和皮带交给了对方。

“如果您需要什么，可以用手掌拍两下窥视窗。日夜都有人会回应。每天给您送三次饭。吃的和部队一样。如果您不喜欢，可以让您之前住的公寓送来您想吃的东西。他们很快会来找您。这儿的事情办得都快。”

那个人说话时声调疲惫而冷漠，几乎让人安心。但他所说的话却让人不安，瞭望员开始进行种种推测。军官正要带着犯人的鞋子和皮带离开时，马克洛尔问了问对方那张水泥桌是做什么用的，这个房间又是用来做什么的。中尉回答说，现在水泥桌的功能是床，马克洛尔应该把床铺在上面。他没说别的就走出去，把门锁上，顺着走廊走远了。这个人做一切时都带着一丝不苟的耐心，里面藏着些恼人的、愚蠢的东西。

马克洛尔将床铺在水泥桌上展开，躺上去休息起来。高低不一的双脚让他觉得自己是一具正待解剖的尸体。一束发蓝的光从天花板中央的大功率灯泡中散发出来，光源也被结实的铁网保护着。他发觉光的颜色与地板和墙壁一样。那是无法让任何人平静下来的外科手术的氛围。显然，这是他们用来审犯人的房间，现在暂且可以安全地把他安排在这儿。他记得在比雷埃夫斯港也见过类似的地方。这里应该只是牢房而已，这让他安心了一些，如果说还有一些其他猜想的余地，现在最好把它们都先排除掉。他睡不着，但身体放松了一些，精神状态也随即得到了缓解。一些场景来到了他的记忆中，难以避免地和那个令人担忧、没有面庞的混乱世界——执法者正在那里奔波来去——有关。

他回忆起，有一次自己在喀布尔城郊撞上了一队阿富汗巡警，对方坚持要检查他和两头饥肠辘辘的骆驼要载去白沙瓦的货品—— 一些要卖给游客的地毯。他同时出示了货品的收据以及相关的经销许可。但一位留着扭曲又粗硬的大黑髭须的军士长还是把手伸进鞍具和保护骆驼的驼衣之间，并在那儿发现了羊皮小袋里塞满的未经打磨的半宝石。他在附近村子的监狱里被关了两星期，等待喀布尔政府的决定。他们并没有把他当囚犯，他经常可以出来在看守的家里吃饭。他们有傲骨，又有发自内心的亲切，热情好客到令人感动。在那里，他听到了关于商队与土匪——他们从雪山上下来，在中央高原崎岖的道路上播散着无数恐惧——交手的最精彩、最令人难忘的故事。他还得知了那些假托钵僧的事迹，他们侵害了许多下山到河边打水的姑娘，长期用各种复杂的方式摆布她们，进行情色仪式，把她们折磨到失去理智。在阿富汗监狱停留的这段时间让他熟悉了那片土地上最偏远不驯的其中一个村庄。最终，政府要求他补交了一笔宝石出境税，又请他为自己在被关押期间的牢饭付了钱。他的伙伴和守卫在他的两颊各留了一个响亮的吻，带着最炽热的真诚与他道了别。这个国家差一点儿就能为他的游牧人生画上句点，让他开始在真正的兄弟间生活，但他还是选择了与它道别。他们所居住的那个世界常常让他想起自己已放弃希望、不再寻找的那种理想范本。它就在那里，而他却永远地离开了它。

后来，他又记起了在不列颠哥伦比亚基蒂马特的监狱里度过的那两个月，罪名是绑架一位红皮肤的姑娘。他是在镇上的一个商店遇见的她。她有怯生生的深色眼眸，看人时紧张而专注，皮肤是烟草的颜色，仿佛拥有天鹅绒触感的清新，还有巫术般的魔力。他就这样被她吸引，于是开始与之交谈。她给他讲述了自己复杂的人生故事，父亲是酒鬼，母亲是妓女，挨打如家常便饭，他们还想把她卖给在海湾停靠的那些捕鲸船的船长。马克洛尔任这故事把他卷了进去，把印第安姑娘带上了他的小船。之前他一直开着它做些沿岸贸易，卖些皮草，有机会时也会贩卖从阿拉斯加走私来的猎枪。事实上，女孩儿精于云雨之术，她高超的情色技艺可以将一切谎言都藏在卓越美妙的感官之下。所谓的孤儿其实是一个高大波兰人的妻子，他在狂怒之下四处找寻掠走自己女人的家伙，并誓言要将对方勒死。他斜视的目光里血液涌涨，像是拥有可以摧毁一切的凶猛。当时，他已在船边等着瞭望员了，幸而警察及时赶到，马克洛尔才没有死于暴怒的华沙人之手。因受骗诱导的通奸罪，马克洛尔不得不在监狱待六十天。他觉得那罪名甚至是法官在宣判时临时发明的。那位法官是一个半瘫痪的侏儒，不知出于什么原因，从第一眼看到瞭望员时起就很厌恶他。若不是因为缺少衣物，夜晚挨冷受冻，那几个被幽禁在加拿大监狱里的日子甚至可以被他当作假期来回忆。那里囚禁着来自世界各地的人。几乎所有人都是因为盗窃罪名而被关在那里的，事实上，他们都是那一行的精英。他在那儿学到的——哪怕在最贫贱之时他也不敢实践——足够让他写一本关于盗窃及其相关技艺的百科全书。寒冷让人无法忍受，但监狱高层坚持只给每位囚犯发一套军队规格的薄毯。“我完全不怀疑”一个因在港口冷冻库里偷了鱼而服刑的智利人说，“这些毯子是军队的。但肯定是印度女皇陛下的军队。要是加拿大的，他们早就都冻死了。”

他离开时，波兰巨人正等在门口。对方满眼泪水地告诉他，自己的妻子又跑了，这一次是和一个制造鱼叉的俄国人。他没能拦下她，因为船已经朝着彼得罗巴甫洛夫斯基的方向起航了。他想请马克洛尔喝一杯伏特加，好为一起失去了一个情色技艺超群的女人而相互安慰。出于谨慎，瞭望员谢绝了对方的邀请。他知道事情会再一次在实力悬殊的打斗中结束，他已不想再回到监狱去挨冻了。波兰人陪他走到了船边。马克洛尔为起航做着准备，对方站在岸上，仍在细数着他因为那个可恶的鱼叉工匠而失去的种种欢愉。不要脸的俄国人。船已经离开了码头，波兰人还在拿手绢抹眼泪。他最后对马克洛尔说的话是，如果他在哪里遇见了印第安姑娘，要告诉对方，波兰人还在无怨无悔地等她，并已下了坚定的决心，要给她一个好生活。

银港的天渐渐暗下来。军人餐盒在牢房门外叮叮当当的响声把马克洛尔带回了现时的世界。饭菜有独一无二的滋味，寡淡，还有些发酸，典型的军营饭。他几乎没有去尝。只是要了第二杯咖啡，很快看守便端回了一杯掺了很多水的。不过犯人还是很享受地喝了下去。床铺的倾斜、天蓝色墙砖反射的光线还有手术室的白色天花板都让他无法平静地睡去。一大早，早饭便到了：乏味的咖啡和两小块硬得像石头一样的面包。来取餐盘时，一个看守带来了之前拿走的皮带和鞋子。另一个收拾好白镴餐具，对他说：

“现在他们会来带您去见阿里萨上尉。请穿上鞋、系上腰带吧。您有时间梳洗一下。在审问室清醒一些比较好。”

相对细致的考量、时刻挂在嘴边的“请”字、第二杯咖啡，还有现在看守的话，他不知道该如何解读这些。他无法认为这些只是简单的同情。新兵入伍时，从他们身上最先抹掉的就是这些东西。也许是海军陆战队特有的态度。不过，那些礼貌的话语和举止不该让他对现在即将决定他命运的那些人抱有希望，他不该认为他们会同情和宽容他。他打开洗脸池的一个水龙头——其余的都不出水——用从里面断续流出的夹带泥沙的温和细弱的水流洗了一把脸。门打开时他正在把脸擦干。那一对儿来送早饭的守卫把他护送到了阿里萨上尉的办公室。进门时，对方正站着翻阅桌上摆放的文件。守卫撤下了，阿里萨请马克洛尔坐下来。随后，他拿着文件踱起了步子。接着又把它们放回了原位，将两手撑在桌上，微微向瞭望员倾着身，直直盯着他。他穿的是一件新衬衫，一样洁白，一样完美无瑕。他墨西哥电影美男子的脸庞上没有任何表情。有那么一刻，马克洛尔甚至觉得他永远都不会开口说话了。一个稍显尖细、没有感情色彩的声音打断了他的想法：

“最开始呢，我们有一些关于您身份的问题。虽然那并不是逮捕您的原因，但也并不能让人安心。您拿的是塞浦路斯护照。最后一次的旅行许可一年半之前就已经过期了，是在马赛签发的。再之前是巴拿马、格拉斯哥和安特卫普。职业写的是水手。出生地不详。这个国家实际正处于内战中，这样一本护照很难让它的政府安心啊。您对此有什么可说的吗？”

“指挥官，我这是第一次，”马克洛尔自信而镇定地说，“听人这样描述我的护照。我已经在加勒比及其岛屿间航行了许多年了。再之前是在地中海和北海。从没有人对我的护照提出过质疑。但我现在确实发觉，鉴于此地形势的发展，一本我这样的护照可能会引起别人的怀疑。”

“嗯。就像我刚才对您说的，这不是我们主要感兴趣的东西。我们还是直说好了：您用自己在阿尔瓦雷兹高地买的骡子，把一批通过走私犯获得的武器运上了坦博山。交易是在巴拿马和金斯敦进行的。三个走私犯已经落到了军队手里，他们带的护照和您的十分相似。上面各个城市领馆盖的章在您的护照上也有。给任何团伙提供武器、破坏政治稳定的行为会受到的制裁想必您一定不会视而不见。我想听您就这件事来讲一讲。”

瞭望员一点一点为指挥官讲述了整个事件，他与范·布兰登的相遇、对方提出的交易，以及之后与运送货箱上坦博山相关的事实，他与接待他的两个外国人的联系、他们的行为，还有他从中推断出的东西。每一次提到那些箱子，他都坚持强调自己最初对货品的内容一无所知，直到他在骡子跌落的谷底找到标签残片，并在与赛古拉上尉相见之后才明白自己运的是什么。他的护照与那些武器贩子的护照上签注城市的重合纯属巧合。他从来都没有参与过这类生意，也不认识任何倒卖武器的人。他的确在不列颠哥伦比亚卖过从阿拉斯加低价购得的猎枪，但是那种枪连一个普通的地方警官都放不倒的。

看起来阿里萨上尉并没有听进去瞭望员的澄清，他继续着之前的腔调：

“您不觉得，至少，面对所谓铁路工程的这种荒谬的阴谋，一个人不可能完全不怀疑吗？还有布兰顿的神出鬼没，他在坦博山的那些同伙的模样，都很令人怀疑啊。您从来就没觉得这谎话背后藏着什么东西吗，哪怕是在码头上晃来晃去的最天真的小孩子都不会信的。”

“当然了，上尉。”马克洛尔也延续着自己的语调。“我一直觉得范·布兰登或者布兰顿是个不清不白的人，更不要说他在荒漠仓库的那些朋友了。但我当时想的是，或许他们只是在骗铁路的工程队，而且，我以前确实看见过几段废弃的铁道。工程重启对我来说并不是很可疑的事。我只管收自己的钱，他们搞他们的生意。我的猜测都很模糊，经验也告诉我，很多人虽然看起来不可信，但却是最忠厚本分的人。”

“用是或不是来回答我要问您的问题。”军情局的军官的声音更加尖锐起来，同时也透出了些许烦躁。“您在和赛古拉上尉谈话之前，知不知道自己送上坦博山的东西是什么？有没有看出最轻微的迹象，有没有一丝怀疑？在骡子摔下去前，您一直觉得那些就是修铁路的材料吗？”

陷阱就在那里，瞭望员想。他的答案所决定的，正是他的生死。于是他再一次地，用平静的语调强调了一遍自己对箱中货品的一无所知以及他对那些卷进这生意的外国人的自然而然的怀疑，他认为他们只是在想方设法诓骗签下工程的合同方。这一次，他详尽地叙述了他与赛古拉上尉的会面情况，以及对方如何将事实告知了自己并进一步请他配合军队行动，即完成最后一次旅行，将放在银港的和那几天可能会到港的货箱送上山去。他也提到，因为之前在矿洞的经验，自己辨识出了TNT的箱子。阿里萨打断了他几次，想确定他与赛古拉上尉见面的更多方面的细节以及堂·阿尼巴尔·阿尔瓦雷兹的参与，“他是我们完全信任的人”，那位军人随口给出了肯定。马克洛尔都讲完后，阿里萨沉默了几分钟。瞭望员觉得那简直像永恒一样漫长。终于，阿里萨又开口说起了话，这一次有了些许放松的迹象，脸上看更明显些，从在军队里熏陶许久的声音里倒听不出来：

“我不知道该告诉您什么，您是有好运气，还是完全没有。我们将来会知道的。您所说的关于赛古拉上尉的信息，如果能证实，那么您的情况就会明了了。但，我们所有人都敬爱的赛古拉上尉和他手下的全部人都在围攻坦博山仓库和矿工石屋时被杀害了。赛古拉准备在中间商和坦博山的人去搬武器时炸掉仓库，但他和他的人所面对的力量实在太过强大。对方使用的武器的质量和人数上的绝对优势击溃了军队英勇的抵抗。冲突接近尾声时，赛古拉上尉被一颗高爆手雷击中了。和他一起牺牲的，还有在他身边的最后几个人。现在，暂时就到这儿吧。我需要调查一下您的供述。到时候会再对您进行询问。”

他站起身，去门口叫了值岗的哨兵。回到牢房后，瞭望员便开始钩织一张推论与后果的网，好支撑起他刚获得的能顺利离开这个陷阱的希望。他整个下午都在读“亚西西的穷人”的生平故事。关于那位智者的回忆和翁布里亚和谐的风景——圣方济各的奇迹就在这理想的画框中徐徐展开，简单自然地发生，正如之后乔托在他的壁画中所描绘的那样——让瞭望员回复了平静，并在他目前的不幸与他内心最无法触及的隐秘地带——他对自己真实命运的信心一直从那里源源不断地涌出——之间拉开了有益身心的距离。那天晚上，为了睡得更好些，他把床铺移到了地上。那个不祥的水泥桌总给他带来最阴暗的预感。

守卫给他送来早饭时，问他为什么把床铺移到了地上。

“那个桌子有坡度，我睡不着。在地上更舒服些。这是被禁止的吗？”

“不是。”警卫回答说，“那个桌子本来就不是睡觉用的。”马克洛尔于是问对方它的实际用途是什么。在犯人所谓的无知面前，警卫只是不可思议地笑了笑，接着便转身走了，没再说话。马克洛尔也无心知道更多。一切都已清楚明了。

第二天，他们把他带到了庭院里，让他帮忙把弹药箱一起搬到了军营二层的一个仓库里，那里没那么潮湿。他一边干活儿一边想，命运真是讽刺，现在自己又要运送军火了。当天晚上他们通知他，第二天一早他得去司令部。早饭过后，果然有几个人来，把他带进了一间窗户架在河水之上的办公室。他们请他坐下后就离开了，把他一人留在了那里。过了一会儿，进来了一位上校，身上穿着洁净无瑕、没有一道皱褶的军服。军装是橄榄绿的，军帽也是，很像棒球手戴的帽子。他是个肥硕的男子，喘着粗气，面色通红，花白的小胡子，气质高傲。他的烟抽个不停，手微微颤抖着。像化妆成军人的俱乐部会员。他用迟缓而低哑的声音问了几个常规问题，与阿里萨的问题很相似。问话结束时，他戴上了一副金框眼镜，看了看他书桌上放着的猩红色文件夹里的资料。过了一会儿，他叫哨兵进门拿了些材料，并让对方将犯人带走。他一直没有抬头，继续看着资料，仿佛马克洛尔根本就不存在。

马克洛尔瞥到，上校翻看的一些材料是手写的。纸是从记事本上撕下的，沾有血迹和泥污。字迹清晰浑圆，很好辨识。回到牢房，他先前以为自己已控制住的惶惑、愤懑再一次开始折磨他。他就这样度过了这一天剩余的白日和大部分夜晚。梦中，上校出现了，这一次，穿着正式的军装，亲切且通俗易懂地为他讲述了一系列军事行动，但之后却越来越混乱，也越来越无趣。早晨，一如既往，是门脚下的噪声叫醒了他。他们给他送来了早饭。守卫告诉他，过一会儿，他们会再把他带到军情局的办公室去。一种让他压抑到喘不过气的疲惫、一种四肢的迟钝沉重和一种嘴里的苦涩味道耗尽了他在被囚禁的这几日里徒劳积攒的力气。显然，他的时候到了。但不幸的是，他此刻的抵抗力前所未有地虚弱，身体化作了一个模糊地疼痛着的口袋，在他最需要的时候拒绝支撑住他。一整个早上他都在等待他们的到来。午饭后，他堕入了压抑迷倦的睡眠。过来开门的守卫的脚步声吵醒了他。雨威胁着这个午后，为周遭染上了土耳其浴室的氛围，他已昏睡了好一阵子。连最微小的声音都需要穿过这令人窒息的毛茸茸的湿气层才能到达。

“我的司令官想和您谈谈。”守卫说，“请穿好衣裳，和我们走。”

另一个守卫等在门口。瞭望员用浸了水龙头浑水的毛巾擦了一把脸，又擦了擦身体的一些其他地方。他换上了干净的衬衫和一条盲妇人送来的齐膝短裤。这是他从水手时代起一直留着的裤子。他梳了梳花白、卷翘的头发，从两个士兵中间出了门。走过庭院时，他的腿像是有了更扎实的力气。知道自己要面对阿里萨的事实让他更清醒了一些。他的命运即将被决定，于是一种警觉的不安开始入侵他的身体。他感觉自己像一个将要参加复杂牌局的玩家，每一张牌都可能是决定性的。他走进了阿里萨的办公室。守卫们留在了门外，在他身后关好了门。军情局的那位军官正用拇指转着另一只手上戴的得克萨斯科珀斯克里斯蒂军士基地的毕业指环。他的领口上有徽章的洁白无瑕的白衬衫依然光鲜耀人。平直的髭须在刚刮过络腮胡的脸上跳脱出来，衬着一个淡淡的微笑，至于它真诚与否，瞭望员想，还是不抱希望为好。

“请坐，朋友。请自便。”他指着一把从别的办公室搬来的旋转椅说。马克洛尔只要稍稍一动，那椅子便会危险地从一侧倾斜向另一侧，他只好静坐不动，好保持着可恶的椅子的相对平衡。“朋友”的称呼在上一次上尉与他交谈快结束时也曾出现过。他说出它时，带着同谋的默契感，引起了瞭望员的警觉，于是后者决定把游戏继续玩下去，同时也要控制好自己的每一个反应、每一个答案。

“是这样的，”阿里萨说起话来，“咱们又开始在这儿想办法要弄清这件事了，实话说呢，在我看来，这事情比水还要清。没有人能说服我您是无辜的。我不相信您不知道送上坦博山的东西是什么。另一方面，我们也收集了一些关于您过往事迹的材料：在塞浦路斯走私武器，在马赛走私做了手脚的海军军旗，在阿里坎特走私黄金和地毯，在巴拿马做皮肉生意……我就不继续了，再念下去，这张列表要念上好几个小时。有这样经历的人不会真的认为自己所运的武器是修建不存在的铁路的建材。我没想明白的是，明明可以赚几千美元的活儿，您却只收了几张小票子就满足了。”

“我完全无意对您不敬，上尉。”瞭望员用尽可能平静、谦恭的语气答道，“但有些事您想象不到只是因为不了解我。您说的我在过去做的事的确都是真的，但是它们背后都有一些隐情，是在您刚刚这样简单的列举中体现不出来的。请相信我，如果我曾在某一刻怀疑过箱子里面的东西是什么，我是绝对不会搅进那些所谓的比利时人的浑水里的，因为这儿的情况本身就已经很复杂了。我通常不和他们那样的人一起做事。一开始我就觉得他们可疑。我几乎肯定他们在靠铁路的借口欺骗政府。”

“嗯。难说。不管怎样，”阿里萨继续说道，“总参谋部收到了赛古拉上尉在见您和堂·阿尼巴尔·阿尔瓦雷兹的那天晚上所写的汇报。在那份报告中，您被认为完全无罪，并且在积极地与我们合作。它证实了您在我们面前的叙述。除此之外，黎巴嫩政府还通过他们的使馆，向我们申请恢复您的自由，并愿意为您在我国停留期间的行为做担保。看起来，有一系列复杂的原因在促使我们同意黎巴嫩外交使团的申请，因为我们确实需要他们在联合国某个委员会的投票。事情就是这样，尽管我对您的无辜持保留意见，但现在必须要给总参谋部交上有理有据的调查结论了。您如果活着，事情就复杂了。”

马克洛尔无法确定军官指的是什么。对方在描述时的轻描淡写让他背后划过一阵冷战。他想，他们应该想让他死，但不能死在这里，以免造成不必要的混乱。他微微耸了耸肩，像是在为继续活着而感到抱歉。

“您可以活着离开了。我也没办法。但是不要再惹麻烦了，要直接消失。越快越好。”上尉把和马克洛尔说话时反复审看的所有资料都塞进了一个文件夹里。

“也就是说我已经自由了？”马克洛尔难以置信地问着，透出了些许可悲和幼稚。

“是的，先生。也就是说，从此刻开始，您已经自由了，并且，如果可能的话，需要立刻离开银港。您的平底船在码头等您。试着离开这个地区吧，它现在归军队管。如果有人在下游的其他营地抓住您，我们也无能为力。他们可不会等着中东的电报。知道吧？这不是他们的风格。明白了吗？”

“明白了，上尉。我完全了解。”瞭望员回答道，他尽力掩饰着正侵袭自己身心的愉悦与放松，“但我希望能等到晚上再走。我想这样更安全。这不会有什么不便之处吧？”

“没有。您自己看怎么安排吧。”阿里萨的回答很简短，他想尽快结束这次谈话，“您的船在那里。这有一张这个地区的通行证。但愿可以有些用。现在事情很混乱。天一黑就走吧，希望我们不会再见了。”上尉递给他了一张有自己签名的纸，上面盖着这个营地司令部的章，随后伸出手向他告别，瞭望员握了握他的手，随后便向门口走去，要开门时，他转过头问阿里萨：

“我能问一件事吗？”

“可以。说吧。”阿里萨不耐烦地答道。

“如果赛古拉上尉的报告没有送到总参谋部，黎巴嫩使馆也不在乎我的命，您会拿我怎么办？”

“您吗？”笑声卡在了军官的喉咙，“那样的话您已经死了一阵子了。您安心走吧，记得我和您说的话：小心行事，这些地方不是您这种人待的。”

马克洛尔回到牢房去收拾东西，此时已经没有守卫在看着他了。他一边往堂娜·恩蓓拉的背包里塞衣服和用具，一边想着他的朋友、旧时的旅伴阿卜杜尔·巴舒尔。阿卜杜尔在丰沙尔的一次空难中去世，自那之后，他仍在通过家人和遍布四方的朋友继续照顾着瞭望员。马克洛尔每一天都会想起他，带着无尽的温柔和无药可医的怀念。如今，他再一次地拯救了他的性命。他抽泣起来，一汪泪水停在了他的胸口。随后，他努力恢复了平静，在哨兵的一脸冷漠——此前他们曾那样近距离地监视他——前离开了营地。

去盲妇人公寓的路上，阿里萨上尉的话依然在他耳边回响："这些地方不是您这种人待的。"他想，或许，这世界上就没有给他待的地方。没有任何国家能让他的脚步停下来。瞭望员其实也可以引用他的一位诗人朋友——在安的斯山中的一个多雨城市里，他与马克洛尔一起走过了无数酒馆和咖啡店——曾说的话："我能想象出一个国度，模糊、朦胧的国度，迷幻、奇妙的国度，我是那里的公民。什么样的国度？在哪里？……不在摩苏尔，不在巴士拉，也不在撒马尔罕。不在卡尔斯克鲁纳，不在阿比隆，不在斯德哥尔摩，也不在哥本哈根。不在喀山，不在坎普尔，也不在阿勒颇。不在傍湖而建的威尼斯，不在虚幻奇谲的伊斯坦布尔，不在法兰西岛，不在图尔，不在埃文河畔斯特拉特福，不在魏玛，不在亚斯纳亚-波利亚纳，也不在阿尔及尔的浴室。"他的同伴继续列举着那些或许从未踏足过的城市。"这些城市我都去过，"马克洛尔想，"在其中的很多地方都遇到了意外的生命转折，现在我就要离开这个破村子了，但始终不懂自己当初为什么会落入命运带来的所有陷阱中最愚蠢的这一个。现在唯一要做的就是到达潮掩区，只剩河口的潮掩区这一个目的。这就是一切了。"

堂娜·恩蓓拉正焦急地等待他："太好了，他们放您出来了。纳奇多通知了我。他看见您从军营里走出来就跑回来告诉了我这个消息。我让他去土耳其人那儿买柴油了。叫他给您送到船上去。天一黑您就走，并且要加够油，这样三天内都不需要停船，这很重要。海军陆战队驻扎的军营都不要停。”盲妇人什么都想到了。她像是老了几岁，头发显得更白，背也更弯了些。她依靠盲人专注的忍耐力，默默承受着自己身陷军营的租客的飘忽不定的命运，担忧他能否活着出来，这着实令人感动。在那充满慈爱的关怀里有母性的成分，也有更多深切的同情，她同情这个男人，他的生命里充满了逆境与不定，与她的生命——隐没在山脉脚下、棕色河水旁的一个角落，没有人会真的陪伴在侧——毫无相似之处。

她按照他的偏好准备了咖啡，请他到厨房去喝。瞭望员的东西已经在那里准备妥当，只差送上船去。再添上他背包里装的几样东西就好。纳乔从码头回来时，把它们都聚在一起，带到了平底船上。托马西多在那边守着，顺便等待和马克洛尔告别，最后再发动一下马达。他们面对着自己的上过釉的杯子，里面倒满的黑咖啡热气腾腾，散发着粗糙到几乎野蛮的香气，这时，盲妇人开始给瞭望员讲述从认识他起便埋在心底的事。

“有件事，”她对他说，“我很早就想和您讲了。我之前没有说是因为它可能会给您带来更多负担和痛苦，当时您正因为骡子还有那该死的货运活计烦恼不堪。现在已经到了需要告诉您的时候了：芙洛尔·埃斯特维兹曾在这里待过几年。就住在这个房子里，我们成了很好的朋友。”

闷闷的一击，正正落在胸膛里，让瞭望员一时失去了呼吸。他一刻都不曾忘记那个在荒原上收留过他的女人。她在公路旁开的休息站名叫“阿尔米兰特之雪”。那年，他到达那里时，被毒蜘蛛咬伤的腿几乎已经就要坏死。她有蓬乱的深色长发，做爱时沉默、激烈，几乎有宗教的意味和植物的色彩；她的愤怒可以毁掉周遭的一切，她顺服的温柔又会让一切复原。芙洛尔·埃斯特维兹，怎么可能会忘记她。苏兰朵河的旅程结束时，他曾爬上荒原去找她，什么都没有找到。只有已成废墟的荒凉休息站。载他前往公路最高点、芙洛尔旧时住处的司机提到了拉奥萨谷。于是他去了那里，各处都找不见她的身影。他后来甚至在渡口卖起了女人衣服，渴望她有一天能经过那里。现在，在这里，她的踪迹却忽然显现，犹如奇迹。他的声音哽在无法止息的悲伤里，费力地问盲妇人还知不知道其他关于他朋友的消息。

“她常常说起您。”堂娜·恩蓓拉说，“所以，刚见到您，我就已经像老朋友一样熟悉您了。芙洛尔说，她离开休息站是因为边防卫队去了那里，征用了她的房子，要把它改成一个哨站。好像那些边防兵后来也离开了那个地方。之后的一个冬天很凄惨，山崩掐断了公路，人们不得不在别的地方重新开辟了一条道。再也没有人回去，一切都成了废墟。”

“我回去了，堂娜·恩蓓拉。几乎都倒了。”

“芙洛尔·埃斯特维兹，”盲妇人继续说，“于是到别处尽力讨生活去了。她去哪里都会问起您。在大港口的潮掩区，她开了一家裁缝铺，改宴会服和婚纱。后来生意每况愈下，警察也来找麻烦。芙洛尔就把所有东西都卖了，逆着河一个接一个港口地走。到银港时，她发着高烧，力气全没了。也不剩一分钱。有段时间她住在我这儿，在公寓里帮帮忙。我们成了很好的朋友。我早上会帮她梳头，她头发很乱，但是很美。后来她疟疾治好了，变得越来越受欢迎。最后和一个石油公司轮船的船长走了。我后来再也没有她的消息。您不知道她和我重复过多少次，人生中唯一折磨她的事就是您会以为她抛弃了您，已经不爱您了。‘我直到死都会背着这个十字架的。’她说，‘如果哪天能再见到他就好了，哪怕只有一小会儿。’现在您已经知道了，但她，如果还活着的话，应该还在被这无可奈何的遗憾折磨着吧。”

马克洛尔不知该说什么。事实上，他发觉自己不可能再说出什么了。夜幕已经落下。他们又聊了一会儿，两人都在想着他的出发，都有离别给人留下的那种感觉——一切都猛地回到过去，抽空了此时此刻的意义。终于，堂娜·恩蓓拉对他说：

“该起航了。您一定多加小心。我们想起您时永远都会觉得亲切。很遗憾那些书您没能为我读完。我常常和圣方济各交谈。您不知道他给我带来了多少陪伴。这份礼物我会一直保存到离开人世。盲人就是这样和生活把账扯平的，我们会记忆自己所爱的人来抵御黑暗。做盲人也不算太坏，您知道吗？我想事实上也没有太多东西可看。您说呢？”

“您说得有理，堂娜·恩蓓拉。”瞭望员心里涌着感动，“的确没有太多东西可看，而且，仅有的可看的那些有时还是忘记的好。”

他站起身，走向盲妇人，低下身子去拥抱了她。盲妇人也默默抱紧了对方，没有泪水，没有啜泣。无所不知的她感觉这个男人即将离开她的拥抱，告别即是永别。

马克洛尔走下坡，去了码头，托马西多正在那儿等他。纳乔之前已把他的行李送到了船上。马达已经开始运转，隆隆响着，间或干咳两声，是上了年纪，又经历了临时的修补和暂时的调整后出现的症状。马克洛尔与老人道别时，似乎在他眼里看到了一瞬热情友爱的光亮。纳乔的表情很严肃，头发梳得十分齐整，堂娜·恩蓓拉送他的新衣裳也显得格外亮眼。瞭望员摸了摸他的脸颊，随后跳上船，一个字都没说。男孩的眼眶湿润了。马克洛尔想着安帕洛·玛利亚，想着她安达卢西亚玛哈的样子。老人用脚蹬了一下半开着马达的船，把它推到水流中央。小船被河水带着，进入夜晚，仿佛滑入了一个致命的陌生世界，瞭望员没有回头，只招招手道了别。他靠着船舵，仿佛一个疲惫的卡戎，已被自己回忆的重量压垮，因而要出发去找他一直寻觅的、无须付出任何代价的宁静。

附录

关于瞭望员临终时光的记录有数个版本。其中最老的那段叙述，题目过于虚浮，令人完全无法相信其真实性，文中说它"描绘了瞭望员马克洛尔记忆中一些旅途经历的画面，记录了他所熟悉的某些旧物"[1]。那本小书——从各方面来看均属伪造——所述马克洛尔之死浸染了过多的文学色彩，使人无法信服。此后出现过一篇相对更为真实的散文，有读者认为它详实地描绘了我们友人的逝去。这段文字名为《居所》，载于《海外医院评述》[2]，现在已几乎寻不到此书了。数年后，终于出现了一个看来最为贴近现实且最符合《绝美之死》中所述情形的版本，我们会在后文中将它誊写下来。然而，它却遭到了瞭望员多位友人及同伴的反对，其中包括路德维西·泽尔（Ludwig Zeller）、恩里克·莫利纳（Enrique Molina）及贡萨洛·罗哈斯（Gonzalo Rojas），他们。罗哈斯甚至威胁要上诉法庭，以驳斥他这位老友及诸多罪行的共犯——它们多与醉酒狂欢或情色爱欲相关——已离去的说法。我们远远无意质疑上述诸位反对者的权威，但仍会将前文所述最后一个版本（它出现在几年前所发行名为《商队驿站》[3]的书中，该书记述了马克洛尔其他的一些经历，其真实性令人完全信服）誊写在此。这段文字以自由体诗段的形式——它比人们所习惯的诗句更长一些——写成，名为《在潮掩区》：

进入潮掩区前的空闲里，瞭望员忆起了他生命中的一些时光，从那些时光中持久地——这持久规律且怡人——涌出了他日复一日活着的理由、延绵不断的活着的动因，压制着死亡和缓的召唤。

1 《瞭望员马克洛尔全集》，第63页，巴拉尔出版社。选自《诗人岛屿》，巴塞罗那，1973年。——原书注

2 《海外医院评述》，波哥大，普洛文化出版社，1986年，第151页。——原书注

3 《商队驿站》，第55页，墨西哥，经济文化基金会，1981年。——原书注

他们乘一只生锈的驳船顺流而下，那是从前为高地运送燃油的一条平底船，多年前就已废弃。如被砸烂的金属的雷声中，马达哮喘般奋力地推着船只前行。

平底船上有四位乘客。有时，为了修理残破机械的故障需要停船靠岸，他们会趁机摘下岸边的水果充饥果腹，其中的许多尚未成熟。另些时候，他们会捞起水面上裹挟着泥沙的溺死的动物的浮尸。

两位旅客在无声的抽搐中死了，因为他们吞掉了一只水老鼠，在杀死它时，它一直怒瞪着双眼盯着他们。难解的费力的死亡面前，疯癫的炽烈中那两颗红宝石。

于是，陪伴马克洛尔的，只剩一个在妓院斗殴中受伤了的，在某个内河港口上了船的女人。她穿着肥大的衣服，深色乱发间，一片一片干了的血迹把头发压扁在头皮上。她整个人散发着水果和猫科动物之间的酸甜气味。女人的伤好得很快，但疟疾却把她撂倒在吊床，吊床挂在支撑着寒酸的锌板棚顶的铁柱上，棚顶罩着下方的船舵，还有马达的控制杆。病人的身体在颤抖，瞭望员不知道是因为高烧还是因为螺旋桨让人忧心的震动。

在水流中央，马克洛尔坐在一张长凳上，控制着方向。他随波漂浮，并不努力避开漩涡或沙石浅滩，越接近潮掩区，越是如此。那里，河开始与海混在一起，轻易地延展出一大片泥泞的盐地。

一天，马达忽然哑了。那些金属，应该是在不知多少年的不断拼搏之后擅自投降了。巨大的阒寂落在了旅人身上。过了些时候，在热带的迷倦里，水流拍打扁平船头的声响和病人纤弱的呻吟渐渐催瞭望员向梦境走去。

就是在那时，在难以慰藉的饥饿所带来的明澈的恍惚中，他将自己熟悉的、经常出现的那些征兆圈禁了起来，正是它们滋养了构成他生命中某些时光的物质。在漫无目的地开进入海口潮掩区时，瞭望员马克洛尔想起了其中的一些旧日时刻：

一枚从他手中滑脱的硬币。在安特卫普港口的一条街上滚动，落入一个下水口。

驳船甲板上晾晒衣服的女孩的歌声。船停着，正待船闸开启。

为床榻木板镀了金的阳光。他与一个女人在那张床上过了夜，无法听懂她说的语言。

树木之间的风。带来了清凉爽利。令他在到达拉阿雷纳时力量焕然一新。

与卖奇迹金章的商贩之间的对话。发生在图尔克–利马农的酒馆里。

被激流的轰鸣熄灭的那个咖啡园女人的声音。每当失去一切希望，她就会来到水边。

火。是的，急猛地舔舐着摩拉维亚一座城堡高墙的无法阻挡的火舌。

河岸街一个肮脏酒吧里的举杯相碰。他在那儿见识到了恶的又一张面孔如何迟缓而毫不意外地从众人的冷漠前划过。

交缠在一起的两个赤裸、年迈的妓女所伪装的呻吟。在伊斯坦布尔的一个窗口朝向博斯普鲁斯海峡的小房间里。她们的声音模仿着人们常举办的欲望仪式。形同摆设的她们的双眼望着脏污的墙壁，任眼妆墨[1]顺没有年龄的脸颊滑落下去。

一场想象中的与比亚纳王子的漫长对谈。瞭望员展示了将在普罗旺斯展开的行动的计划，只为挽救这位不幸的阿拉贡王室继承人的一处难以守护的遗产。

仔细擦拭的武器上过油后摸起来滑滑的感觉。

1　原文为khol，结合上下文可知，为中东女子常用的眼妆墨（kohl）。可能存在拼写错误。

火车停在炽热洼地的那个夜晚。猛烈的急流冲撞着巨石，星辰乳白色的微光下，几乎预见不到那些石块的存在。香蕉园中的哭泣。氧化物般的孤独。从黑暗中飘出的植物的呵气。

关于他的过去的一切故事和谣言。累积起来，塑成了另一个生命，永远在场，显然比他自己的由恶心和幻梦组成的苍白而虚空的存在更美好可爱。

木头的咔嚓一声响。吵醒了迪郎帕街上寒酸酒店里的他，在夜正浓时，将他抛在了那片堤岸。只有上帝才知道那边的模样。

不自主地快速颤抖着的眼睑。由此可知这个人已坠入死亡。他泛着恶心、不含怨怒、不得不杀死的男人的眼睑。为拯救一个他已无法忍受的女人。

一切等待。用愚蠢的经营、勤恳的努力、旅行、空白的日子、流浪的路线来填充的那段无名时光中的一切空洞。他正在这伤痛的阴影下滑向死亡，于是伸出手，向他的全部人生讨要自己从未使用过的、他相信自己有资格获得的那一点点生命材料。

几天后，护卫队的船在红树林发现了停在那里的平底船。女人的身体已经胀大，浑身的恶臭如无边沼泽，向远处漾着，令人无法忍受。瞭望员在船舵下方被发现，身体干瘦，如太阳暴晒下的无数枯干根茎。他圆睁双眼，盯着那切近的无名的空洞，在那里，逝者终于可以找到活着时在流浪途中不被准予获得的安宁了。

货船最后一站

给G. G. M.。

一直想把这个故事讲给您，

但生命的喧嚣总让我

事与愿违。

……

一种老船的气味和声响，

朽烂的木头和生锈的铁，

嗥叫和哭泣的疲惫机器

推着船首，踹着侧舷，

咀嚼着哀叹，一口一口吞噬着距离，

在酸楚的水上发着酸楚的水的声响，

在老旧的水上推着老旧的船前行。

——

巴勃罗·聂鲁达，《货船上的鬼魂》，收入于《大地上的居所Ⅰ》

永远怀着能找到海的希望，

他们在路上，没有面包，没有拐杖和钱箱，

只啃食苦涩得完美的金柠檬。

——

斯特凡·马拉美，《厄运》

讲述这个故事的方式有很多——就像同样存在很多方式来讲述我们中任何一人的最无足轻重的生命章节一样。我可以从故事的结局说起，但对于许多参与者来讲，它甚至连开端都算不上。况且，作为被卷进这事件的第三人，在面对自己当初所经历的一切时，我并不太能分清它的开端和结局。因此，我想按照我的个人经历以及事件发生在我身上的时间顺序来讲述所发生的事。不过，或许这并不是听到这个特别的爱情故事的最有趣的方式。自听到它起，我便有冲动把它叙述给一位天赋异禀、极其善于讲人的故事的大师。现在，在将要把它写下来给他——因为一直没能讲给他听——时，我倾向于用一种更简单、直接的方式，以免在我所无法掌控，甚至不该试图去掌控的大路、小径以及弯道处冒险。但愿那些爱意不会因我的笨拙愚钝而失去魅力，也不会失去它们漫漫长路上的痛苦迷人之处。它们短暂且没有结果，因而与从许多世纪之前便开始令我们着迷的经久不息的传说——从皮拉摩斯与提斯柏、特里斯坦与伊索尔德，到马塞尔与阿尔贝蒂娜——有着共通的东西。

我将讲述的是从故事主角口中听来的，所以别无他法，只能凭借自己并不丰富的手段，倾尽全力将它写下。我本希望由更有天分的人来做这件事，但却没能实现：我们落花流水的喧嚣生活无法为之提供条件。我写下这一声明，也并不能保证自己免于受到我寥寥几位读者的严苛评判。评论自然会一如既往地完成它的任务，并将这些远离当今阅读品位的文字抛入遗忘之中。

当时，为参加一个石油公司内部刊物的专家会议，我不得已去了一趟赫尔辛基。出发时我实在很不情愿。根据预报，十一月底芬兰首都的天气会一直阴郁。虽然我喜爱也熟悉西贝柳斯的音乐以及最易被人遗忘的诺贝尔文学奖获得者——弗兰斯·埃米尔·西兰帕——令人难忘的文字，但它们已可以满足我对芬兰的好奇心了。也有人对我说，没有雾气时，从维龙涅米半岛向外延伸的那一端可以望见圣彼得堡的壮美绝伦，看到它教堂的金顶和雄伟的建筑。这理由应该足够帮我去面对那个想象中的、自己从未挨受过的严酷寒冬了。的确，零下四十度的赫尔辛基是瘫在那里的，仿佛被笼进了一个不可穿透的磨砂玻璃罩中。它的建筑物的每一块砖、它的被大理石般的雪所埋没的公园铁栏杆上的每个角落、它的公共雕塑的每一个细节，都清晰得像是被切割出来的，鲜明锐利，几乎让人难以承受。在城市的街道上行走犹如冒生命危险的壮举，但却可以得到动人的美学补偿。当我向会议同伴不经意提起自己想走到港口最东侧的便道，去眺望彼得大帝的帝国首都时，所有人都向我投来了诧异的目光，仿佛我是个没有任何生存能力的傻瓜。在必须出席的一次集体晚宴中，一位芬兰同事礼貌又谨慎——大概是被我疯狂到没边儿的企图吓坏了——跑来告诉了我那样做的危险。“在那个地方，”他说，“风跑过去，会把一切挡它路的东西都冰冻成块。任何大衣，无论多厚多保暖，都不管用。”我问他，在那种太阳转瞬即逝，但出现时却明艳耀人的少有的平和日子里，我是否能够实现愿望，从那里远远眺望到“北方威尼斯”。他认为有这种可能，但需要保证有车在一旁等候，可以在变天时立即把我送回酒店。在那个季节，几分钟内就能天色大变。我们公司驻芬兰的代表帮我找到了车，并答应在晴日即将到来之际提前告知我。

机会来得比我想象得更快。两天后，我接到了一通电话。对方说第二天会来接我去我想去的那个地方。我们公司的气象学家保证，大约会有三小时的晴朗，其间不会有丝毫雾霭。第二天，汽车准时来到酒店门口接上了我。我们进入围绕城市某片区域的大道，向码头所在的郊区开了过去。司机不会芬兰语外的任何语言。我之前学会的四个瑞典语单词也派不上用场，两人完全无法交流。不过，我和这位像是从《卡勒瓦拉》书中走出的车夫也确实没有太多可说的东西。我本以为路途会更长些，但二十分钟过后我们就到了地方。下车后，眼前的景象简直让我词穷。天空澄澈到了极致。港口上的每一辆轿车、岸边停靠的每一只小船，以及在非现实的寂静中，在海湾静止的水面上穿行的每一艘船都那样清净，让人觉得整个世界仿佛刚刚诞生。视线尽头，切近到难以想象的地方，同样清晰地屹立着的，是彼得·罗曼诺夫[1]——为满足自己作为伟大专制君主的幻梦和作为暴君恐怖伊凡的狡猾子嗣的卑鄙目的——建起的城市。白色的建筑和闪耀的教堂穹顶、血红花岗岩的码头以及横跨河道的意式风情的美丽桥梁都好像触手可及。一面巨大的红旗在海事法庭外迎风飘扬，让我回到了现实，它的无知愚蠢在那一刻，在另一个世界半透明的空气和完美的城市规划所带来的惊人景象前显得格格不入。我坐在保护柏油路面的花岗岩石栏的边缘，脚垂在钢镜一般的水面上，全神贯注地欣赏着那个在我人生中一定不复出现的奇迹。就在那时，那艘货船[2]第一次出现在了我的面前，它是这个故事极为重要的角色。众所周知，tramp steamer 指的是那些小吨位的货船，它们不为大的航运公司工作，只在港口间临时运些货，随便运去哪里都可以。这些船就这样拖着自己卑微的身影苟活，看着它们寒酸的状况，我们实在无法想象它们竟活了那么久。

它忽然进入我的视线，缓慢如受伤的蜥蜴。我有些不敢相信自己的

1 指彼得一世，即彼得大帝。

2 英语：tramp steamer。小说题目中的“货船”亦为英语。

眼睛。圣彼得堡辉煌壮丽的背景前，寒酸的货船慢慢侵入，遍布船身的污秽锈迹一直延伸到吃水线。驾驶室及上层甲板的一排给船员有时也给旅客使用的寝舱在许久以前被漆成了白色，如今，外表的一层污垢、油渍和锈迹已使它们的颜色模糊难辨，那是一种穷困的颜色，不可阻挡的衰败的颜色，绝望却无法停止劳作的颜色。它脱离了现实，滑行着，带着机器的苟延残喘、连接杆的节奏失调，不时发出威胁，仿佛就要永远息声沉默。它在非现实的宁静景色中占据了特写的位置，让先前令我着迷的美妙惊喜变成了一种难以确切描述的东西。这个流浪的大海残余物中，有某种对我们尘世命运的见证。某种更准确、更有说服力的"尘归尘"[1]显现在这如光润金属的水面上，在最后几任沙皇金白相间、流光耀人的首都前。我的一旁挺立着瘦高的建筑和芬兰海岸的一个个码头。就在那一刻，我心底泛起了对那艘货船的温热的同情。我感觉它就像一位不幸的兄弟，一个由人们的懒惰和贪婪造成的受害者，执拗地在所有的海域中划出它痛苦的黯淡尾波，以此回应他们。我看到它开远了，钻入了海湾里，像是在找一个无须费力便可轻松停靠的不起眼的码头，或许，如果可能的话，收费越少越好。船尾挂的是洪都拉斯国旗。扬起的浪涂抹着它的名字，隐约可见的最后几个字母为：...ción。出于讽刺或——更确切地说——嘲笑，这艘老货船叫Alción[2]也不是不可能。残缺的标志下方，能轻松地看到它的注册地：科尔特斯港。在这已被人遗忘的北欧最和谐的一处全景中，一艘凄惨的加勒比货船缓缓出现，与之形成了清晰的对比，然而，我在海运事务及其错综复杂的肮脏贸易网中的有限经历还是让我避免了对之做出任何愚蠢无知的判断。洪都拉斯货船将我送回了我的世界，送到了我最重要的记忆的中心，在维龙涅米半岛的那一端，我已经没有更多事要做了。正巧，那位神似勒明盖宁的车夫向我走了过来，指了指天空中迅速集聚的铅灰色乌

1　拉丁语：Pulvis eris。参见《圣经·创世记》第三章第9节：你本是尘土，仍要归于尘土。

2　Alción意为神翠鸟。

云——它预示着气温即将骤变。回到酒店后，我的同事们纷纷问起了我的体会，因为我在这之前实在太常谈起它，也太过期待。我用平常到乏味的寥寥数语敷衍了过去。那艘货船把我带到了与斯堪的纳维亚半岛上、波罗的海旁的此时此地相距甚远的一片现实里，但还是不说为好。事实上，也没有什么可说的。至少在那个地方没有。

生活时常会找我们对账，我们也最好不要忽略。它就像被提供给我们的某种平衡，让我们不至于深陷美梦和幻想的世界，并使我们回到温热、日常的时间序列，毕竟我们的命运实际上是发生在后者之中的。我是在芬兰之旅——也就是说，发生在北欧的那次相遇——的一年多之后得到的这个教训，那次相逢后来逐渐变成了反复出现的冰冷素材，不断滋养着我的噩梦。当时，我正在哥斯达黎加做多伦多一家技术公司代理商的媒体顾问，那家公司正在研究输油管的建造工程，我已经记不清所造管道是从哪一个港口通往内陆的了。在一场意外的穿梭于劣质夜总会间的酒精之旅中，我认识了两个朋友，他们想请我去圣何塞坐游艇游览蓬塔阿雷纳斯的尼科亚湾。我迅速地接受了邀请，当时我已厌倦了和同事之间的无聊对话还有他们对自己的高尔夫球技的没完没了的吹嘘——我每次听到都会立即泛起一阵恶心。其中一位邀请人名叫马尔科，我曾在前一夜与他分享过一些关于酒精的理论以及它在不同行为领域可能造成的后果。他开车来接上了我。一个多小时后我们就会到达蓬塔阿雷纳斯。游艇的主人及其妻子——她也加入了出游的队伍——已在那里等候。马尔科话里有话，像是有所隐瞒，或许是要给我一个惊喜。我压制住自己的好奇，与对方一同回忆起之前那一晚不太体面的夜游，两人就这样开了一路。到蓬塔阿雷纳斯时，我再次见到了太平洋的水，它永远那么灰暗，永远要变脸的样子，从瓦尔帕莱索到温哥华一直一个模样。浓重的湿热让我的精神松弛，邀我尽情享受出海观光的旅程，我对此满怀自然而然的憧憬，随后也会感觉它的确不负期待。游艇主人的家看起来有些乱，但又不失舒适，普通得和我们这些国家其他的沿海民居家没有什么两样。杂乱古怪的家具堆在一起，显然是他们圣何塞的家中多余出来的东西。冰箱里塞满了啤酒，还有几罐鱼子酱和必不可少的蕉叶裹的名叫玉米粽子的东西，除了种类繁多但都难以下咽的玉米面团，里面还塞了各种天知道是什么的危险馅料，从犰狳肉到野鸭应有尽有。我们把东西都带上了游艇，游艇很大、很壮观，甚至在房屋的院子里洒下了阴影。船主做了一个手势，我们纷纷顺船梯爬了上去，一个身形硕大、笑眯眯的黑人男子帮我们下到了甲板，他言语简短，但透着清醒的智慧和无可争辩的幽默。马达在船主的指挥下发动了起来，黑人在一旁帮着忙。忽然，传来几声女人的叫喊："我来了，我来了！等我一下啊，混蛋们！"于是我们纷纷往房子那边看去。一个女人向我们跑来，穿着一身我印象中再简洁不过的比基尼。她很高，肩膀稍有些宽，腿很长，很轻盈，纺锤形的大腿坚实有力。她的面庞美得很传统，却因精致的妆容和无须过分艳丽的五官而显得更加出挑和无可争辩。她离船越近，那透着逼人青春气息的身体便愈发显现出完美。她身后还有一个六七岁的孩子在跟着跑。他们黇鹿一般跃起，跳上游艇。她一边微笑一边喘着粗气问候了众人，接着又让孩子也照做了一番。"要是把我给扔下，各位到时候会饿死的，笨蛋们。只有我知道吃的在哪儿，还有该按什么顺序上菜。"她欢快地笑着，丈夫则轻蹙着眉，装作忙着研究操作台的样子。他低声对舵手下达了些命令，随后一句话没说地登上了船头甲板。他在右舷边缘坐下，开始用一支点45口径的步枪朝在我们上方飞翔的北鲣鸟射击。夫妻之间的紧张情绪逐渐扰乱了射击节奏。没有一枪打中，只是震着我们的耳朵，让交谈变得更加困难。"不要担心，"她一边笑一边说，"子弹打完了他就不会再吵咱们了。大家都想喝点什么？来一瓶小啤酒降降温，还是要更烈点儿的东西？"哥斯达黎加人口中的这些指小词总是让我不适，常把我带入茫然青少年才会有的那种夜不能寐的紧张状态。我们选择了去帮她准备几杯金汤力。她在我们中间穿行，收集着每个人的杯子，仿佛博尔赫斯所急切召唤的黄金阿佛洛狄忒要走来祝福我们。与我们的感官近在咫尺的美带着奥林匹斯的气息流转，不过我们之间的对话最终还是变得流畅与稀松平常起来。母亲在那边哄着晕船的孩子，在我看来有些过于宠溺了。她仿佛在用它来弥补他们显而易见的婚姻危机的过失。开进海湾入口后，我们在一座小岛旁抛下锚，在那儿用了午餐：令人印象深刻的龙虾，配的是名声稍逊的、葡萄品种来自莱茵河谷的纳帕谷葡萄酒。马尔科几次悄悄和我说，他们的婚姻即将瓦解。游艇的主人可以继承一大笔财产，但终日都像奴隶一样为他父亲—— 一个冷漠无情的阿斯图里亚斯人——干活儿。夜里，他依旧过着单身汉的夜生活，好像从没结过婚。有好几个晚上，他妻子在从父母家回自己家时，在圣何塞的主街撞见他开着载满妓女的车跑过去。把手枪里的子弹打光之后，在整个游览过程中，年轻的财产继承人几乎一直在和黑人说着一些关于船舶养护的话题。他不时也会和我们搭两句话，话里的亲切显得很勉强，让人很难把话茬儿接下去。女人则在照顾孩子的间隙分出一些精力来招呼我们每一个人，自然优雅、慷慨亲切，他们国家她这个阶级的女性大多是这样，在地位更低微的女性身上，这样的气质会更加明显。“他们和我说您是作家。”她转头来问我，好奇里透着紧张，“您都写些什么？小说还是诗？我很喜欢读书，不过只读些浪漫言情类的。您写的东西很浪漫吗？”我不知该如何回答她。一时场面有些紧张。最后我还是说了实话。傻子才会认为这场对话会有可能的后文。“不浪漫，”我回答说，“我写的诗和故事都很悲哀。”“我觉得很奇怪，”她说，“您看起来也不是个悲伤的人，感觉没怎么受过生活的打击。那您写那些悲伤的东西是为了什么呀？”“就这样写出来了，”我回答着她，想尽快结束这没有智慧闪光的问话，“没办法。”她停在那里想了些什么，脸上划过了一丝失落的阴影。我没想到她是认真问的。从那一刻起，虽然我并没有被排除在团体之外，但显而易见，她最好的微笑已不再向我展露。

快到傍晚时，我们回到了蓬塔阿雷纳斯。那一晚我得在圣何塞参加一场经济部的会议。阳光、加利福尼亚葡萄酒的做作香气，还有在午后的热气中不断挪动的女人的身姿都让我昏昏欲睡，把我带入了一片梦境，不过我并没有睡着，还在听着他们的对话，只不过已经不再潜入语义深处。忽然，一阵难以解释的沉默落下，我感到有不同寻常的清凉阴影侵入了周遭的氛围。马达的噪音开始在附近的水面响起，带着崭新且恼人的尖锐。我醒过来，睁开眼，看见我们正从一艘大船身旁开过，整个港口都沉浸在它的机器的艰难运作中。第一眼，我没认出它来。只是因为我从来没有这么近地看过它。是赫尔辛基的那艘货船。同样的布满锈迹和污垢的船身，仿佛已经废弃的驾驶舱和舰桥。马达垂死的鼾声因为切近而更加浓重。在赫尔辛基时，我注意到船上没什么船员，也没有乘客走动。只有舰桥上一个模糊的侧影证明有人存在。我当时觉得是因为外面天气实在太冷。事实应该也是如此，因为现在就有几个海员正站在船头甲板的舱口和栏杆旁看着我们，他们的面庞没什么特色，都留着几星期没刮的胡子，破旧的衣衫上满是油污和汗渍。其中几个说着英语，另几个说土耳其语，还有几个说葡萄牙语。每个人都用各自的语言评论着我们身边的女人，她正冲他们露出刻意天真的微笑，使劲摇晃着手臂向对方致意，整个胸部都快要袒露出来。他们的评论愈发放肆了，我禁不住想，此时这些男人眼前的景象大概会在他们无止境的未知艰难旅程中一直陪伴着他们吧。太阳又重新照回我们身上，暖着我们，这时我再次读到了船尾那谜一样音节“...ción”，下方写着科尔特斯港，字迹的白色就要挣扎着消退在混着油渍、泥土和铅丹色污迹——它们正徒劳地抵抗着吞食整个船体结构的锈迹——的那层船皮间了。“那些可怜的人连巴拿马都到不了。”女人高声说，带着介于母性与稚气之间的悲伤。“两年前，我在赫尔辛基见过那艘船，”我也不知自己为什么搭话。“那是哪儿？”她有些吃惊地问。“在芬兰。波罗的海。靠近北极的地方。”我多解释了一下，因为发现那些名字对她来说并不意味着什么，或者说几乎没什么意义。在场的人都讶异地看着我，几乎是难以置信的表情。我感到很倦怠，不愿把事情都讲出来。而且它也不该被讲给他们。它不属于他们。货船的插曲、我的沉默还有所有我们吃喝下的难以消化的东西熄灭了众人的交谈，直到靠岸都没人说话。在那儿下船后，我们径直走向了自己的车子。我们用能想到的最合适的话告别了那对夫妇，她一边往身上套一件轻薄的棉罩袍一边揶揄我："等您写浪漫的东西时，给我看看好吗？算是拿龙虾换的好啦。"众人皆知的老游戏了。是瑙西卡的游戏，也是肖夏太太的游戏。它们有时会给人欢愉，但也常常令人扫兴且毫无意义。去圣何塞的路上，我发觉自己已然忘记了这次出行的美丽女伴的名字。我并不想问马尔科。最好在记忆中保留住那两种匿名的存在，从那时起，二者在我的脑中便密不可分了。和颜悦色却不时口吐粗言的波提切利画中人和那艘货船被摧毁的魂灵。他们一次次在我的梦中相互使对方完整，通过那些相通的管道——诗歌也经由它们而产生——传递着他们留驻在那里的愿望。

生命的偶然会让我与洪都拉斯货船再在路上相遇两次。但前两次的照面已足够让它残破的模样反复纠缠、现身，在它一次次出现的背后隐藏、跳动、运转着那个规则时刻更变、被我们称为命运的模糊游戏的各个机关。我并不能说它后来的出现没能给之前现身增添任何意义。它们当然会让它更加深刻地留在那幅影像——它载着死亡的召唤中最隐秘、最鲜活的精华，将人类带往他们的尽头与终结——内部。因此，我也想讲述一下另外那两次相遇，它们与前文中已出现的那两次的不同之处仅在于它们出现时所选择的场景。

牙买加一直是我在加勒比最钟爱的地方之一。很长一段时间里，金斯敦都是我的国家与美国之间航班的中转站。我总是把转机的时间延长——通常会是一整个周末——好去享受那里绝佳的天气与风景，这些都是纳尔逊中将做岛屿总督时曾给家人写信赞美过的。对我来说，加勒比作为整体，是无与伦比的区域，那儿发生的一切事物的节奏与光彩都与我在人生中从未做过的事情十分相符。在那里，我所有的恶念都会得到平息，感官能力也会变得敏锐，以至于像变了个人，与那个穿行于远离海洋的城市间、踏遍满怀敌意——这敌意庄严而恭顺——的国度的自己截然不同。不过对我来说，加勒比的某些岛屿比另一些岛屿拥有更得天独厚的条件，可以把庞塞·德·莱昂所寻找的那类海水浴的体验完善到极致。牙买加就是其中之一。因为一些不值得提及的原因，我有一些年没有踏足牙买加了。等回来时，一切都变了。四处都跳动着好斗的气息，冲突总处在爆发的边缘，令它的居民模样大变，与之打交道时务必要万分谨慎，以免挑起事端。这样的紧张状态甚至显现在了其气候中，尽管它的本质没有改变，但牙买加人看待它的态度和心绪早已不同。又一个关闭了的天堂，我想。很多类似的地方都经历了相同的过程。再多一个对我来说也不是太大的损失。同理，随着年纪增长，最终支配、激励我们兴趣的想法只会剩两三个，地球给我们提供的理想之地最后也会减少到两三个，我想也许两三个都太多了。总之，当时我曾经发誓不再回牙买加，我想享受革新的、慷慨的加勒比时，所选择的都是别的地方。

后来我曾经在哥斯达黎加待了一阵，在尼科亚的河溪瀑布间游览了一番，几个月之后，我在巴拿马上了一架飞机，受卡耶伊教师协会邀请，去波多黎各谈谈我的诗歌。我们清晨出发，半小时后便返航去“检查通风设备的一个小故障”。实际上是因为一台涡轮机停止了运转，另一台不得不拼命弥补，看起来那架乒乓作响的寒酸737已撑不了太久。我们在巴拿马待了漫长的两小时，看机械师像贪婪的蚂蚁一样，拆卸又安装一个个涡轮机零件。广播里通知说小故障已得到修复——我总会问自己，为什么他们一有技术方面的问题就会把话说得很生硬呢？我们可以登机了。飞机的起飞还算顺利。一个半小时后，当机长通知我们即将飞过古巴岛上空时，飞机经历了一次颠簸，全部乘客都惊惶而沉默，只有从驾驶舱发出的断断续续的广播在过道上滚过，试图掩饰他们自己的慌乱。“因为左涡轮的一个机械故障，我们需要降落在牙买加金斯敦。请系好安全带，调直座椅靠背，收起小桌板。飞机已开始下行。”是机长的声音，并不是所有乘客都认为他的镇静是好迹象。我合上一直在读的书，准备欣赏金斯敦海湾的全景，记忆中，它是一个典型的加勒比的角落。的确，当飞机开始在港口上空盘旋，我再次欣喜地望见了围绕城市的群山上爬满的浓密草木。那是一种很浓的绿，有些地方甚至绿到发黑，另一些地方则因竹子的新叶和挺拔庄重的蕨类植物而泛黄。有两架飞机正在排队起飞，于是我们不得不盘旋着等待准许降落的讯号。为了不过度使用马达，它的速率已降到了最低。机身慢慢下落，已经对准了跑道。我入迷地望着海湾的水。一艘永恒的战舰沉没在它正中央，我一直都没有弄清楚它的国籍以及失事当时的情况。每次一落地，我就会把它忘得一干二净。在绕码头盘旋的时候，我远远地看见了那艘货船，不可能弄错——它已经嵌入了我最顽固的记忆中。它就在那里，停靠在一座码头旁，仿佛一条度过疲累饥饿的夜晚后趴在门槛上的狗。我发觉自己已经对它太过熟悉，不是从前那样以平视的角度而是从上方就认了出来，没有半点儿犹豫。感觉它右舷有些低，再转回来时，我看到码头的吊车正在给它装货。货应该暂时集中堆在了库舱的一侧，或许因此船才有些倾斜。

我们得留在金斯敦过夜。所有去迈阿密的航班都是上午出发的，没有别的办法，只能等我们那架737的涡轮被修好。他们把我们安置在了市中心的一个酒店，并不很豪华，但很安静，酒吧招待是个个头很矮、头发花白的黑人，做事很有效率，是调制“拓荒者宾治”的一把好手。所有人都觉得可以用罐装果汁、朗姆酒、冰和大家都知道要放的樱桃调出这种鸡尾酒。我们酒店的这位酒保则严格遵照近乎神圣的传统方法自己榨取菠萝汁，再按经典比例添加朗姆酒和冰。当时是正午十二点。四杯拓荒者宾治下肚后，我发觉吃午饭已经变成了一个后果会很严重的错误选项。调慢了喝酒的速度后，我想自己应该可以安稳地等待日头落下去一些再去用餐。在此之前，我已经想过要去那艘船上看看。感觉如果不这么做，就像是严重破坏了某种礼仪和友爱的原则。就像明知在金斯敦住着一位亲爱的老友却刻意避开不去和他联络。一些同机的旅伴已经计划好要夜游夜总会了。我没有告诉这些人等待他们的将是多么肮脏的体验，也没有为了给晚上积攒精力而睡午觉，而是去了港口，去见我那位悲惨的朋友，并打算之后再回到酒店去尝尝我已经开始和酒保学习调制的鸡尾酒新花样。酒保没有事先问我就准备了一个完美清爽的金枪鱼三明治，让我当作午餐，这样也可为晚上的酒精体验省下一些空间。太阳变得可以忍受时，我叫了一辆出租车，去了港口。我在空中时便看好了停靠货船的那个码头。很快，我们就顺利到达了那里，但是入口的铁栅栏是关着的。一个凶巴巴的傲慢桑博人告诉我们说不得入内。仓库已经关了，码头没有任何作业在进行。我问起了那艘货船，他告诉我货已经装完了，它就要起航。我再一次觉得自己像是辜负了一个亲爱的人。一张五英镑的钞票和一通需要给船长捎紧急口信的复杂解释软化了守卫的恶意，他放了我进去，并警告说，进是可以进，但半小时之后就不会有人给我开门了。因为他要下班，码头会一直锁到第二天。我赶忙跑向了自己推断的那艘船的停靠处。到地方时，货船已经开始移动，缆绳已经收起来了。在蓬塔阿雷纳斯见到的那几个船员，仍有着留了好几天的胡子，穿着脏污的汗衫和满是补丁的齐膝短裤，嘴里叼着烟，失神地望着远方——他们好像在盯着它的内里而不是表面——海上的人总会沉浸在其中，以此抵抗、避免去怀念那一切可能的、骗人的、短暂的、丢在陆地上的回忆。货船的注册信息没有改变，洪都拉斯的国旗蔫蔫地挂在船尾，下方那行“...ción”仍旧铺展着它黯淡的谜。船在牙买加载上的货应该不多，船身浮起，吃水线远远高出水面。因此我也得以窥见正艰难击打港口暗色海水的一部分螺旋桨。与前几次相比，这艘在海上服务的老船更加清晰有力地展示出了它破败的现状。此时的它正不知第多少次地开始艰苦的险途，卑微得像维吉尔《农事诗》中拉齐奥的阉牛。我觉得它是那样黯旧，受尽了打击，逆来顺受。它服从于人的工作，他们的卑鄙、放肆令它的努力——它仅有的奖励是耗损和遗忘——更加高贵。我待在那里，望着它消失在海的尽头，感觉自己的一部分也进入了一段没有归途的旅程。一阵警报提醒我是时候离开码头了。守卫正在铁栏杆那儿等我，他用手里一串钥匙敲着大腿，让我明白自己正惹他不痛快。五英镑的效用早就过期了。

我回到了酒吧。辜负自己梦境——夜眠带来的梦境和喧嚷的不眠夜中出现的梦境——的黑暗迷宫中的同谋与伙伴让我觉得十分痛苦，当那位引导我探索群岛朗姆酒能调配出的各种可能性的鸡尾酒专家亲切接待我时，我才好受了一点。几对最先回来的情侣到达酒店时，我就上楼去睡了，他们对金斯敦的夜生活之旅感到失望。给他们讲述昔日充满卡利普索舞曲和热浪姆酒港口景象也毫无意义。他们不会明白的，当然了，也不值得努力去说明。但丁说，没有什么是比在艰难中忆起幸福更痛苦的了。哪怕要做这件事，今天的我们也应该独自去做，这样也挺好。

现在，该讲我与货船的最后一次相遇了。那时，没有任何迹象表明那会是我最后一次见到它。如果知道，事情就会以别的方式发生。现在回想起来，那时对我来说最显而易见的一点是，如果这样的相遇持续下去，事情就会染上类似神话色彩的纠缠烦扰，延绵出复杂疯魔的螺旋线，它的终点很可能是狂暴的不幸——古希腊诸神会用它们来惩罚那些违背他们不可更变计划的僭越者。不过我们的世界已不复如此。人只会完成其他人逼我们进行的那一小份复仇的额度。微不足道。我们生命中的温和地狱已不足以成为无上诗歌的素材。我想说的是，我并不确定那是我们的最后一次相遇，但当时有些什么在告诉我，游戏不能再那样进行下去。它不在我们划定的那个可以想象的狭小区域里。

十年甚至十多年前，我曾经去过奥里诺科河河口。当时，我正在特立尼达进行控制液化煤气的培训。那一次，我了解了那种叵测燃料的各种危险和用大小不一的石油罐演奏出的安的列斯音乐的无尽美妙。夜里，还有很大一部分白天，被潮起潮落的节奏催眠，在大半年里统治岛屿的和缓的火炉热气中，我们总是渐渐昏睡起来。一个难忘的周末，我们乘坐公司的拖轮去了错综复杂的三角洲，奥里诺科河就在那里将自己的水铺散开来，汇入表面温驯，内里狡诈，充满歹毒与意外的大西洋里。我仍记得鸟儿们被打断的歌声，它们纷繁的颜色和大小让我们惊讶赞叹了一整天。晚上，在无边热带的浓密黑暗里，震耳欲聋的鸣叫和鸟群不断闪动翅膀的声响一直都没有停歇。

现在，需要再次回到这个地方，但这次，是为了完成几个国家的联合行动——它们都对富饶的奥里诺科河流域感兴趣。我们中一共有六位律师，我则勉强充当了效率极低的秘书角色。我同意参加这次官僚冒险纯粹是因为想回到这个三角洲来，关于它的记忆仍旧能让我发出浸染着怀恋的、完好无缺的对大自然的壮美的赞叹。我们在圣何塞德阿玛古罗安顿下来，住在一个军营的木屋里。一切设施都齐全，甚至还有空调负责把我们与外面的气候隔开，但后者其实很能带给我舒适以及头脑活跃机敏的感觉，容易与某些陌生致幻剂的效果相混淆。关掉空调，躺在床上，被具有些许仪式感和庄严感的尖顶蚊帐保护着，让夜携着它的在一浪一浪的热气——它很潮湿，像爱抚，甚至有繁衍的意味——中飘游的香气进入房间，几乎没有别的愉悦能与这种惬意相比。一连几天，我们都在游览复杂的阿玛古罗三角洲。都是些浮于表面的粗糙行程。要熟悉这样繁复绚烂的迷宫可以花上几年的时间。我们去了古里亚波和圣菲利克斯。从那里开始就出现了我们的塑料文明的令人作呕的迹象：垃圾食品、走私商品，还有尖利的乐声。后来我们回到了圣何塞德阿玛古罗，花了一整个星期来完成之前他们请我们做的报告的第一稿的准备工作。这份工作对我来说是一场有益身心的深入三角洲的涅槃之旅。我们需要溯流而上，一直到玻利瓦尔城，在那里，这些书桌前的专家会将写满了丰富结论的第一份原创稿交上去，他们的天分令人怀疑，不会说任何值得记忆的东西，他们的文字洪流将在总理府的资料中睡去，直到某天被其他天分相同的专家挖掘出来并再次运转起周期性的愚蠢，来确保他们能安心获取自己的那份薪水以及实现那项灰色的名为“干事业”的丰功伟绩。我借口说自己开始发烧，需要去营地的护士站看急诊，没有加入去首都的旅行。与值班大夫的一番短暂的谈话让一切都安排妥当，之后我便可以专心乘小艇探索阿玛古罗了。我选择的是一只带马达的大船救生艇，由一位眼神锐利、沉默寡言的原住民驾驶，他对三角洲了如指掌。有一天，我会再讲起那次旅途，事实上，我断续写了一些诗，有那段如神明馈赠般的日子的痕迹，那些作品都散落在一些短命的杂志和难以让人记住的书籍里了。我的同事回来时，没有就我可疑的康复能力发表任何看法。他们都沉浸在讨论中，说着关于里约热内卢协定和不可泄露的蒙得维的亚会议结论的题外话。显然，愚蠢可以扰乱感官，甚至可以掩盖美妙如阿玛古罗三角洲的视觉、嗅觉与听觉奇迹。

当时，我们将乘坐委内瑞拉军队的一艘军舰返回特立尼达。之后大家会坐飞机返回各自的国家。一天清晨，军队海岸卫队的警报声吵醒了我们，是来接我们的船。大家半睡半醒，热咖啡还在食管里就上了船。大雨倾盆。缆绳被收了起来，警报再次响起，宣告着起航。就在那时，我们听到了一声喑哑的呻吟，几乎像是动物发出的，回应着那警报。“是一艘进港的船。它过去了，我们就走。水上通道很窄，因为河水堆起了很多泥沙浅滩，和涨潮时带来的树干积在了一起。”一位军官带着军人在与平民交谈时特有的寡淡态度为我们做了一番解释。几天前，就有什么在向我宣告那艘货船的切近。一种模糊的不安，一种因为离开那个地方而生出的喑哑悲伤，一种可以预见将来会有的对自己曾在那里所享受过的一切美好的思念。的确是它。*神翠鸟号*，在对它痛苦的异乡漫游的钻研中，我已经习惯了这样叫它。那时我也发现，它的状况已不再允许它离开加勒比及周边地区。它要去玻利瓦尔城。“去运木材。”刚才那位军官说道，看着那片年纪不详的荒诞废墟，他露出了宽容的微笑。它从我们眼前经过，连接杆仍旧发着节奏不定的敲击声，唯一的烟囱寒酸地向上竖着。甲板上没有船员，只有一个模糊的侧影在指挥室中敏捷地操作着操纵杆。玻璃上不知积了多少年的油污，让人看不清室内的状况，只能瞧见屋顶吊灯散出的昏暗微光以及某些机器转瞬即灭的指示灯。这时耳边响起了在尼科亚的游览中那位衣衫不整的美丽女士所发出的感慨，只不过这一次说出它的是陪伴我们的那位军官："都已经这种状况了，不知道为什么还要冒险。下这么大雨，洪水会飞快地涌下，浅滩一下子就会堆起来。感觉它撞一下就会散架。我从没有见过这么废的船。"作为那艘货船——认识它时，它正带着伟大战败者的平静和慑人的尊严进入赫尔辛基港——的无名支持者，我情感的最深处因那些话而疼痛了起来。这个容貌俊俏、被套在刚刚浆过的完美制服里的军官怎么可能知道那艘脆弱货船的徒劳而神秘的壮举呢，我亲爱的神翠鸟号，所有海洋的族长，战胜台风与暴风雨的勇士，在无数失落的险境的港口，它曾用世上的所有语言申请过靠岸。它从我们面前经过，迟缓，有些倾斜——看起来问题不是它所载的货物，而是超过它承受能力的重压所造成的结构变形——现在，一阵轻微的震颤传遍了整个船身，仿佛一阵隐秘的高烧，或再也隐藏不住的极度虚弱。"开到半速，机器就控制不住螺旋桨的节奏了。"水手回答了那一刻我脑中正自问的问题。船首再一次显示出了它的羞愧，旗子挂在那里，仿佛遇难船只的破布。他们终于补齐了它的全名。的确叫神翠鸟号。其实要猜出来也并不太难，当时根据残存字母的位置可以推断出，前面只容得下一个音节了。

海岸护卫队的船开到了全速，进入了水道，凭借轻盈高效的螺旋桨的转动，船首轻松调整到了朝特立尼达的方向。操作中的轻快与敏捷有些轻慢无理，那样的高傲甚至有些让人无法忍受。不过很显然，我什么都没说。人们知道这些有什么用呢？尤其是总理府那些光鲜亮丽的官员，他们在单调的接待活动中，在使馆的饭局蠢话里，在遵循愚钝而无用的标准流程的忙碌间已经被彻底磨坏了。我下到自己的寝舱，想在午饭通知到来前睡一小会儿。我的胸口沉沉地受着压迫，感到了一阵没有名目也没有明显来由的焦虑，一种无法明确的不祥预感。神翠鸟号进入三角洲河湾的形象一直在梦中忠诚地陪伴着我，像是要告诉我些什么。我不想去解译。午饭铃声忽然叫醒了我。我不知道自己在哪儿，也不知已经几点。从淋浴头中落下的水是温热的，夹带着些许泥沙。我理清了需要理清的几条思绪，做好了与旅伴们交谈的准备。

我与那艘货船的相遇就这样结束了。对它的记忆化成了那个无法摆脱的影像集合的一部分，它们总是与我这个人的最无机最坚硬的那部分本质混在一起。它在我梦中出现的频率越来越低，但是我清楚地知道它永远都不会完全消失。当周遭环境和现实中的一些非同寻常的细节和它与我相遇时的情景相似时，我会在不眠的夜里记起它来。随着时间流逝，藏匿那些影像的那个角落会变得更深、更隐秘、更少被踏足。遗忘就是这样工作的：曾与我们那样密不可分的我们自己的事，在残破的此时此刻的作用——它是拟态的、欺骗性的、持续的——下，终究会变得陌生怪异。当其中的某个影像带着想留下的贪婪欲念回来时，学者们口中的“顿悟”便会发生。这种经历可能是毁灭性的，也可能可以向我们确认一些会帮我们活下去的切实有用的信息。我说过，自己之后再也没有见过那艘货船，待我再次得到它的消息时，却彻底地了解了它令人心碎的全部历史。只有极少的时候，神明们会揭开遮蔽旧日一些角落的面纱：也许是因为我们未必总是做好了准备去看。我忽略了那些将天意看得比自己的痛苦更重要的人能有多幸福。

在游览过奥里诺科河河口的几个月后，我不得不在可以通航的大河——它穿过了我国的大部分地区——旁边的一个制糖厂中待了很长一段时间。一场激烈而漫长的工会斗争让我在那里停留了几个月，从粗暴的工会外交工作，到在地区电台和日报中谨慎发声，把企业这边的一些态度传达给民众，做了很多事。事态平静一些的时候，我便会回到首都，不是坐飞机，而是顺流而下，坐船到大港口去。我坐的是公司的拖轮，虽然很小，但很舒适，总是拖着载有燃料和沥青的长长的平底船船队。每一只拖轮都有两间给乘客的寝舱，舱内的客人会与船长分享由两位牙买加厨师准备的餐饮——她们二人的厨艺令人赞不绝口。梅子干酱猪肉，椰丝米饭配炸香蕉，河鱼鲜汤，还有不可或缺、永远受欢迎的佐餐饮品——梨汁伏特加，它不仅能奇迹般让人神清气爽，还能把我们带到一种明媚的状态里，让人惬意地欣赏永远变幻莫测的水上风景，在这酒饮无可估量的魔力下，岸上的一切都像是发生在覆着天鹅绒的幸福遥远之地，不过那景象我们永远都不会试着去解译。(值得说明的是，我们这些对拖轮旅行上瘾的人上了岸之后总是想去复制这杯梨汁伏特加，但总会落入不可饶恕的失落，遇上的都是难以下咽的东西。)夜里，大家会聚在小甲板上聊天，期待那不会到来的凉爽微风，在长久的聊天过后，大家会被那几位黑人女子的笑声和她们难懂却流利的口音——她们的英语听起来就像一团言语乱麻——催得睡意渐浓，最后纷纷倒在床上。

最后罢工没有爆发，与工会的谈判也进入了一条激烈而无谓的争论之路，需要花很长时间才能走完。我决定去港口，于是跑到了我们船务部门的办公室，想在下一只拖轮上预订位置。一直以来接待我的那位员工当时正在与一个头发花白而茂密的瘦高男人谈话，后者说话时带着法国与西班牙北部的口音，着实引起了我的兴趣。“船长会同您一起去。”员工就这样介绍了他。男人回头来看我，他带着亲切的微笑——也透着平和的严肃——用力握了握我的手：“琼·伊图里。很高兴认识您。”他灰色的眼睛几乎藏在了浓密的眉毛之后，投出的目光是典型的在海上过了大半生的人才会有的。他说话时会看着对方，但总让人觉得他同时也在看着远方，一条假定的海平线，并不确切，但永远存在。他们把上船的备忘录递给了我，那位海员也等在那里，想和我一起出门。于是我们一起去了食堂所在的小木屋。已经通知了用午餐。他走路步子很坚定，有些像军人，但腰部会轻轻晃动，像是仍在甲板上行走似的。我实在好奇，于是冷不丁地问起他来："不好意思，船长，我对您的口音特别感兴趣。您别介意，这是我很难戒掉的一个怪癖。"男人笑得更开了。他的牙齿很完美，被黝黑的面庞和浓黑的髭须衬托得更加明显。"我理解。您不用担心，而且我已经习惯了。我在法国巴斯克地区的艾诺阿出生。父母是巴约讷人。因为各种家庭原因，我是在圣塞巴斯蒂安上的学，之后在毕尔巴鄂做的海员。我有两种母语，但是每说起一种就会夹带另一种的口音。人们也总对我的名字感兴趣。在这儿，美国人都叫我约翰，他们觉得是那个最常见的名字。""我一听您的名字，"我说道，"就觉得您是巴斯克人。我在毕尔巴鄂有个朋友也叫琼。是个很好的诗人。"我们继续聊着，一起吃了午饭。他是典型的巴斯克人。会保持庄重的距离，却真诚无保留。这一向是他们族群吸引我的一点。但在这项民族美德之外，能看出他心里保守着一块区域，有外人入侵时便会猛地竖起防线。这让人觉得他曾经去过类似但丁笔下地狱圈的地方，在那里，折磨并非肉体上的，而是十分痛苦的精神秩序上的。第一次见面时，我们便发现两人有许多相同的兴趣与相似的回忆，因此也可以预见未来旅途中的愉快。"在艾诺阿，"我对他说，"有一次，我在从丰特拉维亚去波尔多的路上把租来的汽车撞坏了，只好在那边的一个旅馆里住了一夜，也不知为什么，我牢牢记住了旅馆的名字：奥汉泽亚旅馆。""那是我父亲的一个表兄开的，很多年前了。"他告诉我。有时，这样的细节会在两人之间构建出一团完满的亲切，我们也不知为什么。这倒也不奇怪。与对方分享——哪怕是很短暂地——我们童年里的一片风景或一个地方都会让彼此产生类似家人的感情。当然，这种情况在漂游四方、没有靠山、居无定所的人身上就更明显些。我们两人正好符合：他是海员，我是事与愿违无数次更换了居住国的人。

三天之后，拖船到了。我在夜里上了船。要顺流而下去港口的平底船船队已经做好了起航准备。我在寝舱安顿下来时没有看到伊图里。于是把自己的东西放好，去了甲板，想在备好让乘客使用的帆布椅上坐一会儿。说是甲板，其实那只是一个修辞形象。驾驶舱上方一块长四米宽三米的地方，很难被宽容地称为甲板。需要爬一段梯子上到上面去，四周一圈铁栏杆被漆成了公司的颜色：红、白、蓝。人们因此一定会讲关于法国国旗的笑话，不过已经不再有人用心去听。从那个高度绝佳的瞭望台看出去，河与两岸的风景无与伦比。我靠在椅子上，准备欣赏起航的细节。把载燃料的一队平底船带动起来，拐过大河曲折的河湾，所需的熟巧与配合在我看来是难以超越的壮举。这时，我感觉有人顺梯子爬了上来。是伊图里。我得承认，因为内河航行的操作着实令我着迷，自己几乎已经忘记了他。他没有问好，只是自然地延续起我们上次在别处的交谈，说道："我一直都没弄明白为什么这类航行操作会让我有些不爽。他们在水里也有些像是在铁道上。顺水或逆水，都有些像儿戏。您不这样认为吗？"我于是只好和他坦白，自己的看法正好相反，它让我好奇，甚至令我尊重。带着满载着易燃液体的十只平底船航行在我看来是种壮举。"您不用理我，"巴斯克人回应道，"我们海上的人都是有些怪癖的。在陆地上时，总觉得只是路过，所以不懂得去欣赏那里的事情。比如说我吧，就很厌恶火车。我觉得它用的铁太多了，废了那么蠢的力气，噪音又那么大，这是我的感觉。"这位海员——他挨受着陆地生活的迟缓的笨拙——简单的诚恳惹我发笑，不免鲁莽但又让人无法反驳。我们继续说着，中间不时有长长的沉默。那是他第一次坐公司的拖轮旅行。他并不为公司工作。来这里只是为了做一份鉴定报告，因为我们的一艘运油船在停靠阿鲁巴时连续出了两次事故。保险公司委派他在调查中代表他们的利益。他只好去了制糖厂，因为只有在那里他才能得到一些用密封舱运燃料的信息。现在，他需要回去，登上一只将把他送到亚丁去的比利时船。那有一份代理船长的工作在等他，是一只小船，正在海湾国家之间做些运送冷冻食品的沿岸贸易。原本的船长糖尿病发作，有很长一段时间不能工作。

我们去海港的路程预计会超过十天。拖船需要在不同地方停靠，放下一些平底船，再带上另一些已经卸完货的，把它们拖到海港公司码头的载货层去。我们都不急着到达。“我本可以坐飞机走的”，伊图里说，“但我觉得顺河而下更有趣、更平稳。我一直想完成一次这样的旅行。我只去过一些三角洲的河段。比如，斯海尔德河的、泰晤士河的，还有塞纳河勒阿弗尔那段。不是所有河都这么通畅和安全的。不是所有。”我感觉他最后一句话中有些什么东西。像是一种让他说不出话的困难，像是嗓子里的干涸，我甚至觉得那是一声意外卡住的嘶哑的嘟哝。他沉默了好一阵子，随后，我们开始谈别的东西。

旅途的日常流程在梨汁伏特加的帮助下变得愉快起来，我们会用加泰罗尼亚语称呼这种饮品“vodka amb pera”，以纪念我们共有的对巴塞罗那酒吧的忠诚，尤其是对“伯阿达斯”和“萨沃伊”这两家的钟爱——他们的精神智慧已趋近完美醇熟，实在难以超越。两人渐渐发现，我们各自在那座伯爵城的经历竟像是复制出来的。同样的地方，相同的境遇，在城中某些角落会显现出的相似的弱点，对古希腊港口安布利亚斯以及航海俱乐部做的鮟鱇鱼的一致的热忱。尽管他作为巴斯克人总有保留，我也十分乐于尊重这一点，但日子一天天过去，我们谈论的话题也越来越个人、越来越私密，这并不奇怪。信任自然而然地显露出来，每晚，在第三杯vodka amb pera下肚之后，我们便会进入谨慎的情感私语区域，在那里，两人都十分慎重，杜绝虚浮的炫耀或者对真正了解那些内心秘密灾难毫无益处的陈词滥调，因为那类事情只能在罕见的甚至令人难以想象的机会中才能被分享出来。

一个晚上，热气难耐，我们坐在椅子上，望着圆月迟缓地划过无云的天空，那景象在那个地区很少见。光落在水上，落在山上的空地，落在岸边，有种梅特林克戏剧布景的味道。很自然地，我们谈到了佛兰德斯的话题，它的城市，它的人，它的食物。不可避免地，最终也谈到了安特卫普。因为种种原因，那座城市对我来说很珍贵，并且，在我看来，它是最有魅力的港口，它的运转最为和谐，在斯海尔德河上，精细巧妙的部署、不慌不忙的操作，令船只的进出往来变成了芭蕾舞一般的存在。正如之前所说，我们已打破了信任的壁垒，这一次，是伊图里主动，他一下子引起了我特别的兴趣。

“在安特卫普，”他说，“我第一次遇见了注定会改变我生命的人。一个是黎巴嫩人，算半个制船工匠，半个商人，同他的大部分同胞一样，精明、优雅；还有一个是他的合伙人兼朋友，国籍不详，在地中海的各处游荡，做各种各样的生意，不过不是所有时候都会按道德规矩办事。我们是在一个港口的一家印度尼西亚饭馆遇见的，我当时正不情不愿地吃着一盘实在让人食欲不振的东方菜。因为服务的一些问题，他们和我同时抱怨了起来，最后几个人一起出了门，去了一家寒酸的小酒馆，吃了最普通、量又很大的比利时食物。就在那儿，我的生活发生了我从来没有料想过的急转弯。”

“怎么会这样？我感觉像您这样性格的人是不会突然来个九十度的转向的。这不是您这个民族的人的性格会允许发生的事啊。巴斯克人很反叛是真的，绝对不服从，但是通常都会死守自己的律例，会待在自己出生的镇子，做着年轻时就学会了的工作。”我着实为伊图里这样的人会发生彻底转变而感到诧异。

“不要这么想。一个人要永远为那些意外做好准备，它们总是突然成熟，然后跳到表面来，让人察觉不到中间的过程。其实都是更久之前就开始酝酿的事。像我这样的人，从前的原则总是一成不变，永远走那几条差不多熟悉的航线，自己会避开各种考验和冒险，但最后竟变成了一艘货船的船长和合伙人，而且那艘船看起来随时都可能沉没。我还没怎么见过这么荒唐的事。”

有什么在我记忆中忽然移动了，它引着我问起了朋友——我的好奇一直让他有些不安——“那艘船当时就停在安特卫普吗，您和它走了？您知道港口关于有风险的货船的那些规矩吧，它们得满足各种维护条件才可以停靠在码头。”

“不是，当然不是。它当时不在安特卫普。”面对我的航船知识——再多的，我几乎就不知道了——他笑着回答道，“他们是在亚得里亚海交的船，说得更确切一点儿，是在普拉。您真该看看那艘船。它当时破败的样子真是一景。名字也起得虚华、夸张。是那种神话里的鸟儿，在海中筑巢的。那对假装自己比宙斯和赫拉还要更幸福的夫妇中的妻子也叫这个名字。”

一阵轻轻的寒战划过我的脊背。有些巧合，在破坏了可预见的一切可能性后，就会变得令人无法承受，因为它们意味着一个世界，那里的律例我们并不知晓，并且也不属于我们习以为常的秩序。我也只能问：“神翠鸟？”声音完全暴露了自己的慌乱。

“对。”伊图里疑惑地看着我。

“我想，”我说，“一道困扰我的环形谜题到这儿就解开了，它不仅会在漫长的失眠中找我，还经常出现在我的梦里。”

“怎么会这样呢？我不明白。”伊图里的两道眉毛在他散发着猫科动物神态——并不咄咄逼人，但机警又焦虑——的灰色眼睛上方拧在了一起。

我简短地给他讲了讲前几次与神翠鸟号的相遇、它对我的意义、它最终在我心里唤醒的滚烫的同情，以及我们在奥里诺科河口的最后一次相会。伊图里沉默了很久。我也不想表达任何看法。两人都自顾自地重新整理着我们新关系中的各种元素，以及被不可思议的偶然所唤醒的往来穿行、纷乱芜杂的一个个幻影。正当我觉得那天晚上的对话不会再继续进行下去时，听见他低声说：“安索阿特吉，那艘海岸巡逻舰叫安索阿特吉号。上帝啊！生命竟选了这样的路。人还觉得是自己的意志做出的选择。我们太天真了。永远都是在黑暗中探索。总之。都一样。”他认命的态度飘浮出来，透着克维多式的高贵。他想把整件事引回到正常生活的范围内，好让它变得更容易接受一些，于是用更自然一些的声音说：

“所以，那艘寒酸的货船，那么多年里，船头的名字都没印全，对于您竟和对于我一样，是那么切近和令人着迷的存在。只不过，我的人生就是从那条缝中溜走的。显然，我指的是自己从前想过的生活。现在的这个，只不过是个任务，我把身体放进来就好。也不是说我已经失去了全部。而是说，我失去了唯一值得我为之继续与死亡较量的东西。”

他的话里有一种悲戚，一种凉薄的遥远，让我不禁想去——我实在是天真——帮他，但也只是乏味地说出：“我想，我们这种选择四处漂流、没有目的的人，结局都是这样。”他转过头看着我，像是看着一个在桌上说错话的孩子，只因年纪小而可以被原谅。“不是，”他纠正我说，“不是这样。我和您说的，是一种万劫不复的灾难。什么都不剩，但记忆仍在不知疲倦地编织，提醒着我们那个失落的国度。我在想，如果您曾和神翠鸟号那么近，又以那样深刻的方式与它的命运联系在一起，那么，了解它历史的另一部分就是自然甚至公平的了。这几天里，哪个晚上，我会全部讲给您听。但今天我或许无法讲了。我需要消化一下这个把我们联系在一起的偶然，本来能在拖船上相遇就已经很偶然了。我们从很久以前、从很远的地方便走在一起了。”我点头表示同意。但嘴边并没有什么可以补充对方的话。他已说出了我想说的。驾驶舱里的表很久前便已指向了午夜，一直在舱室上方休息的我们互道了“晚安”便分别去睡了。说出那短语的语气已然不同。包含着某种同谋意味的语气，一种刚产生的兄弟间的同谋情感，在它之中，我们的流浪开始了不同的、崭新的段落。

夜里，我再次梦见了那艘货船。是些纷繁混乱的片段，其间那艘老船在用难以解译的讯号解释着它的出现，在我心里慢慢积起了模糊的不适以及一种不知为什么产生的闷闷的罪恶感。清晨，最初的几道光穿过天窗的薄帘，洒到了我的脸上，就在那时，神翠鸟号出现了，它刚被涂上了鲜亮清晰的颜色：船身是铅丹红，又有些偏向干掉的血色，甲板是柔嫩的奶油色，一条天蓝划过整个寝舱区以及船员甲板以及舰桥。烟囱也是奶油色的，上面有同样的一条蓝。“谁会这样漆一艘船呢。真是荒唐。”我在彻底清醒前迷迷糊糊的明媚光亮中想。那时，拖船已开始靠岸。它停在了一座小村庄边。岸上的房子都是茅草屋顶，少数的几栋有锌板搭的房顶。那村子很残破，令人不适。在应该是军营的地方，一面三色旗懒懒地飘动着，令当地让人压抑的闷热天气更加突兀起来。两架涂成灰色的隶属海军陆战队的卡特琳娜水上飞机拴在并不结实的木板码头上。“这儿是银港。”领航员在经过我房间时向我解释，“很久之前就和荒原那边的人打起来了。咱们放下一只柴油平底船就立刻走。”那地方和机械师的解释都没能让我明白更多东西。我于是回去洗了个澡，之后会和巴斯克海员一同吃早饭。他在旁边的寝舱里也洗得热火朝天，仿佛正在淋浴头下做运动。那细节让我很感动。在那一摊水中，有些切近的、几乎熟悉的东西，因那哗哗声响而非同寻常，令我想起了在布鲁塞尔寄宿学校时清晨沐浴的景象。在无法解译的偶然猛然而至时，一个人竟可以把相距那样遥远的东西联系在一起！

早餐吃得很快，因为我们都只要了黄油配烤面包片和茶。其间两人一直说着些空泛的东西。港口、水上飞机、沿河蔓延起来的暴力情势，总之和我们自己的生活毫不相关，感觉两人都在用各自的方式，把生活延伸向其他地界、其他气候、其他人。具体是哪些呢，我们都不知道该如何给出确切的答案。

几天后，我们进入了河流的最后一段。在那里，河水会伸向广阔的沼泽、红树林和几乎常年被水淹没的土地。很难分清哪条才是河原本的主流，向海洋开去的船只驾驶员，哪怕有多年的经验——很多情况下都是从干同一行的父亲那里继承来的——也都会极为谨慎小心，有时，甚至会在夜间停航。误入红树林和小湖就意味着船只的迷失，对乘客和船员来说都是极大的危险。无情的太阳照耀着无边的水面，晃得领航员睁不开眼。有很多船的船员都死于饥饿和缺水，最后被阳光炙烤，被昆虫吞噬。要把十只载着精贵货物的平底船和其余几只载货较少的船拖到港口，难度显然更大。在夜间停航，在大河主流的模糊的岸边抛锚，对为石油公司服务的拖船船长来说，是一条不可侵犯的律例。

越靠近三角洲，天气越热。在驾驶舱上方，我们放椅子的地方，船员们支起了一顶巨大的蚊帐，显眼得仿佛沙漠里的帐篷。他们知道，一在夜间停航，空调就不能用了，寝舱里是睡不了觉的。所以，不知不觉中，我们的船上生活便改换了顺序：在拖船前行的白天睡觉，夜里我们便待在小小的甲板上，被蚊帐保护着，等待黎明的到来。

在那些无尽的夜，伊图里把他的故事讲给了我。因为见证了神翠鸟号以及它船长生命中的一些关键时刻，所以我获得了倾听他动人私语的毋庸置疑的权利。“这是我第一次也是最后一次谈起它。之后，您可以再讲给其他任何人。那都不重要了，都与我无关。事实上，琼·伊图里已经不再存在。没有什么可以再影响那个顶着他的名字周游世界的影子了。”他说出这些时，没有忧伤甚至没有战败者的顺从认命。语气客观，仿佛一个在讲台上解释化学反应过程的人。他一连说了几天，我偶尔会打断一下，也只不过是为了确定一个地点，或者强调一下彼此的记忆，好让事件更加清晰。他并不会迷失在对细枝末节的思虑或繁复琐碎的描述里，但会时常陷入长久的沉默，我也不会轻易打断。在那些时刻，我觉得他就像一个浮上水面，在重新下潜前吸一口气的人。故事值得从它真正的开头开始讲述，哪怕那只是一个任何船长的生命里都会有的生意逸事。天意从事情的初始便开始编织它的丝线，感受它的操纵是有趣的事。

与伊图里在安特卫普共进晚餐的黎巴嫩人和伙伴在三天之后又去了他所在的酒店找他。来自贝鲁特的造船工匠举止从容，言语潇洒，从不花言巧语，对他说想提供给他一笔生意。他对伊图里的印象极佳，也研究了他作为船长的职业活动，发现结果很完美，他名声很好。他那位朋友、伙伴也在那里，并没有参与到黎巴嫩人主导的事项中来，不过他也将自己视作那个家庭的一分子，能为他们计划让伊图里做的事提供一些有价值的信息。他们问那天三个人能否一起吃个饭。伊图里接受了，但也有些隐隐的担忧。说到这儿，巴斯克人又开始强调那两个人的性格。黎巴嫩人名叫阿卜杜尔·巴舒尔，在商业圈、海关部门以及银行界中都享有很好的名声，不仅在安特卫普，在欧洲的其他港口也是一样。他确实有着数不胜数的兴趣和活动，不过并不是所有都像他基本的职业——造船工匠—— 一样踏实稳定。这对东地中海人来说是很正常的，黎巴嫩人、叙利亚人和突尼斯人都是这样。伊图里已经习惯了这样的性格，他并不会因此而吃惊，也不会因此而困扰。另一个人的名字他从来都没有真正弄明白过，但是别人都叫他瞭望员，巴舒尔与他亲密无间，在他说起世上最遥远角落的海上贸易以及货船运作时，巴舒尔总会认真去听。巴斯克人从没有弄清“瞭望员”是他的外号还是姓氏，或者是被沿用下来的、他年轻时做过的职业的名称。他话很少，幽默感有些特别、有些刻薄。在友情方面小心而敏感。熟悉那些最罕见的职业内容。不是花花公子，但很能知觉女性的在场，甚至可以说他很在意女士们的存在。关于这一点，他常常揶揄巴舒尔，因为对方看见她们只会模模糊糊地笑一下。

在这里我需要短暂地抽离出来，之后再继续讲船长的故事。从他提起巴舒尔和瞭望员的名字时，我便觉得自己有义务告诉对方，第一个名字我很熟悉，因为第二个名字的人常常和我谈起他，第二个人是我的老朋友，多年来我一直在收集他的秘密和故事，因为有些人会想了解另类者——他们游走在我们这个忍受着愚蠢、遵循着灰暗常规的时代的主流之外——特别的人生际遇，我觉得这些故事对他们来说会很有趣。但同时我又觉得，如果告诉了故事讲述者我与那个人之间的关系，那前者就可能失去对我的信任，或直接删去会影响到巴舒尔和瞭望员的章节。我想还是不说为好。当巴斯克海员讲完了他的故事，我发觉自己的选择很正确，告诉他一些对他来说已经永远埋在昨日的东西并没有什么好处，它们不被埋在遗忘中，便会理所当然地被埋在不该回溯的事物的不可召唤的黑暗中。另一个让我隐瞒与他同伴之间关系的原因是，这已是第二个巧合了，可能会在巴斯克人的某个炽热的精神角落燃起合情合理的不信任，或者，在这样重复且罕见的巧合面前，他至少会有所保留。偶然总是值得怀疑的，因为有很多模仿它的面具。现在，我们该回来说神翠鸟号的船长了。

他们给他的条件很简单，但正如他已经告诉我的，一旦接受，他便会破坏自己只为大航海公司服务、避开货船难以预料的曲折险途的原则。要做的事是，和公司其他合伙人平分权利和义务，运作一艘正在普拉的船舶修理厂里进行检修的货船。那是一艘载重六千吨的船，货舱宽敞，有两台吊车。设备保持得很好，虽然它们从三十年前便开始运转并且从未经历过大的检修。船属于巴舒尔的一个妹妹。她是从一位叔父那里继承来的。她名叫瓦尔姮，一直想从家族的共同利益中脱身出来。对那艘船的经营可以为她带来一定的报酬，帮她实现自己的目的。阿卜杜尔没有更多地深入讲那方面的细节，但很容易推断出来，瓦尔姮比她的其他姐妹——显然还有她人数众多的兄弟们——要欧化得多。阿卜杜尔并不认为他妹妹想要独立的愿望是什么坏事，但是很显然，还是希望她在实现愿望的同时，不要伤害到巴舒尔家族其他人共同经营的生意。在扣除成本和税之后，伊图里会获得一半的收益。他们的提议很有趣，但是，在做决定之前，当然还有两项基本条件需要满足：看一下船并且和船主聊一聊。再说到后一点时，船长察觉出瞭望员眼神里的一丝阴影。更甚于一丝阴影，那是一种预先到来的浑浊的好奇，好奇那次会面会给这样一个从山脉——它们庇护着那个行为方式难以预测的特别民族——间隐秘村落来的陌生人带来怎样的影响。瞭望员眼神中可能有的这一切，可能是，事实上也一定是我这位旅伴事后得出的结论。因此，更谨慎些的话，应该认为巴舒尔合伙人的眼神里只是一句包含着模糊承诺的“你到时就明白了”。

巴舒尔同意了对方的条件。去普拉的旅费由货船船主来承担。伊图里先得在安特卫普把几件未做完的事了结了，于是双方约定一星期后出发去意大利。在那段时间里，琼搜集了关于巴舒尔及他的合伙人们的信息。之前我已经讲明了那次调查的结果。琼·伊图里有位关系不错的朋友，时不时会和他一起打台球，是一家西班牙—法国合资银行的经理，和琼讲了讲自己关于那对事业伙伴的看法，三言两语就将他们准确地描述了出来。“是这样的，”他说，“他们是信守诺言的人，会尽力按期实现承诺。两人会一起做很多事。但并不是所有都在法律框架内。那个瞭望员和一个的里雅斯特女人在一起，后者也是巴舒尔的情人，不过这并没有影响到那两个朋友间的关系。那位女士在处理各类金钱生意上的意外和冒险时，想象力极其丰富，甚至可以说到了天花乱坠的程度。最后一切总能做成，三人都会乐开花。我觉得巴舒尔的兄弟们应该没有参与到很极端的事情里。他们更踏实，更严肃，不过要是中间有什么利益，他们也不会退让半分的。他妹妹我倒是不太了解。我感觉，他们一直藏着她，藏到了现在。您也知道穆斯林是什么样的。如果她现在想要自由，那肯定是很有性格的。得去看看，聊聊。”

伊图里也是这么做的。在这里，我必须要尽最大可能忠实地还原记忆，将伊图里的话誊写下来。如果讲述他在*神翠鸟号*上与瓦尔妲的相遇时不加上他特意强调的一些元素，就会很容易落入粉红情事无足轻重的陈腐记录中。没什么能比这类色彩更能歪曲这故事本身的了，因为它会剥除它毁灭性的、无法长久的特征。我的讲述会尽可能贴合我朋友的原话。

他们到普拉时，已是夜里。因为意大利的地区性罢工，他们不得不转了很多趟火车，并在各个车站等候了多时，路上几乎花了两天整的时间。巴舒尔和瞭望员去了码头，因为他们想睡在船上。船长则想在港口的酒店休息。而且，他也感觉两人想先私下里和*神翠鸟号*的船主聊聊。琼像一根木桩一样倒在了床上，一觉睡到了第二天上午九点。他打开房间窗户时，发现它正对着码头。只需穿过一条街就能进入码头区。在港口所有正在装货卸货的船只中，没有一艘符合那艘船——简单说它即将变成他的船，哪怕只有一部分会属于他——的特征。他记起来，他们说过，那艘船正在厂里接受一些无关紧要的维修。他下楼时，巴舒尔和朋友已经在街上等他了。他们在酒店门前踱着步，漫不经心地说着些与此行目的毫不相关的事。“这一对儿，”他想，“身上发生的事比那艘货船的历史还要复杂、混乱。我是绝不愿做他们的敌人的。”他亲切地问候了对方，几个人一起走向了码头。伊图里说自己从房间窗口没有看到那艘船。“它在那艘要开到第比利斯去游览的瑞典船后面。”瞭望员解释着，巴斯克人觉得他的语气里不无嘲讽。他们继续走着，的确，在那艘被漆上了无瑕洁白的巨型远洋船身后，*神翠鸟号*正慵懒地靠在岸边。他们已稍稍翻修了一下船只，但也藏不住它在地球各种残酷极端气候和各个纬度间的漫长航行的痕迹。巴斯克人自然见过各种历史久远、伤痕累累的船只。但这艘在失落航程中的船超越他所见过的所有其他船。他觉得心脏抽缩了一下。他会钻入怎样的境遇里呢？毕竟得驾着那艘破船，一个挨一个港口地寻找可能的货物。他们民族的人很会把沉默化为深不可测的刚硬武器，所以他没说一句话就跟着两人上了船，他们还在继续着之前在街上的对话，言语有些粗俗。几人一起进入了应该属于船长的寝舱。它刚刚粉刷过，铜制品也打磨过了，细节还可以接受。但床铺、小桌——它的一侧钉在墙上，装了两个合页，固定在那里，可以放下抬起，节省空间——和沉重的桃花心木做的两把椅子都透露出无法粉饰的、残酷的使用痕迹和无可救药的磨损，几乎已经可以进入博物馆展览。显然，它们是“一战”前的物件了。巴舒尔从固定在床铺上方的柜子中拿出几张泛黄的平面图，摊在了桌上。是那艘船的图纸。他开始在上面比画着，向自己妹妹的可能的合伙人解释船的特点。“我们会去机械间、库舱和所有您想去的地方看看。无论如何，我们都不希望您仓促做决定。我知道，这艘船，并不很能让人乐观。但是它在这方面挺有欺骗性的，实际比外表看上去要坚实得多。”“大概一半是真，一半是东地中海人的夸夸其谈。”伊图里想着，继续认真研究起图纸来。就在那时，他感觉从门口透进的光线被忽然出现的一道明暗交替间的影子挡住了。门口有人在看着他们。他抬起头，顿时什么话都说不出了。他所看到的，正是言语无法表达的。瞭望员眼里不怀好意的光亮一闪而过，像是在无声地说，“我和你说过吧”，骄傲中透着些许善意。

巴舒尔的妹妹瓦尔妲一个挨一个地观察着他们。最开始是船长，现在目光又停在阿卜杜尔身上。“是绝对的美的呈现。”我想还原那位海员在大河上的夜晚对我所说的话，“她很高挑，五官和谐，是东地中海人的精致模样，甚至有些古希腊的神采。黑色的眼睛很大，目光和缓、聪慧，任何仓促和过于明显的情绪表露在那张脸上时看起来都会像某种不可思议的失衡。黑发透着蓝，蜜一般浓，落在笔直的肩上，仿佛雅典博物馆里一尊库洛斯青年雕像。腰臀细窄，柔和的曲线延伸至两条稍显丰满的长腿，与梵蒂冈博物馆中的一些维纳斯的双腿十分相像，为她挺立的身躯染上了绝对的女性色彩，瞬间驱散了少年气息。胸脯丰满坚挺，圆满了腰臀的气息。她肩上搭着蓝色羊驼呢夹克，穿浅烟草色的宽褶裙，经典剪裁的丝绸衬衫，松散地围着一条绿、红、棕色相间的菱格丝巾，为整个人带来了欧洲气息，我想，也许说西方气息更准确一些，感觉像在刻意追求这一点。她的嘴唇有些突出，但形状完美，像暗含着一个微笑。眉毛浓黑，却也不会破坏整张脸的和谐，同时向两侧延伸出去。‘上午好，先生们。’她用法语说着，并没有试图掩盖自己的阿拉伯语口音，这让我觉得格外可爱。她的声音坚定、低沉，有时甚至有些轻微的、不自觉的沙哑，十分性感，在一些场景中简直让人心慌。她吻了吻自己哥哥的脸颊，有些敷衍，瞬间消抹了那个举动中的亲情成分，与我们则用力地握了一下手，不过特意伸长了手臂，想保持一种并不针对谁但却十分明显的距离。”我想，在这里向我的读者们做个说明并不多余：之前所说与博物馆有关的描述都是我想出来的。伊图里原话里只是说“罗马的那些女人像”或“雅典的那些库洛斯青年雕像”。他随后讲了讲几人如何逐个参观了那艘船的角落深处，以及瓦尔妲如何透着权威地展示出了关于机械、仓库容量以及吊车运作的细节。她走路时和几个陪伴她的男人步伐一致，坚定、果断，但也绝不能说她很健硕。“她是百分百的东地中海女人。”伊图里说道，“虽然她愿意紧追西方的时尚与生活方式，但本族人的那些不容混淆的、最本质的、独有的特征是任何东西都改变不了的。并且，一个人越了解她，便越会明白，拥有阿拉伯血统不仅让她很满意，而且也让她很骄傲。”

他们本想回到寝舱继续交谈，瓦尔妲却提议说去她下榻的酒店的大堂更好。“我们在那边会更舒服些，还可以喝些东西。或许船长还想在这里看些别的什么？”琼的脑海里划过了说一句奉承话的想法，就像学生常说的那种搭讪话，比如“在这里别的都看不到，只能看到您”之类的，那只不过是一个瞬间便被压抑下去的念头，他却一直记到了现在，这着实有趣。“不用了。已经看好了。我觉得咱们可以走了。”他当时的回答把自己保护在了家境优渥的巴斯克人简洁却无可挑剔的风度里。就在那时，他发觉，瓦尔妲会不时看他，饶有兴致，充满好奇。一定是在掂量这个男人的业务能力，毕竟她很大程度上要依靠对方来为自己的未来找到实际的解决办法。当他退后一步请对方下船梯时，瓦尔妲看着他微笑了一下，露出了大颗整齐的牙齿，洁白中透着微微的象牙色。她的皮肤也透着油橄榄色的轻柔光泽，在衣衫色彩有意的衬托下显得格外出挑。“那微笑是一种认可，”琼对我解释着，严肃中透着感动，“是一种赞许，不仅针对我在航海方面的天分，也针对一些更个人的东西。但也不过是在对我的某些外在条件和行为方式表示满意。而我，则完全被那个混合体征服了：不可思议的美、坚实的智慧和清晰到猛烈的性格——她的目的就是要切断将她绑在他们家族与世俗图腾上的一切链绳。在瓦尔妲下榻的小而高雅的酒店的大堂，我们继续聊着生意。兄妹要了果汁，虽然他们并不信奉伊斯兰教，但有时却遵守着《古兰经》中的一些戒律。我觉得，阿卜杜尔本会陪我们要些酒精饮料的，但因为自己的妹妹在场，只好作罢。瞭望员要了一杯金巴利配金酒加冰，我也要了同样的酒饮，当时已完全忘记了自己中午前不喝酒的原则。这个举动和其他的一些明显的信号开始告诉我，有些什么正因瓦尔妲的存在而在我的内心改变，永远地改变了。另一个信号是，我未经深思熟虑，二话不说便接受了巴舒尔的合约条件。直到现在，我还是不能准确地记得合同中的全部条款。记忆中清晰保留下来的仅剩阿卜杜尔妹妹坚决要参与进来的那几条，都是从商业角度看货船该如何经营的条款：'我不想让您运任何有风险的货。必须要避免与保险公司和海关部门产生哪怕最小的摩擦。'她说着，明显有意地看了看瞭望员和她的哥哥。这两位应该是那类货运的行家了，他们相视一笑，什么都没说。瓦尔妲斩钉截铁地提出了另外一个条件，我永远都无法忘怀，您之后便会知道为什么了：'我想以个人身份定期监督船只的商业运作。所以请船长您及时让我知晓您的行程，我会告诉您我们该在哪个港口见面。当然，一切关于船只保养、人员合同以及神翠鸟号行程方面的事宜您都享有完全的自由和彻底的自主。'"

伊图里立即同意了，他并没有停下来想想那些将陆续到来的会面和将不断呈交的工作报告意味着什么。他同意在普拉尽快办理下来合同的公证事宜以及在港务局办公室的相关登记手续。瓦尔妲是第一个起身道别的。她说想休息一下，因为从维也纳赶来，之前一整晚都是在条件恶劣的火车上度过的。她与伊图里握手时，半严肃半微笑着说："我能肯定，神翠鸟号将得到的是一位杰出的船长，您呢，则会得到一个不会给您找麻烦的合伙人。对了，您的父亲或母亲是英国人吗？""不是，"他饶有兴致地回答道，他明白对方为什么会这样问，"我祖祖辈辈都是巴斯克人，很多个世纪以来一直住在同一个地区。如果您是因为我的名字才这样问的，那真的是一个巧合。琼和依尼亚奇一样，是个很巴斯克的名字。写的时候没有英语名字里的h。”“好的，”她回答，“我记下来了。我本来要写上h的。那样麻烦就大了。”琼只是晃了晃脑袋，代表那并不重要。三个男人又待了一阵，细化了合同中的一些条款。之后，他们去了港口的一家小酒馆吃饭。交谈的话题都是关于海上历史的，大多由瞭望员来讲述，看起来他在那方面有无穷无尽的经验。“我对巴舒尔的合伙人的印象完全改变了”，巴斯克人说，“我感觉自己狭隘的国族偏见阻止了我在第一次见面时去感知那个男人所拥有的丰饶的经验、厚重而炽热的人性，我一直没能知晓他的国籍，也一直不会读他的名字，远远听上去有些像是来自苏格兰，但也有可能是土耳其或伊朗人。我后来得知，他用的是一本塞浦路斯护照。但那也说明不了什么，他本人就曾经暗示过我，不要相信证件的真实性。”

巴舒尔和他朋友第二天就回了安特卫普。瓦尔妲也说，等需要和琼一起签的文件准备就绪，她便会返回维也纳。她是在巴舒尔离开之后的那天走的。伊图里把自己的东西带上船，小学生般细致认真地整理了自己的寝舱。他将在那里度过不知多长的时光，根据合同，至少要待两年。随后，他与港务局推荐的四位机械师及一位水手长开了会。接下来，他开始在码头入口大门上贴着的一张张待业船工名单上寻找起剩余的船员来。他正看着其中的一张，忽然听见瓦尔妲·巴舒尔的声音，几乎是从他身后在他耳边说出的：“我觉得这些名单不可靠。但还是您来做决定，可能是我太不信任他人了。”他转身去看她，她换了一身衣裳，他于是有些恍惚，因为女孩的美已再一次令他说不出话了。她穿着简单的棉布连衣裙，印着糖果色的大片花朵。肩上仍披着一件长外套，不过是生羊毛的。“我以为您已经在维也纳了。”他尽力找了句话来说。“您怎么认为我会和自己的合伙人不辞而别呢？而且，事情还没谈完。今晚您约了人吗？”瓦尔妲问他。“没约人，我有空。您想在哪儿吃晚餐？”想着要与她单独用餐，他欣喜又好奇，

“不知道您喜不喜欢海鲜杂烩[1]。我是有点儿吃腻了。有一家南斯拉夫馆子，就在您住的酒店后面的那条街上。您看我们八点在那儿见如何？”他忍不住提出要去酒店接她。“您真周到。但我很会照顾自己，而且，我想在主街上看看商店的橱窗。男士们都很烦这个。”瓦尔妲的言语里总是藏着隐秘的邀请，他也总会去殷勤地回应。至少伊图里是这么感觉的，他话到嘴边，想告诉对方，逛橱窗不但不无聊，相反，还是很让人愉快的事。但他没说出口。一种敏锐的本能阻止了他类似的尝试。她身上有一种稳重，和他、和阿卜杜尔及同伴说话时，语气里总透着淡淡的权威感，并且拒绝着很多女人喜欢的那种轻浮的殷勤。因此琼只是确认了一下他会按约定时间到达那里，她则如之前一样，与他握手道了别。琼已经没有心思再看那些名单了，他回到船上，让水手长—— 一个阿尔及利亚人，目光凶狠，但脾性温顺、行事和缓，因而赢得了他的全部信任——去负责招雇余下所需的人手。至少要把第一趟旅程的人招齐。他想先去一趟汉堡，那里有几个咖啡商朋友，会托他把货运去斯堪的纳维亚半岛国家和波罗的海的一些港口。

到达餐厅时，她已经等在那里了。他开玩笑说，看来从酒店到那儿的路上没什么有趣的橱窗。“无趣又没品位。什么都没有。这是一座死城，只适合给那些不着调的人消夏。这种地方很容易让我郁闷。”伊图里想，巴舒尔家这个小女儿的教育一定让全家人都头疼极了。菜很好吃，更好的是葡萄酒：来自波斯尼亚的白葡萄酒，微微辣口，透着自然到无可辩驳的轻柔水果香气。他们谈到了汉堡，谈到了未来的计划，以及该如何保持沟通。她说会给船长一个马赛的信箱号码，无论她在哪里，通过那个信箱都可以把消息传给她。他问她是否会常常旅行。“因为邮件的问题想问一下，”他解释说，“不是为了别的事。”“别的事可能是什么事呀？”她亲切

1 意大利语：frutti di mare。直译意为“海洋果实”。

地反问他。“好奇，纯粹简单的好奇。我们男人是比女人更爱好奇的。只是我们更会掩饰一些。”他用同样的语气回答道。她说她正好想和他谈谈这方面的事：“直到现在，我一直生活在我姐姐们和我兄弟们的控制之下。但是兄弟们倒不像一般人所想的穆斯林家庭里的男人那样严格。主要是我的姐姐在管我，她们是有意而为之。在我还小的时候，这也算有些道理。但我现在已经二十四岁了，情况不但无法忍受，而且还愈发荒谬了。我的两个姐姐都已经嫁了人，是标准的贤妻良母，假装对自己丈夫的生意有兴趣，照顾着孩子，操持着家事。她们总想让我和她们一样。有趣的是，我从来都没叛逆过，现在也不叛逆。或许我想要的也是姐姐们这样的结局，但是，我要自己选，在自己喜欢、偏爱的框架里，不过，这个框架我还没有确定下来，希望我在巴黎、伦敦、纽约各生活一段时间之后就能定下来了。我疯狂地爱读书，也热爱绘画。挂在墙上的画。我自己是一笔像样的线条都画不出的。所以，我想请求您，在想和我联系时不要去找我的家人，如果您有一天遇见他们中的哪一个，也不要告诉他们我的去向。我没有什么好隐藏的，但是只要给他们留一点儿门缝，他们就能钻过来，不让我做我想做的事。我并不想给您留下一个正在叛逆危机中的青年的形象。我得再重申一下，我其实是一个很平静的人，任何过分、夸张和大话都会让我不适。我也不会执着于看起来绝对的东西。也没有什么是绝对的。我的不多的经历已经足够向我确认这一点了。也许您会觉得奇怪，不知为什么我会说这么多个人的事，但我足够了解我的家人，我希望能够阻止他们以任何形式介入我的生活，至少目前是这样，现在是我去尝试和去成长的阶段，我是这么叫它的，可能有些过于隆重了。”伊图里当然奉上了所有保证，会帮她保持自己的独立，甚至还斗胆告诉对方，她的计划显示出了不容置疑的明智。他坚信，对她这样的女性来说，旅居欧洲的经历一定会有坚实、积极的结果，并且一定会彻底地改变她的许多想法和习惯，这些都可以预见。她赶忙说自己并不期待什么彻底的改变，也不希望很多构建她此刻人生的东西发生变化。“这么说吧，我是个保守的人，但我希望决定自己要保守的是什么，不希望去请教他人，不想做事得经过他人的许可。”

琼惊讶于瓦尔妲谈论自己的方式，她的智慧与客观在女性身上很鲜见——至少他这么觉得——此外，从她的年纪和她应该尚属有限的生活经历来看，她的谈吐也令人意外。她身上有些东西开始以一种十分特别的方式令巴斯克人着迷。冷静、自然的笃定、看待自我与未来时的平和方式，这一切混合起来，又浸染着一种——称不上温柔的——仿佛香膏一般涂抹在与她对话的人身上的气息。里面没有棱角，没有意外的蠢话，没有时刻准备放箭的秘密装置。这一切都透过她的容貌——它有着不受制于时间的完美——以及同样和谐、坚实的她的身体表达着。伊图里想，在那次对话以及之前几天的沟通中，他一定常常表露出惊讶的仰慕、茫然且难以置信的表情，她应该都看得津津有味吧，想到这一点，他不禁红了脸。瓦尔妲的美丽与和谐从一开始便在他身上产生了很大的影响，它向深处、远处分叉蔓延，愈发明显、坚决。尽管听起来他强调得有些夸张、过分，但对琼来说，世界的确已经变了。如果这世上能有这样一个人，那它就不是一直以来他眼中的那个世界。他几天之内就要满五十岁了，忽然，一切围绕他的东西都有了全新的、令人心慌的模样。很难解释。如果用爱这个字眼来形容这个已在方方面面显示出来的情况，那未免就落入了愚蠢的简化里。那个字总被用在狭隘的陷阱中。这里被唤醒的东西，至少目前无法被概括在那个字里。

他们离开了餐厅。他既没有提议也没有强势地表达，只是直接把她送回了酒店。道别时，她微笑着半开玩笑地说：“好了，我的船长，我会等着您的消息的。要记得，我的未来在您的手里。”他看着瓦尔妲进入旋转门后又渐渐消失，他在门前待了一会儿。之后回了船，没脱衣裳就躺在了床铺上，试着一点一点地重建那张面孔上的每一道线条、那个声音中的每一个语调，它们慢慢将他埋入了一种催眠的滤镜里，后者逐渐地迷失在了她的民族——那是个充满魔法师与苦行僧的民族，是充满战士和失落的航海者的民族——的过去中。沼泽地的夜晚，空中繁星密布，温和地闪着磷光，那样的夜十分适合琼·伊图里漫长的私密的倾诉。不幸的是，我这样的概括和整理，是无法描绘出那些逐渐涌涨的克制的情绪的。船长坚持强调着瓦尔妲·巴舒尔的美，有些重复的意味，像赞美诗或者民谣。听他在言语中挣扎很令人感动，因为当一个人的美真正到达了无法言说的程度，那么语言便会显得格外贫瘠和远离真相。比如，琼总是很兴奋地描述女孩每次出现时所穿的衣裳。也许他觉得，对她面容和身体进行的单纯的描述只能塑造飘浮不定、难以捕捉、模糊难辨的形象，所以应该从另外的角度切入。另一方面，因为他们民族性格里自然而然的羞涩与内敛，在描述与瓦尔妲的关系时，他也总是磕磕绊绊，至于两人如何逐渐进入那亲密关系的*闭锁果园*[1]，因为上述原因以及他作为海员的性格——他们无法在陆地上这些故事的表演和圈套中来去自如——他也很难清晰准确地进行描述。琼在沼泽地的夜晚给我讲了他后来的动人经历，接下来我会试着用比他更平铺直叙的简洁方式来记叙所发生的事。

在汉堡载上一批咖啡和一些重型备用机械并把它们送到格丁尼亚和里加后，他回到基尔，又载上一批货，要把它送到马赛。他用之前商定好的方式把路线告知了*神翠鸟号*的共同拥有者。和那艘货船待久了，便发生了出乎意料的事：他慢慢习惯了它的惨淡外表，正如巴舒尔在安特卫普所说，它很有欺骗性。它的机器都制造于本世纪初，但因为一直以来细心的维护和精心的保养，它实际的功能要远远好过人们根据它紊乱的节奏和断续的哀叹所做的猜测。油漆的脱落，慢慢侵占领地、连货船最隐蔽的角落

1　拉丁语：hortus clausus。这里作者可能出现了概念上的混淆：hortus clausus是基督教绘画中的主题之一，通常表现的形象为圣母与圣子在一个封闭的花园或果园中。与作者想表达的jardín cerrada“闭锁的花园”的概念不同。

都不放过的锈迹，还有船身寒酸悲凉的侧影，这些都是可以修复的，他准备一有机会就把它们修缮好。吊车运转起来没有太大的问题。它们的迟缓和犹疑让码头的装卸工人恼火，但也从来没有完全坏掉过。琼最终感同身受地同情起了他的船，听到他的同伴或是码头的人或幽默或简单粗暴地评论起它，他心里都不是滋味。每到这时，他都不禁在心里暗暗想："要是他们认得神翠鸟号的女主人，看见它时表情和态度一定会大不相同。"

到达马赛时，已有一封来自瓦尔妲的简短口信在等他，上面说她会在次日到达。没有酒店的信息，也没说明她所选择的交通方式。第二天中午，六月的烈日正在无云的天空燃烧，琼忙着卸货时看见她来到了船梯脚下。来时乘坐的出租车已经离开。她摇摇手向他打了招呼——对他来说竟意外地熟悉——便迅速地爬上了颤巍巍的梯子。他穿着衬衫，没有戴他很少摘下的水手帽，一部分注意力集中在一台动起来磕磕绊绊的吊车上。她光鲜明媚，再一次折服了他，每换一身装束，她的美便会以一种前所未见的方式散发出光芒。"当时真想砸了那辆破吊车。"他告诉我，"让我没法一心一意接待美丽的访客。机器总是在这种时候忽然变得像人一样，任性、蠢笨，恼人得很。水手长来救了我的场，我便把监督操作的任务交给了他。"瓦尔妲提议他们去麻田街的一家餐厅吃饭，那儿的老板是她的同胞，认识她的兄弟们："我敢说那家餐厅有两样东西保准好：葡萄酒很好，马赛鱼汤也很好，和当年马塞纳元帅路过这里时吃的一个样。至少老板是这么说的。他们以为马塞纳元帅是'一战'时的将领，您可不要纠正他们的错误啊，要不然咱们的马赛鱼汤就做不好了。"琼迅速冲了澡，换了衣服，她则在甲板上等了他一会儿。

餐厅的确很出色。白葡萄酒喝下去沁凉怡人，令菜品的香味自由地在味蕾蔓延，连上一年的克莱雷特起泡酒充满水果与泥土的芬芳都无法压过它们。琼浅浅地讲了讲生意的状况，并告知瓦尔妲，一系列运作下来，尽管盈利方面没有耀眼的成就，但与她的独立计划所需的数目大致相符。他们谈话的语气中蕴含着一种从前没有的热度与自然。现在，两人都仿佛在各自的记忆中耕耘着对方的形象，这创造出了一片二人共有的领地，虽然没人提及，但却一直存在在这第二次的单独会面中。琼问起她在欧洲的感受，以及在这几个月中是否得到了什么结论。“我这样问您，”他对她澄清说，“是因为感觉您很为自己的经历而高兴，同时也不想表达任何可能给您造成负面影响的看法。像您这样保持着敏锐且不用游客眼光看待事物的人在与欧洲的接触中一定会遇到一些困难，您实在太过聪明，应该不会忽略掉它们。显然，欧洲对您这样的人来说，最后差不多就是个新大陆，类似于更稳定一些的美洲。或许，我想得不对？”“是啊，”她微笑着说，“您完全想错了。我不知道您为什么觉得我有超过常人的智慧。我们刚来欧洲时，眼睛是天真的。我们的衰老通过一些在我们自己的土地上都不再适用的风俗和思想，在很多年前就已变成了某种疲惫和消耗。您请我给您讲讲我这些日子在欧洲感受到的东西，我得告诉您，那是一种逐渐积累起来的缓慢的失望。我觉得我更适合别的环境，别的气候。具体是哪些？我也不知道，我还没法说。但它显然不是对我的国家、我的文化的迫切思念。那感觉就像，现在我在欧洲试图去看的、去汲取的东西，在这之前我已经熟悉并且已经让我厌倦了。像您这样的人，一辈子都在做海员，在任何地方都没有靠山，所以或许会觉得事情自然而然就是这样的。我也不知道。我希望能听听您怎么想。”潮湿、浓厚的目光直直落在伊图里身上，等着他的话。“我很清楚自己应该怎么回答。”巴斯克人告诉我，“但同时也发觉，我们两人在那里聊着，不光像老相识，也像某种正在产生的情感的同谋，当时还不明显，但从我们对话的方向上看，却是明确的。白葡萄酒在很大程度上帮我们卸下了相互间的防备和顾虑。我们已在另一件事、在另一种关系的秩序中了。想起初次的见面，我们记忆中的自己已仿佛是陌生人。我们没有说出来。那时，根本无须说的。至少粗鲁地直指那些变化的话语不需要说出。我们都能察觉到它，那才是最重要的。在当时的情形下，已经没有意义再去继续罗列关于瓦尔妲的‘欧洲观感’的泛泛的、我们已明白了的想法，而且，那也不是她想听的东西。我对她说，我想，重要的是保守她的状态、她精神的开放性。种种答案、经历和变化都会不可避免地到来。神翠鸟号会努力经营，让她的‘情感教育’可以持续下去，她听到那个短语时皱了皱通常一直保持平静不动的两道黑色眉毛。我向她解释说那个短语所包含的远远大过爱情范围。这时，她忽然向我吐露了心声，那标志着两人开始了一段共同参与的故事。‘我明白您指的是什么，’她对我说，‘您所指的爱情范围，我已经跑遍了，可能远远超过您根据我的年龄所做的想象。不要太相信穆斯林家庭的管教。我已经有过几个男人了。不后悔。但也没什么值得记住的。不过，我们还是继续我的“情感教育”吧，我会找您帮忙的。’我对她说自己从最开始就已经准备好要帮忙。‘但我不知道，’我又补了一句，‘像我这样五十岁的人是否能帮上忙，起到积极的作用。’‘您已经帮上忙了，我都记着的。’她回答我时看我的眼神里有坦诚且怡人的妩媚，让我像只从屋顶落下的猫，一时间不知发生了什么，也不知自己身在何处。我们离开黎巴嫩餐厅时已过了午夜。她忽然在一辆出租车旁停下来，急着向我道了别。她对我说：‘我要回酒店去睡一会儿了。来的路上我一点儿都没睡。码头在很近的地方，对吧？’不是的，码头比她的酒店要远得多，不过我也不想说明。很显然，她并不想继续我们的谈话，像是突然兴起维护起了什么，或许是因为那亲密气息的对话已经过于冗长了吧。她坐上车后，摇下车窗，问我马赛之后要去哪里。‘我会去达喀尔，把一批货运到亚速尔群岛。再在那边载上货，去里斯本。’‘我们里斯本见。’她睁大了眼睛说，像是在想着那座城市的某种隐秘的魅力。”

伊图里点点头表示同意，之后又等来了一辆出租车，回了码头。他在付钱给司机并数算小费时，发觉自己已经彻底地深深地爱上了她。“就像一个学生，”他说，“一个无助、茫然、害怕的可怜学生。我已经很多年没有过那种感觉了。”他那晚整夜没睡，第二天头痛欲裂，在一阵典型的夏季暴雨——它常常把整个地中海变成水雾缭绕的澡堂——中指挥着船往达喀尔开去。他想，是时候该漆一漆神翠鸟号了。这个想法的轻浮让他一下子羞红了脸。他没空做这件事。一整年，他都已经排好了工作——老相识们信任他的严肃认真，也想帮他，所以都请他运货。在达喀尔，载货的过程比预计长出了很多。当他到亚速尔群岛时，已经入秋了。他记得瓦尔妲曾经告诉过他，自己秋末计划去游览俄罗斯东正教的几大圣地——扎戈斯克[1]、大诺夫哥罗德等。无法在里斯本见到她的念头开始折磨他。那也是他许久没有过的感觉了。人们正期盼的幸福总是刻不容缓，但随着时间推移，它却也总是变得越来越不确定。一个小小的地狱夺去了他的睡眠，让他无法在工作时保持清晰的头脑。在胃的入口，一种僵死的重量、一种压迫的感觉打消了他的胃口。从亚速尔群岛到葡萄牙首都的航程化作了对他的真正折磨。有时，他甚至觉得自己发烧了。他徒劳地思索着，想着多年之前自己就已不再有这类经历，如今，在五十岁的年纪，竟落入了这样的一个死胡同里，这着实令人担忧，因为在那儿，他如果斗胆前行，也只能收获泼下来的冷水般的、他应得的拒绝。进入特茹河入海口时，他的心跳得厉害，就像任何一个等在公园长椅上的少年。

他没收到任何口信。于是去见了几个客户，要与他们商定把橄榄油和上好的葡萄酒运去赫尔辛基的生意。秋天即将过去，里斯本显现出了黯淡、悲伤的面庞，和酒馆里游客们纷纷装作欣赏的法朵歌谣十分相配。他回到小船上，心里的压抑浓起来，仿佛某种热带病的初始症状。他失去了对神翠鸟号的所有兴趣，远远看到停在海湾中央等待进港的货船时，它寒碜的样子在他心里唤醒了一种混合着厌烦的愤懑。正要从送他回来的小船上下来，他听见了一个女人的声音在远处叫他：“琼！琼！等等我。”是瓦

1　扎戈斯克（Zagorsk）即谢尔吉耶夫镇，莫斯科州东北部城市。苏联时代更名为扎戈斯克，1991年恢复原名。

尔妲在顺着通往港口的下坡路跑过来。她穿着奶油色长裤、红色衬衣，正摇晃着浅灰的毛衣，想让他看见自己。他在码头停下来，整个胸腔里，一种无法控制的幸福爆发了。

瓦尔妲走到他身旁时，在他脸颊留下了一个吻，他则轻碰了一下那个许久前便开始让他着迷的面庞的微润皮肤，轻到几乎算不上还了这个吻。她没说话，挽住船长的手臂，把他往城中心带去。他们穿过七月四日大道，走上迷迭香街。她说一定有哪家上城巷子里的酒吧正开着。“我以为您不会来了。想着您正在去斯拉夫东正教圣地的路上呢。”“现在有另一个正统观念[1]需要理清捋顺。”她回答时有意地盯着对方，琼当时的表情一定让她觉得十分有趣，因为伊图里像所有巴斯克人一样，有那种与生俱来的、无法掩饰自己感情的能力。“我们找到了一家酒吧，坐在那里，毫无保留地缓缓揭开了我们的情感。我向她坦承，如果她没出现，我可能就决定去澳大利亚做沿海贸易了。”琼给我讲述着，多年之后，他的声音中还有一种异常的绝望探出来，与他内敛和粗重的性子反差巨大。他们具体说的话他记不太清了。瓦尔妲仍保持着令她的青春增添了许多魅力的冷静与和谐，也向他坦白说，她想接受的欧洲教育没能成功，现在，她只想待在他旁边。他身上有些什么可以完满地——在那之前她从没见识过的完满——填补她。那就是她所想要的一切。她不相信未来他们有机会一起构建些什么。但那也不重要。她只是迫切地需要体会那种经历。在她所需要的此时此刻驻扎下来，就像需要空气来呼吸。琼吞吞吐吐地嘟囔了些年龄、国籍和习惯的差异。瓦尔妲耸了耸肩，颇有洞见地回答说，连他自己应该都不信他所说的东西，再说，那些都不重要。当时是下午六点，他们已经配着上好的炸鱼——尽管它的味道人转眼就忘——喝下了几瓶葡萄牙青酒。到自由大道的酒店时，两人故作自然地迈着坚定的脚步。琼把自己

1 西班牙语中正统观念与东正教均为同一单词oxtodoxia。

登记为瓦尔妲的丈夫，两人拥抱着上了楼，抱得实在太紧，以至于电梯小姐几次回过头来想确认他们是否还在呼吸。从房门到床上的几步路上，两人脱去了所有衣衫。“我们一次又一次地做爱，激烈中包含着和缓与细致，像两个不知明天会发生什么的人。瓦尔妲那种想用感官填补此时此刻的执念恰恰源自智慧而确实的理智——我们的关系缺乏可能性，并且困难重重，无法克服。我在酒吧里就和她说了，我也看不到这件事能有什么结果。正是这一点让我们依靠着某种与绝望毗邻的投入，在对彼此身体的享受中找到了庇护。赤裸的瓦尔妲被光环萦绕，那光环来自她身体的完美、她有弹性的微微潮湿的肌肤的结构，以及她的从上方看起来——她躺在床上——更能透出阿波罗神采的脸庞。很难去解释、描述。有时，我甚至觉得自己从未经历过这些。很多次将我在死亡的意愿前拦下来的只有一件事：如果我死了，那幅画面也会跟着我死去。”每当走到分享那些经历的屏障前，伊图里便会沉入漫长的沉默，在那里，一种黑暗的绝望会翻搅起他最苦涩的沉淀。“一连三天，”他继续说道，“我们都在里斯本酒店的房间里没有出门。我们把那里变成了某种特别的宇宙，缓缓旋转的情色章节里，只有极少的话语和对彼此青春时光的分享以及对世界认知的交换。瓦尔妲对海员的生活有她自己特别的想象，她对此着迷。我自己在海上的经历并没什么好讲给她的。在灰暗惯例中展开的职业生涯中，从未有特别的事件发生在我身上过，单调的日复一日只会被持续航行中遇到的气候和风景的变化所打断。现在，我已无法还原我们谈话的内容。我只记得，因我的女伴性格使然，交谈的氛围一直平和、稳重，逸事和插曲都让步给了我们个人对世界、对人的审视以及对对方看法的相互理解。我需要再重复一次，瓦尔妲有一些阿波罗的气质。她在半梦半醒间谈论着自己的感觉，坚定如一位梦游人。在做这件事时，她完全是东方的，仿佛《一千零一夜》中的任意一位智者。”

琼最终还是需要回到船上，去处理行前海关的手续问题。他在酒店通过电话敲定了送货去赫尔辛基的合同，在那里，他需要运送一大批纸张去维拉科鲁兹。在他处理这些事时，瓦尔妲一直陪在他身边。她谨慎地保持着对各类手续的强烈好奇，她说它们很神秘，这让伊图里不禁笑起来。他们中谁都不想提离别的事，要道别时，她只是故作从容地说了一句："我在赫尔辛基等你。会在港口迎接你。"琼告诉她，他必须得先去一趟汉堡，更换一部分马达零件，那至少要花去一个月的时间，因为要在修理厂排很久的队。等他们到达赫尔辛基，气温应该已经降至零下几度。"到时候告诉我你们到达的确切日期。我会在港口等你。"那种确信和毫不犹疑的坚定是瓦尔妲性格中最吸引琼的特点之一。她有，用他的话来说，"我艾诺阿家乡的主妇们的智慧，以及阿佛洛狄忒的身体。对一个男人的可怜生命来说，这些简直是太多了"。当我们来到故事的这一部分，他又沉默起来，或许是那几晚中把他的倾诉分割开来的沉默中最长的一段。

"到这里，"他说，我本以为他不会继续说下去，就要回寝舱了，"我的故事和您的就连上了。我得和您坦承，您那部分最让我惊讶的，并不是您与*神翠鸟号*的相遇，那不过是完全可以解释的巧合。真正让我感兴趣并最终让我决定把自己的故事讲给您的，是另一个偶然，它实在让人无法平静，好像您一直在向我发送兄弟之间的暗号一样：您每次和*神翠鸟号*的相遇，都跟我和瓦尔妲爱情故事中决定性的关键界标相契合。我们也曾有其他值得记忆的愉快的日子，但在赫尔辛基、蓬塔阿雷纳斯、金斯敦以及奥里诺科三角洲，一切条件都凑在一起，让它们中的每一个都成了或定义或吹散我们命运的地方。现在该和您讲讲您每次意外遇见黯旧残破的*神翠鸟号*时船上所发生的事以及两位船主的感情状态了。您是配得上知道并应该知道事实的唯一见证人。您也是故事最重要的主角之一，但我们或许永远都不知道为什么会是这样。"

伊图里随后说了说在汉堡修船时的细节，又讲了讲在洪都拉斯驻那座海港城的领馆中为船只登记的过程。之前的意大利执照已经失效，且无法续期。当那艘货船到达赫尔辛基时，冬日已经在那里驻扎下来，我在记叙与船只的第一次相遇时已描述过那天气的严酷了。瓦尔妲极其认真地遵守着诺言。船一靠岸，她就在港务局工作人员的陪伴下爬上了船。她与船长握了握手后就钻进了对方的寝舱，工作人员们则在舰桥上检查着船只证件。摆脱掉外来者后，琼回到了寝舱。瓦尔妲躺在床上，望着天花板，仿佛一座仿古雕塑。看见巴斯克人的脸庞，微笑便在她的唇上荡漾开来。寝舱的暖气开到了最大，闻起来是牙膏、须后水、皮革制品混起来的味道，环境里透着纯粹男性的气息，同时也有军人的规整。“过来，给我一个吻，不要摆出那张脸嘛。船在赫尔辛基停泊的时间，我会一直待在船上。我想您不会反对，对吧？您不在意那些关于女人上船的还有其他东西的迷信，是不是？”伊图里表示他完全不会反对，而且，货船船长携妻子或类似关系的女伴航行是很正常的事。他担心的是，那地方显然很不舒适，空间小，也没有方便女士住宿的各种条件。不过，她不选赫尔辛基的豪华酒店而选神翠鸟号，这一点让他十分好奇，因为据称当地的酒店是北欧所有国家里最舒适的。他们本也可以入住其中的一家，而不是待在这个设施简陋的破寝舱里。瓦尔妲对他说，自己做出这样的决定有几点原因：“首先，我忍受不了那些北欧人。他们像能做出人类表情的布偶，让我恐慌。他们喝得很差、吃得很差，从我曾有过的一段短暂关系留下的记忆来看，他们连爱别人时都带着清教徒的全部罪恶感。可以想象这些对一个出生在贝鲁特的人来说意味着什么吧。”此外，也因为她动了任性的念头，想和他一起住在船上，看他在卸货、装货的过程中如何操作。那是一个她没有见过的琼。“我会带合适的衣服来的，你不用担心。不过这些都无所谓啦。”她抢在自己同伴可能会表达的拒绝前回应了他。她还很想与他一起去港口的酒吧和小馆子，觉得那些地方一定比酒店餐厅的氛围要更舒适、惬意，后者让她觉得像搬到了北极圈内的加利福尼亚殡仪馆。伊图里早就开始因瓦尔妲的想法而高兴，并且也把自己的感受告诉了对方。他们去了机场，把她寄存在那儿的行李取出来，一起回到船上，安顿了下来。

赫尔辛基的日子被一波波乐观的浪潮鼓舞着，他们再次拥有了里斯本的体验，它是那样圆满，不禁让人觉得那将是不复出现的经历。在狭小的床铺上做爱、睡觉让他们不得不摆出了各种杂技动作，两人也常常因此而大笑不止。他们的关系在坚定、清晰的共识——不考虑后果、不尝试发展成长久的信约——中愈发牢固了。“只要还像现在一样就好，也一定会这样的。它不会是别的样子，我们两个都清楚这一点。重要的是不改变现状，并且不让想改变现状的外人插手我们的事。这些都取决于我们，不过还是不要说这些了，因为它既无聊又没用。”她就这样在二人稍稍迟疑地吃驯鹿肉片时下了定论。驯鹿肉是用苔原草烧的，佐餐的是冰凉的芬兰伏特加，里面有胡椒和生姜的香气。他们爱上了那家港口的小酒馆，酒馆小小的房间中央有一个贴瓷砖的火炉，周围摆放着六张餐桌，由两位上了年纪的女士招待，她们满脸笑容，不过不说芬兰语以外的任何语言，因此在上菜方面拥有绝对的权威。当琼看到瓦尔妲一小杯一小杯地灌下伏特加——因为寒冷，它们都化作了怠惰的油状物——时，他记起了两人相识那天，在酒店大堂中她拒绝喝任何酒精饮料的情形，她哥哥阿卜杜尔当时也没喝。“我的问题，”她几乎是威严地对他说道，“更笼统地说，很多穆斯林的问题的关键点就在这里：对戒律的服从都停在表面，我们已经习惯了和它讨价还价，却忘记了一些最重要的真理。”他对她说，现在看她喝起酒来倒是毫无保留。琼后来记起来时，认为她当时的回答是他所错过的第一个迹象：“是啊，现在我喝着伏特加，和一个卢米人[1]做爱，但每一天，我都觉得自己离欧洲越来越远，对它越来越没兴趣，同时也越来越理解我那些去麦加朝圣的兄弟，他们不会读写，不识酒精的滋味，只会屈从于沙漠的惩罚。”

1　卢米人（rumi），部分穆斯林对基督徒的称呼。

赫尔辛基之后，他们又见过几次面。在勒阿弗尔、马德拉岛、维拉科鲁兹和温哥华。瓦尔妲已经习惯了在船停靠港口时，与琼在他的寝舱生活一段时间。他们几乎从不游览城市，只是和在赫尔辛基时一样，在港口的餐馆和酒吧出现。瓦尔妲进入这类地方时总是造成相同的景象。每当她出现在门口，所有的老主顾便会停下来安静地——仿佛透着宗教意味——望着她。随后会响起一阵窃窃私语，等两人沉浸在自己的对话中时，旁人的议论便渐渐止息，他们俩便也不再注意周围的情况。其中的一些人抵御不住瓦尔妲那种美的吸引力，不时谨慎地回头看她。让琼觉得有趣的是她对人们的关注的一贯反应：只会微微脸红，并更加投入自己与友人的对话。他从没看过她的哪个眼神或表情表现出她知晓或操纵着自己给众人带来的心醉神迷。仿佛那些都发生在世界的另一个维度中，与她毫不相关。

自从第一次在里斯本上了床，两位情人之间的关系便在他们自己定下的规则中延续着。他们找到了一些幽默的表达、关键词还有爱抚的方式，对它们的使用也步调一致，让两人避开了对未来承诺的哪怕最隐晦的提及。他们最多也就是约定好下一次见面的港口。就这样，漫长的一年过去了，直到伊图里到达蓬塔阿雷纳斯。

他已和瓦尔妲约好在那里见面，她想陪他在加勒比转一圈，他在几个岛上有几位老朋友，帮他联络了生意。都是些短途的货运项目，报酬很高，货也很好管理。当他把船停在那座哥斯达黎加港口的码头时，没有见到瓦尔妲，倒是看见了阿卜杜尔·巴舒尔，对方正靠在一根缆绳柱上等他。“事实上，”琼对我说，“尽管瓦尔妲的哥哥来到了一个距他的生意活动范围很远的地方，但他的出现并没有让我很吃惊。我很熟悉东地中海人，知道他们早晚会想要探究一下自己妹妹的生活状况。无论他们有多欧化，这个小原则是绝对不会改的。阿卜杜尔的态度有些谨慎，但也不失亲切。他上了船，和我去看了看货舱和机械间，整体来讲对神翠鸟号的状况还算满意。他也说了，船身的油漆看起来太过寒酸，我解释给他，如果我随便找个修理厂重新把船漆好，就会耽误至少一个月的生意，如果让船员在运货途中来上漆，那就必须得雇更多的人。这两种情况都会让收益下降得厉害，这样一来，连另一位船主的固定投资都赚不回来。他也是这样向瓦尔妲解释的，她什么意见都没有发表。巴舒尔看着我，有些好奇也有些想笑的样子。随后，他邀请我趁工人装货的工夫，去一趟圣何塞。他需要和两位生产咖啡烘烤机的客户办些手续。我们会在城里吃午餐，下午我就返回蓬塔阿雷纳斯，他则会乘晚上的班机从圣何塞去马德里。我于是和水手长安排了一下，之后就和巴舒尔一同去了首都。很明显，他想和我聊聊我与他妹妹之间的关系，于是找了这样一个开车出去的借口。的确，他驾着从机场租来的汽车与我一起行驶在路上时，极其小心甚至战战兢兢地——我很感激这一点——聊到了他感兴趣的那个话题。在他继续说下去之前，我诚恳且有些粗鲁地——但我感觉这是必要的——向他表示，瓦尔妲和我都想在现有的条件下把我们的关系保持在目前的程度。我们已经明确地确定过这一点。两人都拥有自由，可以做自己想做的任何决定，不存在任何限制和包袱。看起来巴舒尔对这一点很满意，他随后说了说他们那个社会的人对这类事情的看法，又讲了讲中东女性追求解放的种种尝试。没有什么是我不知道的，但我仍然听得很仔细，因为感觉他是因为对插手我们的关系感到不好意思才解释的。后来他还说起了瓦尔妲特别的性格。直到不久之前，她还表现得像姐妹们中最顺从的一个，对西方世界可以提供的东西最不感兴趣。但因为她同时也是三姐妹中最内敛、最具想象力和最敏感的那个，所以当她想探索欧洲时，阿卜杜尔也觉得她的愿望合理又明智。他用很信任的语气——这应该可以证明他是相信我的——对我说，瓦尔妲会回到黎巴嫩，会做整个家族里最穆斯林的女人。就在那时，他说出了会在瓦尔妲和我的命运中深刻回响的那句话：‘神翠鸟号能坚持多久，您和她的关系就会延续多久。’我没有回答，但一阵微微的恐慌爬遍了我的全身。我知道巴舒尔说得有道理，我从刚注意到他妹妹不再把我当合作伙伴时就明白了这一点。这无情的判决从很久前就在我们的脑中回荡。在漫长的沉默之后，我只是说：‘嗯，也许您说得有理。但在我们决意要维持关系的当下，它也不意味着什么。这也是真的。’巴舒尔轻轻耸了耸肩，我们换了话题。”

“我在圣何塞陪他去办理了他该办的手续，后来又一起在‘下河湾’吃了饭，是一家气氛温馨、可以看到城市所在山谷美景的餐厅。菜品在尽力创造加利西亚菜那不可复制的美妙魔力，但并不总能成功。后来，我与巴舒尔去了机场，在那儿道了别。他在与我握手时，把另一只手放在了我的肩上，带着炽热的真诚说：‘把那艘船当您的守护天使来照顾吧。祝您好运，船长。’”

伊图里回到蓬塔阿雷纳斯时，看见瓦尔妲在寝舱里。她是在阿卜杜尔之后一小会儿到的，远远看见了两人在舰桥上。她等他们走了之后才上船。“我想知道他为什么来，所以更想让你们单独聊聊。阿卜杜尔就像一个游侠骑士。我们很爱彼此。他在做生意时可以很无情，但是作为朋友，他可是模范。他有些托钵僧的气质。瞭望员和他还有一个的里雅斯特女人从很多年前就开始一起闯荡了。瞭望员说，如果阿卜杜尔去麦加的话，他们就绑架他，杀掉作人祭。”第二天，他们便起航去了巴拿马，要从那儿进入加勒比。琼告诉我，在从蓬塔阿雷纳斯出港时，他们遇上了一只游艇，瓦尔妲说上面有一个惹眼的女人，穿着她这辈子见过的布最少的比基尼，在用西班牙语说着什么。琼很高兴他的女伴不太懂西班牙语。从圣何塞回去后，他做的第一件事就是把巴舒尔那句将他们的爱与那艘货船联系在一起的话重复给她听。在蓬塔阿雷纳斯，那个女人说她很怀疑这艘船能不能顺利到巴拿马，瓦尔妲并不迷信，但她确实是宿命论者，如果听明白了那个女人的疑虑，一定会把它和自己哥哥的话联系在一起，认为这是不祥的预兆。“很幸运的是，”他对我说，“命运不会把它的网织得太紧，它通常都比我们所认为的更慈悲一些。”

瓦尔妲在加勒比的游船之旅中，认识了一个充满亲切感和启示性巧合的世界，那些巧合鼓舞着她的东方的敏感。“辛巴达应该来过这里的。”她发出感叹，陶醉在岛屿的气候、葱郁的永远鲜花盛开的树木以及当地不同种群混居的景象里——它和东地中海是那样相像。他们在安的列斯群岛以及大陆港口之间航行了六个多月。与瓦尔妲的兴奋同步的是两个越来越明显的并存的迹象：货船的结构开始松弛，终于展现出了明显的疲累；另一方面，瓦尔妲越了解加勒比的魅力，就越思念故土与同胞。这两个迹象渐渐浮出来，变得更现实了。瓦尔妲的性格里没有隐藏自己的情感这一条。终于，当她觉得内心已经起了变化，当中东的图景、她对它的记忆与思念都不仅在梦中也在清醒时出现时，她立即告诉了琼。他在这之前也渐渐感觉到了一些模糊的迹象，面对女伴的倾诉，也只好认命地接受了。金斯敦是他们加勒比之旅的最后一站，到达那里时，他们聊了很久。伊图里向我大致概括了一下瓦尔妲的话：“我想，已经到我回国、回到同胞身边的时候了。我回去也没有任何明确的目的，也并不是预先计划好的。只是我的身体要求我这么做的，就这么简单。通过几个不同的阶段，我已经得出了一些结论：我不想做欧洲人，而且，我也永远都做不了；我感觉，在路上的生活，像我们这几个月的经历，还有之前强度没这么大的那些旅行，会耗损我的内心，会侵蚀那些支撑我的与我的同胞和国家相关的隐秘思想的脉络。我从前一直认为我可以和你一起生活，你身上的品质我都欣赏，但你在生活中漂泊了太久，一切都已无法改变了。”琼没有按捺住从情侣关系在世上存在的那天起就无可奈何会被问起的问题：“也就是说我们不会再相见了是吗？”瓦尔妲立即真诚地说出了让伊图里如鲠在喉的话：“当然不是，上帝啊！不是这个意思。我现在光是想想我们不再相见都无法忍受。我只是需要脚踏实地，但不会抛弃你的。你理解我的，你和我一样明白。我不想再说了。”他们离金斯敦越来越近，这样或其他与之类似的思考也变成了两人对话越来越频繁的话题。

说到这里，琼又陷入了他无边的沉默。显然，回忆牙买加的告别对他来说是艰难的。他说起它时言语节制，因此很难把它写下来。我想，一句夹杂在磕磕绊绊的解释和对细节循环往复的描述中的话可以真切地反映出他的感情："那艘您在金斯敦码头看到的倾斜的、几乎报废了的船就是它船长的感受的最真实的写照。我们两人都没有办法。时间和我们算了账。对我和她来说，葡萄酒与玫瑰的日子结束了。"瓦尔妲在金斯敦机场与琼道了别。她会乘飞机到伦敦转机，再飞去贝鲁特。她捧着他的脸，用女巫般专注的眼神望着他，对他说出了最后一句话："你会在累西腓收到我的消息。让我好好理理内心的想法，我会再见到你的。"琼沉郁地回到了货船，但也接受了他的命运—— 一部分是因为禁欲主义，更多的是因为伊比利亚半岛人对神明意志的顺从。

他计划的其中一项是在新奥尔良的修配厂修理船只——哪怕只是临时简单地修一修。接下来会去拉瓜伊拉，把一些石油勘探器材运到玻利瓦尔城，之后再从那儿载着木材去累西腓。新奥尔良的修配作坊检查过船后对它的情况表示悲观。船体结构和货舱的修缮费用高到无法支付，并且鉴于船只其他部分的情况，工程师也无法保证能完全修好。为神翠鸟号的船身上漆的费用要高过文件上整艘船的价值。至于最近几次对机器的检修能为船只续上多久的生命，技术人员都不愿说明。琼只好把船的载货量减到了一半，以免给舷侧和货舱墙壁造成过大的负担。出于这个原因，到拉瓜伊拉时，他只能载走码头上待运货物的一部分。

拖船已经把沼泽区甩在身后，进入了到达港口前的最后一段河流。这一部分的河道在殖民时代就经过了疏浚与整修，方便加勒比海岸相邻城市间的繁忙交通，这些城市由一条运河相连，它源自大河的一个转角处，向殖民庄园流去，后者因在十七、十八世纪抗击海盗入侵而被认为具有英雄传统。在广阔的沼泽地前行有种令人压抑的单调。但我应该承认，那一次，我几乎没有那样的感觉。琼·伊图里船长的故事独占了我的全部注意力，夜里我们总在甲板上继续我们的谈话，而几乎所有的白天我们都会在寝舱睡觉，空调会带来人工的凉爽，甚至有点停尸房的意味，不过在那个地区它给人带来的放松还是毋庸置疑的。最后一段河道被两侧的灰石墙保护着，令人感觉进入了那种在蔓延至全国各处的比利时或荷兰的运河。到达港口前，我们的航程还剩两天时间。倒数第二个夜晚，伊图里向我提议要继续我们的习惯，熬夜度过。他的故事——我在不知不觉中也做了它的某些部分的见证人——已经接近了尾声。我们晚上九点就坐在了甲板上。牙买加妇人带来了一大瓶梨汁伏特加，上面漂着冰块，保持着它的清凉。琼开始了他的讲述，声音中立且克制，这显示出他有所保留，同时也有些费力，毕竟故事就要结束，这也很好解释："您去过奥里诺科河河口的。那儿是我记忆中气候最耗人的地方，像地狱迷宫一样。而且，那个地区在那时已经很荒凉了，物资少得瘆人。我之前从没去过那儿。来自阿尔及利亚的水手长和领航员看起来倒是挺熟悉那一片儿。领航员是阿鲁巴人，曾经几次逆流而上到达玻利瓦尔城，那儿是我们要卸货的地方。面对航行手册上附有细节的对风险的警示，他并没有表现出担忧。'只需要担心'对方解释，'雨季时突然暴涨的河水。水会带着大量泥沙、树干、植物根茎冲下来，几分钟就会堵住通路。但玻利瓦尔城的港口电台在这些情况到来前会做出预报。我们会很谨慎。不用担心。'我正是从那时起开始担心的。我明白在这些国家'不用担心'的意思。应该这么理解它，'如果有什么事情发生了，大家什么也做不了，所以担心也没有用'。我们在夜里来到了圣何塞德阿玛古罗，我决定把船停在那个小海湾，第二天清早就趁天光进入三角洲。整晚都在下雨。领航员安慰我们说这不代表内陆也在下雨，奥里诺科河涨水时，水都来自内陆的支流。清晨五点我们进入了三角洲一条支流的怀抱，根据手册，那里是最好航行的河段。顺着它，我们开到了安索阿特吉州。倾盆大雨继续下着。我们把广播调到了港口的电台，它的确在定时播报地区的天气状况。早上八点半，他们报告了第一波洪水的到来，不过对进入河道的船只毫无威胁：它已经被一条支流分了流，去浇灌大片的红树林了。几分钟后，不再能收到电台的讯号。在地平线上，我们估计的那座城市所在地的上空，一片典型的砧状积雨云正在扩张，从中发射出几乎持续不停的闪电。我们慢慢驶过仅部分由浮标标示出来的狭窄航道。忽然，船只开始震颤，最开始是以难以察觉的方式，随后，震动越来越剧烈，船身铁板相互撞击，发出了震耳欲聋的声响。领航员说的确是洪水，但看起来并没有夹带大量泥沙。水手长不太信任他，命令船员们做好防护措施，并备好救生艇。忽然，船撞上了河底的什么，猛地旋转起来，横在了水面，开始接受水流的全部冲击。我下令调整机器，试着把船正过来，就在即将成功的时候，一次猛烈的撞击让整个船倾斜了过来，悬在空中的螺旋桨已经无法起到任何作用。我停下机器，所有人上了甲板。船很快进了水，从中间被截成了两段，骑在了一片肉眼可辨的泥土与植物积起的浅滩上。一条救生艇被压在了船下。我们尽力挤在了剩下的那条救生艇上，水流把我们推入了泥浆和雨水搅起的晕眩中。幸运的是，*神翠鸟号*撞上的泥滩阻挡住了水流。到半英里之外，我们便控制住了小艇。被猛烈冲撞击打着的货船在我们眼前逐渐被肢解了。就像看着一只史前巨兽最终被一个无所不在的贪婪敌手撕碎了。被分开的两半最后渐渐朝相反的方向往河岸漂去，并很快就顺着各自的河道消失了。因为河底具有延展性，水的压力一过，河岸旁就会出现类似的河道。下午六点，我们到达了库里亚波。当地官员把我们安置在了一个军营里，他们允许我和加拉加斯联络，与保险公司交涉，并且做好补救措施，帮船员返回各自的国家。在您的……和我的梦里仍会出现的那艘货船就这样结束了生命。”

我沉默了一会儿。伊图里之前对我说，我也是*神翠鸟号*及它的船长的故事的见证人，见证了他们命运的关键时刻，我在想他的话在多大程度上有道理。的确，在它出事前的几小时，我曾经看见了它，当时我们正在委内瑞拉军队的海岸护卫舰上等待它给我们让出通往远海的水道。那晚，我不想再问他更多的问题。到达终点之前，我们还剩一个夜晚。而且，也不难推断后来他的故事是如何终结的。我向他保证接下来的那晚会听他讲故事的结局，倒不是为了满足自己的好奇心，而是为了给他提供一个驱除心魔的机会，这个内敛又敏感的巴斯克灵魂已被它们折磨了太久。“故事，”他回答我说，“没有结局，朋友。发生在我身上的这件事，在我终结时才会终结，或许，谁知道呢，到时它又会在别的人身上继续下去。明天我们继续说吧。听我讲这些，您一直都很耐心。我知道，我们每个人都拖着自己那一方人间地狱，正因如此，套用我曾在圣让德吕兹做教师的祖父的话说，我十分感激您的聆听。”他要回寝舱时从我面前走过，我在他脸上看到了凄郁的阴影，让他看起来像是老了很多。圆月的月光在他头发上洒下一层白，更给那突然衰老的模样蒙上了可悲的色彩。

之后那天晚上，我们聚在甲板时，已经能远远看见地平线上的港口灯火了。它们仿佛静态的火焰，为那景致添上了出人意料的戏剧性。伊图里直奔主题。我觉得他是想尽快讲完自己的故事，所以跳过了叙述自己不幸遭遇时的那些闪光点。这次，如同从前一样，他避免了任何可能被解读为自我怜悯的内容。他当然没有丝毫的骄傲，这么做只是因为难为情，因此十八世纪的法国人才会把这类情感称为“*内心的优雅*”。

“保险公司的人约了我在加拉加斯见面，要看一看*神翠鸟号*的保单，好赔偿水手及其他工作人员。我从那里给瓦尔妲和巴舒尔各发了一封电报，告知了他们船舶的事故。我谨慎地等了一段时间他们的回应，但杳无音信，这开始让我着急。与此同时，去累西腓的念头让我着魔，一刻不停地纠缠着我。它已经变得更加刻不容缓和必要了。关于未来，无论瓦尔妲如何决定，我都无法承受再也见不到她的想法。金斯敦的告别不会是永别。所有在我们共同生活时我没有告诉她的事都在我的头脑中渐渐累积。当时我觉得它们无关紧要，甚至完全没有必要；我们的表情、我们的情色关系、我们的爱意和憎恶都让言语变得多余。现在言语又回来了，试图掌控局势，执意逼迫着人。它们是用其他元素来创造新联系或延长旧联系的环扣。在委内瑞拉的努力之后，我最终坐飞机飞到了累西腓。您去过累西腓吗？”我回答说自己去过两次，对那儿拥有难忘的回忆。那座介于葡萄牙和非洲之间的城市对我来说有着难以言说的魅力。“最开始累西腓也很吸引我，那时我常常跟着一艘从不来梅起航的载着化学材料的油船到那里去。但是这一次，城市本身的美，它的桥梁、广场、建筑的魅力都被轻轻腐蚀掉了，甚至就要崩塌，我在那儿等着瓦尔妲的消息，这让日子变得更加难以忍受。那些是我在用力等待的消息，与其说是出于真实可触的原因，不如说是出于我欲望的冲动。她说过的，我们会在那儿见，但关于回到黎巴嫩之后可能发生的事，她的话里没有明说。我一点一点地回忆、重建着她的话语和表情，累西腓的约定显然像一个幻觉，一个被她想象出来的安慰，只是为了让金斯敦的告别不要像一个戏剧化的、不可更变的永别罢了。我已经不知道该怎么去想这一切。哪些是我建在梦境这唯一地基上的想象，哪些又是真正发生过的呢？我会去瓦尔妲可能下榻的酒店。变成了对酒保和前台人员来说奇怪甚至可疑的人。他们看我走进去，就会摇摇头，微笑着，笑里的同情越来越明显，混着一种淡淡的厌恶，正如面对有怪癖的人和痴呆的人时大家的表现。我开始憎恨那座城，把一切错都推给它。天气热得愈发难耐了，我也没有找新的工作，其实我当时真的很需要一份工作，因为存款已经快花光了。保险的赔偿金一年内才会全部支付，事先还要对货船事故做详尽的调查。”

“终于，邮局办公室的人说，有我的东西。那是来自我那位女性友人的一封长信。我就不给您读了。没有什么是我没和您说过的。她的书写自然流畅，把它读出来，就像亲耳听到她说一样。我会无法承受。我可以很简单地概括一下。瓦尔妲向我描述了她到达黎巴嫩的情况，说她很快就适应了那里的社会和家庭氛围。她的欧洲梦和其他梦瞬间烟消云散，失去了所有的理由和坚固的表象。只剩下把她和我联系在一起的情感。它们都完好如初，但是从这些感情中，也不可能建立起、期盼到任何东西，能有的只会是受伤的体验，会把我们的关系变成一团乱麻，缠绕着无声的呐喊、是非和伪装起来的挫败。总之，就是当我们扭曲现实、把自己的欲望当作不容置辩的真理时会发生的那些很俗套的事。她不会去累西腓了，也不想在任何地方再见到我。她决意留在陆上、回归同胞的例律与习俗时货船便失事了，这让她十分心痛。看来阿卜杜尔的话应验了。不是这样的，我也不该这样想。那艘船，实话讲，一直都处在失事的边缘。能坚持那么久，完成那么多超过它自身能力的任务，已经是个奇迹。之后是瓦尔妲对我的一些描述，我这个人、我的优点和其他特点，很显然，因为对我们共度的美好时光的记忆和知道我们再也不会相见的唏嘘，她说的都是些赞美话。在女人面前我从来都不是个很受欢迎的男人。我觉得自己会让她们有些无聊。她在我身上看到的，也许，是某种秩序、某种我设置的距离——它把我和其他男人以及他们的需求隔开了——这对瓦尔妲来说很有用，可以打消她想变成欧洲人的努力。跟我在一起时，她明白了全世界的人都一样，各个纬度的人都被卑鄙的热情、肮脏的利益——它们既短暂又相似——推着走。有这个坚定了的信念，她回归故土的做法便已在意料之中，同时，她也展现出了当今女性中罕有的成熟。”

“在累西腓，我接受了一份工作，要把一艘油罐船送到贝尔法斯特检修，于是我就这样回到了在安特卫普遇见巴舒尔和瞭望员之前的生活。瓦尔妲曾那样完满地填补过我的生命和我身体最隐秘的地方。因此，她的缺席也让我落入了一种再也无法补全的空洞。我在最开始已经和您说过：我就像机器人一样，在完成着慢慢活下去的功能。我会让事情任意地发生，在这片通常被他们设计出来欺骗我们的混乱中，并不去寻求安慰或解脱。我也发觉，正如最开始我提醒您的那样，我讲的这个故事很可能是陈腐的、简单的。如果您，什么时候，哪怕是很短暂地见到了瓦尔妲，如果您曾经听过她的声音，就会觉得一切都有完全不同的意义了。她身上有一些仿佛幻象的东西，是无法用言语形容的，只有认识了她，您才会明白，曾待在她身旁是多么巨大的荣幸，失去她又是多么无与伦比的折磨。”

如已经习惯的那样，我们又在沉默中度过了一个多小时。突然，伊图里从他的椅子上坐了起来，长久而热烈地握住了我的手，仿佛是要替自己说出巴斯克人的内敛阻止他说的话。他说：“我不知道明天我们会不会再见。我很早就要到码头去报到，登上那艘将把我带到亚丁的货船。很高兴能认识您并了解到您对在赫尔辛基看到的那艘可怜货船的关切，它会将我们永远地联结在一起。晚安。”我磕磕绊绊地回了几句话。他的道别中所饱含的情感立刻传递给了我，一时间让我无法告诉他，能了解神翠鸟号及其船长的另一部分故事对我来说意味着什么。我回去睡觉时已是黎明时分。中午公司的车才会来接我。在进入我迫切需要的睡眠之前，我又思索了一下听到的这个故事。我想，人真的不太会变，仍那么像他们自己，从时间之初到如今，就只存在一段爱情故事，它不断反复出现，从未丢失它可怕的简单和它无可奈何的不幸。我深深地睡着了，和以往不同，没有梦见任何东西。

阿米尔巴尔

谨以此书纪念我的外祖父。

他曾在托利马科埃约河河畔淘金。

生命只是一连串的溃败。它的一些表象很美，另一些则不那么美。在美的表象之后——与不美的表象之后类似——藏着溃败，永恒的溃败，更多的溃败。但这并不能阻止我们取得胜利。因为说到底，能战胜人的只有死亡，但即便如此，也只是因为死亡会剥夺全部的证据，让人无法否认自己的溃败。一个人也因此而变成了死亡的同盟，他信任它，只为得到它会授予他但生命却拒绝给他的全部荣耀。

——

皮埃尔·勒韦迪，《船上书》

……因为在矿中工作的女人是受魔鬼派遣而来的，事实证明，她们在那儿工作不会带来任何益处。与之相反，伴随她们而来的嫉妒与暴行对所有人来说都甚是危险。

——

沙姆埃尔·德·科西嘉，

《阿萨尔特尔山犹太教民血本无归的真实开矿故事》，

卡普玛尼印书馆，1776，索列尔，马约卡岛

“我生命最奇异的时光是在阿米尔巴尔度过的。在阿米尔巴尔，我留下了自己的缕缕灵魂以及年轻时所点燃的很大一部分能量。从那时起，我开始变得沉静——或许是吧——并感到了永恒的疲惫。之后剩下的，便是在每日固执的冒险中苟活。这不值一提。甚至连海洋都无法再将白日做梦的能力归还给我，在阿米尔巴尔我已经将它耗尽，并且一无所得。”

瞭望员的这段话让我陷入了思考。他从来都不是讲这类话的人，他只会简略地描述他的旅行，并不会得出结论，也不会转向道德评判，因此，他在阿米尔巴尔的日子引起了我别样的好奇。瞭望员当时身体很弱，精疲力竭，为了治愈一直折磨他的痢疾，不得不接受漫长的治疗。一些话从他口中逃脱出来，为那个他通常死守的溃败的隐秘世界划开了一道缝隙。他说出那些话时，我们正在加利福尼亚圣费尔南多谷澄明的无尽夏日中，在我弟弟莱奥波尔多家的庭院里晒太阳。显然，他希望通过那些话语，打开他出于某些原因而努力保守至彼时的那段记忆的闸门。在我们交往的过程中，他曾许多次提到了他生命过往的章节。但却从没有提起过阿米尔巴尔的日子。那时我也并不知道那个名字意味着什么。

之后的几星期里，他在为前往秘鲁海岸积攒体力的同时，给我们讲述了他在山中淘金的经历，以及在阿米尔巴尔错综复杂的矿道中他的绝妙计划的落败。我想，在将它们誊写给我的读者之前，先描述一下我们那次相遇的情景也并不会显得冗余。它实在符合马克洛尔的行事风格，显然是他命中注定的事，不可能抛下不说。我要抄的这条近道不长，并且我也需要重申自己认为它值得讲，因为可以为之后所述之事做好铺垫。

瞭望员怎么会在拉布雷亚大道最阴暗、荒凉的那一段的一个肮脏汽车酒店的房间里，这是我一路上都在想的问题。我当时正在洛杉矶出差，大半个白天都待在伯班克的工作室里。一天晚上，我到所住酒店——马尔蒙城堡酒店，每次出差，我都会住在那里——的前台去收信件时，他们递来一张字条，纸张沾满油污，没有上款："我在拉布雷亚1644。请尽快赶来。我需要您。马克洛尔。"他的签名很慌乱，我第一眼甚至没认出来。上楼放下文件后，我便立刻出门去找我的朋友。他很少会发出这样紧急的信息，歪歪扭扭的签名也透露出他的健康状况一定很差。地址中的号码指向的是一个肮脏的汽车酒店，入口很窄，一排房间直线延长出去，门牌号涂成了躁郁的柠檬色。三四辆车停在亮着灯的几个房间前。瞭望员忘了告诉我他的房间号码，或许他是希望我先和门房打个招呼。后者就在打头的那个逼仄的小房间里。我敲了敲玻璃，一个头发蓬乱的壮硕男子出来开了门。他身穿棕色汗衫，齐膝短裤系在腰间，上面托一个硕大的啤酒肚。说一口阿拉伯口音浓重的西班牙语，甚至还不到基础水平。一道深深的刀疤从他额头中间顺鼻梁划下，一直延伸到下巴中央。我报了我朋友的名字，他并没有告诉我房间号，而是把我请进了那个散发恶臭的、可以被视为他的办公室的小房间里。他没有自我介绍就直奔主题："我一直在等您。您的朋友说两位认识很多年了。我也是很久前认识的他，欠了他几个人情。但这儿的老板是一个不会手下留情也不讲道理的犹太人。我们的朋友已经欠下三个星期的房费了，今晚，米凯利斯就会来收租。如果您现在能把这笔钱给我就太好了。瞭望员现在这种情况，我可不想把他赶到街上去。一共是九十五美元。"他讲话有些粗鲁，但更多的是不安。感觉像是被刀逼到了墙角。我把钱给了他，在他递来发票时，他的妻子进了屋，也很高，从前应该很漂亮，但现在身形枯瘦、面色憔悴，仿佛一个幽灵。她说话也带浓重的中东口音，冲我黯淡地笑了一下，算打了招呼，接着，用稍流利一些且比她丈夫的英语要好懂的法语对我说她很高兴我来了。还说我的朋友急需帮助和陪伴。我于是与他们道了别，去了他们告诉我的那个房间。其实就在门房旁边，但不知什么原因，房门号被任性地定为9号。

门没锁。我用指关节敲了两下后，里面传来声音说："请进，请进，没上锁。"我便走了进去。瞭望员马克洛尔就在那里，躺在褪色了的粉床单上，汗液留下了大片的深色渍迹。他正在猛烈地颤抖。失神却明亮的双眼透着临终的绝望。胡子几星期没刮了，花白、粗硬，更显得他悲戚无助。房间里装饰着褪色了的、翻印的裸体女人画，床铺前一面必不可少的镜子，架在一张梳妆台上，两侧装饰着花边——也是褪色的粉——上落满了尘灰，让躺在那里的瞭望员看起来可悲又荒诞。他用手指了指，请我坐在了唯一一把扶手椅上，椅面是布满油污的窗帘布，上面的花朵颜色已经难以界定。我把它搬到床头，坐下，等让他说不清话的高热退去。他从床头柜上拿起一个小药瓶，往嘴里塞了两片。又颤巍巍从同一个床头柜上拿水瓶倒了水。他的手颤得实在厉害，一半的水都洒在了床上。我起身想帮忙，但他用唇边一个暗淡的微笑拒绝了。想说话时，他的牙齿就相互撞击起来。我们沉默地等待了一阵，等药起效果。过了一刻钟，或者更长的时间，他的颤抖慢慢停了。等能说话时，他的声音听起来也有力多了。

"这个药药效实在太强，让我变得很傻，发烧都没它厉害，"他说，"所以我没有按时按量吃。我是从温哥华过来的，本来想在去南边前在这儿待两天。我想去找约西普，说服他陪我去秘鲁试着干个活儿。"在我问约西普是谁之前，瞭望员就继续说起来："约西普就是这个汽车旅馆的门房。我们以前一起在地中海跑过几次生意，那些经历我应该和您提起过。他生在伊拉克，父母是格鲁吉亚人。在中南半岛当过雇佣兵，在马赛当过拉皮条，他什么都干过。性格有些怪，但是个体面人，也是很好的朋友。我想他应该在我欠的钱数上撒了谎。不过他也实在是生活所迫。说回来是个可靠的人，跟他相处可以很开心。喝一口酒，舌头就放开了，就听他讲吧，他有好多故事。接着刚才说，我后来突然得了疟疾，从一个半月前开始就一直躺在床上。我随身带着控制病情的药，但是没怎么好好照顾自己，就成了现在您看到的样子。这个疟疾，我是在仰光染上的，已经是很久之前的事了，久到有时我会怀疑是发生在别人身上的。当时在仰光，我做了一笔柚木生意，几个合伙的英国人比假托钵僧还要更狡猾。我努力了半天，最后一分钱都没得到。得到的只有疟疾发烧，还有和一位寡妇一起研究出来的几个卓越的情色理论。她是一家破旧作坊的老板，专为吉隆坡的宗教仪式生产线香。哪天我再讲给您吧。很值得听。一位来自贝尔法斯特的医生给我开了主要成分是奎宁的药片。很有效，但是却让我头痛欲裂，恶心个不停。我用这个方子躲过了几次高烧，但这次却被它打败了。”

我和他说，在做别的事情前，我们应该先叫个医生。他烧得实在太厉害，身体已经很虚弱，可能已经影响到了心脏和肝脏之类的脏器。他听到我的建议并没有太大反应。他说他不信任医生，他们总是把事情搞得很复杂。我坚持了一下，他终于同意第二天请一位医生上门来看诊。但一副很勉强的样子。我们又聊了一会儿两人共同的旧日回忆和故人。我想留些应急的钱给他，他说：“别，什么都别给我。最好把它放在约西普的老婆哈莉娜那里。她负责给我买吃的还有其他我需要的东西。您要是把钱留在这儿，会被偷的。我一难受就不能闷着不透气，所以总敞着门，一群妓女和男妓一天到晚来来去去的，溜进来就把东西偷走了。我现在已经没了衣服、鞋子，连大部分证件都没了。护照和买去马塔拉尼的船票的钱放在了门房那里。放在那儿安全。一些来跟我睡觉的女人带走了些东西作为她们服务的报偿，在我烧得天旋地转时，也偷偷拿走了些其他东西。”

我试着安抚他说，之后我会负责让他们不再偷东西。但最重要的还是让医生做个诊断，了解他的情况，明白该怎么做才能让他好转。他双唇又抖了起来，但还是用一个尽力温暖的微笑谢过了我。午夜过后，躺在洇湿了的床单上的他已是半梦半醒，我在那时离开了那里。约西普和他妻子正在门房里吃晚饭，我告诉他们第二天会有医生来。还留了我酒店的电话，以防有什么事发生，另外还放了些美元，以备不时之需。他们告诉我瞭望员吃得很少，她给他做的很多菜他都不愿吃。他们提起马克洛尔时，透着对他的亲切与忠诚，这在她身上更明显一些，叫他名字时不知为什么还用起了指小词，听着像是“那个小基督徒”之类的，不过我也没多问。再问下去就会像侵入了一个我不宜踏入的亲密领地。

第二天，在工作室，他们给了我一个在拍摄期间为剧组提供服务的医生的电话。我联系了他，得知他拥有乌拉圭国籍。从电话里听出他的声音平静又自信，这让我安心了不少。我们约好下午在我的酒店见面，再一起去看瞭望员。六点整，我们在大堂见到了彼此。他本要打电话到我的房间，但我当时已经在下面等他了。这个人中等身材，满面笑容，眼神生动，却几乎被深黑色的浓密眉毛遮住了，髭须也粗浓，像杂剧里的强盗。我们朝拉布雷亚出发了，路上，我给他讲了讲瞭望员的情况，讲了我们的老交情、他永不停歇的流浪，还有他最与众不同的一些性格特点。医生说那些热带病最开始还算好治，但如果病人不注意，以为自己已经好了，不坚持治疗，就会变成慢性病，严重地影响脾脏、肝脏，最后也会对心脏造成很大的伤害。我们进入了汽车酒店，虽然我已提前向对方描述过友人居住的环境，但医生还是不禁露出了诧异的表情。门房夫妇出来问候了我们，两人的形象也令他吃惊。不过他什么都没说，我们径直走入了马克洛尔的房间。那会儿他睡着了，同时轻轻地抽搐着，呼吸时断时续。他睁开眼，心不在焉地问候了我们。

马克洛尔耐着性子接受了检查，他很少能这样耐心。也一直面带礼貌却不乏疑虑的微笑，听着医生给出的关于治疗的建议。据医生说，新的疗法很快就会见效。不过他需要住院，这样才能接受规律的、有监督的治疗。这在他当时住的地方肯定无法实现。一阵阵地烧起来，会让他长时间地失去意识或睡着，无法按时用药。听着这些，瞭望员并没有反对。他唯一的异议是经济方面的：他已经身无分文，不知如何才能入院。我对他说这事儿我来负责，以后我们再把账结清。他耸了耸肩，向我表达了谢意，眼神停在了某个远方，这个远方虽是想象中的，但那目光的强烈和痛苦却没有减少半分。我和医生一起回了酒店，他要去取车。在永无终结的乏味的圣莫尼卡大道上，乌拉圭人一直保持着谨慎的沉默，但这也暴露出了他的不解，他不明白我在那个职位上，在负责拉美各国业务的同时，为什么能和那样一个与好莱坞电影巨头的世界相距甚远的人保持着友谊。终于——也是因为我比较主动——他问起了我，是在哪里认识的这样一位人物，看名字根本猜不出是哪国人。我回答说，自己在埃索公司工作时常乘企业的运油船在安的列斯群岛间出差，在其中一次旅途中结识了马克洛尔。他当时是油泵组的组长。一次，我看到他休息时在全神贯注地读西班牙王位继承战争的专著，我们的友谊在那一刻便诞生了。因为那也是我极感兴趣的话题，于是两人热火朝天地聊了起来，我们都认为路易十四完全有权利为自己的孙子争夺奥地利人留下的空王位。后来，我们又在几次旅途中见了面，随着两人工作职位的变化，渐渐习惯了在世界上最意想不到的地方相遇。“之前真没想到他在知识方面是那么有追求的人。”医生带着与职业相符的谨慎说道。“我倒不会这样形容瞭望员。”我回答道，“光是知识分子这个词就能把他吓一大跳。他的好奇心很深邃，也很诚恳，对历史有他个人的偏好，同时又受过良好的文学训练，不过都是在所谓的知识分子的活动范围之外进行的。”我看医生并没有被说服，他还没有从遇到马克洛尔这样一个人的讶异中缓过神来。我粗浅地给他讲了讲我朋友的逸事，不过也没能让对方更平静一些。到酒店时，他把可以接收瞭望员的医院地址给了我，并有所保留地道了别。

第二天，我坐着救护车去接了马克洛尔。他已经几乎站不起来了。约西普和他妻子满怀怒气地问我那些人要对他们的客人做什么，笨拙的问话和畏怯、慌乱的拒绝中充满了他们对马克洛尔的关切。他安慰他们说，自己走并不是他们的问题，而是因为要接受严格的治疗，因此也必须住院。他还给他们留了地址，方便他们探望。担架被抬上救护车，哈莉娜忽然痛苦地抓住了我的胳膊，对我重复了好几遍："如果是治病，就去吧。但是如果治不好，就是你的责任。他是我们绝无仅有的朋友。"我尽力地安抚了一下她，并再次向她表示自己同他们一样，也是他交情至深的老友了，没什么好担心的，一切都会好的。我们在医院见。两颗硕大的泪珠顺着她仍保有地中海气息和比例的面庞滚了下来。约西普带着猫科动物的平静——是雇佣兵凭借与痛苦和死亡共存的经历获得的平静——观察着眼前的情形。我们顺拉布雷亚大道往上开，想经高速路到达圣费尔南多谷，医院就在那儿，救护车的警报一路为我们开道。马克洛尔看着我，饶有兴致又有些诧异的样子。他说他汽车旅馆的朋友们在看他度过了那么多的劫难之后，已经对他有了某种猜测，觉得他可能真的是不死的。见他被救护车拉往医院是对他们的突然打击，破坏了那个不可或缺的、支撑他们继续生活下去的形象。

"一个人被当作抵御死亡的保证，其实他做的不过是把它塞进胸口，假装忽略它而已。"他这样说着，又回到了他长久以来最为之着迷的其中一个话题上。

马克洛尔在那个有《圣经》人物名字的、严守贵格会教规的医院接受的治疗很快就起到了效果。发热的频率越来越低，瞭望员也迅速离开了轮椅，开始在无菌花园——那里的花草以及果实黄到不真实的橙树都像是塑料做的——的路上慢慢散步。我习惯在结束了工作室一天的工作之后以及星期六和星期日的下午去看他。有时也会遇上门房和他妻子。他们对我的不信任已经变成了有些粗鲁但又动人的亲切。瞭望员的好转让他们安心了许多，他应该也和他们说明了我们的交情，这也让对方踏实。

一个星期六的上午，我去看他，发现他已经把为数不多的行李装在了一个航空公司赠送的那种手提包中。从提包的状况来看，它所经历的旅行要比人们乘坐飞机时通常进行的那些要严酷得多。马克洛尔正坐在一把椅子上等我，他浑身都透着反常的厌倦与不安。在我开口询问他发生了什么之前，他便急着和我解释起来："今天一早，医生就准许我出院了。昨天我们进行了很长的对话，他得出结论，认为医院没有人情味的阴郁环境比高烧给我造成的伤害还要大。您知道的，我从来都不喜欢医院。在做医院看守时就不喜欢，在海湾医院、索贝尔比奥斯医院[1]，我都无法摆脱它们的建筑带来的那种死亡前哨站的感觉，哪怕是这座豪华得像奢侈酒店的医院也一样。所以，我要走了。您和我说今天要来，所以我已经准备好了，您可以带我回汽车酒店了，或者任何地方都行，只要没有医生和护士就好。"马克洛尔离开医院的决定并不让我感到意外。我之前就已经逐渐感觉到了他对周遭环境的拒绝，恨不得刚好一点儿就走。不过，为了保险起见，我还是决定先和医生聊聊，更详细地了解一下对方的意见。我在房间里给他打了电话，他对我说，自己确实认为我的朋友可以离开诊所了，但他最好能在一个家庭式的安静氛围内休息一阵，不要再去像我们把他及时救出的那个汽车旅馆那样的地方了。我把医生的话转述给了瞭望员，并建议他在我弟弟家待一段时间，我弟弟就住在圣费尔南多谷，气候宜人，在加州州立大学北岭分校附近，那里有大片的橘园和安静的白色建筑。他接受了，但有些勉强，因为并不想打扰他人，想着自己的出现会扰乱主人的日常生活，而且他也并不认识他们。我安抚他说，他们会很乐于接待他的，两人没有孩子，也很习惯和他这样非同寻常的意外来客接触交往。

北岭家中的生活很快便进入了真挚的家庭氛围。瞭望员和我弟弟相处

---

1 诗歌。《海外医院评述》，第79、80页，同上。——原书注

得很好，两人总是没完没了地谈论威士忌的种类，以及浓的为什么比淡的好，他们认为后者是给那些不懂得品赏上好苏格兰威士忌的假惺惺的人喝的，还说那些人会装作是在浓酒里加了很多水的样子。两人研究得那样认真，惹得弟媳连连做拿手菜来犒劳他们，菜品中最出色的是蘑菇酱烩鸡以及刺山柑牛舌，让马克洛尔诚心诚意地赞不绝口。我在工作室忙完一有空就会去看他们，当然，周末也会在他们的陪伴中度过。马克洛尔以肉眼可见的速度迅速恢复着，开始不断提起他在秘鲁海岸矿场的勘探计划。他心里的游牧热情已经再次沸腾了起来。

一天，我们正配着博若莱新酒——是我偶然在伯班克的一个酒饮店中买下的——品尝院中泳池旁烤架上烤出的鸡肉，弟媳突然问起了马克洛尔，像他这样的海上之人为什么会对那些内陆矿场的工作感兴趣。是谁把您引到那条路上的？感觉和您的生活还有之前的旅行一点儿都不搭调。那儿的日子，她接着说，可能很苦的。瞭望员沉默了很久。我已经很习惯他类似的走神了，但房子的两位主人看见我的朋友就这样迷失在自己错综复杂的回忆中，迷失在对那些怪兽——它们被囚禁在他内心最艰深的角落中——的隐秘的熟悉感中，还是不免有些吃惊。终于，马克洛尔看了看我们，像是刚从一场难以想象的旅途归来。就是在那时，他给我们讲述了他在阿米尔巴尔度过的非同寻常的日子。我已经说过，在那之前，我从未听他说起过这个名字，并不知道那是什么意思，在我们漫长的交往过程中，他给我讲了许多故事，在我看来，那个名字与它们都毫不相关。“阿米尔巴尔是什么？那个词是什么意思？”我弟弟莱奥波尔多问道，他当时并不知道，马克洛尔在回答时，会揭开自己记忆中一段痛苦时日的面纱，那是在那之前我们完全不知晓的事。那一天，瞭望员并不在状态，没有把故事展开。他只是带着满怀思念与忧愁的浑浊目光回答说：“阿米尔巴尔是格鲁吉亚王国负责舰队的统领的名称。我想它应该来自阿拉伯语Al Emir Bahr。哪天我再给大家讲我在那儿和其他与之类似的地方的经历吧，人们总会轻描淡写地将那种横扫一切的疯狂称为黄金热，当时的我就是它的俘虏。”

正如他身上的一切一样，他对自己过往经历的讲述也被投进了一种复杂的炼金术中，心绪、气候、元素之间的相互关系混搅在一起，只有当一切都正好合宜时，他记忆的闸门才会打开，之后他会跳入漫长的回忆，完全忽略掉时间和听众的状况。不过，事实上，这些听众的体验最终都会变为一种着迷的状态，会逐渐溶解他们自己的日常生活。

一个星期日的下午，加利福尼亚的夏日仿佛要在炽烈的平静中驻扎下来，化为永恒，甚至让我们有了模糊的恐惧，好像自己正处于一种超自然的现象中，我突发奇想，提议大家尝一尝我潜心练习调制了多次，因而对其结果已然胸有成竹的古典鸡尾酒。操作时，需要把波本威士忌换成纯正的岛屿朗姆酒，并在加入这种酒及其他配料的同时再添一点儿波特酒。大家都表示愿意尝试，不过我还是注意到瞭望员脸上划过了一丝不信任。这对我来说也不是新鲜事，我们相聚时，他在喝酒方面一直是个正统派，也总是对我改换神圣经典配方的异端偏好持有怀疑态度。光线渐渐弱下来，透着天鹅绒的质感，几缕羞涩的微风吹散了一整日笼罩着我们的利比亚沙漠般的酷热。已是晚上八点了，不过光线还能留一会儿。我们谈论着港口，马克洛尔于是讲了讲他在波尔图港遭遇意图逮捕他的葡萄牙海岸巡警的事。当时，他载着走私货——这并不出人意料——而他的同伴阿卜杜尔·巴舒尔正在港内焦急地等待。他谎称有紧急故障要修，最终得以在最后一刻逃脱。讲完故事后，我的朋友尝着我特别配方的酒，脸上轻轻泛起赞同的微笑，随后又落入了他深深的沉默。忽然，他像是第一次见我们一样望着我们说：

“金矿的事，不能轻易讲。它就像一种缓慢的毒，会一点点侵入我们的身体，待发现时，已经晚了。就像悄无声息的鸦片，或者那些我们一开始并不在意，但之后把我们的生活变成避之不及的地狱的女人。第一次听说金矿，是因为我亲爱的阿卜杜尔·巴舒尔——愿他在诸神旁安息——提到了它。当时，他向我提议一起到他家族在黎巴嫩山区的一栋房子去，听说那儿发现了金矿的迹象。那时候我们正在做走私地毯的生意，货都卖给了瑞士一家建筑装饰公司，赚了很多钱。我们的朋友伊洛娜做中间人，和瑞士人沟通，我们负责采购和运货。不过事情一点儿都不简单。巴舒尔关于去矿场的提议悬在了空中，我们再没有回头去想。一些年后，我困在温哥华，一边等待之前答应过帮我的画家朋友欧布雷贡去找我，一边绝望地想找个法子离开那里。我每天都在港口的各个酒吧酒馆里穿梭，看看能不能遇见个人聊聊海上的事，再分享一下相对最能勉强下肚的加拿大威士忌。后来，我在那儿碰见了一位年老的探矿者，他跑遍了地球上的各个角落，想找到能将他从贫苦中拯救出来的矿藏。我为了把话延续下去，提到了巴舒尔多年前和我谈起过的话题。‘没有，’他对我说，‘黎巴嫩什么都没有。从来都没有过任何东西。这些说法流传起来就是为了吓唬德鲁士人的，那些人是山区原本的主人、领主，说有矿就是为了把他们赶走，并且不让他们的牲口再在那儿吃牧草。那段历史很复杂，但是那儿没矿，什么都没有。相对来说，更容易找到金子的地方是安第斯山脉的支脉。得去那边找找被扔下的旧矿，想办法搞些东西出来。’与我交谈的人随后便开始了一段漫长的演讲，谈到了政府许可、矿工合同之类的事宜，最后又说了说那十分切近、几乎触手可及的找到金子的可能性。那时，我还不知道，这类梦想家几乎拥有着无穷无尽的战斗力，他们是永远无法被解放的受害者，永远被贪婪的焦渴腐蚀着，会将海市蜃楼看成近在咫尺的现实。后来我从温哥华南下去了下加利福尼亚，在柯尔特斯海做些沿岸贸易，后来又成了所乘船只的合伙人，合伙对象是两个克罗地亚血统的阴险家伙，最后把我搞得穷困潦倒。那时，我记起了那个加拿大探矿者的话，于是决定带着身上所剩无几的钱，到安第斯山脉插入加勒比海的最后三条支脉去寻找废弃的矿洞，我选择的是最中间的那一脉。”

“我顺流而下，到达了那个国家的中央，沿大山支脉，跑遍了那些仍留有某些探矿传统的村庄。为了熟悉矿山环境，我在科科拉河畔一个废弃矿洞中做了看守。我曾经在别处说起过那次试炼给我带来的幻象、恐惧和失望。或许在那次叙述中，幻象占据了太多篇幅，但毫无疑问，那是因为当时我是第一次接触到那迥异、陌生的环境，它与我整个人生中所熟悉的大海、航行以及港口截然不同。离开科科拉时，我已做好准备，可以对一座登记在我名下的金矿独自开展探矿工作了。几个月的寻找之后，我到达了一个叫圣米格尔的小镇，人们仍在说，那儿有一座金矿，第一条矿道是一队德国人挖的。矿的名字引起了我的兴趣，叫‘响尾蛇’。看起来汉堡人当初已经找到了几条显露的矿脉，最初看来很可能有好结果。但之后他们又失去了找到它的希望，离开了那里，还丢下了不能再利用的工具和机器。一些年后，几个英国人和当地的牧场主又合作进行了一次探矿。他们比德国人运气好，好像找到了数量可观的金子。就在那时，已经成为地方顽疾的无数次内战中的某一次打响了，矿主和工程师还有在金矿中工作的杂工都被杀死在了某一座矿洞中，借口是他们在那里窝藏了用于暴动的武器。为了让尸体消失，整个矿道都被炸了，那地方也变成了幽灵传说的源泉。不时有人爬上去，想刨开洞口，但很快都会下来，回到村里，讲些令人毛骨悚然的故事，不过都是为了掩盖他们自己的失败。”

“在圣米格尔，有一个咖啡馆，它的老板同时也拥有二楼向外出租的房间，租客一般是过路暂住的人：找土地的牧主、税收员，还有卖奇迹药片的小贩，他们通常会在星期日的早上往脖子上缠一条半麻醉的巨蟒，站上个箱子就开始讲述自己的奇遇和发现包治百病的神药的经历。咖啡馆和那个地区的其他咖啡馆一样，由女人来招待，她们都身形丰腴，裙角一扎，露着大半截大腿。我见只有男人光顾咖啡馆，有些好奇。一些老主顾的妻子或情人就等在街上，好在几小时之后，在白酒把他们灌得酩酊大醉时接他们回家。那里还有一种载客同时又载货的车，在当地叫‘奇瓦车’，一位奇瓦车司机跑了三百公里，把我从省会载到了圣米格尔，我们之间也建立起了亲切的关系——他属于炎热地区的某一类人，快活又质朴，有着浑然天成的智慧，十分可靠。就是他给我推荐了咖啡馆的老板，让我和这个人联络的。在路上他和我谈起了响尾蛇矿，还有围绕它编织起的那些传说。我问他觉得那儿是否还能找到金子，他回答我说：‘有是肯定有，但难的是找到，想要成功的话脑子要很清醒。因为找金子的人最后总是会半疯掉。问题就在这儿了。’很快，我就会记起托马西多的话——大家都这么叫我的这位朋友——也会好好地思考这句话所包含的全部真理。我在一个朝向村镇广场的房间中安顿下来。需要努力适应从咖啡馆传上来的喧杂的人声、刷盘子声，还有杯子敲击抛光黄铜桌面的声响，它经常到深夜都不停歇。一台唱机上不知疲倦地转着三四张唱盘，永远是那几张，放的歌曲总在感叹某个女人突然的背叛或逃离，在喧闹声中几乎无法辨析。很大一部分时间我都坐在咖啡馆尽头的一张桌子旁，她们每隔一段很长的时间就会给我端上一瓶寡淡的啤酒，还透着淡淡的药味，它的广告遍布各个城市和道路，有个德国名字，听上去像是能奉上更好的味道。后来我在那儿打听到了响尾蛇矿的信息，还有与它相关的幽灵和访客的故事。我也和咖啡馆的一些女侍应建立起了关系，没客人的时候，她们会坐下来给我讲她们的生活，并向我讨一些关于爱情和挫折的建议。她们所有人的底色都非同寻常地单纯，和她们扎起来的超短裙、粗俗的妆容、在桌子之间扭着胯的脚步还有她们乐于展示的乳沟完全不符，那些家乡散落在山脉迷雾中的粗汉在醉酒时总是对之发表一些淫荡的评论。她们不是会轻易把自己交出来的女人。想成功的话需要先送上一大段有说服力的殷勤话儿，她们听着，同时也保留着乡下人的不轻信以及某种尖刻——那是因为她们过的并不是普通人的生活，本就需要蹑着脚跳过那些陷阱，她们对正常人生仍怀有敬意，并梦想着能够回去，好去享受一种事实上真正代表她们生活最高理想的稳定。我第一次邀请一位女侍应去我房间时，她并没有生气，但语气很坚决，是这么回答我的：‘朋友，是这样，我不是妓女，我也压根儿没想过要当妓女。您看我在这儿干活儿，是因为我得养我的儿子，是我跟一个乡村巡逻队的中尉生的，我们还没来得及结婚，可怜的他就被CAF的人杀了。或许他也不会娶我，不过当时是答应了。您看起来像个好人，我感觉您也去过了世界上的很多地方。我给您个建议吧，如果你真想和我们中的谁发生关系，您得上点儿心再温柔点儿。只做到这些的话，我也不能保证您一定成功。我给您再拿瓶啤酒来？’她把话说得这样直接爽快，为了能和她继续把对话进行下去，我只好又要了一瓶啤酒，虽然每次喝完那乏味的破饮料我都发誓再也不喝下一瓶了。我们聊了很久，后来，我发现她是个很有价值的信息来源。她的父母就住在离响尾蛇矿不远的地方，她很了解那里。她是个很高的女人，手脚细长、青筋爆出，胸很小、很坚挺，腰臀像青少年一样又窄又翘。面庞细瘦，下巴向前探出，下唇很丰满，有种模糊的西班牙公主的气息，但那种气息很快便消失在她夸张的表情中，她的双眼是深烟色的，眉毛浓黑，几乎要延伸进头发里，卷发很乱，几乎没有给她微微下陷、令人有些不安的额头留下什么空间，完全不符合她活泼的个性以及她凭借对男人的了解而一点点积累起来的幽默感。她了解男人，大多是通过侍应的工作，而不是床上的活动。我们的友谊变得十分坚实，也不想把它变成别的东西。我经常沉浸在某本关于矿物学或其他哪本一直陪伴我的书里，每到这时，她便会在我身旁坐下，等待过会儿哪位老主顾的召唤。”

“我在前往探矿冒险之旅的路上经过了马提尼克，在皮特尔角城的一家书店里低价买下了一些我当时觉得可能有用的著作：波微·丹泰尔所著《现代地质学》、贝诺瓦-德图所著《应用矿物学》，以及《金、铜、银、锰》，一本由名叫洛伦佐·斯巴塔罗的人在十八世纪末所写的厚重大部头，内容极好，观点智慧又易于应用。为了在这些枯燥的阅读间放松一下，我也随身携带了一本埃米尔·加布里所著《旺代战争》，阅读它能给我带来难以形容的愉悦。这部著作中有丰富的记录，介绍当时的人物与事件时清晰且智慧，这在学术著作迷雾般的沉重烦琐中很少见，它将我带入了历史的迷宫，却轻盈得像是在叙述风流逸事。旺代人的丰功伟绩一直格外地吸引我。接续启蒙时代西欧的为何是阴郁、愚蠢的十九世纪的暴烈血肉狂欢？面对这个问题，它是最明智巧妙的答案。'妈的，您的书也读得太多了。要变瞎子的。我觉得书只会让人越读越糊涂。'我的朋友朵拉·埃斯特拉责备我说。更多人管她叫'管家婆'[1]。很容易给她解释那些关于矿藏的书有什么用，但另一本，我也只能含糊其词，不禁让她厌烦起来。'那些事都发生了，全世界也都知道了，在那里把陈年旧事搅起来有什么意思。您还是专心搞活人的事吧，看看能搞出什么名堂来。'我对她说，活人经常比这书里的人要更像死人，我对这一点深信不疑，所以几乎不愿与他们深入交谈，以免叫醒他们。'您这话说得有道理。人们说的废话有时候比死人想告诉我们的事儿听着更累人。''管家婆'就是这样，她不是一般女子。当初我若是听了她的话，能避免多少苦闷的时光啊。"

"一天，我开始向她询问有关矿洞的细节问题，她回答我说：'您最好能自己上去瞧瞧。我没法知道您到底需要什么。不过我现在想起来了，我有个弟弟，住得离我父母不远，他有时候会陪老外爬上山去矿洞里转转，跟他们一待就是几星期，之后他们待无聊了就走了。下星期埃乌洛西奥要赶着一群牲畜去省会，会路过这儿。我把您介绍给他，让他陪您去。他话很少，小时候叫人给吓着了，但是很善解人意，有名地正直。要是他有时候不答您的话，您可别害怕。过一会儿肯定会回答您的。对他耐心些。'正好，我本来也决定要去矿上看看情况到底什么样。手册上的文字如同所有其他用法语出版的研究材料，清楚、严谨，已经给我打下了基础，让我可以勘查矿洞并判断它的挖掘可行性。朵拉·埃斯特拉的提议正好完善了我的计划，一位当地向导的帮助可以让我的工作简单许多。我们约定好，

---

1 管家婆（Regidora）中包含有朵拉（Dora）的名字。

她弟弟一来便会通知我，我会立刻和他联系。我想象了一下‘管家婆’弟弟的模样。如果像她的话，那就会有一副土匪面孔，连最强悍的人都会害怕。”

夜不知不觉地来了。天空中还保有一种广阔的明亮，仿佛夏日印度洋上方的苍穹。在瞭望员刚开始叙述时带给我们一丝惬意的微风已经不见踪影，闷热又重新笼罩住了某种仪式前的美妙平静。我问有谁想再来一杯我的加波特酒的古典鸡尾酒，大家礼貌且整齐划一地拒绝了。马克洛尔表示他想继续喝波本威士忌，主人们则想换成冰镇白葡萄酒。我也跟着瞭望员要了他想喝的酒，随后，几个人便继续开始听他讲述。

“直到那时，”他继续说道，“我对金矿的兴趣还纯粹是空想状态的。也就是说，我感兴趣的是如何探索一个对我来说陌生的世界。那类挑战是让我继续活下去的东西，可以避免我朝死亡走去。海洋总是能把它带给我，有时甚至慷慨到可怕。所以，来到陆上，我就会感到一种焦虑，所受的限制令我沮丧，甚至窒息，每次爬上船梯那感觉便会消失，因为那意味着我就要跟船一起去进行某段惊世骇俗的旅行，在那旅途中，生命会像一只饿狼般潜伏在那里等我。我年轻时，以瞭望员的身份加入了一艘冰岛捕鲸船的船员组，合同是在加的夫签的。它原本的船员因为吃了烂掉的食物而中了毒。对我来说，大海给我上的课以及我攀在桅杆最高处观察海平线的漫长时间都是一种完满，它那样猛烈地灌入我的身心，以至于之后没有什么能再给我那种无限自由、绝对游刃有余的感觉。不过，只要我回到船上，其中的某些感觉就能回来，哪怕是被关在地狱般火热的油腻设备间里都可以。诸位一定会想问，在内陆开矿这件事有什么好吸引我的。其实也很好理解，就是想最后再尝试一次，尝试在陆地上找到一小片栖身之所，大海给我的那种栖身地。现在我已经知道了，那是无用的，是浪费时间。但当时我还不知道。运气不好。大家也不要觉得我在美化海上的生活。船上的工作可以是非常磨人的试炼，更准确地说，它一直都是。我跟着维多在汉莎·施特恩号[1]上做的工作就很艰难，我需要做行船手册的记录，这倒没什么，但海上的活儿却不可能轻松。那次在墨西哥湾不幸遇到了台风，船的货也装得有问题，维多相信那是厄运的兆头，一直沉默不语。还是回到响尾蛇矿的故事吧，要是线一断，我就不知道会在哪儿停下来了。”

“朵拉·埃斯特拉的弟弟到了圣米格尔，带着一群牲口，要把它们赶上之前那天就开始准备的两辆卡车上。他住在了我隔壁的那间房里，和他姐姐关着门待了很久。我听见了激烈的争吵，还有之后像是永远停不下来的克制的哭泣声。我不想被动地成为他们家庭剧的观众，于是去了楼下咖啡馆等他们。一小时之后，他们走进来，径直来到了我的桌旁。她的眼睛还肿着，泪水把妆弄花了，在她脸颊流下了一片黑影，让她苍老了许多。但她看起来很平静，像是已经把从前折磨她的东西了结了。她弟弟和我猜测的正好相反，和她没有半分相像。那是个中等身高的男孩，面庞有些欧洲特点，像是有阿斯图里亚斯血统。迟缓的举止显示出他过人的体力。他透着好人的气息，更确切地说，是种天真的感觉，和那壮实的肌肉能量很难相洽，所以后者也瞬间无用起来，与他的性格显得毫无关联。我们问候了对方，握手时他传递给我一种自然的亲切，但想用言语表达时，发出的只是一阵无法听懂的低语。‘管家婆’对他说明了一下情况。从她的话里，我听出他们之前应该已经聊过这个话题。我有些担心这是他们方才争吵的原因，但她像是读懂了我的心思，赶忙安抚了我。‘埃乌洛西奥也因为我的穿着误会了我的工作。他总想让我离开这儿回家。没办法让他明白，我在这儿过有尊严的生活反倒没那么危险。在上头，任何一个杂工都觉得他们有权利把我压在地上，好像我是他们的财产一样。我总是以为他已经明白了，可再回来，他还是一个说法。哎呀，现在回来说矿上的事吧。告诉

1 见《伊洛娜随雨而至》。——原书注

先生，’她转向自己的弟弟，‘你能帮他做点儿什么，如果你愿意帮他的话。我已经告诉过你了，他是个好人，你可以信任他的。’他盯着我看了一会儿，我感觉到，他需要特别努力才能捋顺要表达的东西，但开始说时，他的话流畅又清楚。‘矿上有金子，先生。’他说，‘毫无疑问。但来的人，一开矿就想立刻得到结果，这是不可能的。因为乡村军已经把它炸成那个样子了。矿脉大概就埋在那儿。需要耐心。矿的事我不太懂，但是我曾经陪着几个看上去像专家的人去过。听他们说，需要待在那儿，把还没塌的矿道都仔细查看一遍，看看能不能找到露头的矿。我很愿意陪您。现在只需要把这些牲口装上车，和司机交代一下，再给城里发个电报，告诉他们牲口已经往那边儿运了就可以了。之后我们就可以上山了。那些事要用一天半或两天的时间。您看吧。’我回答他，那对我来说没有任何不便，并问起了报酬，他什么都没说。‘您不用想着这个，先生。’他姐姐插话进来，她早已习惯去填补埃乌洛西奥制造的空白了，‘他这么做是因为知道您和我是朋友，这就够了。’我回答说我不能接受不付他相应的工钱就让他替我工作。我觉得那不公平。而且，我还想在需要的时候都请他来帮忙呢，一定要付钱的。‘如果您允许的话，’埃乌洛西奥在长时间的沉默之后不动声色地插进话来，‘咱们先看一下矿，您计算一下时间和工作量，之后再说。我同意咱们把工资固定下来，但最好是之后再定。您到那儿就知道我为什么要这么说了。’”

“埃乌洛西奥确定自己责任时的谨慎有些让人不安。那可恶的矿洞里应该藏着不止一个意外。朵拉·埃斯特拉开始擦脸并修补自己的妆容，她正要说什么时，别桌的一个客人把她叫了过去。她不在时，我和她的弟弟约好两天之内出发。我问他该带些什么，他说目前我可以把自己的东西都先托咖啡馆老板保存。我大可相信对方。‘您穿着这身衣裳，再带两套换洗的就可以了。之后回来再拿别的东西，如果您想继续干下去，就需要买些工具，还要去政府部门申请探矿许可。先不要申占有权。那个比较复杂，咱们还不知道值不值得。’我问他那些手续是不是很麻烦，他安慰我，‘在这儿没人在乎那东西’。还说：‘现在把CAF消灭了，又出现了其他类似的家伙，这才是他们在乎的事。’我问他那个著名的CAF是什么，我听人说起过很多次了，他沉默了很久，我甚至以为对话已经结束了，之后他才又愤懑地说：‘哎呀，我的先生，那些人都是疯子。CAF就是联邦战斗队。一群亡命之徒，我觉得他们也不知道自己想要什么。见什么都毁，和军队对峙，把他们都耗尽了。无缘无故地屠杀牲口和人，毫无章法，之后就消失在山里。谁给他们钱，谁给他们武器装备，这些都没人知道。看起来，军队已经消灭了他们，至少在这儿是这样的。但是很快就出现了别的。就像虫灾似的。这样子已经三十年了，看起来永远都结束不了。那咱们就这样，我看看能不能快些把牲口装好，咱们晚些在这儿见。’他站起来，带着和刚才一样的亲切劲儿握了握我的手。好像还不习惯用言语来表达自己的感情，用手势更好。他姐姐正在柜台等一位顾客点的菜，他从她身旁过时，环住她的肩，吻了一下她的脸颊，仿佛她是他注定要保护的孩子。她冲他笑了一下，脸上划过一丝模糊的隐含泪水的苦笑。不知为什么，那情景让我很感动。像是在心底感受到了两姐弟面对那个把残酷与暴虐当成家常便饭的不幸世界时所做的抗争。朵拉·埃斯特拉过来和我聊了聊，她站在那儿，手撑着桌子，桌上是那种我们不得不消费的著名啤酒的颜色恼人的广告。‘您觉得怎么样？’她好奇地问我。‘很好，’我回答道，‘看起来是很合适的人，很熟悉响尾蛇矿和它的历史。肯定能帮大忙。很高兴您能帮我。两位倒不是很像。没有人会说是姐弟俩。’她微笑了一下，但那两道巴斯克走私犯的眉毛完全没有柔和下来。‘是啊，’她说，‘他是家里的好孩子。像我母亲，按她的说法，是西班牙人的后裔。她姓阿尔梅伊洛，这边儿没有人叫这个的。我像我父亲。有什么办法呢。’我回答她说我不认为这有什么不好，她只是在回柜台的同时耸了一下肩膀，迈着步伐时，健美的腰臀显出了格外鲜明的坚实。”

“我们一大早就出发了，太阳还没出来，能看见的只有山脉边缘显现出的那一条淡橙色的光带。诸位应该体会过很多次了，在那个时间点动身去一个未知的地方，心里总会有种模糊的焦虑。热带地区清晨那种淡青色的昏暗里总有些不知是什么的东西让我不安。事物、世界和世上的生灵都还没有清晰的轮廓，没有可以触碰的实体，向我们靠过来，像是有所祈求，它们属于还没有完全抛下我们的梦境。埃乌洛西奥的沉默里有某种痛苦，也为那天的情景多添了些许陌生怪异。他借给我一匹温顺的母马，自己则骑上了一匹已在陡峭山路上奔波了数天的公马。彻底进入上午之后，我们开始顺着一条路向上爬，雨季时，那里应该会变成湍急水流的河道。河床上的巨大石块让攀爬变得十分艰难。接近中午时，已经能望见高山毛刺丛生的植物间的一条条雪带了，我以为我们会继续前进，一直走到荒漠去，但随后两人便开始沿一条曲折的小路往山下走去，路更加陡峭，牲口也走得更艰难。我问向导，为什么人们都说爬到矿上去，我们现在却在走下坡路，下方的洼地藏在植被和浓雾里，深不见底。‘因为一开始要爬几个小时，所以大家都习惯了这么说。实际上矿在那条河谷里。在离它不远的河岸边，我们种了一小片咖啡园。牲口就赶到阿古雷平原去吃牧草。’我们继续往下走着，一直走到夜幕降临，在那种地方，夜总是来得很早，也很突然。到达峡谷深处的河床后，我们沿着它进入了一片密林，林中弥漫的潮湿热气载着植物浓烈的香，让人不禁想，创世第六天的气味大概就是如此。不时有萤火虫组成的淡蓝云朵飘来，随后又消失在我们身后巨大树木上垂下的藤本与寄生植物间。蟋蟀和青蛙不停发着它们顽固的、断续的、惹人烦躁的信号，像是在向藏于河谷深处的某个生灵通报我们的到来。茂密树林中的通路只有一条窄道，夜里很难走，因此在夜渐渐深了之后，我们才终于到达了一个地方，能听见缓流在附近的林间空地发出低沉的汩汩声响。从岸边依稀能看到一间屋顶残破的茅舍，它已被一株爬藤植物占领，后者浓蓝色的花朵覆盖住了整座建筑，在月光的衬托下，更显出一种品位近乎做作的、刻意争得的效果。‘我们就住这儿，先生。’埃乌洛西奥说，‘矿就在后面的山脚下。明天我们就会看到了。现在得好好休息。’我们带来了科尔曼煤油灯，埃乌洛西奥之前就点亮了，好照着进河谷的路。我们把马鞍上的毯子铺在地上，马鞍当作枕头。我在身上裹了一条一直随身携带的毛毯，那是我在阿拉斯加生活时留下的纪念。埃乌洛西奥出门去给马卸了嚼子，回来时带了些水来煮咖啡。茅屋在山峦入侵所造成的废墟之中，仍保留着一个灶台以及墙上歪歪斜斜的几个挂钩。埃乌洛西奥端着咖啡走来时，我已经睡着了。在半梦半醒间喝下了那杯香气袭人的热饮，我一下子舒服了起来。他说着吃些东西什么的，但我实在太累，一下子就睡死了过去。”

“一大片震耳欲聋的喧闹忽然吵醒了我。我本以为自己已经睡到了很晚，但事实上连黎明都还没到。整座山上的鸟雀都加入了那杂乱且狂热的同声合唱里。埃乌洛西奥已经起来了，正在准备早餐，动作迟缓得仿佛一位司仪神甫。他做了几张玉米饼，放在一个黄铜圆盘上，说那盘子是在昨晚的炭火堆下找到的。我们在小河里洗了脸，河水冰冷、明澈，透着些维吉尔式的古典气息。‘现在咱们就去那破地方吧。’埃乌洛西奥说，‘带上灯，这样进洞时能安心些。把这个拿在手里，也许有什么动物正藏在里面。’说着，他递过来一把砍刀，和他的那把很类似。他的另一只手里拎着一盏熄灭了的提灯。我们离开林间空地，进入山里，朝巍峨挺立的峭壁走去，那山崖向上直插天空，空中载着蓬乱、低矮的云。走到岩壁脚下，我们发现了一个由树干搭起、巨石固定的平台，台子连接着三个入口，大约只比正常人高一点儿的样子。它们的荒凉模样能让期待僵死工程恢复运转的最兴奋的访客立刻沮丧起来，有风在矿洞中吹着，像孩子的呜咽或悲痛的哀吟。‘得走左边的矿道，再往里面些就和其他两条连上了。那两条的洞口有坑，不好进。’埃乌洛西奥说着，点燃了灯，用手扇着空气，想让丝线的火燃到最旺。”

“我没有幽闭恐惧症，也曾在船的底舱里一住就是几个月，但封闭的空间总让我有墓穴的感觉，仿佛是在某种丧葬仪式里，像是在回归某种我所不知的事物，它总是会搅乱我的精神，侵蚀我费力保守的好奇心和残留的勇气。最先引起我注意的是我们通行其中的漫长矿道内部的空间。‘现在咱们先来认识一下矿道，过些时候我带您去看看几个特别的地方，也许会给您些有意思的线索。不用怕从墙上和顶上滴下来的水。要是它们突然没了，环境变干燥了，才是有问题了。不过在这儿还从没发生过这种情况。’他帮我慢慢熟悉着那地方，他对它的了解也让我对未来将在响尾蛇矿做的工作越来越有信心。听着那昏暗地道迷宫中持久的呜咽，那个一直让我着迷的名字不但显得很合适，而且似乎有些准确过头了，以至于太过明显、不够巧妙。我把这话告诉了埃乌洛西奥，他则对我说，矿里的风在跑过每条矿道时都会发出特别的声响，矿工们都会分辨，也常常能做出更详细的判断。”

“左左右右地转了一阵，我们越往里走，光线就越亮。那是中间的入口。我们正往那边走着，埃乌洛西奥忽然停下来，指了指右边的一个路口，应该是通往另一条矿道的，但被一些胡乱堆砌的石块封住了。‘那些英国人，还有为他们工作的杂工和女人们好像就是被埋在这儿了。’他说，‘这条矿道是唯一一条深入地下很多米的，好像当时有一条看着很有希望的矿脉，说就是顺着它挖下去的。到时候您就会知道是不是真的了。人们围着这故事编了好多说法，现在都没人知道真相是什么了。当地的军队总部把和屠杀相关的文书都烧了。过了这么多年，士兵还是不想让人说起这件事。我和您说，是因为您得去省会申请探矿许可，他们肯定要把您的舌头揪出来仔细打探您知道什么。那些探矿者是外国人，所以当时搞出了很大动静，人人都在谈论。您去就申请那些证件就好，要假装什么都不知道。那儿的人实在太复杂。到时候您就知道了。’”

“我逐渐知晓了更多关于响尾蛇矿的故事，也因此经历了心理上的起伏，有些时候不免泄气，另一些时候则会乐观地觉得一切问题，尽管并不总那么清晰明了，但都可以解决。有意思的是，直到那时，我还把那一切当作暂时和偶然的经历，还未感受到通常在这类工作中驱使我的那种内在力量。大家应该已经听说了我在苏兰朵河上寻找木材、在巴拿马开妓院的事，还有我在地中海和加勒比进行的那些荒唐的航行、做的那些并不总受法律保护的生意。我每一次都会全心投入、全力以赴，把它当成我这辈子最伟大的事业去做。但开矿这一次并非如此。至少最开始不是。后来，我和这件事的关系发生了彻底的转变，我之后会说究竟是怎么变的，它在很多方面和我之前经历过的所有旅程都不一样。不知道诸位是不是累了，要不要我改天再继续？”

几个人回答说其实并没有很晚，我们正听得越来越起劲儿。波本威士忌已经喝光了。我又拿来了一瓶，重新放上冰，几个人请瞭望员继续讲他的故事。在加州夏日的夜晚，时间像某种有弹性的、讨喜的物质，很适合去倾听人讲述的秘密，听他打开故事的宝库，给我们带来一个又一个惊喜，直至破晓时分。

“再在茅屋醒来时，”瞭望员继续说起来，“已没有受到惊吓的感觉了。与此相反，那突然响起的鸟雀的喧闹里，有种种对清晨世界的美妙赞颂，用愉悦填满了我的心。我甚至觉得它们在特别为我而歌唱，好激励我去探索地下阴暗的矿洞世界。如我之前所料，埃乌洛西奥是一位不可或缺、作用极大的向导和顾问，我后来甚至觉得，没有他，我根本无法在响尾蛇矿中穿行。我们到达后那几天所做的工作帮我确定了哪些地方值得探索，看看有没有藏金的矿脉，之后我们会检验自己的预测是否属实。两人用石块把那些地方标了出来。不过如果有人进洞，也是看不出的。‘现在没人来这儿，’埃乌洛西奥说，‘但最好只有咱们能看懂这些记号。事情都很难说。从咱们真正感兴趣的地方往北数三米，石块就放在那儿。这是我跟很多年前来洞里的几个先生学的，但是他们再也没有回来。’我们就这样做了标记，在那儿待了一星期后就返回了圣米格尔，去买一些必要的工具。得采一些矿石标本，做些简单的化学测试，这些我们都打算在现场完成，以免惹人注意。回去的路上，走到我们之前上山的那条陡峭小径的尽头时，埃乌洛西奥和我道了别。他得回农场支付雇工的薪酬，还要给牲口烙烙印。他把母马借给了我，建议我带它去咖啡馆后面的空地上吃草。'管家婆'的弟弟有种浑然天成的正直，做事、发表看法都有他自己的沉静和分寸感，不免让我有些吃惊，毕竟他不会读写，大半个人生都在让人变得粗鄙的繁重农活儿中度过。他还有一个特点我也很欣赏，那便是在评价关于勘探开采的所有事宜时那种积极且具体的方式，我们首次勘测的结果燃起了我的冲动，让我心生夸张的猜测，他的态度可以帮我冷静下来。随着对埃乌洛西奥了解的加深，我也发现了他姐姐的一些其他品质，它们都不太显眼，因为她的幽默感太过特别，还有一种源自女性欲望的、强调对方弱点的冷嘲热讽劲儿，如果对方是男人，就更会变本加厉。在那段山中开矿的时光之后，在无数截然不同的地方，我与各种种族、境况的人打过交道，但永远都忘不了这对姐弟，他们不仅给了我坚定的支持和友谊，还展示出了成熟与独立的性格，这在那个地区的人身上很鲜见。诸位知道我指的是什么。”

“朵拉·埃斯特拉正在咖啡馆等着我，好奇地想知道我在响尾蛇矿的经历以及对她弟弟的看法。我向她详细地讲述了一切，听过我对埃乌洛西奥的看法，她显得很满意。她又提到了他说话时的困难，我说他和这里的人正好相反，是个在说话前先思考的人，她听了很高兴。那几天咖啡馆有些异常。我总是很早就下去占了自己那张桌子，因为留在房间里照样能听见那吵吵嚷嚷，和在桌旁听得一样清楚。有新的女侍应，是从很远的省份过来的，这一点从她们深烟草色的皮肤和宽宽的腰臀就能看出来，这些都宣告着她们作为沿海人的黑人血统。她们说话声音很大，经常吞音，发's'和'rr'时尤其明显。她们的语气毫不拘束，热爱高声和所有人聊天，不时伴着大笑和感叹，常常毫无来由，听起来仿佛快乐突然炸开了花，但它更像是某种习得的习惯而不是发自内心的自然之举，完全改变了那地方的氛围。唱片也听不到了。新来的在走向各个桌子为顾客服务时，会负责一直唱歌。面对新的氛围，朵拉·埃斯特拉显得有些不快，大概是源于某种对竞争的恐惧吧，而且山里人的性格也偏向于保守克制。这种古怪的情绪常常化为直白的拒绝，我在世界上的许多其他地方都见过类似的行为。比如在亚洲，显而易见，在和一个人交往时要十分小心，要试着先弄清他到底来自哪里。”

“‘管家婆’指给了我一家商店，说在那里可以买到做矿石检测的工具，还告诉我了一家药店，说他们可以卖给我做测试的物质，没有的话也可以帮我从省会订购。一切都准备妥当后，我给埃乌洛西奥捎了个口信，告诉他我会按照之前约定的日期到矿上去。这一次，路显得短了些，也不那么陡峭了。走到林间空地时，我松了口气，再次感觉自己进入了一片有古典遗风的氛围里。那一晚，想着这些，我发觉那地方让我记起了《堂吉诃德》中那些轻缓的小河，吉诃德会与桑丘在那水畔聊起遥远往昔的黄金时代。在我到达不久后，埃乌洛西奥出现了。他牵着一头骡子，驮着足够的补给，来应对在矿中可能会延长的逗留。我想支付这些补给的钱，他回答说：‘这些我都记下了。等我们谈好我的报酬，再把一切都加上，一笔结清。这样更好。’面对我这位向导的理智的判断以及他在看待自己的工作和为我提供的服务时公允又严谨的态度，我不禁再次心生赞叹。天开始黑下来，我们把勘探的工作留给了第二天，摊在牧草上吃起了埃乌洛西奥从牧场带来的咸肉、炸木薯块和烤香蕉片。他说，那些都是他妻子做的。我这才知道他已经结婚了。我问了问他的家庭情况，他说他有两个年幼的儿子，一个十岁，另一个五岁。他是在南方一个省份服军役时认识的他的妻子。她很年轻，他和我讲，她因为自己的口音而无比害羞，因为她一说话圣米格尔的人就哈哈大笑。我们渐渐熟悉起彼此，埃乌洛西奥回话时的停顿越来越短，后来我们的对话听起来已经很自然流畅了。埃乌洛西奥和他姐姐不一样，没有她那种幽默和刻薄，一个人和朵拉·埃斯特拉说话时再小心也不为过。不过，埃乌洛西奥的严肃也不妨碍他有时对人的评价里带着一些合宜的尖刻。”

“已经入夜了，河水的低语以及山峦静寂的威严又将我刚才所讲的那幅塞万提斯式的画面带给了我。矿洞里像是藏着不止一个悲剧，和不少神秘的谜，这些都给它带去了一种黯郁的悲痛的光环，给人的印象很特别。”

“我们在阳光下检测了第二天采集的样本，没有什么迹象表明那是条矿藏丰富的矿脉。据我的同伴说，不值得去挖，这也符合我手册上的判断。上次来这里时，我心里就有了一个念头，而且它越来越坚定。那就是拆了那堵挡道的墙，到传说中被枪毙矿工遗骨所在的矿道里去找可能存在的露头的矿脉。我告诉了埃乌洛西奥自己的主意，没想到他基本上没有反对。他的担心集中在具体操作的部分上。两个人拆墙并不容易。我和他说试试看吧，于是两人就试了试。和我预想的一样，那工作并没有很艰难。两天，入口就通了，我们用科尔曼点着亮，进到了里面。两人花了好几个小时去看那些比别的矿道分叉要多得多的通道。找到了很多废弃的机器，都锈了，已经难以辨认。没有任何人类骸骨的痕迹。第二天，我们又回去看那地方，没有任何迹象表明土被动过，也没有曾经发生爆炸的残迹。与之相反，那个地方保存得比别处更好，墙壁更坚固，地面更坚实，通往更深矿道的地方，土阶也造得十分出色。就在要离开时，埃乌洛西奥发现了几处标记，与我们在别的矿道中所做的那些很相似。于是我们停下来仔细研究了一番，证实了它们的确在指向某些地方，可能藏着一些有价值的东西。鉴于有标记的地方空间狭小，我们只需使用排除法就可以轻松找到它们所指的东西。之后的那天，两人专心做起这件事来，‘管家婆’的弟弟也再次展现出了他穿行于那个复杂抽象世界时的与象棋手极为相似的轻盈，对于后者我总是仰慕不已，或许是因为我自己完全没有那种天分吧。我们很快就找到了那些被指向的地方，轻轻刨开表面，便找到了潜在矿脉的露头处。它们看上去和我们在其他矿道发现的那些很相像。不过我们还是采了些样，出去做了检测。结果就是石灰质的石头，没有证据表明有金元素。‘事情有些奇怪，先生。’埃乌洛西奥有些不解地和我说，‘因为乡村军屠杀事件并不是一个传说。没有人会编这样的东西。而且我有个表哥和他的妻子就是在屠杀中丧生的，他妻子也是我们的亲戚，两个人留下了三个孩子，现在和我的父母住。我觉得那些人就是被埋在这儿了，他们把那条矿道封住就是为了掩盖发生的事。我总听人说，埋人的地方就是含金矿脉的所在地。关于矿上的这些事，人们是很能编，但我从来没见过谁站出来否认或者质疑这件事。咱们找到的东西都不值钱。和我陪过的那些英国人还有其他人刨下来的东西都一样。咱们要么去找那些死尸，要么就和别人一样，空手离开。您知道的。’我不知该如何回答自己向导的话。但是，在他毫无破绽的逻辑后面，藏着一种让我不适且沮丧的结论，这很容易理解：我来到响尾蛇矿，不是来寻死人的，而是来找金子的。这件事的背后藏着很多麻烦，我在苏兰朵河的旅程上已经见识过了，已经无意再经历一遍。您知道的，”马克洛尔对着我，“军人和我很难互相理解，我们说的不是同一种语言，一直以来，冒生命危险的永远都是我。平民对他们来说，就是工程师口中‘可忽略不计的量’。”

“‘我们不能在这儿架着手傻站着，您看有什么办法没有。’我给了埃乌洛西奥一些压力，倒不是真的想让他立即解决问题，而是想让他摆脱我们的失败带给他的颓丧状态。埃乌洛西奥又陷入了他沉默的死寂中，只是继续捣着石块，仿佛要从那里得到两人需要的答案。过了好一会儿后，他抬起头，看着清澈缓流的尽头，说起话来：‘得留在这儿。咱们做的别人已经都做过了，必须找到方法确定矿脉到底在不在。别再想那些死人了。那是另一个故事了。咱们也不确定他们是不是真的和矿脉在一起。很有可能那些蠢话是人编的。我也不知道该怎么和您解释，但是有些什么告诉我，应该继续待下去，再等等看。您和我陪过的那些人都不一样。您从更远的地方来，也看过更复杂的东西。我不知道，感觉不一样。有些东西，怎么讲，我不知道。’说完他又陷入被他当作庇护所的沉默中，一整天都没再说话。”

“我同伴的话里，有某种他坚信却无法准确表达的东西。这种确信与我有关，他在我身上看到了某种模糊的踏实，几乎像一个征兆，引领他继续坚持和我一起找下去。我决定听他的，看看到底会发生什么。接下来的几天，我们一直在固定几条矿道的墙壁，扩展一些把矿道连接起来的通路，还试着去填补了中间和左侧出口处的那些坑洞。那些坑里注满了水，使人无法踏足，有些甚至有一米深，我们费了很长时间把土移过去填坑，好恢复出口的畅通。现在需要澄清一点，那就是我从来没有对超自然现象、神秘事件或什么秘籍着过迷。我想，虽然我们已经很熟悉自己的内心，但那里面仍有许多问题和占据广阔空间的未解之谜，因而也无须再编造什么别的东西。到目前为止，至少在我这里，上帝出现时总是选择最简洁明了的方式。不过，有些时候我们并不知道该怎样去看待它，但那是别的事了。我不常想这些，它们也不是我主要考虑的事。每一天落在我们头上的生活就占据了我大部分的注意力，没给我留更多时间去进行更深奥的思索。在响尾蛇矿中发生的事是属于逻辑最为缜密的世界的。真正让人不安的是，埃乌洛西奥已经在他的惊恐和预感中把一切都预见到了。”

“雨季突然就到了，加尔西拉索田园诗中的柔缓河水几小时就变成了汹涌泥流，拖拽着折断的树木和撞在石头上几乎完全脱了皮的动物，它们的嘴张着，大到变了形。泥流裹挟着建筑的碎片，甚至还有关着惊恐尖叫鹦鹉的鸟笼。我们躲进了矿里，带着两人的东西还有那三只牲口。我们用茅屋的木板搭起了顶棚，用来遮挡潮气，在那里等待雨季的过去。‘会下四五场这样的大雨。’埃乌洛西奥说，‘之后是午后的阵雨，然后一切都会恢复正常。’第一个晚上我睡得有些艰难，但接下来的夜晚则向我证明了在矿洞中入睡不仅容易，绝对的黑暗也会带来抚慰身心的睡眠。我们很早就会把灯灭掉，以节省煤油，于是我在晚间也不再阅读。一次，我正伸长胳膊想熄灭科尔曼时，突然感觉到周围的一切都在晃动。我最先想到的是，我们搭的木架子要倒了，但从地下传来的喑哑咆哮和又一阵震动告诉我并不是这样。‘震起来了。’埃乌洛西奥用平静的声音说，‘不要动。没关系。这玩意儿不会倒，不用担心。这种情况很常见。马上就过去了。’地面又震了两次，比刚才还要强烈些。埃乌洛西奥说的没错。我们搭起来做顶的木板和矿道本身的拱顶都没有在震动中损坏。一会儿过后，我们听见了一种声响，格外引人注意，很快我们便推断那是河谷中发生的塌陷。仿佛一只巨大的脚忽然陷入了浓稠的泥潭或令人打滑的潮湿黏土中。我们熄灭了灯，睡了过去，如果不能说两人都很平静，至少可以说，我们确信矿道已经抵御住了地震，并且没有任何损毁，这已经很不容易了。第二天一早，埃乌洛西奥轻晃着我的肩膀叫醒了我。他已经穿好了衣服，手里拿着灯。‘来，我带您看个东西，您应该感兴趣。’他说话时声音平静，但从中又探出了些许惊异的语气。我很快穿上了衣服，跟着他，往中间的矿道走去，先前我们曾在那里填补挡路的水坑。到那儿时，他一边伸手用灯照着前方，一边用另一只手挡住我的步子。地面坍下去了，暴露出一段通往更深矿洞的土阶，下面透出的空气很稠密，闻起来像新鲜的泥土、脏了的衣服或者在一场赛跑过后即将累瘫的马所出的汗水。我们顺土阶走下去，来到了一片圆形的空间，和典型的矿洞形状截然不同。那是一个充满仪式感的空间，一座奇异的地下墓穴，没有任何实用的意义。埃乌洛西奥把灯凑近了墙壁，从墙中隐约露出了人骨，姿势都十分诡异。白骨上垂坠着赭石色的破衣烂衫，已经难以辨识。女人们更容易看出来，因为腿骨处挂着碎掉了的裙子。一些孩童的骸骨放在女人的脚边。我们沿着墙壁看了一圈，所有地方都有人体遗骸。一些头骨上戴着木髓帽，可以想见是探矿的英国工程师。骷髅的上颌骨挂在破碎的怪诞鬼相上，上方风的呜咽像是在延续它们发出的冰冷哀号。我曾与死亡相遇过很多次，这些对我来说都已不再神秘。它只是故事的终结，仅此而已。我对深思这个话题从来都不感兴趣，也没有太多可说的。但是那些年龄、境况迥然不同的人出现于其中的那幅景象中暗含着某种歹毒的嘲讽，仿佛凭空产生的暴虐讽刺诗，让我心生混杂着怜悯的愤怒。我们离开了那里，什么都没说，躲进了茅舍中，一旁的河水已恢复了它往日的模样，只是还带着铁水的颜色，仍旧浑浊不堪。我们在那儿待了很久，什么都没说。埃乌洛西奥的嘴角透着一丝紧张的苦笑，有些像微笑，但想表达的却是别的东西。我的表情应该也极不自然，因为埃乌洛西奥在看着我时表露出了惊讶，还有些许好奇。‘太可怕了，实在太可怕了。’在漫长的沉默之后，我的向导开了口，‘那些人又没做坏事，妈的。都是些婊子养的！’我走过去，把一只手放在他肩上，什么话都说不出来，只在心里怀着喑哑的、不知向谁发泄的愤怒默默自语：‘这下你可以找到金子了。应该都藏在那些无辜人的骸骨后面吧。难道还不明白这教训吗？’埃乌洛西奥看着和缓的水流，泪珠滚下了脸颊，他继续说道：‘杰克先生应该在那儿，一个老可爱，留着白色的小胡子，喝酒喝得鼻子通红。每个星期六一早就开始喝，一醉就是两天。手里一直攥着一个酒瓶，不停喝里面的酒。下午他会在这儿光着身子游泳，还会邀请女人们来陪他一起。他的孩子满天下。还有林赛先生，是牙买加来的工头，深栗色的皮肤，每颗牙齿都包了金。小孩儿要是淘气，大人就用他来吓唬他们。他脾气很暴躁，很严格，但什么事都想着他的自己人。还有所有其他人。上帝啊！那些人怎么能就这样把他们杀了呢？这地方没法生活了。到时候他们会把咱们都了结的，因为这儿没人敢动，没有人敢做任何事。所有人都疯了，他们和我们。’他继续哀叹了许久，说着难懂的话，怀念着那些曾是他朋友、亲人的人，他们现在都被埋在了那个荒唐坟墓慑人的圆圈里。”

“下午时，雨又回来了，固执地下个不停。那雨很轻，很温缓，几乎落不到地上，却笼出一片蒸汽间的氛围，折磨着人的神经，熄灭了人的精力。我们躲在矿道里，热了点儿咖啡。埃乌洛西奥已经平静下来，但仍沉浸在一种被刺伤、被打败的悲哀中，他开始分析我们的情况。很明显，我们应该尽快离开那儿。在那个圆形空间里去找可能的矿脉简直无法想象。不该对任何人提起我们发现了被枪决的人们的遗骸。等将来某天让别人去发现吧，或是让他们再次被掩埋，水已经开始顺着阶梯往下灌了，也在逐渐将它损毁。那阶梯是被夯实的土做的，下面还有木板支撑。如果在圣米格尔有人问我们为什么这么快就返回了，要回答说那儿什么都没有，我们要去别处试试。必须把所有东西都带走，不留任何记号、任何物品、任何我们曾踏足的痕迹。如果有人问起地震的事，要回答说我们几乎没有感觉到。我们睡在茅舍，水声盖住了别的声响，我们什么都没听见。接下来他又进行了一系列关于军人举动的猜测，除了同意他的看法，我也并没有别的话可说。就这样，第二天我们就收拾好东西，回到了圣米格尔。在路上，埃乌洛西奥和我说起了周围曾有人探过金矿的地方，在其中的几个很有希望能找到些东西。他说起了河岸边的几个点，显然没有太多信息，却像是值得在离开此地前去看看的样子。埃乌洛西奥给了我信心，我在响尾蛇矿的尝试无疾而终，留下了阴郁的回忆，但他不是那种会凭空捏造幻象来安慰我的人。我重新在咖啡馆上方的房间安顿下来，又重新在咖啡馆占起了以往的那张桌子。朵拉·埃斯特拉问了我们探矿的情况，我按之前和她弟弟约定好的说法回答了她。但感觉他其实已经告诉了她全部事实，不过我还是不愿就那个话题再深入下去。咖啡馆老板过来问我是否需要取出我事先存放于柜台下保险箱里的钱。我回答他说靠自己身上的钱过几天没问题，之后就会和埃乌洛西奥去找新矿了。对我来说，事情已经开始有了熟悉的模样，十分像我之前的厄遇与流浪，这让我觉得自己已身处我所必需的那种环境，它也立即为我带来了宽忍所成就的平静。我的钱只花了很小一部分。在动用额外的额度之前，我还能再进行一两次探矿工作。朵拉·埃斯特拉介绍给了我一位女性朋友，有时会来和我过夜，作为交换，我需要帮她给一位在省会认识的情人写英文信。那是一个瑞典工程师，来这边造面粉厂的。她收到的其中一封信里，对方说起了婚事，只有北欧人才可能在无情商人的路德教式的精明中保存这样不可言喻的天真。那是一个金发女人，矮胖，皮肤白皙光润，总是笑嘻嘻，这让人原谅了她智识上的欠缺，有时她甚至有点儿蠢。在床上，她用来填补这项缺陷的，是一种把自己全部交出来的态度，令人永远觉得那是她的第一次。她叫马尔格特，这名字和她一点儿都不相配，或许正因如此，她才把它改成了玛格，和她也不配。”

“我之前已在咖啡馆交了几个朋友，大多是奇瓦车的司机。我与把我带到圣米格尔的托马西多保持着密切的联系，他也把从那儿过路的其他司机一个一个地介绍给了我。每辆车都有自己的名字，显示出它们司机的性子。不过托马西多的车是个例外，他的车名叫马奇斯特。我问他为什么起这个名字，他回答说他父亲以前讲一个人力气很大时，常说他力气大过马奇斯特。他并不知道那是一部关于尼禄时代罗马的默片中的著名英雄人物。我把这点讲给他时，他并没有很开心。他还是想维持那个能让他记起父亲的模糊形象。我不记得是否和诸位说过，在奇瓦车的前半部分，司机的后方，会放三四条长凳，就是普通的木板，没有靠背。后面有一大片用来装货的地方。这种车禁得住各种考验，司机们也热衷于依照一时兴起的机械灵感来改造它，很可以让底特律的工程师和设计师大吃一惊。这些卡车多年来一直在崎岖蜿蜒的山路爬上爬下，却不显得疲累。它们的司机都是吃苦耐劳、有游牧精神的粗人，对我来说，与他们谈话是极大的乐事。他们进行的每一次旅行中，都藏着一个惊喜、一件逸事、一个考验他们创造力和忍耐力的事故。他们在每条公路的每一个小客栈里都有情人，从气候炎热、草木葳蕤的低地，到冰雪肆虐、寒风凛凛、植物低矮、花朵鲜艳慑人的山脉顶峰，无一例外。他们慢慢留下了每一步的回忆：放肆的激情、狂暴妒意的悲剧和被冠以奇怪探戈歌手名字的儿女。直到现在，我仍记得那浸在酒精中忆往昔的日子里，一些难忘的同伴的名字以及他们的英勇奇瓦车的名号：德梅特里奥，让别人哭去吧的主人；马尔科斯，生个娃给你养的主人；萨图里奥，安第斯龙卷风的主人；埃斯特万，嘉宝[1]想念我的主人，还有其他很多，他们都想用车身宣告自己的某个隐秘的或众人皆知的特点。我和他们说起自己的探矿计划时，他们都想说服我放弃，常用的理由也是我默默想说服自己时用的那些：这是英国人的任务，因为他们有鼹鼠的灵魂；而且，金子，最终只是用来喂养政府、打扮婊子、让酒馆老板发财的。'总在一个地方待着的人，就会像香蕉一样生根，死了都不知道生活是什么。'萨图里奥这么和我说，他是个魁梧的桑博人，喜欢嘲笑别人，爱打架，曾经杀了一个爱吃醋的丈夫，一天，他在荒漠里一个小客栈门口等着对方，把他举起来，扔到了山崖下。没人找到尸体，因为当时河水在涨潮。我给他们讲我的海员生活时，他们都会饶有兴致地看着我，会不时打断我，说某些地方与他们的生活很相像，有很多巧合，有时也会说，一些东西让他们想起自己的生活——没去过任何海港的流浪司机的生活。朵拉·埃斯特拉并不太赞成我与这些人交往，她认为我不该信任他们，倒不是因为他们不务正业，而是因为他们从不在任何地方停留，也不会留下任何好的东西。经历过看似漫无目的的生活带来的最严酷的考验之后，女人都会留着那份对稳定和归属的执着。"

"一天，埃乌洛西奥出现了，同时带来了鼓舞人心的消息以及关于一个废弃矿洞的可靠信息，那座矿就在河边离他们家那一小片咖啡园不远的地方。之前他带着牲口或者他们地里的农产品下山时，已经来找了我几次。每一次都会告诉我他调查矿洞和附近地区所得到的新消息，只是之前

1 嘉宝（La Garbo），指Greta Garbo葛丽泰·嘉宝。

没有哪个让他觉得足够保险，值得把精力和钱投进去。这一次，事情看起来更可靠，可以预见到一些具体的东西。他于是邀请我一起去一趟那个地方，看看有什么可做的事。在这之前，我心里已经有些发痒，有些迫不及待想投入新的矿洞世界中去了。圣米格尔的生活形成了它惯常的节奏，开始让我厌烦，尽管我有些司机朋友，但他们总会长时间地不在。马尔格特几天前收到了她瑞典未婚夫的信，信里还夹着去斯德哥尔摩的机票。令我有些讶异的是她看到这消息并没有很兴奋，面对生活的彻底转变，她持有的更像是一种有所保留的态度。一天上午，托马西多把她带去了省会，她要从那里坐飞机去迈阿密，之后再转机去瑞典首都。她走前哭个不停，同时唇上又浮现着天真的微笑，像是在为自己的泪水道歉。我知道自己并不会为她的离去而感到惋惜，但她在床上时，那种每一晚都会重新出现的自然的、重复的萌芽状态的陶醉确实值得记忆。我于是变成了孤身一人，长久地沉浸在书籍中，研究复杂而澎湃的布列塔尼保王党派以及他们与共和蓝党的激战。相撞的酒杯、交谈、咒骂和笑声所营造的喧闹笼罩着咖啡馆，加布里所著翔实巨作中厚重的历史资料将我隔离在了两个世纪之外。朵拉·埃斯特拉会不时坐在我身旁，一边亲切地捏我的手臂一边说：‘哎呀，您可真有耐心，读这么小的字。我和您说，这样要把眼睛读瞎的。一会儿我就回来。’说着，就起身去招待别的客人或者把账单交给老板，老板在柜台后看着咖啡馆里浓稠的人浪，毫无疑问，他是那里的最高权威。”

“之后的那天，埃乌洛西奥和我再次出发了。我们骑着同样的坐骑，带着与上次去响尾蛇矿时相同的器具和补给。第一段路上，埃乌洛西奥几乎没有张口说话。那是同一条上坡路。到达高处时，我们进入了一条沿山脊蜿蜒、缓缓向河谷伸展下去的路，看上去会提前终结，与之前为我们留下悲伤记忆的田园缓流相距甚远。我们顺铺了石子的小道前进着，道上有石阶，一段一段，清楚地标示出了下坡的路，这时，埃乌洛西奥开始讲述关于此地的细节。‘这条，’他说，‘从前是王室之路，说是一直延伸到海边。我不相信。不过沿着它，确实能走好多天，好几个星期。上上下下的，路段保存得很完整，就是您现在看到的样子。咱们要顺着它一直走到明天中午，那时，会遇见一条分岔路，往下一直到河边；到那儿就不是小河了，过河需要走乌鸫桥。它叫这个名字是因为在锌板搭的桥的顶棚下有很多乌鸫的巢。您不用担心，咱们不用露天过夜，会睡在几个亲戚家，他们在这座山尽头处的平地上种土豆和大麦。第二天再走个半天之后，咱们就会直接到达矿洞的入口，那座矿没名字。是大约五十年前这片土地的主人开的。老人去世后，继承者分了家产，很多人把东西卖给了当地人。他们住在省会，没兴趣来这么远的地方。再之后，继承者的儿子们，又卖出了所剩无几的土地，所以现在这里只有小块小块的土地，像我们家那样的，或者像今天咱们要过夜的地方那样的，都是想办法维持着，因为种出的东西喂不饱人，也不够买种子。矿在第一代地主的一个女儿的地里。大家都说她非常美，没有结婚，住在国外。都说她喜欢女人。还说，她曾经和一对年轻夫妇来到这里，其中的丈夫是工程师，后来开始在先前挖出的唯一一条矿道中进行些勘探工作。都说他后来在矿洞那儿的一条横穿隘道的山口处和马一起坠崖死了。没找到马，人被几个省会来的先生葬在了圣米格尔。两个女人也走了，后来也就再也没有女地主的消息。这些都是我父亲给我讲的，他也是从他父亲那里听来的，我爷爷确实是那一切的见证人。就是他找到的尸体，脖子断了，身子已经给兀鹫吃掉了一半。’我打断了他，问是不是这里所有的矿都得有一段不祥的故事。他的回答让我吃了一惊，因为他再自然不过地说：‘是的，先生，所有的矿都有它的死人。就是这样。一个曾在这儿生活的印第安算命人说，无死人不得黄金，无秘密不成女人。说回到咱们的事，我和您讲，之后没有人再试着探过那个矿。想去那地方的确很不容易，因为它开在一片崖壁的中间，悬崖直插进河里，想要到那儿去，只有一条很窄的小路，一只牲口都难过去，需要用缰绳牵着它们十分小心地走。从矿的开口处有风灌进去，会一直发出噪声。我父亲说，里面找到的矿脉很好，但是没人有兴趣，因为开矿需要钱，我也和您说过，我们这儿的人都穷得和鬼一样。’我问他金矿所在之处的土地属于谁，他说它没有主人，好像是属于政府的，因为之前计划要在那边修铁路。”

“我们顺着王室之路继续前行，它的石板铺得很智慧，百年的马掌印看起来顽强又脆弱。石板为我们马匹的蹄声扩了音，让它也同样庄重起来。风景的美难以想象。山脊两侧分别有小小的平原延伸出去，尽头是密得仿佛无法穿越的树林或是高耸的崖壁，庄严飞翔的雀鹰下方，水流顺着满是石块的河床斜坡滑落，呼号声又沿崖壁升窜上去。一块块田地划分开狭窄平原微缓起伏的地面，透着朴素的节制，能看出农民造福众人的辛勤劳作，这一切都朴实地衬托着锌板房顶的建筑和民居用天竺葵装饰的欢快走廊，房屋都有牲口圈，都有青烟从厨房中升起。‘好地方。’我心里想，‘看起来，矿上那些悲剧传说在这里并没有容身之所，和这番田园景致完全无法相融。’像是猜到了我的想法，埃乌洛西奥说：‘各种武装团伙都来过这里。杀光抢光就走。我也不知道自己为什么还留在这里。我们是在这儿生的，将来也会被埋在这儿。但有时候，我也会想，就是因为这里太好了，才会惹得那些人生气，他们并不想用它来做任何事，这里对他们来说没有任何用处，他们只是希望它不存在。坏人，总是那群坏人，和他们永远没法沟通。开枪、放火，走人。一群又一群。所有人都一样。现在平静下来了。看看能坚持多久吧。’即将落幕的午后营造出半透明的景色，仿佛在召唤万物初生时的那永恒中的一瞬。我们到达将留宿的人家时，天已经开始变暗。主人去下面河谷收已经成熟的咖啡豆去了。一位妇人接待了我们，她是看着埃乌洛西奥长大的，没少开他说话不利落的玩笑。他很愉快地问候了她，笑着和她提起了某个在圣米格尔仍旧会问起她的所谓情人。堂娜·克劳迪娅为我们准备了丰盛的晚餐，很不好消化。猪脊骨大麦粥、奶油土豆、嫩玉米米饭，还有大块肉干炖的青椒。还有一大杯咖啡在房子的门廊上等着我们，从门廊那儿可以看到夜色匆忙，一如既往，像某些从不曾顾及我们的力量在完成它们的任务。我们品尝着热饮，它散发出的香气立即让我想起了亚历山大港那些口味混杂的咖啡，堂娜·克劳迪娅站在那里，开始问埃乌洛西奥话。先问起了他的妻子和孩子们，后来又问了地里的情况，还有他们在大荒漠脚下的平原里养的那些牲口怎么样了。埃乌洛西奥声音沙哑，只用单音节的词回答所有的问题，这让我有些惊讶。他和我说话时倒更流畅些，答问题也不费力。显然，一和从小就认识的人说话，那些给他童年打上烙印的语言困难就会再次出现。‘两位现在要去哪儿呢？’妇人一边好奇地望着我们一边问道。‘去石坡那儿的矿上。我们去看看那儿有没有东西。’堂娜·克劳迪娅摇着脑袋，像是亲昵的责备，她说道：‘哎呀，埃乌洛西奥，真拿你没办法。也不知道谁给你灌输的有关那个金矿的疯话。那儿就没有过任何东西，那些受诅咒的矿洞只会带给人灾祸和废墟。你和先生讲没讲关于那个地方的传闻？’埃乌洛西奥的话还没说出口，我就抢着回答她说：‘讲了，夫人，都给我讲了。那位喜欢女人的女主人的事，还有工程师的死。您指的是这些吧？’妇人表示的确如此。‘我的人生经历了很多困难。没有什么是可以让我担心的。’我又补了一句，‘我是职业海员，可以向您肯定，每艘船也都有它自己的故事。现在重要的是看我们能不能找到矿脉，并且弄明白里面有没有金子。’堂娜·克劳迪娅继续摇着脑袋，像是在说我们没救了，接着又问了一句我们要不要喝更多咖啡。我们回答说不用，她于是道了晚安，离开了。我们又待了好一会儿，直到旅途的疲累将我们带到了在房间静候的吊床上，那间房有很高的雪松木顶，隐约散着东方的或大教堂的香气。我想起了阿尔罕布拉宫的梅苏亚尔宫，还有塞维利亚大教堂中费尔南多三世及阿方索十世的陵墓，记忆有时很任性，最好不要去探究其中的秘密，应该由着它的变幻莫测。我梦了一整晚阿卜杜尔·巴舒尔，他是我亲爱的伙伴，我们一起完成了许多冲动的旅程，后来，他乘坐的阿弗罗飞机在丰沙尔降落时发生了爆炸，人在残骸中被烧成了灰烬。‘在另一边等我的朋友已经要比这边仍健在的更多了。’交杂涌出的回忆与画面列队在我的脑中呈现，在它们带来的晕眩中，我再次开始试着进入梦境。”

“第二天，伴着清晨最初几道曙光，我们上路了。堂娜·克劳迪娅用一顿丰盛的早餐为我们送了行，并一遍遍叮嘱我们在通往煤矿的隘道上要小心谨慎。我们沿王室之路继续走了好一阵，直到它突然开始向下伸向远处的平原，才进入另一条分叉路，很快，它将我们带到了一段直插河岸的垂直石壁边缘，下方的汹涌河水咆哮着，仿佛笼中困兽的鼾声。悬崖中间凿出一条石路，细窄得很，令人目眩头晕、心生怯意。我们下了马，一步一步往前挪。载着工具和口粮的鞍囊不断剐蹭着石壁，马迈出的每一步周围都环绕着深渊歌声的慑人轰响。回头是不可能的，我们只能往前走，越来越慢，越来越小心。这条路很能消磨精神，会让人感到某种前所未有的疲倦，沿着它走了漫长的一小时后，我们到达了一个凿入石壁的小平台，连着一片圆形的区域，它的尽头有溪水从上方落下，落水的声响破坏着那里古怪仪式感的幽隐气息。拥有白色细沙地面的空间足够待得下几匹马和几个人。水落下来，并不会溅到石壁上，一道涓涓细流，被那一刻从上方泄下的天光衬着，像是有了非同寻常的金属质感。左侧石壁上是矿洞的洞口，被欧洲蕨半掩着，蕨叶是寡淡的绿色，但在那一片阴暗中仍旧显得抢眼。没有一丝微风摇动它们，有时甚至让人觉得它们是慑人幕帘上的绘画。我们把马鞍上的毯子铺在了沙地上，躺下休息了起来。因为在悬崖边缘边走边照顾动物，每一步都让人提心吊胆，我的两腿已经僵直，还伴着痛苦的痉挛。两人沉默了许久。我不禁自问，到底为什么要开始这样的冒险，来到这样的洞穴，它着实令人恐惧，仿佛在操办某种无名的仪式，或者某种隐秘的祈福献祭活动。我仔细观察了一下矿洞的入口，荒谬的感觉与令人难以忍受的愚蠢愈发强烈起来，甚至让我抛下了最后一丝希望，放弃了进入那个世界的最后一点兴趣，它什么都不会给我，只能确认我一直以来的预感和我最老旧的恐惧，之前，它们一直被压抑在我的流浪命运和不在任何地方久留的坚持之下，现在就这样冒了出来。落下的水在白沙地上缓缓淌着，流出去，沿着崖壁落入深渊，不发出别的声响，只有和缓的流动声，为笼罩那里的另一个世界的氛围多添了几分浓厚。我们一直睡到了第二天清晨，两人发现，有趣的是，尽管有细流瀑布，脚畔也淌着水，但那里的湿度并不大。也许是因为高高的石壁留住了白日的热。这也很好理解。日出之前，尖锐的鸟鸣叫醒了我们，是在山洞顶筑巢的一群鹦鹉。”

马克洛尔停顿了一下，随后告诉我们，他想改天再讲新矿洞的故事。事情与在之前矿洞中发生的截然不同，他认为不该这么快就全讲出来。我们带着好奇去睡了，都很想知道之后在我们的朋友身上发生了什么，毕竟在他口中，那儿是一个充满预兆的地方。接下来的几天，我陪瞭望员去了医院，让他做了一些检查。一星期之后会出结果。约西普和他妻子会不时来拜访，看到他明显好转，两人都很高兴。一次，只有哈莉娜与我两人在院子里，她向我透露了他们这样感激这位朋友的原因。“他曾在危难之中救了我们好几次。”她说，“他是个高尚的人，但是想帮助他或报答他可不容易。上一次我们一起工作是在一艘船上，当时那艘船在亚得里亚海上航行，负责在塞浦路斯和麦加之间运送朝圣者。他是水手长，也是船的半个主人，船在阿卜杜尔·巴舒尔名下，那是他的一位已经去世了的挚友。也不是一般人，不过比马克洛尔要强悍和实际得多。当时约西普被派去分配床铺，弄错了些什么，一群阿尔巴尼亚人一下子围住了他，威胁要杀了他。就在那时，马克洛尔跑到船舱里，用他一直随身携带的左轮手枪朝空中放了一枪。那些人放开了我的丈夫，他们朝马克洛尔涌过去时，他用对方的语言对他们说了些什么，这些人便卑微顺从地走开了。”那不是我第一次听说马克洛尔类似的事迹了，不过他从来都不会给人留下爱争吵或爱诉诸武力的印象。显然，他只会为了他在乎的人这么做，为他自己反倒不会。无可救药的宿命精神可以让他冷漠地面对他人的放肆。第一次在汽车旅馆的门房里见到这个女人时，她身上就有一点引起了我的注意，那便是她对瞭望员毫无保留的热爱，深刻、半原始的热爱。不过她也不是我见过的第一个对他如此忠诚——如狗一般忠诚——的女人了。

取检查结果时，医生说马克洛尔已经脱离了危险。高烧可能对脏器造成的伤害也在逐渐消失。几星期内他就可以完全康复。离开医院时，我的朋友手里拿着报告，耸了耸肩，接着一张一张把它们撕毁，扔在了入口处的垃圾桶内。我本想阻止他，但及时忍住了，我想，那么做无异于侵犯他费力保守的隐私。我们回到了北岭，也没再提这件事。大家都在等待瞭望员继续讲述他在矿洞中的日子，但没人敢去请求他。马克洛尔总是格外小心地选择时机和能令他放松的氛围，所以必须等它们自然而然地到来，否则他可能会一直缄默下去。机会在我们出门去看流星雨的一晚到来了，星辰带着慑人的光芒划过夜空，我们坐在了泳池旁边。我去拿了几瓶冰啤酒，大家需要它们来抵御山谷里久久不散的热气。马克洛尔告诉我们，他人生印象最深刻的流星雨是在一艘船上看的，当时他们正在红海上，排队等待进入荷台达港。“一颗接一颗地落下来，持续了一个多小时。那些世界在我们这些虚荣、无名的小生命遥不可及的地方化成了尘土，这种灾难里有种悲哀、宿命的味道。”马克洛尔说这话时的语气就让人觉得当晚他有可能会再次回忆起他做矿工的日子。的确。在一小阵沉默之后，他继续说起了几晚之前放下的故事，仿佛这中间的停顿不曾存在。

“说起红海，我想到，矿洞中的故事还没讲完。这两件事有很紧密的联系。过些时候诸位就知道为什么了。第二天一早，埃乌洛西奥和我在鹦鹉的喧闹中醒来，我们在堂娜·克劳迪娅借给我同伴的一盏酒精灯的灯罩中煮了咖啡。埃乌洛西奥的咖啡通常比他同胞们准备的要更浓，喝下后两人便振作了精神，穿过蕨类植物，开始探索矿洞内部。打着科尔曼灯，没走几步，就有一大群蝙蝠惊恐地从我们脑袋旁穿过，逃往了山洞上方的开口处。一种强烈的粪便味道向我们宣告，洞中有动物居住。很快，我们就习惯了那气味，继续沿矿道往里走去。在那里我们看到了大量堆积的器材，锈迹斑驳，难以辨识，还有一些工具完全损毁了。我们开始极其耐心地检查墙壁和地面，几小时后，找到了一条值得进一步探究的矿脉。它在墙壁和地面的交界处延伸出去二十几米，随后开始上升，最后消失在顶部。我们并没有随身携带工具，因为原本只是想看看洞里，确定有多少条矿道。两人回到作为住宿地点的沙地，躺下来开始休息。弯着腰在地道里走了那么久，背疼得简直难以忍耐。不过在地上躺一阵子，那疼痛也就消失了。我们吃了些东西，又喝了一杯很热的咖啡，之后再次钻入了矿洞，这一次带着必要的工具以及另一盏科尔曼，方便取样。几小时后，我们带着样本出来了，但是已经没有日光来做测试了。'先生，您知道吗？'埃乌洛西奥说，'这条矿脉看着很好。我也不知道为什么，觉得可能有惊喜。妈的，该是时候了。跑了这么久，刨了这么久，要是不走运就不公平了。'我说他说得有理，但是矿脉到底有没有希望，那时我还什么都不知道，所以什么都没法对他说，第二天我们再看。后来两人去了悬崖边缘，好享受一会儿微风，也好忘记洞中圣器室般的氛围。"

"根据第二天的测试，我们取出的样本很符合埃乌洛西奥的预测。然而，仍旧需要把材料送到省会的实验室去做更详细的分析，如果他们确认了我们的猜想，就需要去政府登记金矿，好以我们的名义对它进行开采。埃乌洛西奥想请我写一份授权书，好去跑这些手续：'先生，凭您的模样还有持有的跑遍世界的护照，恕我直言，去和那些人打交道不太合适。矿要写我们两个的名字，您当然是第一所有人。但如果您亲自去，他们不但不会给您任何许可，还有可能把您赶出这个国家。这些人都是很差劲的人，完全不可信。我知道该怎么和他们说。他们都和游击队有关系，不知道会突然搞什么花样。'向导的这番话完全说服了我，我也同意了他的计划。

我们收拾好东西，拨回我们进去前扒开的蕨叶，挡住了入口，准备好第二天清晨就出发。毯子下温暖的沙石已变成舒适的床铺，温柔地贴合着身体，让我们得以进入怡人的梦乡。日出之前，一个奇怪的声响吵醒了我，仿佛有人在远处重复念诵着一个单词。我没能听懂说的是什么，过些时候才发现，那声响是由流入洞穴的空气造成的，它抚过石壁，再攀向高处的开口。进入矿洞时，音调转换，拼出了单词，声音低沉，像是从模糊的远方传来。我再次睡了过去，直到埃乌洛西奥备马时被马匹的动静吵醒。我在溪水中洗了把脸。它有种淡淡的铁味，带给人一种温泉浴场的有益身心的感觉。我和埃乌洛西奥说起了这个，他说是因为土里有丰富的矿物质，这也更进一步确认了他关于我们所发现的矿脉的预感。悬崖边的归路显得容易了一些，尽管山下的激流仍旧让我感到了一种模糊的、难以控制的恐惧。我们沿王室之路爬过山岭，到达了埃乌洛西奥的亲戚家。堂娜·克劳迪娅出来迎接了我们，热情亲切，并因我们的安然归来而松了一口气。我们随便吃了些晚饭就去睡了。在坠入梦乡前，我又想起了在矿洞听到的那个词，这一次，终于弄清了它是什么。是阿米尔巴尔。埃乌洛西奥还没睡着，我于是把自己的发现说给了他听。他想了想，说：‘我觉得听到的差不多就是这个。但这词没有什么意思吧？’我对他说，在格鲁吉亚，它的意思是舰队统领。应该是从阿拉伯语‘Al Emir Bahr’来的，大意为海上司令。海军上将‘Almirante’这个词的本源也是它。听到这里，他的喉咙中冒出了一个声音，像是在表示某种夹杂着同情的难以置信。从那之后，我们就一直把那个矿称为阿米尔巴尔。后来，我很长时间都没有睡着，思考了许久那些被我们称为偶然的东西所提供的谜题，或许那些并不是偶然，而是与之相反的一种隐埋的特殊秩序，只在某些时候会以讯号的形式出现，类似于这一次的这种，它已在我心里留下了来源不明的阴郁焦虑。”

“我再次在咖啡馆入口正上方、有朝向广场的阳台的小房间里安顿了下来。埃乌洛西奥乘着头班出发去省会的卡车走了，我则留在那里等待手续的结果。一种奇怪的高烧开始入侵我的身体，在白天里如海浪般来来去去，夜里，则驻扎下来，用纷乱出现、列队行进的魔幻画面填满我的梦境。矿洞造成的神志错乱开始显现出它最初的症状。我有一晚曾和诸位说过，很难界定那种深深侵入我们肢体的支配和占有，它和发现巨额财富的具体欲望并没有太多关联。后者并不是激起它的主要原因，真正的原因是种更深刻、更令人困惑的东西。它和金子有关，这没错，但金子是我们从土地里拽出来的东西，土地会奋力守护它，只有在我们冒着生命危险艰苦奋战后，土地才会把它交给我们。好像我们都想用手攥住，哪怕仅有一次地攥住那沾染了巫术的、最微小的一段永恒。不可以把它与某些药物的力量相比，也不可以把它与游戏带给我们的着迷状态相比。这两种特质它都具有一些，但它实际源自的是我们生命最深的那一层，源自我们祖先的隐秘源泉，甚至可以追溯到穴居与发现火的时代。生命完全改变了，也就是说，我们造好的、用以引导生命的钥匙说变就变，它们抛弃了我们，去面对其他命运了。高烧让人失控、屈服，让先前那些与我们拥有清晰、确定关系的人在我们面前出现时，都披上了高烧烧出的光环。甚至一些老习惯也会和我们的生命纠缠在一起，也有了另一面。在我这里，这习惯指的是阅读。旺代战争、夜间埋伏、夏尔特和罗切杰奎琳女侯爵、蓝党及国民议会、波拿巴与卡杜达尔，所有醉人的丰功伟绩都化为乌有，王侯们不欣赏甚至也不承认千万人为之做出的牺牲，他们在我面前出现时，都被诡谲的光线包围着。曾那样鼓舞过英雄主义的诸多元素在我脑中逐渐变了形，从而拥有了最荒谬意外的外表。我逐渐察觉到，我只生活在矿洞内，生活在它的墙壁间，墙壁上会渗出来自另一个世界的水滴，哪怕是云母最细碎的、瞬间即逝的虚妄光点都能让我进入完全的疯癫。朵拉·埃斯特拉很快便察觉到了那些意味着我精神状态改变的症状，于是对我大叫起来：‘哎呀，我的兄弟！邪恶的金矿已经把您给抓住了。得瞧瞧怎么从里头逃出来，因为那陷阱会把您给吞下去的。这才刚刚开始，如果您让它占了上风，您就会在那些洞里生根，像鼹鼠一样，到时候要很费劲才能把您拖出来。不要离开埃乌洛西奥，因为他有些迟钝，那些坏事沾不上他。您可不要一个人进到洞里去，那儿的土都能把您给吃了。’朵拉做出的判断让人不安。但她说这话时很笃定，她的悲伤又那样诚恳，足以让我警醒。邪恶正威胁着我的完整，威胁着那张由让我活下去的理由所织就的脆弱的网，我开始渴望身旁有一个能远离黄金巫术的人，因而焦急等待着埃乌洛西奥，他的天真恰恰能让他对那邪恶的致命攻击免疫。”

“朵拉·埃斯特拉的弟弟回来了，他带来的消息很可能会让我更深地陷入那危险的漩涡。那条矿脉含有数量可观的含金矿物，许可证也得到了批复，被颁发给了持塞浦路斯护照的瞭望员马克洛尔，以及圣米格尔人埃乌洛西奥·本度拉。矿的名字被登记为阿米尔巴尔。骰子已经掷出。我把已经开始发作的折磨自己的症状告诉了同伴。说得尽可能地直白，他也立即明白了情况。‘是这样的，先生，’他对我说，‘金矿很不讨喜，但它也因此会负责治愈您。如果咱们能挖出金子，工作就会很繁重，您最后就会后悔上了这条船。一个人顺顺利利刚开始在矿洞工作时，那种高烧是很可怕的，但之后就好忍耐了。不用想这些。最糟糕的是这段时间您一直一个人在这里，这才是真正伤害您的地方。我姐姐在这方面帮不上忙，因为她讨厌那些开矿的故事，怕得要死。都是我母亲传给她的，母亲总说那些都是魔鬼做的事，因为它们是唯一居住在地底下地狱里的家伙。咱们加把劲儿去做，您就不要再想这些了。一切都是从您开始听洞里风声说的那个怪词开始的，您听听：阿米尔巴尔。是从哪儿揪出这么荒谬的词来的？不管您是多么资深的海员，也得明白，这儿和海一点儿关系都没有。’如我所料，也正如朵拉·埃斯特拉对我所说，埃乌洛西奥拥有那种神奇的美德，将我带离了正要吞没我的疯癫漩涡，也再次将我带入了一种更容易忍受的现实。我需要再重复一遍，他拥的是天真之人的美德。俄国人很了解这一点。他们认为这些人都受到了特别的眷顾，其余人类应当倾听他们的声音，因为前者都生活在自己的贪婪与吝啬所造成的混乱中。”

“我们约好第二天一早就走。埃乌洛西奥去料理牧场的事了，顺便还要搞些补给，我则留下来，试着让自己沉浸在阿图瓦伯爵在英国遭遇的一系列波折以及他在旺代功业中的碌碌无为中。‘管家婆’趁闲下来的工夫走到我桌旁，带着女巫的犀利直盯着我，没有拐弯抹角，说：‘您现在需要的是和一个女人过一夜。这可以帮您驱除金矿的幽灵，您会好受很多的。今晚关门之后，我就上去陪您，您看怎么样？’她这样突然把自己的计划讲出来，不免让我吃惊，但我认为她说的或许有道理，于是回答说自己会在楼上愉快地等她。但她需要小心一些，因为她弟弟就住在隔壁。她说埃乌洛西奥今晚会在一个女性朋友家过夜，他来圣米格尔时常与对方相约。午夜过后，她出现了，笃定且迅速地褪下衣衫之后，如猫科动物般轻盈且亲昵地钻上了床。她在欢爱时带着非同寻常的敏捷，我感到她的爱抚几乎含有疗愈的目的，像是明确地希望我能将当晚的一切刻入记忆，并在矿洞磨人的夜里再次感受到它们特别的功用。在咖啡馆的桌子间来去走动时，很难看出她的纤细、她修长的双腿、她的农家人的结实，她交缠在我身体上，按照某种悬在空中的欢愉节奏运动着，几乎拥有着亚历山大的智慧。那一夜我从朵拉·埃斯特拉身上得到的，会在之后帮我承受住那些几乎葬送了我生命的试炼。我们几乎没睡，第二天的最初几道光线照进来时，我们正相拥在一起，那拥抱里包含着许多告别的意味，也是我们最后一次尝试沉溺于那种享乐——那种想战胜暗哑的遗忘力量的享乐。‘管家婆’就这样成为那些女子中的一员。她们令我受到同情与抚慰，令我确信自己已成为她们记忆的一部分，是她们在向我传递着唯一让我继续活下去的理由，那便是：眼花缭乱的感官见证以及它们与世界秩序的一致。”

“人在刚开始做有望成功的工作时总是很兴奋，回归矿洞时的情形就是如此。我的痴狂已逐渐冷静，正如朵拉·埃斯特拉对我所说，它已经削减为一种不超越平常界限的、可被容忍的期待。但在深处，有某种混乱无序正闷闷地翻滚，那是人生中为数不多的让我学会了去恐惧的东西。最初的工作是凿开水道引导水流，好用流水来清洗一个简易研磨机磨出的石料。研磨机是埃乌洛西奥从一个已故矿工的亲属那里买来的，矿工本人在多年前死在了一条公路上的某次翻车事故中。我们在组装机械时无比耐心、细致，希望它们在运转时可以顺畅无阻。不到一个星期，我们便开始清洗第一批研磨机磨出的料了。结果比想象中更令人满意。曾有一整个下午，我们停了工，只为看在阳光下闪烁的那一点点金粉和极小的金粒，两人都陷入了那光芒所带来的宁静催眠的状态里。突然，我开始怀疑那只不过是黄铁矿。于是马上和埃乌洛西奥讲了自己的担忧，他一脸宽容地看着我对我说：‘哎呀，我的先生，我们把从矿脉中取出的样品拿去检验，第一项测的就是这个。如果是黄铁，我们当时就知道了。是金子，我的先生，是金子，而且还是好金子。’不过，并不是所有日子的收获都喜人。我们习惯了每星期去称一次我们逐渐挖出的东西。这避免了每天都可能面对的失落，同时也避开了它们可能唤醒的曾在圣米格尔现身的邪恶幽灵。当我们集够了值得拿到省会去卖的量时，埃乌洛西奥就会小心谨慎地前去售卖，一开始，我觉得他的谨慎有些过于夸张，但他告诉我，之前有一个探矿者，是才华过人的著名画家和政治讽刺漫画家，有人给他设了埋伏，想抢他身上可能携带的金子，他落入陷阱，就那样被人杀害了。事实上，那次他几乎什么都没带在身上。案子没破，只有他留在身后的众多仰慕者和友人在为他的离去悲伤。埃乌洛西奥也嘱咐我，如果人们在圣米格尔问我们是否找到了金子，我们一定要极力否认，要说直到现在还什么都没找到，再这样下去的话，我们就考虑放弃了。”

“就这样过了几个星期，其间我的伙伴去了省会两三次。钱放在他的农场里，一个只有我们和埃乌洛西奥的妻子知道的地方。我当时觉得我们已经进入了一种运气不错的矿工的日常生活，看起来未来也有了保证。与此同时，我又一如既往地开始预感到，一切就要改变，我即将再次进入我那一贯的不幸所建造的茫然迷宫。有时我感觉，自己身上发生的一切都源自一个不祥的边缘之地，它被他人所忽略，自始至终只为我存在，这个想法在我脑子里扎了根，于是我倾尽全力地去享受那些上天赐予我的幸福和舒适的短暂时刻，在我看来，任何其他凡人都不会像我这样尽力。那些时刻可以带给我新的元气，是我的根本所需。它们每次到来，都会让我感到世界宛如新生。这并不常发生，自然也不可能常发生，但它们总会来，来成为对我种种厄遇的补偿。”

“一天，埃乌洛西奥没有回到矿洞。他来来回回做事情一向很准时，所以难免让人担心发生了什么意外。的确，三天之后的上午，他的妻子泪水涟涟、惊慌失措地出现了。她边哭边语无伦次地告诉我，她的丈夫在去圣米格尔的路上，在军队设置的一个路障处被逮捕了。他们一共抓了三十几个人，都是附近的农民。之后又把这些人都带到了省会，正在审问。她去了那边，想看看有没有机会接触到自己的丈夫，但根本没有可能。在军营里，对方甚至威胁她要把她也抓起来。有各种流言，但没人知道到底发生了什么。朵拉·埃斯特拉让我一定不要下山去圣米格尔，因为，在这类事件中外国人是最可疑的。对于军队来说，外国名字就等于思想偏颇、妄图颠覆国家的煽动者。我让同伴的妻子拿上我们攒的那些钱，看看是否能用它们雇一位律师或者付给哪个有头有脸的人，好知道埃乌洛西奥到底怎么样了。她摇了好几次头，最后，像是有什么卡着喉咙似的对我说：‘先生，我不会回那里去的，要是把我也抓了，谁来照顾我的孩子们和农场啊？看看朵拉·埃斯特拉想不想去吧。我反正是不会去的。您是不知道，那些人什么都干得出来。’我是知道的。在其他时候、其他地区，我曾经见过，也曾亲身受过那个暴力系统、那些没有面孔的军人的折磨。我尽可能安慰了她。应该由我出面和‘管家婆’去说，请她拿着我们的钱去为她弟弟做些什么。埃乌洛西奥的妻子觉得没什么把握，但还是表示了同意，随后便出发往农场赶去，还有至少半天的路在等着她。清洗石料的事一个人完成不了，我于是停下了研磨机，坐在悬崖边上，不知该做什么决定。埃乌洛西奥入狱的消息让我进入了一种迟钝的状态，激流冲撞巨石的轰鸣传入我耳中，像是某种肆无忌惮但却言之有理的意见。朵拉·埃斯特拉摆出的理由很有说服力，我不能立即行动，也因而生出了一种无用、挫败、被围堵的感觉，整个人备受折磨，瘫软无力。我想象着会在我朋友身上发生的所有阴暗的可能，一个比一个糟糕。我已经告诉过各位，我知道落在那些人手里的审问是什么样子的。如果他们在找某场袭击的负责人或哪次起义的参与者，酷刑是发现真相最有效也最常用的方法。埃乌洛西奥说话有困难，会让人觉得他在隐瞒什么。我越想越觉得埃乌洛西奥的生命危在旦夕。夜就这样降临了，冷风开始在河谷中穿行，我不得不进入洞中避风。我断断续续地睡着，洞口的风声不断疯狂地重复着那个词语，把我送到了别处，在那些地方，我曾不止一次地经历过我的朋友正经历的危险，‘阿米尔巴……尔，阿米尔巴……尔’，风吹着，执拗得像个想传递讯息却无法成功的人。”

“过了一个星期。日渐增长的不安甚至给我带来了一种生理上的窒息、瘫痪感，把我推到了谵妄的边缘。第八天一早，一个人影突然出现在了洞口，一下子就把我惊醒了。那是一个高个儿女人，披头散发，脸庞已经因疲惫而走形。我想是因为太累了，所以她说起话时磕磕绊绊，声音沙哑。我不太能看清她的轮廓和身形，她在微弱的光芒中念出的东西仿佛危急时刻女先知的话语：‘是“管家婆”叫我来的，先生，她让我告诉您，她终于把埃乌洛西奥从兵营里救出来了。她用两位的钱请了一个律师，带去了被捕者行为良好、只是当地农民、并未参与到任何反政府事件中的证明。糟糕的是他们已经折磨了他好几次了，因为他说不出话。腿和胳膊都断了，里面有什么器官也受伤了，所以一直在吐血，不停地大声喊疼。他们让把他带走，但是不让他住院治疗。现在人在圣米格尔，那儿的医生给他打了板子，正在看怎么止疼。看起来人是好一点了。正待在一个相识多年的朋友家里，目前没有危险。朵拉·埃斯特拉让我来问问您我是否可以帮您做些事情。我们算半个亲戚，她很信任我。我不住在圣米格尔，是更高处的地方来的。之前在一家商店工作，在瓜伊罗高地上，公路就从那儿过。托马西多也认识我，他也和我说起过您。您考虑一下然后告诉我？现在我得休息一会儿了，因为我是走来的，一刻都没停，已经累到连魂都丢了。'听到他们并没有杀害我的同伴，我松了一大口气，但面对他们因为这位无辜受害者的语言障碍而施加在他身上的暴行，心里也生出了一种喑哑而无力的愤怒。我不知该如何对待朵拉·埃斯特拉的亲戚向我提供的帮助。那一刻，突然感到了一阵令人喘不过气的疲累、一种麻木和松懈，因为之前一整个星期都处在极度紧绷的状态里，事情突然明了，人也就一下子空虚无力起来。我告诉那位夫人我们晚些再决定该做些什么，接着又重新在温暖的沙地上睡了起来。一阵浓稠的睡意将我带离了我的不幸境地，把我放入平静的水中，马拉巴尔海岸的深蓝的水。一只轻便船，锚抛在珊瑚水底，停靠在那儿，我在船上等着不知什么的靠岸许可，岸上模模糊糊有些港务局的人在审查我的资料。我身处巨大的平静，心怀至高的冷漠，漫不经心地等待着港务人员的决定。如果被拒绝停靠，我也可以立即起航，没有任何问题。在梦中，那个清醒的我、时刻观察梦中每一个脚步的我不禁自问，那种在遥不可及的印度洋海岸享受的闲适平静究竟从何而来，毕竟眼前的现实中正危机四伏。我醒来时，已过了正午。一阵饭香飘了过来，仿佛一种我计划之外的非同寻常的存在。我记起了清晨有人来访的时刻以及那访客带来的消息。女人在山洞一角生了火，在一口锅中翻搅着食材，根据香味判断，那应该是些新鲜的蔬菜，不知是从哪儿弄来的。从山洞上方泻下的光芒完全地照在了女人的脸上。她与我在清晨的晦暗中看到的完全不像同一个人。现在她将头发挽起，在后颈扎了一个紧实的发髻，一团浓黑中泛着发蓝的光泽。她的脸有些原住民色彩，颧骨很高，面颊微陷。双唇丰厚，线条很美，露一排洁白、整齐的牙齿，看起来很有力。杏仁形的眼睛，眼眸颜色很深，因为眼睑稍厚，以及颧骨上方的那一条线，有一丝蒙古人的气息。她坐在台阶上，看着锅，身体也透着一种力量和健壮，与她面庞的东方色彩很相配。她站起身向我走来时，我发觉她并没有清晨出现时那样高大。四肢的坚实让她显得比实际更丰满一些。整个人都像是裹在了某种遥远的光环中，微微透散异域风情，甚至会让人惊讶她的西班牙语是那样流利、自然。‘我在给您烧汤，好让您恢复体力。’她说，‘放了各种调味香草、木薯还有从堂娜·克劳迪娅菜园带来的其他蔬菜。对您身体很好的。您吃过就知道了。’我想，最好先把她的出现带来的一系列未知弄清楚。于是便讯问了她的姓名，还问她为什么不认识我就要来陪伴我、帮助我。矿里的工作很艰苦，埃乌洛西奥和我为了把事情做好也费了很大力气。她笑了一下，露出了牙齿，眼睛眯成一条缝，更凸显出她面容的亚洲色彩：‘我叫安东尼娅。很小的时候父母就去世了。发大水时洪水把他们和茅屋都卷走了。当时叔叔婶婶正带我在山下的镇上看医生，我肚子里有蛔虫。那时候我很喜欢吃土。是我的叔叔婶婶把我养大的。当我长大到十五岁，成为一个女人时，婶婶把我赶出了家门，因为那时我叔叔爱上了我。我在圣米格尔的咖啡馆刷盘子，后来朵拉·埃斯特拉就出现了。她和我说我们是亲戚，但我不知道具体怎么个关系，总之，她帮我走出了困境。当时我睡觉的屋子在院子的尽头，因为那边的房间比较便宜。一天晚上，一个卡车司机进了我的房间，说了一大堆甜言蜜语还有承诺，说服了我接受和他过夜。我们就这样变成了情人，几个月后，他把我带到了瓜伊罗高地，让我在那儿工作。后来我才得知，他已经结婚了，在平原上还有其他的女人，甚至在港口都有。一天，他走了，就再也没回来，我于是留在了那里，替对我很好的那个老板娘工作。不知道您认不认识她，她叫芙洛尔·埃斯特维兹，性格有些复杂，但是人很好。幸运的是，我没有怀上司机的孩子。我很怕怀孕。圣米格尔一个通灵的女人跟我说，如果有一天我怀了孩子，就会死在分娩中。朵拉·埃斯特拉两天前去那儿找了我，让我在埃乌洛西奥康复期间来这儿帮帮您。她也和芙洛尔打了招呼，也不知说了什么，芙洛尔就同意了，所以我就来了。工作的事您不用担心，不会比在芙洛尔家做得更辛苦。但是一切都看您吧，您不想让我帮忙我就不帮，不然以后会很麻烦。'”

“面对她的说法，我并不想当时就做出决定。汤已经炖好，我狼吞虎咽吃了下去。之前的几天我吃得很差，只偶尔就着咸肉吃口玉米饼。不知为什么，这个女人在我身上唤醒了某种本能的谨慎和提防心，在理智上却解释不清。当然，她的东方面容会有一些影响。然而，我在马来西亚、澳门和其他类似的地方与亚洲女人有过的关系恰恰证明了，她们不仅完全可靠，而且有节制的谦恭里还饱含着温柔。不过，这个女人的突然现身好像有些疑点，再加上埃乌洛西奥的事情所造成的谨慎、恐惧的气氛一直围绕着我，不禁让我觉得她的周围飘浮着些什么，在阻止我去接受她想提供的帮助。我们吃过饭后，她就出去洗锡制的锅和盘子了。像是在给我留出空间让我思考她的提议。终于，我决定将提防心和恐惧放到一旁。我想，之所以有那些感觉，或许是因为自己的同伴突然被抓，安东尼娅的脸庞又充满了异域色彩，而且刚过的那星期里，我实在太过孤独和不安了。我决定接受她提供的帮助，事实上，没有它，我也无法继续探索我们所发现的矿脉。她刷完餐具回来时，我便告诉了她自己的答案。面对我的决定，她既没表示高兴也没表示惊讶，只是突然把埃乌洛西奥床铺上的毯子摊开，在床头处放上了她裹在一块大方巾中带来的东西。一切都放在了比原先我同伴的床铺更远的地方。她想就此不言而喻地说明这仅是工作关系，并无其他，也的确很有说服力。这让我安心，也让我离自己那到当时为止一直隐隐感到的恐惧更远了一些。”

“后来我发现，那女人是位不知疲倦的高效劳动者。她清洗研磨机磨好的石料时手法惊人。动作节奏明确，下手精准，于是我忍不住问了她一句以前是否干过这活儿。她回答说，一个与她短暂同居过的加拿大人曾在埃乌洛西奥咖啡园下方的一个水塘边教过她如何清洗河里的沙石。‘那个男人，’她说，‘因为喝了坏掉的甘蔗酒，生了恶疾，发了高烧，就走了。那酒是他自己坚持要酿的，用的是满月时切下的菠萝皮。要是想做甘蔗酒，水果必须在下弦月时的正午采摘。如果不这么做，苍蝇卵就会存活，人就会发烧。’我显然不想同她争辩这样非同寻常的医学理论。而且，她说话时语气也不容争辩。”

“不出几星期，我们就凑出了一定的金子，与埃乌洛西奥在省会卖出的和后来救他出来的那些重量差不多。安东尼娅提出要去把金子卖掉。我同意了，并让她给‘管家婆’带去了一封短信，请她告知她弟弟的消息，并暗示她多给我些她朋友的信息。我后来提出与她一起走到堂娜·克劳迪娅家，把几头牲口放在那儿，因为它们在洞里很碍事，目前也帮不上什么忙。我们两人一起下了山，之后我又一个人走了回去。”

“安东尼娅准时完成了任务。我先前告诉她，把卖金所得的一半放在朵拉·埃斯特拉那里请对方保管。另外一半是她的，想怎么用都可以。她回到洞里时带着一封朵拉·埃斯特拉的信，随后告诉我，她把所有所得都放在了朵拉那里。我问她为什么没有按我说的做，她说她那一半是给埃乌洛西奥的，她也是这么和‘管家婆’说的。‘那你这不是白干了吗？’我问她，‘这不公平。你的活儿干得很好，我希望你能得到你应得的工钱。’她把眼睛眯起来，藏起了它们似的，头也扭向了另一边，说：‘你什么都不懂，瞭望员。’那是她第一次用‘你’来称呼我，尽管我从一开始就用‘你’来称呼她。‘那钱是埃乌洛西奥的，他靠我的劳动挣的。他们为我做了那么多，尤其是“管家婆”，我不能在他们最需要的时候不帮他们这个忙。得给他付钱找医生、买药，现在农场什么都给不了他。你现在就不要和我算工资，搞这些没用的东西了。钱是我的，没问题，我想把它给他们，就这样。你明白了吗？’我回答说明白了，但她表达意见时的强烈语气又不禁让我发笑。‘这些不是好笑的事，’她说，‘大家现在过得都比别的时候难。尤其是你，还是说你没感觉到啊?’我不知道该怎么回答她。她的话里有两点让我觉得很有意思：首先是一种作为底色的女性权威的语气，我已经很多年没有听见那种语气了——只有我的朋友伊洛娜·哥拉博夫斯卡才会和我用那种放肆的口气说话，每次都让我有一种愉悦的满足感——接下来，是第一点导致的结果，那便是我们之间‘你’的使用。在和女性接触时，我很少用‘你’来称呼她们，倒不是因为这是什么坚定的原则，而是因为对她们使用‘您’总是更自然，无论我们之间是何种关系。”

“朵拉·埃斯特拉的信显示出了她独一无二的明丽性情。信件开头对我的称谓就不禁让我笑了起来。”

马克洛尔从衬衫的前胸口袋里小心地掏出了一张满是油污的、几乎要烂掉的信纸，读了起来：

堂·瞭望员先生，

这边的事情明了了一些，但还不能完全让人放心。我们终于知道为什么那些军人要抓可怜的埃乌洛西奥了。好像有人在大河下游炸了一条输油管道，还有正在洛斯桑托斯终端站卸货的两艘船。有人告诉他们，事件的始作俑者就藏在这边，于是他们就像赶牲口似的到处随便抓人。埃乌洛西奥的情况还不错。好像只有一条腿和左手腕断了，其他地方都只是骨裂，没有断。他现在已经不吐血了，医生说没有内脏被打伤，是一条肋骨断了，扎伤了肺部。可怜的家伙总是问起您，他很担心矿上的工作，因为您一个人是无法完成的。下星期庄园的人就会来把他带回去。在这边照看他的家庭发现我弟弟和家里的一个姑娘有染，怕和他的妻子闹矛盾，所以希望他快点儿走。埃乌洛西奥让我告诉您，军人多次问起了和他一起在矿里工作的同伴是谁。他让您放心，因为他已经和对方说了，自己的同伴是来自海岸的过路人，已经走了，因为什么都没找到。他们问他同伴是否是外国人，他说不是，据他回想，对方相信了他。那不是他们最感兴趣的点。您可以放心了，安炸弹的人已经找到了，就躲在河港那儿，已经被他们给解决了，这事儿就算是过去了。让安东尼娅去洞里是我的想法，虽然埃乌洛西奥并不太赞成，因为他说女人在矿里，总会让事情复杂，最后变得很畸形。他倒不是因为我才这么说的，我可从没有进过哪个洞里，我也和您说过，自己没有半点儿鼹鼠的能耐。她一直在荒原上生活，而且不是那种会带去麻烦的人。她唯一害怕得要死的事就是怀孕，这个她有她自己的方式。不过有些人可以接受，有些不可以。我和您说过，金子的诅咒可以由身旁女人的柔情化解。如果您想和她怎么样，只要和她提出来就可以。不用担心，她不会生气。如果她不想，会直接和您说的。她的活儿干得很好，比骡子还任劳任怨。不知道您怎么看我把她派去的主意。您要么一个人在那里，无事可做，还要冒着变疯的危险，要么在别人的陪伴下继续磨石料，我觉得还是后者比较好。她会洗沙，我想她也已经向您展示过她做得有多好了。信就写到这儿吧，我们在这边都很想您，会按您知道的方式来好好保存您交给我们的东西。大家都问候您，祝您一切顺利。

您忠实的朋友朵拉·埃斯特拉

瞭望员小心地折好信纸，把它放回了口袋，对我们说："我留着这封信是因为它是朵拉·埃斯特拉给我留下的唯一纪念，这也是我唯一留存的女人的信件。本来也留了些其他的，但都在迫不得已时销毁了，因为若是落到外人手里，会牵连到一些人。"他又倒了一瓶啤酒，说美国简直不可原谅，竟然还没有生产出一瓶像样的啤酒，比如我们正喝的丹麦产的酒就很好。之后他又接着说："继续来讲安东尼娅的故事吧，我和诸位说，这个女人在日常工作中和我配合得天衣无缝，也很适应我简单寡淡的生活方式，我会长时间地沉默，也会读很久的书，并以此逃离矿洞压抑的环境。我在洞里一点点地凿下矿脉的石料，把它们堆放在架子上。架子上放满时，她就会过来，把它们摊在地上，一直摊到洞口，那台佩尔顿转轮就放在那儿，靠着瀑布的细流旋转，并带起小研磨机。女人有时会下到镇上去，带回些补给和埃乌洛西奥的消息，他恢复得很缓慢。失血让他极度虚弱，肋骨怎么也接不好，导致呼吸仍旧困难。我和安东尼娅的对话总是关于工作的细节，我有时会坐到外面，背靠崖壁，回想过去的时光，以及那些陪我走过多舛流浪生命的不同阶段的人，她从来都不打扰。我不喜欢长时间待在洞里，因为里面有种含糊的幽秘，总是让我不安。那里只适合睡觉，我之前也提过，有松软、温暖的沙地，还有落水催人入眠的低语。有些什么在告诉我，并不是一切都可以在那种常态里继续下去，它像极了我一直拒绝的某种众所周知的死亡前哨：日子沿规矩的河道向前流淌，一切意外都被提前排除掉了。我们凿矿脉的方式实在太过原始，出产的金子只勉强够支付我同伴的医疗费用和存一笔小的款项，以便在紧急情况下，让我得以离开这个国家，去找别的出路，对我来说，它永远都在海上。我从一段时间前起就有了买下一条轻便船的想法，好在费尔南多迪诺隆尼亚群岛和伯南布哥海岸之间做些买卖。生意定会收益颇丰的喜人想法来自我的一位埃及犹太朋友，他姓瓦巴，有无穷无尽的轻松赚大钱的创造力。在那片地区航行，海面几乎常年平静，把岛民缺乏的补给带到岛上去，他们也愿意花高价购买，这么想想，听起来确实很有希望。我在脑中做着计划，画着航线，在悬崖边一待就是好几个小时，崖壁上的植物低矮、粗壮，从中会飞出成群的鸟儿，色彩惊人，叫声在垂直的石壁之间悠荡，回声不祥且悲伤。"

"此前，变化已开始模糊地显现在我意识的某个角落，从那里逃逸出的警觉的讯号预示着，宁静的灰色日常中，坠落已迫在眉睫。变化到来时，一如既往地戴着狡诈的面具，摆起了天真的模样，仿佛一件绝对可以预见到的、自然而然的事。一天夜里，我辗转反侧，脊背一直疼个不停，每次用某种姿势用力凿过矿脉之后，这种疼痛就会出现，安东尼娅来到我身边，问我怎么了。我解释了一下，于是她向我提出可以拿做饭用的椰子油帮我揉一揉疼痛的地方。我接受了，于是她开始按摩我的背部以及腰间，旋转着使劲按压，很快就帮我减轻了疼痛。我问她是谁教她的，她回答说是她婶婶，她童年和他们一起住，婶婶会正骨，在这方面很在行。我们继续聊着，她也继续揉压着我的身体，直到我发觉那已不再是按摩，而是某种力度和目的都指向别的意味的抚摸。我慢慢褪去她的衣裳，两人都赤裸时，开始默默亲吻彼此，接着，激情愈发浓烈起来。原本我是在她上面，已准备好要进入她的身体，安东尼娅忽然猛地转过身，趴在了那里。‘我想这样。’她对我说，‘我喜欢这样。你不用担心。我已经习惯了，一样地享受，还没有怀孕的风险。’我并不费力地就进入了她，也察觉到，她的确已经学会了用这样毫无风险的方式去享受。结束时，她发出了几声简短的呻吟，在洞穴墙壁上反复回响，与洞口的风声混合在了一起。那感觉很奇怪，却让我异常兴奋。呻吟喘息与空气发出的‘阿米尔巴……尔’的读音交错出现，有种让人着迷的精准。”

“这种没有后果且反自然的交合变成了日常的仪式。在某些个午后，当风开始在洞口呼叫海上的将领，欲望也会急迫地在血液和缓的潮涌中出现。安东尼娅没有更改她劳动的节奏，平时与我的关系也不曾改变。仿佛我们夜晚所做的事在白日的现实中并不存在。我总是记起‘管家婆’模糊的暗示，其实最初我并没有理解：‘这个她有她自己的方式。不过有些人可以接受，有些人不可以。’于是，对我来说，矿洞的模样改变了，它在最初就令我惊异的隐秘的仪式氛围之外，又承载了更多的东西。和安东尼娅的关系也因为我们非同寻常的交合方式开始在我的意识中与那里的神秘融合在了一起。它仿佛一个必要的仪式，祈求着在洞中呼唤海上将领的风中所蕴含的隐秘力量，并在安东尼娅到达快感顶峰时的简短呻吟中被完成。矿洞的另一面原本是绝对真实且实际的，只是从矿脉中凿金子，但它也开始和刚才所提到的那另一面相互交融，甚至也变成了一种没有面孔的祭拜仪式的一部分，一种失明的神秘的一部分，在那神秘之中，寻找黄金和与一个女人肛交是在完成同一种仪式。”

“一次，安东尼娅去了省会，去卖我们集起来的金子，但比以往多耽搁了很长时间才回去。那四天让人十分焦虑。其间我完全失去了对自己的控制。夜里，矿洞的声音听得很清楚，我甚至开始和它对话。一种强烈到近乎疼痛的欲望折磨着我的想象和感官，我甚至觉得安东尼娅是我为了填补洞中的孤独而幻想出的存在。最后一夜，那个每晚都会响起声音叫醒了我，我感觉它在呼唤阿米尔巴尔时显得更加急迫，那种崭新的焦虑让我想到了走在冥界的珀耳塞福涅。就是那时，我开始向阿米尔巴尔祈求，期望能平息它的怒气。在内心深处，仿佛有声音在告诉我，我长久地缺席海上，会被海洋深不可测的力量所鄙视。我仍记得祷文的句子，能再次把它念诵出来，是因为它是我矿洞经历中至关重要的一部分。祷文是这样的：

阿米尔巴尔，我在此处，挖刨大地的脏腑，仿佛在找寻变形魔镜，

我在这里，与你相距遥远，你的声音仿佛在召唤广博盐水的秩序，

在召唤陪伴航船尾波且永不离去的、毫无保留的真理。

为那些船头没入深渊，随后又浮上水面，一次一次重复着试炼的船只，

伤痕累累的它们，载着在底舱晃荡着撞向四壁的货物，最终总会进入追随风暴的平静；

为机械师因恐惧和疲累而被扼住的咽喉，他对海的唯一了解只有悲伤呜咽的船身所遭受的麻木撞击；

为吊车索具上风的歌唱；

为星辰广袤的寂静，那里标刻着指南针用细碎的坚持一遍遍重复的航向。

为夜间值守第三班的守卫，他们哼唱遗忘与遗憾之歌以驱赶困意；

为石鸻远离海岸的飞行，它们排着固定的队形，在鸣叫中安抚等待在崖壁上的幼鸟；

为我在马达班湾熬过的、仿佛永无止境的、湿热倦怠的那几个小时，当时我们的磁电机已被烧毁，正等待海岸救援队赶来牵引船只；

为船长悲伤地冲着麦加的方向念诵悼词时笼罩着一切的安静；

为我在几乎还是孩子时所是的那个瞭望员，望着永不出现的岛屿，

宣告鱼群的到来，但它们猛一转向便会不见了踪影，

哭泣着，为了不再相见的初恋，

忍受着海员们用世上所有语言抛出的粗言粗语；

为我对航海惯例中那些不成文规定的忠诚，无论气候，无论船只是否有名；

为所有已不在我们生命中的人；

为在波涛中沉没，直至葬身珊瑚深处、眼眉已被抹去的鱼群之间的人；

为那些被海浪卷走，从此不知去向的人；

为那些在将锚链固定在侧支索上时失去了手的人；

为那些一边用铅丹红抹去船身锈迹一边想着属于别人的女人的人；

为那些向阿拉斯加苏厄德进发，却被漂浮的冰山送入海底的人；

为我的朋友阿卜杜尔·巴舒尔，他用全部人生来做航船的梦，拥有过的所有船只却从未令他实现梦想；

为那个爬上帆桁，一边检查绝缘体一边与海鸥嬉笑着对话并为它们胡乱指路的人；

为那个照看船只，独自睡在船上，等待穿长衫的卸货人的人；

为那个某一天向我坦白，说自己在陆地上只想无故犯下恶劣罪行，但在海上，善念便被唤醒，只想帮助同类并原谅他们的冒犯的人；

为着那个在船尾刻下自己船只名字——Czesanyaw——最后一个字母的人；

为那个确信女人比男人更懂得航海，但她们却从时间的初始便把秘密隐藏了起来的人；

为那些在吊床上念着山川河谷的名字，上岸时却认不出它们的人；

为那些尽管木结构已经开始悲哀地吱吱作响，已踏上最后一次旅行却全然不知的船只；

为那个进入了维索恩小海湾却再也没能出来、永远停泊在那里的帆船手；

为冯·肖尔蒂茨船长，他混着啤酒和香槟，把我的画家朋友阿莱杭德罗灌醉了整整一星期；

为那个得知自己染上麻风病便从甲板上跳下去让螺旋桨绞碎

自己的人；

为那个每次醉倒在酒馆脏污的地上都会说‘我不是这儿的人，我谁都不像！’的人；

为那些从不知晓我的名字，但在我们漂浮于彭特兰海峡，正朝暗礁撞去却忽然被一阵疾风拯救时，与我一同经历了可怖的几小时的人。

为所有仍在航行的那些人；

为明天就要出发的那些人；

为现在到达了港口却不知什么在等待自己的人；

为所有那些在海上活过、忍耐过、哭泣过、歌唱过、爱过和死去的人；

为所有这些，阿米尔巴尔，请平息你的苦痛，不要对我动怒。

请看看我所在的地方，并仁慈地远离我生活的不幸，让我得以安然无恙地离开这黑暗的艰难境遇，

很快，我便将回到你的掌控之下，再一次遵循你的命令。Al Emir Bahr，阿米尔巴尔，阿尔米兰特[1]，愿你的声音安抚我心，

阿门。”

马克洛尔念完他的祷词之后，我们沉默了一阵。他的祈祷中有种深邃的海洋力量，让我们不禁觉得自己与那个世界——那曾是他的，也将永远是他的世界——毫不相关、相距甚远。我们从这段非同寻常的祷告中意识到，瞭望员在金矿地下世界中的经历仿佛是一种强加的惩罚，旨在让他赎罪，为他在海上犯下的某些阴暗的错误赎罪。但显然没有任何人敢告诉

1 Almirante，意为海军上将。

他，他也像无人在场般顺着他的叙述线索讲了下去：

“安东尼娅第二天一早就到了。她走了一整夜，甚至都没在堂娜·克劳迪娅家停下来歇歇。接着她休息了几个小时，睡梦不时被惊惧的冷战打断，有时也说些我无法听清的梦话，醒来后，她向我讲述了耽搁了那么久才回来的原因。她在省会很顺利地把金子卖了出去。回来的路上乘坐的是萨图里奥的安第斯龙卷风，但运气很不好，奇瓦车被一个军人预备队拦停了。十个半梦半醒的乘客都被赶下了车，一个一个地接受了仔细的审问。一位士官拿走了安东尼娅身上带的钱，他说靠卖亲戚的牲口可赚不了那么多。这临时编出的谎话的确站不住脚。过了一阵，他们放奇瓦车走了，但却没有把安东尼娅的钱还给她。她到了圣米格尔，第二天又往省会的方向赶过去，想要回自己的钱。‘管家婆’本想拦住她，说她的理由说不通，很危险。要是对方问她亲戚是谁，她怎么说呢？要是问她牲口卖给谁了她又怎么说呢？安东尼娅没有理睬朵拉·埃斯特拉，执意跑到了军营，凭借旁人最好不要仔细探究的某种狡黠智慧，让一位长官下了令，把钱还给了她。回到圣米格尔后，她决定立即出发，哪怕需要走一晚上夜路。‘我想你可能对我产生了怀疑，可能会因此而非常难过，一想到这儿，我就深受折磨，所以立即上了路，尽快赶了回来。’我向她澄清说自己一刻都没有怀疑过她的忠实，我唯一担心的是她在路上出了什么事，尤其是走隘道的时候。那条路已经塌得越来越厉害了，风险太大。安东尼娅看着我，表情很疏离，让她的马来人面庞显得更加凝重，也更加深奥难懂。我和她的关系中开始有些东西令人不安，也不知怎样才能说明。我们关系的亲密深植于异常的快感通道，正是这一点使她的态度逐渐卑微了下去，仿佛一种动物性的依恋，从她在研磨机那儿干活儿的样子里就能清晰地看出来。她甚至表示想来凿矿，好让我摆脱经常折磨我的背部痉挛。尽管她此前已经充分证明了她的坚忍强悍，但我还是没有同意。她仍旧不要任何劳动所得，我在凿完这条矿脉后的计划也让她越来越不安。‘我觉得你之后一天都不会多待在这儿的。’她带着一丝伤感对我说，‘你不会在任何地方扎根。就是个流浪的人。没救了。’我从没想要反驳她对我的看法，况且她总结得也很对，但她话中的不满越积越浓，甚至变成了一种浸染了怨恨的愁苦。我想，该和朵拉·埃斯特拉聊聊了，她性格独立，并且与我的关系很清楚，唯一连系两人的不过是真诚、实在的好感，因此她一定会在这件事上帮我。”

“机会来得比我想象得要快。研磨机一个用黄金风铃木做的齿轮在某天上午脱落了，这毫无疑问是我们过度使用那台原始的装置的结果。我需要去圣米格尔，找我之前在咖啡馆认识的修理奇瓦车木质车身的叙利亚木匠帮我用同种木材做一个一模一样的零件。我把安东尼娅留在洞中，一大早就上路了。但她还是跟了出来，陪我在崖壁边走了很长一段的路。她很沉默，也有些多疑的样子，仿佛已经猜到了我要和她的朋友谈论我们的关系。她一个字都没说，紧紧环住我的身体拥抱了我，随后头也不回地走了。”

“制作齿轮至少要花两天的时间。我回到了从前的房间，又在咖啡馆里自己从前的座位坐了下来。‘管家婆’猜到了我要和她说安东尼娅的事，于是完全没绕圈子：‘您看起来一肚子不痛快，和安东尼娅有关吧？怎么了？’到圣米格尔的当天晚上，朵拉一边在她那本总是随身携带的快散架的账簿上算账，一边问起了我。我没有立刻回答，想等她把账算完。‘说吧，’她对我说，‘我算着，也听着呢。’我于是尽力轻描淡写地讲了讲所发生的事：安东尼娅越来越依赖我，但我显然没有计划和她发展一段长期的关系。甚至连金矿都不可能长时间地留住我。我不想用直接的拒绝伤害她，但也不想对她详述自己性格和命运中那些无法改变的特质。她自身的敏感和曾有过的经历一定会让她感觉到那是个拒绝，她不会轻轻松松就接受的。‘首先呢，’朵拉·埃斯特拉说，‘我不觉得安东尼娅这件事和她与常人不同的做爱方式有关系。她和我说，从后面她一样很享受，我是相信她的。既然您一开始就接受这件事了，我们也可以把它放在一边，我想，问题是她爱上您了，这就有点儿复杂了，因为她从来都没爱上过谁。说实话，我也没什么办法。我理解她，您来了之后，我的情况也有一点点类似，但是现在那劲儿已经过去了，我及时刹住了车。安东尼娅就比较惨了，因为她日日夜夜和您在洞里，我觉得她可能会走不出来。不凑巧的是，埃乌洛西奥还得再休息两个月，估计这事也拖不了那么久。唉，瞭望员，我感觉这种事应该常发生在您身上。没有女人会真的相信一个人能像您这样，骨子里那么爱流浪。安东尼娅是一个做决定心血来潮的人，总是直击重点。您得记得她是山里人，生活待她一直很残酷。'"

"我们继续谈着这个话题，一直没有找到可能的解决办法。这也很正常：感情向来都不是可以控制的，不可以用理性来理解的。第二天天色已晚时，木匠派人来叫我，说零件做好了。它和原物分毫不差，做工精湛，令人不禁赞叹。我回到咖啡馆，当时已经几乎没有人了，'管家婆'坐在了我身旁。她很直白：'没别的办法，一定得跟安东尼娅说清楚，告诉她从您这里得到的只可能是现有的东西。但是您不要去说，要是伤害了她，事情就更难办了。下次她再来卖金子时，我来和她说吧。看看会怎么样。跟女人谈话结果总是无法预测。希望她不要觉得是我在从中搞鬼，那样的话咱们就麻烦了，因为她可能会失去理智。'我认为那是解决这问题的唯一一个相对明智的选择，和'管家婆'一起处理它，比我自己面对它时，多了几分明晰，也添了更多理解它的角度。回去后，安东尼娅正在小路通往山洞隘道的分叉口等我。她没什么表情，但却显得亲切，话也很多，像是在尽力远离我在她身边时折磨她的晦暗预感。她帮我安好了新的齿轮，动作娴熟得令我吃惊，也让我不禁去想，那种本地人完全不具备的耐心与熟巧是由她遥远的亚洲祖先遗传下来的。安东尼娅煮了些土豆、木薯还有其他类似的根茎菜，配上山里的香草，为原本寡淡的食材添上了别样的味道。那一晚，在比以往更激烈地做过两次爱之后，在回自己的床铺前，她凑到我耳旁轻轻低语道：‘有时，我想，和你是可以有个孩子的。但是谁知道呢。也许你之后就会离开，把我和孩子扔下。明天见，邋遢鬼。’她的话整夜都缠着我的梦境，带着一种难以清晰描绘的焦躁。”

“接下来的几星期我们一直拼命地干活儿。矿脉就要被挖完了，眼前的矿段与之前的那些结构越来越不一样。要尽可能好好利用研磨机磨好的石料。我们开始得到越来越多的云母，越来越少的金子。根据我的手册，毫无疑问，矿脉变了。有趣的是，它同时也在洞顶消失了。必须要找到另一条矿脉，于是我们开始在矿道的尽头越挖越深，却没有任何结果。又到安东尼娅去省会卖金子的日子了。没有太多可拿出手的，但无论如何，都最好不要把它们存在矿里，尽管到当时为止，都还没有任何其他人出现在那个地方。她好像在拖延着启程的日期，仿佛感觉到了山下有什么模糊的灾难在等着她。我也不想给她施加任何压力，因为那会更让她怀疑。终于，一天，像是艰难地下了很大的决心似的，我在即将入睡时，听见她在自己的床铺上说：‘明天我去城里卖金子。不能再等了。’我听见她向洞壁转过身去，睡着了，呼吸均匀，只是不时被重重的孩子般的喘息所打断。黎明时她就出发了。像一个已经做好了牺牲准备的受害者，她的顺从里已经丢掉了所有希望。三天后，她回来了。从脸上看不出任何变化。随后突然开始用研磨机磨我在她离开期间攒下的石料。‘很快就要结束了。’过了一会儿她和我说，脸上暗淡的微笑给话里添了些许歧义，‘如果找不到另一条矿脉，我们就可以和阿米尔巴尔说再见了。’那晚她显得很愉悦、很亲昵，但在结束时的呻吟中，我听见了她涌上咽喉的泪水。”

“矿脉里的确已经没有金子了，再挖下去也是徒劳。我们两人是不可能再继续努力了，何况我们的工具又那样简陋。找另一条矿脉也是我们能力之外的工作，除非它自己忽然冒出来，就像眼前的那条一样。安东尼娅提出了一个暂时的办法，我觉得很明智：在隧道下方的河中洗沙，加拿大人曾经在那些小小的河滩上淘到过一些什么。我们于是也这么做了。需要沿悬崖边缘走到山崖尽头，再顺向下延伸的王室之路下到与河水平行的那一段，沿河走，会走入一片密林，几乎都是些肆意生长的果树。从矿洞到那里的路要走一个半小时。还算好走，只有部分地段的巨石有些危险，可以看见很多地方有脱落的可能。回程的路比下山的路要更困难些，有时甚至要走三个小时。洗河沙并把其中的金子淘洗出来是项迷人的工作。那金属的光亮一点点地显现，常让人以为是沙子本身变成了那汲取了全部阳光的金色美妙物质。把一定量的金砂洗出来后，要把它们与水银混在一起，后者会将它彻底包住，让所有金子紧挨在一起。之后再用细细的反绒面皮子筛过去，剩下的就是纯金了。我们淘金的那条河的沙石里有很多很美的矿石，因为河水流经的许多地方都有穿过河床的矿脉，水磨着那些矿脉，带走了金子。安东尼娅洗沙时轻巧又熟练，最终，淘出了两倍于我的金子。我们渐渐习惯了在天气清朗、没有下雨迹象时在河岸过夜。每次下山会带着干粮、科尔曼以及一小罐给灯用的煤油。有时我们会连续在下面待三天不回洞里。夜间，在科尔曼灯光的照射下淘沙是种幻妙的体验。流水冲撞石块所发出的低语令人平静，比洞中不停呼唤海的主人的嗥叫要怡人多了。我不再需要念诵悼文去平息它的放纵与任性。日子一天天过去，安东尼娅一点儿都没有提她与‘管家婆’的谈话，但两人一定是聊了些什么的。这让我有些不安。同时，她也越来越常失落，那失落也越来越浓。我们再次收集到了足够的金子，可以拿到省会去卖了。一天夜里，在河边做过爱后，我向她提起了此事，安东尼娅的眼里瞬间涌满了泪水。我问她怎么了，她只是粗鲁地打断了我，不愿回答。我又坚持了一下，她才哽咽着说：‘这次我走了，回来时肯定找不到你了。朵拉·埃斯特拉告诉我你想走，我应该接受要失去你的事实，因为你绝不会在任何地方停留。’我说我永远都不会不辞而别，接着又说起了我的流浪本性，说试图改变我的命运是徒劳的。我还说，走时会带着对她的回忆，它将一直陪伴我，直到永远。我认为她是个优秀的姑娘，她清秀、蓬勃的美给我带来了人生中最刺激、最完美的经历之一。这些都不是她想听的，但我还是认为应该说出我对她的真实感觉、她对我意味着什么，这样更诚实、更清爽，尽管我深知这会让她陷入难以走出的失落。我们一直说着同一个话题，我越坚持自己的那些理由，她就越像只受伤的动物般沉默且难以接近。我们在同一个床铺上铺了几张毯子，睡在她身旁时，我仍听见她在啜泣，轻得几乎难以察觉。”

“一种强烈的煤油味儿和顺着背部留下的冰冷液体忽然叫醒了我。我立刻坐了起来，看见一个白色的人影正试着点燃火柴，一根接一根，都无法成功。就在一束火苗点燃毯子和一大片沙地的瞬间，我跳入了水中，并向对岸游去，安东尼娅则消失在了树林里，像疯子一样大喊着：‘混蛋！我本来可以和你生个孩子的！’她的声音在密林中越来越远：‘去死吧，畜生！没家的人就该下地狱！’她逃走时应该相信我已经葬身火海。从河里爬上来时，已经可以看见黎明最初的几道光了。我试着用没烧着的几块破布擦了擦身体。随后上了路，往矿洞走去，也不知自己该做些什么。我身上只剩睡觉时穿的衣裳：一件汗衫还有一条内裤。靴子勉强可以用，但不能系鞋带，因为它们已经被烧毁了。这样一身装束，爬上去，费了我很大力气。一到洞里我就躺在了沙地上休息起来。情况一目了然。我差点儿就被烧死了，离开那儿时，火甚至还没有完全熄灭。她把那一罐煤油都倒在了床铺周围还有我盖着毯子的身体上。如果第一根火柴就烧着了，我就不会在这儿讲这个故事了。她满手是油，所以没能顺利点着火，这救了我的命。洞里还有之前留下的我换洗的衣裳和靴子的备用鞋带。安东尼娅带走了金子。”

“我别无选择，只能去圣米格尔，到朵拉·埃斯特拉那儿拿到属于我的那份钱，离开那个地方，也离开淘金的故事——它已经变成了无法挽救的灾难。我把工具还有研磨机的一些部件藏入了矿道，随后离开了矿洞，想去堂娜·克劳迪娅家过夜，第二天再动身去圣米格尔。到庄园时，已经入夜了。我刚拔掉门闩，一个人影就从附近的树丛中窜了出来。是堂娜·克劳迪娅在等我。我还没来得及问她怎么知道我要来，她就用混着愤懑与痛苦的声音小声说道：‘今天一大早那个疯子就来了，满嘴胡说八道，说您被烧死了。我听得不是很明白，但好像就是她放的火。可怕的不是这个。今天下午，来了一队军人，一个中尉审了很久我和庄园的其他主人，问我们悬崖上金矿的事，还问起了借口挖矿躲在那儿的外国人。他们来是为了找埃乌洛西奥问话，他否认了一切。结果这些人又打了他一顿，最后也没问出什么来。现在他们就在这一片转悠，您没有撞上他们真是侥幸。或许他们在去矿洞前先顺着河往上找了找。我在这儿等了好一会儿了，看看是不是能有谁捎来点儿您的消息，因为安东尼娅脑子已经糊涂了，从她那儿什么都打听不到。您在这儿藏一会儿。我给您带来点儿吃的。您现在如果想走，最好的办法就是沿着王室之路回去，不要去圣米格尔。往下走，会有公路和那条路相交，您在那儿或许能碰上什么人把您捎到越远越好的地方。那些人要是找到您，肯定会杀了您的。他们从来都不会把外国人带到省会去，都是就地解决。您在这儿不要动，在那片小树丛后面等我回来。您能出现真是太好了，真是奇迹，我的先生，真是奇迹啊。’她一边嘟哝着些我听不明白的话一边走远了。我躲到了她刚才指给我的树丛后方，开始思考自己的命运。再一次地，被不明来由的秩序的力量所摆布、追逐，最终空手而归。如果运气好的话，或许可以给‘管家婆’捎个口信，请她给我送些钱来，好离开这个国家，在其他地方碰碰运气，但是绝不会再去哪个金矿了。堂娜·克劳迪娅很快就回来了，带着一小锅汤，还有一点儿玉米饼。她还帮我拿来了一件生羊毛的斗篷和一顶草帽，帮我抵御恶劣的天气，顺便也遮掩一下我的外国人模样。走前，我请她试着联络一下朵拉·埃斯特拉，告诉她我会通知她在哪儿找我，并请她等我的消息。”

“我在星空下走了一整夜，星辰那样明耀，轻轻照亮了路。天顶显得很近，让我感觉做瞭望员的日子里识得的那些星座都在陪伴自己。王室之路与公路相交后，又爬上山岭与河谷，它延伸出的走向那样完美，仿佛与时间和它的毁灭力量都毫不相关。过去了几辆车，但我都不敢拦。那些都是私家车，我的样子大概是无法让人放心的。后来又来了几辆运货的卡车，不过我知道它们不会停，因为有规定禁止货车司机停车。再之后，又有几辆军队的卡车路过，上面载的士兵都点着脑袋昏昏欲睡。我老远就发现了它们，提前躲在了路旁的沟渠里。失去所有希望后，我开始沿着路走，想找找附近有没有什么农户在田里的房子，就在这时，托马西多驾着马奇斯特来到了我身旁，一脸刚做过坏事似的微笑。好运终于落到了我这一边。我爬上车，挨着朋友坐下。他更详细地补充了堂娜·克劳迪娅告知我的消息。安东尼娅到镇上的当天，人们就不得不把她带到了省会，关进了疯人院里。她被怒火冲昏了头脑，不断攻击别人，谁都认不得了。甚至要拿一个摔破的玻璃瓶砸‘管家婆’。幸好及时被众人制止了。现在圣米格尔全都是军人，他们见着谁都要审问。好像又有两座输油管道站被炸了，山里也又开始有游击队活动了。他们在咖啡馆问起了我，也审了朵拉·埃斯特拉好几个小时，倒是没上刑。她只说了一部分事实：她是在咖啡馆认识的我，之后，她的弟弟给我提供了一些关于这个地区金矿的信息。”

“我告诉托马西多自己想去海岸，他答应帮我找到最好的办法，躲过军队，离开那个地区。他还说，能在那条路上碰见他，我的运气实在太好，因为他几乎不走那里。他一般只在圣米格尔和省会之间来来回回。现在是因为要把一批咖啡豆运到河港的脱粒机那儿去，才走了这个方向。到港口时，我的朋友找可信的人安排了一个隐秘的住处。那地方简直不能更不起眼，是河边的一栋小房子，一位有些上了年纪的寡妇在经营那个地方，会给一些想赚些钱的女人安排秘密幽会。她们几乎都是已婚妇女或寡妇，靠这个补贴家用。女主人欠托马西多一些人情，无法拒绝我朋友提出的请她收留我几日的请求，他说他那期间要办些事情，两天就能办完。事实上，马奇斯特的主人耽搁了更久才回来。我一直在卧室里待着，那个房间在整个房子的后部，冲着一片延伸到河边的地。日日夜夜都能听到过客的对话，床也在他们体重的压迫下咯吱作响，伴随而来的呻吟声令我想起在阿米尔巴尔的夜晚。”

“一天上午，有人敲响了我的房门，我想着是女主人，过去开了门。朵拉·埃斯特拉在那里睁着惊讶的双眼看着我，像是看着一个鬼魂。她热情地抱住了我，眼里都是泪。这是我第一次看她这样。‘您能活下来真是奇迹，瞭望员。我想着一切都是我的错，把那个疯女人送去了矿洞。但谁能想到她会干出这么野蛮的事呢！’她一边说，一边用绑在头上的大块头巾擦干了脸颊，那副模样像极了平息了怒火的复仇女神。她随后给我讲了讲安东尼娅回到镇上的情景，还有对方是如何在咖啡馆袭击的她。当时，安东尼娅正胡言乱语，说着说着突然在桌子的金属边上敲碎了一个啤酒瓶，拿致命尖棱冲着她就扎了过去。人们及时制止了安东尼娅，把她绑起来带走了。他们把她送上开往省会的头班卡车，关进了疯人院里。她再也没有说话，失了神，痴痴不动，像是永远都不会从那个状态里走出来了。我问起了埃乌洛西奥，她说军人这次差点儿把他打死。现在正在缓慢地恢复中。现在也不知谁还能负责庄园和牲口了。她做不了这事儿，也不会做。随后她从怀里掏出了一沓钞票交给了我，说那是安东尼娅去城里卖金获得的钱里属于我的那一份。她要杀我时带走的那些已经被疯人院扣下了，用来缴纳她住院的费用。我实在没有精力去数，便问她给了我多少钱。总数不小，足够买下轻便船，在费尔南多迪诺隆尼亚群岛和伯南布哥海岸之间航行了。但我无法在这么多的不幸之后收下这笔钱。于是只拿了从最近的海港坐船离开所需的费用。我对朵拉·埃斯特拉说，剩下的钱用来在埃乌洛西奥休养期间维持他的家用，另外也是给她的，或许她需要给儿子买些什么。‘管家婆’皱着她的女巫眼望着我，那神情背后藏的是她极少显露的敏感。她随后给我讲了讲该如何离开那里。她是和托马西多一起来的，后者托她告诉我，下个星期他会用马奇斯特接上我，把我送往海岸附近的一座城市。在那儿，他的一个卡车司机朋友会负责把我带到港口。我得用假名，他们选择了达尼埃尔·阿米尔巴尔，我还得说自己是那辆货车的车主之一。我想，叫那个名字一定是朵拉·埃斯特拉的主意。于是问了她一句，她微笑着默认了。我们继续聊了一会儿，回忆着我们交往中的那些事，就在那时，又响起了敲门声。是托马西多。河港已经如地狱般燥热了，我的房间晒了一下午，更是热得要命，托马西多进屋时，又带入了更多的热情。他来是为了告诉朵拉·埃斯特拉，他第二天才走，因为需要等船带来需要运往圣米格尔的货。接着，又看着她说：'你不会有住宿的问题的，朵丽塔[1]。我想瞭望员不会拒绝招待你一晚上的。'"

"我们一起度过了那个我向矿工生活告别的夜晚。我紧紧抱着朵拉的身体，心里充盈着那种令人愉悦的、失败者的绝望——他们知道唯一的胜利就是在转瞬即逝却确实存在的情欲角力中感官的胜利。第二天我醒来时，朵拉·埃斯特拉已经离开了。和我一样，她也不喜欢道别。她像谨慎的猫科动物，没有打扰我的睡眠。这是另一个我必须感激她的原因。接下来的日子我都是在等待托马西多中度过的。房子的女主人有时会过来和我聊天。她是黎巴嫩人的女儿，丈夫也来自贝鲁特。她孩童时代学过阿拉伯语，还能说一些，现在用它来和自己的丈夫交流，因为对方从来都没能讲好西班牙语。他后来得了严重的心脏病，再也不能挨家串户卖便宜货来维持生计，于是便有了这个想法，请一些女性朋友来家里与从河港路过又想同女人温存一番的男人幽会。他们成功的秘诀在于一切都在暗中谨慎进行，并只接待不住在镇上的男人。托马西多、另外的司机朋友，还有几艘船的船长是他们忠实的中介，妇人常与他们分享各位女性客人的条件

1　朵丽塔（Dorita）是朵拉的指小词，表亲切。

与逸事来讨他们欢心。她讲的故事都精彩绝伦，一连串下来，仿佛继承了《一千零一夜》丰饶的东方传统。我熟悉她父母的祖国，同时也了解地中海的许多其他地区，这一点常为她带来惊喜，因为那些地方都是她在孩提时代和婚后生活中常听人说起的。比如，当我告诉她自己持有的是塞浦路斯护照时，她便兴奋地说：'你看，多巧啊，我在利马索尔有一个表妹，和我一个名字，也叫法丽达。她嫁给了一个拖轮的船长，还时不时给我写信呢。'我记得那个港口的拖轮，总让船只等候很长的时间，它们的船长讨价还价时，理由也总是花里胡哨、荒谬至极。我也记得利马索尔港的气味和它的那些希腊馆子，每个里面都放着相同的布祖基琴弹奏的乐曲，单调又寡淡。我本想告诉她自己是如何通过一个说是来自尼科西亚的律师搞到的那本塞浦路斯护照，但后来决定还是不要吓到可怜的法丽达为好，我出现在她家里，就已经够让她担惊受怕的了。某天夜里，在闲谈间，她提出可以介绍一位嫁给海关秘书的女士来陪我。说她金发、迷人，而且好像还会说法语。我谢过了她的好意，表示目前没有力气参加类似的'约会活动'。'这可不好。'她说，'女人永远都能让人忘记烦恼的。没有更好的办法了，我向您保证。'她的话让我想起了我的朋友'管家婆'，也让我想起了东地中海人自古以来就对久经考验的情欲疗愈功能深信不疑：无论用怎样的方式去享受都可以。利马索尔港口的各个酒馆里人们都在做皮肉生意。不止一位北欧军官为他们的天真付出过代价——赤身裸体被绑在码头桩子上，到清晨才被人发现。"

"之后那星期的星期六，托马西多来接我了，当时天已经黑了。那天车多，所以路上会安全些。我们当晚就出发了，临行前和法丽达道了别，她带着卡珊德拉[1]的语气说：'我们再也不会在这里相见了，瞭望员。这不是您该待的地方，我和您说，如果您回来，就再也不能活着离开了。'她

1　希腊神话中特洛伊的公主、阿波罗的祭司，有预言的能力。

的话至今仍不时出现在我的回忆中，像一个无法解译的魔咒。但无论如何，再回到那里对我来说都是难以想象的可怕的事。我们驾着马奇斯特，几乎跑了一整夜。穿过了大片的稻田和甘蔗地，天热得厉害，车开起来后也让人难以忍耐。我倚在几袋咖啡豆上，一直闻着它那种文明的、愉悦人心的香气。只睡了很短的时间，倒不是害怕眼前可能会有的危险，而是因为那种香气让我想起了在汉堡、阿姆斯特丹和安特卫普的日子，那些时光就是被这种香气笼罩的，当时我常在沉睡的深色河水边喝咖啡，水上倒映着宗教改革时期旧教堂的钟楼以及对面大宅的正立面，宅子里住着辛勤工作的资产阶级家庭，小心翼翼地养护着他们信仰里从容不迫的、悭吝的虚伪。在黎明前不久，我们到达了那座城市，托马西多的朋友将在那儿接上我，把我带去太平洋旁的港口。那是一座典型的甘蔗产区的市镇，人们过路歇脚的地方，有很多条路在那里交汇，充满了带台球室的咖啡馆以及整夜都有乐队演奏的喧闹妓院，让人觉得那里的所有人都从不睡觉。大卡车排队停在咖啡馆的入口，马达的轰响、台球的相撞、唱盘机音量开到最大的乐音以及打磨过的黄铜桌上酒瓶的碰撞凑成了盛大的合唱。人们总把震耳欲聋的喧闹和幸福混为一谈。托马西多去交货了，我留在了一家店里等他回来，店名简直不能更老套：温莎咖啡馆。啤酒还是那种带泡沫的、有味道的寒碜液体，在胃里制造着令人作呕的麻痹感觉。朗姆酒倒是我人生中喝过的最好的之一，我大半辈子都在加勒比度过，所以，在这方面应该称得上是权威了，可以这样评价他们在‘温莎’给我端上的那杯只加了很多冰的东西。一种舒服的热浪缓缓地侵入我的身体，我的厄运就这样在记忆中神奇地消失了。托马西多到达时，我已经和两个打台球的人熟络了起来，正打到一盘的结尾，我处于劣势，但玩儿得很高兴。我的朋友认出了我的球局伙伴，他们的职业模糊不清，和遵纪守法远远沾不上边儿。我们一拍即合，他们对我连连许下了许多承诺。球局结束，托马西多叫了些东西给大家吃。服务员端上了鲷鱼米饭配炸香蕉片。我已经有太久没有吃过鱼了，鲷鱼吃起来简直如天堂珍馔。几个人喝下了第三瓶朗姆酒，我也开始考虑陪伴我的新朋友们去走私布料和电器，琢磨着那肯定可以让我们发一笔横财，就在那时，卡车司机来接我去港口了。几分钟后就得走。我们时间很紧。我于是与他们道了别，并约定好如果我一时找不到船，就和他们在港口见。之后，我们往卡车的方向走了过去。不巧的是，军队在一个街角设了路障，正挨个排查过往人员的证件。这时托马西多忽然神态自若地走入了一栋房子的门厅，司机和我忙跟着照做。随后，我的朋友又穿过一个种满天竺葵的庭院，进入了另一个院子，院门通向了另一条街。一切都发生得十分迅速，几个人的动作也都相当娴熟，在庭院中晒衣服的女人甚至都没回过头看我们一眼。出了门，走上了一条安静的街道，两旁都是我们方才穿过的那种房子，再走过两条街后，我们到达了一个海关办事处的仓库，卡车就停在它的门前。托马西多紧紧拥抱了一下我，什么都没说。司机和我进入了驾驶室，它的舒适与奢华令人意外。卡车发动前，托马西多走到我旁边，拍了一下我的手臂，压抑着感情对我说：'好运，瞭望员，祝你好运。你现在真的需要它。'与军人的相遇和在他冷静带领下的成功逃离将我唤回了现实。香气四溢且酒劲儿极大的朗姆酒、台球球友以及他们虚幻的违法项目瞬间留在了一段模糊的过去里。卡车司机话很少。不知他原本就是这样，还是托马西多让他对我有所保留。路上走了几乎整整一天。公路先攀上平行于海岸的一连串山岭的最高处，随后又忽然急转向下，伸向港口。司机在一条寂静的街道上把车停下来，递给我一张纸，纸上用铅笔写着：'过客旅馆，朗格先生。'我需要把它交给这个人，他会安排我的住宿。旅馆在码头上，离卡车停下的地方不远。"

"世上没有什么能比这些港口旅馆之间更加相像。房间里是同样的便宜肥皂味，相似的前厅里都有颜色难以界定的家具，旅馆老板都清一色来自中欧，说每种语言时都会用到那必不可少的同样的三十个单词。我把司机交给我的纸条拿给那个所谓的朗格先生时，他打量了一下我，目光不无怀疑，像是想不动声色地细细考察一番。我于是用格丁尼亚口音和他说了两句话，他也自然地用相同的口音回答了我。他带我上了楼，把房间指给了我，递给我钥匙时，他看着别处对我说：‘请不要用电话，也不要和陌生人说话。我会负责给您弄到下艘船的船票。船叫路德号，去往拉罗谢尔。会在巴拿马、哈瓦那和百慕大中转。您告诉我想在哪儿下船。’我并不太想问他为什么禁止使用电话，因为不想听到含糊其词的答案。我告诉他我要去拉罗谢尔，想坐三等舱或者和船员一起睡吊床。他的嘴角浮现出一种如他目光一般模糊的暗淡微笑，但转瞬间就消失了。‘再看吧。’他嘟哝道，‘再看吧。’我用钥匙锁上门，爬上了床。褪色了的丁香紫的床罩和灰到让人不安的床单都那么熟悉，竟让我有些感动。”

“于是，我第一千次地沦落在了一个港口的无名旅馆的无名房间里，港口的气味、噪声、请求拖船服务或通知起航的船只的鸣笛声交杂在一起，构成了我生命中永远无法避免、一定会出现的场景。热带的湿热从窗户钻进来，将我裹入了它柔缓的保护力，仿佛一段旧时的友谊再次将我收留在了熟悉的日常里。我想着自己的遭遇，并一如既往地在记起它们的同时，感到拥有那些疯狂经历的都是某个别人，他所认识的那些人将永远地刻在我的记忆中，但也会随我的漂泊而显得离散又陌生。朵拉·埃斯特拉将来会怎样呢？她的运气不好，本应过上更好的日子的。安东尼娅呢？她着了魔似的实践着自己天真的情色偏好，于是疯癫便从中无声地慢慢萌发。托马西多呢？他凭借完美无瑕的智慧在自己周围编织出了一片幸运的欢乐氛围。埃乌洛西奥呢？只因表达的困难，他就被不公平地排挤到了那个他用更高级的智慧所理解和掌握的世界的边缘。还有矿道中的那些低语、叹息、呼唤，土地的声音在黑暗的疆域里横冲直撞，一个人只有放弃世间的美好，才能换来矿洞的收容。在那一连串压抑痛苦的图像间，港口的鸣笛声终于催我进入了梦境。第二天一早，我打开房间的窗户，探头去看码头的样子。眼前的景致立刻打消了我在港口转转的欲望。太平洋上的港口仿佛拥有着同一个名字，相互之间几乎没有明显的差异；从温哥华到蒙特港，大部分港口都有一种笼罩着一切的灰暗；都有满是海报残迹的脏兮兮的砖墙，上面满是油污，字迹也难以辨认；也都有一大片可悲的房屋，摇摇欲坠地立在脏水潭上，水上浮着家禽尸体、慢慢被淹没的啤酒的易拉罐和玻璃瓶，闻着像粪便，像隔夜的尿液，像贫穷，像喑哑的无名的死亡。这是它们最典型的特征。这里的人绝大多数是黑人，住在竹子和铁皮搭建的茅屋里，一排排，不知延伸到哪里去，相互之间由摇摇晃晃的板子相连，立在一条经常涨水的河的岸边，水在松垮的建筑下方并不流动，聚积着涨潮时带来的所有残渣废物。我躺在床上，身下有越来越浓的汗酸味往上蹿着，不知是多久之前的客人留下的。于是，我心里有一种迟缓、无情的失败感开始涌动；我的每一段艰难旅程到最后几乎都会注入同一潭厌倦与阴恶的池水，每当它们行将走到终点，那种失败感便会如老朋友一般来访。我知道，想要摆脱它，只有海洋的广阔咸水有用。我看着那种熟悉的、凶残的绝望正一点一点地吞噬自己，于是焦急地等待着路德号的到来。旅馆老板有时会上楼来看我，告诉我船只延迟到达的消息。我后来甚至觉得，自己将永远待在太平洋海岸的那个恶臭的角落里了。一天晚上，他又上了楼，告诉我，路德号已经在当天早晨靠了岸，一小时之内就要起航。需要立刻动身。我将作为达尼埃尔·阿米尔巴尔上船，是机械间第二助手，上次路途中在此地下船，为的是治疗高烧。我照做了。到路德号面前时，朗格先生带着仿佛量好的亲切与我道了别。他同意我藏身于他的旅馆，又帮我安排离开，但我永远也无法知道朋友们是如何说服他做到这一切的。”

“船只厚重、漆黑的侧影看起来完全没有热情好客的气息。它大约是二十年代在基尔组装的那种货船，当时时值战后危机，它卑微的外表也反映出了当时饥饿、落魄的德国的精神风貌。我向船长介绍了自己。他出生在海德堡附近，有普法尔茨人的亲切和轻微的尖刻。他把驾船的责任交给了驾驶员和水手长，自己则严谨细致地专心做会计、商务和管理上的工作。他亲切地接待了我，并请我随他一起去了他的房间。之后关上门，请我坐下。他对我在矿洞里做学徒的事情几乎了如指掌。是朗格讲给他的，前者的言语中几乎没有任何同情。他也没有就此做出评论，因为并不信任那些在酒店前台广编关系网以便做各种骇人听闻生意的家伙。‘我不明白，’他对我说，‘一个像您这样的水手，在那么多片海上航行过，经验老到，怎么会陷到这样的事情里？您这样的人在陆地上待得越少越好。在那儿就不会有好事发生的。海也经常惩罚人，但永远都是不一样的。’我既不想也不知该怎样解释鼓动自己选择那份活计的原因，或许，连我自己都不知道为什么。我只是回答了些模糊的合理的说法，随后便去把自己的东西放在了分给我的吊床上。我躺在上面，什么都没想，任身体去贴合它老旧且忠实的属于海上生活的形状。路德号连续鸣了三次笛，船便开始动了。连接杆有节奏的声响以及螺旋桨翻搅出的水声，慢慢还给了我相对的平静和有益身心的冷漠——它会让我们把自己的命运交给深海的心绪脾性。港口伤感的倦意很快便溶解了。当我们进入远海，船破浪前行，点着脑袋，我感觉自己重新变回了那个一直以来的自己：瞭望员马克洛尔，没有祖国，不守法例，只投身于供诸神娱乐、受众人嘲弄的古老骰子指引我去做的事。我们在海上平稳地航行了一个半月，其间，我一直与船长同桌享用还算丰富的食物，并与之进行了一次次有节制但也有趣的谈话，最终，在拉罗谢尔下船时，我的脑中已经有了几个具体的项目，都与贩卖柚木有关。金矿已经成为那个必然发生事件的混杂清单中的一部分。”

我们沉默了好一阵子，不知在这一连串令人难过的事件前该说些什么，讲述它们的人像是与之毫不相关，并把它们看得无比自然，仿佛随时都可以遗忘，不怀任何怨念。我们浅淡地聊了聊马克洛尔在他的开矿经历中所走过的那些地方，后来，在黎明将至时，就都去睡觉了。

几天之后，我们又回到了圣费尔南多谷的医院。检查结果令人满意，医生宣布瞭望员的发热已经彻底被治好。马克洛尔问他自己是否已经可以旅行，医生回答说没什么不可以的，只要他不再去热带地区就好。我们出门时，马克洛尔一边像说调皮话的小孩子一样笑着，一边和我说："这些医生真的没救了。说我完全好了。但您知道的，这种病是不可能根治的。总是在最意想不到的时候回来找你。之后又叫我不要去热带，可我都和他说了那么多次了，我的大部分人生都在热带度过，加勒比、东南亚；在小安的列斯群岛和墨西哥湾航行，在宋卡或德林达依砍柚木。我现在正想着要去马塔拉尼待一段时间呢，那医生的记性可真不怎么样，我觉得还是您最开始找来的那个乌拉圭人脑子更好使一些。"我告诉他，那位是工作室聘的急救医生，他所需要的是专科专家。"那些都是胡扯。"他一边说一边拍了拍我的肩膀，"乌拉圭人观察得更仔细，而且他绝对不会说禁止我去热带这类的蠢话。"我说他的病就是在热带染上的。"已经得了，就没治了。不管烧不烧，我过不了多久就得去那边的。您可别说能想象我在阿姆斯特丹、安特卫普或者格拉斯哥过那种在窗台上种花的退休生活。那些都是过路歇脚的地方，可以酝酿生意，准备冒险，但不是可以常住的地方。那儿的人什么都不懂。"与他再多说也没用，因为这件事和催他踏上征途的那些隐秘动力有关。他向来如此，以后也一直会这样。接下来的几天，瞭望员一直在和航海公司联络，询问接下来去秘鲁海岸的是哪一艘船。在查询、沟通了许久之后，他终于在一艘丹麦货船上找到了一个编外船员的名额。那艘船要去瓦尔迪维亚，中间会在几个太平洋海岸港口停靠。他不需要做任何工作，只需象征性地交点钱就好。船本身没有载客许可，马克洛尔就用这种方式向航海公司争得了上船的机会。我感觉这已不是他第一次用这招了。当然，想要获得机会，也必须要证明自己已是经验丰富的海员。

出发那天，约西普和他的妻子也来送行了。他们很难过，带着那种沦落异乡，也没有朋友可以共同追忆从前曾有的好日子的人才会有的感伤。马克洛尔与莱奥波尔多及他的妻子范妮道了别，将他们留在了那种可以提前预见到的怀念中——他们永远会记得那些彻夜长谈，还有瞭望员大段大段的沉默。我们在车旁等他，看到他走过来时，不禁有些感动：一副大病初愈却没有安身之所的样子，不知多旧的浅蓝色汗衫，不知在波罗的海哪个港口的二手市场买下的黑色皮扣深蓝大衣，黑色的水手帽下压着桀骜不驯的长发，帽檐两侧都有叛逆的花白发卷逃脱出来。他的眼睛有些突出，很警醒的样子，像是见识过了人类不被允许看见的东西。他那个永恒的手提包里放着两套换洗的衣裳，和他身上穿着的一样破旧。还有几个护身符，每一个都载着不知多少抹除不掉的温情回忆或是将他从难以言喻的危险中拯救出来的奇迹。此外，还放着三四本一直陪伴他的书[1]。我的喉咙像是被什么堵住了似的，出发时只好一直沉默着不说话，好掩饰我的情感。在我们友谊延续的这么多年里，瞭望员一向不好意思表达他对别人的好感和忠诚，在这点上他一直都没有变。或许，他比任何人都清楚，最终，遗忘和冷漠一定会抹除我们原先以为不可更替的情感。极少数原封不动留下的也最好保存在自己绝不会侵犯踏足的隐默之处。我也不知道自己为什么会在那一刻想起来去问他要在秘鲁的采石场做些什么？我无法想象在他讲述的那些事发生之后，他还会对这类与开矿沾边儿的事感兴趣。“不是，和开矿一点儿关系都没有。”他回答道，“我去是负责签合同，还要指挥两艘租来的小货船去运石头，和两个印度尼西亚的船长合作，他们是我很多年前认识的，这星期就会从瓜亚基尔出发前往马塔拉尼。运石头，您觉得怎么样。我在海上只有这个没干过了。”我回答说这件事倒没有过去他做过的许多事那么夸张。他耸了耸肩，没有说话。

到达洛杉矶港口的码头后，我们不得不把车停在了外面，又走了两公

1 请见后文附录。——原书注

里左右的路，之后才找到了丹麦货船的位置。当时船长正站在船梯高处，向在码头边缘听他说话的大副传达指示。马克洛尔和我们握了握手道别，什么都没说。当他向船梯走去时，约西普的妻子突然跑上前抱住了他，没有说话，只是紧紧地将他环在双臂之间，很久很久，仿佛永远都不会松开。瞭望员吻了一下她的唇，温柔地微笑着离开了对方的怀抱。她回到丈夫的身边，后者亲切而悲伤地看着这一切，紧咬双唇强忍住了泪水。马克洛尔在约西普那儿耽搁了一会儿，随后见约西普点了点头，看着他上了船梯。船长在上面等着他，表情有些吃惊，我们并不明白是为什么。后来两人进了驾驶舱，马克洛尔几乎没有回头看我们，只是做了一个手势，我想它大概在说，他已经接受了那些掌控人命运的不成文的律法，同时也在向曾与他一起轻松、冷漠地面对过不幸的人们表达一种沉默的、兄弟间的相互支持。

一些年过去了，我一直没有瞭望员的消息。这很正常，我已经习惯了这种长久的沉默，其间总不时有消息传来，宣告他的死讯，死法总是极度令人意外，且染着浓浓的悲剧意味。之后，辟谣的消息会紧跟着到来。再之后就又是一大段沉默的日子，直到有一天他寄来一封信，或是在地球上最预想不到的地方与他相遇。这一次也同以往一样。当时我正在布鲁塞尔南站要搭乘火车前往马赛，就在我要进入稍显寒酸的二等车厢时，我之前住宿的大都会酒店管理信件的工作人员赶到那里，将当天早上前台忘记给我的一个邮包交到了我的手上。把漫漫长路上所需的随身物品都摆好之后，我放下了座位的小桌板，开始阅读刚收到的信件。一如既往，都是我已经知道的各种消息、会议邀请函——或是已经举办过了，或是我不感兴趣的——还有工作文件，都是要丢进纸篓的东西。最后剩下的是一个比较大的信封，邮戳显示它来自马约卡岛波连斯萨镇。打开后我立刻认出了瞭望员潦草、模糊的笔迹。信笺上印刷的字清晰抢眼："蒙特与里格尔。海航用具经销、海关事务代理、执照发放。柳加街七号，波连斯萨港。"信纸已经发黄，抬头部分海员主题的版画毋庸置疑地散着十九世纪末的味道。我迫切想知道朋友的近况，于是饶有兴致地读起了他的信。实话说，当时他沉寂的时间的确有些过长了。马克洛尔先说起了一些之前搁置下来的事，与我以他的名义在加的斯海务援助银行开立的账户有关。他在信中给话题排的顺序总是很奇怪。总是先说最无关紧要的东西，但是这些对他来说通常却是最烦心的部分。之后再开始讲述发生了什么，这一次所讲的和我们在洛杉矶的相遇有关，所以值得在此处将它整个誊写下来。瞭望员说：

> 我想，这一次去秘鲁海岸马塔拉尼港，在圣伊莎贝尔德希瓜斯采石场搞开采的事很值得详细讲给您听，因为您一直都致力于收集、编撰我这些失败的经历，尽管我并不太明白您对此事的热衷与兴趣。我上的那艘丹麦货船的名字一开始就搅起了我记忆中的不安，不知您还记不记得，它叫斯基沃号。没有什么名字能比它更具丹麦特色了。但有些什么一直在提醒我，我本该更熟悉那个单词的。在船梯另一端，我撞上了船长。尼尔斯·奥尔利克，有张布列塔尼海盗的脸，像威尔佛笔下描述的那样，因为斜视，总是看向那不存在的第三人；他的头发那时已经花白了，呈现出一种狂躁的胡萝卜色；肥大的身躯行动迟缓，微微有些猫着腰，像是随时要从某人身上跳过去；天蓝色的眼神藏在浓密的眉毛之后，总在考察别人。一切外表都指向血腥暴力的性子，却包裹着海员在艰险路途中能保有的最良善、和蔼的心。我几乎不会说丹麦语，他的英语也很难听懂。尽管如此，我们还是说个不停，直到把自己那跌宕起伏的人生都总结给了对方为止。打电话订船票时，接线的人没太听清我的名字，这一点我早已习以为常，尼尔斯·奥尔利克知道后，便二话不说地让我上了船。因为我们很

多年前就相识了。当时我正在错综复杂的密西西比三角洲的一个破港口的医院里做护士。尼尔斯在一艘船上做二副，腿被吊车砸伤了，于是去了那家医院。恢复期漫长又痛苦，但最终他还是保住了腿，没留什么别的后遗症，只是走路时微微有点儿瘸，这反倒给他带来了某种贵族气息。尼尔斯那时是一个还不到三十岁的丹麦小伙子，昂扬开朗，后来变成了我的忠实听众，很爱听我那些一波三折的故事。他出院时，我们已经是老朋友了。在您出版的我的一些回忆录中曾有对海湾医院的描写。那些文字用抒情笔触略微夸张地记录了我在那里的经历。文中没有提起尼尔斯的名字，但对他治病时期那里的环境刻画得还算忠实。后来命运又在不同地方将我们聚在一起。尼尔斯获得了商业船的船长资格，在世界上几乎所有的港口都有了名气。一次我们相遇时，他雇我在一艘货船上完成了一个有些虚幻的罕见任务：为一个土耳其家族的成员做中间商。那个家族的成员遍布加勒比的各个港口，掌管着重要的进出口生意。卡达里家族的人狡猾、难以捉摸、缺乏道德又十分好斗，所有船长都害怕与他们打交道。尼尔斯突发奇想，让我凭借自己掌握的土耳其语以及对土耳其人粗鲁生硬性格的了解，为这个可怖家族的生意牵线。那段时光充满了愉快的经历，我们总是想方设法用自己的狡猾来战胜卡达里家族千年的狡诈。每次得手，都会大肆庆祝，在朗姆酒里泡上个几天几夜。若是他们占得了上风，我们也会快乐地存下愤懑，等待下次翻盘的机会。我们还曾在太子港陷入险境。当时尼尔斯·奥尔利克把自己和一个美丽的黑人女子锁在了房里，一锁就是好几天，那姑娘是克马尔·卡达里的情人，当时土耳其人爱她爱到死去活来，带着三个说是姑娘兄弟的壮硕黑人就要上船。在一些可靠的、见惯了类似冲突的海员的帮助下，我们及时挡住了卡达里和同伴，把他们扔进海里，同时收起了登船的船梯。第二天一早，海地的海务管理人员登上了船，要求我们交出那个女人，好在前一晚我们已经让她坐上救生艇，放下去，送到了码头的另一端。“背包叔叔”[1]们显然毫不友善，但因为没搜到被劫持的美人，态度也只好软了下来，再加上我们的精心打点，最后没有闹起来就走了。多年之后，我把尼尔斯介绍给了我的朋友阿卜杜尔·巴舒尔，后者聘他做了多年的船长，驾一艘巴舒尔家族的货船，直到他们第一次破产为止。要是讲起其他与这位丹麦人共同经历的篇章，可就没有尽头了，正如我曾说过的，他的忠厚善良众所周知，他作为海员的坚定与惊人天分也让我们这些有幸与他共事过的人记忆犹新。

我告诉尼尔斯自己正计划帮圣伊莎贝尔德希瓜斯的一个采石场运石头，那里的石料颜色多彩且质地坚硬，很贵重。从马塔拉尼的港口运走，拉到旧金山和奥克兰去卖，我在这些地方认识些搞建筑的人。后来我又说起了和印度尼西亚人一起租两艘船的事，和采石场的计划一样，它也在我的船长朋友心里引起了怀疑。以后再说这事儿吧，他对我说。旅程一开始，他就把自己当作办公室的房间里放的那张空床给了我让我睡。第一段旅途比想象中用了更久的时间，因为船在巴拿马出了故障。接下来，在布埃纳文图拉，因为倾盆大雨，我们等了许久之后才拿到那批要运去卡亚俄的怕受潮的染料。整个旅途中，大海滋养身心的作用、健康怡人的规律生活，还有尼尔斯·奥尔利克——他保守着一个取之不尽的宝库，里面全是我们那些共同朋友的逸事和消息——的陪伴，让我重新拾起了活着的愉悦，驱走了加州那场击垮我的

1　背包叔叔（Tonton Macoute），即海地国家安全志愿军。为总统弗朗索瓦·杜瓦利埃建立的以镇压反对派为目的的军事组织。（原文中拼写有误Tonton Macoure，不知作者是否有意为之。）

高烧的最后一丝影响。不过，采石场的项目也逐渐失去了形式和模样，在我内心深处，渐渐和我生病时最糟糕的那一段时光混在了一起。尼尔斯看待我的采石场生意时的怀疑眼光也为这样的结果贡献了重要的力量。

那段旅行给我提供了大段的休息时间，我把它们中的很大一部分都用来重读加布里所著关于旺代战争的书了，从很多年前起，我就一直带着这本书，作为我在阿米尔巴尔时的回忆，再次阅读也总有收获。书里还有在矿洞中阅读——或是在充满了不悦回忆的科尔曼煤油灯的光亮下，或是在禽鸟常停歇的悬崖边——时留下的污迹。这一本不像绝大部分的书，重读起来仍旧愉悦人心，因为作者的著述严谨、细节丰满，表达的观点都经过了深思熟虑，他所研究的这一历史章节错综复杂，事件频发，暗中充满了多种力量的角力较量。现在我想再次谈起我们在北岭那栋房子的庭院里聊到的那个话题，我记得我们并没有足够深入地说下去。当时我们聊的是波旁家族人的一个很有意思的性格。他们喜欢直接使用权力，也喜欢源于此的政治阴谋游戏，这一特点一直在他们的家族中延续至今。他们对现实的赤裸裸的感知与他们的精明老到统一在了一起，可以熟练地操控他们臣民的野心与弱点，也可以巧妙地躲开亲信的诡计所激起的水花，甚至还能凌驾于其上。法国的亨利四世、路易十四、路易十五以及路易十八作为圣路易最小儿子的后代，都是极清楚典型的例子。有趣的是，这个家族的另一部分成员则表现出了与之截然相反的性格：政治方面惊人的迟钝，全然不知臣子们在野心推动下所使用的种种手段，漠然无视帝国或邻国正谋划的对本国不利的阴谋，总之，这种自杀式的昏聩最终不是把他们带上了断头台就是让他们受到流放，落魄余生。法国的路易十六和查理十世以及西班牙的卡洛斯四世和费尔南多七世都是有这类严重性格缺陷的可悲例子。阿图瓦伯爵，即之后登上王座的查理十世，在做王位继承人时就表现出了这种灾难性的政治无能。您想想，阿图瓦伯爵曾经可是掌握着王室最梦寐以求的强大、可靠、时刻准备牺牲的力量——舒昂党——啊。但他不但不这样看，还在风流地走完了符合旧制度的各个统治阶段后，落入最乏味的伪善之中去了。法国皇室最正统的那一条脉络失掉王座，谎话连篇的篡权者奥尔良的可耻上位都是拜他所赐。有机会的话，我很想回溯历史，验证一下这种双重且对立的政治行为在卡佩家族先前的支系中是否也存在，比如：瓦卢瓦王朝、瓦卢瓦-昂古莱姆王朝，还有最早的卡佩王朝成员。我知道您也对这些历史大谜团的小细节感兴趣，所以希望能引起您的好奇，并期待有朝一日听听您的研究结果。

在讲述秘鲁海岸之旅时扯到这些题外话，相信您也不会意外，因为您已经誊写过一些我的类似文字了。您从刚开始对我的漂泊感兴趣起——那已经是很遥远的过去了——就已经知道，“此时此刻”只会带给我荒谬的失败和被不理智的缘由所推动的不停歇的奔波，因此，想必也不会奇怪我这么爱潜心于过去、专注研究类似的命运与不幸。我没什么可抱怨的，并且还会认为诸神猜中了我的秘密爱好。您知道我指的是什么。话说，我们终于到达马塔拉尼港口时，眼前的整个景象也是您所熟悉的：大片的荒漠倾斜着延伸向广博的安第斯山脉，几乎没有绿色，只有一些即将渴死的多刺灌木，还有覆满尘土的、行将死亡的仙人掌；港口混乱不堪，码头已被硝石所侵蚀，吊车随时可能瘫痪，阳光无情地直直落下，吞噬着一切，仿佛是为另一个星球创造的光芒。只有一艘用于运石料的船在码头等我。另一艘船的船长在最后一刻决定放弃。来的那一位也并没有对货运责任表现出半点儿兴奋。不得不承认，港口的景象的确难以振奋人心，尤其是对于一个来自东南亚——那里郁郁葱葱的肥沃滋养了无数文学作品，不过并不都是最好的——的人来说。尼尔斯劝我和爪哇人达成了协议，取消了计划。他的理由相当有说服力：采石场的主人还没开始申请运作所需的官方许可。按理说他们也是生意的合伙人，但到那时一直没有现身。旧金山那边是否购买货品取决于一项对石料硬度的报告，虽然之前的检验结果不错，但它只能用于一种特殊的建筑，并且不是加州那个地区常见的类型，加利福尼亚有持续不断的地壳运动，因此会周期性地修正建筑许可数据标准。最后一条理由是，丹麦人不相信亚洲人，认为他们天生不爱负责任。奥尔利克并不需要反复和我强调他的理由。我和印尼人聊了聊，他也没有多说，很快就同意放弃项目，接下了奥尔利克直接转给他的一笔生意，改道去康赛普西翁，运一批硝石去荷兰。原本，为了完成任务，奥尔利克需要给船的底舱仓库做一些防腐处理，正好爪哇人的船具备这个条件。就这样，我站在老朋友尼尔斯·奥尔利克——两人常常话说到一半就明白了彼此的意思——的身旁，成了斯基沃号的候补船员。我们向南航行到瓦尔迪维亚和蒙特港，在那里载上货，又去了开普敦和邓巴。在斯基沃号上的几年或许是我海员生涯最平静的一段时间。没什么特别的章节。在命运的港口常见的与人们的相遇与分歧；落在船身的如上苍诅咒般的暴雨；在热带地区的一连几星期平静无澜的日子，一层层缓慢的热浪滚过甲板，侵蚀掉我们所剩的最后一丝意志：这些，在当时，就是那种生活——它依附于条条航线所织就的任性而广阔的网络——所带来的日复一日的烦忧了。

一天晚上，奥尔利克在睡梦中因心脏病突发而离世，当时我们正在进入阿比让港。船舶公司的人派来了另一位船长，让他负责把船带回丹麦，我于是走了别的路。我和尼尔斯的合同不太常规，因为依照的并不是职业规范，而是长久以来的友情以及两人都熟知的彼此的美德与弱点。我并不太想，也无法在这里把我到达马约卡岛之前发生的所有事都讲一遍。后来我在波连斯萨安顿下来，管理经营几家船舶修配厂，它们很不实际，更像是概念上空想出来的厂子，缺乏能完成客户要求的器械。我当时生了病，很疲惫，失去了对海上生活的热爱和大半的兴致。不久前，在经常占据我夜晚的失眠中，我想起了在北岭疗养的日子，想起了莱奥波尔多和他妻子的热情好客，还有那些漫漫的不眠夜里，诸位耐心听我讲述的在安第斯山支脉做矿工时发生的不幸故事。因此，我决定写信告诉您秘鲁海岸之行的后续以及我的其他消息。同时，我也想为您以及那些在圣费尔南多谷的夜晚听我讲述的各位誊写一段有趣的文字。我在这儿有位关系很好的受俸牧师朋友，在他住所的阁楼藏书间，我看到了一本书，这段文字就出自其中。是书名引起了我的兴趣，把我带回了阿米尔巴尔的时光。因此我向莫森·阿维利把它借来翻了翻。书名叫《阿萨尔特尔山犹太教民血本无归的真实开矿故事》，作者署名为沙姆埃尔·德·科西嘉，毫无疑问，也和书中所写矿工一样是犹太教民。书脚信息显示它是1767年[1]由约尔迪·卡普玛尼在索列尔印刷出版的。讲的是一个有些混乱的故事，由古代卡斯蒂利亚语、错误百出的西班牙语及马约卡本地方言混合写成，叙述很无趣，并且没有得出任何有价值的具体结论，因此读者很难明白这本书的主旨。我认为写它是为了证明土地主人的所有权，但它表述得并不清晰，不知受益人到底是谁。从另一个角度来想，也可以认

1 与该部分开头引文中的年份有差别。不知是否作者有意为之。

为存在一种污蔑改宗群体的目的，毕竟那时岛上有极多人改换信仰，皈依了天主教。我誊写的段落与阿米尔巴尔——我曾在加州炎热夏日的夜晚向诸位回忆起这个地方——有很紧密的联系。那段文字这样说："矿洞的收益无人知晓，甚至也不知开采的是何种矿石。唯一经过验证的事实是各种年龄、状况的男男女女聚集在那里，都进入了矿洞挖掘，只有少数被拣选出的人拥有特权，可以就地研磨采出的石料，其余人一律要将石料带回封闭的家中，因此常有噪声和奇怪的气味从他们的房屋飘出。该地区十分偏远，因此他们有自己的规矩律法，并无旁人监督。甚为有趣的是，政府得知，为了避免生出更多婴儿——他们经常妨碍开矿工作，浪费成人的时间——老人们下了命令，从那时起，结了婚的夫妻或姘居的男女只能以肛交的形式交合。人们遵守了指令，于是很多年间，开矿的人数一直保持不变。他们的产出一直由同一信仰的阿尔库迪亚银行家收取，一直到土地渐渐贫瘠，无论付出多少劳动也无法再寻到有价值的东西。然而之后经考证确有其事的肛交行为传到了品德高尚、为人谦逊的主教先生堂·安东尼·拉佛依·依·德尔·比的耳中，他于是领着人，带着武器，开始惩戒人们在那里犯下的令人作呕的罪孽。男男女女被关押起来，受了拷问，都坦白了罪行，甚至一致坦承在类似的肛交行为中感受到了极大的快感。土地被没收，房屋与工厂被铲除，被银行家卷走的钱财被收缴，这就是他们开矿活动的结局，几代犹太人一生努力劳动，却一无所获。那些地方渐渐变得更加荒凉，从未听说哪个人回到那里，或许他们都为自己违反自然法则的恶行而感到羞耻和恐惧吧——那些法律可是帝王与先知在书中写下的，在被我们基督徒称为《圣经》的宝典中也有记录。"

到这里，您应该已经看到，我们以为已经遗忘的旧日回声是通过怎样的管道回到我们内心的。您见到堂·莱奥波尔多和他妻子时，请将这些讲给他们，也请一定转告，我常怀着欣喜与感激记起两人。先前我告诉您我病了。是和在拉布雷亚大道约西普那个汽车旅馆里几乎摧毁我的高烧完全不同的病。我想，尽管我不愿承认，这一次真的是年龄在发威了。波连斯萨的潮湿折磨着人的关节，就像堂·安东尼·拉佛依·依·德尔·比派出的杀手折磨着阿萨尔特尔山的可怜犹太人。不知怎么，我突然觉得自己的祖上应该也有人来自那十二个部落。

如果诸神允许的话，您会继续收到我的新消息。如果我离开这里，离开那些幽灵般的修配厂，会让您知道我的去向的。现在，请您收下这份来自您的老友的亲切问候，瞭望员马克洛尔。

信到这里就结束了。在跑过了半个世界之后，它终于到达了布鲁塞尔大都会酒店。从那时到今天，我一直没能再收到瞭望员的消息，有些什么在告诉我，以上就是我能收到的他的最后的消息了。他从未和我谈起过他的大病小灾，他的信给我留下的印象永远都是：在从不停歇的旅途上又有新的计划在等他了。这一次他的文字并没有带给我这样的感觉。信中的最后几段散发着一种终点的气息，像没有归途的告别，让沉重塞满了我的心。

附录：瞭望员的阅读

在此，我们无意将瞭望员塑造成一个对文字世界情有独钟的人。这与他的本性相去甚远，若是问起他，他也一定会认为，没有什么能比类似的描述更不符合他本人形象的了，那样说实在毫无意义。不过瞭望员的确是一位固执的读者，一生都在不知疲倦地饱览群书。这是他唯一的业余爱好。他读书倒不是因为热爱文学，而是因为他需要在永不停歇的流浪节奏中、在航行时的不同际遇里打发时间。因此，按图索骥去判断哪些是他最偏爱的——无论他在哪里，都陪伴他的——书籍并非易事。不过，我想我可以谈谈命运为我们安排的那几次相遇中他随身带的几本书，或是他频繁引用的那几本——很容易推断出他从很久前开始便常常在翻看了。重读旧书信，搜索旧回忆，我找出了几本最突出的书。

我记得有一本书见过许多次，他总是揣在他那件海员大衣的口袋里，书名是《红衣主教莱兹回忆录》。还是1719年由J. F. 伯纳德及H. 德·索泽于阿姆斯特丹印刷装订的四卷本，很精美。其中的一卷马克洛尔总是带在身上，另外几卷则放在他一直背的行李袋里。我们第一次聊起若望·方济各·德·贡迪——巴黎大主教、莱兹红衣主教——这本著作是在巴尔的摩。当时我们找到了一家奇迹般开着的酒吧，进去庆祝二人的相遇。马克洛尔之前在给他和阿卜杜尔·巴舒尔停在圣劳伦斯河上的挖泥船购买备用品。他们给蒙特利尔市政府干活儿，和以往一样，希望能大赚一笔。但最终那艘挖泥船被查封了，因为政府耽搁了很久也没能把他们的报酬结清。过错大可归在那些quebequois[1]——马克洛尔会这样咬牙切齿地称呼他们——官僚主义的放肆拖沓上。那晚，为了捍卫自己所持的某个关于政治罪行的观点，瞭望员拿出了自己带在身上的《莱兹回忆录》。应该是第四

1 意思应为魁北克人，但拼写不属于任何一种语言。或许是作者有意为之。

卷吧。我忍不住问他像这样的珍宝是如何到他手上的，这样随便带着它满世界跑难道不危险吗。他回答第一个问题时嘴角露出了神秘的微笑："一些女性朋友，为了让我们不要忘记她们，就有本事搞到这样的珍品。不过很不幸，这样的人并不多。"他没有再说别的，只顾着继续我们方才的话题。过了一会儿，他忽然停下来，向我说了以下这番话："一个人丢的都是他不感兴趣的书。这本红衣主教的书永远都会和我在一起。它是有史以来写得最聪明的书。"面对这样的观点，我当时一定是露出了极为惊讶的表情，因为他立刻补充道："没有人为了在历史面前捍卫自己把谎撒得这么明智，同时又能那么清晰地描述那些最恬不知耻的危险勾当，而且还保持着那么适宜的距离，连修昔底德看了都要嫉妒的。巴黎大主教贡迪先生的教训太大了！他当时几乎完全陷入了投石党疯狂的阴谋中，要知道，这动乱差一点就葬送了法国以及卡佩王朝留下的尊贵遗产啊！"

另一本书我也常见他看，想必也是他最爱读的书之一了，那就是夏多布里昂的《墓畔回忆录》。是常见的加尔尼耶经典黄皮书的版本。感觉那本书随时都会散架。他对这位子爵的散文抱有极大的热情，这也是在远海的酒醉之夜他最喜爱谈论的话题之一。某个夜里，在比塞大港口的一个小酒馆中，他曾在我面前把勒内与娜塔莉·德·诺阿耶在科尔多瓦相见的整个场景几乎背诵了下来。背完长长的段落之后，他什么都没说。也无须多言。因阅读子爵气势宏大、波涛涌动的散文而产生的兴奋都跃上了他的面颊。

通过他在信中所言以及他的亲口讲述，我们得知，埃米尔·加布里所著关于旺代战争的书也是他一直孜孜不倦阅读的作品。在阿米尔巴尔的矿洞中，以及在多年之后，与奥尔利克船长在南半球的太平洋海岸航行时，这本书都是他不可分离的伙伴。这里值得一提的是画家阿莱杭德罗·欧布雷贡讲给我的一件逸事，和瞭望员读的这本书有关。一个晚上，阿莱杭德罗和马克洛尔正待在温哥华的某个小酒馆里，一群中国人突然涌上来说瞭望员用某些语气说出的话很伤人，让他们感觉受到了冒犯，于是双方发生了激烈的争执，两人后来去警察局走了一遭。警察局的当班警员在填写马克洛尔的声明的表格时询问了他的职业，他用并不流畅的带东地中海口音的英语傲慢地答道："我是迷失在二十世纪的舒昂党成员。"其他什么都没说。这句唐突的话使他被关押了二十四小时。

最后，在仿佛一切都在与他对着干的至暗时刻，帮助马克洛尔从失落中走出来的是一本包含了利涅亲王书信集和回忆录的书，为1865年于布鲁塞尔印刷的精美版本。关于这位比利时贵族的事，瞭望员怎么也读不够。一次，我们在安特卫普相聚，当时两人的境遇大相径庭，都难以向对方启齿。当时，瓦龙人和佛兰德斯人陷入了一场大范围的冲突中，警察如果在街上遇上人，不会停下来要求审看对方证件，直接就是一顿棒打。我们于是不得不躲进了一家佛兰德斯餐厅。面对为了补充体力而特意点的那盘瓦特佐伊炖三文鱼，瞭望员用伦理学者的口吻发表了看法："我不知道比利时人是一个国家还是德·塔列朗的阴邪噩梦。我只知道，他们永远都会拥有我无限的好感，因为他们当中诞生了欧洲最完美的伟人典范利涅亲王。1814年12月13日，他的葬礼在维也纳议会举行，诸位帝王、国王、大臣和欧洲最显赫的贵族都出席为他送行。他们陪伴这位法国旧制度——那是少数值得生活的历史时代之一——完美的尚礼君子进入了他最后的居所。"

在这篇回忆我们的朋友马克洛尔的阅读生活的最后，谈一谈我曾听他说起的某个观点应该也不算不合时宜，当时我们正在罗马特米尼火车站等待去那不勒斯的列车。马克洛尔随身带着一本西默农的小说，如果没记错的话是《1号船闸》。两人在咖啡馆等人过来招呼时——但我们太过乐观了，甚至有些愚蠢，因为不会有任何人来的——我看见了那本书，他令人不知所措地说："这位是巴尔扎克之后最好的法语小说家。"我记得很清楚，他也这么评价过路易·费迪南·塞利纳。"没有，"他面不改色地回答，"塞利纳是夏多布里昂之后法国最好的作家，但是最好的小说家是西默农。

而且我对巴尔扎克糟糕的法语可是有些看法的，请相信我，我提到他还是因为把这些意见暂时放到了一边。”在我们交往的多年里，他很少发表文学观点，这次是其中之一。

我一直都在尽力呈现瞭望员马克洛尔的形象，我想，这些关于他的阅读生活的信息可以作为很好的补充，只是我的那些关于他的奇遇与厄运的书，很可能无人翻看，这些文字或许也将不幸地隐埋于其中。

航船梦想家阿卜杜尔·巴舒尔

纪念我的弟弟莱奥波尔多·穆蒂斯，
离开我们前，他饶有兴致地
听了关于此书的构想，
并用那如今已不属于这个世界的声音说：
“太好了，这样对阿卜杜尔才公平。”

多年来，多年来我们泼洒笔墨，却无法参透。

只有通过死亡，我们才能诚实说话。

——

彼得·戴尔，《他兀自思索》

莫诺迪不该叫醒水手。

只有海洋会保守这片绝妙的暗影。

——

哈特·克莱恩，《在梅尔维尔墓旁》

我从很久前便想收集阿卜杜尔·巴舒尔的人生片段。他是瞭望员大半生的朋友与同谋，也是马克洛尔太过轻易投身于其中的许多艰险工作的主角，尽管他总以配角的形式出现。在那些经历中，巴舒尔常充当救星角色，依靠他狡黠的耐心——这是这位东地中海人的主要性格特点之一——拯救马克洛尔于危难。现在我决心完成这项拖延许久的编年史任务。促使我开始的，是瞭望员生命里绵延不断的起伏与意外中的一个典型事件。

当时，我正要去圣马洛参加朋友们组织的一个致力于捍卫旅行冒险类书籍传统的会议，需要在雷恩站换乘，但我没赶上车，只好在那里等待下一班开往著名的布列塔尼港口的列车。冰冷的雨水连绵不停，我决定待在候车室里，安下心来，读一本米歇尔·勒布里所著关于中世纪奥克西塔尼亚的书。全世界的候车室都一个样。无主之地的氛围，破旧的柜台，贩卖着熟悉的、透着不可名状的无助气息的寡淡咖啡，还有颜色、味道都十分可疑的倒人胃口的当地酒。报刊亭的杂志与报纸都是几星期前的了，滞后的消息与枯燥且褪色了的本地新闻图片吸引不了任何人的注意。墙上的旅游广告用的永远是浴场疗养院的图片，透着疾病和衰败的气息，不然就是一个连名字都不写清的雪山山峰的照片，让人毫无欲望去完成那愚蠢的攀爬壮举。永远硬邦邦、坐上去还会摇晃的长椅陪着那些等待列车的人。他们都一副认命的样子，已不再对当晚回家睡觉抱有任何希望。待在那里的所有人都卑微地接受了自己身上发生的事，无论什么事。

忽然，有人在候车室的角落——那里放着一个燃气炉，正徒劳地抗击着寒冷和潮气——叫了我的名字。我看不清是谁，于是走了过去，有些好奇也有些不适，纳闷有谁会在雷恩站这个我从未踏足过的地方认得我。炉子旁边，坐着一位有姣好面庞的中东女子，她搂着一个十岁上下的男孩儿，有些好奇地冲我微笑着，笑里还透着一些胆怯。她的面容、黎巴嫩口音、表情里的一些东西唤起了我记忆深处一片模糊旧日的水波。

“我是法蒂玛。法蒂玛·巴舒尔。您不记得了吗？我们在巴塞罗那见过的，当时我带着钱，要把马克洛尔从监狱里赎出来。”她微笑着说道，不免又有些难过。我俯下身子，吻了她的脸颊，坐在了她身旁，慌忙嘟哝出一些借口，想解释自己为什么一下子没认出她来。

法蒂玛·巴舒尔。为什么命运的偶然总是固执地要用诸神出其不意的语调来发声呢？我们当年相遇的全部经历瞬间涌入脑海，随之而来的，还有当初为了维持生活那脆弱的平衡而将它弃置于遗忘时的慌乱。事实的确如此，阿卜杜尔的姐姐法蒂玛当时带着自己弟弟交给她的一笔钱去了巴塞罗那，想把即将被判多年刑的瞭望员马克洛尔赎出来。此前，他在拉埃斯卡拉的小港口把装有武器炸药的一批物资箱卸下船，放在了冷藏海鲜的储货层中，就在那时，港口警察到了，显然是有人提前告了密。先前与阿卜杜尔和马克洛尔谈下这笔运送生意的是一对佯装在突尼斯度蜜月的夫妇。事实上，两人属于一个当时把巴塞罗那作为大本营的无政府主义组织。他们跟随两个朋友驾驶的塞浦路斯货船游荡了一阵，多方打听后，认为这两人是把那批货运到布拉瓦海岸的理想人选。巴舒尔作为保证人留在了比塞大。一听到马克洛尔和武器都被扣了，那对夫妻便魔法似的没了踪影。巴舒尔于是赶到贝鲁特，在那儿凑了些或许能把伙伴救出的钱，另一边，马克洛尔则一直和警方坚持自己是被诓骗的受害者，不知道运往拉埃斯卡拉的箱子里实际上装的是什么。阿卜杜尔考虑了一阵，认为由姐妹之一代替自己去巴塞罗那更为稳妥，他于是把任务交给了法蒂玛。让严肃且谨慎的她来做这件事简直完美。阿卜杜尔有三个姐妹：亚米娜，已经结婚，有一个儿子，患了奇怪的病，医生们坚持认为是白血病；法蒂玛，那时还是单身，静静的美里透着古埃及的味道，乍看注意不到，但之后——比如我——回想起来，它就会化作令人神往的谜一般的画面；还有瓦尔妲，清新而明媚，她的故事我曾单独讲过。

马克洛尔入狱的事是巴舒尔写信来巴黎告诉我的，当时我离开汉堡回家，正从那儿经过，得知消息后立刻改变了计划，去了那座伯爵城，想看看能为我们的朋友做些什么。我去监狱探监时，他正沉浸在一种古怪的麻木中，不过在类似的境遇中，他常常会变成这样。我把巴舒尔的计划讲给了他，还告诉了他法蒂玛即将前来的消息，说她会带来一笔钱，找个律师来负责此事。他耸了耸肩，含混地笑了一下。

"我不觉得，"他说，"值得这么花这笔钱，他们是很需要钱的。或者呢，警察最后相信了我的故事，虽然实话说它的确难让人信服；或者呢，他们不信，把我关在这儿，不知道关多少年。我已经厌倦了四处奔波，卷入那些我其实并不感兴趣的事端。这几天我想了很多，或许已经该停下轮盘，不再去招惹命运了。总之，我也不知道。再看吧。"我其实听他说过几次同样的或类似的话，不过也并不想提醒他。

他永远都会回去流浪的。他的心境并不适合这样的思考。我只是告诉他，自己会在巴塞罗那待一段时间，等法蒂玛来，看看怎么运作才能把他放出来。他做了个顺从的表情，站起身，和我做了个手势道了别，把夹克甩到肩上，随后便消失在莫德罗监狱探访室的大门里。

两天后，法蒂玛在机场给我打了一个电话。她把旅行提前了一点，但忘记了通知我。我告诉了她自己的酒店地址，并请前台更改了她的入住日期。过了一会儿，一阵腼腆的敲门声把我从自己不知不觉进入的午睡中唤醒了。我开了门，眼前的是一个高个女子，四肢坚实、修长，肩膀平直，轻微透着些军人的气息，肩上的脸庞无论比例还是五官都让我想起一些印度希腊雕像。我请她进了房间，她随意地直接坐在了椅子上，不知为什么，竟有些让我感动。她的法语很标准，现在还这样说法语的法国人已经没有了，倒是一些黎巴嫩和叙利亚的上流资产阶级商人家庭的人会这样讲话。我把自己和马克洛尔的对话转述给了她，她简单地发表了看法：

"他有类似的感受很正常。他身上总是发生类似的事。不管怎么说，我们都会把他救出来。"她的话很坚定，让我对瞭望员命运的态度也染上了乐观的色彩，尽管没有坚实的基础，但也并没有站不住脚。

第二天我们就忙活了起来。当天下午就找了一位律师，他的专长就是替外国人解决在西班牙遇到的司法问题，声名显赫。几星期里，法蒂玛和我在这位勤勉的律师的陪伴下，带着申诉书来往于无数办公室之间，见过了各式各样的官员。那是一大串严肃的面孔，缄默、疏离，完全无法给人半点儿希望。与此同时，我开始察觉，法蒂玛·巴舒尔的在场让整个过程多了些不一样的愉悦。要知道，我原本是十分厌恶司法相关的官僚世界的。后来，我同法蒂玛在拉布尼亚拉达餐厅吃了一顿晚餐，席间谈论了些更个人的话题，与我们朋友的事件完全无关。晚餐过后，我浅略地扫过自己的意识，发觉自己已经开始爱上阿卜杜尔的姐姐了。这件事不好办。根据我对法蒂玛的了解，可以断定，她并不是和人暧昧调情的类型，对我也只抱着正常的和善态度，做什么事也只是因为那是她弟弟反复交代给她的责任。幸运的是，我及时弄清了状况，决定对法蒂玛连暗示都不暗示我开始对她产生的感情。

马克洛尔的问题以一种最出人意料的方式找到了解决办法。一天晚上，我去了伯阿达斯酒吧，我的朋友路易斯·帕洛马雷斯提前帮我打好了招呼，请那儿的人好好招待。正当我不知第多少次尝试着搭配出最完美的干马提尼时，一个英国人—— 一看就是女王陛下驻巴塞罗那领事馆的官员——向我走来，给了我两个关于配方的小建议，让我看看是否能打造出那难以企及的完美鸡尾酒。依他的办法调出的酒还不错，但也称不上太完美；不过我们倒是由此开始了一段友谊，按照约翰牛岛民的标准，他已经算十分有亲和力的人了。不知为什么，我把自己待在巴塞罗那的理由告诉了对方，当然也没有说过多的细节。他一下子感了兴趣，最后，带着那种英国人举世闻名的不温不火对我说：

“您明天来领事馆找我吧。我想，把事情凑一凑，或许可以帮到您的朋友。您说他拿的是塞浦路斯护照是吗？”

我对他确认了这个事实，之后两人便道了别，分开前承诺彼此，下次再一起探索干马提尼的理想配方。

第二天，我去了英国领事馆。伯阿达斯的酒伴拾起了更正式的语调，拉开了些许距离，但亲切倒没减。他把我带到他的办公室，关上门，直奔主题。马克洛尔的护照是在塞浦路斯还属于英国时办理的。因为一连串他不愿详述的关系，英国有意请西班牙放了这位英国属民，以换取一位在直布罗陀的西班牙公民的自由，此前，英国方面发现那个西班牙人暗中拉了些可疑的关系，于是在直布罗陀逮捕了他，马德里政府一直坚持让英方放人。这次就算双方做个交换，以免开了不合适的先例。我当时觉得自己陷进了埃里克·安布勒小说里那种阴谋，但事情最终的结果十分喜人。在莫德罗监狱待了将近三个月后，马克洛尔重新获得了自由。他需要回塞浦路斯向当局报备。船被没收了，海关官员会决定如何处置。

法蒂玛带去的钱只花了一小部分，这让瞭望员松了一口气，他知道阿卜杜尔和家人当时的经济状况有些窘迫。马克洛尔上了一艘希腊的船，去了塞浦路斯，带着那本救了他的护照，不过它的真假也很值得怀疑。在码头告别时，瞭望员带着坏笑对我说：

“感谢您为我做的一切。我很高兴这件事最后没有给您带来太多麻烦。您看，人生的事就是这样，我得了自由，您又差一点儿落入监牢，美好的监牢，这倒是没错，但是后果很难想象。您得一直记着，安拉会照顾好他的女人的，朋友。在伊斯兰教的地界里走，这一点可要时刻放在心上。”

那天下午法蒂玛就要乘飞机回贝鲁特了。我陪她把手续都办好，出关前，她交给了我一个信封。里面有一张照片。照片上是一个七八岁的孩子，正着迷地看着一堆扭曲的、烧过的还冒着烟的废铁。一些没有被大火烧毁的部分显示出那是一架不久前坠毁的飞机。孩子用他深色的大眼睛——其中一只微微有些斜视——望着眼前的景象。深色的卷发让他东地中海的面孔显得更加完整。画面中能看见黎巴嫩的雪山。照片背面是用精美的阿拉伯书法写下的一行字：八岁的阿卜杜尔。

有那么一瞬，她盯着我看了看，随后把脸颊凑过来，接受告别的吻，同时对我说了一段话，声音有些模糊，大约是因为她与生俱来的腼腆：

“很高兴能认识您，感谢您谨慎的绅士风度，这在西方男人中可不常见了。祝福您，我会永远对您心存感激。再见。”

那声再见说得很决绝，很长时间一直刻在我心里。之后我也问过自己很多次，如果当初自己在法蒂玛面前使用了塞恩加尔骑士[1]的策略会发生些什么。在类似的情形中我们总会这样纠结。女人心深不可测，这已是无须多言的共识，但有另一件显而易见的事人们却不那么常说起：我们男人是一种前后矛盾、异想天开的物种，我们落败的原因多源于此。

与阿卜杜尔的姐姐在巴塞罗那的相遇中，有张面孔留了下来，它的和谐仿佛属于希腊人占领东方的时代，一同留下的还有一个裹着天鹅绒的温热声音以及一种颇具拜占庭风采的恬静举止。这些都是我先前无法想象能出现在我生命里的东西。多年过去了，如今，在被风雨抽打的布列塔尼的寒冷火车站，我遇见了法蒂玛，她的身形已然丰腴起来——这是将近五十岁的地中海女性的特点，脸庞仍旧很美，但却抹上了疲惫，微笑平和，嘴

1 即贾科莫·卡萨诺瓦（Giacomo Casanova）。

角却留着些许变了调的色彩，透露多年来缓慢累积的失望和日常琐事的烦闷。她又看了看我，眼里混着惊讶与和善，我则潦草地问起了细碎的问题，比如：她这些年过得怎么样？怀里的孩子是谁？她的姐妹们怎么样了？巴塞罗那的往事已经过去了多年，每一个问题的答案应该都能说上好久。我们的确有几个小时的时间，但她也只是亲切却简短地答了答。她去巴塞罗那后不久，便和一位从小说下亲事的远方表兄结了婚。对方是布料商，生活宽裕，做事有条理，总把她当个女孩子来看待。他们生了三个孩子。她怀里的是其中一个孙子，她带到巴黎去治脊椎病的。孩子父母住在布雷斯特，法蒂玛的一个儿子在那里接受船舶通信的培训。他是一艘黎巴嫩商业舰队的二副。孩子之前在防波堤上玩耍时跌了下去，脊椎一直疼。法蒂玛十多年前就做了寡妇，只专心带孙子。另外两个也是儿子，都已经毕了业，一个做了律师，另一个是眼科大夫，两人都结了婚。她的大姐亚米娜在阿卜杜尔去世后不久也走了。瓦尔妲继续着她沉默低调的生活，一心为黎巴嫩红十字会工作，帮助巴勒斯坦的难民。我们又谈起了别的话题还有我们共同认识的人。两人都许久没有马克洛尔的消息了。我最后收到的消息说他在波连斯萨，看管几座废弃的修配厂。我注意到，在说起瞭望员时，她的脸上轻轻浮起了一阵红，声音也紧起来，不一样了。我想也许她曾经爱上过他。最后，我们不可避免地谈起了阿卜杜尔。兄弟姐妹中，他是她最宠最亲的一个。两人年纪相仿，是一起长大的。

“阿卜杜尔的好，”她说，“很特别。不是很明显，不引人注意。他都放在心里，藏着，但是时刻准备要捧出来给人。他爱我们所有人，包括他的朋友们，一直默默关注、时刻守护，这让他变得不可或缺，但也不知是为什么。他就像个守护天使，不在了，人的心就会疼。他忙忙碌碌一辈子，陷进许多充满矛盾的麻烦里，从不在乎他干的事情合不合法。没有什么法能大过他自己的感受。您应该很了解他吧。不知道为什么我就把这些全说出来了。”

我回答说，事实上我和他的关系没有那么近，关于他的事，我大多是从瞭望员那边听来的，后者的确是他在各种旅程中分不开的伙伴与同谋。我和他只见过两三次，他一直都全力照顾自己亲近的人。马克洛尔和我说起来他时，语气中总是夹杂着亲切和快乐，就像在和我们讲自己家里的小弟弟一样。在我留的很多信件和文字中，瞭望员都提到了阿卜杜尔，我开始记叙马克洛尔的旅程时，他便讲了许多关于他的事。

“我可以再帮您补充一下信息。”法蒂玛有些感动地说，“我留着很多我弟弟的信，还有和他旅行、工作有关的资料。如果您感兴趣，我也很乐意把它们都寄给您。我敢肯定，它们在您手里比在我们这儿会更有用。我们很珍惜这些回忆，把它们都保存在了一个大箱子里。”

我接受了她的提议，在一张卡片上写下了我的地址，请她把东西寄过去。它们可以帮我完善自己所需的资料，更准确地讲述漫长时光里与我的朋友瞭望员马克洛尔的生命平行的另一个生命的故事。

我们的谈话继续着，又回到了初始的那些话题。法蒂玛仍保留着她那难以确切描述的魅力，它源自她面对生活及其意外时的隐忍妥协，以及一种把一切夸张与幻想——它们最终会使每一日的简单真理失去价值——都抛到一边的根深蒂固的现实感。法蒂玛很钦佩她的弟弟，她最偏爱的人生激荡起伏、非同寻常的弟弟。我和她说了说自己的想法，她随后对我说了一段话，语气就像是要定义一种在此之前从未想过要去定义的东西：

“我们都知道阿卜杜尔向来就不安分。他从来就不满足于生活喂给他的那些东西。但他其实从来都没有渴望冒险，也没有想过得与众不同。他很实际，也很有条理，渴望改变事物原本的模样，想纠正少数人的过分放肆，只不过引导人们行为的律法与准则偏偏就是为那些人制定的。他最爱说的话就是：‘咱们为什么不试试这样或那样呢？’随后就会提议去逾越人们眼中的那些不可动摇的规则。他做这些事时，对人本身抱有的态度是负面的。他从不对任何人抱有任何幻想，但却很坚定地相信把他和亲人、朋友联系起来的温情纽带。这两点并不矛盾。很难解释，理解起来就更难了，但事实就是这样。”

法蒂玛在看待她弟弟充满矛盾的性格色彩时十分智慧，这令我有些惊叹，我对此多少有些感觉，但从未能清晰地将它概括出来。我们又谈起了瞭望员，我问她，他们家人是否觉得马克洛尔是阿卜杜尔离经叛道的一个因素，尤其是在阿卜杜尔人生的最后一个阶段，当时他跑遍了中东深处各种隐暗的崎岖小道。法蒂玛有些疑惑地看了看我，赶忙说：

“我们从没这样想过。阿卜杜尔不是让别人领着走路的人。一开始我们就明白，他只是碰到了一个与他志同道合的人。所以他们才一起跑了那么久。他们以某种方式让对方更完整了。马克洛尔是我们的好朋友，关于他的记忆和关于阿卜杜尔的一样，都历历在目。”我把问题问出来，本想再探听一下法蒂玛对瞭望员的情感，但很明显没有问到点子上。

要登上开往圣马洛的列车了，我站了起来，她也抱着孙子起了身。我们寥寥几句话道了别。就在那一刻，我们发觉，两人已搅起了一阵有些敏感的回忆云烟，过了那么多年，在当时的情境下，竟让人一时不知所措。我吻了吻她的双颊，她也回吻了我，热情自然，毫无遮掩。我上了火车，透过覆着烟垢和潮气的晦暗模糊的小窗，看见她仍在道别。几小时后，我才逐渐平息了与法蒂玛的偶遇激起的思念与情感的漩涡。

过了不到一个月的时间，我就收到了法蒂玛从开罗寄来的一大包信件与一些照片。随包裹寄来的信中，她解释说，他们国内的形势实在太过暴力，十分危急，所以他们在埃及安顿下来了。我所需的资料就这样到了我的手上，它们会帮我完成由来已久的愿望，为我寥寥无几的读者重塑瞭望员这位最忠诚的老友独一无二的曲折人生中的几段篇章。记忆有时对我们很宽容，允许我们将一些回忆置于一旁，让我们忽略岁月用意外带给我们的失落——正如我在雷恩车站的经历。因此，当我想起法蒂玛时，脑海中浮现的仍是那个有印度希腊浮雕面庞的女孩，坚实的肩膀、有活力的四肢，出现在巴塞罗那，要救瞭望员马克洛尔于危难，而不是我在布列塔尼的雨中遇见的那位怀抱孙儿、成熟健壮的女人。

我立刻开始翻看法蒂玛寄来的东西。并将它们按类型分类，尽可能地把与巴舒尔在世界各地的旅程相关的资料按年份顺序排好，和家庭以及近亲的生意有关的部分自然放在了一边。这些文件，再加上我对与阿卜杜尔几次相见情形的记忆，应该够我写出一个篇幅不长的故事了，那些一直关注瞭望员生活轨迹的人或许会感兴趣，在过往的故事中，他们应该已经了解了同为故事主角的、马克洛尔的这位黎巴嫩朋友及同谋的一些事迹。我的努力将会在并不太常规的框架中完成，使用的方式也不是讲故事时该用的方式。不可能按照时间顺序来进行讲述。我手中资料上出现的日期并不可信。大多数时候，它们根本没有标示出时间，因此也很难界定事情发生的时期。这些文字资料很不完整，常缺乏细节，因此，我需要查阅马克洛尔的文字见证，并回忆他在不同场合亲口为我讲述的东西。不过我认为叙事按不按时间顺序并不是要紧的事。历史人物传记所要求的那些严格条件在讲述“*泛泛的人类生活*”时就显得多余了。不过，从我和阿卜杜尔·巴舒尔的初次相遇开始叙述倒很合适，之后的事自然排列就好，生命也不总按日复一日的正常规律存在。它经常会为我们选择变化和重复，也正是因此，它才变得难以预料，反复无常。现在就让我们来看看我是如何认识阿卜杜尔·巴舒尔的吧。

第一章

当时，我正在一家大型跨国石油公司在我国的分公司做公关部门的领导。一天上午，我原本觉得清静无事，打算去找一位老书商，他之前告诉我自己有几本费迪南·巴克——热罗姆·波拿巴的孙子——的书，我很感兴趣，但就在那时，公司经理找到了我。他在电话里的声音暴露出明显的不安。于是我只好与巴克的花园和他世纪末的回忆说了再见。我走进老板办公室时，他正和公共工程部部长通电话，对方是个暴君脾气、德古拉式的人物，当时大家普遍认为他会做共和国的下一任总统。我的经理一直用两句话反反复复地回答着对方。“好的，部长先生，我们会照办。”“没有任何问题，部长先生。您放心。我们负责把一切办好。”需要负责把经理的承诺变为现实的人可要倒霉了。我还在想着这任务会落在谁头上时，经理挂了电话，告诉了我：

“十天内，听好了，十天内，一天都不能多，咱们必须准备好乌阑达港口输油管终端站的揭幕仪式，一个细节都不能少。本国和邻国的公共工程部部长、矿业部部长都会参加，还有咱们公司在这些地区的区域经理、省会和乌阑达的教会及政府高层。好消息是他们的夫人不在受邀行列。要提前准备，还要特别注意那座城市的机场状况以及宾客的住宿情况，以防回程临时取消。他们所有人都会坐官方或公司的飞机来。在码头的揭幕仪式以及主教的祝祷仪式之后，自然要安排一场高级午餐宴会。你可千万别忘了邀请教会高层。你是在耶稣会学校受的教育，我想这方面应该没问题。”

那会儿，事件本身已经不再令我意外，但我还是要坦白，当时的条件很不乐观。累积起来的一系列不利因素让它几乎变成了不可能的任务。乌阑达是个港口，一半的建筑都建在湖积地带，一旁的沼泽通过错综复杂的红树林网与海水混在一起；另一半则建在小山上，几乎都被红灯区占据。那片地区是地球上降水最多的地方，这让它引以为傲，但与此同时，它的机场在一年的大部分时间都是关闭的。溽热的气候让那里变成了土耳其浴室，会耗尽人的所有欲望，埋葬一切兴奋情绪。下午到来时，偶然到来的房客都会如真正的僵尸一般，寻找着能让他们死而复生的一丝阴凉或是一杯威士忌。好在这两样东西都不难找到。夜总是落下得很突然，阴凉也会随之而来，一起出现的还有大群长腿的禽鸟以及仿佛从某个科幻噩梦中飞出的非同寻常的昆虫；硕大的、毛茸茸的黑翅蝴蝶，笨拙得很，固执地贴在桌布和毛巾上不走；有角的甲虫，绿色里泛着虹彩和磷光，不停地撞着墙壁，直到落入我们喝水的杯子，或是掉进我们头上的乱发中挣扎个不停；金黄的近乎透明的蝎子，擅长各种复杂的交配姿势和发狂的情色仪式的舞蹈。至于苏格兰酒，在港口唯一能住的酒店的酒吧里就可以找到，酒店名字很特别，叫“旅客酒店”。那是一栋不成比例的水泥建筑，覆满了脏污的苔藓和锈迹，三个楼层，里里外外都不断冒着一种散发恶臭的油腻的绿毛。它是典型的由工程师构想出的楼，有的空间大得夸张，有的则逼仄得过分，两种设计都毫无根据，全凭本该对工程全程负责的任性承建商的心情来决定。一个宽敞空旷的餐厅，屋顶很高，被胡乱接合的管道所渗出的可疑液体弄得肮脏不堪；前台狭长，有些让人喘不过气，轻轻飘着一种让人想呕吐的味道，能使人立刻患上幽闭恐惧症；每一个房间的比例和形状都荒谬至极。不知为什么，它们中许多间的形状都是锐角三角形，连最平和的住客的睡梦都能被刺醒。酒吧在另一条狭长的走廊旁边，没有窗，由一个庭院与前台相连，庭院中有一个泳池，一具雕塑立在那里，望着绿色的浑水，雕塑是不知为何物的动物，一半是鱼，一半是鼓眼睛的蜥蜴。一排桌子靠墙放着，前面是一条用热带木做的吧台，刻着原住民和非洲风格的图案作为装饰，一切都很虚假、很糟糕。或许漂着令人不安的棕色冰块的威士忌能给人带来些许的放松，但那种感觉也会在那条散发恶臭的警察营地风格的走廊前立马烟消云散，之前的哪位管理者带着阴森的幽默感给酒吧起了名字：格拉斯哥酒吧。酒店周围是大片的水岸茅屋，散着腐烂动物的恶臭以及充满泥浆的死水上漂浮的垃圾味。

乌阑达还有一片区域是建在坚实土地上的，沿和缓的山坡铺散上去，不时会有仁慈的微风掠过，但转瞬即逝。据说，madames[1]——这里的人都这样叫她们——当初迅速占领了那片区域，好建立自家的妓院。熟悉港口情况的旅客常常躲开不祥的旅客酒店，去那边要一个有空调的房间和一些正常的旅馆服务。年轻的小姐们不会强行贩卖她们的陪伴。她们最偏爱的客人是怀揣美元、马克和英镑的到港水手，而不是那些带着贬值的本国货币的形形色色的家伙。在那种地方工作的大部分都是营养不良、贫血、掉了牙齿的姑娘，基本上都有奇怪的热带病，最常见的是雅司病，由于缺乏维生素[2]而导致的面部变形，得病的人不能见日光，夜里也不能暴露在电灯下。她们用头巾和面纱随意裹住脸，在黑暗里接客，知道如何熟练、迅速地将对方打发过去，那些男人甚至都不会察觉，尤其是在喝过了几杯掺假的朗姆酒以后。

因此，在乌阑达组织一顿有六道菜、三种高品质葡萄酒的自助餐——就像在里维拉的任意一个酒店能搞出那种餐会一样——简直是疯子都不敢想象的丰功伟绩。除此之外，还要考虑机场的起落条件，在这样一个雨基本没停过的地方，一点儿小雨就会让它的控制塔台失去供电。跑道也因为相同的原因仅在转瞬间可见。我带着显而易见的情绪去了省会。住在了一家很熟悉的酒店里，那儿的老板是一对卢森堡夫妇，给整个地方带去了别样的魅力以及毫无瑕疵的服务。那座城市是依靠制糖业兴盛起来的区域首府，气候平和怡人，在没有波澜和意外的日子里保有着一些大都会的喧闹气氛。它仿佛一座小岛，被席卷全国、将它淹没在鲜血与死亡中的火热政治风暴所包围着。酒吧在露台上，有清新的空气飘过，透着浓郁的植物香气，我很喜欢长时间地待在那里。就那样过了几天，没有找到解决问题的

1 在西班牙语中意为老鸨。

2 事实上，该病为一种热带感染病，病原为螺旋体门的细菌梅毒螺旋体。

办法。我也去了一些乡村俱乐部或城里的各种会所，但所有的餐厅负责人在听到我的要求后都一副不可思议的样子，好像我疯了一样。

酒店的酒吧里有一位新酒保，也是大公国的公民，我和他聊了聊自己在比利时的岁月还有经常穿梭于卢森堡的日子，轻而易举与他建立起了友谊。他比他的大部分同胞要多很多想象力和事业心。在感受到了足够的信任之后，一天，我把自己的困难告诉了他。仔细听完我的讲述，他默不作声地向吧台走了过去，给我带回了一杯分量比平时更慷慨的威士忌，接着，坐在我身旁沉思起来。过了一会儿，他打破了沉默，问我：

“办这么夸张的事，您的预算有限制吗？”

“完全没有。”我不知道他为什么这么问，回答道，“支票随便填。”

“那，一切就交给我来负责吧。”莱昂——这是我救星的名字——回答道。

我一定露出了将信将疑的表情，他于是立刻解释起来，一切都说得很自然。

“朋友，是这样的。我曾经在非洲赤道带的海岸工作过，乌阑达和那儿比起来，就像伊甸园一样。我在那儿搞的自助餐宴会，客人们到现在都认为是难以超越的。问题很简单，但是解决起来很昂贵：只要保证合适和稳妥的货运就好，需要很多冰，还需要完全不会出错的协调配合。每一分钟都至关重要。通往港口的公路很糟糕。我是走那边过来的，实在难忘。在乌阑达，需要准备三辆发动机和橡胶轮箍都完好的卡车，随时待命来帮助另外三辆从这里出发载着食物、酒水和餐具的车。两个车队都要安装无线电设备，如果在路上遇上道路塌陷或是汽车故障，备好的车听到呼叫就要立刻赶去救援。至于菜品，我建议准备六道，大部分是冷盘，这样自助餐会显得多样又高级。酱汁和肉冻我会在到达那里后再准备。这些我都有丰富的经验，您不用担心。至于价格，我可以给您交一份详细的预算，您给您的经理看看，告诉他，一切都已经准备妥当。相信我，我不会搞砸的，在乌阑达做事绝不会比在卢安果或利伯维尔更难更危险。”我得承认，自己当时甚至有冲动想亲吻一下那个实诚的卢森堡人的额头，但还是及时控制住了自己。我举起他方才带给我的酒，为他的健康干了杯。

我的经理没有任何异议，通过了预算。事情开始以突击队的节奏向前推进。只剩飞机客运的问题了。六架飞机需要极其准时地起飞和降落。距离典礼开幕还有四天时，我去了乌阑达，去完成棘手的任务，协调充满了不确定性的空运衔接。我不得不住在了旅客酒店，因为只有那里可以打长途电话和发电报。我去机场见了工作人员。去酒店请人在有所谓泳池的庭院里放了一张桌子，与将要负责机场调度的人聚在一张桌子旁开了会。我们讨论了所有能脱离困境的可能性。在此之前，我已经向公司申请派来了三位在制糖厂工作的气象员，他们会负责鼓舞本地技术人员——这些人看起来已经气馁了——的士气。

在那张“办公桌上”，我们排练了无数种难以预料的失败的可能性。一天晚上，我正一个人待在那张桌子旁喝威士忌——先前刚把它从满是泥沙的冰块中抢救了下来，只往里添了些冰苏打水——忽然看见一个人向我走过来，他头戴深色水手帽，身穿贝壳扣混纺布衬衫，外面套一身亚麻西装，质量绝对上乘，但也可以看出，在来到那个太平洋沿岸的小地方前，它曾穿梭在亚历山大或丹吉尔的咖啡馆，有过更加辉煌的时刻。来客的外表和他周遭的一切显得格格不入。然而，他对环境却熟悉得令人惊讶。走到我面前时，他用手扶了一下帽檐，问候了我，随后用轻微夹带阿拉伯口音的流利法语对我说：

“请允许我介绍一下我自己。我是阿卜杜尔·巴舒尔，我们有一个共同的、我们都很爱他的朋友，瞭望员马克洛尔。也许您曾经听他说起过我。”

我起身问候了他，并请他坐下，他于是带着缓慢的仪式感坐了下来。他是个高个子的男人，手脚都长，也很健壮，让人感觉管控他能量的是某种尖锐又轻盈的思想。他走路时微微有些犹疑，最开始，我认为那是因为谨慎而不是因为腼腆。面孔瘦削，五官平常，表情有些像刚睡醒的梦游人，若不是因为有一点点斜视，他一定会有几分明显且迷人的东方魅力。双手消瘦见骨却坚实有力，动起来优雅无双，没有一丝矫揉造作。然而他的动作和言语却不甚相称，总会造成一种含糊的不确定感。仿佛潜伏于他体内的一个替身突然开始用某种难以解译的暗语替自己说起话来。正因如此，阿卜杜尔·巴舒尔的出现总是让人心里生出混合着不安的亲切。惹人生出亲切感觉的那个俘虏只会通过过时的绅士风度显现，与和我们说话的那个真人截然不同。他一头浓密的卷发，太阳穴旁是一片叛逆的白发，白得显眼。他的笑清透自然，露出一排牙齿，被他永远无法戒掉的香烟熏得有点变色。阿卜杜尔会说十多门语言，表达丰富、流利，其中有土耳其语、波斯语、希伯来语，当然还有他的母语阿拉伯语，他问候我时的法语，以及随后交谈用的西班牙语，还保留着伊比利亚半岛的口音。很显然他是在安达卢西亚学的，后来我和他确认了这件事。

这就是著名的阿卜杜尔·巴舒尔，我想，瞭望员马克洛尔在其最勇敢的冒险中密不可分的伙伴，与之共享伊洛娜爱意的男人。这故事是我在马赛时瞭望员——当时他正做着一笔不可靠的旧地毯生意——亲口告诉我的。他在旅客酒店肮脏的庭院中出现在我的面前时，我最先想问他的就是：是什么把他带到这个太平洋边散发恶臭的小旮旯里的？我想他不可能在这儿落下了什么东西。

“我来是为了认识您，想和您谈一件我很感兴趣的事。”他回答我时带着和蔼的微笑，像是要抚平我任何可能的偏见。

随后，他向我解释，自己从新奥尔良来，是我们公司的船队领导把他召过去的。这位领导也受到了邀请，即将参加在乌阑达举办的石油码头的揭幕典礼。他告诉巴舒尔他和我很熟，两人曾在加勒比的岛屿间一起旅行过几次，所以想请巴舒尔陪他一起来，阿卜杜尔有——这是他的原话——

两条理由答应：认识我，瞭望员告诉他，我从很久前起就一直在追随马克洛尔的脚步，因为我很想讲述他的漂泊的生命故事；再有就是考察一下我们公司是否有可能租下他们家族在加勒比区域运行的两艘运油船。他觉得我或许是合适的人选，可以在这方面引导一下他，把他介绍给我的经理。决定都要取决于后者。就像他的朋友船队领导说的那样。他当天早上和领导一起乘运油船到了这里，要在输油管终点站卸下第一批燃油。他来找我，是想先亲自认识我一下，聊一聊，再说生意的事。

他说话，尤其是口音里有一种老朋友的熟悉感，又混杂着显而易见的做生意的语气，很典型的他们那儿的人的特点。当然，我告诉了他，自己会搭个桥让我的经理和他联络，并且先提醒了他一下，我经理对自己的职权和责任相当认真，公司其他部门的官员插手他的事务时，他难免会多想。我向他保证，自己会和对方打好招呼，打消他的疑虑。阿拉斯泰尔·戈登——安的列斯群岛船队的领导——是我的老朋友了，在阿鲁巴、库拉索和南美大陆出差时，两人一起喝下了不知多少升的苏格兰威士忌。他是一个和气的苏格兰人，有时有些古怪、冲动，但是是个好朋友，偶尔也会释放出某些一直压抑的情感。

随后，阿卜杜尔和我便开始追忆两人与瞭望员的友谊，若不是因为阿拉斯泰尔·戈登本人在几小时后的出现，我们大概会聊上一整夜。戈登叼着他永远带在身上的那只樱木烟斗，操着粗粝的苏格兰口音——“r”的音卷着，像是石块滚下充满障碍的斜坡—— 一直口渴到不行。我们和他说了说巴舒尔的提议，谈到了应该注重哪些方面，戈登认为无论如何他都应该十分谨慎。接近午夜时，戈登和我两个人已经差不多喝下了两瓶威士忌，阿卜杜尔提出大家一起去餐厅吃个饭，我于是向他解释了一番，说现在最好不要去。可以去山上，一个老鸨的房子里吃，她出生在土伦，是我的好朋友。她可以给我们做一盘自创的海鲜杂烩，不是太正统的菜，但绝对好吃。我接着说，她提供的智利产的酒会比较平庸，但我们得理解她，毕竟那是乌阑达唯一能喝的葡萄酒了。两人同意了，于是我们坐着一辆公司的吉普车往山上开去，那辆车估计参加过克拉克将军占领西西里的战役，一副随时要散架的样子。叙泽特为我们准备了她的拿手菜。就着耐心喝下的葡萄酒，吃光饭菜之后，我说服了两人在那里过夜。他们不知道酒店里等待我们的会是什么。房子里的妓女围坐在我们旁边，探过来邀请的眼神，在阿卜杜尔的脸上唤起了一种慌乱的神情，竟令人有些感动。我事先已经给他们讲过了他们可能看到的雅司病的种种后遗症。叙泽特让她的姑娘们排了排好，我和巴舒尔说，我们不一定要让人陪着过夜的。

“我常在”阿卜杜尔说，“丹吉尔、马赛、的黎波里、亚历山大和伊斯坦布尔那些最龌龊的地方过夜。但从没想到这样的东西会存在。”

看到巴舒尔的反应，阿拉斯泰尔提议说我们都去船上睡。我接受了他的邀请。我们向女老板付了丰厚的酬金，也给姑娘们留了一些美元，接着向码头走去。从阿卜杜尔的脸上看，他显然松了一口气。

接下来的几天里，我和阿卜杜尔的关系越来越近，也愈发能看出两人爱好与经历的一致。他简直无法相信好运会如此眷顾我，把那位卢森堡大师奇迹般带到我身旁，他也一道一道尝遍了莱昂做出的鲜美得不真实的精致菜肴。这一部分的事都如我们预期的那样顺利推进着。一直制造麻烦、感觉永远无法克服的是天气——阿卜杜尔会用法语说这个单词，提起它来他总是有些焦虑——的问题。不过，我向制糖厂要来的飞行管制员与在乌阑达非人环境下苟且过活的工作人员截然不同，他们给了我一些信心。无论怎样，时时骤变的天气未知数就像达摩克利斯之剑一般，悬在我们的头顶。我请人轧平了跑道，挖出了一些紧急排水道，尽力保持着地面的坚实。轧路机用碎石和被气候和潮汐摧毁的建筑的废料修补了跑道。但这些都不是主要的。正如阿卜杜尔咒骂的那样，这该死的天气才是我们真正担心的事，但在这方面我们什么都做不了，因为它显然不取决于我们。那六架载着宾客的DC3式飞机的起落都要排在恶劣天气可能性最小的几个时间段里。但另一方面，自助餐宴会又要在它们之间举办。

那一天顺利到来了。天气很好，飞机一架架都正常降落了。码头的仪式和公共工程部部长以及经理的讲话都在我们预计的时间内完成了。自助餐开始时，阿卜杜尔和我的脖子都酸了，因为之前一直盯着天空，在纯净得可疑的蓝天上、和缓流动的白云间寻找最微小的变天迹象。巴舒尔完全把我的事当作了他自己的事，跟着活动的进展，与我一样投入和焦虑。我抽空和我的经理聊了聊，在我跟他打过招呼后，他对待阿卜杜尔的态度格外亲切，不过还是说自己要在省会待两天，希望能在那儿和巴舒尔细聊。现在他得招待眼前这些人，没时间想别的事情。巴舒尔表示理解，几个人说好让他随公司工作人员乘坐的那架飞机过去，同机的还有各位部长和他们的助手。

自助餐大获成功，莱昂受到了公共工程部部长本人的祝贺，巧的是，后者也在布鲁塞尔上过学，用法语对大师说，他永远都不会忘记在这样一个最不可能奉上这样精美菜品的地方尝到的这顿美味佳肴。我们正要上车出发去机场时，忽然听到了暴风雨的第一声雷，仿佛世界末日的轰响。众人的愉悦瞬间烟消云散，宴会的盛景也随之不见踪影。

经理向我走来，低声下了指示，要立即把外国代表团送到机场。公司的飞机即将带着本国的部长和主教起飞。我们则会坐一辆三点出发的加长轿车走——它是为这类意外情况事先准备好的。我和外国代表团去了飞机场地，把正和经理以及合作商说话的巴舒尔留在了原地，他有些茫然，但同时又很兴奋。最后一架飞机顶着跑道上方的风暴起飞了。乘客们一脸惊恐，都尽力说着玩笑话以放松心情，听起来无聊又无用。我们飞机的飞行员从前是空运指挥部的高手，他告诉我肯定可以安全起飞。大家都同意和他一起走，只有经济部部长和总统卫队队长拒绝，他们决定和我们一起走公路。我显然没有任何异议，想着经理或许想借着漫长的陆上行程和部长谈些事情。部长名叫阿尼巴尔·加尔塞斯，矮胖敦圆，面色红润，过早地谢了顶，髭须发红，悉心沿上唇边修理过，杏仁眼，有些女性化，习惯带着权威的傲慢看人，仿佛在弥补身高和修道院院长般浑圆体型的缺陷。这类人通常什么都懂，什么都会解释，什么都反对，什么都能预料，总是很急切，连回答都不听。他们的政治前途总是在政府内阁达到顶峰。因为想做到总统府，就必须在公众面前抛头露面，这对他们来说显然无法想象。

天还没黑，我们就坐着加长轿车上路了。部长和经理在后排，阿卜杜尔和我在中间的长椅，新上任的总统卫队上校坐在司机旁边。那位军事代表很值得一看——穿着白到耀眼的典礼制服，胸前别满了各种难以辨识的勋章，没人明白他为什么这样打扮。经理在最后一刻坚持让巴舒尔和我们一起走。显然，他们之间流动着友好的暖流。后来，在路上，我才想起来，我的经理曾经做过公司在拉斯坦努拉的业务的领导，很得意自己学过阿拉伯语并且能有滋有味地说上几句。也许他对巴舒尔的好感正源于此。我们与阿拉斯泰尔道了别，临开车前，他跑过来提醒阿卜杜尔，三天后，船在刚揭幕的码头终点站卸完油就会开走。阿卜杜尔和他表示自己一定会按时回来，接着，我们告别了苏格兰人，他摇着脑袋，脸上是赤裸裸的无奈，只有司机和我才能完全领会。

连接乌阑达港口和省会的公路上有许多故事，大多很可怖，另一些则怪诞疯狂，在哪个季节走这段路并不重要，只有走完了才会理解。从港口出发，前二十多公里路穿过的是单调的平原，上面种植着香蕉和其他一些名称难以诵读的果树。道路蜿蜒而上，直达海拔三公里的高度。之后，在突然涌起、阻人前行的雾气中，公路开始缓缓沿山崖向下伸展，山崖的深度肉眼无法判断，因为有云雾囚在深涧中，被永不停歇的风推着，不停翻滚流动。下方的湍急河水落下去，撞击着河道上散落的巨石，在可怖的呼啸中发出阵阵轰鸣。负责维护这段公路——它是唯一一条把那个世界上最富饶的制糖业地区之一与海洋连接起来的公路——畅通的工程师们无力避免由于连续降雨而造成的不断的山体滑坡和道路移位。为了开辟新路、保障交通，人们无数次地让推土机从整支连人带车都被埋在了土里的卡车车队上轧过去。那些等待继续前进的车辆也有可能被埋，因此也没有时间去救人救货。事故发生地有一排亡者亲人立的十字架，那是长眠于此的人留下的唯一记忆。有时，几个月或几年过去，土地继续向悬崖推移，无名尸骨会被河水带走，最终缓缓沉入无法供人行走的流沙组成的河岸泥滩。

加长轿车在倏忽而至的夜晚的黑暗中前进着，开始向山上爬去。部长和经理在低声交谈，阿卜杜尔和我则一直尝试在并不稳固的中间一排的长椅上保持身体的平衡和谨慎的沉默。司机旁的上校发出了轰鸣般的鼾声。在宴会上，我们看见他一直麻烦服务生，一会儿让他们给他倒白葡萄酒，一会儿又要香槟，好像在生活里很少能占到这样的便宜，于是使劲儿要占够。旅行的前几个小时就这样过去了，我们到达了山顶。后排座位的旅伴停止了交谈，沉默下来，他们的沉默有些凝重，显然，两人都开始思索谈话中所产生的问题，但都没有找到问题的答案。后来，我们开始下坡，再一次进入了艰险曲折的道路，在灯塔乳白色的刺眼光芒所照亮的雾霭中，司机不得不小心驾驶，缓慢如幽灵，并且常常需要停下来休息。在小心翼翼地转过某个弯道时，灯光会照亮悬崖的边缘，浓雾攀在上面，流动着，向更高处爬去，仿佛在逃离自己曾囚身其中的幽深。每次走那条路，我都会想起古斯塔夫·多雷为《神曲》创作的版画。

突然，部长打破了自己沉浸于其中的沉默，命令司机停车，因为他需要小便。司机照办了，部长一句话没说就离开了汽车。经理于是开始和我们交谈，聊起了他对中东生活、经历的大段回忆。他和巴舒尔说着许多地名、政治人物的名字、生意的名目，逐渐创造出了某种“封闭的果园”，两人在其中共同思念着某些地方，以为当时的自己是幸福的。过了一段时间，我不得不打断了他们，提醒两人，如果只是为了给膀胱减个压，加尔塞斯部长未免去了太久。我认为应该谨慎一点，出去找他。下车后，我们发觉自己离悬崖边只有几米。经理回头要训斥司机，但我拦住了他，对他解释说，如果停在坡面上会更危险，因为总有山石因雨水滚落下来。我们在悬崖边找了一阵子，没有任何迹象表明加尔塞斯博士还活着。司机也一直在帮我们找人，最后斗胆提出了一个建议：摸一摸悬崖边，看看部长到底尿在哪儿了。虽然小雨一直无情地下着，但那地方应该还温热着。我们照这个方法找了起来，但没有任何结果。最后，我们决定大声呼唤部长。回应我们“加尔塞斯博士”“加尔塞斯博士”的喊声的只有远处湍急河水冲撞巨石的喑哑轰响。突然，鬼魂般一身惨白的总统卫队上校挥舞着45手枪，朝我们劈头盖脸吼叫起来：

“听好了混蛋们！你们把加尔塞斯博士怎么着了？他要是有个三长两短，我把你们都给毙了！”他粗声咒骂着众人，一听就是刚从塞满葡萄酒、香槟和龙虾的消化不良的梦中醒来。

就在那时，我见到了巴舒尔性格的另一面。在大家都呆呆站在狂暴军人面前，看着他拿枪晃来晃去指着我们时，阿卜杜尔一点点靠近了他，面朝着他，用对下属说话的语气和低沉但清晰的声音说：

“听着，朋友。把手枪收好，别再吼了。如果您的部长不出现，这枪子怕是要您自己吃的。”

上校愣了一刻，不知该如何作答，他把枪收到了制服下面，像只被训了的猎犬一样回到了车里。

我们又呼唤了好一阵加尔塞斯博士，后来，在一阵风向转变造成的寂静中，终于听见了悬崖边的某处传来的轻轻的呻吟声。司机立刻赶回了车里，给车子转了个方向，用车灯照亮了传来低哑呻吟的那片黑暗。终于，我们看到了加尔塞斯博士的身体，在停车位置旁的悬崖边缘下方，软软地挂在崖壁一棵树的纷繁枝杈上。为了应对在烂泥中前行的情况，加长轿车上备着轮箍用的铁链，我们用它把官员救了上来，他奇迹般没有受伤，只在脸上留了几道划痕。回到了上面之后，他望着我们，像是不知道发生了什么。过了一会儿，用克制的官腔对我们说：

“非常感谢，先生们。我去去就来。劳驾。”说着便往坡面走过去，在那儿难为情地尿了很久。

我们都回到了加长轿车上，走了很长一段路，没怎么提部长刚才的事故。上校又事不关己地打起了呼噜。部长隐隐地说了一句天意保佑，树正好长在了那个奇怪的地方。经理用阿拉伯语在巴舒尔耳边嘟囔了些什么。显然，他已经有些受不了这位杰出的内阁代表了。他和巴舒尔用众人听不懂的语言谈论的显然是刚才发生的插曲，这意味着他或者对加尔塞斯博士的帮助不再抱希望，或者已经从对方那里得到了自己想要的东西。接下来的旅途进行得很顺利，六小时后，我们到达了城市，疲惫又萎靡，吵吵着要上床休息。经理、阿卜杜尔和我去了莱昂的酒吧所在的酒店。部长和上校则乘坐公司的飞机飞往了首都。告别很简单，几乎都说不上礼貌，想必都不够维系未来众人之间的关系。在大家回自己的房间前，经理把一只手搭在巴舒尔的肩膀上，对他说：

“您的运油船合同没问题了。我会从省会给戈登发一封相关电报。不知道还能不能和您在这儿再见上一面了。这两天我有很多会议，还要和区域的高层探讨很多问题。如果见不着，那我就先在这儿祝您好运了。很不好意思让您一路坐车颠簸，但我很高兴有机会认识您。请相信我，是真的很高兴。”他说着，回头冲我挤了挤眼睛。对我的工作满意时，他就会这样和我道别。

休整了一夜之后，第二天上午十一点的样子，阿卜杜尔和我在酒店的游廊见了面。莱昂神清气爽地微笑着接待了我们，给我们端上了一杯汤姆可冷士，古代的轻骑兵喝了都能活过来。他是当天早上到的，在运送餐具和其他厨房用品的卡车上四仰八叉地睡了一夜。我觉得你们的部长非常聪明，显然，他指的是对他赞不绝口的公共工程部部长。莱昂随后又为我们准备了一顿美味的午餐，是经典的比利时菜。

之后，我们出发去这座以女人的美貌著称的城市转了一圈。在穿城而过的河流上方有座桥，两人于是在桥上等了等办公室和商业中心的雇员。美丽的姑娘渐次走过，仿佛某种已经延续多年的仪式一般。的确，面前的一切都叫人眼花缭乱。优雅的步态、纤长有活力的年轻身体、深色的大眼睛，还有哑光的、让人不禁想去抚摸的紧实肌肤，这个地区的女人仿佛属于另一个种族，又不知从何而来。像是猜到了我的想法，阿卜杜尔说出了他的看法：

“她们有很多安达卢西亚姑娘的特点，也有东地中海的特色。但是一看她们就知道，岁月不会给她们造成太大伤害，要知道，我们的女人到三十岁就毁了。她们的骨骼像是由更具延展性的物质做的，同时又更耐久。像变体人一样。”

下午，我们回到了酒店。阿卜杜尔预订了一辆出租车，第二天一早要去乌阑达。我们在莱昂的酒吧吃了些开胃菜，接着他又为我们两人奉上了一顿简洁却完美的晚餐。我们回了各自的房间，我在阿卜杜尔的房门前与他道了别。

“我肯定，”我对他说，“我们会在什么时候再见面的。见到瞭望员时，麻烦您告诉他，我一直都在等他的消息，别忘了把加尔塞斯博士掉下山崖还有怎么把他救上来的事告诉马克洛尔。他肯定感兴趣。”他说瞭望员那会儿应该在一艘丹麦的船上，从爪哇开往马拉巴尔海岸。他在那儿有个女性朋友，是给葬礼生产线香的，他想休息时就会去她家找她。

“我们下次再会了。”巴舒尔说，“肯定比您预计的要早。几星期内我的运油船就要开始给公司干活儿了，那时候我应该会在阿鲁巴。”

他用力地握了握我的手，与我道了别，那举动告诉我，在乌阑达令人难忘的初次见面中产生的那种相互的好感会把我们联系在一起很久。接下来的很多年里，我们还会再见几次，但没有在他所预计的阿鲁巴见到。诸神有他们的安排，那段时间，我在别的土地上奔波，有了新的经历，但并不是所有都令人愉悦。

阿卜杜尔·巴舒尔成为一个有限的朋友圈里的一员，那个圈子里的朋友的人生都依靠偶然和冒险来累积，游离在人们为了用答尔丢夫的方式来为自己愚笨可悲的命运开脱而创造的法典与规则之外。在乌阑达和美女如云的那座城市度过的日子里，我得以了解了他精神层面的一些最特别之处。他面对友谊极度敏感又深刻，为了朋友甚至会毫不顾及自己的利益。命运偶然的秘密律法对他来说甚至如宗教仪式般神圣；只有陌生的东西才能让他感兴趣——这方面他和瞭望员很像。但在内心深处，巴舒尔仍保留着一个无情的内核，丝毫无惧他人来反抗他的独立、他情感的倾向以及他的任性。这时他是冷若冰霜、严酷暴戾的。如果他自己事先——从感性的角度或从纯实际的角度考虑——没同意，那被人强迫着低下头时，这一面就会暴露出来。他压制住那个发狂的总统卫队上校时，我就明白了他忍耐的极限在哪里。巴舒尔与马克洛尔的同谋关系，我之前不止一次地听说过，见到他时，便觉得一切都很好解释了。他们的关系建立在一种由对立、互补或相似的行为构成双重系统中，最终创造出了一种难以打破的和谐。马克洛尔坚信，一切事，在做之前就已经无可奈何地失败了。他说我们出生时就带着战败的天分。巴舒尔则相信一切皆有可能，那些成为失败者的都是别人，是那些思想守旧的、用自己的狡辩和经过粉饰的祖先遗传的弱点侵蚀着世界的蠢人。马克洛尔和女人交往时，不谈承诺不说罪过，最终总会抛弃对方。巴舒尔则不断坠入爱河，每一次都如初恋般不考量、不判断，仿佛拥有某种天赐的宝贵能力，可以完全接受她们给予的一切。马克洛尔很少与他的敌人当面对质，他更希望由流转的人生与命运来给他人相应的教训和惩戒。阿卜杜尔则不同，遇事会立即反抗，从不计较风险。马克洛尔会忘记他人的伤害，因此也从不复仇。巴舒尔则会韬光养晦，待时机到来，再冷酷地了结恩怨，仿佛伤口仍是崭新的。马克洛尔对金钱毫无概念。阿卜杜尔出手慷慨无度，但内心深处仍旧有一台得失的天平。马克洛尔在世上从未有过真正的居所。阿卜杜尔遥远的祖上是贝都因人，他永远都怀念族人在部落村接待他时的热情。马克洛尔是焦渴型的读者，尤其爱读历史书籍和名人回忆；他喜欢借此证实，面对已被众人思考到熟烂的人类境况，他的悲观有理有据，他对它已不再抱幻想，心怀悲戚。阿卜杜尔从没翻开过任何一本书，也不知道书在生活里到底有什么用。他不相信人类这个物种，但却会给遇到的每个人机会，让对方证明他可能的过错。

这两位伙伴就这样在一起走遍了世界，完成了最非同寻常的任务，一路散播下了亲切又传奇的回忆。我力求记录这独一无二的传说，哪怕做不到完美，也至少希望能用自己匮乏的力量拖延一下他们坠入遗忘的过程。

在初次见面之后，发生了许多的事。阿卜杜尔已不在我们之中了。我也有将近二十年没怎么收到瞭望员马克洛尔的消息了。在收到了一封寄自马约卡岛波连斯萨的长信之后，世事变化这样快，两人的很多旅程时至今日已无法想象。他们曾驾驶的，以及巴舒尔家族曾使用并为他们赚取了有限财富的货船只剩下十六艘还在海上，都已经成了古董。它们也被收录在书上，像充满异域风情的、遥远过往的幸存者。

在筛选过法蒂玛寄来的资料以及我多年来慢慢积攒的马克洛尔的文字之后，我将从现在开始，在它们的帮助下回忆阿卜杜尔·巴舒尔生命中的一些篇章。我坦承自己有些疑虑，不知我的读者是否会对这些往事感兴趣，毕竟它们中的许多在我们身处其中的黯淡今日已经显得十分不合时代潮流。然而，正如在前文所说，我决心完成这项任务，只愿在追忆我两位朋友的往昔时，能带给他们些许公允，同时也能帮我自己延续一下我的怀念，时至今日，这种怀念已经成为令我坚持走下去的一大动力。

第二章

马克洛尔和巴舒尔在塞得港相识的过程我们已在别处讲过，说出故事的正是瞭望员本人，他把它写在了苏兰朵河之旅的日记中，那些文字是我在巴塞罗那一个书店老板卖给我的一本关于奥尔良公爵谋杀案的书中找到的。马克洛尔记录的那段往事有几点描述不甚清楚。我一直认为那个离开时一直咒骂两人的得土安犹太人吃了更大的亏，不仅是成交价高于事先商量好的价钱的问题。马克洛尔叙述的细节里有许多较大的疑点。比如，瞭望员和犹太人说卡斯蒂利亚语，同时和巴舒尔说弗拉芒语。他怎么会知道阿卜杜尔会说这种语言呢？犹太人怒火中烧，骂得那么难听，由此也可以推断出这位大卫的可怜子孙在那对搭档手里上了更大的当。值得探究一下他们两人在那之前是否已经相识，除了巴舒尔，那批宝石是否还有别的主人。我从没想过向他们把事情问清，因为这种补丁一样的模糊信息在两人的书信中实在太常见了。我们还是略过这次所谓的初次相见，埋首探究关于两人地中海旅程最早篇章的资料吧。

那时，马赛是欧洲及小亚细亚毒品交易最猖獗的中心，上海则是世界上犯罪最集中的城市。阿卜杜尔·巴舒尔在债权人的逼迫下，不得不卖掉了他之前在地中海上——摩洛哥、突尼斯和西班牙、法国的港口之间——运作的小货船。这一次，他不想再找家人帮忙，其实如果他开口，他们一定会帮他。不过家里的生意也不太景气。而且上一次巴舒尔找他们时，他们也有些不愿把他签下的支票兑现。他在马赛住在马扎格兰街上一家小旅馆的房间里，离麻田街很近。旅馆的老板娘是一个出生在突尼斯的法国人，经历丰富，曾是巴舒尔的情人，那时他刚开始在那个地区的港口间为他家族拥有的几个修配厂跑生意。法国女人后来和一个酒商结了婚，后者没过几年就去世了，给她留下了一笔财产，她用它在马赛开了那家旅馆，常去的大部分都是夫妇的老朋友。那地方很隐蔽，阿莱特——这是老板娘的名字——很会和警察搞好关系。她一部分客人的活动有时会游走在法律之外。在那些事上，她要么为客人提供保护，要么让政府完成他们的工作。她生意的繁荣正植根于这种摇摆的态度之间。

巴舒尔从前一阵就开始搞一项新的生意，各方面细节慢慢敲定下来后，正在找一位合伙人一起来实施。事情有些敏感，所以他不想和一个不能完全信任的人合作。他常常在麻田街和周围街区的咖啡馆露台上坐着，反复思考自己的主意，希望把成本降到最低。一天晚上，房间里燠热难耐，于是他决定出门转转，凉快一下，再喝杯咖啡冰沙，应该就能帮他撑到天亮了。这个窍门是他年轻时候学来的，后来也常大大咧咧这么做，总让咖啡馆的侍应们不知所措。凌晨三点左右，还在街上走的只剩下上了年纪的妓女，被一些可以做她们孙子的小赤佬看着。就在那时，他看见一个人从一辆行驶中的公共汽车上跳下来，冲他招了招手。瞭望员独一无二的轮廓从黑暗中浮现出来，进入了被照亮的露台，他朝阿卜杜尔走过来，肩上背着他的水手包。两人像前一天刚见过面似的问候了彼此，马克洛尔也要了一杯咖啡冰沙，还另要了一杯白兰地。巴舒尔觉得对方出手实在是阔绰极了。他们三言两语地给对方讲了讲自己最近的生活以及来到马赛的原因。马克洛尔刚刚扔下了一艘挪威渔船上水手长的工作，因为与大副发生了争执，对方有被害妄想症，甚至到了神志不清的程度。他宣称马克洛尔是撒旦派来的，任务是再次在欧洲播散黑暗的痛苦。那人是船主的侄子，没有任何办法把那偏执的念头——那是难以接近的路德宗信徒常有的想法——从他头脑里去掉。马克洛尔是那天早上从热那亚坐火车来的，行李寄存在了普拉多站。巴舒尔毫不犹豫地向对方发出了邀请，请他去阿莱特旅馆和自己住一个房间。他说出了一句故弄玄虚的话，引起了瞭望员的兴趣：

“您不用担心找工作的事。咱们很快就有事儿干了。几星期内咱们就能收到生活欠咱们的所有钱。”

我认为，在继续讲述之前，解释一下这两人在相处中的某个特点是很有用的：他们从来都不用“你”来称呼对方。我曾经和瞭望员提起过这件事，他的回答很有他的特色：

“我们认识的时候，两人都背负着些沉重的故事。后来又一起经历了各种各样、非同寻常的事，所以用‘你’来称呼彼此就变成了一件过于奇怪的新鲜事，从我们的年龄、境遇来看，很轻浮，不合适。我们一起走过的路丰富又沉重，不能那么轻飘飘的。”

再回到贝芝咖啡馆的对话上去吧。后来故事的主人公经常兴奋地回忆起那天的情景。

巴舒尔话中包含的承诺让马克洛尔重新振奋了起来，仿佛又可以无条件投身于任何事，兴奋且毫无顾虑，他的伙伴都看在眼里。瞭望员交叉双手，托着下巴，手肘撑在桌上，开始听对方要讲的事情。

“几星期前，”巴舒尔说起来，“伊洛娜·哥拉博夫斯卡从日内瓦给我打了个电话。对，她正在那儿规划一项生意，如果能实现的话，咱们三个都绝对能获利。她和波斯湾一个酋长的私人秘书有交情，她在的里雅斯特，还是孩子的时候就认识对方，当时他是个很有天分的律师，刚崭露头角，伊洛娜通过这个人接到了一个项目，要帮位于日内瓦的瑞士及中东银行装饰他们的新办公楼。银行领导要求接待大厅、会议室以及各位经理的办公室都要挂昂贵的古波斯地毯。布哈拉公主的、大不里士的，类似那样的东西。你了解咱们这位亲爱的朋友，她想到的第一件事就是找我，因为我是穆斯林又是黎巴嫩人，她想让我来做这笔生意。我把自己的情况告诉了她。但她完全无视我的问题，好像它们一点儿都不重要似的，只是让我有具体消息了再打给她。后来她又打了两次电话给我，因为银行的人一直催她，有几位酋长是他们的主要客户，他们希望在这些显贵下次到访时，能把一切都布置好。我也不知该怎么回答她。两星期前，解决问题的好方法突然出现了。我现在只差一个伙伴来一起完成这个任务。您来了，一切就好办了。这个在阿拉伯语里叫……”

“上天保佑。”马克洛尔及时接了话，“我不明白上天是怎么保佑的，怎么就把问题解决了。我刚才就想建议您，先和伊洛娜聊一聊，看看她能不能从别的渠道弄到那些地毯。咱们现在这种状况，离布哈拉公主、大不里士和哈伦·希拉德的挂毯未免也太远了些。”

“它们已经近在咫尺了。您就当它们已经到手了吧。我来给您解释一下。”阿卜杜尔回答道。马克洛尔做了个让人停下的手势，打断了他的朋友，说：

“等一下，阿卜杜尔，等一下。您明白吧，这一次咱们可不能耍花招，搞些赝品或复制品，不管它们仿得有多真，因为的里雅斯特女人在这中间呢，搞砸了她要进监狱的，那样的话她永远都不会原谅咱们的。”

“真没法儿原谅。”巴舒尔表示同意，“但事情不是这样的。伊洛娜和那些酋长得到的将是世界上最真、最原版且经过鉴定的古波斯地毯。您仔细听我讲，看看这上天保佑有多不真实。您还记得塔里克·乔卡里吗？我的同胞，拿法国护照的，在海关当公务员，咱们搞旗语生意时帮过咱们的那个。”

“天啊！”瞭望员用双手扶住脑袋，惊叫了一声，“记得。我有时候还梦见他呢。您别告诉我说是他提供了解决办法。”

“是啊，就是他。咱们现在需要的正是这样一个人。那天，我在旧港口的一个小破地方碰见了他，那儿有地中海这一片儿最好的肚皮舞舞娘。您知道的，这种情色仪式舞蹈总能带给我平静，尤其是真正专业的舞娘跳的时候，这种艺术可比欧洲人想得要难多了。我们喝着已经发臭的薄荷茶，在那儿待到了天亮。关门的时候，又一起去吃了早饭，炸鱼，都是刚收上来的新鲜鱼。我告诉塔里克自己的船被银行给收走了，后来，随口又提了一句，说我现在在到处找上好的古波斯地毯，说那话时，我没走心，也许就是为了显示生活有多尖酸刻薄吧。他盯着我看了一阵，像是怀疑我是有意说到这件事，好探听什么消息。‘我不知道你怎么这么诧异，’我跟他说，‘我就是无意中一提。你可得相信我。怎么了？我不明白。’塔里克相信了我并不知情，在走回麻田街旅馆的路上，他和我讲述了一切。塔里克还在海关工作。现在是海关警察夜间仓库看守的头头，仍和他的一些领导保持着良好的关系，上次在旗语生意里，这可帮了咱们大忙。事情妙就妙在这儿了：在那些仓库里，有二十四张地毯，几个月前开始就一直放在那里，是从伊朗布什尔直接运过来的。就是那个港口，您知道的，和设拉子挨着的那个。”

“我去过。”瞭望员说，“一个小地方，在那儿能无聊死。”

“就是那儿。”阿卜杜尔继续说，“那批地毯够古老，也能满足伊洛娜其他方面的要求。放在那儿，并不是因为它们是走私的，而是因为它们的主人突然在一场妓院的斗殴中丧生了，里面还掺杂着毒品的事。案子没破。直到今天都没有人出面认领那些地毯。但故事到这儿还没结束。有一个海关的检查员，也是塔里克的朋友，和他一起做过一些事儿的，您能想象出是什么类型的事吧，他告诉塔里克，地毯的主人在海关的申报单上声称那些地毯都是当代的普通货，把它们的价值压得很低，好大额减少入关的税费。没有一个检查员发现了这个欺诈行为，这事很怪，但也解释得通。现在呢，地毯就在那儿。只需把它们换成与海关申报单上描述的差不多的地毯就行了。要掉个包，把真地毯迅速取出来，免得被人发现，再把它们运到拉巴特，从那儿重新发往日内瓦。这就是全部了。要是最后被人发现了，很容易证明一切都发生在很久之前，嫌疑会落到那些已经因为别的罪行而在监狱伏法的老员工身上。塔里克的故事一下子把我推到了这个位置，您能想象吧。当时我就差个合伙人来一起做事了。我以为您还在马来西亚搞葬礼线香呢，所以根本就没考虑您。现在您在马赛出现了，这就是上天保佑的第二步，先知肯定插手了。”

“不要夸张，阿卜杜尔，不要夸张。还是不要把先知牵扯进这些事情里了。”马克洛尔微笑着说。随后他沉默了一会儿，认真地消化了一下巴舒尔刚告诉他的信息，最后说：“好的。上手开始干吧。先要买些普通地毯。可以去摩洛哥或突尼斯。我可以办这件事。在这两个国家我都认识人，可以轻而易举地带我买到。第二步是把真品从法国运出来，过一下摩洛哥，保证它到达瑞士时所有文件都齐全。这个应该您来负责。因为您的国籍还有之前家族的生意，听起来符合逻辑。不要笑，阿卜杜尔，您知道我是认真的。我看只差一样东西了：用来旅行和用来买普通地毯的钱。还需要一些先付给塔里克做定金，让他贿赂一下同事，好在调包时给咱们行方便。这些都准备好，咱们就可以行动了。我一定全力以赴。”

“伊洛娜”巴舒尔说，“有足够的钱来支付您说的开销。银行的人预先支付给了她一大笔，所以她也得赶快把事儿给办了。剩下的事，我都同意您说的。只有一个细节被您漏掉了：得有人去一趟日内瓦，把行动的步骤告诉伊洛娜。很显然，电话不能用。我觉得得您去完成这项任务。”

“好的。明天咱们和伊洛娜聊一下，让她把我去瑞士的旅费先打过来。咱们告诉她，一切都安排好了，我会当面和她讲。”

当时是早上七点，在热气到达之前，他们还有相对凉快的几小时可以睡一觉。两人带着休整过后的精神状态回到了旅馆。面对未知带来的悸动、冒险旅程的切近，他们心里的翅膀都已苏醒，开始震动，宣告着某种青春的再现、一个崭新世界的到来。老板娘愉快地接受了马克洛尔的入住，通过自己的旧情人，她对他已经有了些许了解。第二天，他们从旅馆和伊洛娜联络了一下。阿莱特让他们用了长途电话。她旧日的爱恋里仍存着零星的炭火。听到瞭望员的声音，伊洛娜忍不住大叫起来：

“你从哪儿跑出来的，死流浪汉！我都想到了你们在一起在搞什么事。天啊，你们这一对儿！”

她承诺当天就把汇款单发过去，迫不及待地想听马克洛尔亲口讲述两人给这笔古代地毯生意找到的解决办法，听起来意外得和奇迹一样，天知道需要冒怎样的风险。

当天下午，他们去了看肚皮舞的地方找塔里克。他白天就在那里办事。乔卡里盯着瞭望员看了一会儿。

“咱们认识的，对吧？啊，记起来了……”

“做旗语生意的时候。好多年前了。”

马克洛尔正要再说些什么时，第一位舞娘出现了，她打着响板，扭着腰胯，缓慢得催人入眠，就这样开始了自己的表演。他也是这种舞蹈的狂热爱好者，甚至觉得它有种赐福的力量，能给人带来好的运气和精神的健康。阿卜杜尔赶忙告诉他：

“这儿和开罗不一样，先上来的不是最好的。咱们先听塔里克说说咱们的事，之后再看那些从大马士革来的舞娘的表演。”

马克洛尔顺着对方的话笑了笑，认真听塔里克说起来。后者也只是寥寥说了几句，因为很快就有警方的眼线混在晚间的第一批客人里进来了。警察并不常到那儿去，但也不是完全放任不管。乔卡里也认为应该让巴舒尔把真地毯带到拉巴特去。伊洛娜事先在那儿等他，随后再带着货去日内瓦，那时东西已经是合法商品了，有相应的发票。这些票据应该在马赛印好，文件的抬头要注明“阿卜杜尔·巴舒尔。波斯地毯真品：贝鲁特，拉巴特，德黑兰，伊斯坦布尔”。要在某天夜里用马克洛尔在丹吉尔买的地毯替换真品，之后再把真品从海关仓库中拿出来。巴舒尔把它们带到摩洛哥的港口梅地亚，那儿有一个塔里克的朋友会帮他把手续都办好。地毯算是因为物主死亡而退回的。那些文件由塔里克负责，他会给一个同事一笔很大的好处费，这也是自然的。

乔卡里在瞭望员心里唤起了一种感觉，并不全是不信任，更像是一种不安：因为他佝偻的形象、被没有规律的痉挛折磨着的黯淡脸庞、泥沼般的面部皮肤以及不停转动的眼珠——这让人想起默片里的那些间谍。但马克洛尔同时也察觉到，这些纯外在的东西可以藏住狂热的能量和用之不竭的狡黠智慧，帮助他们躲避风险，安心地做法外之事，这在他们族群的人中是很常见的。阿卜杜尔听着塔里克的解释，眼睛盯着模糊存在的某条地平线，斜视的人在专注时就会这样。又进来一拨客人时，塔里克几乎没有道别就突然离开了。阿卜杜尔和瞭望员一直在那里待到了清晨，享受着质量渐入佳境、戏剧味渐浓的舞蹈节目，这类表演很少会这样。那些最出色的，可以进入旋转托钵僧出神状态的舞娘自然是那些年纪最长的，只不过她们的身体上已无可奈何地显示出岁月留下的残酷痕迹。

马克洛尔乘火车去了日内瓦，伊洛娜在车站接到了他。他们都为对方的模样感到惊讶。瞭望员面前的伊洛娜显得比原先更加高挑，肌肤被太阳轻烤过，透着非同寻常的健康气息，整个人容光焕发。伊洛娜眼前的马克洛尔则被他的流浪狂热折磨得更加厉害了，没有目的、无所依靠的这么多年里，他内心中来源不明的风暴不断抽打着他，现在，从他那沉默不语的先知的目光里，也能窥见些许痕迹了。的里雅斯特女人想，自己多少理想化了这位伙伴——在第一次相见之后，他们曾在马恩岛拉姆齐酒店还有许多其他更难以启齿的秘密旅店中云雨嬉戏，度过了一个又一个浸泡在酒精的夜晚。两人都表达了自己的诧异。伊洛娜说她习惯了裸体躺在独木舟上，在湖中央进行日光浴，那些坐着渡轮在纯净无瑕的住宅和干净无菌的办公室间穿梭的假正经的加尔文主义公务员看见她后都会惊愕愤怒或兴致盎然。她现在有了更多的钱，所以大规模地更新了自己的衣橱。马克洛尔则坦白说，迫害他的那些恶魔仍旧是从前的那些，它们最近一次对他的试炼已然超过了他忍耐的极限。但在内心深处，他仍不觉得自己有太多变化。

伊洛娜住在一家小的酒店式公寓里，从房间能看到湖景，瞭望员在那儿过了夜。回公寓之前，他们先喝了一杯味道尚可的干马提尼，接着享用了一顿丰盛的晚餐。之后他们仿佛第一次尝试一样做了爱。在赤裸地躺在床上时，瞭望员向她解释了获取地毯的计划的步骤以及把它们运往日内瓦的方法。

伊洛娜是在塞浦路斯认识的巴舒尔，那时他和马克洛尔还在搞旗语生意。他们成了情人。之后三人一起经历了一些其他的事，没有公开地破坏公序良俗，但也在规则的边缘游走了许久。这段往事在其他地方已经讲过。伊洛娜对阿卜杜尔总是怀有一种姐姐的关心，也总是——大多数时候都没用——希望帮他避免各种好奇心带来的风险，因此，听过瞭望员的陈述之后，伊洛娜带着她一向明澈的理智仔细审视了一番那计划：

“真是他的做派。肯定有什么方法，不用违法就能搞到那些地毯。但是阿卜杜尔对这个没兴趣。他身体里贝都因人的基因一直在鼓动他创建自己的律法，想要做到这一点，最简单的方法就是不承认已存在的那些。你还记得他最常说的话吗：‘为什么不能用这种方法取代那种……’然后突然就会走上一条特别巴洛克的歪七扭八的路，充满了危险，但总能达到他的目的，同时让警察跟在他脚后跟后面跑。有意思的是，一旦涉及家庭利益，他就循规蹈矩得要命。但是因为你和我被他吃定了，是他亲爱的朋友、罪行的同谋，所以，我还是会去拉巴特，把地毯带回日内瓦的。你有没有想过那些毯子会值多少钱？肯定没有，你们俩谁都没去调查过。值好大一笔钱啊，马克洛尔，你肯定想不到的数目。把‘布哈拉公主行动’搞起来，咱们就走在做百万富翁的道路上了，是拥有瑞士法郎的百万富翁。这听起来真像那种差劲的悬疑小说啊。”

伊洛娜在她的分析中说得头头是道，但还是毫不犹豫地加入了自己朋友和情人的计划，和他们一样情绪激动、全力以赴。

马克洛尔带着启动计划所需的钱回到了马赛。一个星期后，一切都准备妥当。塔里克先付给了海关同事讲好的报酬的一半，并收下了自己的那份钱。瞭望员去了丹吉尔。塔里克说那里最容易找到替代昂贵地毯的便宜货。几天后马克洛尔就返回了。他运气很好，所选的货都很符合海关申报单上的描述，只有细微的差别。需要在拉巴特交给伊洛娜的发票也已经印好，送到了巴舒尔的手上。现在一切就看塔里克的了。调包要在下星期日完成，那时风险最小。星期六晚上，一个女人打电话给巴舒尔，说乔卡里落到了警察手上。阿卜杜尔又告诉了马克洛尔，后者在这类意外面前很少气馁，他安慰自己的朋友：

“他被捕肯定和咱们的事没关系。到目前为止，咱们还没在马赛有过任何行动，所以它还只是个计划而已，没人会知道的。”

但阿卜杜尔对马赛警察局与底层社会之间迷宫般的复杂关系有更深刻的了解。他想着塔里克常去的那个破地方的眼线，不太确定前者的入狱和波斯地毯之间有没有关系。这时，旅馆的老板娘进了房间，准备更换床单和浴巾。她看两人神色凝重，便问他们发生了什么，她能否帮忙。阿卜杜尔忽然大叫着站起身来：“阿莱特就是咱们的救星！”老板娘惊讶地看着巴舒尔，他忽然一把将她搂在怀里，大声地在她脸上印下了许多个吻。随后，他请她坐下，告诉她自己的一个朋友被警察逮捕了，他们不能亲自出面去问原因，因为两人都没有相关的文件。她可以去做。阿莱特看着他们，像是知道发生了什么似的，说：

“是乔卡里，对吧？我已经想到了。两位和他在搞什么鬼吧，总看他在这边儿晃悠。我比二位更了解他，认识他的时间也更长。他很可靠，这点不用担心。他是守信用的。问题是他尾巴叫人给踩住了，警察一直盯着他呢。我去问问发生了什么。我就说他在这儿住了一段时间，这是实话，我对他有些感情，这一点倒不是真的。两位在这儿等一下，我回来前不要出门。”阿莱特说话时，马克洛尔一直在观察她，好像第一次见面似的。她丰腴柔软的身体透着一种健康完满的光晕，又慢慢集中在了脸庞，眼睛是混着蓝的紫罗兰色，五官有些凯尔特人的特征，呈现出一种高贵的美。她整个人都散发着一种坏坏的魅惑感，很法国，说话时的神态和语言又透着自信的权威。几世纪以来，这种混合体为浪漫情爱文学和风情绘画带来了无数灵感，不过只在法国盛行。瞭望员站起身来，拉起老板娘的一只手，优雅地印上了一个吻，并盗取马里沃喜剧中的台词，用法语说：

“女士，请允许我向您表达我最炽热的好感以及我最真切的感激。我请求您，从这一刻开始，不光将我视为您最诚挚的好友之一，也将我看作您最殷勤的仰慕者中的一位。”老板娘看着他，愉悦中夹杂着不可思议的表情，像是在想：“这人怎么了？”巴舒尔不禁笑了起来，他一下就全明白了，随即转头去看自己的旧情人，等着她给马克洛尔的回应。老板娘盯着瞭望员的眼睛，带着大大的微笑，说道：

“从第一天见到您时起，我就想，在这个放手不干了的巫师背后，还藏着另一个需要小心提防的人啊，跟这个黎巴嫩疯子真是绝配。”

她在说话的同时抚摸了一下阿卜杜尔的脸颊，动作带着难以模仿的优雅和温柔的智慧——这些都属于光热远远没有熄灭的女人。阿莱特没再说别的什么，离开了房间，两人于是留在了那里等待她打探的消息。巴舒尔扭过头，一副不可思议的样子，对朋友说：

“这可是我没想到会看见的。马克洛尔做阿莱特的情夫。您也搞不定呀，我亲爱的瞭望员。”

“您得好好听我说，阿卜杜尔。”马克洛尔回答，“如果哪天我不再四处奔波了，想安定下来了，身边希望有的就是阿莱特这样一个女人。她就是阿波利奈尔口中‘一个有她自己理智的女人’。夫复何求啊。”

阿卜杜尔耸了耸肩膀，躺回了自己的床上，等待着消息，瞭望员在那里发表着自己的看法，他则继续不安。

将近午夜时，老板娘带着塔里克——几乎是把他拖回来的——出现了。她把他按在房间中央，说：

“人在这儿呢。下次各位想使唤他办什么事，至少在用他的时候要告诉他，不要打他的女人。”两人并不知道他有妻子的事实，不过他的出现的确让两人松了一口气，于是也把他给众人带来的郁闷抛到了脑后。塔里克一边整理自己歪歪斜斜的衣裳——这充分显示出他进过了局子——一边解释道：

“我控制不了我自己。我撞见她和我们那个邻居电车工加斯通在床上，两个人赤身裸体，正快活呢。那家伙跑回自己那儿去了，我老婆看着我像见了鬼一样。我给了她一个教训，看来出手重了。加斯通叫了警察。他想着这样就能脱身了。”

阿莱特把塔里克带到了门房的房间，那里已经空了几个月了。出门时，她用一只手指指了指眼睛，示意他俩看着他点儿。

这件事让他们明白，计划的根基并不牢靠。但也没有其他办法，只能继续做下去。第二天晚上，塔里克在向我们反复保证过绝对的忠诚和谨慎之后，在海关仓库里把地毯调了包。贵重的真品和巴舒尔的行李被运到了一只船上，他会负责把货带到摩洛哥的梅地亚港。马克洛尔则留在了马赛，流连在阿莱特人生秋日的美满风光里。

伊洛娜正等在梅地亚，她一接到阿卜杜尔，就开始不停赞赏对方的效率，到那时为止，计划一直进行得十分顺利。巴舒尔则抱怨她对自己的两位情人的犯罪能力缺乏信心，伊洛娜立刻做出了回应：

“啊呀，亲爱的阿卜杜尔，你们两位在这方面从来都没到达专业的程度。你呢，唯一感兴趣的就是反抗成规，马克洛尔呢，可能干到一半就撒手不管了，脑子里想的全是地球另一边儿的新诡计。犯罪是很严肃的工作，亲爱的。咱们这种玩儿票的，最后总会出局。”

阿卜杜尔回答说，至少这次的交易一切顺利。塔里克把地毯标示为无须申报的退回品，他所准备的文件起到了完美的作用。乔卡里的梅地亚朋友从阿卜杜尔手上接过了一些好处费，帮他们简化了手续。巴舒尔把购买货品的发票交给了伊洛娜，将她变成了那二十四张古代地毯珍品的绝对主人。到达拉巴特时，两人住在了不同的酒店，以免引起怀疑。但伊洛娜没有拒绝阿卜杜尔上楼去她的房间，做爱时两人都因为完成了危险壮举而兴奋不已。之后他们又去了一家小餐馆吃柏柏尔菜，晚餐时旁边还有人演奏安达卢斯时期的音乐。那地方是他们做旗语生意时偶然间发现的。

第二天，巴舒尔找到伊洛娜，陪她去了机场。地毯被登记为伊洛娜机票包含的托运行李，将随她乘坐的摩洛哥皇家航空拉巴特—日内瓦直飞航班被运到瑞士。道别时，她提醒他，自己两周后会在日内瓦等着他们，好分生意的收益。阿卜杜尔按惯例迅速吻了她一下，伊洛娜在他耳旁说：

“看见了吗？咱们永远都不能做真的罪犯。就是业余爱好者，不过幸好是这样。很快再见了。”

地毯调包的事一直都没被人发现。塔里克继续像一个面色如沼泽的法基尔一样穿梭于旧港口，一有机会就咒骂那位继续在双人床上代替他的电车工。阿卜杜尔和马克洛尔与阿莱特道了别，并按时缴纳了所有房费，这让老板娘的脸上浮现出了同谋的微笑。马克洛尔临行时走到了她身边，承诺对方自己一定会回来，接着又在她唇上留下了一个响亮的吻。

伊洛娜在洛桑等待着他们。她穿着最新款的春装，魅力袭人，散发着乐观又暧昧的气息。在他们入住的皇宫大酒店的露台上，几个人叫了一瓶当地的微微带些气泡的上好葡萄酒。伊洛娜把两张支票分别交给了他们，两人看到数字上的六个零时都惊呆了，毫无疑问，这是他们第一次也是最后一次在手上捧着这么多钱。

“别像傻子似的呀。”伊洛娜嘲笑他们，“快告诉我想拿这么多钱做什么。我想知道你们的计划。”

“我不会做任何形式的计划。”马克洛尔立刻回答了她，“我真的不知道该拿它们做什么。”

“你呢，我这个造孽的阿卜杜尔，你想干什么？”伊洛娜一边问他，一边抚摸着他的头发，像在摸一只暹罗猫。

“我呢，”阿卜杜尔回答，“要去伊斯坦布尔买一艘我梦想了一辈子的船。内比尔号，1914年瑞典制造，柴油发动机是英国的，克劳斯利8/480型号，四个底舱仓库，总计载重六吨，可以容纳九个船员。它那个线条优雅得堪称完美。行家迈克尔·J. 克里格把他称为老货船中的布加迪。我拿着这些……”他兴奋地拿起支票：“可以付六期款项中的三期，然后就能做那艘宝船的船主了！”

“这儿有另外三期的钱。没有什么会比做内比尔号的共有者更让人快乐的事了。我去年在加拉太见过它，简直在我心里燃起了宗教信仰般的敬意。这葡萄酒不错，咱们再叫一瓶吧，来庆祝一下。”马克洛尔叫来侍应，又点了一瓶红酒，伊洛娜在那儿看看这个人又瞧瞧那个人，完全被眼前的事实惊呆了。

“真不知道你们两个谁更疯一点。”她最后大声说道，“冒着二十年牢狱的风险干了这件事，现在一个要买一艘远古的船，另一个给他添钱合买，好像钱在兜里硌得慌似的。你们两个都没治了。我要去的里雅斯特买个公寓，夏天度假用。这也是个老愿望了。”

“很明智，很明智。”巴舒尔在一阵大笑中说道。这个话题就这样结束了。

故事讲到这里，我认为可以再说说巴舒尔人生一直怀有却从未实现的梦想。漫漫长路上，他的这个梦想一直没有改变，比其他愿望都更加执着，对朋友们来说也是最动人的一个。他在地球上的各个港口不断地寻找，希望能找到一艘载重完美的货船，他心里对它的设计、规模以及马达都有确定的想法，想在船上度过余生，行遍世上所有的海，身边还要有一位船长，和巴舒尔一样，能欣赏船身优雅的线条以及船只本身优越的航船条件。我们的朋友就这样追寻着这个难以实现的梦想，过了大半生。伊洛娜和瞭望员从多年前开始就已经不再就阿卜杜尔的这个执念开玩笑了。他们听他说了太多遍他怎样遇见了他的梦之货船，怎样拼凑买它的钱，经过了怎样或艰险或愚蠢的试炼，等他去找它时，它总是已经被人买走或已经躺在修配厂被人大卸八块要当废铁卖掉了，最后他也不再有兴致谈这件事。他曾说起的最后一次的情况最令他痛心，让他伤感了好几个月，听着像是失去了一位挚爱的亲人。有人能把废铁变成艺术品这件事让他怒火中烧，甚至开始咒骂整个人类，船只修配工被骂得最惨，只不过他自己的家人就是做这一行的。在对完美货船的永恒追索中，巴舒尔失去了他看上去用之不竭的聪明才智和他众所周知的惹人喜爱的品质——人们总是一眼就能看出这点——给他带来的一切发财机会。马克洛尔有一天和我谈起巴舒尔的这个执念时说：

“阿卜杜尔很明白他追求的是不可能的东西。他的梦之船总是从他的手上溜走，他也总是在即将得到它的最后一刻发现它哪里不符合他理想中的样子，随后便放弃了购买。我想这个魔怔的念头应该是他小时候酝酿出来的，他一直想修理、完善他父亲做出的船型，您也知道，他父亲是在整个中东都有名的造船师。他想超越父辈的荣耀，创造出一种的无与伦比的航船典范，既可成为他的住宅，亦可为他提供生存的食粮。但这种不凡的、强制的对父亲形象的反叛，让他余生都在付出代价。那迷宫我们每个人都进去过，唯一能使他离开那里的，就是去相信，面对父亲，应该做的是凭借我们自己的力量和我们自己内心的恶魔去延续他，而不是去取代他。这并不简单，通常也不愉快，但是在面对挑战，过我们自己的人生时，没有别的路可走。”

在那之前，我从没听过瞭望员这样说话，于是想，将他和巴舒尔联系在一起的纽带应该十分粗韧，比普通的伙伴关系要复杂得多。这也再次显示出他们关系的一个重要的特点：两人的互补状态，对我们这些和他们关系很近的人来说，这一点显而易见。伊洛娜和两人都平稳地保持着爱欲关系，她有一次这样说道：

“他们就像两兄弟，但是分别由相反的元素构成。希腊人曾经描述过这种状态，但是我已经不记得那个可以作为例子的神话或寓言的名字了。”

知道了以前发生的那些事，自然很容易猜出，到了博斯普鲁斯海峡，阿卜杜尔·巴舒尔就得知，内比尔号刚刚被卖给了一个将其视作珍宝的船主。马克洛尔回到马赛，在阿莱特的旅馆住下来，与她发展出了一段亲密关系，将她带入了某片恍惚的情色之境，那里充满的感官享受，她已多年没有体验到了。

阿卜杜尔几个月以后也回到了马赛。他想把马克洛尔的钱还给他，但马克洛尔却让他留着。最后，巴舒尔如以往一样，在马赛买下了一只别人提供给他的普通货船，条件很好。货船的收入有一半归马克洛尔。后者也知道，这些钱多半要还给阿卜杜尔，让他用来修理和保养船只。

“我不知道，”精通法国人存钱艺术的阿莱特说，“二位为什么总是跟钱过不去。一点儿都不知道省着点儿，好为困难的日子做打算，钱就哗哗地从手上流走了，好像当初挣得很容易似的。”

“困难的日子我们都已经过完了，亲爱的，”马克洛尔回答，“现在我们经历的是我们的朋友保罗·库劳德曾经说的‘金色的苦难’。”

“我不知道这样有什么好的。”她说道，这时，瞭望员已沉浸在对佛兰德斯女人丰美乳沟的探索中了。

第三章

我没能确定阿卜杜尔·巴舒尔和“碎镜者”哈依梅·提拉多相遇的具体时间。为了明确它，我去翻看了巴舒尔写给法蒂玛的信件，关于这件事，信中并没有太多细节，我还查阅了我与马克洛尔谈话的笔记，笔记中倒是说得更清楚，也描绘了许多细节。巴舒尔提到了在马赛买下的那只货船，他把它命名为布哈拉公主号，这幽默倒不像他的而像马克洛尔的。乘着那艘船，他遇见了“碎镜者”，在这之前与之后，他完成了很多旅行，都是马克洛尔讲的，具体日期都不明确，叙述事件时，时间顺序从来都不是他所看重的。不过这类模糊的细节也并不重要，因为我也无意在这个原本就主观的对巴舒尔生命故事的讲述中严格遵照时间的先后顺序，从前，在叙述瞭望员的故事时，我也并没有这样做。这一具体事件中让我有些纠结的是瓦卡莱斯科双胞胎姐妹出现的时间，我本以为早在巴舒尔和提拉多相遇之前她们就已经消失了。一定是我弄错了，因为巴舒尔和马克洛尔都是在讲米拉河事件时提到的这对著名的姐妹以及阿卜杜尔与“碎镜者”的相遇，那一次他差点丢掉了性命。

玛鲁娜和莱娜·瓦卡莱斯科在南安普顿一家破旧的夜总会演出，表演比较初级，但因为做出女同性恋色彩杂技动作的——夹杂着各种各样的呻吟以及陶醉的眼神——是双胞胎姐妹，节目额外地获得了更强烈的情色效果，虽然很不真实，但却足够维持观众病态的兴趣。观众几乎全是各个国家的水手，面对两姐妹计算好的虚假表演时没有丝毫挑剔。

一天夜里，布哈拉公主号停靠在了这个英国港口。卸下了从埃及带来的成捆亚麻后，马克洛尔和阿卜杜尔决定下船去码头附近的酒吧走走。南安普顿清一色的灰色街道和港口工厂及其他高大的水泥建筑比英格兰岛上的其他任何港口都更让他们压抑。

“这地方全是没颜色的水泥、砖头、烟垢和吃得太差的呆英国佬，不过一杯好的威士忌就能把他们抹掉三分之二。”瞭望员想说服巴舒尔陪他喝一杯，好逃离那些吊车运作时所发出的无法遏止的有节奏的巨响。

他们就是这样去的“粉红惊喜”，那个寒酸的小地方——瓦卡莱斯科姐妹就在那里表演——居然敢给自己起这样一个名字。他们之前已经去了很多酒吧，足够让威士忌实现马克洛尔的承诺，一切也都显得更好忍受了一些。给两姐妹的节目伴奏的——天知道为什么——是西班牙音乐，这让巴舒尔格外愉悦，瞭望员则不明就里。整晚由两姐妹的表演打头阵，两人各站在狭小舞台的一侧，中间是一张显眼的圆形床铺，装饰着粉色条带和丝绒球，床单也一并是艳粉。左边的是玛鲁娜，戴深栗色假发，用眼妆墨涂着粗粗的眼线，浑圆的身体罩在一条天蓝色的性感睡衣裙里。右侧的是莱娜，戴金到发白的浓密假发，眼睛周围一圈浓烈的丁香紫，和姐姐穿得一样清凉，只不过她的衣裙是粉色的。第一首是西班牙舞曲《珍宝盒》，紧接着是几首同样著名的曲子，最后，在两姐妹欲仙欲死时，播放的是《斗牛舞曲》。两人按惯例交缠、接吻、相互爱抚、大声地亲舔对方，伴着放肆的呻吟、喘息，正如之前所说，既不真实又很单调。阿卜杜尔倒是看得很高兴，他将双胞胎姐妹请到桌旁，叫了一瓶香槟。瞭望员看着他，不明白他的兴奋由何而来，因为无论是那个地方还是那两姐妹，都不足以令他这样热切。

“只有英国人，”阿卜杜尔解释起自己的激昂情绪，“才能制造出这么滑稽的东西，荒诞又粗俗。好久没看过怪诞得让人愉快的表演了。双胞胎姐妹有自己的一套。她们有那种被您称为‘火辣多瑙河’的特质。您一会儿就能看出来了。”

的确，瓦卡莱斯科姐妹与人们根据她们在“粉红惊喜”的表演所想象的相去甚远。首先，不出所料，她们的姓氏并不是瓦卡莱斯科，真名也不一样。她们是埃斯特拉及拉盖尔·努德施泰因。她们的父亲生前是一位犹太裁缝，生于比萨拉比亚，她们的母亲同时做代办人和保管人，来自利沃夫，是一位哈西迪犹太教拉比的女儿。这位强势的主妇名叫堂娜·萨拉，年轻时在哪本法国旧杂志上看到了罗马尼亚诗人埃琳娜·瓦卡莱斯科——第一次世界大战之前，她曾在巴黎享誉一时——的照片，认为“瓦卡莱斯科”很适合被她的两个女儿用在耶和华赐给她们的职业上，她认为这种谋生手段永远都不会失败。她们的父亲在最早的几场反犹骚乱中被杀害了。这些都是她们在两杯香槟下肚后讲的，伶牙俐齿，迷人可爱，巴舒尔说得有道理，这些都被她们留给了私下的生活，舞台上绝不会展现。卸了浓妆、拆下夸张的假发，她们的模样也有趣起来，一脸清醒、调皮，完全符合阿卜杜尔用马克洛尔的话形容的那样。中欧的许多犹太人都有这个特点，最终他们会比维也纳人还要更维也纳，比匈牙利人还要更马扎尔。如果不信的话，可以看看埃里希·冯·施特罗海姆的例子，他是维也纳犹太人，在电影里扮演的是弗朗茨·约瑟夫皇帝最典型的卫队军官或者最纯正的普鲁士容克[1]。双胞胎坐下后，阿卜杜尔问她们的第一个问题是，怎么想起来用西班牙音乐做背景，做作俗气得要死。玛鲁娜——很明显，她开始对瞭望员表现出更大的兴趣——说，那个地方的老板觉得“瓦卡莱斯科”是典型的安达卢西亚姓氏，所以搞出了那一套西班牙舞曲串烧，好为表演增色。巴舒尔得意地说：

“我说过吧，只有英国人才能搞出这么精彩的东西。他们都是无价之宝啊。”莱娜则更心仪巴舒尔，她建议几个人用法语交换看法，因为邻桌的人已经投来了雨点般质疑的目光。瓦卡莱斯科姐妹第二次上台后，表演更是敷衍、疲惫，对观众来说几乎像一阵侮辱，结束后四人立刻离开了“粉红惊喜”。在跑了三四个地方之后，他们去了港口，配着葡萄牙白葡萄酒——是某个仓库出口处小店面的一个里斯本人卖给他们的——吃了生蚝和鲜鱼作为早餐。几个人上了船，两姐妹不懂卡蒙斯的语言，却自己编了

1 德语junker，意为德意志东部地区的贵族地主。

法朵曲胡乱唱着，跟着各自的伴儿回了房间。

布哈拉公主号卸下全部亚麻之后，做了一次船身清洗，它迫切地需要改换一下形象。五天的修理期间，马克洛尔和巴舒尔一直住在双胞胎的旅馆里，她们的母亲同意了，不过并不太高兴。后来他们发现，两姐妹是无尽的快乐源泉。她们自然的幽默感尖锐刻薄，每时每刻都可能涌现，在每件日常琐碎小事上都可以发挥，这让两人在南安普顿度过的时光变成了值得记忆的一番庆祝。双胞胎的性格截然相反。马克洛尔的朋友玛鲁娜不爱交际，总是有些忧伤，很戏剧化。她在床上有些冷漠，但会出人意料地表现出陶醉来弥补，且比在台上装出来的表演要真实得多。这种在私密时刻重现的模仿在马克洛尔心里唤起了一种陌生的兴奋。当真正接近高潮时，玛鲁娜又会变得圣母一般，这同样能引起他的兴致。莱娜性格内向、肤浅又混乱，她的性感显而易见，是那种只想着当下的女人，喜欢靠本能生存的男人，他们“否定一切复杂的智识和一切形而上的烦恼”，这是她下的定义。“我唯一的烦恼就是有人不喜欢我。”她总是一边这样说一边用挑逗的方式拨弄头发，这已成了她的习惯动作。后来，瓦卡莱斯科姐妹对他们来说甚至变成了某种标准，可以用来衡量环境或经历。一个很瓦卡莱斯科的夜晚，或者一个完全不瓦卡莱斯科的女人，他们这样描述自己的体验。

不过，真正将那几天变成一段难忘时光的事——尤其是对巴舒尔来说——发生在布哈拉公主号起程的前一晚。莱娜想给他留一个关于这次相遇的纪念。她在一个空饼干盒里的无数张照片中找了又找，想翻出一张能凸显自己特点又不至于落入俗套的相片。巴舒尔忽然看到了一张，画面中她和一个看起来很气派的人站在一起，对方的面庞让人稍有些不适，身体很健壮。两人靠在一艘货船船尾的栏杆上，船身纤长、雅致。船尾甲板让他想起内比尔号，但比内比尔号显得更加古典。他拿起照片，着迷地看着它，想认出那艘船来。莱娜不明白为什么阿卜杜尔对那张相片格外感兴趣，于是向他询问了原因。阿卜杜尔没有回答她，而是不安地问起她来：

“这艘船现在在哪儿？船主是不是照片上这个人？他是谁？”

莱娜看了看他，没料到对方会甩出这么一大串问题，她耐心地回答起来，像是要安抚一个怒气冲冲的人。

“船叫尖刺号，现在估计已经烂在了厄瓜多尔北部边境米拉河的入海口了。船主的确是照片上这个男人。”她在继续前犹豫了一下，“关于他没什么好讲的。至少我知道的不多。他很有钱，不知道卖什么植物产品发的财，拥有大片土地，种那种植物的。沿河开船上去几个小时的样子。”

“这家伙叫什么？”阿卜杜尔不耐烦地打断对方。

“你这是怎么了？他叫哈依梅·提拉多，但是大家都叫他‘碎镜者’。你不会是吃醋了吧？我可从没想过你还会嫉妒。”莱娜不明白阿卜杜尔为什么会对一个陌生人这么感兴趣。

“不是，怎么可能呢。”巴舒尔说，“我感兴趣的是这艘船。它的线条太美了。你觉得它还在那儿吗？”

莱娜安下心，回答他：

“我想应该还在那儿吧。恐怕已经不能航行了。我记得船主有一次想把它卖了的。”

“你说的是米拉河？”巴舒尔继续问道。

“是的，米拉河，在哥伦比亚边境。”莱娜回答，“但是你不会是想要去那儿吧。那儿可是世界尽头。我和‘碎镜者’是从巴拿马坐游艇过去的。热到死，日日夜夜的，蚊子都能把你生吞了，贫瘠荒凉到难以想象。当然了，他活得像侯爵一样，但是是在上游的一个地方，如果你过去的话，我可不敢确定你能有收获。”

“我见识过比这个糟糕、危险一千倍的地方。你不用担心。”阿卜杜尔一边回答，一边把相片放进了钱夹里。

莱娜另外又给了他一张相片，画面中她解开了衬衫，袒露着胸部，挑逗地看着摄影师。

“也带着这张吧，”她说，“虽然上面没有船。留着它，这样你好记得我们在南安普顿共度的夜晚。”

阿卜杜尔把它和之前那张放在了一起，说起了别的事。晚些时候，他们去找了马克洛尔和玛鲁娜，一起去了堂娜·萨拉推荐的一家巴基斯坦餐厅。妇人身材魁梧，心里是用不尽的狡猾，知道该如何藏在暗处，看似给了女儿们绝对的自由，但表面之下玩儿的却是那个古老又著名的渔夫鱼饵的游戏。她们从没提过，但他们两人却已经看出了些许——或许对别人来说天衣无缝的——迹象，可以表明，利沃夫夫人有些严格的规矩是两个女儿不敢逾越的。

那一夜他们都没睡，报复性地飞奔着、热情地过完了说再见之前的时间。他们去了港口为数不多的可以挤进去的酒吧，之后又回到旅馆，做了爱，带着明白彼此将永不再相见的人会拥有的那种激情。之后他们去了布哈拉公主号，在船梯下，道别前，马克洛尔用非同寻常的郑重语气对双胞胎说：

“关于瓦卡莱斯科姐妹的回忆将在未来，在永不会缺席的至暗时刻到来时帮助我们，让我们记得，快乐并不是天真的人自欺欺人的发明。我们知道它确实存在，因为我们和两姐妹一起见识过了它。”

她们琢磨着瞭望员的话，熬过夜的脸上滚下了泪珠。两人显然已经很克制了。船开始移动时，玛鲁娜和莱娜仍然定定地站在码头，挥着手臂，无助地哭着，让瞭望员和巴舒尔如鲠在喉。

他们已经进入了远海，往但泽开去，那儿有一批要运往雅加达的农业工具在等着他们。阿卜杜尔给马克洛尔看了看尖刺号的照片，告诉对方自己想知道这只船是否还在贩售。瞭望员早已习惯去理解自己同伴的执念，向他提议说，可以在他们将前往的几个码头看看是否有货要运到巴拿马或瓜亚基尔，这样他就能去看一眼那艘这么让他心动的船了。马克洛尔顺便向阿卜杜尔表达了对那艘船的赞美，说它的确优雅又简洁。需要去看看它用了哪些机器，状况怎么样。至于船主，他诚恳地表示：

“莱娜的故事里少了一段，但她很聪明，知道她说的就足够让我们找到缺失的那一部分。有一件事我敢肯定：那边的种植园里种的都是香蕉，那个著名的‘碎镜者’不是靠香蕉园发的财。那些钱是从更昂贵、得来更冒风险的东西那儿赚的。而且，他的气质像是有缺陷的富家子，这很让人起疑。没有什么比这些跳脱固有渠道、打破阶级常规的纨绔子弟更可怕了。他们都危险至极，因为这些人已经抛弃了伴着自己出生的那些章法，也绝不会遵守下层社会的规矩。正因如此，他们无所不能。没有什么能限制住他们。咱们看看到底会怎样吧。得找到要送去巴拿马或厄瓜多尔的货，之后再做打算。”

阿卜杜尔收起了相片，他很高兴，因为在寻找理想货船的途中，自己的伙伴、同谋又一次站在自己身后支持了自己。

到雅加达之后，马克洛尔决定留在那儿，游览一番马来群岛，之后再继续和贩卖葬礼线香的寡妇共度一段时光，她的魅力对他来说仍旧如不可小觑的魔法一般。在离开布哈拉公主号前，他给巴舒尔的最后一条建议是：

“阿卜杜尔，小心那个‘碎镜者’。要记得我说的那些关于纨绔子弟的话。要和我保持联系。您知道该把信寄到哪儿的。”

“不用担心。我会把您的提醒记在心上。放心走吧。”巴舒尔回答道，他看马克洛尔像一只迷失了的、疲惫却又谨慎的猫科动物般顺船梯爬了下去，在港口混杂的人群中，昂着头，警惕地防备着这个世界的埋伏。那一刻，阿卜杜尔再次感觉到了那种深厚的联结和毫无阴霾、率直又热烈的友谊，这是眼前那个独一无二的人在他心里唤醒的东西。在命运与偶然相混淆——它们混杂一起，为的是用野心与欲望形成的愚蠢海市蜃楼捕获众人并令他们惶惑——的沙洲里，那人仿佛一台探索器，永远在不知疲倦地寻找。瞭望员所说关于尖刺号船主的话，日后将被阿卜杜尔想起，那时，身陷热带图圄、绝望无助的他会渴望与自己的伙伴一同经历患难，但最终也只能独自面对。

阿卜杜尔从雅加达去了的黎波里，载上了一些炸药，又去了塞浦路斯的利马索尔，把货交给了一个红色长胡子梳得一丝不苟、留着相同颜色披肩长发的男人。他外表像东正教牧师，晃着散发香气的贵妇的小手，仿佛在为众人祝福。无论怎么看都像是化装成平民的东正教牧师，卷入了为终结英国统治而策划的错综复杂的阴谋里。巴舒尔在很久以前就已经学会了怎样让货船生意盈利，知道不该多问问题，答案要在谨慎的控制下一点一点得来。

尖刺号一直在他的脑中徘徊。每晚睡前，他都要看好一会儿它的照片。仅凭那张图像，他就估算出了不容置疑的结果，大致掌握了它的尺寸和载货能力，相片中那对微笑的人透着些许狡黠和怀恋，让他久久难以入眠："这个'碎镜者'哈依梅·提拉多到底是谁呢，让马克洛尔这样警惕。"答案并没有让他等得太久。

他从利马索尔去了拉罗谢尔。因为他在那座城市的联络人给他发了一封电报，请他速速前去。于是他载着一些锌原料到达了法国，带着几乎确定的预感，觉得尖刺号的事有机会了。事实的确如此。在古老的阿基坦的港口，一份往瓜亚基尔的运货合同正等待着他，要运送的是一大批纺织器械，装在二十个巨大的箱子里，正好填满布哈拉公主号的货舱。他在拉罗谢尔得到了一张厄瓜多尔海岸的海图，还有另一张更详细的米拉河入海口的地图。他整个旅途都在研究这两张图，陪着他一起的是船长，因为不可原谅的疏忽，我们一直忘记介绍这位人物了。凭借自己的忠诚和在人际关系方面的卓越天分——这对于管理在港口临时召集的船员们来说至关重要——他多年间一直担任着阿卜杜尔不可或缺的助手。

他名叫文卡斯·布莱凯迪斯，出生于维尔纽斯。眼睛是黯淡的灰色的，在波罗的海人里很常见，他也继承了那里人身形的魁梧和动作的迟缓——里面蕴藏着千年的狡黠和飓风般说变就变的脾气。从多年前开始，只要阿卜杜尔有船，文卡斯就会和他一起干。他对阿卜杜尔怀有毫无保留的忠诚和带有稚气的崇拜，尽管他比对方年长很多，并且一直念不对后者的名字。他管他叫哈布杜尔，这一点总是惹得其他船员哈哈大笑。马克洛尔想和巴舒尔开玩笑时，也会管他叫哈布杜尔，他也总是很开心。

虽然路途上有些不顺，但他们最终还是到达了瓜亚基尔。一行人在加勒比遇上了暴风雨，布哈拉公主号的船身抖得像纸做的一样。固定好的货都松脱了，于是他们在巴拿马又重新整理了一遍。过运河时赶上到太平洋执行任务的美国舰队，在科隆又耽搁了一阵子。持续、温和、黏腻的雨折磨着人的精神，侵蚀着人的活力。文卡斯说耳朵里都要长出蛤蟆了。那似乎是他这辈子说过的唯一一句俏皮话。更不巧的是，他们在瓜亚基尔赶上了港口工人罢工，在那里等了十天时间，吊车才恢复运作。那会儿正是瓜亚斯河泛滥的季节，滋养了大量可怕的肥壮昆虫，它们与蟋蟀相似，但更加硕大、迟钝，从水中逃上来，涌进城里，从房屋、酒店最小的缝隙钻进去，甚至导致了交通瘫痪。昆虫大队占领了街道，汽车轧过去，就会形成一层散着恶臭的绿色虫子饼。在四十度的高温下，这一切的经历都变得更加可怕。船员们不得不待在船上，很不舒服，脾气也渐渐暴躁起来。

三天繁重的卸货工作后，布哈拉公主号已经准备好起航。文卡斯和巴舒尔说，最好和船员们打个招呼，告知他们现在要前往米拉河入海口，并要在那儿待几天。在巴拿马和瓜亚基尔先后两次被锁在船上，船员们都很焦躁。大部分船员都来自波罗的海国家，热带的气候对他们来说简直难以忍受。巴舒尔于是决定给海员们发一笔特殊补助金，以补偿众人因为再次被圈禁在厄瓜多尔海岸某处而做出的牺牲。文卡斯安抚了众人的情绪，额外的工资也起到了它应有的作用。

一行人到达米拉河入海口处的红树林岬角时是个上午，天空在伴着持续的雨水灰暗了几个星期之后，终于洒下了阳光，尖刺号就停那里，展露着纤长的线条和它的高龄带给它的贵族气质。布哈拉公主号在优雅的货船旁抛下锚，那艘船看似废弃，但甲板和驾驶舱却留下了些许整修的痕迹。船上一个人影都看不见。阿卜杜尔决定坐平底小船靠过去，近距离看看它。当他们距离货船船身只剩几米时，一个睡眼惺忪的肥壮黑人突然从甲板栏杆探出身来，有些粗鲁地问他们想干什么。巴舒尔解释他得到消息说这艘船正在贩售中，他想和船主取得联系。黑人没有回答，径直进了有无线电通信设备的寝舱。一会儿，他走出来，用同样生硬的语气说船不卖，船主住在上游，不想和任何人说话。尽管黑人态度明确且不善，但巴舒尔并没有气馁，他问起对方船主是否仍然是哈依梅·提拉多，大家都称他为“碎镜者”的那个。守卫立刻变了模样，又疑虑又害怕，问巴舒尔是否认得这个人。巴舒尔回答说他们有共同的朋友，关于尖刺号的消息就是他们告诉他的。男人又消失了，过了好一会儿，回来告诉他，堂·哈依梅当天下午就会过来和他见面。阿卜杜尔回到布哈拉公主号上，等待着莱娜那位朋友的到来。文卡斯在船上一直听着尖刺号守卫和巴舒尔的对话，对他说：

“太平洋海岸的这些黑人就是这样：又孤僻又狡猾，生气的时候让人极害怕。和加勒比的那些截然相反。”阿卜杜尔早就知道这些，他还是点了点头。

漫长的等待像是没有尽头。天空没有一丝云，因为湿气，烈日在平静的水面上创造出了一种磨砂的氛围。像是凯尔特传说中的场景，却又完全在赤道附近。笼罩一切的是不真实的、压抑的安静。货船发出的每一个声响都在那里回荡，强烈得有了不敬的意味。尖刺号仿佛悬浮于空中，在潮掩区的宁静里映着自己的轮廓，复制着船身的优雅设计，让人想起二十年代那些沿伟大航线航行、停泊在亚洲或安的列斯群岛异域港口的客轮的广告海报。阿卜杜尔仰慕这艘船的设计，它让他怀念起那个只能凭听闻来认识船只的岁月。他眼前停着的，就是他的梦之船。他的上一个心头好内比尔号，从未在他的视线中停留过这么长的时间，更不用说在这样宁静的、海市蜃楼般的、超越时间又拥有催眠效果的画框中了。光线渐渐弱下去，整个场景都染上了薄淡的橙色，接着又缓缓变化，成了歌剧红，最终在突然降临的热带伟大夜晚的推进下消失不见了。

伴着在紫灰色的天空中开始闪烁的最初几颗星，有马达的轰鸣声响起，从三角洲的深处朝船靠了过来。微风醒了，轻轻弄皱了水面，尖刺号的倒影于是也裂成了令人不安的拼图碎片。河道收窄的地方，在红树林和佝偻着的、叶片垂着毛边的棕榈树间，出现了一只飞速靠近的游艇。是那种上好的木头打造的船，铜色的船身光泽耀人，设计毫无瑕疵，更应该出现在摩纳哥或埃尔科莱港，而不是这片令人昏昏欲睡的光秃秃的热带景致中。驾船的是莱娜的朋友，穿着淡粉色的衬衫，配贝壳纽扣，裤型完美的亚麻长裤，布料上的折痕透着亚历山大或贝鲁特乡村俱乐部的气息。他头上戴一顶真品巴拿马草帽，那是印第安女人在夜间潜入水下编织而成的，价格不菲。和驾船人一起来的还有一个壮硕魁梧的黑人，身穿白衣，赤着脚，用一根装有镀镍钩子的樱木杆固定着作为船梯栏杆的粗绳，好方便自己的雇主爬上货船，后者于是迈着巨大而迅猛的步伐顺绳梯攀了上去。阿卜杜尔在上面等着他，仔细观察着来客的每一个动作表情。

瞭望员的所有预感和判断都在巴舒尔问候来访之人时涌进了他的头脑。对方身形略高于常人，身手敏捷，有时甚至有些鲁莽，很像大半辈子都从事体育运动的人。但看到他的面庞时，这些健康表象就会瞬间消散，远远看，他的五官就透着人们常说的“纯种”气质，或者可以说他就是那种一个世纪内寥寥几个家庭相互结合的典型结果。表兄妹姐弟之间缔结婚姻，只为保住他们拥有的广阔土地或令其高人一等的姓名，无论外来人有多富有，他们都不会考虑与其通婚。他的下颌有些下垂，明显地前突，因此，拥有性感丰满嘴唇的嘴总是微张着。鼻梁高高隆起，比较坚挺，但并没有特别之处，上方的额头很狭窄，突出的额骨占据了浓密眉毛和褪色了的、遮不住秃头——他也没有刻意遮挡——的稀疏头发之间的大部分空间。那副患萎黄病的哈布斯堡皇室成员的面孔因为那双灵活、多问的眼睛——好像在挖掘与之对话者内心最深处的想法——而获得了一种猫科动物的烈性。一双大手，苍白如死尸，自信地晃动着，仿佛时刻都藏着假寐动物的力量。

“他们说您在找我，是吗？我想您是阿卜杜尔·巴舒尔吧。”他说着，把手伸得尽可能长，好保持与他人的距离。

“是的，是我。”巴舒尔回答，“您一定是哈依梅·提拉多先生了。这边请，咱们去我的房间。在那儿聊比较舒服。”阿卜杜尔把提拉多引到了紧挨他寝舱的小办公室里。文卡斯远远地监视着。

虽然瞭望员讲过，但巴舒尔从未想到他会见到一位这么典型的当地的“纨绔子弟”，无论多大岁数都是“子弟”。他很小心，这体现在他的每一个动作以及说话时另有深意的每一个词语上。不难猜出，在他礼貌的举止之下，在他低沉顿挫的话音之下，在他永恒的微笑之下，藏着一个诈骗好手的气质，显然，这来自接受完瑞士的昂贵教育之后获得的社会经验，以及他在各大洲数个国家的首都的运动俱乐部所取得的成就。他已经没有了任何能让人猜出他来自拉美国家的口音。“这个人，”巴舒尔一边在打磨过的桃心木小桌旁坐下，一边想，“肯定杀过不止一次人。是那种永远都不会守规矩的人。”沙漠之子的千年警觉顿时被唤醒了，伴着它们，他到达了一种因危险而微醺的状态，与情欲快感极度相似，他的前人曾被这种状态引领，在甘甜法兰西的土地上、在查理·马特面前英勇赴死。一种平静——也是继承来的——占据了他，仿佛是以先知之名召唤来的。死亡已经被抛在身后。甚至不再存在。他怀着这样的精神开始听来者的发言。

“如果不失礼的话，可以告诉我是您给这艘船起的名字吗？”提拉多开门见山。问题中隐含着些许傲慢、嘲讽，试图压制住对方，阿卜杜尔一时间没有回答。

“是啊。”他随后说，“是我和我的合作伙伴给它起的名字。我们之前做一项生意时，它给我们带来了好运，我想您可能会对那笔生意感兴趣。”

“真的吗？”提拉多说，“我能知道是关于什么的吗？”

“故事有点复杂，有些离经叛道。我想还是让您保留着好奇比较好。”巴舒尔感觉自己已经吊住了对方。

“您说是我们共同的朋友把您鼓动来的。我能请问一下他们是谁吗？”提拉多转换了一下语气。

“当然了。是瓦卡莱斯科姐妹。是我和伙伴不久前在南安普顿认识的。”

“您往下跑了这么远啊。”提拉多打断了巴舒尔，再一次想激怒他。

“说得更确切些，是莱娜和我聊起的您，还有尖刺号。”巴舒尔没有理对方的评论，继续着自己的话题，“她还给我讲了讲您和她从巴拿马到这里的旅行。我偶然间看见她留着的一张照片，画面中那艘货船的特点引起了我很大的兴趣。她很和善地把照片送给了我。正好我需要来一趟瓜亚基尔，就想着可以趁机过来，见识一下船只，再认识一下它的主人。”

巴舒尔此前已经把尖刺号和那对情侣的照片拿了出来，这时给提拉多递了过去，提拉多接下来，看都没看，直接下了定论，凸显出他性格的另一面：

“好，船您也看了，至于认识我，我想您已经最大限度地做到了。我看您知道，大家都管我叫‘碎镜者’。这外号很有意思，对吧？粉碎自己和他人形象的人，把那个我们一无所知的世界砸碎的人。我并不意外。我甚至可以和您说，这是我自己精心塑造的，我尽力赢得了这名号。将来我会跟您讲这名字是如何诞生的。很愚蠢的故事，但这么叫我的人的确一针见血。至于尖刺号，我想告诉您，我从现在开始，已经没有卖它的兴趣了。我希望能拿它来做交易。这是不一样的。把它给出去，换的不是钱，而是别的东西。不知您是否明白我的意思。”

“不明白，实话说真不明白。我希望您能多解释一下。”尽管阿卜杜尔十分清楚对方的意思，但仍旧这样答道，并且一边说一边伸出手去想拿回提拉多看都没看的那张照片。

“您对这艘船这么感兴趣吗？真有意思。我无法把您想象成一个古董货船的收藏家。比如我们现在身处的这艘船，就不会被人收藏。”显然，“碎镜者”仍然在寻找对方的弱点。巴舒尔带着恰如其分的镇定——仿佛一位与沙特阿拉伯国家石油公司谈判输油管道经过自己土地事宜的省长——回答道：

“我并不收藏古董船。我家族的生意是船舶修配和货运，自然，都是些小本生意。布哈拉公主号对我来说足够用了，尽管这名字会惹您发笑。尖刺号之所以吸引我是因为我个人想用，也想按我的喜好把它改造一番。现在您说要拿它做交易。我也感兴趣。众所周知，我的族人四千年来一直从事这件事，并且取得了一定的成就，至少我这么认为，您不觉得吗？”

“我同意您的看法。”“碎镜者”回答道，他的下嘴唇耷拉在原本想挤出的和蔼微笑上，“但您得记得，诸位现在做的每一笔生意都会让那四千年的历史接受考验。但，就这么直说吧。我希望您能跟我走。我邀请您去我家吃晚饭。在那儿，我会告诉您，让我拱手让出宝船的条件。这里光秃秃的，让人没了想法。咱们去那边会更舒服一些。”

阿卜杜尔·巴舒尔从袖子里掏出了一张事先准备好的信，想在那一刻让它发挥作用：

“我很乐意陪您去。实话说呢，我绝对更想和‘碎镜者’而不是和哈依梅·提拉多做交易。这个领域我更熟悉一些。很抱歉没有给您准备点喝的，但是我这儿没有酒，因为我是穆斯林。您想的话咱们就出发吧。我已经准备好了。”他站起身，对方也跟着站了起来，脸上的微笑已经不像来时那样自然：

“我不相信您和瓦卡莱斯科姐妹在一起时也守着这干巴巴的规矩，她们的酒量可大得很。至于您对‘碎镜者’的偏好，悉听尊便，您觉得舒服就好。我很尊重我们共同涉足的领域，或许还可以为它增添些东西，让您改变一下想法，但是总之，就像人们玩扑克时常说的，我常常不看就跟牌。”

阿卜杜尔没有发表任何看法。他请提拉多先出了门，跟着对方一直走到了船梯。

“请允许我告辞片刻，我需要给下面的人交代一下事情。去去就回。”说着，他便回到驾驶舱去找文卡斯了。“碎镜者”顺梯子下到自己的船上，坐在那里，无所谓地等着对方。

阿卜杜尔三言两语对文卡斯讲了讲刚才与“碎镜者”的谈话，让他提高些警惕，叫信任的手下都准备好武器，船上有三支以色列来复枪，瓦尔特45式手枪，要时刻监视着尖刺号的情况，还有提拉多来时的那个方向。

“我觉得那艘船不值得冒这么大的生命危险。那家伙是我当海员这辈子遇见的最可怕的人。”文卡斯担心地说。

“已经不是那艘船在推着我这么干了，”阿卜杜尔说，“是别的东西。我从来就没有默默吞下过这种挑战。尖刺号最后也不可能是我的。这样更好。”

巴舒尔顺船梯爬了下去，看到提拉多正低声和黑人说着什么。他们的表情里藏着一些私密的东西，和阿卜杜尔及尖刺号都无关，只和那两人的关系有关。一种夹杂好奇的怀疑闪过了他的脑海。“这里也有点儿什么名堂。”他想，“这个人绝对比照片上看起来要复杂得多。”

夜降临了，无垠的赤道天空中星辰仿佛伸手可得。一轮圆月照着风景，乳白的光芒异常强烈。游艇的航程持续了将近两个小时。最开始一段的红树林区让人心里生出难以名状的悲伤。寂静被没入水中的船身打起的水花和马达的轰鸣轻轻搅扰，几乎察觉不到，低矮的树木、闪着金属光泽的叶片单调乏味，让周围环境透散出死亡和泥土的气息。他们逆流而上，周围逐渐出现了高大的树木，树上有显眼的、闪着磷光的橙色花朵，还有成群的归巢鹦鹉，肆意喧闹着，密林深处的其他鸟类也不时鸣叫，予以回应。风景突然有了喜庆的气氛，于是抹去了之前红树林留下的记忆。两侧的树木逐渐相互靠近，到了某个河段，一边与另一边的枝叶已然连接起来，遮住了天空。巴舒尔和提拉多只偶尔交换两句关于风景和气候的无足轻重的话。两人都在为之后可能发生的事保留着什么。

忽然，游艇猛地朝岸边拐过去，进入了一条狭窄的水道，它被细密的灌木遮掩，如果不认得入口，开过那里是绝对看不见它的。半小时后，他们到达了一处停靠点，泊船所需各种设施都十分现代。几个人下了船，走过码头，两侧的镀镍栏杆在月光下闪着光亮。阿卜杜尔再次记起了伊斯坦布尔、亚历山大、奥斯提亚安提卡或朱安雷宾那些雄伟的水岸庄园。“碎镜者”走在前面，给阿卜杜尔指着花朵盛开的繁茂橙树间那条向里延伸的路。脚步落在铺路的石子上，发出的声响给人一种宏大奢华的感觉。他们走到了橙树林的尽头。那里有一栋包豪斯风格的平层建筑。玻璃及铝材构筑的宽敞屋宅被隐在花园中的聚光灯打得很亮。

一个有着明显原住民轮廓——几乎像是来自亚洲——的女人，踩着低微顺从的脚步朝他们走了过来。她身穿精心挑选过的男性服饰：意大利剪裁的混纺布长裤、领口系扣的白色衬衫、故作随意的波利尼西亚风格的领带。赤裸的双脚上，指甲被涂成了黯淡的蓝色。她低头谦恭地问候，等待着主人的指令。她的身体年轻、灵活，静止在聚光灯的照射中，仿佛奢华商场橱窗中的模特。提拉多对她做了个手势，她于是朝屋内走去，两人也沉默地跟着她走了过去。他们走进了类似露台的门庭，中央有一个水池，有浑身磷光的彩色鱼儿在不停游动，毫无疑问，是从亚马孙地区带来的物种。接着，他们穿过了一道走廊，墙上挂着些罗斯科和波洛克风格的画作。这并没有令巴舒尔意外，看到对方的游艇时，他便已经预料到提拉多的住所会是这样。关于对方财产的来源——竟可以在这样原始的地方拥有这般奢华的房屋——他也没有了丝毫的疑问。

两人在棕榈叶编织、挑染着糖果色的麻布裹面的舒适靠椅上坐了下来。女人问他们想喝些什么，阿卜杜尔要了一杯冰茶。房主讽刺地笑了一下，要了一杯玛格丽特冰沙。阿卜杜尔没有在意提拉多的笑容，只是赞美了两句房子和室内装饰的良好品位，并顺便说了一句，在这样的气候中维护好这样一处居所，应该是一项艰难的工作。

“接受过良好培训的工作人员，再加上一个严格管理他们的人，就没问题了。”“碎镜者”解释道，“负责人是我从阿雷格里港带来的管家，他从德国祖辈那里传承下来了铁一般的纪律性。选择这样的家装风格，更多是出于舒适，而不是偏好。我不认为您来这里是为了和我讨论密斯·凡德罗建筑作品的优点的。”这时，女人带来了饮品，安静地把它们放在茶几上，随后无声地离开了。“我来给您简单解释一下我的想法吧。对我来说，您来得很是时候。正好，昨天他们通过无线电从巴拿马给我发来了消息，说那艘要来运一批精贵货物的船不能起航了，出了故障，要修几个星期，但是交货的日子已经确定，不能更改了。我想您可以负责来运这批货，报酬呢正好作为您购买尖刺号需付的头款，只有接受这样的条件，我才有兴趣卖它。之后您再运上个两三次东西，就能付清钱了。我想听听您的看法。”

阿卜杜尔心里松了一口气。原来，那就是他正等待的陷阱。但他并不意外。和“碎镜者”打交道，这样的事是可以料到的。但正是事件危险的地方吸引了他，明显是它在他的脊柱上挠出了痒。正如他在出发前和文卡斯解释的那样，尖刺号在这一切中已经没有分量了。就这样，他决定了继续把敌手的游戏玩下去，看对方会在哪里停下来。

“首先，”巴舒尔说，“我需要详细了解一下船的情况，知道它是否还能航行，是否需要牵引才能把它带走。第二，我自然很想知道那批精贵的货是什么，我需要把它运到哪去。这两点说清楚，我就会给您一个答案。”

“关于第一点，”提拉多品着他的最后一点玛格丽特回答，他说话时带着一种贪婪的迟缓，巴舒尔觉得这点让他显得有些粗俗而不是幼稚，“我可以告诉您，尖刺号需要被拖到巴拿马去。在那儿，他们会修理好它，让它重新起航。它的马达很多年前就不转了，我想应该已经坏了。如果您想把它改成您想要的样子，供私人使用，很抱歉，我觉得有些太难了，您得去新英格兰或者伊斯坦布尔做改装，不过您比任何人都更了解这些。关于第二点，我还是希望我们明天再说，那会儿我应该就能掌握一些必要的情报了。现在，我想邀请您去和我一同用餐，他们正准备着呢，咱们也需要好好吃一顿。您的房间已经准备好了。如果需要洗个澡，清醒一下，您尽可以去。我已经让人帮您准备好了干净衣服，供您更换。不用担心，是您的码，不是我的。这一点还是需要弄清的。”

脊背上久久不肯走的冷战告诉巴舒尔，自己正处在台风眼中。他与主人打了招呼，去了自己的房间，想洗个澡。穿男装的姑娘变魔术似的突然冒出来，跟着他走了过去。卧房极度舒适，像奢华酒店中的房间。淋浴房的水很热，他觉得舒服极了，那正是当时他所需要的。他用在浴室找到的崭新的电动剃须刀刮了胡子。随后，又试了试有安南人面颊的女人送来的衣服。一切都很合身。清凉的府绸衬衫、亚麻裤子和棉麻内衣与他脱下的那些极为相似。他踏上一双柔软的草编拖鞋，回到了露台。餐桌也摆在那里。“碎镜者”正拿着他的第二杯玛格丽特冰沙，等着阿卜杜尔。两人走向桌子，用人们上了一桌日本菜，非常正宗，完美无瑕。尤其是寿司，难以想象那个地方能有这样多样且新鲜的食材。阿卜杜尔向屋主如此赞叹道，对方只是满意地笑笑，随后那笑容便向狡诈滑了过去。

“我很想知道，”巴舒尔改变了话题，“您这个让人不安的外号是从哪儿来的。提起来是因为刚才您答应过我。而且，面对这么丰盛的料理，如果能用这件事来佐餐，那就再完美不过了。不知您是否能满足我的愿望。”

“您记得，”提拉多面不改色地答道，“我之前和您说过，得到外号的原因很显而易见。那是很多年前的事了。当时我正和我的队伍一起备战棕榈滩的马球冠军赛，后来，那场训练赛的场面开始变得暴力。我的击球棒的把手突然滑了一下，击中球后，球向马球俱乐部餐厅的大窗飞了过去，弹起后击中了一面威尼斯镜子，不记得是哪个咖啡园权贵留下的遗产了。镜子被打得粉碎。我父亲什么都没说，赔偿了俱乐部。但这不是全部。第二年，有场比赛，由我们对阵一些非常优秀的智利球员组成的来访球队。命中注定似的，击球方向再一次背叛了我，球把主席团一辆庄严的帕卡德的一只后视镜击了个粉碎，当时那辆车全城闻名，整座城也找不出另一辆那个款式和尺寸的车了。主席是我父亲的伴郎，当时正在场边观赛，于是送我了‘碎镜者’这个绰号。在踏入政坛之前，他曾是一位优秀的高尔夫选手和热爱在社会上抛头露面的俱乐部人士。从那以后，所有人都开始用这个主席给我起的名字来叫我。说实话，我从来没有觉得困扰。现在我的人生方向和那些年的截然相反，那段时光已经很遥远了，现在人们都说，我为了达到目的，不仅会逾越法律和政府，还会牺牲掉自己人以外的人的利益和生命。好了，现在我已经满足了您的好奇心，就请您也去睡吧，趁着雾还没来。这种雾总是在午夜后的最初几小时来，总让人说胡话。”

“碎镜者”与阿卜杜尔道了别，消失在了橙树林中，巴舒尔想，他的卧室应该就在其间吧，与大宅分隔开来，以免受到打扰。但他的推测很快就被推翻了，因为他听见了游艇的马达声响起来，朝着上游方向越来越远了。

躺上床，见困意迟迟不来，巴舒尔便开始思考——鉴于当时的情况也很好理解——该如何逃离屋主关住他的牢笼，不过是他自己被犯罪世界的未知数吸引，自投罗网的。待他活着脱身的计划成熟时，已经过去了好几个小时。关于提拉多的性格，他也已经没有丝毫疑问。在抛弃自己与生俱来的阶级之时，他遗传来的病态的残暴——良好的教养和被智慧管住的贪篓搭成的围栏令他的祖先压制住了这种残暴——就毫无束缚了。

毫无疑问，如果他不接受“碎镜者”的提议，后者就会把他干掉。巴舒尔小心翼翼地准备着全身而退的计划，在一点一点核实细节的过程中，作为听命于更高力量的意志的好穆斯林，他进入了梦乡。在陷入更沉的梦之前，他听见游艇的马达声又回来了。提拉多在石子路上的脚步是他听见的最后声响。他后来察觉出来，对方没有来大宅这边，而是去了他房间的所在地。

几声怯怯的敲门声叫醒了他。

“请进。”他用刚从梦中醒来的模糊声音说道。是穿男装的迷人的原住民姑娘。她把他前一天换下来的衣服放在了五斗橱上，没有看巴舒尔，说道：

“主人请您去露台用早餐。您想喝茶还是咖啡？”

阿卜杜尔要了茶和烤面包配果酱。女人安静地离开了。他在淋浴头下涂着肥皂，刮起胡子，突然觉得那个女人身上有种雌雄同体的气息，会引开人初次见她时因她的容貌而生出的兴趣。他想起“碎镜者”在游艇上和那个黑人之间的亲昵密语，各种迹象一起闪过，确认了他的怀疑——尖刺号船主的性向应该不单一。离开房间之前，他又复习了一遍昨晚制订的计划。一切都井然有序，一切，也都在安拉手中。他到达露台时，“碎镜者”正在给自己倒黑咖啡，倒了一大杯，热气腾腾，香气四溢。提拉多向他问了早上好，礼貌地指了指昨晚阿卜杜尔坐的位置。

“您睡得好吗？”他一边问一边尝着咖啡，露出了咖啡因瘾得到满足的惬意表情。

“很好。”巴舒尔答道，“您呢？我感觉您好像没有直接上床睡觉。”

“确实。我得为您做点儿工作。”屋主回答时，眼中划过了狡诈的光亮。

阿卜杜尔没有答话，默默倒了茶。是正宗的正山小种红茶，味道浓烈，散着松烟香，他很喜欢。

“好，”提拉多把手放在桌子上，说了起来，“是时候谈论咱们生意的细节了，我也想知道您对我的提议到底怎么看。”

阿卜杜尔做了个手势，示意让对方不要说话，提拉多有些茫然地看着他。

“咱们进一步深入之前，我想先说两句。昨晚我仔细想了想这件事，之后做出了一个决定，我想我应该告知您。首先，我对尖刺号已经完全失去了兴趣。现在，我和伙伴靠布哈拉公主号已经能挣足够多的钱了。我从没想过，纯粹为了乐趣和自己的个人用途能得到一艘您那样的船。不论怎样，我都得先让它运转起来，才能保证不可或缺的收入。既然如此，我是真的没有兴趣知道尖刺号给我开出的条件了。我还是什么都不知道比较好。当然，我不会和任何人提起这件事。我希望和您的事情进行到这一步就可以了。事已至此，我提议我们就此分开，就像一切都没发生过一样，今后也不再相见。这样对双方都好。”

“碎镜者”盯着他看了一会儿，但对阿卜杜尔来说，那一会儿有一世纪那么长。前者努力镇静下来，但终于还是失败了：

“我不认为这是您的最后决定。如果是的话，我不得不承认，我是大错特错了。我认识的您的同胞面对挑战时，都更有胆量。但，也好。我们就算这是您最终的决定吧。不过我希望您能回答这个问题：您真的想过，哪怕是在一瞬间想过，我会那么天真地相信您吗？您行遍了所有大洋，对无数违法手段都了如指掌，我难道会相信您不知道我做的是什么生意？难道会相信您了解了情况之后会一辈子保守秘密？上帝啊，我的朋友巴舒尔，您和我都没到巴西人说的那种‘能咽下蛤蟆’的年纪呢。您还想再来点儿茶吗？”他一边问，一边伸手够到了茶壶，给对方又倒了些。巴舒尔点了点头，同时发觉提拉多把脚伸长，碰了碰地上的什么东西。倒过茶后，他又点起了一根烟，深深地吸着烟气。

过了一阵，去往码头的小道上响起了脚步声。两个健壮的黑人从橙树林出来，走向了露台。阿卜杜尔推测他们是从屋主就寝的地方过来的。他和船上的人一样，属于在厄瓜多尔太平洋海岸定居的苏丹人，他们的凶狠尽人皆知。当那一对刽子手离他们只有几步之遥时，远处传来了船只靠上水泥码头的声响。提拉多送去一个眼神，两个黑人转身跑向了那边。巴舒尔和提拉多沉默了一阵，都在试着听清码头那边传来的对话。接着，提拉多迅速站起身来，朝有人声的那边跑了过去。阿卜杜尔紧随其后，想着在吃早饭的地方应该有埋伏。他在“碎镜者”之后到达了码头，看见对方和守卫们一样，高举着双手，正看着文卡斯和那两个他在格丁尼亚雇用的波兰人，他们正从船上用自己的来复枪瞄准着岸上的人。文卡斯的手枪抵在尖刺号看守的脑袋上，后者正瞪着满含泪水的眼睛望着他的主人。立陶宛人给巴舒尔使了个眼色，让他跳上船去。巴舒尔没有立即照做。他转向提拉多，低声对对方说：

“您说上帝给的路深奥难懂。我们认为，安拉的路更是如此。感谢您的招待，我们后会无期。尽管您不相信，但是我真的不想知道您的那些事，一点儿都不感兴趣。”

他跳上小船。船只全速掉了头，朝下游开走了，两岸厚密的植物在上方相接，船几乎难以穿行。两个波兰人仍旧瞄准着码头，带着斯拉夫人的冷漠，没人知道他们在想什么，因而十分令人畏惧。他们在经过提拉多的奢华游艇时，朝它的吃水线开了几枪，它几秒钟就沉了下去。没过多久，又听见人落水的声音。是尖刺号的那个守卫。其中一个水手在给他的手松绑之后，一脚将他踹入了水中。由文卡斯驾驶的小船进入了米拉河，全速朝入海口开去，为了避免来自岸上的枪击，一直蛇形前进，令人晕眩。巴舒尔问船长怎么会来得那么及时。文卡斯回答最好回船上再说。要尽快回去，因为还可能有别的意外发生。

他们顺流而下，用布哈拉公主号外悬挂的那只马达皮艇的最快速度前进着，之后终于进入了潮掩区。从尖刺号旁边经过时，阿卜杜尔盯着它看了一会儿。“另一只从我手里溜走的船。”他这样想，“这真是一个追着迫害我的诅咒。不过，或许是命运有意让我避开这些古代巨兽隐藏的致命危险吧。”文卡斯瞪着眼睛，惊恐地望着那只老船。阿卜杜尔不明白他为什么是这幅表情，那两个波兰人也这样盯着那只老迈的、静止的废船和它在潮掩区水面上的倒影。几个人开到布哈拉公主号——它的马达一直保持着发动的状态，做好了随时离开的准备——后，迅速载着全员启动了船只，等船的甲板正过来，人们跳上去，船只已经开始向海的方向行进了。巴舒尔不明白为什么大家的行动这么匆忙。文卡斯抓着他的手臂，把他带到了船首。从那里他们可以清楚地看到尖刺号。阿卜杜尔并不知道发生了什么，只是定定地望着曾住在他无眠夜里的无数航船中的那一艘。突然，一声雷鸣般的爆炸震动了整个海湾，一束地狱般的火光顶着一圈冲向天空的黑烟，从轻轻向左弦倾斜的尖刺号上冒了起来。船身完全倒下时，显露出了它被海带、海藻侵占的船身。那座雄伟博物馆在它令人晕眩的垂死时刻带来了某种令人痛惜的、不体面的观感。他们看着它消失了，消失在满是锈水和油污的漩涡里，消失在碳化了的、悲哀地转出了一片晕眩的木块间。那就是尖刺号所剩下的一切。一片污秽的残余慢慢地扩散开来，仿佛不幸与腐烂的最后记号。

文卡斯把巴舒尔带到了驾驶室中。后者还没从惊愕中缓过神来，仍有些呆滞。船长命令舵手离开舱室，在锁上门后，自己控制起了操作台。文卡斯的讲述很简短。事情就这么如一连串噩梦般发生了，但是其中的逻辑却异常简单。阿卜杜尔和“碎镜者”走后，文卡斯就不安起来，他有不祥的预感，大部分都来自那个人物给他留下的令人不悦的印象。他们知道船的守卫和提拉多的住所在用无线电相互联系。所以夜深之后，文卡斯决定去一趟尖刺号。两位来自格丁尼亚的大高个儿也陪着他一同去了，都带着火力很猛的自动步枪。他带的是瓦尔特45。几个人上了船，没给什么解释，黑人也不敢反抗。那可怜的人脸上又惊又怕，话都断断续续说不清楚了。抖得像片叶子似的，请他们几人立即下船。比起访客手中的武器，他更怕“碎镜者”的惩罚。文卡斯让他们把他锁在了无线电室旁边一间没有家具的寝舱里，并令其中一个人看在门口。随后去查看了一下收报机，戴上耳机后，他正好听见“碎镜者”正在和一个所谓“二号港”的地方说话。显然，他们避开了使用真名。对话持续了一刻多钟，之后，他又呼叫了“三号港”。提拉多在两段对话中重复过的一句话让文卡斯立即意识到阿卜杜尔正命悬一线：“船主在我手里。他入不入圈无所谓。不管怎么样都得干掉他，有可能现在，有可能晚些时候，等他按照我们所需提供完服务之后。他看到的东西已经太多了。而且也不是个温顺的家伙。”文卡斯没有耽搁，立即采取了行动。他听到信息说，提拉多有几吨的古柯叶要运到哥伦比亚太平洋海岸的一个港口，离巴拿马边境很近。货会从那里被他所谓的“工厂”运往内陆地区。如果阿卜杜尔接受交易，他们会在他运完古柯叶后干掉他。如果不接受，那天早晨就会把他杀死，还要突袭他的船。尖刺号将在第二天被炸掉，因为他们怀疑警察已经锁定了无线电信号。炸药已经放好，提拉多会从岸边远程遥控爆炸。他所说的那些“港口”实际是古柯种植园，由“碎镜者”和“工厂”所有者共同拥有。提拉多会在毒品的最终交易中提成。文卡斯命令手下压着黑人下了船，让他指出该如何去往巴舒尔的所在地。一行人很快出发了，但一直等到了黎明时分才开始救援行动。守卫仍旧发着抖，大颗大颗的泪珠从脸颊滑落下去，沾湿了衬衫。“他会杀了我的，”他在啜泣中重复着，“那个人会把我杀了的。诸位不了解他。上帝啊，这一次我死定了！”他甚至没听见文卡斯的话——会在到达那里之前让他逃走。几人进入了红树林区。过了一阵子又在黑人的带领下钻入了小河道。他们关闭了马达，一直划桨前进，直到远远望见提拉多的家。等待黎明到来时，几人一直藏在河岸的植物间。听见从橙树林尽头传来的说话声时，他们便立刻划到码头去。小船撞上了码头的水泥边，两个黑人便朝那个方向跑了过去，但瞬间被波兰人手中瞄准着他们的步枪给拦了下来。再之后，提拉多也到了，后面跟着巴舒尔。接下来的事阿卜杜尔已经知道了。之前在红树林时，船上的黑人不想跳到岸边去："能往哪逃啊。圣母玛利亚！"他抱怨道，"诸位真不知道'碎镜者'是什么人。我连一天都活不过去了。"所以在解救了巴舒尔之后，他们只好把他扔进了水里。巴舒尔很为失去尖刺号而遗憾，但他也知道，那艘船已经没了马达，实在破败不堪了。他们把它放在那里，只是为了供提拉多以及他的同伙所打造的基地之间相互联络用。海岸突击队已经锁定了他们的信号，炸掉它在所难免。他的看守本身也要跟着船只消亡的，也不值得救了。

文卡斯把事情讲完后，阿卜杜尔把行船方向改为巴拿马。他对船长简短地表达了谢意，并赞扬了对方行动之迅猛。简单来说，他救了他的命。文卡斯向两位格丁尼亚水手转达了他的话。他们满意地笑了笑，表达了自己的喜悦之情，说话时所用的方言只有文卡斯能听懂个一半。当然，文卡斯没有告诉他们"碎镜者"做的到底是什么生意。因为他们在到达港口时通常会无休无止地痛饮一番，尽管个个都是无比忠诚的人，但酩酊大醉中也难免会说漏嘴。

他们在巴拿马抛了锚，等待着进入海峡的机会，当天下午，一艘警察的小艇靠近了他们，艇上有两位调查员以及四个手持冲锋枪的兵士。他们上到船上，要求和巴舒尔谈话。阿卜杜尔接待了对方，平静地回答了他们提出的问题。全部和米拉河潮掩区那艘船的爆炸有关。巴舒尔回答时告诉对方，自己很想得到那艘船，但却没能和船主说上话。船的守卫不想让他们与他联系。他们等到第二天，就在要起航时，尖刺号在一片火光中被炸飞了。这是他唯一能告诉他们的东西。调查员的询问并没有深入下去。他们看起来并不那么想知道阿卜杜尔提供的信息之外的东西。就是一个常规行动，面子上过得去就好。从这里也能看出"碎镜者"的触角伸得有多长。

布哈拉公主号穿过了海峡，向马提尼克的法兰西堡行驶过去，他们会在那儿载上货，运往勒阿弗尔。到达法兰西堡时，马克洛尔正等着他们，上船的同时还带着一个特别的人，他介绍说是他的好朋友，画家阿莱杭德罗·欧布雷贡，和他一起游遍了东南亚以及加拿大的太平洋海岸，那些经历他在当时就记录了下来。他们喝下了三瓶三河市的上好朗姆酒，是巴舒尔在马提尼克买下来招待客人的，几人一边喝一边听阿卜杜尔讲述了所发生的事，多亏从无线电设备中偷听到了一段对话，也多亏文卡斯·布莱凯迪斯机智敏锐，他才得救。讲完故事后，马克洛尔说：

"我那些关于'碎镜者'的预感都得到了印证。但没想到这个家伙还挺有意思。不过他站在莱娜旁边的那张照片也不可能透露更多东西了。我倒想会会他。那类误入歧途的纨绔子弟最能代表某种恶的化身。他们的恶甚至能把吉尔·德·雷和巴托里·伊丽莎白的肠子蛀掉。"

欧布雷贡摇摇头，反驳道：

"不见得。那种家伙没那么吓人。我就认识几个是'碎镜者'这个类型的，也没那么夸张。他们远没有您提到的那几位历史人物那样伟大。他们总是在灵魂的最深的角落藏着一个可怜的恶魔。我认为纯粹的恶是一个抽象的概念，一种思维的创造，在现实生活中永远不会存在。"

最后一瓶来自三河市的酒还余下一点儿，巴舒尔和文卡斯一边听着对方在马来西亚的旅程——倒并没有特别出彩—— 一边和他们一起把酒喝光了。

第四章

该讲讲那个彻底改变阿卜杜尔·巴舒尔人生的事件了，关于此事，我们并没有从他本人那里得到什么信息。在他与法蒂玛的通信中，只是寥寥提过两句，没有附任何看法。一切细节都是瞭望员马克洛尔告诉我的，或是他亲自说给我的，或是来信讲的。在信中，他始终保持着简洁风格，仿佛在替朋友保守沉默的愿望。那件事，是伊洛娜·哥拉博夫斯卡在巴拿马的不幸离世，他们两人从未把当时的具体情况说清楚。灾难发生后，马克洛尔陪巴舒尔去了温哥华。几个月后，我见到了瞭望员，他为我讲述了悲剧。他不仅是它的见证人，从某种意义上来讲，也是它的主角。所有那些细节，连同之前所发生的事，都在一本已出版的书上由瞭望员本人叙述过，很大程度上讲，那本书是献给伊洛娜的，她是的里雅斯特人，是马克洛尔与巴舒尔两人的朋友。在此，我想简述一下在巴拿马发生的事。当时，伊洛娜与马克洛尔正经营着一项获利颇丰的生意——他们开了一家妓院，姑娘们都自称是经停巴拿马航线的空中小姐。遇见伊洛娜和想到假空姐妓院的妙计之前，马克洛尔在巴拿马已经山穷水尽了，巴舒尔那阵子过得也不顺，但还是想方设法给瞭望员寄了一些英镑过去。这笔另辟蹊径、收益颇丰的生意所获利润的很大一部分又寄回给了巴舒尔。在两位朋友的慷慨相助下，巴舒尔买下了一艘运油船，希望能运些化学制品。为了向伊洛娜致敬，他将船命名为“的里雅斯特仙女号”，这个细节倒并没有讨得伊洛娜的欢喜，她认为这是种虚浮的东方品位。马克洛尔和伙伴厌倦了“玫瑰庄园”——这是妓院的名字——的生活，也厌倦了进进出出的妓女及惹是生非的各色客人。他们决定离开巴拿马，并计划与巴舒尔汇合，后者当时正去往温哥华，并告知二人，自己之后会路过海峡。两人想给巴舒尔一个惊喜，便没有告诉对方他们的决定。临走之前那几天，一个常在玫瑰庄园接客的女人以一种奇怪的方式黏上了伊洛娜，其中并不夹杂任何情色意味，至少表面看是这样。她名叫拉丽萨，来自查科。住在巴尔博阿大道防波堤旁的一艘废弃的船里。一天下午，她请伊洛娜去了她的住处，想劝对方留下来。没人知道到底发生了什么，只知道拉丽萨一个小火炉的燃气罐发生了泄漏，顷刻间那艘船被炸成了碎片。两个女人都被烧成了炭块。马克洛尔去了克里斯多瓦尔，去与在爆炸发生的第二天驾驶着的里雅斯特仙女号到达海峡的巴舒尔汇合。这便是此前文字中所叙述的部分。

可以想见，两位朋友的相见令他们肝肠寸断，巴舒尔尤其心碎，那消息带来的结果是他无法预见的。瞭望员上了船，抓着朋友的胳膊，把他带到了房间，跟他说需要私下和他说些事。巴舒尔当下就感觉到是伊洛娜出事了，他瞬间面如死灰，像是做好了受打击的准备，却又不知打击将从何而来。马克洛尔在对方的寝舱用寥寥数语把悲剧讲给了他。错愕之下，巴舒尔哑着声音请瞭望员让他自己待一会儿。马克洛尔出门去找的里雅斯特仙女号的船长了。后者还是与阿卜杜尔形影不离的文卡斯·布莱凯迪斯，还是不会念自己老板的名字。

“哈布杜尔怎么了？有什么坏消息吗？伊洛娜不和您一起来了？”他一边把瞭望员带往为之预留的寝舱一边问。

“伊洛娜死了，文卡斯。”马克洛尔用苍弱的声音答道。

“我的上帝啊！那您还敢让他一个人待着？”船长警觉地叫起来。

“不用担心。是他让我走的。巴舒尔不会像您想的那样去寻解脱。他一个人待几个小时，就会习惯那种正等待他的空虚。后果以后才会显现。我想它们会是致命的，但是是另一种意义上的。”瞭望员说。

“嗯。您更了解他。想到那种正折磨他的痛苦，我就觉得很郁闷。他之前那么盼望见到自己的朋友，想给她展示这艘以她之名命名的船。事情是怎么发生的？是被人杀害的吗？”文卡斯的绝望令人动容。

马克洛尔为他讲述了发生的事，面对那一系列荒谬却致命的事实，可怜的立陶宛人越听越困惑。进入自己的寝舱后，瞭望员想了很久在人生中与他共度过一段时光的人，他们的命运似乎都被刻上了不祥的色彩。对于阿卜杜尔来说，伊洛娜的死是难以承受的灾难。他和她的关系像姐弟，同时又透着强烈的情色意味，两人之间的纽带比流浪四方的黎巴嫩人想象中的要更为坚实。对伊洛娜来说，阿卜杜尔是她不曾拥有的弟弟，引领对方的生活给她带来了一种隐秘的满足。她身上混合着复杂的性感以及凭借女人本质的灵巧所施展的微妙掌控力。同马克洛尔的关系则不同，它意味着恒久的挑战和延续不断的惊喜。她之前从未——哪怕是在一瞬间——遇上过哪个人既能强烈吸引她，又能逃脱她女巫智慧撒下的密实高效的罗网。在马克洛尔那里，一切都飘忽不定，没有什么是确定无疑的。他的松散引起了她的兴趣。因此，在她对待瞭望员的态度里，总是掺杂着一种介于讽刺和亲昵之间的幽默感，永远为她留着一条退路。而她和阿卜杜尔相处时，一切都处在一种被设计得很简洁的秩序里——其间并不排除冒险与风险——这种简洁可以使她一直游弋在由她的情爱智慧掌控的轨道之上。嫉妒从未探出头来用它折磨人的那一面离间他们三人，对于那些熟知他们关系的非同寻常色彩的人来说，这一点很好理解。伊洛娜的消失留下了一块空白，它并没有分开这两个朋友，但却夺走了一位中间人——她总是帮他们以更顺利、友好的方式解决问题，使困难都消解在了有益身心的道理以及他们对这位共同情人兼朋友的永不更变的爱意中。

我们毫无保留地爱过的人——她曾是我们生命中最坚实本质的一部分——就这样逝去了，于是去往温哥华的旅途被染上了昏昏沉沉的色彩。马克洛尔从最开始就一直在阿卜杜尔面前强调那场悲剧的不可避免。拉丽萨把自己准备的武器藏到了最后一刻，伊洛娜把头探进了查科人设计的小圈套里，没有给马克洛尔留任何介入的机会。巴舒尔坚持要从拉丽萨病态的情色倾向出发为事件做出解释。瞭望员则多次坚持伊洛娜在这方面磊落得很。她在经历其他类似的情爱冒险时，都会不加遮掩地承认。对伊洛娜来说，和另一个女人做爱无非是一种没有后果的游戏，一种感官练习，也只有感官参与，情感并不会介入。查科女人事件中的是一种被误解的善意以及一种毫无根据地归在她头上的罪责。拉丽萨患有已被精神病学定义出来的精神疾病，因此心地阴暗，不择手段。马克洛尔还坚持认为，是她泄漏了燃气，等伊洛娜一去，便点燃了火柴，造成了爆炸，她也由此完成了复仇，报复了来自的里雅斯特的伊洛娜以及她自己的那段人生，那段由永远受奴役的地位以及卑微附属的处境组成的人生。真相无法查明，巴拿马警察对调查也并不感兴趣。拉丽萨的秘密动机应该与瞭望员的推测十分相近。

失去了伊洛娜以及她充满爱意的细微守护后，随着时间流逝，阿卜杜尔·巴舒尔越来越倾向于跟随瞭望员的脚步，他喜欢上了放手流浪，并开始接受命运，不再计算它的隐秘计划会将自己带去哪里。阿卜杜尔在回溯他游牧民族血液的同时，坠入了马克洛尔经常跌落的深渊，如果不能说跌得更深，至少也落到了同样的深处。就像刹车失灵，失去了一个可以阻止他走向灾难的依靠。我也因此常觉得他与“碎镜者”的会面是发生在伊洛娜死后的事。很难相信她没有阻止他的类似冒险，要知道，她通常是不会让自己的情人命悬一线的。不过，我们只要留意信件上的日期，便会打消这种可能性。因此也会明白，马克洛尔对他的影响在伊洛娜离去之前就已经开始显现，但这一点也很难令人信服。

第五章

不管事实是怎样的，他们到达温哥华后，巴舒尔就卸掉了所有压载，并毫不犹豫地接受了马克洛尔的建议，卖掉了的里雅斯特仙女号，打算用那笔钱买下一艘货船，改装一下，载运去往麦加的朝圣者。他们实践了自己的想法，坐着一艘宏伟的土耳其货船去了比雷埃夫斯，在那儿找到了想要的船。那艘船的柴油马达是1920年瑞典萨博斯堪尼亚公司生产的D11，需要大修一次，修理马达的同时，希腊号——这是货船的名字——也在比雷埃夫斯进行了改造。并在塞浦路斯完成了注册。

两个伙伴之前就熟悉往麦加运送朝圣者的买卖，在讲述伊洛娜与马克洛尔及他们在巴拿马的遭遇的故事里，已经提到过这笔生意的相关内容。这类活动的收益颇丰，但也很容易想见，在旅客管理方面会有诸多不便与风险。阿卜杜尔和马克洛尔在中东活动的那个新阶段里合作了几年。其间琐事无须费笔墨描绘，但还是有一件事值得讲述，因为从中可以看出巴舒尔性格的明显变化。在他们第三次或第四次运送朝圣者去伊斯兰圣地的旅程中，发生了一个意外，不仅几乎葬送了他们的生意，更差一点儿就结束了两人的生命。

他们接上了住在亚布拉纳茨——位于南斯拉夫克罗地亚海岸——穆斯林小社群中的一些家庭。他们是奥斯曼占领时期的幸存者，几代人凭借坚不可摧的意志抵抗着克罗地亚执政者试图瓦解他们的一切尝试。旅途中发生的第一个事件并没有闹大，幸运地被马克洛尔压制住了。刚被瞭望员聘来的水手长是第一次冲突的导火索。此人名叫约西普，马克洛尔已与他相识多年，性情有些夸张却又敏感多心，出生于伊拉克，祖上来自格鲁吉亚。在先前的相处中已经与马克洛尔生出了深厚情谊。当时，他正负责把各个朝圣的家庭安排在已被改为公共卧室的底舱，但几乎听不懂那些人晦涩的方言，没一会儿就闹出了矛盾，一个家庭坚持要抢占已经指派给另一个家庭的位置。约西普尝试让众人冷静下来，不想两伙人突然聚在一起把矛头转向了他，并扬言要把他干掉。当时瞭望员正好下到底舱来看旅客的安置情况。他熟悉克罗地亚人凶猛好斗的性情，所以水手服口袋里总是装着一支口径38的左轮手枪。一见眼前情景，他立刻放了两次空枪，随后用枪口指着气势汹汹的众人，威胁他们冷静下来，同时示意约西普离开那是非之地。族长模样的人是一位威严的老者，留着花白的长胡子，双眼炯炯有神，虽然站在底舱深处，却十分显眼。他走上前来安抚自己的教民。随后又用土耳其语对马克洛尔说，在他们看来，约西普作为宗教异端，对众人来说是个挑衅。因此，最好尽可能避免这位水手长与他的族人接触。马克洛尔基本同意了对方的请求，一切看起来也都恢复了平静。多年之后，我将遇见约西普，当时他在拉布雷亚大道一个散发恶臭的汽车旅馆管事儿，收留了疟疾发作、十分虚弱的马克洛尔。那一次，约西普向我讲述了上述事实，心里仍旧怀着炽烈的热情和对瞭望员始终如初的感激。

旅程看似一帆风顺地进行，但乘客间却酝酿着一种默默的仇视，这种情绪不仅源于约西普的存在，还产生于众人基于自己的信仰戒律对阿卜杜尔·巴舒尔进行的大量严格观察，他们知道他也是穆斯林，所以一上路就开始评判他的行为。政府对他们的社群实施了隔离政策，众人艰难维生，在敌视他们宗教的氛围中奋力保留着自己的信仰，正是基于这一显而易见的原因，社群内部严苛的教条主义得到了更迅猛的发展。马克洛尔建议约西普、阿卜杜尔还有文卡斯在到达麦加之前一直随身带好武器。此处值得讲一下阿卜杜尔的信仰以及他实践它的方式。他是坚定支持伊斯兰教各种教派的穆斯林，来自一个信仰深深嵌入日常生活各处的家庭，然而，他自小便表现出了边缘信徒的倾向，作为观察者，面对《古兰经》的各类强制戒律，内心深处一直保留着类似考察和理性分析的态度，在任何一种宗教中，这类态度都不是真正虔诚的信徒应该持有的。他的母亲是个温柔至极的人，对他怀着无尽的宠溺之情，一直试图修正自己儿子的倾向，但很快，当他的青春期到来，她便不得不放弃了努力。持续不断的旅行，尤其是在欧洲进行的那些，没有改变巴舒尔实践自己宗教信仰的方式，甚至加重了他的保留和迟疑态度。一切狂热都让他极度不安，当他发现这正是伊斯兰教真正的核心——在对《古兰经》戒律的实践中，它永恒的严苛态度连最微小的偏离和倦怠都会惩戒——便更是如此。巴舒尔从小温和平顺，在周游先知之地时，这成为他的盾牌，使他一直能避免与自己同信仰的教徒产生任何摩擦冲突。他倒是更容易和自己的欧洲朋友产生冲突，因为他们都把他当成一个西化了的东地中海人，这常给阿卜杜尔的内心带来冲击，他很反感如此粗暴的不理解。与瞭望员之间的坚实友谊之所以能建立起来，其中一个重要的原因就是，对方从最开始就自然而然地对自己朋友的信仰表现出了尊重。当西方人看见巴舒尔与大家举杯饮酒，自信地抛出关于伊斯兰教相关戒律的不负责任的言论时，不知有多少次都是马克洛尔站出来与他们对峙。那种时候，巴舒尔总是保持着介于愤懑和怨恨之间的沉默，马克洛尔则会负责给说话冒失的人上一堂对方绝不会轻易忘记的课。阿卜杜尔已经说倦了，《古兰经》上没有任何地方明确禁止饮酒，但它的确强烈反对醉酒，认为这是对人的头脑犯下的罪，不为安拉所赞赏。

“您别难受，阿卜杜尔，”瞭望员安慰自己的朋友，“这些人根本不了解伊斯兰教。更可怕的是，这种傲慢的愚昧从十字军东征时就开始了。他们最后总是得付出沉重的代价，但却不听劝，依旧那么顽固。这些人没救了。到世界末日都改不了。”

“也不是所有人都这样。”巴舒尔常说，“我认识很多西班牙人和葡萄牙人，思想比其他地方的欧洲人要开明得多。”

“也别想得太好，”瞭望员则会回答，“别忘了宗教裁判所。”

“据我所知，在宗教裁判法官中有不止一个改宗皈依天主教的信徒。我害怕我们教中的狂热者，更甚于基督徒中的狂热者。”

巴舒尔这番话忠实地描绘出他在面对两种文明——千年以来，它们一直延续着“聋人”间的对话——的无尽争端时所持有的态度。我们提到巴舒尔这方面的品质是因为，正是在那次运送克罗地亚人的旅行中，他面对宗教问题时的态度展现得一览无遗。

希腊号离开亚得里亚海之后，每天早晨，一位身着长及脚踝的印花长裙的女子——她的衣着风格应该参考了欧洲风尚——都会上到甲板上去。第一天出现时，巴舒尔就注意到了她。她很高，几乎与他同高，纤瘦苗条，胸部小且紧实，神态高傲、疏离，与她完美的五官搭在一起十分和谐。她的脸纤长、苍白，轮廓精致。眼睛大而黑，目光有些郁郁寡欢，像警觉的羚羊，这令她散发出了别样的魅力。风吹过去，长裙贴在身体上，勾勒出忽隐忽现的腰臀以及布料之下的髂骨。女人没有伴儿，独自站在那里，紧盯着海平线，度过漫长的两个小时。这引起了巴舒尔的好奇和文卡斯的不安。她不时捋一捋浓黑的头发，透露出一丝厌倦。第三天，阿卜杜尔随便找了个借口，经过她的身旁，听见她用开罗口音问他，那些岛都是什么岛，他们才刚刚路过，就已经消失在海平线上了。

“是奥索尼岛和埃里库萨岛。值得什么时候去看看。是希腊魅力的第一名片。”巴舒尔回答时明显想把对话继续下去。

事实上，这位女子受过的教育比她的朝圣同伴们要全面、细致得多。在几句客套话之后，她表明，她旅行是为了去和丈夫团聚。她的父母把她嫁给了带领他们去麦加的伊玛目的一个兄长。是当地备受尊敬的商人，多年前因为中风而半身不遂，只好坐在轮椅上。她去亚布拉纳茨是为了看望丈夫的侄女，也就是伊玛目的女儿们，现在要回家了。未婚时，她住在埃及，在开罗的一家香水店工作，被母亲的几位远亲保护。她的父母本想定居萨格勒布，在去往那里时死于火车事故。女孩回到埃及时，伊玛目便得到了她的监护权，并把她嫁给了自己残废的哥哥。

在她讲述自己的人生遭遇时，巴舒尔没有听出一丝抱怨或自我同情。她的叙述简洁、直接，仿佛那都是发生在别人身上的事。因为有些想报偿对方的信任，更因为想把谈话继续下去，阿卜杜尔也简短地讲了讲自己的人生。随后，两人一起回忆起了开罗，阿卜杜尔十分了解那座城市，又说起了亚历山大，他曾在那儿跟着一个舅舅工作，度过了年少时光。他也正是在塞得港认识的自己的同伴和老朋友，说着，他指了指靠在一把帆布椅上的马克洛尔——对方正如痴如醉地读着古斯塔夫·斯伦贝谢所著关于尼基弗鲁斯二世的书籍。巴舒尔注意到女人眼里划过了言而未尽的一道微光，于是直接开口问她，怎么看瞭望员。她很自然地回答阿卜杜尔说，她有种说不清的恐惧。或许，她说，是因为无法判断他的职业或确定的国籍吧。巴舒尔什么都没回应，只是转而谈起他们的旅行，说起了之后会经过的港口。女人一会儿便告辞了。走前又转身对阿卜杜尔说：

“我的名字是哈莉娜。也知道您的名字是阿卜杜尔，不像船长叫的哈布杜尔。您为什么不纠正他啊？”

“因为他这么叫，我觉得有意思。”阿卜杜尔面带微笑，看着坦然自若——这在穆斯林女性中很少见——的对方，回答道，“瞭望员想开我玩笑时也会这么叫。”

“我可不会这么做。”她一边朝通往底舱的楼梯走一边说。她的话里有话，巴舒尔认为那是一种对未来某种亲密关系的不言而喻的承诺。

他们每天都见面，两人的关系也越来越自然、亲近。阿卜杜尔发觉女人吸引他的方式很特别。其实并不是吸引，而是一种因那纤长的身体和哑光白的光润肌肤而燃起的兴奋，令他想起人们争相传颂的《古兰经》中关于天堂仙女的诗句。这有些像令人难以接受的陈词滥调，他知道，但同时也明白，有时陈词滥调也会成为现实，触手可碰。正因为它显而易见，才格外令人着魔、不可抗拒，这一点也是众人皆知的。马克洛尔和文卡斯都在小心地盯着他们的朋友正鲁莽走上的那条小道。瞭望员仍旧忠实于他那条“无论什么事，都任它自然发生”的原则，完全没有介入。文卡斯则更单纯一些，不知如何是好。他于是跑去对船主说：

“我的天啊，哈布杜尔，那些穆斯林都已经怒了。您知道把那女人带上床会冒多大的风险吧，她嫁的可是伊玛目的哥哥。他们会把咱们的头都给砍下来的。”

“您不用担心，船长。我会小心的。不会有事儿的。您知道偷尝禁果有多诱人。而且，那个女人比她那些粗鲁的旅伴要有教养多了。”阿卜杜尔回答道，尽管他并不能确定事情会不会有严重的后果，但已经下了决心，要把哈莉娜带到他的寝舱去，她在他的感官之中搅起的呼唤已经让他按捺不住了。

然而，发起主动的并不是他，这更让他收不住自己的性子了。一个晚上，他睡得正香时，有人轻轻敲响了他的门。他起身把门打开，哈莉娜进了房间，她把整个身体裹在一条宽大的披巾里，恍惚中仿佛看到了腓尼基女祭司。他们一句话都没说，就拥抱着倒在了床上。阿卜杜尔本来就习惯裸睡，而她，脱下披巾之后，在一片混乱癫狂的虚幻中呈现的也是完全赤裸的身体。这炽烈情色章节在仿佛没有尽头的晕眩中被书写下来，巴舒尔确认了他关于克罗地亚女人的预感，她的爱抚令他精疲力竭。

他们每天都会在深夜相会，女人也不再出现在甲板上，徒劳地遮掩着她与希腊号船主的关系。文卡斯的恐惧很快变成了现实。阿卜杜尔开始注意到，他这位女性朋友的身上有了淤青，应该是她因为自己的所作所为而受到的惩罚。她则轻描淡写，说是自己睡觉时不慎从床铺跌落造成的。阿卜杜尔更愿意接受她的解释。但某天晚上，当他去开门时，进来的不是哈莉娜，而是那位伊玛目。那位老者的态度倒并不暴力。看起来更像是巴舒尔的裸体让他感到了困扰，因而说起话来含混不清。巴舒尔裹上床单，请对方坐下。伊玛目依然站着，直直盯着他。接着，巴舒尔向对方询问了来访的目的，伊玛目回答时，声音中深藏着斥责：

“您了解圣书上给通奸之人定下的刑罚。我不必多说。我们到达麦加之时，自会依照先知的律法审判那女人。至于您，我们在这儿的确什么都没法做。但您的罪行终有一日会受到应有的惩罚。我要求您立刻停止与我兄长之妻的一切接触。我的人都急着想清洗落在我们头上的耻辱，到今日为止，我还能管住他们，但过了今日，我就不能保证了。这些就是我想和您说的全部的话，此外，还要借我作为毛拉的权威，宣布您不配得至仁至慈真主安拉无尽悲悯的赦免。”

第二天，巴舒尔将伊玛目的话以及他对二人的惩戒意图说给了马克洛尔。瞭望员一瞬间陷入了沉思，像是在怀疑事态的严重性，接着说道：

“啊呀，哈布杜尔！我怎么觉得文卡斯说得对呢。但是在这件事儿上，我没有提前警告你，所以也不能说什么。现在咱们在船上，那位伊玛目没法对那女人实施严酷的刑罚。商船的国籍是英国的，受英律保护。别忘了，希腊号是在利马索尔注册的。老头儿知道，依据英国法律，判哈莉娜重罪是鲁莽之行。他说到麦加再执行刑罚时就等于承认了这一点。咱们认识很久了，我知道您肯定会想办法和她联系上，好保护她。这会把这群野人惹得更愤怒。如果他们扑上来，毫无疑问，咱们分分钟就没命了。唯一的解决办法是，您和她后天在塞得港下船。我们继续往吉达开，把朝圣者放在那儿，回来时再接上您二位。得看看那位女士拿的是哪国的证件。”

“她拿的是南斯拉夫护照。”阿卜杜尔说。“但是因为在埃及住过几年，警察应该记录过她的名字。我觉得在塞得港下船没问题，在那儿等几天希腊号。但这不是真正的问题，”阿卜杜尔痛苦地说道，“如果我们能留在塞得港的话，真正让我不安的是得负担这个放纵的娘们儿，天知道要多长时间。您知道这只是一时兴起的事。我和您讲过这位女士在床上的勇猛，还有和她在一起时那些幻觉般的体验。但那些跟真的和这样一个疯婆子一起生活还是有千差万别的。”

“这些已经想到了。在塞得港，咱们把钱给够了，让她想去哪儿就去哪儿。我不觉得她是那种会沦落到孤苦伶仃境地的人。她在开罗和亚历山大都工作过，在哪儿都可以轻松地从头再来。有一件事是确定的，她也知道：如果在吉达和其他人一起下船，在看到麦加之前她就会被乱石处死。得找到一个对她有兴趣的人，和她结婚，就像我跟吉隆坡那个做葬礼线香的寡妇，她最后就投入了阿莱杭德罗·欧布雷贡的怀抱。”听过瞭望员这番话，阿卜杜尔点了点头作为回应，不言自明。接着他又说道：

“得知我们在塞得港下船，那伙儿气不打一处来的家伙会怎么反应啊？”对于伙伴的计划，他显然还有些疑问。

“这样，”瞭望员回答道，“您二位在夜里偷偷下去。约西普会陪着你们。他很可靠，还有伊拉克的护照，不会有任何问题。到时候就说您下去是为了给咱们的联络人交几份材料。现在最重要的事是和您的杜尔西内娅说明情况。我敢肯定，她会想方设法来见您的。”

事实的确如此，哈莉娜在第二天清晨出现在了阿卜杜尔的寝舱里，面部有淤青，一道眉毛豁开了，涌着血，背上满是无情的鞭子抽出来的伤痕。巴舒尔尽可能用医药箱里的药品为她处理了伤口，让她吃下了些高效的止疼药，好缓解想必难以忍受的疼痛。但她一句都没抱怨。也不想说究竟是谁惩罚的她。她听巴舒尔讲了在塞得港与他一同下船的计划，表示完全同意。同时也表示她的护照可以表明她曾在埃及居住和工作过。尽管可能会受更多的折磨，但她仍想做爱，阿卜杜尔不想违背她的意愿，也只好同意。在回到底舱之前，他们约好在第二天午夜前一刻钟时在希腊号的救生船处相见，它会把他们带上岸。巴舒尔清楚地把船的位置指给了她。

当天早上，阿卜杜尔告诉马克洛尔和文卡斯，哈莉娜找过了他，并且对方也同意了逃亡计划。只剩朝圣者的问题还没有解决，不知他们明白过来时会如何反应。大家都同意在信任的船员之间分发武器。

那一晚，他们停靠在了塞得港，并通过无线电告知了港务局有两位持有效证件的乘客将下船。希腊号会把朝圣者载到麦加的港口吉达，那两人则会在塞得港等待希腊号回来。港务局批准了请求。到了与巴舒尔约好的时间，哈莉娜来到了救生艇旁。她又遭受了毒打，已经几乎无法走路。约西普和另一位将陪他们上岸的水手也到了。底舱里没有任何动静。瞭望员和文卡斯焦急地等着救生艇回来，想知道港口的一切是否顺利。过了很久，也没有任何人回来。终于，在第二天早上，小艇回来了，同时回来的只有驾驶它的水手，做着手势让众人帮忙把船升上去。爬上甲板后，还没等上级询问，他便开口讲述了岸上发生的事。阿卜杜尔和哈莉娜顺利地过了海关。一个警察问他们为什么女人伤成了这样，他们说她顺楼梯往底舱走时不慎跌倒，从四米高的地方摔了下去。要去塞得港的医院做些检查。约西普要转身回去时，港务局也向他索要了证件，他说自己没想入关，因此没带在身上。对方让他等在那里，要了他的全名，还有一些其他信息。过了一会儿，同一位海关官员回来了，还带着两个全副武装的士兵，他对约西普说：

"您曾是法国外籍兵团的士兵，在法国有些军事法庭的问题没有解决。所以现在被捕了。"两个士兵为他戴上了手铐，把他带往了办公室里。海员本想为自己的水手长辩护，却被告知不要掺和进去，必须立刻回船，否则将一起被逮捕。海员还说，在将移民事务与其他事务隔开的玻璃挡板后面，他听到阿卜杜尔与哈莉娜同约西普说了些什么，他应该在那边遇上了他们。

面对底舱可能暴动的克罗地亚人，约西普的存在至关重要。他在地中海各个港口的丰功伟绩赢得了整个船员组的忠诚、尊重和仰慕。马克洛尔和文卡斯约定好第二天一早就和代理他们事务的海关联络人联系，请对方介入其中，还约西普自由。之后二人便去睡了。第二天上午十点，他们终于联系上了塞得港海关的那个工作人员，对方的声音听起来像是熬过了夜，含混不清。接着阿卜杜尔接起了对讲机，讲明了情况。约西普曾是法国外籍兵团的逃兵，法国政府发送了将他引渡至埃及的请求，他们当时认为他躲在埃及。约西普解释说那文件十年前就已经作废了。如果埃及政府现在再去询问法国政府，一切就都会明了。文卡斯今早把他的护照送了过去，上面显示他曾多次进出法国、阿尔及利亚以及突尼斯，都没有遇到任何问题。塞得港的文件已经失去了时效。不巧当天是星期六，法国领馆星期一才开。出于显而易见的原因，阿卜杜尔请他们尽早起航。他同时表示，与他们一起下船的病人已经在英国医院接受治疗。两天后就可以出院了。他们需要及时将与约西普相关的其他资料送去，文卡斯应该将它们与希腊号的其他文件都放在了一起。

救生艇回到船上后，他们便向着吉达出发了。当晚，伊玛目突然出现在了驾驶室，神色严峻，仿佛手持安拉的怒火。他威胁要通知沙特阿拉伯政府，说船方绑架了一位女性乘客。他们所有人都需要在吉达下船，为自己的鲁莽行为付出代价。马克洛尔平静且坚定地回答毛拉：

“那位女士遭到了连续的殴打和鞭笞，找我们是为了寻求庇护以及治疗。她不愿说是谁动的手。您该知道，在英国籍的船只上，这是一项重罪，要被判入狱好几年的。女乘客自愿下船，她也向埃及海关表达了这一点，后者也与吉达方面进行了沟通。巴舒尔先生在塞得港下船是为了处理我们的一些商业事宜。他在港务局也是如此声明的。现在，您的人如果发起了任何针对布莱凯迪斯船长及其船员的暴动，那么他们会立刻向最近的英国使领馆发出通知，请求支援，各位朝圣者将会在我们能停靠的最近的地方被请下船，绝不留情。当然了，我们也会报警，称有人想劫持一艘英国籍的船只。您的人如果有任何暴力举动，我们都会用武器反击，相关的航海国际法授予了船长这种权利。我劝您仔细考虑我刚刚和您说的话，回到底舱，好好想想使用暴力的后果。”

先知的老使者一句话没说，转身往底舱走了，他装作肢体僵硬的样子，完全不自然，显然是想在探头出来窥看自己的伊玛目如何处理问题的同族人面前给自己留下一点颜面。不出所料，他试着劝住了众人，说还是要继续前往吉达，不要惹是生非，不要再管哈莉娜。老人的话起了作用，到麦加的港口前，克罗地亚人一直保持着安静。出于谨慎，文卡斯不想靠港，所以到吉达后，乘客都下到了接人的拖轮上。一队人马下船后，一个目光中席卷着风雪的大块头走到了正近距离看朝圣者下船的文卡斯和马克洛尔面前，他怒火滚滚的嘴唇颤抖着，用土耳其语对两人说：

“一群母狗生养的！有一天咱们肯定能碰上，无论在哪儿，我要喝你们的血，在你们的尸体上吐口水，吐到口水干了为止。记住我的名字：托米克·扬科维奇。我会一直带着怒气跟着你们，直到把你们给杀了。”

马克洛尔也用土耳其语答道：

“你不用担心这个，托米克。等我们开心地找到你时，会抢先一步，把你的身体送给乌鸦去吃，如果它们不嫌弃的话。但我觉得它们可能会嫌弃。”

那人朝瞭望员扑了过去，后者只是把手放进了外套口袋里。站在气势汹汹大个子后面的人轻轻推了他一把，在他耳旁嘀咕了两句。那人于是走回了原来的路，咬牙切齿地诅咒着所有船员。文卡斯在一旁打趣道：

“看起来，火热的哈莉娜在神圣的麦加朝圣者里可不乏仰慕者呢。得和哈布杜尔说说这事儿。”

克罗地亚人离开了，希腊号也即将起航，这时，一只港口巡逻队的小艇，向他们的船靠了过来，它的沙特旗帜在沙漠温和的空气里高高飘扬着。他们用喇叭命令船长停下，等待港务局人员登船。后者上船后，文卡斯带着北方人一贯的迟缓冷淡接待了他们。一共有两位穿制服的官员，还有四名手持短机枪的警卫。明显等级更高的官员向船长问起了一位随船而来但却在塞得港被迫下船——据刚刚登陆的伊玛目所言，情况是这样——的女士。文卡斯用英语解释，女士是自愿下的船，她在塞得港的移民办公室已做过了声明。用无线电与埃及港务局联络一下便可验证。此外，女士遭受了自己同胞的残忍殴打，正在埃及进行治疗。沙特官员要求查看船只的文件，文卡斯也立即出示给了他们。他们仿佛不太懂英语似的，与同事仔细地反复翻看了许久。一行人中的头目把文件交还过来，什么都没说，只是用阿拉伯语命令手下回到艇上去。他转过身，飞快地爬下了船梯。上了小艇后，他告知希腊号的船长，他们可以随时起航了。

回程的路通畅无阻。船上的所有人都在焦急地等待阿卜杜尔和约西普的消息。到达塞得港后，他们在港口入口抛下锚，很快，阿卜杜尔就在一位港务人员的陪同下乘船过来了。他与马克洛尔及船长兴奋地相互问候了之后，船长问起了约西普。阿卜杜尔露出了大大的微笑，这一笑几乎可以省去所有其他的解释：

"他已经免去了所有外国兵团逃兵的罪责，但是需要在埃及境内待一个月。这是这个国家的法律规定的，任何国家的引渡申请取消后，都得这么做。他遵守起这个纯粹官僚主义的规定倒是很高兴，因为如此一来，他就可以留下来照看哈莉娜了，她正在慢慢恢复。那些伤都是在那个伊玛目的默许下，由一个喜欢她的大块头殴打、鞭笞出来的。约西普和她发现两人很聊得来。不用怀疑，我们很快就能看见这对恩爱眷侣了。好了。我得告辞一下，得睡会儿，我已经困得不行了。这两天根本没睡。走之前，我得给诸位一个忠告：不要把马利克给的地址扔了，在塞得港找乐子可用得着呢。"那位名叫马利克的海关官员是个肚子浑圆的埃及人，脸色苍白，一副老好人模样，染过色的髭须垂在嘴角，透着笑意，活像一位土耳其话剧演员。

正如阿卜杜尔所料，约西普成为与哈莉娜难舍难分的同伴。和她一起，他跑遍了世界，做过了各种各样的工作。他不再航行，很大一部分原因在于他的妻子不愿意随他上船。文卡斯失去了他曾拥有过的最好的水手长，马克洛尔则得到了之后曾遇见过几次的两位好友。自从知道了在塞得港下船的主意出自瞭望员，她便对他有了炽热的亲切感。哈莉娜对瞭望员的这种感情里有深深的同情，她总是用一句话来解释：

"他比任何人都孤独，所以也比任何人都更需要我们这些很爱他的人。"

许多年后，当瞭望员被高烧击垮，留宿在洛杉矶拉布雷亚大道那个肮脏的汽车旅馆里时，她会证明自己有多么疼惜他。这是另一个故事中所描述的事，它已经在一些对马克洛尔的流浪感兴趣的读者手中流传了。

第六章

阿卜杜尔的生活即将彻底改变方向。尽管马克洛尔、巴舒尔本人，还有他的家人们都从未提到这个巧合，但在重读我们这位朋友的“人生第二阶段”——姑且这样叫它吧——的信件和记录时，还是可以明显看出，伊洛娜的离去决定了他的改变。他抛弃了自己内心的某些运行机制，从前，伊洛娜总是能第一时间发现它们的出现，并用智慧且神秘的手段管住它们，朋友去世后，他任由一种四处漫溢的盲目宿命主义主导自己的生命，走向了不修边幅和肆无忌惮的极端。但这并没有改变他的慷慨与好奇。巴舒尔仍是那个巴舒尔，只不过走的路、进入的世界都与他之前熟悉的那些截然不同。事情断断续续地发生。最开始，还不容易察觉到那改变，但一向站在他那边的好运也开始与他渐行渐远，直到消失在他旅途的海平线。最早的迹象是他失去希腊号时表现出来的。关于此事，我们在开始回忆这段故事时讲过了一些。是时候补全那件事的全貌了。

经历了与克罗地亚朝圣者的争端以及与哈莉娜那段纠结的关系，回到塞浦路斯后，希腊号又在地中海跑了几趟，虽然没有挣到大钱，但开销也并不太多。船员组减少到八人。约西普被一个来自爱尔兰的水手长代替，他多年前已经和巴舒尔在后者家族的船上一起工作过。有狂饮威士忌的能力，体内的酒精量可以超过任何人的想象。然而，他在严格要求属下高效工作的同时，又能和他们保持友好的关系。从没有人见他醉过，唯一能让人看出他在进入远海之前喝过威士忌的事是他用爱尔兰岛的厚重口音一成不变地低声哼唱的谣曲。他叫约翰·奥法农。往西班牙运武器和炸药的生意就因他而起。

在突尼斯的一个小饭馆中，约翰遇见了一对年轻的夫妇，说自己正在度蜜月。两人都是加泰罗尼亚人，可以流利地说几种语言。她黑发，有些矮，面部表情很多，生动得很。他则个子很高，消瘦且忧郁，透着神学院学生的气息，话不多，总让人觉得刚有什么不幸降临在他们头上。两人很快与希腊号的水手长熟络了起来，大半个晚上都在听对方讲述海上的故事与逸事，还有更为精彩的他的港口生活。当时，奥法农已经失去了警惕，不再怀疑对方的突然示好，以及对他那一连串海上生活陈腐旧事的浓厚兴趣。回酒店之前，夫妇接受了约翰兴奋的邀请——去希腊号上看看，再和船主们喝一杯，他提起后者的经历时简直赞不绝口。关于这些，奥法农并没有和船主们打任何招呼，第二天，又完全忘记了自己一时兴起发出的邀请。两个加泰罗尼亚人第二天五点出现在了希腊号的船梯脚下，向人问起了他们的朋友奥法农。当时马克洛尔正在监督船员卸掉从热那亚运来的水泥，工作还有几分钟就会结束。那对夫妇谈起水手长时的亲切让马克洛尔感到奇怪。他叫来了奥法农，后者一到便立刻认出了前一晚新交的朋友，也记起了威士忌激起的博爱情绪所发出的邀请。他随便嘟哝了个借口便下去招呼朋友们了。一月里来自突尼斯内陆的清凛的风吹醒了约翰，他发现了那对夫妇身上一些令他吃惊的新特点。男人丢掉了很多教士气息，警觉地观察着周围，尤其是马克洛尔那边。女人外向的举止——更出于一时的紧张而不是别的东西——间也透露着紧绷的警惕心理，这是前一晚奥法农不曾察觉到的。爱尔兰人向他们介绍了瞭望员，后者在甲板上观察了一会儿几人的举止，并因此得知了对方的访客身份。他们参观了船只，走马观花地看了看，没有留意水手长费尽口舌介绍的任何一个细节。到达驾驶室时，他们遇见了巴舒尔，并被介绍给了船主。阿卜杜尔的敏锐帮他察觉到了一些令人不安的迹象。一时间，大家无话可说，在这忽然而至的沉默中，阿卜杜尔问出了已在唇边等候片刻的问题：

“我们还能为诸位做点儿什么吗？除了带两位参观我们这艘普普通通的货船。我觉得作为蜜月之旅，这行程实在没什么意思。”

忧郁的安普尔达人——之前他说过自己来自拉比斯巴尔——立刻抓住巴舒尔的邀请，平静地回答道：

“实际上，我们想和您两位谈谈，看大家能不能做笔生意。可以去个私密点儿的地方吗？”

马克洛尔立刻明白了巴舒尔的意思，请那两人去了他与阿卜杜尔共享的小办公室，它正好在两人用作卧室的房间之间。奥法农瞪大了自己的天蓝眼睛，看着眼前的一切，摇了摇脑袋，什么都没明白的样子，借口说自己手上有个急事要处理，离开了。

一在那张小办公桌前坐下，那对正度蜜月的温柔夫妇就立刻摇身变为另两个人，与他们伪装的人物截然不同。尽管两人在说起有关他们活动的信息时十分小心谨慎，但希腊号的两位船主还是明确了以下事实：他们是加泰罗尼亚一个无政府主义组织的成员，这个组织已经完成了几次在欧洲媒体上引起轰动的袭击，杀死了几十个军人及国民宪兵。他们想运送一批武器和炸药，要在布拉瓦海岸的拉埃斯卡拉卸货。马克洛尔跟船走，去交货，巴舒尔则留下来和他们以及正在码头等待他们的另一对夫妇待在一起。他需要和这几个人一起去比塞大，等待行动的结果。

“也就是说我要被留在各位手上做人质。”阿卜杜尔明确了一下事实，语调平直，仿佛无意评判。

“正是。”女人带着相同的语气回答，“您也不会认为我们那么天真，会把这种事完全交到别人的手上。这样一来，我们能保证两点：货物的递交和诸位的谨慎。我想，我们的黎巴嫩朋友和您都已经完全明白了。”她转头过去对瞭望员说道。

“不能更明白了。”马克洛尔淡淡笑了一下。

“两位不想知道我们会支付多少报酬吗？”女人的自满让马克洛尔有些不悦。

“当然想知道。但是听着两位提出交易的方式，我还以为想让我们免费干这趟活儿呢。”他的不满已然显露了出来。

男人做了个手势，示意让说话的双方停下，接着报出了他们准备支付的报酬。那数字相当于希腊号这六个月勤勤恳恳工作的收益，只需运一天的货便可到手。他俩同时表现出了满意。

第二天，阿卜杜尔和他们一起出发了，武器和炸药在马克洛尔和文卡斯的监督下被运上了船，文卡斯用他没有感情色彩的灰色目光盯着各个细节，没有发表任何意见。货藏在大箱子里，被标注为拉埃斯卡拉一家欧洲鳀鱼罐头厂的备用品。马克洛尔之后的遭遇我们在故事开头已经讲过，当时我与巴舒尔的姐姐法蒂玛在雷恩火车站相遇，记起了当年往事。我也提到了瞭望员的好运气——幸好有英国人以及他们复杂的免罪手续相助，他才重获自由。文卡斯后来和希腊号一起返回了塞浦路斯，在那里，两位船主名下的航海执照被吊销了。一位来自叙利亚的船只修配商趁机用很少的钱买下了希腊号。文卡斯又回到了巴舒尔家族的船上，巴舒尔则在中东以及亚得里亚海的港口间漫无目的地跑来跑去。马克洛尔去了玛瑙斯，准备开始在苏兰朵河逆流而上，寻找那些传说中的好木材厂，这些我们以前已经讲述过了。

如果一一列出巴舒尔自那之后短暂从事过的各种职业，大概要写满几页纸。讲一讲他信件中提到的以及马克洛尔曾说起过的应该就足够了：在阿勒颇经销色情出版物及相片，在法马古斯塔为船只供应食品，在普拉粉刷船只，在贝鲁特收赌金，在伊斯坦布尔做导游，在斯法克斯一家台球厅伪装赌客吸引天真的玩家，在丹吉尔为一家妓院提供雏妓，在的黎波里清理锅炉，在塞得港做骗局的托儿，在塔兰托管理马戏团，在歇尔谢尔拉皮条，在巴斯蒂亚磨剪子磨刀，有空再卖卖印度大麻。清单还可以列下去，不过通过这些，已经足以看出我们的朋友——那个多年前我在乌阑达遇上的意气风发的黎巴嫩船主——当时落入了多么不幸和散漫的地步。他的胡子已经花白，很邋遢，衣裳被各式各样的活计染得很脏，在坠入底层社会炼狱时，他曾穿着它们与我见过几面，不过举手投足间仍保留着亲切礼貌，与他的话语相得益彰，由他简洁而尖刻的幽默、他不断对自己命运发出挑战且从不抱怨的态度以及他个人对朋友的感人至深的忠诚组成的魅力也丝毫不减。那段时间，他几乎与他永远的朋友瞭望员马克洛尔同步经历了最黑暗、失落的日子。甚至有人认为两人是约定好了，要各自去走完这段卑微的路，要一直承受完它最终的后果，他们在自己选择的命运面前，都不曾失去自己骄傲的视野，都要坚持将自己的不幸一一耗尽。这样想的人只在一点上犯了错：马克洛尔从很早前便开始了这样无拘无束的探索，他没有家庭和出身的牵绊，阿卜杜尔则不同，他坚持保守着这一块，直到他生命的最后一天。

阿卜杜尔究竟走到了哪一步，是我接下来要凭有力证据详述的故事。尽管它算不上十分凶险混乱，也能忠实地描绘出他所步入的深渊。一些事件的细节出自他写给姐姐法蒂玛的信件，夹杂在她从埃及寄来的包裹里。同时也有两封写给马克洛尔的谈及相同话题的长信，是瞭望员许久之后才从波连斯萨寄给我的。当初马克洛尔收到信时，巴舒尔正在帕拉马里博一家慈善机构医治恶疾。

在进入这一篇章的细枝末节前，或许应该暂时把话题转回我们在前文已提过的巴舒尔大半生的执念上，那便是：要做一艘完美货船的船主，那艘船需得满足他反复琢磨出的特别设计、吃水深度以及机械条件，曾有为数不多却令人记忆深刻的几次机会出现，当时它们就近在咫尺。几次三番的失落梦醒、在最后时刻阻止他圆梦的命运暗藏的讥笑都在他内心深处与伊洛娜的离去混在了一起，令他坚信，这是安拉在用残忍的证据明示他，他的路在别处。巴舒尔觉悟了，他忘掉了自己的执念，让每日的事都如宽容慈悲的全能真神所愿自然而然地发生。对巴舒尔来说，他在社会底层踏上漫长旅途并非出于好奇或某种醒悟，而是为了一种更平和的目的，旨在服从那最高的意志，而不是要满足纯粹个人的意念或任性的转变。了解这一点至关重要，因为只有知道它，才能理解他的朋友马克洛尔在完成那些试炼时、在把自己完全托付给偶然——这只不过是诸神的一个游戏而已——时的精神状态。

在地中海四处游逛期间，巴舒尔来到了比雷埃夫斯。在那儿遇上了一个喜欢的女人。她在图尔克-利马农海滩上经营一家生意不太好的酒馆。为了周转资金，将酒馆上方的三个房间租给了客人。她名叫维琪·斯卡利迪斯，有个哥哥是盲人，靠贩卖奇迹金章为生。妹妹去港口进货时，他会帮忙看一下店。此人名叫帕诺斯，是典型的地痞流氓。虽然眼睛看不见，却知道该如何让破酒馆里形色各异的混杂人等守好规矩。酒馆的名字极出人意料，叫“商业大都会”。很难想象希腊诸神，哪怕化身最黯淡的人，会在维琪的小酒馆中流连，更不要说还有老帕诺斯在那儿监视，他地狱般的火爆脾气连宙斯都能吓跑。阿卜杜尔到达那里之前，在一艘往返于比雷埃夫斯和萨洛尼卡之间的水泥货船上做会计，在生计需求的激励下，他高估了自己的算术能力，所做的账离毕达哥拉斯的法则越来越远，终于，在到达比雷埃夫斯时，他们毫不犹豫地把揣着一个月工资的他赶下了船。他在寒酸的小旅馆中过了几日，终于在图尔克-利马农海滩驻扎了下来，开始贩卖壮阳汤和色情明信片，这两样东西的货源都来自一个肮脏的店铺，店主人曾经是令人难忘的布哈拉公主号上的水手。就这样，一天下午，他找到了“商业大都会”。先和帕诺斯聊了聊。出于某些无人知晓的原因，后者对阿卜杜尔印象不错。一段漫长的谈话过后，两人都熟悉了对方不修边幅的生活，对于巴舒尔在困境中的处变不惊，帕诺斯甚至心生敬意。当维琪晚上回到店中时，两人正在说毫无建设意义的悄悄话。维琪是典型的六十岁的希腊女人，身材已丰腴起来，油橄榄色的面庞光洁依旧，绿色的大眼睛散着青春气息，引来了众多仰慕者，可惜所有人都暗藏私心。她结过两次婚，第二次是和一个来自芝加哥的希腊人——她的撒克逊名字就是从那里来的——丈夫在沃巴什的一个餐馆中风去世后，她从对方那里继承了一些钱。她于是用这些遗产开了“商业大都会”，也是在那会儿，她以为已经失踪很多年的哥哥帕诺斯又出现了。他来是要保护她，为她驱逐追求者，但同时也不免对妹妹适度卖弄的风情颇有微词，她绝不天真，总是理智地控制着限度。帕诺斯介绍了一下巴舒尔，言语中的热情让维琪以为两人是老相识了。也正是因此，她迅速提出请对方挑个房间住。显然，这本不合生意的规矩，因为房间一天要租出去好几次，都是给那些来“商业大都会”偷偷欢爱的情侣使用，好帮他们解决急切的情色需求。巴舒尔对老板娘说，如果有客人需要，他完全不介意临时让出房间。维琪很快便发现自己误解了巴舒尔和帕诺斯的关系，但那时她已经对这位客人产生了一开始没料到的兴趣。巴舒尔留长了络腮胡和髭须，花白颜色，魅力十足。他将它们修成了当时正风行的乔治五世的风格，令他获得了一种虚浮的庄重。很快，阿卜杜尔便开始和维琪共享她位于酒馆深处的房间，并满足起在她可敬寡妇角色内心里沉睡的秋日爱欲。面对这新情况，帕诺斯最初有些敏感，阿卜杜尔则很知道该如何安抚对方，即使不能说完全平息了对方的情绪，也至少让他接受了这样的同居状态。巴舒尔小心经营着与盲人的关系，认为有一天可能会用得上它。帕诺斯精通各类无赖骗术、奇技淫巧，这在阿卜杜尔心里唤醒了一些模糊的想法，承诺着一片颇为有趣的前景。他已经学会了静待时机，不慌不忙，且无须用力。在他身处的边缘、含混地带行动，一切匆忙都是亵渎，一切草率都不得当。

自从与老板娘同床共枕之后，阿卜杜尔·巴舒尔便开始坚决拒绝在酒馆里帮忙。倒不是因为难为情——他从不会不好意思——而是因为想做些实际的、比给“商业大都会”里的粗鲁顾客端茴香酒、开啤酒瓶收益更高的工作。如果不需要顾店，盲人一大早便会去比雷埃夫斯的圣三一教堂脚下贩卖奇迹金章。至少他会以此为借口跑到人群熙攘的街上去，干些别的行当，阿卜杜尔觉得那些事很有些可疑，这并非凭空猜测。他逐渐得知，帕诺斯是当地一个少年扒手团伙的头目，里面的孩子没有超过十五岁的。盲人的其他感官超乎寻常的灵敏，可以帮助他追踪行人脚步，却不引起对方丝毫的警觉，随后他会给自己的孩子们一个手势，让他们靠近锁定的受害者。脚步声、远处传来的气味以及其他更微妙的感官线索都能帮他准确判断来者的情况，可以推测出客人的社会阶级、性格以及籍贯。一到晚上，孩子们会虔敬地交出他们偷掠来的物品，他则会把赃物带到它们的终点：几家老板都与他相识的二手商品店。

当然，关于这些，帕诺斯对阿卜杜尔只字未提。但后者某天去港口寄信时，远远地看到了教堂外角落里的盲人。他正想过去问候对方时，看见他吹了声奇怪的口哨。忽然间，两个衣衫褴褛的少年便围起了一位女士，向她讨要起施舍来，他们缠着对方直到她拐过了街角，之后回到瞎子所在的地方，往他装奇迹金章的袋子里扔进了什么东西。阿卜杜尔立刻明白了眼前所见，于是没有去找帕诺斯便离开了。几天之后的下午，维琪出门采购，两人单独留在了店里，巴舒尔把话题抖搂出来，仿佛那已是双方皆知的事。帕诺斯笑了一下，透着粗鲁的讽刺，随后抬头冲着天，像是在寻找某个不确切的光源，说：

“那些小天使都是没开采的宝藏。现在我只是在训练他们，之后他们能攀到更高处去。我已经想到了绝妙的主意。”

“感觉，”阿卜杜尔说，“你没有在港口最有油水的地方干活儿。得去那些游客多的地儿。而且，得在他们从岛上过来下船的那刻就开始搜刮他们。然后是放布祖基琴音乐的那些小酒馆所在的街道上，最后是豪华酒店的出口。”

“我也想过这些。但现在我一个人还做不到，并不是所有孩子都训练得一样好。”帕诺斯说出了他的理由。

那一刻，阿卜杜尔认为已经是时候把他脑中的计划全盘托出了，各种细节也已在之前两天酝酿成熟：

“首先，你需要严格谨慎地在他们之中进行挑选，留下那些真正聪明、能干有意思的精细活儿的。也不要让其他的灰心，就让他们在原地做原来的事，只不过现在要靠自己了。任务的具体目标是有价值的东西：昂贵的名牌手表、手镯、项链，还有装美元、英镑或马克的钱夹。别的一律不要。还有一点要注意的是如何卖出得来的东西。你那些二手贩朋友都在占你便宜。他们拿的是大头。这个要仔细研究。确定有很高价值的战利品要拿到伊斯坦布尔去卖。要直接给你的孩子们钱，绝不能给他们偷来的东西。”

巴舒尔在一旁说着自己的想法，盲人不时地把头转向他，整套计划逐渐成形，盲人的脸上也显现出更多的不可思议。他只提出了一点异议：

“别以为管理那些小崽子、骗他们很容易。他们已经习惯了从战利品中拿很大一部分。我不认为咱们能把东西都揣进自己兜里。”

“我倒不这么认为。”阿卜杜尔反驳说，“对咱们选的那些个要和咱们一起干的孩子，要从一开始就把话都解释清楚，这是一项全新的、截然不同的任务。选他们是因为，他们是最好的，会赚得比从前多得多。但是也有条件。不愿意的就和其他人去自己干。他们收到第一笔钱后，就知道这不是小打小闹，和咱们统一战线是值得的。”

他们又花了几小时仔细研究、精确细节，这次谈话之后，两人分别开始执行自己的那一部分任务。巴舒尔和几个伊斯坦布尔的朋友取得了联系，后者都与那座城市的偷盗集团保持着合作。随后，他又跑遍了比雷埃夫斯游客最多的几个地方，记下了各处游人最多的时段。帕诺斯开始挑选能力最强的孩子，列出了一个名单，和巴舒尔一起对他们逐一进行了研究，接着，又单独见了每一个孩子，好考察他们的能力。一切就绪时，阿卜杜尔揭晓了之前一直深藏不露的绝招，那便是：在每个行动地设置一个摊位，卖撒肉桂粉的冰冻燕麦奶。他第一次喝到这种清爽冷饮是在哥伦比亚卡塔赫纳，配方是从一位跳昆比亚舞的温柔女郎那里得来的。饮料放在一口大锅里。巴舒尔会用一把大勺把顾客的饮品盛入杯子。锅内一直放着冰块。年轻的扒手们会迅速且谨慎地把刚刚偷来的赃物丢进锅里。如果警察抓住他们，搜也搜不到什么。珠宝、手表、手镯和项链这样处理。装钱的钱包则扔到大锅后面，巴舒尔会立刻将它们藏起来。想要验证小孩儿们诚不诚实的话很简单：帕诺斯有一个远房表兄在港口警察局工作，通过他便可以知道受害者在警局报失的东西，那些物品和他们收回来的赃物应该几乎都对得上。回家后他们会从锅里把东西捡上来，一切都该井然有序。

被巴舒尔和帕诺斯称为“冰镇燕麦奶行动”的任务最先在载运爱琴海诸岛游客的轮船停靠的码头展开。两人也想隔段时间就改换一下行动中心，既可以开发别的游客聚集地，又可以躲避因某些地区的大量报案而警觉起来的警察。第一阶段生意的收益超过了两位组织者的整个预期。随后他们又去了播放布祖基乐曲的酒馆区。那里的收获更大。然而，正如之前预料的那样，孩子们开始发觉，他们扔进锅里的名牌手表和贵重首饰从来都不会被捞上来。阿卜杜尔和帕诺斯都不提这些价值不菲的物品。面对他们的疑问，这两位只是说从没见过那样的好东西，小扒手们动作那样快，不可能认得准。他们说从锅里拿出来的就是提到的那些东西，再没什么别的好说的了。小孩儿们现在收的钱是往日在圣三一教堂所收的十倍。再抱怨就是无理取闹了，毕竟现在赚的以前连梦都没梦见过。孩子们当然不会听信谎言，更不要说对方想让他们闭嘴时用的强调口吻又那样尖酸。最大胆、不配合的那几人甚至还问候了两位头目的祖宗，但这两人当没听见就过去了。

几个月后，团伙搬到了雅典。他们已经在比雷埃夫斯把所有理想的作案地都耗尽了。最后行动的地点是各大酒店的门口。警察开始有所怀疑，因为游客及其相应领馆的报案次数都越来越多，雨点一般密集起来，情况实属罕见。在雅典，他们去了普拉卡区，在那条酒馆永不歇业的长街上驻扎下来。巴舒尔和帕诺斯在那里的收获到达了顶峰，盲人甚至心生退休之意。他和巴舒尔表达了自己的想法。被警察紧追不舍的巴舒尔立刻飞到了伊斯坦布尔，之前他已去过几次，靠卖偷来的赃物攒下了一笔钱。他并不想离开维琪·斯卡利迪斯。其实后者早就开始怀疑自己的情人和哥哥的生意不干净，并猜到事情不是以他们进监狱就是以巴舒尔的匆忙逃窜告终。阿卜杜尔最后对她表达了感激之情，给她留下了一封信，信中赞美了自己的这位保护人，赞美了她身体和道德的美，并承诺有一天自己会回来，重续这被不可抗力打断的抒情诗般的美好。对于在自己最穷困潦倒、失去了所有继续生活的动力时对方给予的帮助，他不胜感激。她把这封信放在了保存她情感生活各种纪念物的小盒子里，盒中物品仍留着芬芳，常唤醒“商业大都会”女主人心中阵阵欢愉怀恋。

第七章

就这样，巴舒尔又重新浮上水面，将他在地中海千年流浪汉世界中曲折道路上的经历都抛在了脑后。他在伊斯坦布尔攒下来的钱可以让他重新投入海上贸易，并且绰绰有余。但在那类违法氛围——它延续已久，并且掺杂着一些无法像本书所述故事那样可以轻易坦承的章节——中的奔波已给他的性格和他看待生命的方式带来了很大影响。去买一艘货船，最终再把它卖掉，正如卖掉布哈拉公主号、的里雅斯特仙女号、希腊号，以及其他无名的或被忘却的船只那样，对当时的他来说已无法想象。

瞭望员马克洛尔坦承自己确实见证了他的老朋友、老同谋的转变。在巴舒尔度过的黑暗岁月里，两人曾无数次相见，我们也提到过，那段时间，瞭望员的日子也充满了波澜与灾祸。当我见到马克洛尔并向他问起阿卜杜尔时，他曾用生动的声音对巴舒尔的改变以及他所遇到的那些试炼做了一系列仔细的剖析。在与家人的信件中，巴舒尔几乎没有提到这些，只有两封写给法蒂玛——她是他最喜欢的姐妹——的信是例外，里面说得很清楚。

“阿卜杜尔身上，”马克洛尔说，“有一种狡黠的倾向，总要去享受生活，挑战财富设下的埋伏，这让他成为艰难困苦中最理想的伙伴和分享幸福时最合适的人选。对他来说，没有什么是不可能的，也没有什么是禁忌，他没有禁区，在生命为他设计的一切面前，他通常都会选择迎接挑战的开放态度，我已经离这种心态越来越远了。当他渡过难关，攥着一小笔财富出现在伊斯坦布尔时，我能看出，他与面前摊开的命运保持着距离，那是一种谨慎但坚定的保留态度。骁勇好斗变成了对现实的怀疑观察，还带着一种无动于衷，仿佛已经走上断头台，在想来生的事了。您知道的，从前，女人是他欲念的巅峰，是他欢愉的主源，现在他只是女人好奇心的对象，她们觉得他很怪，令人诧异甚至不舒服。当然，也不再听他说起梦想的航船了。他有时会暗示一下它应有的特点，但是就像在说一个不可能的事物，一个没有酝酿出来的事物，也因此只属于无法企及的幻象世界。那个世界已不再吸引他，无法再刺激他去找寻和做徒劳的努力。我不想说他变成了一个苦楚的人，也不想说他已失望到痛心。他待朋友依然热情真挚，但是态度上像是罩了一层面纱，一扇不透光的隔断，将他挡在了那由神赐予的、席卷众人的喜悦漩涡之外。”

巴舒尔在伊斯坦布尔安顿下来后，他的新性情放出了一个极有力的标志：他没有回到旧时对海洋和商贸的热爱中，而是与一个住在于斯屈达尔的远方表兄一起，在那座城市和伊斯坦布尔之间做起了摆渡船的服务。那项生意并不红火，但还是给它的主人们提供了足够的收入，令他们过上了并不拮据的生活。尽管胡子几乎都白了，背也轻轻弯了，阿卜杜尔仍旧保留着那种哈里发的气息，无法隐没于人群，永远出挑，永远能引起所有见过他的人的好奇。

他长时间地待在博斯普鲁斯海峡岸边，常有从事海事的商人和水手光顾的咖啡馆中。在一杯接一杯加冰的亚力酒——他会严格按照《古兰经》的劝诫，谨慎啜饮——和手边一杯香气缭绕的咖啡间，讲述自己的航海生活，并和善、专注地倾听他人的故事，一听人说起海上的事物，便表现出强烈的兴趣。他结识了两三个女性朋友。通常会和其中的一个共进晚餐，之后再一同回他在卡里也附近的公寓过夜。她们很快便明白不该对这段情爱关系抱有幻想，当然更不要期待阿卜杜尔的忠诚。她们每人都明白自己因此要遵守怎样的规则，但巴舒尔的魅力还是足以让她们选择继续享受他的陪伴和床笫之欢。

第八章

马克洛尔从马约卡波连斯萨给我寄来的最后那些信件都与他多年的老友相关，在那些信间，我发现了二十页手写文字，都写在各类拼装说明以及一个芬兰产的复杂木锯的说明书背面。页面上标了页码。第一页上写着题目《巴西贝伦的对话》，加了笨拙的下划线。字迹毫无疑问出自瞭望员。他的一位老朋友说他的字像德古拉的。马克洛尔本人则负责把这一准确且阴森的描述传出去。文字以两位主角的对话形式出现，两人分别以字母“M”和字母“A”代表。读过几行之后，我轻松地判断出他们分别代表马克洛尔和阿卜杜尔。至于他们是何时相遇、何时进行的这次由瞭望员忠实誊写下来的对话，还有待查清。因为我一直没有再收到他的消息，也没有收到给他寄去波连斯萨的信件的回信，所以不可能从他那里得到信息。我于是只能通过文字本身，用推测的手法得出答案。通过这种方式，我确定了以下信息：对话发生在巴舒尔移居伊斯坦布尔之后，距离他飞往的致命旅行已经不远；马克洛尔显然也已经过了逆苏兰朵河而上寻找传说中好木材厂的艰苦试炼，但还没去银港，没遇上那些武器走私犯。巴舒尔那方面可以确定的是，自从在伊斯坦布尔退休，他至少旅行了三次：一次去加的斯，家族一艘船需要在那里修补船身裂缝，他去监工，法蒂玛在写给马克洛尔的一封信中提到了这次旅行；另一次去了哥斯达黎加圣何塞，去给一笔咖啡买卖收尾，顺便见琼·伊图里、翠鸟号的船长、阿卜杜尔的妹妹翠鸟号船主瓦尔妲的情人；还有，就是他人生的最后一次旅行，经里斯本飞往马德拉岛。所以他究竟是什么时候去巴西贝伦见的马克洛尔呢？我只得到了一种合理的假设，不过也已无法证实了。巴舒尔是在去完哥斯达黎加之后去的贝伦，去和自己的朋友谈论对方脑海中一直酝酿的一些计划。阿卜杜尔没说起过这件事，或许是因为那次相遇两人并未得出什么有用的结论，自然也不必在信中提起。不过，这远不是他们两人平行人生中的唯一空白。需要注意的是，巴舒尔给亲友写信时，中间总会隔很长时间——正如我在前文中所说——因此，也留下了许多章节没有讲，或者藏起了叙述中的种种细节。还有最后一种不能完全排除的可能性，那便是：那次见面从未发生，马克洛尔只是想在那段记录中总结一下两人在不同人生境遇中多次对话所谈论的话题的精髓。逐渐了解了瞭望员、了解了他对此类游戏的热衷之后——请见苏兰朵河上的日记，这游戏随处可见——这种观点很可能才是最有价值的，尽管有几个重要的疑问它无法解答。

事情就是这样，我认为，应该将瞭望员记录或创造的这段对话誊写下来。另一方面，想到马克洛尔决定为一次可能存在的相聚——发生在他们人生中那一确切时段的相聚——而不是其他数不清的两人共度的时光留下详细记录，我们不免有些忐忑。在瞭望员的生命中，有许多事实上并非巧合的巧合，它们更像是一种任性出现、令人不安的预兆，它显示出存在一种确实的力量，拉扯着未来那一团乱麻中某些特定的线。这种被我们归为具有前瞻性——我们并没有夸张——的能力，可以在他仿佛以死后世界的视角完成的阴森笔触中得到印证。无论这段对话出自何处，因何促成，现在就让我们来读一读，看看它能展现这两位特别的人物——我一直都在尽力成为他们的见证人——经历了怎样的艰难漂泊吧。

巴西贝伦的对话

马克洛尔：您之前陷入那不安不幸的境地，我甚至以为您会一直沉沦下去，现在终于走出来了，我很想知道您接下来会怎么样。我是说，如果您梦想了一辈子的那艘船突然出现了，会发生什么？

阿卜杜尔：回答您之前，请允许我澄清一件对我来说至关重要的事。您，还有我的其他亲友谈起我最近一段人生时，都坚持认为它是一种堕落。我倒不这么看，也从没有以这样的方式度过它。对我来说，那个我曾经居住过好几年的世界无比完满。它并不比我曾生活过的别处更低或更高。用道德来评判它无疑是在否认它，也是在扭曲它的现实。我在生命的那一段，遇见了相同的人，他们拖着相同的缺点、困苦和相同的美德及慷慨的冲动，和其他人，即所谓秩序与法规帝国的居民没有两样。不仅如此，对比那个偏见、压迫和挫败成为行为准则的世界，在其实是一回事儿的底层社会、混乱无章和困苦贫寒中，人的慷慨和团结会表现得更全面、更深刻，至少我这么认为。不过您和我一样了解这些，甚至比我更了解。我不用像一个典型的讲道士一样喋喋不休下去。关于那艘我梦想中的船，请让我告诉您，是的，我会去寻找它，并试着得到它，因为我感觉这是我欠自己的东西。不过，如果不能如愿，那艘船永远不出现，我也无所谓。我已经学会并习惯了从永远不能圆的梦里找到继续活着的坚实理由。马克洛尔，您是这方面的大师。我还能给您讲什么呢？我的理想货船一点都不比您的苏兰朵河木材厂或阿拉斯加渔场更虚幻。

马克洛尔：确实，您说得有道理。我想您和我在事前就都知道，我们不计困难、不惧危险投身追求的目标是无法实现的。就像那次我说的关于马帮的话。我看看是不是能记起来。“一个马帮不象征也不代表着任何东西。我们的错误就在于，总是想着它要去往某个地方，或者从另一个地方来。马帮在它本身的移动中就穷尽了它的意义。那些组成它的牲口是明白这一点的，但赶牲口的却不明白。永远都是这样。”

阿卜杜尔：我没有什么可补充的了。不可能说得更好了。所以我也不知道咱们为什么在谈这些。

马克洛尔：只是想确认一些我其实已经很能确定的东西。您在比雷埃夫斯与帕诺斯一起创下的伟业；向停靠法马古斯塔的船只贩卖掺假的食品；在贝鲁特的轮盘上做手脚，让它更容易停在某些数字上；在金角湾欺骗无辜游客；给丹吉尔的妓院招募修补过处女膜的处女；用假冒亚力酒换取酩酊大醉的游客的美元或英镑；在歇尔谢尔的小巷里剥削两个可怜的撒丁岛女人；所有这些以及所有我没说出的更多的事中，没有半点负罪感，也没有偷尝禁果的惴惴不安。

阿卜杜尔：首先，没有所谓的禁果。您使用这个词纯粹是出于修辞考虑。而且，已发生的事，就那样留在那里，没有好坏之分。人的经历就像一个纯净、绝对的果实，在它味道和果肉最丰满时被吞下，并做好了准备，要在记忆含糊的过程中转变，最终变成纯粹的遗忘。这些被经历的事无法留下任何罪恶感的痕迹，也不能被送去做道德批判。这点很明了，对吧？

马克洛尔：这正是我想知道并想听我的朋友哈布杜尔亲口说出的东西，被伊洛娜溺爱的、被哈莉娜榨光的、在床上受到阿莱特启蒙的哈布杜尔。

阿卜杜尔：不是被启蒙，也一定是被肯定的。您应该不知道吧，阿莱特三年前去世了，我前几周才知道，我是她的财产继承人。哪天我会去继承那些遗产。现在想想，授权给您，让您以我的名义去做这件事是个好主意。听起来颇有讽刺的诗意啊。

马克洛尔：不要聊什么诗意讽刺了，阿卜杜尔。我很乐意去，但觉得不会有太多可继承的东西。上一次我去马赛时，有两个女里女气的小青年正想办法榨干她，他们会一起和她上床。我觉得她从中不会得到什么好东西，但对那两个麻田街的小青年来说好处倒是很多。现在看看您和我，两个人在这个亚马孙地狱里，喝着平庸的卡莎夏和温热的啤酒，只为了回顾自己曾经干的疯狂行当和凋零的爱情，有意思。只有咱们身上会发生这样的事。

阿卜杜尔：我从您那儿学了很多东西，其中就有这一条，永远不要憎恶过去。“过去的事就过去了！”咱们在马提尼克相遇时，有天我听您这么兴奋地喊过，当时我见完“碎镜者”，刚从米拉河回去。

马克洛尔：您知道吗？我一直很遗憾那次没能陪您。在世间的条条道路上，遇上这样一个纯粹的恶的代表并不容易，已经恶到头儿了，可以这么说。我现在仍旧认为那个家伙身上具有这种罕见的品质。我的朋友阿莱杭德罗·欧布雷贡却不愿意给“碎镜者”这种荣誉。我认为他没看准。

阿卜杜尔：是啊，他肯定没看准。但是我得和您说，遇见这样一个绝对恶的代表是有黑暗的后果的，会给人带来很大伤害。我来试着解释一下。我见到“碎镜者”，到达他的老巢，与他一起吃晚餐，之后的那一整个夜晚，我人生第一次感觉到了一种纯粹动物性的畏惧，一种困兽的恐惧。那种恐惧和死亡本身关系不大，与它更有关系的是那种“也许是这样的人置我于死地的可能性”。作为穆斯林，我是宿命主义者，从宿命主义里，我引出了一条生命规律。在“碎镜者”的豪宅中，宿命主义在我内心的一条道路上流淌，另一条路上前进的，是提拉多的埋伏造成的威胁，它威胁到了我的生命的一个毫无防御的区域，在那之前，我从未想过它会受到威胁。很难解释。就像我自己的死亡遭到了一种兽性的侵犯。我敢肯定您能理解我，明白我说的是什么。

马克洛尔：嗯，我想我确实是明白的。不过，我们还是先来想一下这个名字吧。碎镜者。一面镜子，这是世上所有传说中都会存在的东西。一面镜子不会碎。一面镜子会映出我们永远不会了解的自己的另一个形象，提拉多已经告诉您了；但是一面镜子，同时也是通往另一个未知世界的道路，如果我们敲碎藏匿它的玻璃，那么我们将被永远禁止在外。或许，打碎镜子是最绝对的渎神，是对神明最大的挑战，是人能做出的最鲁莽的事。当时您的生死落在他手上，可以肯定的是，如果那样死去，会是极可怖的。重要的是知道什么样的死亡在等待我们。我指的并不是纯粹的生理上的死或它痛苦的那一面。由那样的人带来的死亡不是那种一直等待您的死亡，不是那种您整个人生从降生那刻便开始准备的死亡。我们每个人都在栽种、摘取、浇灌、修剪、塑造自己的死亡。它来临之时，可能会以多种形态出现，一些道德甚至美学条件会参与它的塑造，但真正有意思的是它的起源，如果不能让它变得可以承受——它的确极难承受——那么它至少可以与某些隐秘而深刻的情况相符，与我们在世时拥有的这个生命所长久锻造的某些条件相符。绘制我们人生的是某些超越我们的、不可抗拒的力量。由“碎镜者”这样的人带来的死亡是一种羞辱既定秩序的死亡，它同时也羞辱了我们在人生中试图隐约得到的和谐。这样的一种死亡背信弃义地否定了我们自己，因此更令我们无法承受。您当时面对那种方式的生命终结，感觉到的倒不太像是恐惧，更应该是一种更深刻的无助，一种本质上的恶心。

阿卜杜尔：嗯，我觉得您真的一针见血。您说话的时候，我又重新经历了一遍那几个小时，重新感受到了当时的感觉，我可以说，它正如您所讲：是因为将以那种方式死于那种人之手而产生的本质上的恶心。外表看我很镇静，像是飘浮在无动于衷中，这种老本事是我的先人几千年前就在沙漠中学会了的。但内心深处，我已经恶心到近乎绝望。就是这个词。您不会说您生命中从没有过这种感觉吧。您经受过那么多的考验，我常常觉得不可思议，您怎么能忍受得了呢？

马克洛尔：我亲爱的阿卜杜尔，您得知道，我记得自己只有过一次这样的感觉。因此，没能在米拉河陪您让我感到很痛苦。那是棉兰老岛上一个夜晚，在一个破旧的小码头，离巴拉延不远。当时，我正为一艘在记忆中发着腐臭的爱尔兰渔船工作，和船组成员一起在各个酒吧游荡了两天两夜之后，最后，我一个人去了镇外面的一个妓院里，四周是散发着恶臭的水道网。当时我更想睡觉，而不是做别的事。有一个女孩，我只记得她年龄很小，声音尖细，像小姑娘，她陪我到了床铺上，其实就是拼在一起的几张木板，和房间深处的另外几张床排成了一条线。我坠入了深深的睡眠，根本没有碰她。好几个小时之后，我突然醒过来。衣服、证件、所剩不多的钱，还有芙洛尔·埃斯特维兹送给我的手表都不见了。有人敲门，进来了一个牙齿掉光了的老妇人，很可能有一百岁了，她不停地重复。“一百五十美元，先生。一百五十美元。”她一边说，一边用她肮脏的眼睛扫视着那个小房间，想看看他们还落下了什么我的东西。我要求和店主谈话，她只是不断重复着那一串“一百五十美元”。我当时穿着内裤，没别的衣裳，那一刻才发觉自己所处的那个洞窟有多么阴暗、荒凉，我无法和任何认识的人取得联系，深陷在那个整个亚洲乃至整个世界最暴力、最缺乏人道的底层地带中。几分钟后，像是那个地方负责人的一个人走了进来，至少当时我觉得他是管事儿的。他坐在我的床尾，像只做好了防御准备的耗子，贼眉鼠眼地直勾勾盯着我。那是个肥胖的侏儒，一张亚洲脸扁平得很，像一轮圆月，满是麻子，牙齿都包了金，满怀邪气地一笑便会闪闪发光。他穿一件满是油污、花色刺眼的短袖衫，一条一样脏的短裤，挂在一个如巨大肿瘤般的肥肿肚子下面，扣子还开着。他一句话没说，从背后腰间位置掏出了一把口径32的左轮短手枪，用它指着我的脑袋。那一刻，那种充满恶心的恐惧涌上了我的喉咙，和您在“碎镜者”家里感受到的恐惧一样。死亡，我的死亡，不能由那个下流的东西送来。在那家伙的脸上，我看到，类似这样把落入窝棚的愚昧居民干掉，再叫某个出租车司机同谋运走的事，就是他的日常生活。想着要死在这样的人的手里，我无法控制的盲目怒火喷发了出来，于是一下子扑到那个侏儒身上，用床单裹住他的头，绝望地掐住了他的脖子。他在被勒死前开了两枪，死时发着鼾声，那让我的恶心更喷涌上来，差点儿吐了。一颗子弹划过我的脸颊，划出了一道深深的伤，流了许多血，另一颗打在了木屋的木板上。这道疤现在还有，您可以看得很清楚。我从木屋后面跑了，跑到一条泛着恶臭的黑水沟前，跳上一条绑在树上的小船，解开它，用两手划着，离开了那个地方。后来我到了公路上。不时有汽车路过。一辆车回应了我的手势，二话没说就接上了我。这种事在那个地区应该很平常。我请司机把我带到码头区。车开到了船梯下方，我迅速爬了上去。水手长在甲板上，一脸惊恐。我请他给了司机几美元，之后迅速去寝舱找到医药箱处理伤口。在向伙伴们重述事情经过时，我才意识到，自己逃跑时，那木屋空空荡荡，一个人都没有。有人说在那种地区，这类房子都是被故意遗弃的，没有人住在里面。晚上，会有两三个婆娘做诱饵，还有两个罪犯合伙在那儿等受害者，把人带去的司机和他们也是一伙儿的。他们会在那儿干掉上当受骗的人，再把他洗劫一空。那是我唯一一次面临与我不相配的死亡。它的路径和源头都不该被指派给我。

阿卜杜尔：关于这一点有很多可说的。比如“碎镜者”比那个菲律宾侏儒坏得要更复杂、更精细。不过说到底，那种恶心是一样的。

马克洛尔：确实，那种恶心一模一样。但是值得注意的是，您所谓提拉多那种更精细的恶只能给同样的死的本能罩上一张微薄的面具，那种本能很原始、很基础，与人们称为“人性”的东西完全不沾边儿，并且，从深层次讲，它更属于美学秩序，属于古人所说世界的和谐。

阿卜杜尔：我们进入了死亡艺术的崎岖之路，我突然想到了之前从未想过的一点，海洋不太可能，几乎就是不可能给我们带来一种不同的死亡，不同于您所说的我们从一开始就被分配到的死亡。我想，只有在海上，我们才能幸免于那种在棉兰老岛上威胁您的和在米拉河虚浮庄园中威胁我的那种丑行。

马克洛尔：这样想无异于认为海洋永远都具有某种本质的尊严。或许相信它更好。不过事实上我并不能确定，但这理论很诱人，还能勉强安慰人，不论如何，都是安慰。

阿卜杜尔：现在，我忽然意识到，伊洛娜是死在海上的。我会问自己，那是否是一直在等着她的死亡，是否是她从一开始就注定要有的死亡。您怎么看呢?

马克洛尔：首先，她并没有死在海上。而是死在了防波堤乱石间的船舶废墟里。其次，我敢肯定，她找到了属于自己的死亡。我们永远都不会知道，对于她来说，拉丽萨意味着什么。无论怎样，我能肯定的是她代表的并不是恶。她是另一种东西，但不是“碎镜者”或那个菲律宾人的纯粹的恶。因为她在去见对方时，很清楚等待自己的是什么人。

阿卜杜尔：或许您说得有道理吧。不管怎么说，当时我都不在，也不知道她心里到底是怎么想那些事的。如果能认识那个查科女人，我愿意付出一切代价。

马克洛尔：即使那样您也什么都无法弄清。我只能说，她就是厄运本身。

尾声

前文中誊写的对话具有明显的先兆意味，这毋庸置疑，因而也省去了所有相关评论。瞭望员的忠实记录向我们证明，正是它的预言性质令马克洛尔决意为那次相遇留下见证。那些一环套一环将阿卜杜尔·巴舒尔引向他生命尽头的事件发生得极快，甚至可以引用诗句来形容：

> 事情的发生
> 比我的叙述迅速。

马克洛尔在借道里斯本前往拉科鲁尼亚——有一位曾与他一起探索阿拉斯加的老伙伴正在那里等他，两人当时想乘一艘改装过的小货船运送牲口，再完成一段类似的旅程——时得知，马德拉岛上有一艘老货船正在出售，是世纪初在贝尔法斯特组装的，卖它的是一位刚过世的富有船主的遗嘱执行人。船只的状况很好。马克洛尔从人们出示的照片上看出那艘船是可以进博物馆的珍品。他于是飞到了丰沙尔，想和卖家聊一聊，顺便近距离看一下那艘船。那的确是尚存的那类船舶中的孤品，完全没有被改造过，寝舱、办公室和驾驶室中的家具都是最初的原版。柴油发动机是克虏伯-马克牌的，在基尔制造，还能再用几十年。他没有多想就付了预付金，只用了很少的钱。回到拉科鲁尼亚后，他和伙伴敲定好了工作中的全部细节，他们的业务将从太平洋海岸一直延伸到温哥华。之后，他又飞到了伊斯坦布尔去见巴舒尔，带着在丰沙尔照的那艘货船的照片。一看到它们，阿卜杜尔便决定亲自去一趟，如果可以的话，立刻完成这笔由朋友订下的交易。他的表哥正想买下于斯屈达尔摆渡船中属于他的那一部分，这笔钱正好可以用来买船。马克洛尔和巴舒尔一起去了里斯本。瞭望员从那里出发，去了拉科鲁尼亚，去监督运输牲口的货船的改造。阿卜杜尔则坐上了飞机前往丰沙尔。

常有巧合令我们相遇，那一次也是如此，当时我正在圣地亚哥德孔波斯特拉，因为确信这位圣人对我的保护，所以我会定期去拜谒。我得知马克洛尔当时在拉科鲁尼亚，便把电话打去了他常落脚的酒店，双方约好两天之后在那儿见面。第二天下午，我收到了一条来自拉科鲁尼亚的讯息，请我迅速回电。我于是赶忙打过去，还没来得及问瞭望员为什么这么急，他便用听起来近得可怕的苍白声音告诉我：

“阿卜杜尔昨天死在了丰沙尔。飞机降落时爆炸了。当时天气很恶劣。无论您现在有什么计划，我都希望您能陪我去一趟，把他的遗骨带给他的家人。”

我们到丰沙尔时，天气依然恶劣。康维尔小型飞机降落时没有遇到太大困难，但在风中抖得像个火柴盒。机场警察事先已经了解到我们要来，在两人下飞机时已经等在了那里。当时阿卜杜尔的身躯已经烧成了灰烬，他们说，所以把他装在了一个小木盒里。还问我们是否要看。我们当即表示不用了。飞机会在两小时后返回里斯本。我们还有时间去一趟城里，但瞭望员建议还是去看看位于跑道起点的失事地点更好。他们用一辆吉普把我们载了过去。大片扭曲的废铁和碳化了的板材和布料就堆在风暴席卷过后仍满含愠怒的大海旁。在那边，尽头处的一个小海湾中，那艘纤长货船的侧影静立着，船身漆黑，上缘一条细长的镉红。甲板和寝舱区域在前一天刚刷成了白色，明得耀眼。我们长久地望着那艘船，仿佛它是诸神带来的一条无法解译的信息。走回吉普的路上，我们再次在那一片煅烧后的废铁的乱坟岗前停了下来。我听见马克洛尔用几乎听不见的声音低声说道：

“这就是你自己的死亡了。哈布杜尔，由你生命的每一天所喂养的死亡。”

当时我并不明白他话中的含义。不过确实注意到，马克洛尔在称呼自己的灵魂挚友时，用了他在阿卜杜尔生前从未用过的“你”。

那一刻，我记起了他儿时的那张相片，画面中他用自己斜视的贝都因人的大眼睛入迷地望着一片冒烟的废墟，尽头是黎巴嫩的雪山。几个月后，我将那张照片带给了瞭望员，请他保存。他用在孔波斯特拉打电话时的苍白声音回答我说：

“还是您留着好。我什么都留不住。手里的一切都会丢。”

海陆三部曲

我们在此记录瞭望员马克洛尔的三段人生经历，
每一段都以它自己的方式、
在相应的时机向他揭示了他的灵魂直至那时一直保持未知的区域，
对这些区域的发现影响了他的余生。他很少谈及它们，
说起时，也会谨慎地迂回来去，避免全身心回到彼时彼刻的炽灼经历中。
关于它们，他的话说得很玄，最常讲的一句是：“我沿深渊的边缘走过去，
在那里，死亡只是傀儡的步子。”
我们的朋友并不想在这件事上多言，后来我们费尽心力，
才从他和与他亲近的人那里得知了这些使他命运改变的转折点的模样。

卑尔根之约

Günlünk islerdenmis gïbï ölüm

（仿佛死亡是日常琐事）

伊尔汗·伯克

熟悉萨塞克斯浴场的人都会认为我这件事发生在布莱顿很正常，也很可以预见。伦敦人都会去布莱顿，在一群阴郁的维多利亚式建筑和另一群超乎想象的爱德华式建筑间享受海水。在那里，连最寒酸的酒吧都会殷勤地劝我们喝下我们不想喝的威士忌；在那里，女人们会在街上和被冰冷的灰海水不断击打的荒凉宽防波堤旁为我们送上一连串亲昵爱抚，但到了真正的关键时刻，那亲热便会转化为某种弱化了的英国圣公会教徒所理解的享乐形式的快速流程。这么说吧，一到布莱顿，我们就立刻明白，那儿什么好东西都没有。而且我不得不在一个寒酸的旅舍卧了三天床。在腹泻和厌倦间，差一点儿将这把骨头留在了那儿。

我去那里是为了见斯韦雷・詹森，我在阿拉斯加和不列颠哥伦比亚海岸钓鱼之旅的老朋友、老伙伴。他比我早到，先去拜访了一位因为严重心脏疾病而退休的供船商，过去，后者总能让我们轻松租到想要的渔船。刚在伦敦登上火车，我就感觉到，之前在离河岸街不远的一家泰国餐厅吃的海胆有问题，有几只应该已经不新鲜了。疑虑之中，我要了一瓶葡萄牙白葡萄酒，把它作为有些荒唐的解药，但它和那些海胆一样质量可疑。即将到达布莱顿之时，痉挛便开始发作。我在虚弱之中努着劲儿去了我们的供船商家，没人来开门。感觉房子是空的。我全身所有关节都在疼，头变成了一口钟，仿佛有锤子在以某种严酷的节奏敲击着它，几乎让我失明，也让我喘不上气。一辆出租车把我载到了詹森先前推荐的旅店。它在一条阴郁的小街上，街名也很难让人振奋，叫猴头巷。老板娘是一个身材丰腴的意大利女人，唇上一抹淡淡的胡子，让我填了信息卡后，就把位于四楼的房间的钥匙给了我。每一节楼梯对我来说都是一段没有尽头的拜苦路。我告诉老板娘自己在伦敦吃了坏掉的海胆，食物中毒了。没过多久，她就端着一碗苦药汤上了楼，汤里泛着虹彩，不知是什么油，但我也并不想弄清。她专断的态度不容反抗，我只好尽力把那苦药吞了下去。治疗持续了三天，其间，除了那地狱味道的汤药，别的我什么都没吃。我能站起来走几步时，病已经好了，但却感觉自己像个想拼命享受生命余晖的九旬老人。

我在布莱顿谁都不认识。多年前，借着伊洛娜的某次突发奇想——她将它称为她“斯拉夫血液的召唤”——我们去了布莱顿，想在那里度过夏日里的几星期。我已经不记得这位早逝的友人当初是如何把那地方想象得美妙怡人的，事实上，在一个小房间——里面一直飘浮着英国料理令人难以承受的气味——做了两星期爱后，我们决定去的里雅斯特，投奔伊洛娜的一个表姐妹，她像接待从地球上最荒凉的地方逃去的难民一样接待了我们。当我和东道主提起侵占了布莱顿小房间的那种气味时，伊洛娜插嘴说：

“瞭望员叫它‘英国料理’。对我来说，那种味儿闻起来就像皮克特人吃的东西。我觉得他们那些优秀的后人基本就没改善过祖先留下的饮食。”

那是我对那片英国著名浴场区的唯一记忆，也是我在那里有过的令人不悦的唯一经历。

当时，我仍感觉身上像遭过无情的棍打，但还是决定去拜访名声响亮的威尔士供船商——格兰莫尔·康威。这次，来开门的是一位故作腼腆的年轻女士。她是典型的英国女人，皮肤近乎透明，气质柔弱，但是内心却掌控着无尽的能量以及一系列复杂的能助她们在生活中保护自己的狡黠智慧。我需要重复一遍，她的这一切都裹在一种天真无辜的表情里，可以轻易骗过那些并不熟悉这个可畏族群的人。我向她报上了自己的名字，对她解释说自己与康威先生有约。女孩让我进了门，带我去了应该是屋主书房的房间。她指了指一把椅子，请我坐下，接着自己坐在了书桌前的一个沙发椅上，显然，那是那位供船商的专用座位。在她看似大胆的举动面前，我一定露出了惊讶的神情，因为凯茜——我报上自己姓名时，她也告诉了我她的名字——用微蓝的眼睛盯着天生伪装好手常望向的那种“远方”，对我解释说：

“格兰莫尔是我母亲的表舅，母亲死后，他就把我带来和他一起生活。我没有别的亲戚。父亲在安夫人号海难中失踪了，您一定记得那次事故。”

我的确对那艘老货船沉没的事有些记忆，船是康威的，在丹麦进奥胡斯港时撞上了水雷。那几乎是二十年前的事了。

接着，凯茜告诉了我格兰莫尔的安排，斯韦雷·詹森和我都暂住在他家，等他回来。他去布里斯托管理生意了，所以那几天不在。我认识康威是许多年前的事了，尽管他的亲切热情众所周知，但请我们住在他家里的决定还是有些不同寻常。我还是接受了，因为自己确实囊中羞涩，有霸气髭须的、雕像般的意大利女士看起来也不像有耐心来理解赊欠房费这类行为的人。我问凯茜是否有我挪威朋友的消息，她说没有，但格兰莫尔告诉她他会和我差不多同时到来。我对她说，不管怎样我都会欣然接受他舅舅的邀请，一会儿就会带着我的行李回来。她笑了一下，谦恭里还带着些许狡黠，往我心里塞了些模糊的不安。我背着自己的水手包从旅店返回后，凯茜把我带往了一个阁楼，通向那里的是一条长长的陡峭楼梯，爬得我气喘吁吁。之后进入的是一个宽敞的房间，里面放着两张床，床的上方各有一扇简易窗户，旁边放着一个威廉二世时代的大衣柜，以及堆放的望远镜、指南针，还有难以辨认、碍人脚步的其他航海用具。浴室在贯穿阁楼的狭窄走廊的尽头。凯茜也给我指了指她睡觉的房间，就在浴室旁边。她没加什么描述，仿佛只是在照例提供信息。外甥女住在房子的阁楼，但同时又能坐在舅父的办公椅上与陌生来客交谈，我的第一感觉是这两件事根本无法兼容。我回到了自己的房间，把常带在身上的那三四本书放了放好。又将衣物袋放入如疲惫动物般呻吟着的大衣柜。凯茜没有说话就离开了，我也没有听见她下梯子的声音。现在我明白了第一次来时为什么没有人来开门。女孩应该待在她的房间里，从那里一定是听不见门铃的。我仍觉得一切都不同寻常，但也明白，这些人是英国人，所以也没什么好奇怪。我决定躺上床休息一会儿。匆忙搬过来让我筋疲力尽，而且食物中毒的恢复期也比我预计得要长一些。

这一天余下的时间我都待在房间里。凯茜端上来过两次茶和烤面包片。那是我能消化的仅有的东西，别的食物都会让那种正缓缓消失的恶心感卷土重来。就这样，我了解到了格兰莫尔·康威生活的方方面面，说起来，不是全部都积极正面，有一些甚至算得上阴暗。凯茜到这位远亲家时，不过是个少女。康威把她当作仆人使唤，让她做些简单的家务，处处由一个几乎不说英语的威尔士老女仆看管。凯茜成为真正的女人之后，他就把老妇人送回了家乡—— 一个隐匿在拉德诺山里的小村子。他在让外甥女承担起所有家务的同时，也把她拽上了自己的床。康威当时已经年过七十，疑心很重。除了准她去街角的食品店，再不许她去别的地方，她去买东西时，时间上也有严格的控制。看起来老家伙已经不再碰她了，现在只把她当成仆人。

我到供船商家的两天之后，夜里，凯茜出现在了我的身旁，身上只裹着一层床单，爱抚起我来。我们一起过了夜。女孩比我想象得要更天真，在每个亲密时刻都会进入某种恍惚的状态，让人难以辨别是真是假。我也清楚地意识到，往那条路上走，我只会让自己本就糟糕的状况更加复杂。斯韦雷·詹森来了之后，我感觉自己松了口气，随后就向他讲述了所发生的一切，他一脸诧异地看了看我，在我说完后，用他标志性的简洁话语表达了看法：

“有些事听起来和我所了解的康威不太相符。等他回来了，看他怎么说吧。咱们现在需要的是让他尽快给咱们弄到船，因为金枪鱼的捕鱼季还有几星期就到了。现在，马克洛尔，我建议你把这个凯茜忘掉，她的心眼儿可比第一眼看上去要多。”

在继续讲述之前，我认为应该先为读者介绍一下斯韦雷·詹森这位好友，他是北太平洋上捕鱼的老手，能比得上他高尚内心的只有他那懂得该把这高尚藏起来的正直的廉耻心。我与他是在不列颠哥伦比亚的基蒂马特的一所监狱里认识的。我进去是因为被指控和一个红皮肤女孩通奸，她当时和一个暴躁的波兰人同居，指控我的就是后者，当时威胁要把我杀死。詹森被关起来是因为参与了一场酒馆斗殴，事件中有两个葡萄牙人被刺死，没有人知道他们是从哪儿冒出来的。夺去那两个路西塔尼亚人生命的匕首属于斯韦雷，但他坚称，争斗一开始，就有人把他拴在腰带上的武器拿走了。我们在同一间牢房里共度了两个月的时光，忍受着严寒，每天清晨身子都是冻僵的。长时间的关押让我们有机会交换了各自的人生经历，发现我们曾多次去过同一个地方，有过相同的境遇，巧得让两人不禁惊叹彼此竟没有早些认识。斯韦雷的清白最终得到了证明——多亏了那个来自南加州的黑人在一个酒馆喝到烂醉时说漏了嘴，说他杀了两个跟魔鬼做交易的葡萄牙人，他们在安哥拉向当地黑人许诺能在美洲安排好工作，把对方骗出来再卖掉。后来人们发现，那人头脑有些问题，是在神志极其不清时犯下的杀人重罪。差不多也是在那时候，之前被激怒的华沙人撤了他的诉讼，我也被放了出去。于是，詹森和我开始一起游荡。最开始是在不同的渔船上做简单的拉网工，后来又一起成为一艘双桅船的船主，那艘船是斯韦雷得到的遗产，是他一个在卑尔根做太平绅士的老光棍兄弟去世时给他留下的。我补齐了继承手续所缺的费用，是我们在做拉网工时詹森逼我攒下的，他知道我几乎从不考虑未来。在斯韦雷与我共度的岁月里，我们两人靠捕鱼为生，经历了无数艰难险阻，但现在不是讲述它的时候。总会有机会回到这个话题的。

多年过去，斯韦雷一点儿都没变。他是那类斯堪的纳维亚人，中年后，身形就会固定下来，一直到生命最后一天。他肥胖壮硕的身躯仿佛由同一种族、不同比例的数个身躯组装起来的。脸庞瘦削，极不和谐，能拯救它的只有他永远微笑的眼神和他的五官无法容下的良善气质。他平时话不多，但有时也会突然情绪大变，令人生畏，甚至顷刻间就能变得如一场难以预料、气势汹汹的雪崩般慑人。他会这样释放怒火倒不是有什么生理原因，通常这种情况都是由他同族人的愚蠢所导致的不公无理造成的。有一次，我曾亲眼见他一拳砸毁了一张桌子，好像它是纸做的一样，因为他瞧见安特卫普一家酒馆的老板在打骂店里一个打翻了餐盘——上面放了许多扎啤酒——的女侍应。在把三个人打进医院之后，一共五个魁梧的海关警察才控制住了他。

正如前文所说，我把凯茜迎接我的方式讲给詹森时，我的朋友并没有信服，他让我防着点儿威尔士人的外甥女。供船商好几日没有消息，我们决定套套凯茜的话，找到他的真实住所。女孩的回答模糊得让人不安，于是詹森开始着手调查真相。一天晚上，她试图钻进斯韦雷的床铺，把跟我使的那套放浪招数又拿了出来，像是要把事情搅得更乱。挪威人粗暴地将她推下了床。他早就怀疑女孩有此意图。日子一天天过去，我们口袋里的钱就要所剩无几，这时，斯韦雷偶然间在我们朋友的《圣经》——作为一个优秀的新教教徒，他会时不时读读经文——里找到了一张用铅笔手写的纸条，说起来这意外也非同寻常。上面写的是朴次茅斯的一个地址，字迹难以辨识，但还有一个五位的号码，很容易判断出来是当地的电话。我们于是去了一个每天都光顾的酒吧，从那儿拨通了电话。是康威本人接的。我们倒不太意外。因为之前两人都对凯茜编造的布里斯托故事心存疑虑。我们最终从康威口中得知自己落入了怎样的荒诞骗局，没有任何借口，我是先掉进去的那个。布莱顿的房子正在贩售中，康威让他那个所谓的亲戚留在那里，协助中介带人看房。在完全清理掉自己的生意、卖掉名下所有船只之后，他拜托凯茜通知我们与他联系，但从未表示要让我们住在他家，显然，房屋的使用和管理权都属于房产中介。我们很讽刺地成了受害者，他为此感到抱歉，同时严肃地提醒我们要小心凯茜的诡计。康威一从布莱顿走，她就跳过了中介公司，开始任意行事。我们自然要立刻离开那个地方，不然很可能和房产经纪人产生纠纷，他会认为我们在非法强占房屋。

我们在回到康威家之前约定好要立刻搬走，且不给凯茜任何解释。女孩看见我们收拾行李，并没有张口询问我们离开的计划。两人下楼梯时，她才在阁楼吼起来：

“真是一对傻瓜。在这儿你们想住多久就住多久，不用掏一分钱。真是什么都不懂！”说话间发出了癫狂的大笑。

我们回到了意大利女人的旅店，她允许斯韦雷睡在我之前房间空置的沙发上，只需多付几先令。她对我们说的唯一一句话是：

“我觉得他可能睡不下。从没见过块头这么大的人。”

詹森扭头看了看我，仿佛在问现在遇上的女人是不是都突然发了神经。我耸了耸肩，建议两人数数自己还剩多少钱，我担心我们的钱加在一起也撑不了多久。钱果然很紧。一天只吃一顿饭，再省下布莱顿酒吧里的劣质威士忌，也只够两人坚持两星期的。从记事起，我的日子都常这么紧巴巴的，倒没有特别担心。但詹森作为精打细算的朴素北欧人，一下子陷入了恐慌，他极力想掩饰，最后也没有成功。

“现在咱们该干吗呢，马克洛尔？要在别的时候，老康威一定会把船租给咱们，再借咱们些钱。我本来也想指着这个往下一步走的。实话说我是一点儿办法都没有了。”他的声音从嗓子里挤出来，语气蔫软，散着一种忧伤的颓丧，没什么比这更不合时宜了。

“首先呢，”我尽力往自己的话里添加着兴奋语气，但还是显得有些苍白，“得离开这座破城市，咱们这些倒霉事儿都是它带来的。它那些维多利亚式的楼房，还有她那位著名继承者统治时期的同样不吉利的建筑只可能招来背运。你知道为什么吗？因为他们把楼都建在了面朝海的地方，那对诸神来说是不可原谅的冒犯。所有人的面孔都黯淡、贪婪，在布莱顿的街上仿佛行尸走肉，试图忘记伦敦的烦恼，这些都告诉我们，我们脚下的是死人的地盘。你没发觉吗？这儿的一切都是谎言，但正因如此，一切又全变成了真相。只有死亡在守着有彩色玻璃窗的宏伟穹顶，守着试图重现颓废年代的扭曲钢铁，守着无所事事的大群庸人。咱们拿着剩下的钱离开这儿，无论去哪儿，都得离开。”

斯韦雷早已习惯了我的愤世嫉俗和怨怒诅咒，他也同意立刻离开。第二天我们就上了一艘开往圣马洛的货船，他们允许我们在机器间旁边的房间支帆布躺椅过夜。围绕我们的是可怕的轰鸣和令人胃口全无的机油味道。但我倒感觉自己正身处天堂，因为内心明白，我们正远离那个不祥的噩梦，远离那个中产阶级——事实上它已死于饥饿，但仍保留着虚幻的尊严——的庇护所。旅程持续了两天两夜，因为中途需要在瑟堡港停靠，卸不知什么货。我已经乘可以想象的所有种类的船只航行过了，但从未坐在笨重如帕梅拉·兰心号——这名字只会让它不幸的外表更加荒诞——的船上驶过水面。它的船长是个爱尔兰人，一副最后一刻在刑场上被人救下来的样子，他向我们坦承，第一次世界大战期间，这艘船曾经往加里波利运送过军队。一切都好解释了。

我们在圣马洛下船时，机器地狱般的轰鸣以及船身铁板的响声仍留在耳中。那两天两夜里，我得到了启示，感觉一个阴郁的预兆正悬在我的斯韦雷——他是那么好的人——的命运上方。接下来，我会试着描述这不祥的确定感是如何出现在我心里的，要知道，我的朋友并没有发出任何明显的讯息。我们俩在布莱顿一见面我就感觉到他的亲切举止之下藏着某种疲惫，像是对从前那些吸取了他全部兴奋的——尽管是有节制的——工作和事物冷淡了下来。很显然，他这样并不是生理原因造成的，他身体康健，同以往一样精力充沛。他的倦怠是从灵魂某个角落长出来的，有某种有毒的物质从那儿分泌出来，让他与世界万物逐渐拉开了距离。我知道，具体来说，斯韦雷的宗教信仰要求他遵守新教的教规，日复一日地完成其规定的仪式，因而并没有将他的状态归结于意识方面的问题。我也多次向他谨慎地提起过这个令我有些担心的话题，但詹森总是坚定地避免暴露自己的内心。他的妻子多年前就去世了，走前长期受癌症残忍的折磨，但从没有一丝抱怨。斯韦雷一直带着动人的爱意与执着陪在她的身旁。他们没有孩子，后来挪威人开始了自己漫长的捕鱼旅程，从未想过再婚。我知道他在一些港口和一些女性朋友保持着关系，即使算不上爱情，也带着某种有趣的温情，不过其中欢愉的成分也都不会超出斯堪的纳维亚人的冷淡所允许的程度。他给每一个女人都起了一个与她真名相异的名字，这也算是种特别的幽默感吧。比如，我记得他一直管一位芙洛伦斯叫罗莎莉，还坚称她来自格勒诺布尔，而事实上她来自西雅图，并且一句法语都不会说。如果名字和本人的差异更大，事情就更麻烦了：他在马提尼克有个黑人女朋友，非常宠他，和他在一起总是很快乐，每次他去，她都会展现百般柔情，他坚持将她称为雪绪桑，这简直是令人无法忍受的双重荒谬，因为“桑”这个日语中的称谓用在此处实在不合适。

我的朋友还有一个不曾改变的特点，我们可以将它称为“与上帝的协议”。他没有什么传统的、惯常的宗教习惯，但当别人因为进行危险的海上作业或是出于某些原因生意进展不顺，在他面前召唤至高无上的神时，斯韦雷都会用力做个手势，好像在拨开眼前某种棘手的东西，说的也总是同一句话：“这个我们暂时放在一边。神已经有很多事要忙了。”他说出这句话时总是很严肃，不像是在开玩笑，更不像是在说教，这让我意外。他那时的语气就像在说“把左发动机的速度降下来”或者“不该给绞盘这么大压力。没看见它已经发热了吗？”特别奇怪的一点是，斯韦雷在日常工作中将上帝弃置一旁，但在我的记忆中，从没有人敢对此提出异议，甚至也不敢引用最基本的神学理论进行辩驳，要知道，在我们捕鱼经过的那些地方从事海上作业的一般都是虔诚的教徒，基本的教义他们都很熟悉。

我原本可以在此处多说说这位老友的奇特性格，但想想以后还有机会，希望随着这个故事的发展，我能提到一些。现在只差说这一点了：他是我认识的人中外表最整洁的人之一，能在做海员工作的同时始终保持衣装毫无瑕疵。他穿着简单，完全不做作，但有一种特别的雅致。当我们到达港口，需要更新一下衣橱时，就会看见他在水手服装商店里、在店员拿来的一大堆货品里仔细地挑选一件衬衫或一条裤子。漫长挑选的结果总是一件彩色的衣服，剪裁完美，但是从不抢眼。斯韦雷到达布莱顿时最先引起我注意的正是这一点：这个从前总是被我亲切地戏称为“摄政时期美男子”的老友看上去并不邋遢，只是衣着不像从前那么讲究了。

最开始我并没有多想，但在去往布列塔尼海岸的路上，我发现他的这种散漫和他意外说出的某些想法很是一致，后者承载着某种模糊的距离，像是走到了世事的边缘之外，这令我有些担心。我还清楚地记得其中一次——或许是第一次——为我敲响警钟的对话。当时两人说起了我们闯到亚历山大群岛去捕鱼的事，在一段困苦的时光之后，收益无几，还在与浮冰的奋战中烧坏了一台马达。

“咱们还会再回去的，”我带着安慰的语气说道，“找个更合适的季节。那儿可以捕到很多鱼，这个咱们早就知道。”

“我觉得自己不会再回亚历山大群岛了，其他可能遭遇类似经历的地方我也都不会再去了。”他的回答很坚定，引起了我的注意。

“嗯，不会再去亚历山大群岛，其他没那么艰险的地方也不会去了。不会再冒生命危险工作，然后最后也捞不回本儿。”我添了一句。

“没有在那条路上赴死的必要。我说的不是这个。死是我们和自己签订的协议。重要的是知道什么时候、怎样完成它，并且要确定没有归路。”斯韦雷说这话时很平静，几乎是冷漠的。很显然，话题已经不再关于捕鱼，我们的谈话已经转到了另一个方向上。

“你说得很有意思，”我说，“这个协议我早就签好了，但觉得没有必要谈论它。这种事这样大声说出来，就太戏剧太虚浮了。”

“你说得有道理，但是我想，在某些时候，出于忠诚，必须要告诉那些重要的人，是退出游戏的时候了。”

“这一点我倒是完全同意，斯韦雷。倒不是告别，而是忠诚地告知，他们将不再拥有我们了。不过我不知道咱们为什么在说这个。”我强调了一下，想弄明白我的朋友想把话题带到哪里。

斯韦雷沉思了一会儿，随后用他浅灰色的眼睛看了看我，那一刻，他的双眸彻底浑浊了起来。目光用力表达着超出话语的东西。

“人生里要聊这个话题，还是得和你聊。”他只是这样说了一句，“现在还是忘了这件事吧，不过您要明白，当我决定要在什么时候、以怎样的方式告别这个狗屎世界和它的肮脏居民时，您会是唯一一个知道的人。”他没有再说别的什么，专注地准备起他的烟斗，随后望向了布列塔尼海岸，这样的时候，他总是有种别样的魅力。

这不是我第一次听见斯韦雷这样断然批判自己的同类。他不是无法信任他人的人，但也不太接受一时兴起的友谊或突如其来的兴奋。“我们人类不是地球上最好的东西。”一天，在我们不得不杀死一只在船上患病的很好的拉布拉多犬时，他这么和我说道。这句话刻在了我的心里，如同一个警告，也仿佛某种病症。但如果就此认为挪威人是一个心怀苦楚、怨愤的人，那便大错特错了。他很宽容，又拥有无限的耐心。只不过对我们这个物种，他完全不感兴趣，也没有好感，如果他对之仍抱有一些同情的话，也是出于绝对的理性，而不是出于自然的人道意义。想要深入了解拥有这样信念的一个人并非易事，通过长时间近距离的接触，我才能将这样两极的特点容置在一起。

我们到达圣马洛时，发觉两人已经不剩什么钱了，很难在当地生活。于是便找了几天工作，由于缺少著名的居留许可证，这项任务变得极其艰难，因为没有它，是无法在法国领薪水的。先想出妙计瞒过政府、令我们赚到一些法郎的是斯韦雷，靠着那些钱，我们开始继续等待天赐良机。最开始，他先在码头上帮一艘挪威船卸货，装作船组成员，随后又替那些休病假或事假的码头工人值起了夜班。一部分工资自然流入了睁一只眼闭一只眼的监工口袋里。在这之前，我们在苏阿夫街上的一个小旅店里租了一间房，周围是喧闹的酒吧、饭馆，充满了用地球上各种语言进行的争吵。詹森白天睡觉，我则小心谨慎地穿梭于咖啡馆和便宜饭馆，试着碰见哪个熟人。我绝没想到的是，解决办法——至少是临时的解决办法——就藏在我们身边：住所旁有一个夜总会，招牌上显示，那儿有躲也躲不开的脱衣舞节目以及下午四点到晚上八点的酒精饮料欢乐畅饮时段。不知为什么，一个下午，我走进了这个有些肮脏的地方，它的名字起得很大胆：飘浮天堂。我走向吧台，要了一瓶啤酒，意外地遇上了莱布·马森。我们已经很久没见了。上一次是在丹吉尔，那是一个值得记忆的夜晚，我们在一杯辛辣的假白兰地的帮助下，开始计划做一笔皮肉生意，把人从加勒比海岸运到摩洛哥和突尼斯的妓院去。第二天，移民局就匆忙把莱布叫走了，让他尽快离开港口，他不得不立即照做，甚至没来得及告知我他的离去。后来我才知道，他在三个国家受到通缉，罪名从走私武器到伪造商业文件逃税，多种多样。莱布的国籍是比利时，他的父母是一对儿从世纪初便定居在安特卫普的犹太夫妇。在匆匆人生里发生的众多事件中，他唯一不愿意细讲的就是参与贾鲍丁斯基在巴勒斯坦发起的新犹太复国主义运动。我对这段历史了如指掌，可以向各位保证，它的复杂程度超过了任何可想象的错综盘绕的虚构故事。马森谈起贾鲍丁斯基时就像在说他的某个朋友。毫无疑问，他是认识他的，但绝不是他给我讲述他在海法以及东地中海其他几个港口参与恐怖袭击经历时夸耀过几次的那种亲密的关系。顺着莱布·马森的事可以继续写很多页，会涉及许多嘲弄法律的危险行径，足以吓到五大洲四大洋上的良善居民。

我们在那些年里相遇过几次，但从没一起做过生意。莱布具有那种特别的能力，可以借助炸药和大杀伤力的武器去实现自己的夸张计划，但那从来都不是我的路。在那类人的心里，有一种死亡的意志、盲目挑战的意志，满含要葬送自己的意味。我在漂泊中，的确不止一次陷入死亡危险中，但我从来都没有急着想要走入那一片空无——无论怎样，它都正在某个命运转角等我。我更倾向于把它留在那儿，留在那个转角，而不是不停召唤它，催促它出现。莱布这样的人通常潇洒慷慨、宽厚非凡，但他也如其他类似的人一样，最终找了一个安静、平庸的地方度过最后的时日。真正绝望与愤怒的英雄每世纪只会出一位。他们是那些神秘而伟大的人，在历史中占据特殊的悲剧地位，令他们化为激猛的绝路英雄主义的典型。

我曾在马提尼克遇见过莱布，当时他正在一家商店里卖电器，店主是一个瘫痪了的印度人，每天坐着轮椅在整个商城里晃来晃去，用古波斯语嘟囔出的指示和斥责连串地落在新犹太复国主义老战士魁梧的后背上，但却怎么也使唤不动他。后来，我又在一个破落的小地方遇见了他，那村庄位于一条注入加勒比海的大河河岸，行将消亡，名字倒是熠熠生辉，叫作“银港”。村里有一片简陋的屋舍，还有一座阴暗的军营，我在那儿差点儿就丢掉了性命。莱布是坐外轮船去的，这条船通常会从这个国家的内陆地区一直开到聚集了安第斯高原全部财富的繁荣港口去。在他威武的外表和雇佣兵般稳健的步伐之下，是一把被高烧和饥饿蚕食过的骨头。只有那双几乎泛着磷光的绿色眼眸深处还留存着那种致命的光亮，那种炽烈，它属于那些在自己身旁播散死亡的人——他们已与死亡订下了将会影响终生的协议。他白天在船上的厨房刷盘子，夜里，则在甲板上临时搭建的酒吧吧台做侍应，为人送上难以下咽的朗姆酒或是能溶解大脑的茴香烧酒。我告诉他，自己要赶着骡子上到山脉上面去，送一批可疑的货物，他只是提醒了我一句：

“别干这个。我大概明白是怎么回事儿，您不该趟这浑水。我很清楚自己在和您说什么。”

如果当初听了他的话，我便不会去经历那些等待我的、在我脏腑之中埋下永恒恐惧的试炼。

现在，在圣马洛，在我和好人斯韦雷共享的小房间旁，在刺眼霓虹装饰的一家酒吧的吧台后，在混乱的酒瓶、酒杯和彩色照片之间，我再一次撞见了莱布·马森，照片上的那些裸体女人搔首弄姿，故作性感，但展现出来的只是一种无害的傻气。

“马克洛尔，您在这儿干什么呢？肯定是刚下船吧？我这儿有很好的威士忌，只给特别的客人喝。纯大麦芽的。现在就给您倒一杯，咱们来庆祝一下这次重逢。”

令我意外的是，威士忌的质量格外好，很适合在我们交谈时细细品味，两人松散地讲述着各自的经历。当知道我从几星期前便开始和一位挪威友人一起住在他旁边时，他简直不敢相信。我告诉他，我们本想在布莱顿重整旗鼓，结果遭遇了挫败。

“布莱顿？”他吃惊地反问道，“我以为您最不可能踏足的地方就是那里了。”

他仍会使用儿童时代在犹太教堂里学来的那些华丽或精心雕琢的语汇——那是他们的民族一直保留的对耶和华安排给他们的那片土地的怀恋。喝下第二杯威士忌时，我告诉他自己境况窘迫，遍寻不着工作。他立即提出要给我些钱，帮我渡过难关。我不想接受。还是希望先弄清他的情况再说。他三言两句解释了一下。他和那儿的老板娘住在一起，她是出生于尼斯的犹太人，丈夫参加了国际纵队，在阿拉贡前线战死了。莱布年轻时，是她丈夫的朋友，两人因为政治意见不合而分道扬镳，但他心里始终对对方保留着一份真挚的感情。寡妇知道该怎么逆境生存，集了些钱，买下了“飘浮天堂”，把它转到了自己的名下。后来，莱布来了这儿，不是普通的巧合，而是被我们的人生路所织就的那些宽广而复杂的网——从出生开始，它们就被强加在我们头上了——给引过去的。他后来给我讲了讲夜总会的运营方法：基础又随性的脱衣舞只是借口，用来吸引路过布列塔尼破港口的船员，那儿从前是凶狠海盗诞生的摇篮，这类场所都是为国王经营的，有时也会满足海盗自己的钱袋，总之都是恬不知耻的行当。现在，货船的船员们大多来自英格兰和荷兰，在“飘浮天堂”可以享受到快乐的时光，喝几杯酒，还能带一个怡人的姑娘上床。女孩们自然需要把一部分报酬交回夜总会。

正说着，一个身材丰腴、笑意盈盈的女人走了进来，她已年满六十，从容且强势。颓丧的眼皮和肥大的下巴遮掩不住她看人看事时精准的直觉，这是千年的流离失所留给他们的能力。莱布为我们做了介绍，于是两人之间立刻流过了毋庸置疑的和善暖流。她叫丹妮丝，但不知怎么，我觉得那并不是她的真名。她坐在了我身旁的高脚凳上，请莱布给她上了一杯我正喝的东西。

"这回，"她若不是这样一位强势的妇人，盯着我看时眼里的好奇甚至会显得有些幼稚，"我终于有幸认识了传奇的瞭望员，之前已经听了太多您的故事了。"

"莱布很会夸张。"我谨慎地回答道，"和您的人生比起来，我的简直循规蹈矩、平静无澜。"

"要是事情都是莱布讲的，可能我也会同意。但是您的很多事我是从别处听来的，我想，要是抛开那些让莱布疯狂了这么多年的炸药和乌兹冲锋枪，两位的生活倒有的一比。"

很显然，那女人很了解我的故事，但那时我并没有心情去探究她的信息来源。我更关心当下，因为有很多事都不确定，至少我的事是这样。我再次提到了斯韦雷·詹森，又顺带说了说他在码头的工作。

"他从今天开始就别干了。那活儿很危险。"丹妮丝语气坚决地说，"咱们想想能给他找个什么事儿做。您现在开始每天晚上就和莱布在酒吧工作吧。现在他一个人有点儿忙不过来。之后再帮您的挪威朋友想想办法。房租方面，两位也不用担心。那栋房子是我的，我想您也知道那些房间是干什么用的。"

的确，情侣们在夜里的动作一向听得很清楚，不过我一直没把它和旁边的夜总会联系在一起。我也记起来，门房是个年过九旬的老人，留着海豹式的白色髭须，走路时拄一根登山拐杖，每时每刻都在颤抖，让人感觉他随时都可能倒下，他曾经和我提起过两次老板娘，口中的她像是一个绝不容忍周租拖欠借口的人。我和丹妮丝提起来时，她很自然地答道：

“嗯，那是我父亲。很快就要满百岁了。但是他不想安安静静在家待着，就想去接待客人，为了各种事不停地争吵。这能让他保持警觉清醒。”

等斯韦雷醒来要去工作时，会有个很大的惊喜在等他。丹妮丝本人和她父亲说，三号房的客人下来时要告诉他，我们在旁边的酒吧等他，不论他要去做什么，都先过来找我们一下。又上了一瓶新的麦芽威士忌，换下了我们喝光了的那瓶，三人一直聊着各自人生的章节碎片，试图为那个不可补救的过去的复杂拼图再添上几块图景。

大约晚上八点，詹森带着他一向的宽厚和他维京人瘦削的脸庞出现了，有些颓废，像是还留在一个迟迟不愿走出的梦境的余声里。我已经站在了吧台的另一边，开始负责给老主顾们倒酒。莱布低声给我讲着不同情况所需的不同酒杯分别在哪儿，应对顾客的要求分别该用哪些酒。显然，有些是给特别的顾客准备的，我很快就明白了。丹妮丝一直坐在吧台前，背朝我们看着先到的几个女人，她们冲她微微点了下头作为问候，随后便纷纷坐在了分配好的惯常的座位上。斯韦雷看着我，脸上没有一丝诧异，好像在参与某个事先已经料到大致情况的活动，一切都很自然的样子。我把他介绍给了夜总会的两位老板，三言两语为他解释了一下我和莱布的关系。

“去码头前，我想和诸位喝一杯大家都在喝的这种酒。”他闻过我的酒杯后，毫无保留地表示了赞赏。

“您不用去任何码头了，我的朋友。我请您留在这儿，把这瓶等了您好几个月的麦芽酒喝光吧。”

面对老板娘的邀请，斯韦雷不知道该怎么回答，他看着她，不明白为什么对方在一段刚建立的关系里就可以这么强势。

“我不工作的话，谁来付房钱呀？还是说马克洛尔，站在那吧台后面，能挣出我在码头挣的钱？我觉得没有这种好事。”斯韦雷一时有些摸不着头脑。

我和他使了个眼色，示意他最好听我们这位朋友的话，其他的我们之后再说。她也过来帮腔，好结束这个话题：

“詹森啊，您不知道现在这种情况下在码头工作有多危险。这儿的工会可不讲理，说不准哪个早上您就弯钩穿透胸口，浮尸码头了。”

斯韦雷顺从地听着老板娘的话，让我有些吃惊。他慢慢品着麦芽威士忌，喝完又倒了一杯，连看都没看我们。几人沉默了好一阵，后来丹妮丝起身去给刚在门口那边的桌上坐下的两个女孩安排什么事情了。莱布不时瞟一眼斯韦雷，接着又会转过来看我，眼里满含对我这位沉默友人的同情。后来，像是从一场幽深梦境中走出来了似的，斯韦雷终于看着我们，用低落但坚定的声音说：

“很久以前我就看清了这一切。我知道我们在北太平洋的捕鱼之旅终结了，海洋终结了，我们面对那些总有理的东西的永恒抗争也终结了。各位知道吗？在一段时间以前，我也发现了自己根本就不喜欢这工作，海洋是一种单调、固执、残忍的敌人，我们根本就不该和它有任何关系。马克洛尔很明白这一点，他每隔一阵儿就会上岸，或许只是为了从那种束缚中喘口气，顺便会会其他麻烦。说到底，它们都是一回事，这我知道，但至少可以逃离一阵，不被那种可怕的日复一日所碾压，它总是背着脸，对它来说，我们不过是闯入它领地的无足轻重的碎屑尘灰。现在，我会留在这里，其他的以后再说。不过绝对不会再回到海上了。明白了吗，马克洛尔？绝不回去了。谢谢，莱布，也谢谢丹妮丝。其实并不是二位把我叫醒的。我之前已经睁开眼睛了。她和您做的是把周遭景色点亮。我已经看清楚了。干杯。”

他一口喝干了杯中刚倒好的酒，脸上没有一丝紧张和焦虑。他已经在那片宁静中驻扎了下来，当时他的祖辈在残暴地侵略了欧洲大陆之后，最终回到的应该就是那种宁静——仿佛征服了某种秩序，便安定其中，不愿再出来。他眼中有时会轻闪过一抹光亮，显示出一种可怖的力量，一种经历了多年不停被激化的反叛情绪之后逐渐占据了他灵魂的力量。

斯韦雷自然没有再回那些码头，他每天都会在旧城附近的城墙边缘坐很久，望着大海，观察每个下午的涨潮，仿佛那是种崭新的事物，是决定他命运的东西。我也没有多此一举地告诉他，在一个小小的半岛的尽头，海岬会在日落时分与陆地分割开来，形成一座岛屿，那里埋葬着给予了我最多陪伴的作家：夏多布里昂。这些对他来说没有意义，那位子爵的一切疑问、犹豫和激烈的信仰与激情，他都完全不在乎。

夜里，他会和我们聚在“飘浮天堂”，一杯一杯地慢慢饮下朗姆酒。几个人开始喝朗姆酒是因为麦芽威士忌很快就被喝光了，我们不想影响莱布和丹妮丝原本就微薄的收入，便换了酒喝。莱布对斯韦雷很感兴趣，一直观察着对方的反应，态度亲切又有些紧张。他们成了好友，但几乎不交流。我继续在酒吧帮忙，洗杯子、冻冰块，当少数客人点了特殊的鸡尾酒时，还要准备一些罕见的配料。每当我试着和那对情侣提出要认真为我们切近的未来做打算时，两人就会异口同声地让我别想这些，要让日子一天天过去，不要急着往目标赶。

“房间的事，请不用担心。”丹妮丝说，“如果什么时候需要的话，两位就把钥匙给我，下来待会儿，让人家用一下。未来的事都会自然出现的，不着急。”

我不清楚她是否知道自己的话有没有道理。在放弃了码头工作几星期后的一个晚上，詹森忽然坚定地对我们说：

“我手头的钱够买一张去卑尔根的船票。我会坐上第一艘从这儿过往那边去的货船。到卑尔根后，我就住在海员庇护所里，再从那儿把消息发给各位。”他慢慢细品着朗姆酒，目光迷失在色彩杂乱的一排排酒瓶的玻璃面中。

他说得那么坚决，我们谁都不敢妄做评论。丹妮丝摇了摇脑袋，像是在说这事儿没救了，随后便去坐在了两个刚从赤道非洲过来的皮肤黝黑、身材颀长的女孩的桌旁。莱布和我自觉地洗起了杯子，沉默了好一会儿。斯韦雷上楼睡觉前向我们道别时，莱布低声对我说：

“咱们这位朋友的燃料烧光了。我想说的是，他已经没有理由再逆水行舟了，这是您和我还在坚持的事，鬼知道咱们在图什么，又是怎么做到的。我在世界上的很多地方都搞过爆炸，炸死了很多无名无姓的人，说实话，我并不在乎他们。我知道当动力耗尽开始在深渊漂浮时的感觉。您和我还可以像没事儿人似的坚持。但对于别人来说，这纯粹就是旅行的终点了。”

无须对他的话做任何评论，因为他很准确地概括了我们和詹森的情况。

几天后，到了一艘来自坎塔布里亚海，在穿过大西洋去往蒙特利尔前会在卑尔根停泊休整的货船。斯韦雷与莱布和丹妮丝分别握了握手，一句话都没说，就这样道了别。在房子的大门前，他又回头看了看两人，大大地微笑了一下，招着手说道：

“谢谢，感谢诸位为我做的一切。我不会忘记大家的。”

我把他送到船上，在船梯脚下，他看了看我，像是第一次见到我的样子，热烈地拥抱了我。他嘟囔了一些听不清楚的话，之后就慢慢地，几乎是庄严地爬了上去，再没有回头看我。我就那样看着他背着船员的书包，消失在其中的一条甲板走廊间。

我在圣马洛住了两个月，给莱布帮忙，也常与丹尼斯进行漫长的交谈，她毋庸置疑的智慧常常令我意外。一天晚上，在我出门去一个整夜营业的小超市买金酒时，夜总会里一些水手之间发生了争吵。我进去时警察已经到了，也带走了几个闹事的家伙。文卡斯·布莱凯迪斯斜靠在吧台上，用手帕捂着正往外冒血的左颧骨。我走过去想帮他一下，但他却和我说：

“瞭望员，你可错过了一场恶战啊。我没管好我的人，有三个肯定要进监狱待一阵了。两个受了重伤。你他妈的在这儿干什么呢?”

大家知道，文卡斯是阿卜杜尔·巴舒尔和我曾经拥有的几艘货船的船长，来自立陶宛，我几乎没怎么见过航海经验像他这么丰富的人。我和他说了说自己的状况，又把他介绍给了正饶有兴致看着眼前一幕的丹妮丝和莱布。丹妮丝把文卡斯带到了酒吧后面的一个小办公室里，给他处理了伤口，缠上了绷带。立陶宛人回来后接连干了若干杯的伏特加。他来时驾驶着一艘货船，从里斯本到汉堡，做些沿岸贸易。船主是几个葡萄牙的供船商，和文卡斯签了两年的合同，对他的工作也很满意。

布莱凯迪斯请我和他上了船，给了我一份他身边的工作，没有什么特殊的职责。我欣然接受后便返回去和我的朋友们道别。

“您每次去汉堡都会经过这里，所以我们会经常见到您的。所以也就不勉强您留下了，而且您也不可能留下。祝您一切顺利，早日归来。”丹尼斯说着，在我的脸颊上留下了几个响亮的吻，几颗泪珠从她的眼中涌了出来。莱布拍了拍我的肩膀，陪我走到了夜总会的门口，只用希伯来语哑着声音说了一句“再会”便转身离开了。

和布莱凯迪斯一起工作了几年之后，紧接着我就在波连斯萨安顿了下来，在郊区港口几个废弃的船舶修配厂做看守。和文卡斯一起离开的最初几个星期里，我总是想起斯韦雷·詹森。我和他的友谊很特别：它同我们的海上生活有直接和特定的关系。很紧密，也一直很亲切，它的根基就在于，虽然我们对人生的看法以及与同类的关系截然不同，但一直相互理解。在陆地上，我们的对话便凋零了，不过我们的友谊却没有因此受影响。好像在大海之外，两个人各走各的路，但那份情谊一直完好无损，待到我们重新开始一起航行时，便会再次浮现出来。在待在陆地上的大段时间里，詹森总是会回到他祖国的那个港口，而我则会开始一段习以为常的旅行，好找到借口来填补从我记事起就给我人生烙上烙印的游牧焦虑。

詹森从圣马洛离开时说的话让我痛苦，仿佛一个不祥的预感。我的恐惧很快就得到了印证。分开后不到六个月，我们的船回到了圣马洛，停靠在那儿修理马达，以便延长它的使用寿命。下船后我做的第一件事便是去问候“飘浮天堂”的老板们。在接受了丹妮丝母亲般的拥抱之后，莱布递过来一个信封，上面写的是我的名字，邮票来自挪威，邮戳是卑尔根的。从信封灰暗低调的外表看，应该不会带来什么好消息。我把信收到外套的兜里后，莱布用哑哑的声音对我说：

“您最好现在就读。去办公室吧，那儿安静，也没人。”

我把自己关进了那个被他们称为办公室的小房间里。斯韦雷的信是用英语写的，那是我们交流所用的语言。我认出了他整洁、严谨的字迹——应该是上学的时候练出来的，之后就一直保持了下来。我会在此把它誊写下来，争取保留他的直接的、几乎电报式的语言风格，文字背后藏的是没有归路的告别和针刺般的悲伤。内容如下：

我亲爱的瞭望员，

我已经决定自杀。我不会向任何其他人做解释，而且，我想也没有人会感兴趣，一直以来，我都把您看作我最好的也是——为什么不接受这一点呢——我唯一的朋友。我想自杀已经很多年了。年少时我就对这个想法着迷。很显然，对我来说，海上的生活——我一直认为它是唯一可能的选择——已经结束了。我们曾无数次地谈起它。您有能力去适应陆地上的生活，至少能待一段时间。尽管您永远都在寻找海岸，只要有船来接纳您，您就会立刻跳上去。这一点我从来都做不到。在陆地上，时间对我来说是多余的。那种厌倦逐渐压倒了我，直到让我动弹不得。但说实话，这不是我自杀的主要原因。尽管有了新的航行机会，但我感觉自己已经积攒了太久那种厌倦了活着的感觉，总是得在两者之间做出选择，总是得听周围人说话，其实他们对所说的那些也并不感兴趣，或者并不真的了解，我也想不出更好的说法来描述这种感觉。我们人类的愚蠢虚妄是没有尽头的，亲爱的瞭望员。如果不是听起来太荒谬，我或许会说，我去死是因为再也忍受不了活人发出的噪音了。您是唯一一个能明白我在说什么的人。咱们从来都没有谈论过咱们的友谊和很多其他东西，因为从第一次共同的旅程开始——您还记得在火地岛的捕鱼经历吗？还有最后在艾森港的灾难般的经历，您不得不开了三枪，杀了那个英国人，因为他想把一切都抢走，把只剩一身衣服的咱们扔在那儿——咱们连话都不用说就能相互理解。显然，真正落在咱们身上决定咱们命运的东西不是能说出来的那些。现在，我要道别，言语也不能帮上什么忙。告别是一种相对的东西，因为我知道，您活着时，会不时想起老斯韦雷和我们在全世界几乎所有的海域中所共同经历过的危险、焦虑、失败和转瞬即逝的成功。我后来察觉到，自己向自杀抛的媚眼开始有了具体的形状，并且越来越无法改变，您想知道这是什么时候的事吗？那天夜里，在温哥华的卡斯·蒙泰古酒馆，大家打碎了所有的玻璃橱柜，砸坏了多少椅子，场子都空了，咱们面对面坐着，卡斯扯着自己所剩无几的几根头发，完全不知道发生了什么。您在那儿看着我，用我很熟悉的那种严肃语气——您只在极少数的场合对极少人用过——对我说："詹森，如果咱们想忠于内心深处对这一切和对人生的感觉，那现在就该给自己一枪。但是咱们都不会这么做。明天，大家会再次上船，去找一条最终对咱们毫无用处的金枪鱼，但说到底，解药不在捕鱼中。"后来您就沉默了，一直到警察来，把咱们在看守所里关了四天。律师们把咱们最后一次捕鱼所赚的钱全都拿走了。我那时候没有您那么醉，所以您说的话一直刻在我心里，现在，我决定实现它，离开这里。

把任何责任甩到您肩上都是愚蠢的。我和您讲这些是因为，在温哥华听您说那些话之前很久，我心里就已经决定，忍到某种程度就不再忍了，虽然不知道到底是怎样的程度，但是它绝对是有理由的、决定性的。我也想告诉您，最后把那些不够明了的理由说清楚的是您的朋友莱布，之前它们一直藏在我灵魂的某个角落，埋伏着，时刻准备浮上表面。我们从没说过这些，但从相见的第一刻起，莱布就知道了我会走上这条路。丹妮丝，他的妻子也知道。我想再重复一遍，您比任何人都更能理解那些不说出来的东西。

好了，该死的马克洛尔，已经说够了。我走了。感谢生命曾经把我放在您的路上。这就是全部了。请您在世上继续艰难地活下去吧。我知道，您离开时将选择的门是另一扇。无论它是怎样的，我都在另一端等着您，等您告诉我您是如何离开的。这是我在这个即将无怨无悔放弃的世界上唯一还好奇的事了，在彼岸，我也并不期待会找到任何东西。再见，瞭望员，或许很快相见，谁知道呢，不过这也不重要。

斯韦雷

我读了好几遍信，把它拿在手里，回去找了莱布和丹妮丝。

“他自杀了，对吗？”莱布的笃定让我不解。

“您怎么知道的？”我把信给他递了过去，他没有读，直接转给了丹妮丝。

“从他出现在那扇门那儿开始，我就知道他会这么做。”

“他信里也是这么说的。您也读读吧。”

“一会儿我会读的。您知道吗？我很嫉妒詹森。我是永远做不到的，无论经历的考验有多大，我都从没想过要这么做。但是我嫉妒他。他的姿态里有一种很干净、纯粹的东西，让人仰慕。”

丹妮丝把信递回给了莱布，他读了起来，边读边点头，像是在赞同斯韦雷的话。随后把它还给了我，什么也没说。我喝光了丹妮丝给我倒的伏特加，和这对情侣道了别。

在门口，莱布叫住了我：

“马克洛尔！”

我转过身去。

“没什么。”莱布说，“请您继续这样像无人驾驶的船一样游荡吧。这是用另一种方式来做詹森所做的事。”

“是，是一回事。”我答过他的话便钻入圣马洛夜晚的街巷迷宫里，走向了在码头等我的黎明时分即将起航的船。

瞭望员马克洛尔
与画家阿莱杭德罗·欧布雷贡之间的默契
以及他们相遇时的真实故事

谨以此书纪念米丘、米琴和奥利菲尔，
并将此书献给米卢兹和米诗卡，
感谢它们陪伴我们，并用古老且高效的智慧守护我们。

我们带来的时间只够
在闪电和狂风的夹缝中生存。
埃乌赫尼奥·蒙特霍

不，不，不要获取。你要为
变得贫穷而旅行。这才是你的真实所需。
亨利·米肖

当时我正在马德里威灵顿酒店的酒吧细品着一杯强化酒。我很喜欢那地方，在更好的时代，我会在那儿住下。它紧挨雷蒂罗公园，那种世纪末的亲切、宁和氛围让我平静，也会唤起许多回忆。我着迷地看着周遭事物的边缘，马德里午后的金光镀在上面，令一切都仿佛悬浮在空中。我再一次确认，自己所处之地正是安达卢斯曾经的边境。

忽然，一只铁手臂搭在了我的背上，我没出声，直直定在了那儿。弗朗茨·约瑟夫一世那样的大胡须触到了我的后颈，直接宣告了来者的身份："你在这儿干什么呢？"他松开手，我回过头，印证了我的判断。是阿莱杭德罗·欧布雷贡。"我可完全想不到你会在马德里啊。"他一边大声喊着，一边坐在了我身旁，也叫了一杯强化酒，随后便开始用板岩蓝的双眼仔细打量我，眼里的好奇只有我们的画家朋友们才有——他们就是用它来发现他人身上的岁月痕迹的。我们有五六年没见了。现在，阿莱杭德罗就在眼前，结实、莽撞，尽力试着打破刚刚重逢时的笨拙腼腆——这是我们漫长友谊中常有的动人时刻。事实上，嬉皮笑脸外表之下的欧布雷贡是我所认识的人中最彬彬有礼的之一。

过了一小会儿，又来了阿莱杭德罗的几个朋友，其中一位是斗牛士，名叫贝贝·多明金。大家泛泛地聊了聊之后，就落入了那天的主要话题里：一个年轻斗牛士的死亡。他在自己事业的顶峰，在安达卢西亚的一个镇子被牛顶死了。阿莱杭德罗和他妻子将乘午夜的航班飞往哥伦比亚。卡门和我则刚到，正准备第二次去加利西亚朝拜。对话断断续续进行，有些枯燥，刚认识的人之间难免会这样。阿莱杭德罗和我很想聊聊彼此近况，聊聊将我们联结在一起的由来已久却又时常更新的一连串共同记忆、经历以及相互间的亲切情感。但完全没可能。关于斗牛的话题一直占据着对话的空间，顽固得令人压抑。后来，他在一群人短暂陷入沉默时说了一个词，我于是立刻明白，他想告诉我一件与众人的话题毫不相关的事。这种确信随后变得愈发强烈起来。终于，我们两人几乎同时站起身来，向众人解释了两句，坐到了另一张桌子上。欧布雷贡没有卖关子，直接对我说道：

“事情是这样的，几星期前我就想着要赶快和你讲，但没想到这么快就能和你说上话。我要给你讲的事情你一定特别感兴趣。只有咱们身上会发生这种事。仔细听好，这故事很长，可别听漏了什么细节。你绝对不会相信：一年前，我在卡塔赫纳遇见了你的一个熟人，你以前写过关于他的事儿，我当时还觉得那些故事都离奇得很，但现在我认为，你讲得还是太拘谨了。已经猜到我遇上谁了对吧？是瞭望员马克洛尔。”

需要坦承的是，在我经常琢磨的各种可能的巧合中，他们的相遇是我从来都没想到的。但欧布雷贡这么一说，我突然又觉得这非常符合逻辑并且可以预见，甚至奇怪它为什么没能更早发生。一时间，将这两个人物聚在一起的他们的全部共同点以及将两人分隔开来的各种天壤之别涌进了我脑中。我有点儿语无伦次地说着这些东西时，他一直面带微笑仔细打量着我，近看的话，那对天蓝的眼眸便会变成幽远的淡紫色。我们还能在一起待两个小时，于是便有些失礼地将另一桌的伙伴以及我们的两位夫人——她们正在那边饶有兴致地瞧着我们——抛在了一旁。阿莱杭德罗和我完全沉浸在了那段相遇的故事里，从某种意义上说，它的到来完整了我们生命的螺旋形的设计。如果要用欧布雷贡的方式来讲述这个故事，那我们便会陷入由非同寻常的感叹、难以解译的断续呓语，以及最终总会化为纵声大笑的附带评论所堆砌出的复杂沙丘里。所以我只得用读者能够明白的方式来讲述它，尽管这样做可能会让故事本身丢失许多色彩和味道。

那是一个清晨，欧布雷贡把一对去卡塔赫纳做客的夫妇送到了他们下榻的酒店。那时很难叫到出租车，丈夫之前又干了太多杯“三街角”牌朗姆酒，已经站都站不稳了。妻子是巴拿马人，印度和爱尔兰的混血儿，也敞开了心房，大讲特讲自己在不来梅合唱团唱歌时耸人听闻的经历。阿莱杭德罗把两人扶上了他的路虎车，只有真会喝酒的人在对待不会喝的酒客时才会有那种耐心。等他把两人搀到酒店的大堂时，他们差不多已经清醒过来了。回家途中，他走了一条照明很差的路，因为离红灯区很近，那里名声不太好。正开着，他突然看见有两个人正在殴打另一个人，后者明显瘸着腿，完全处于弱势，笨拙地自卫着。阿莱杭德罗把吉普停在了几个人前面，打开了远光灯。他下了车，走上前，想把被打的人救下来，那两人一见来者雄壮如牛，神态举止仿若帝国时代维也纳的军官，迅速逃向附近的昏暗街巷，转眼就消失其中了。欧布雷贡把那人扶上车，不知为什么，用法语问起了对方想去哪里。后者也用法语回答他说，自己在一艘运油船上工作，现在船停在码头，他刚从一家破落的妓院里出来，就被两个无赖跟上了，说是要和他换美元，汇率好得可疑。

“但是我不知道，”他对我说，“为什么我们当时会用法语交谈。我已经说了很久西班牙语，早就觉得那才是我的母语。”他向阿莱杭德罗建议去找个开门的酒吧，一起喝一杯。欧布雷贡解释说那会儿已经不可能有还开着的地方了，于是便把他请回了家。可以在那儿熬一熬等天亮，因为睡觉也没什么意义了。他高兴地答应了，潦草地微笑了一下，随后出人意料地说道：

“我叫马克洛尔，瞭望员马克洛尔。”

欧布雷贡盯着对方，好像他说的是玩笑话似的，但那人依旧微笑地看着他。

“那我认识您啊，”阿莱杭德罗说，“很熟悉您的名字。我有一个老朋友曾经在书里讲过您的人生故事。他那些书卖得并不太好，但是我读着觉得很有意思。”

接着，欧布雷贡又做了自我介绍。说到他是画家时，对方耸了耸肩，像是在说：“画画我真是不行。”两人到达阿莱杭德罗位于法可多利亚街的大宅后，马克洛尔艰难地爬上了有些陡峭的楼梯，来到了房子的一层。“之前让蜘蛛咬了，差点儿丢了这条腿，现在还在受影响。本来伤口已经愈合了，但叫那几个家伙一打，感觉又有点儿不对劲儿。”

一杯朗姆酒下肚后，两匹老狼之间的对话便流畅起来，他们说起了冒险，说起了生命的转折点，还有人类自古以来的柔情。

阿莱杭德罗已经记不得他们经历了怎样的艰难探索才慢慢建立起了相互的信任，但是他清楚地记得马克洛尔突然和他聊起了伊斯坦布尔的猫。欧布雷贡和客人有着同样的兴趣，并且也一向坚信这种猫科动物拥有神秘的知识，他仔细听着，很快酒就醒了：只有会和酒精讨价还价的人才能这样迅速清醒过来。

“伊斯坦布尔的猫，”瞭望员说，“是有绝对智慧的。它们完全控制着那座城市的生活，然而方式却极其谨慎、隐秘，所以居民们根本没有意识到这一点。这件事应该在还是东罗马帝国首都君士坦丁堡时就开始了。我来给您讲讲为什么：我很认真地研究了那些猫的行动轨迹，它们从港口出发，总会直直地绕皇宫‘边界’跑一圈，说是边界，如今已经看不太出来了，因为土耳其人在从前受天主之母涂油的教徒的圣地之上建起了屋宅，开出了道路。但猫却能靠本能认出那些边界，每晚都会在那些非基督徒建起的建筑里进进出出，沿边界走动。随后，他们会跑到金角湾的尽头，在布拉赫奈宫的废墟上休息一阵儿。黎明时分，它们会回到港口，去记录进港的航船，并监看离港的那些。最诡异的是，如果您把一只外国猫带到那里并在伊斯坦布尔港放开它，它在到达的当晚便会毫不犹豫地走完这仪式般的路程。这说明全世界的猫都在它们奇妙的记忆中保存着科穆宁与巴列奥略家族雄伟都城的地图。我一直没有把这件事告诉任何人，因为人的愚蠢不可度量，有些秘密他们不配听。事实上，我和伊斯坦布尔的猫之间的交情要比这深得多。每次去那里，都会有几个猫科家族的老朋友在等我，从我踏上陆地的那刻起，到我爬上船梯离去时，它们会陪我去所有地方。其中有两只听得懂我给它们起的名字：奥利菲尔和米卢兹。若是把它们带我去的各处都一一列出来会稍显冗余，但我可以告诉您，它们每一个都和拜占庭的历史息息相关。或许我可以说出其中的一些：安德洛尼卡一世受刑之处；帝国最后一位皇帝——君士坦丁九世[1]巴列奥略格斯战死之处；佐伊女皇被那个撒克逊人强占了身子的屋宅——她之前令人挖去了他的双眼；信奉三位一体的修士们确立那不可言说的教义并相互割去舌头以保守秘密的地方；君士坦丁五世"科普罗尼穆斯"因对其母的身体怀有不纯欲念而忏悔了一夜的地方；日耳曼雇佣兵念出誓愿，与他们的神明相联结的地方；将黑死病带去的第一艘威尼斯三列桨座战船停泊的地方。我还能说出很多保守着那座城市隐秘灵魂的地方，都是我的猫科伙伴们带我去的。"

欧布雷贡比任何人都更懂瞭望员对猫的兴趣，于是也与他分享了一些自己在卡塔赫纳遇见过的奇事，主角都是偶然去他画室拜访的猫。一只是在他开始画一个背对观者的天使时忽然变得狂躁的虎斑猫，另一只是在他提起卡瓦耶罗·贡戈拉总督主教的名字时突然以奇怪姿势跳跃翻滚的小猫。到第二日清晨时，这两个刚相识的人已然变得如多年老友般亲密。马克洛尔就像要为值很久班的辛苦海员做准备一样煮了一壶咖啡，两人把它慢慢喝下去，没怎么说话。对瞭望员来说，下楼梯比上楼梯要更困难。两人在门前道了别，马克洛尔并不想让阿莱杭德罗用车把他送到港口。

"您会有我的消息的。"告别时他对对方说，"船起航前我会来这儿，咱们再聊一会儿。"说完，他就一瘸一拐地去找出租车了。画家则留在那里出神地想着一个人在忠于真正困难重重的友谊时，常会遭遇的种种事情。

这时我打断了自己的朋友，告诉他我收到的关于我们这位共同友人的最后的消息很让人不安。我不知道他怎么又头脑一热，在河的上游开始了冒险，之后又惹上了军队的麻烦，多亏一个中东国家使馆的意外介入，矛盾才被化解：他们赢得了军情局一位成员的同情，请对方在中间斡旋了一

1 原文有误，应为君士坦丁十一世，而非九世。

番，才把他救了出来。在威灵顿酒店酒吧的那个下午，还有更多意外在等着我。欧布雷贡把两臂在胸前一叉——每次要讲和他息息相关的要事前，他都会摆出这副架势——对我说：

“事儿还没讲完呢。最后我俩一起坐船在库拉索和卡塔赫纳之间完成了一段疯狂的旅行。”

他看着我惊讶的表情，说要细细来讲这段故事。在去巴拉哈斯机场之前还有一段时间。我们各自的妻子都已回了房间，去检查她们在马德里所买的东西。贝贝·多明金和他的伙伴们悄无声息地离开了。我们继续喝着强化酒，直到它开始智慧地让我们的身子瘫软起来，一切仿佛都在伴着后倭马亚王朝的古老节奏慢慢滑行。

在从卡塔赫纳起航前，瞭望员去了欧布雷贡家道别。两人之间已经有了默契，因为他们的生命都经历过非同寻常的考验，并且比旁人都要更了解推动那种不确定机制——天真之人会将它称为“偶然”——的隐秘手段。他们配着伏特加喝了两瓶欧布雷贡习惯买的无色朗姆酒——它对我来说有些淡——继续聊起了伊斯坦布尔的猫。阿莱杭德罗讲了一群失去了方向的鲣鸟的故事。马克洛尔姑且相信了，因为他知道，这类事是可能发生在眼前这个人身上的，于是，他也给对方讲了两个令人难以置信的海鸥的故事。两人道了别，说好要不时互通消息，聊聊各自的情况。几个月后，就在阿莱杭德罗将自己与马克洛尔的相遇已经列为一个过去的意外事件时，他在库拉索再次偶然地遇见了对方。当时他正在找餐馆吃午饭，好避开一成不变、令人毛骨悚然、坑人又单调的中餐馆套餐。旁人告诉他有一家印尼菜馆，一进去，他便撞上了在吧台坐着的瞭望员，后者正在用一些奇怪的配料来修正一杯无法让他满意的古典鸡尾酒。两人像前一天刚见过面似的问候了对方，随后决定在马来菜的菜单上冒险选几个菜。他们连一半的菜都没吃完，就开始喝兑了姜汁汽水的波本威士忌，显然，他们已经懒得再在崇高的醉酒之路上费心探索了。就是在那时，瞭望员马克洛尔向我的朋友发出了一个极具诱惑力的邀请，几乎改变了这位画家的命运。

“和我走吧，”他对他说，“去黎塞洛特·埃尔斯伯格号上去。我在这艘运油船上做水手长。我们会借道阿鲁巴回卡塔赫纳去。我向您保证，您在船上一定会很高兴的。船长是纯正的普鲁士人，‘一战’期间是一艘潜水艇的司令，他在基尔出生，少了一条腿。是在斯卡格拉克之战中失去的。他有说不尽的海上故事，陆上的也有些，只不过没什么教育意义。如果您要回卡塔赫纳，那没什么能拦着您来上船陪我们。”欧布雷贡一刻也没犹豫便答应了。他回酒店收拾了衣服和他在库拉索买的几盒荷兰颜料，便和瞭望员一起去了码头。两人上了船，但没见到船长，因为对方正在睡漫长得好像没有尽头的午觉。瞭望员的寝舱里有一张空着的双层床，阿莱杭德罗把自己的东西放在了上面。两人一起去了甲板，一边试着忽略污染环境的燃油味，一边从甲板一端散步到另一端。

“起航后有风了，这味道也就好忍了。”马克洛尔说完后，便不愿再继续这个话题。欧布雷贡则对他讲，颜料和溶剂的味道陪了他大半辈子，机油的味道也没有什么不同。下午过后，船长出现在了甲板上。是个两米高的大个子，用假肢走起路来灵活自如，会带着一点德国口音讲世界上的所有语言。一张酷似德国凯撒尉官的胡须稀少的马脸上带着介于宽容和疲惫之间的微笑，令他透出一种神父的气息。他眼里集聚着千百次经历中的炽烈罪恶：违法行为、肮脏交易、遗忘，还有记忆，都被他谨慎地保管着。他的眼眸大致是咖啡色的，总是在杂乱的眉毛和有些女性化的长睫毛间不安地转动。他的目光从不在一处停留，像是一直在兴致盎然地审视着周围的人群和事物。他名叫卡尔·冯·乔尔蒂茨，说是那位谎称自己在最后一刻使巴黎免于被炸毁的纳粹军官的远房表兄弟。闲聊了两句过后，船长向欧布雷贡发出了请求，说要将马克洛尔带走一会儿。他们就要准备起航了。载的货把船压下去，几乎没过了最大限度的吃水线，所以操作起来要格外小心。欧布雷贡留在甲板上欣赏库拉索的傍晚，同时也不禁自问怎么就稀里糊涂地答应了这样一时兴起的邀请。不过他那种不干预命运神秘规律的旧直觉还是让他得以静心欣赏夜晚对白昼的侵袭，看它如何溶解掉那丰饶的、从血红到细腻橙色的多彩盛宴。他想起了孩童时代在纳粹统治之前的德国常吃的亨帕饼干盒上的风景。旅途顺利地开始了。船在平静的海面上带着迟滞的困意滑行着。一阵铃声将他拉回了现实，随后他看见马克洛尔正从驾驶室中向他做手势，请他去船长的舱室里吃晚餐。

冯·乔尔蒂茨船长的寝舱没有任何私密的个人色彩。没有家人的相片，没有家乡城市的风景画，也没有任何怀旧的物品。两张加勒比海的旧地图以及一张海事信号图是墙上挂的仅有的东西。这让欧布雷贡感到了别样的不安。就像一个空荡的外部在映着一个将过往化为白板的灵魂的内部。然而，最引他注意的，是放食物的小桌上的那个维也纳银制大碗，它的周围围绕着一圈配套的银盘，上面整齐地摆着令人垂涎的黑面包三明治，夹着上好的三文鱼、大西洋鲱鱼、鱼子酱、烟熏鳟鱼、金枪鱼和海胆。船长请客人们落了座，接下来又搞了一番仪式，更是令阿莱杭德罗出乎意料。他开了一瓶久负盛名的法国香槟，将它倒入方才提到的大碗中，同时用另一只手往里倒一瓶德国拉格啤酒。倒完一瓶又续上另一瓶，直到和香槟一起倒光为止。接下来，他给几人分发了双耳酒杯——与纹章上的那些类似——用典型的容克的礼貌方式请大家用了酒饮。马克洛尔给自己的朋友使了个眼色，似乎在告诉对方这种惯常的仪式不该让他觉得奇怪。就这样，一个漫长的回忆逸事之夜开始了，每个人都将自己那些“保留曲目”中的经典拿了出来。船长一副不知疲倦的样子，完全没有醉意，会时不时地满上大碗。几人上床睡觉时，已是曙光初现时分。第二天上午十一点左右，他们的仪式再次开始，直到下午才结束。个人各自完成了些工作，随后，在夜幕降临时，又继续。但没有一个人像是喝醉了的样子。

连喝了四天之后，欧布雷贡和瞭望员之间原本就紧密、亲近的关系已然变得更加坚固了，冯·乔尔蒂茨也重新回到了他海上生涯中最好的日子。在漫长的怀旧与醉酒的愉悦中，这位船长甚至邀请欧布雷贡陪他们一起去进行已签下合同的为期两年的地中海航行，从阿尔及利亚往科西嘉运送燃油。阿莱杭德罗辗转反侧了一整夜，思考着该如何答复。他们后来到了阿鲁巴，黎塞洛特·埃尔斯伯格号在那儿停了一天，装上了要运往卡塔赫纳的飞机燃油。三个人沉浸在相同的回忆氛围里，共同经受着烈性容克鸡尾酒的考验，甚至都没上岸走走。船在卡塔赫纳马默那港口抛下锚后，阿莱杭德罗趁自己短暂的清醒，塞下了一片阿司匹林，婉拒了冯·乔尔蒂茨的邀请。他嘟囔着复杂的借口和自己的歉意时，瞭望员微微点了点头，对自己友人的决定表达了赞许。他已经学会欣赏他的画，并奇妙地感觉它离自己那样近，因为那些作品让他看到了自己意识的深渊。他陪欧布雷贡回到了家，一起干掉了一瓶在库拉索买的岛屿朗姆酒，随后才道了别。“我和他说自己多年前就认识了你，”阿莱杭德罗在故事就要讲完时对我说，“他让我在见到你时，代他问你好，说他想给你寄些文字，但还没寄，是关于他在山里开矿时的生活的，你还不太了解那段历史。他说他一直不明白你为什么对他的漂泊那么感兴趣，他觉得它们有些灰暗，但也很平常，没什么特别的。他就是这么说的。”

就在这时，阿莱杭德罗的妻子走过来说，如果不及时出发，他们可能会错过航班。欧布雷贡出神地看着一片模糊而哀伤的远方，当生活的苛求超过他能接受的极限时，他便会逃向那里，但同时也会带着中世纪犹太教拉比的智慧向那些苛求屈服，这是他的加泰罗尼亚祖先给他留下的遗产。我们一如既往地用力拥抱了彼此，道了别。

一如所料，阿莱杭德罗把他与瞭望员马克洛尔的相遇告诉我的后果立刻显现了出来。两个这样个性鲜明、非同寻常的人物相遇过后一定会留下些凌乱的涟漪。我们在威灵顿酒吧见面的几个月后，我收到了一个从马尼拉寄来的巨大信封。文字讲述了瞭望员做矿工时的故事，内容详尽，但经过了一些随性的修饰，另有一封信，信中告知了我他现在在何处落脚，也讲了讲他那动荡的流浪生活中常有的不幸。在长长的两大段文字中，他提到了阿莱杭德罗。我不禁想把它誊写在这里，因为它很好地完整了他们的这段友谊，还原了它的丰富与深厚，我在其中的角色与在其他关于马克洛尔的故事中的角色一样，只是中间人而已。第一段文字是这样说的：

……因此，我决定在吉隆坡待一段时间。我住在了一位葬礼宗教仪式线香的生产商家里。她的一切都让我好奇。帮我和她联系上的是一个新加坡有轨电车司机，我和后者之间一直保持着亲切的关系，这段友情是通过两条完全不同的路建立起来的：我们会去城郊的一个地下酒吧喝混了苦艾酒的棕榈酒，很多英国和斯堪的纳维亚人都会跑去那个地方感受异域风情。我不知道他们的好奇心有没有得到满足，但我能肯定的是，我们和白种女人发生关系的欲望倒是被充分满足了。长时间和亚洲女人接触会让人有些消化不良，并最终变得冷漠。马拉卡·杰克——这是我这位朋友的名字——还会在开电车时接上我。他会邀请我坐在他身旁，在他跑惯常的线路时与他聊一聊。我们的话说不完，他知道这座城市和它的居民的所有最不为人知的秘密，于是与他同行便成了一种极为有趣且颇有教益的经历。我告诉马拉卡·杰克，一个有些让人捉摸不透的葡萄牙人——他的名字就更可疑了，叫费尔南多·费雷拉·德娄安达——叫我去吉隆坡做一笔有点悬的柚木生意，他听说后便请我代他去看看卡丽坦，那个线香贩售商。后来我发现，那位女士十分熟识她同胞们的生活和生命奇迹，这些人很神秘，性格的褶子里都藏着危险，最好先充分地了解他们，之后再与之交往。不出所料，我们睡在了一起，在床上她总是说一种马来语的方言，另外几种她说得还算流利的语言都断断续续连不成句。一天，她去了一场为一个走私古董珠宝的身价百万的黑帮头目举行的奢华葬礼，回来后告诉我，她在那场似乎永无终结的宗教仪式的缭绕烟雾中看见了一副白人的面孔，蓝色眼睛，髭须浓密，连着发红的络腮胡子。他在葬礼的滚滚烟气中出现又消失，用英语和像西班牙语又像法语的某种语言念着混乱且粗俗的脏话。“我觉得他提起了你的名字，”卡丽坦对此表示出了好奇，但也不免带着些揶揄的口气，“但我靠近他时，他又像跳驱魔舞似的跑开了。”我于是立刻请她带我去了举办葬礼的地方，想找到她所描述的这个人。听起来是我很熟悉的人。那双蓝色的眼睛、弗朗茨·约瑟夫式的髭须与络腮胡，还有那一串英语和加泰罗尼亚语——我的朋友没能听出这门语言，但她描述得还算清楚——夹杂的感叹，只可能是他，不会是别人了。最开始卡丽坦并不愿意答应我的请求。她觉得它很荒谬。仪式已经结束了几个小时了，那一片充满了巨大的庄园、废弃的公园，没有任何商铺。但我还是坚持说服了她，随后两人便出发了。那里和她描述得差不多：荒凉的大道被两旁种植的高大树木遮蔽着，一片永恒、湿润的阴凉。无穷无尽的铁栏杆围着半野生的花园，更深处，则是风格奇特诡谲的大宅：有些是美国南部的殖民地风格，但屋顶坡度却十分陡峭，仿佛在那热带烤炉中等待着不可能落下的大雪；还有加利福尼亚西班牙式的、好莱坞阿拉伯式的、装饰派艺术式的，都被雨水和繁茂植物滴落的树脂染得很脏。我们坐着贩香人破旧的四轮车走过了几条街，每一条都一个样，她虽然对拉车的那只迟缓犹豫的驴子感到绝望，但仍不断努力驱赶着它。“只有你才会做这类事，”她骂我道，“疯子瞭望员。在这儿别说你的朋友了，咱们连个活人都找不到。我倒想知道，要是叫警察巡逻队给逮捕了，你会怎么跟他们解释。”

卡丽坦说出了她这个要命的预感之后，还不到五分钟，就有一辆绿金相间福特牌老警车拦住了我们。但他们没有问我们任何问题，只是打开了车门，像打开了一个装着玩偶的惊喜盒似的，从里面放出了一个狂躁的人，他提着嗓子叫嚷着："操，小矮子，混蛋马克洛尔！你难道要把我扔给这些闻着像臭鱼的黄种人吗?"正如我所料，是阿莱杭德罗·欧布雷贡。是在飞机换乘时留在这儿的。他把事情的经过从头到尾描述了一番：当时，他在机场酒吧遇上了一个正焦急等待印度航空航班的孟加拉护士，于是想施展魅力，把对方给迷住。欧布雷贡上了四轮车。我把他介绍给了自己的朋友，告诉了他她做的是什么生意。"太好了！"阿莱杭德罗说道，"没有什么能比这个更好更合适的了。我想请您帮我烧几炷香，它们烧出的烟的颜色都太漂亮了。"其实此前我已经和卡丽坦说起过欧布雷贡是谁，我们怎样在卡塔赫纳相遇，之后怎样一起完成了黎塞洛特·埃尔斯伯格号上的旅行，尽管如此，她看着对方时仍旧一脸惊讶。我的朋友带着那种花花公子的殷勤——他的身上不时会显出这类气质——又抛出了一个怪异的解释。"是这样的，姑娘，"他对她说，"当时我正在法国航空的办公室买票，结果看见了那只送葬队伍从门前走过，我只能把别的事情都往后推一推，跟着他们一起走。那些神职人员穿的衣物的颜色还有你的香散出的红、绿、橙色简直让我心醉神迷。那些颜色成全了某种东西，让我不得不一直跟着送葬队，一直走到最后一刻。遗孀身旁跟着一个小女孩，捧着一些泥土，我用它涂了自己的脸，混在亲属里，做着他们所做的动作。有一个男人戴着涂有藏红花色和天蓝色斑纹的蛤蟆面具，不时地向我靠近，让我喝一种散着肉桂气味和檀香的甘蔗酒。我被灌了个酩酊大醉，但觉得所有人都是那个状态。因为我收到了马克洛尔寄自这座城市的明信片，所以就在那儿一直用我会的所有语言叫他的名字。葬礼结束时，我在一棵几乎把死者的家完全遮蔽住的巨大芒果树下睡着了。警察就是在那儿把我带走的。那些家伙！残忍得像迟缓却危险至极的爬行动物。之后我就来到了这儿，剩下的事你已经知道了。”正如我之前所说，这一番解释不仅没能让我的朋友平静下来，还让她更茫然了一些。过了一会儿，我们回了家，卡丽坦自然而然地收留了他——这件事不可能会发生第二次——将他安排在朝向屋后走廊的一个房间里，走廊危险地悬在一条河道之上，水静止不动，偶尔会有载满色彩奇异的鲜花与水果的小船划过。欧布雷贡也同样自然而然地去机场法国航空的办公室拿了行李，在那个房间住了下来。

我们的朋友在吉隆坡的生活充斥着各式各样的情节。但大多数时间他都在画画。他在走廊上放了一个临时画架，卡丽坦从市场给他买来了算是精美的木框，他自己绷好了画布。现在我想谈谈阿莱杭德罗的画。您知道我在这方面完全不在行，却感觉自己离那些画作创造的世界很近，既然您也对我这个瞭望员的多舛流浪生活很感兴趣，我想，说说它也并没有什么不合适。

欧布雷贡的绘画是和另一个世界连在一起的，那个世界与我们所处的这一个截然不同。他从我完全想象不出的灵魂陡峭之处出发，记录着他所创造的现实。那是天使的画作，但属于创世第六天的天使。我总是随身带着他的一幅油画稿，很小，是他在阿鲁巴的一个潮湿的星夜画下的。画上有一把椅子，视角很奇特。并且那把椅子也和通常被我们称为椅子的那种东西毫无关系。需要再说一遍，它是另一个世界的椅子。我说它是天使的画作就是这个意思。他在吉隆坡画的画——后来在亚丁湾的海难中全都遗失了，运画的船被一个海军基地失误发射的鱼雷击中，随即便沉没了——令我着迷了很久。不仅如此，直到现在我还常常梦见它们。它们具备热带异域风情的全部元素，既巴洛克又颓败，令吉隆坡的风景变得独一无二。但与此同时，他的画中没有任何一笔复刻了周围的现实。欧布雷贡只是记录下了他记忆中的一些精粹、颜色、体积，随后又将它们转移到了他那个与众不同的世界里，令它们成为新的存在。卡丽坦看他画画看得入迷，她后来低声对我说:“我觉得他在祈祷。”一天夜里，我看见她在那些画作周围烧香，烧她那些本将用于宗教仪式的香。我去叫醒了阿莱杭德罗，带他去看那幅场景。他完全没有吃惊。他觉得那是世上最自然的事。“她将来会把整个家都烧了的，咱们也在里头。”我凑近他耳朵说。“太好了，”他回答，“那简直太美妙了！”我于是又小心翼翼地把他带回了床上。他那双巴塞罗那城郊野猫的双眼里闪着一种光芒，令我汗毛竖立。我们差一点儿就葬身在了焚尸场般的火焰里。阿莱杭德罗的画还有一个特别令我感兴趣的方面，您这么了解他，又参加了他的第一场画展，肯定能告诉我是否在他初期的画作中这一点就存在：欧布雷贡画的人物也有一种危险的天真、一种性感未至时的性感——这也是天使般的，只不过带着更为精致的活力——令人感觉，自己未经允许就穿越了一个禁止我们入内的世界。我们相遇的那天夜里，我在第一次看到他的一些自画像时就觉得，眼前的绝非常人，是某些被不幸击垮的神祇派来的先知。将我从几个小流氓手里救下来、和我说话的人就在那些油画布上，但与此同时，还有一个与原版的他完全不同的人正从画中望着我，想和我说些什么，他在被固定在画布上的那一刻几乎就要把话说出来了，但又躲进了沉默里——将我们这些必死凡人从那种无法言说的经历中救起。我一直纠结于这段描述，但对于我想描述的东西，您比我要熟悉得多，也一定有更多可说的。

几个月过去了。柚木的生意陷入了停滞状态，因为我那位所谓的葡萄牙合伙人更想在巴西建一座香皂厂，于是便把我扔进了绝望里，我本以为那会是我这辈子最好的一笔生意。我是那么熟悉那种感觉，于是立刻给自己灌下了解毒剂，继续开始流浪。我决定去塞浦路斯，那有些活计和试炼在等着我，关于它们，我之前已经提到过了。那时，卡丽坦和阿莱杭德罗已经建立起了一种关系，非但没令我难过，还让我得以心无愧疚地离开，并且感到幸福，因为我知道，我们的朋友即将认识另一个世界，在那里，最隐蔽的秘密会与自然的爱欲智慧地结合在一起，这是神所祝福的事。

第二段关于欧布雷贡的文字出现在瞭望员马克洛尔那一摞厚厚信件的最后，不过这段叙述比上一段要短。它毫无铺垫，就直接出现在了与之无关的其他事件之间。文中说道：

我到达温哥华时坐的是加拿大海军海岸护卫队的船。在此之前，我们那艘载着恶臭皮料的倒霉货船已经开始沉没，几分钟后，护卫队就赶过来救了我们。我敢肯定，那艘货船的船长和水手长都和魔鬼做了交易，不停地折磨我们。我没有身份证明，没有钱，首先想到的就是在海员庇护所申请个床位。那是一个慈善机构，专门给水手们提供生活必需的条件，好让落得像我一样惨的各位海员过渡一下，谋个出路转下运。我身份材料的情况糟糕至极，关于当初获得它们时所用的方法我们最好也缄口不言，这些您都知道，所以也能想象我在不列颠哥伦比亚时的状况，当时凛冬将至，被认为会是五十年来最严酷的冬天。在庇护所中，他们发给了我一些衣裳，比我自己带去的厚实些，不过都是从一个衣柜里拿出来的：那儿保存着死在那里的海员的衣服。后来我上了街，不知道该做什么。我没在世上任何一艘商船名下登记过，所以领事馆也没有任何我的消息。你一定能明白我的焦虑，从下船之时算起，移民局只给我三十天的时间来找到出路。

就这样，一个星期过去了，每一天我都更加绝望。突然有一天，我决定去哥伦比亚领事馆给我的朋友阿莱杭德罗·欧布雷贡发一条求救信息。为什么突然想到了他而不是我其他所剩无几的朋友——他们分散在世界各处，但都忠诚坚定——“因为实际情况就是这样的啊，混蛋。”在我向他提出这个问题时，阿莱杭德罗这样回答。领事馆的人往卡塔赫纳发去了我的求助信息，那边回答说欧布雷贡在旧金山办画展。他住在弗朗西斯·德雷克酒店。我想，他作为我们的朋友，选择这个酒店还是有道理的。领事馆的人还让我和画家说上了话，我向他简要地描述了一下自己的现状。他说：“操！我这就过去。您别走丢了。让我和领事说一下。”我把听筒递给领事，对方一边听着欧布雷贡说话，一边好奇且不乏怀疑地打量着我。说完后，他从自己古老的书桌里拿出了几张钱，递给我说：“大师让我把这个给您，好让您坚持到他来。应该是下星期六就能到。”我向他表达了感谢，这一次是真诚的，甚至有些感动，他一见这情形，立刻说：“您别担心，先生，别担心。如果是欧布雷贡这样的大师提出的要求，哪怕再奇怪，别人也都不会拒绝他。”我转过身，走了出去，想平静地消化掉这句话中隐藏的含义。生活让我养成了这种几乎条件反射的，甚至没有个人色彩的习惯。我当时的样子也很叫人无法恭维吧：还没来得及去理发店，隔着老远，人也能看出我那身衣服已经死去的主人比我要高大很多。

阿莱杭德罗像他许诺的那样如期到达了。带着他的热情气息——这是他温和性格的一贯标志之一——对他人隐私的绝对尊重。他带来了某个加勒比小国的一本护照，照片上的人看起来有些像我，面孔遮掩在捕鲸人常有的那种大胡子后面。“瞭望员，您得留胡子了，不过好在已经留了一些了。”在我们喝加拿大威士忌时，他大笑着说道。那威士忌很淡，但还算香，我们往里掺了些姜汁汽水，让它勉强可口了一些。他在那儿给我讲完了吉隆坡的故事。“我离开时并没有很遗憾。和您那位女性朋友的关系后来变成了某种被正统佛教的香气包裹住的紫罗兰色的弥撒。嗯，其实我也不知道它是不是佛教的。这也不太重要。后来我坐直飞航班去了罗马，当我在那儿打开行李时，它闻起来和那场把我们聚在一起的葬礼一模一样。”

我们又谈了谈别的事。我问他当时在画些什么。他的回答令人无法忘怀，只不过夹杂了太多感叹，如果去掉那些感叹再把它誊写下来，在我看来无异于背叛我们的朋友。欧布雷贡对我说的话大致如下：

“瞭望员啊，绘画这件事很简单……但也很复杂。简要来说就是：永远都要与真相同行。和生活一样，画里只容得下真相。画作是不朽的。说谎是伪造生活，也就是说：说谎即死亡。您明白吗？再有就是色彩的问题。要时刻确保画家是掌控、编排它们的人。也是创造他们的人，不过再说就过了。但它们自己会搞自己的派对。它们聚在一起成为一种新的颜色的过程简直就是一种难以想象的狂欢。但是您要记得，做决定的，永远是画家本人。画笔和抹刀在手，不颤抖、不犹疑，确信自己是这一王国的主人、君主。彩虹就扔到一边去吧。永远都不要向它妥协，否则画作就会迷失，会沉没在口水的海洋里。面对彩虹和类似的事物，就要像我多年前在看到那一群成队低飞的鲣鸟时所做的一样。我想我已经给您讲过了。看到它们飞过来时我正在海滩上。于是当即用一根木棍在沙上画下了一支巨大的箭，正与它们前行的方向相反。看到那支箭后，它们顿时慌乱起来，在我的上空盘旋，打破了阵型，过了一阵，又重新组成队伍，朝沙地上箭头所指的方向飞去，也就是说，朝它们目的地相反的地方飞去。这就是绘画：由画家来确定颜色的命运，确定画中各个元素的布局与秩序。但是，瞭望员，这和生活中的事情一样。一个人不能控制的东西永远会反过来针对他。不过人并不明白这一点。人，您知道的，人做不了什么大事。没有什么比人更让我厌烦的了。我们那儿有位诗人，说起来一定可以成为您的好友和在那些奇怪酒吧喝大酒的好伙伴，他说：'那些蠢人意见很多，还总是在说！'不过这是另一回事了。咱们回到绘画上。咱们这样说吧，我画的东西，我这辈子画的所有东西，哪怕是最简单的那些，都是真相，真相之外别无他物。我唯一感兴趣的就是让画的观者在看到它的那一刻立即相信这一点。现在，重要的是学习去看，明白该如何看，并且看见一切：事物、人、天空、山峦、大海以及它里面的生灵。我们看到的一切都会隐去它的一部分，把它藏在阴影里。需要到达那里，照亮，发现，解译。没有什么可以一直隐藏。我知道这要求很高。但没有别的办法。比如海洋。您在海上穿行了那么久，已经足够了解它。海洋是世上最重要的东西。需要懂得如何去看它，如何跟随它情绪的转变，如何聆听它、嗅闻它。您知道为什么吗？原因很简单，大家都以为自己明白，但其实他们并没有深刻地明白：因为生命诞生在那里，我们是从那儿出来的，我们的一部分永远都沉在那儿，在海藻之间，在海深处的黑暗之中。现在我差不多已经做好了准备，就要开始完成一个古老的梦想了，它跟随了我许多年，那便是：把风画出来。风，没错，您不用摆出那副表情。把风画出来，但不是从树丛穿过的风，不是推着海浪走的风，不是吹起女孩裙摆的风。不，我想画从一扇窗进入又从另一扇溜走的风，就这样，没别的了。不留痕迹的风，它像极了我们，像极了我们生存的任务，像极了那种没有名字，却不知不觉从我们指间流过的东西。您作为瞭望员，曾那么多次看到它朝船帆吹来，时常改变方向却永远到达不了目的地。这种风正是我想画的。还没有人能做到它。我会试试。您也会看到。要在它坚定走过的那个准确时刻撞上它。为此，我知道需要懂得如何去看，这我和您讲过。要去看事情隐藏起来的那一面。风是一回事，我真正会做的就是：看，看到自己已经不再是自己了。哎呀，操！我又说乱了，但是我相信您是理解我的，马克洛尔，如果您都不理解我，那咱们就完蛋了。”我告诉他我懂得他的意思，我觉得他说得很清楚，另一方面，用那种方式看待生活意味着某种要求，某种禁欲主义，某种监视，很难时时刻刻坚持做到。“没有别的办法，瞭望员，没有别的办法，这件事就是这样的。”

我们当时所在的酒吧的老板是一个浓眉希腊人，看起来脾气不太好，强行要给我们端上难闻的茴香酒，被我们毫不犹豫地换成了加了冰的加拿大威士忌。那男人面带疑虑地瞧了瞧我们，这让我们觉得可笑，因为那地方看起来很破旧，各个酒桌上坐着的都是来自世界各地的人，他们的面容看起来可和诚实一点都不沾边儿。“咱们都太天真了，”欧布雷贡说，“是俄国人所说的那种天真，或者说，真理不眠不休的仆人。这对人们来说才是最可疑的事情。所以在这儿咱们才会格外显眼。”希腊人把目光从我们身上移走了，假装不慌不忙地洗起了杯子。后来，我们又去了港口附近的很多地方，也没什么比提到的这家酒吧更好的了。欧布雷贡很快回了旧金山，都没留给我向他表达谢意的时间。他一挥手就免去了我所有这方面的尝试。我陪他去了机场，两人用紧紧的拥抱道了别。在那一刻，他眼中的天蓝消失了，变成了钢灰色。我想那代表了一种被硬生生压制住的温柔。第二天，我上了一艘驶向瓦尔迪维亚的货船。后来因为雷达故障，不得不随船停在了洛杉矶的港口……

瞭望员与画家阿莱杭德罗·欧布雷贡相聚的故事到这儿就结束了。这一切都发生在很久以前。今天，我们三人的生活都完全变了模样。我已经许久没有瞭望员马克洛尔的消息了；出现了各种各样关于他的死亡的说法，但没有哪一种得到了确认。也不是第一次发生这样的事了，所以我们这些做朋友的仍然在尽力打探他的消息。阿莱杭德罗·欧布雷贡在卡塔赫纳自己的家里去世了，那栋房子原先属于隐退的海盗，闻起来有颜料和溶剂的味道，从他的露台可以望见那片不真实的海，我们仍旧在等待那些大帆船。我在墨西哥生活，想尽力在友人们的记忆中留下些痕迹，于是便想着法儿地讲述瞭望员的壮举与厄遇。我觉得自己做得不太成功，但似乎也并没有别的路可以走。

有一个流言从许久前便开始传播，但我一直不想去深入调查，或许是害怕自己最终会遇见那种马克洛尔常带给我们的最终指向空无的意外吧。但现在，说着瞭望员与欧布雷贡的相遇，那段流言突然钻入了我的脑海，于是我便找来了另一位亲爱的朋友——我指的是加夫列尔·加西亚·马尔克斯——所写的文字，令这四重奏得以完成，在那段文字中，他记录了相关的消息，消息说是欧布雷贡在沼泽地中找到了瞭望员的尸体，当时后者和芙洛尔·埃斯特维兹一起在那儿迷失了方向，看起来两人在寻找潮掩区出口时死于饥饿与脱水。我们看看加博是怎么说的：

多年以前，一位朋友曾请求阿莱杭德罗·欧布雷贡与他一起去寻找他那艘小船船长的尸体。之前的傍晚，他们在大沼泽区钓二十磅的鲱鱼，就在那时，船长落水淹死了。两人整夜都在那片颓萎水面的无垠天堂里穿行，开着捕猎灯，跟随着漂浮物的走向——它们通常能把人带往河流深处溺亡者的长眠之地——跑遍了它所有不起眼的角落。忽然，欧布雷贡看见了他，水没到了他的头顶，他几乎是坐在水中的，浮在水面的只有荡漾的发丝。“像个水母”，欧布雷贡告诉我。这位擅长描绘公牛与风暴的画家用双手抓住那把头发，将溺水者猛地提了上来，后者仍睁着双眼，形体巨大，身上流淌着包裹银莲花与蝠鲼的泥浆，紧接着，画家就将他扔到了小船船底，仿佛扔过去的是一条死亡的鲱鱼……

加夫列尔言之有物的迷人散文中，藏着一些暗示，试图冲破周围那些与瞭望员在大沼泽潮掩区的所谓消失完全不符的其他信息：钓鲱鱼，死者并不是船主的事实，以及在本可以使用“平底船”——马克洛尔迷路时所乘的是艘平底船——时却使用了“小船”一词，这不可能是加博的疏忽大意造成的。这些信息搅乱了，或者说让那个不乏道理的结论——马克洛尔即是溺死者——失去了说服力。

不过，我曾在《商队驿站》的散文诗中提到，一个水上护卫队发现了一只平底船，上面有两具尸体，在我所听说的关于瞭望员之死的版本中，出现了那只平底船。不过，加博不仅是我们所熟知的那位伟大作家，也被认为——这十分合理——是杰出的记者，想必他当时已经核实过相关的信息了。我最先做的事自然是去询问欧布雷贡，将自己的疑虑告诉了他。他只是笑了笑，像是觉得有趣，但又有些疏离，随后就说起了别的东西。我们这些做朋友的总是四处宣扬他的事迹，我担心他一点儿都不喜欢这一点，感觉那些叙述粗暴地扭曲了他的隐私。

事情就是这样，一如往常，只要是关于瞭望员的事，真相就会从我们的手中溜走，仿佛一条逃脱了的鱼。但是没有人能抹除我们的这个想法：如果欧布雷贡在潮掩区捞起的尸体真是马克洛尔——他在卡塔赫纳、库拉索、吉隆坡和温哥华的同伴与密友——那么这个故事便结束得过于精准、完美了，这在人们的生活中通常不会发生。如果像我这样慢慢了解这两位主角，便会发觉，这一结局是那样美好地贴合着两人的性格和他们在世上的多舛人生，我至少要在这里将它叙述出来，当然并不能确保它的真实性，不过也不会强烈地对它进行否定。艺术家与探险家总会早早就草拟出自己的结局，连他们的同辈都无法看透。从幻术师俄耳甫斯和智慧多谋的尤利西斯与奥德修斯的时代起，这便是属于他们的特权。

贾米尔

给我的孙子尼古拉斯

一无所有时，除了童年，还有别的什么呢？

——

圣-琼·佩斯

瞭望员马克洛尔人生中有一段章节与我近年来所讲述的他的经历几乎截然不同，在他混乱的流浪生活中，这段日子意味着一种本质的改变，也在他生命的最后时光里为他带去了某种宁适的慰藉，令他安然接受了自己的命运，也帮他维持住了自己的原则——毫无保留地接受那些不可言说之物的最高秘密。并不是说，在我将讲述的这段经历之后，他的人生便不再有各种各样的起伏与意外，而是说，在面对这些事情时，马克洛尔的状态里已经不再有从前统治他游浪人生的那种不求回报的固执挑战意味。

或许，这一点对于读者们来说是正常的，是我们中任何人生活里的家常便饭。但如果您了解我们这位人物的过往经历，便会立即明白，这类对我们来讲平常的事对于马克洛尔来说，则是完全不曾有过的经历，充满了意外，并最终揭开了他一片情感处女地的面纱。

我本可以用直接的方式从全知视角来叙述这件事，但终究还是希望将马克洛尔讲述自己经历时的言语誊写下来。当时，听完他的话，我立刻察觉到，里面仍旧藏着这件事为他带来的喑哑疼痛，同时还有他所感受到的那些毫无阴霾的幸福时刻。那么，我们现在就来看看我是如何得知这件事的吧。

一有机会，我就会去卡塔赫纳，因为我对那座城市的回忆中充满了怀念，在那里度过的许多时光以不可消除的方式影响着我的余生。只要机会允许，我总会去它迷人的街巷迷宫中转一转，而后再攀上它朴素而高傲的军事城墙的瞭望台，着迷地望一望安的列斯海的轻柔舞蹈。我们的画家朋友阿莱杭德罗·欧布雷贡还健在时，我也总会去他在工厂街的宅子看望他，在那里，就着他为朋友们留的苏格兰威士忌，一同追忆我们过去的共同经历，有时，那些经历也会和我们各自的童年生活——我小时候在比利时，他在德国——混淆在一起。

某次去那座“英雄城”时，我刚敲起阿莱杭德罗家的门，天上就落下了瓢泼大雨，每到十月，那里总会下这样的雨，总像无法停息的样子，突然就闯进了城里。是阿莱杭德罗亲自开的门，带着微笑，像个收到惊喜礼物的孩子。

“天啊！您来了真是太好了！我正好需要个借口停下画笔，得喝一杯来庆祝这个惊喜。”

我们走进他的画室，坐在了我已经很熟悉的宽皮椅上。椅面上满是各种颜料的污渍，能想象到的所有颜色都有，彰显着画家与他绘画素材之间的长久斗争。墙上挂着些他新近完成的画作。一种梦幻的魔力从那些少女身材的天使身上散发出来，她们迷茫地从渐变的绿色——从新叶的嫩绿到密林的浓绿——之中，在锦葵色的阴影之间升起，包裹这一切的是暴烈的浓蓝和逐渐化成明橙色的红。那是欧布雷贡的一个新世界，他画作的一个新时期，奇怪的是，与我当时正在写的东西很相近。我向他表示了自己对那幅画作的赞叹，他回答我时，钢蓝色的眼中闪过了别样的光芒，透着无尽的喜悦：

“我就知道您会喜欢。那些天使出现在了我的梦里，我给画下来，免得她们逃走。梦里回不来的东西，在死后也不会陪伴我们。”

我琢磨着朋友特意强调的这句话，其实最好不要往深去想，因为很可能会迷失在更纠缠不清的思绪里。

我们把大雨当成借口，喝掉了阿莱杭德罗放在我面前的一整瓶帝王威士忌，那张桌上满是油画笔和用光的颜料管。正如我之前所说，两人谈起了我们已经远去的青春时光，还忆起了一些朋友，让我们想起了共同度过的旧日时光。突然，在一片回忆的漩涡中，阿莱杭德罗张口直冲冲地问我：

“现在您要去哪儿？”

我告诉他自己要去西班牙度假。

“太好了，”他说，“我要交给您一个任务。是关于咱们的朋友马克洛尔的。我给您看一样东西，你肯定会吃惊，我看到时就诧异地不得了。”

他走向了另一张放满画笔和颜料管的桌子，桌上的一个角落里，有一个塞满了各种纸张的文件夹。走回来时，他手中拿着一个信封，给我递了过来，什么都没说。

邮票是西班牙的，邮戳来自马约卡波连斯萨。信封中有一封信，潦草的字迹毫无疑问来自瞭望员，一看到它，脑中便立刻能浮现出他的形象。短短数行字，信纸抬头写着“圣雅各教区。莫森·费兰·阿拉洛。教区神甫”。信中文字如下：

阿莱克斯，

承蒙我的好友教区神甫的亲切照顾，我在此写下这几行字，寄出去，就像把瓶中信抛入海中。这一次生活给我的打击实在正中要害。但这些不是信中能讲明白的事。我有些迷失、沮丧。之前那些招引我出发的道路如今已没有一条还能吸引我了。如果您能来这里——我想这几乎是不可能的——我会给您讲讲发生了什么，能享受您的陪伴对我来说将是莫大的安慰。这些话我也想对我们共同的那位朋友说，他一直在记录我的漂泊故事，为我的不幸做了种种见证。我知道他特别偏爱安达卢斯、倭马亚的哈里发国以及马约卡王国的历史，因而常来西班牙，我们聊起那些话题简直停不下来。如果您见到他，请把这封信也给他看看。就此搁笔，我亲爱的躁动少女天使的画家。没有人能像您二位一样明白这些文字背后的东西。

为您送去一个大大的拥抱。

瞭望员马克洛尔

根据我对他的了解，显然，这封信里藏着几乎不加掩饰的求助信号。马克洛尔不是常抱怨的人。他只会时不时用土耳其语或法语丢出两三句脏话，这样就能恢复相对的平静。但现在，很显然发生了一些别的事情。

马约卡本不在我的西班牙度假计划中，但我还是打算去波连斯萨见见我的这位朋友，我也立刻将自己的想法告诉了阿莱杭德罗。他高兴地回答说：

“太好了。这下我就踏实了。我知道，只要好好聊聊，他就会好很多的。没有谁能比你更适合去做这件事。毕竟这么多年来我向您倒过那么多苦水。”

欧布雷贡饱经风霜的面庞上泛起了微红。他心底里是个很容易难为情的人，说实话，我也不记得听他坦承过类似的东西。至少没有这样直白的。很久前我就察觉到，他内敛而曲折的话语中常常藏着很深的情感。我在倾听时表现出的亲切耐心或许通过某些隐秘的渠道，传递给了他某种安抚。真正的友谊往往就是由这类隐秘却高效的交流通道支撑起来的。

过了一阵，雨停了，我们如以往分别时一样沉默地拥抱了彼此，就像两人再也不会相见一样。不久之前，这件事变成了现实，我只能带着难以抚平的悲伤把这最后的拥抱藏在记忆之中。

我和妻子到马约卡时已经入秋好一阵了，但成群的游客仍旧带着他们显著的日耳曼特征在帕尔马的大街小巷穿行，等到涌入海滩时，便会脱下衣服，把他们的那些特征显现个够，令岛屿的景致大打折扣。之前在巴塞罗那时，卡门已经和莫森·费兰通过了话，他说会在机场等我们。他站在那儿，身形肥胖、有些邋遢，一定已经年过六十，带着透散乡土气息的礼貌向我们表示了欢迎，并对我的妻子用加泰罗尼亚语说了几句话，其间一直克制着自己的马约卡口音。从那时起，我们之间的交谈就照着这种模式展开了。我继续说西班牙语，当然也听得懂他们两人说的话，因为我与加泰罗尼亚妻子已经结婚近四分之一个世纪了。神甫的面庞很具表现力，两道浓眉，嘴唇细薄，微笑很自然，也总是带着轻微的嘲讽，拥有足够经历的人才会有那样的神情，他们只会在意真正要紧的事，我们常人受的那些折磨，他并不会在意，只会大方地放在一旁。他的眼睛颜色很深，总是专注地望着与他交谈的人，透露出当地撒拉逊人的本质。这位和蔼神父低沉而热情的嗓音给他说的每一句话中都加入了一种戏剧张力。他一把提起我妻子的旅行箱，把我们带到了等在门口要载我们去波连斯萨的出租车旁，高兴地说道：

“我们的朋友正在那边等着呢，两位来看他，他高兴极了。没能自己来接，他请我替他道个歉，但他来不了机场，因为实在受不了涌上岛的那些游客。”

我们走向的出租车很老旧，不禁让我担心它是否能把我们带到波连斯萨。瞧见我脸上的疑虑，莫森·费兰赶忙安抚我说：

“您别担心，您看见的这辆出租车每星期都绕岛跑一圈，从来没坏在半路上。完成这项壮举的是它的司机，我侄子，比起那些书本来，他更喜欢西亚特汽车。总之，上帝自有安排。这对罗格来说很合适，对我也合适，因为这辆老古董就是我的。”

年轻的司机在我们说话时把行李放进了后备厢，开玩笑似的冲我们笑笑，又点了一下头，亲切却又有点心不在焉。他那双眉毛和叔叔的一模一样，两人都拥有橄榄色皮肤，只不过他的头发更加乌黑、卷曲，像是在宣告哈里发的追随者曾在岛上度过的时光。他说话时声音也低沉，但不如叔叔那样浑厚，重音也发得更明显。

莫森·费兰坐在了侄子旁的座位上，我们坐在了后座。穿过城市时，游人如织，他们侵占了街道，阻碍了汽车的行驶，我们一直很沉默。等开到乡间时，马约卡岛夜晚的明亮再次令我感到了惊喜，它从前总会向我传达某种内心的秩序，我常渴望却一直难以得到的秩序。地中海深夜平静旅行中的那些世界的遥远磷光里包含着很宏大的东西。

我试着和神甫提起了瞭望员的话题，想知道他信中透露出的忧郁情绪来自何方。他察觉到了我的用意。

“您最好，”他回答时语气礼貌且果断，“还是听他自己讲吧。就像我之前和您夫人在电话中说的那样，和瞭望员的健康无关，也不是因为经济上的困难。两位应该知道，他经常兜里不带一分钱就满世界跑，他在那儿看管废弃的船舶修配厂和里面那些锈掉的、被硝石腐掉的机器，赚的钱完全够维持他简朴的生活，我想他一向是这样节省的吧。尽管还是会接受命运善变的法条，随时可能重新踏上流浪的旅途，但他内心深处有了些变化。现在他待在这儿，像是要留很长时间，但在我们每星期进行的那几次谈话中，他总是免不了要兴奋地提起那些遥远的港口或是在世界最偏僻的角落完成的虚幻任务。倒没怎么提起女士们。”说着，他把头转向我妻子，好像有默契似的微笑了一下：“不过我也不该说得太多，还是请马克洛尔本人给两位讲他所受的是怎样的考验吧，这考验很大程度上影响了他的精神，让他有了某种无力感、失败感，在我看来，这对他来说是前所未有地非同寻常。”

我们聊起了别的东西。我问起了这位久负盛名的教士关于马约卡王国的藏书。他毫不掩饰自己的得意，告诉我他拥有的是私人藏书最全的书房，接着便开始给我讲述他有趣的理论：他认为基督教西方世界的全部历史，或者源自马约卡岛，或者在岛上经历了最重要的时期。“在马约卡，”他宣称，“也发生过几个重要事件，直接影响了现代欧洲。”莫森·费兰这样断言，论据难免有不少弱点，或是值得推敲，我不禁想和他争论一番。但圣雅各教区神甫在这时转变了话题，提起了我所写的那些以瞭望员为主角的故事，以及马克洛尔谈论自己流浪人生的诗歌。他说，在他看来，我们这位共同朋友性格中还有很多东西是我所不知的，并且还谨慎地对我提出了批评，说我在故事中阐述马克洛尔想法时有些粗糙，神甫认为，瞭望员的理解要比我书中所说的更加深刻。我则争辩说，自己一向会尽力避开关于故事本身的解释，因为它会破坏我的叙述，以及更重要的我的诗歌的主旨。他只是回答说，如果我解释清楚，那么马克洛尔不愿在人前显露的个性的某一面便会被呈现得很清楚。

“瞭望员，”他说，“是天生的无政府主义者，他自己不这么认为，别人也不这么想。他认为人生在世要比他在日常生活中表现出来的更加艰苦，是苦行僧式的。那天我听他说了这么一句，很吃惊，‘这个物种的灭绝’，他说，‘对宇宙来说是种很大的解脱。它一灭绝，宇宙的不幸历史中的这一段就会变成绝对的遗忘。一些昆虫留下的痕迹都没人类留下的痕迹那么短暂和悲哀。’我自然要引用神学和历史的论据来进行反驳，但他只是用他那种驾驶舱指挥的语气斩钉截铁地说：‘我亲爱的莫森·费兰，您有信仰和宗教传统保护，可以免受一切疑虑的伤害。我年轻的时候也信，但我的护甲已经破碎，像事物的外表一样凋零了。在桅杆的最高处，瞭望员观察海面、眺望海平线的地方，一切神秘都会随着石鸻和海鸥的飞行以及船帆顶风发出的暴烈声响而消散。我们内心便不会再有挺立的东西。相信我。’两位会明白的。”神甫继续说着：“他没怎么给我继续深入那段对话的机会。令人赞叹的是，在那么多各种各样的情感的废墟之间，他仍旧保持着他的良善，并且丝毫不矫揉造作。这是我们朋友身上的另一个迷。”

莫森·费兰对马克洛尔的了解程度令我吃惊，我不无妒意地想，他们一定是在令人兴奋且聊不完的话题中锻造了两人的友谊，两人对历史的共同兴趣以及简单却激荡人心且具有揭示意义的日常逸事将这情谊一直延续了下来。

教士说完话后，我们沉默了好一阵。莫森·费兰开始因为困意和汽车的颠簸频频点头。半小时之后，我们到达了波连斯萨。

城市的灯火映在海湾平静的水面。航海俱乐部的游艇泊在码头，慵懒地轻晃着，它们的缆绳无力地发出了催人入眠的呻吟。

我们下车后来到了一家朴素的酒店，莫森·费兰为我们订了一个有海滩景的房间。老板娘堂娜·梅尔塞是他的一位远房表姐妹，很和蔼，话不多，因为守寡总是一袭黑衣，与旁人区分开来，所以她的在场总是很明显。她正为我们准备晚餐，一路旅行，我们胃口大开，因而很是开心，在准备工作就快完成时，我提出去问候一下马克洛尔。神甫的侄子于是把我带到了瞭望员做看守的那几个废弃的船舶修配厂。

一半已成废墟的建筑中笼罩着一片绝对的黑暗。干涸的船坞中旧日的钢筋混凝土结构的轴头以及因为恶劣气候而坍塌的木支架都暴露在外。有一个棚屋立在那儿，锌板铺成的棚顶已经因为氧化而发黑，那里原先应该是办公室的所在地。司机轻按了一下喇叭。二楼一扇玻璃已破碎、由纸板糊起来的窗口亮起了一盏提灯，晃了一下我们的眼。

“我这就下去。”毫无疑问，是瞭望员的声音，带地中海口音，很有节奏感，吐字清晰完美。尽管是这样，或者正因如此，人们常以为他是个普通的法国人。在锌板的空隙间，我们看到光亮顺着咯吱作响、令人不安的楼梯下来了。马克洛尔开了入口门上一盏裹在厚网罩里的灯。它粗暴地完全照亮了瞭望员的脸庞。

我无法掩饰他的面容给我带来的讶异。并不是说他一下苍老了许多。我想或许是那些不时会无情折磨他的高烧造成的。他注意到了我的反应，只是苍白地、毫无说服力地笑了笑，好像并不觉得那有什么重要的。他感谢了司机将我带来，并和他道了别，接着便邀请我进了那颤巍巍的棚屋。司机对我说他更想等在那里，因为莫森·费兰就是那样交代的，晚饭大概半个小时就会好。瞭望员耸耸肩，表示同意，随后我们便爬上了楼梯。每走一步都像是要塌下去的样子。到第一处平台时，我们走入了从前应该是办公室，现在作为看守居所的地方。

一张宽宽的皮沙发被马克洛尔作为床铺，上面铺着两张破旧不堪的床单，放着一个枕头，枕面上满是无法界定来源的污迹。瞭望员把提灯放在一张摇摇晃晃、摆满书的桌子上，又去点燃了一盏挂在房间中央的油灯。从前作为书桌的地方摆着一些咖啡杯，两个水杯，还有几个黄铜盒子，应该是用来放咖啡粉、糖和其他食品的。它们都围绕着一盏酒精灯。墙上挂着各种型号、体积的船舶的平面图，从两个烟囱的大型货船到三桅帆船应有尽有。此外，还能看见一些柴油马达的结构图、船身及桅杆剖面图，一切都是残破的，令人觉得它们随时可能掉落到地上去。然而，那氛围倒是与马克洛尔的生活习惯很相配，想起他曾经常年居住的那些洞穴，我甚至认为，他可能觉得住在那儿很舒适。我曾在亚马孙以及大查科深处的残破洞穴中、阿姆斯特丹和温哥华的破阁楼里、瓜亚基尔湖沼贫民区和布埃纳文图拉的恶臭窝棚间看望过他，相较之下，波连斯萨的船舶修配厂倒更像个舒适的避难所，他在自己最喜欢的那些讲述伟人事迹与难忘战争的书籍的陪伴下怡然自得。

一把瘸腿的安乐椅上摞着一大堆航海工程杂志，它们看上去已经放在那儿很多年了，他把它们挪开，请我坐在了那儿。我很了解他，知道不该直截了当地谈论我们来访的原因。两人谈起了阿莱杭德罗·欧布雷贡，后来，我才提了提后者收到的那封信。他像是没听见似的，只是问我阿莱克斯现在正在画什么。我们回顾了这位共同朋友不同时期的绘画风格，谈起他放弃了重牙鲷、其他鱼类还有神鹫，只为进入充满女性天使形象的天堂世界。马克洛尔说：

“有一天他也会把这些躁动不安的生灵放弃了的。您知道阿莱克斯的问题是什么吗？很简单，但是没有解决方法：他希望有一天能画出生命，不是人们愚蠢的日复一日，而是真正的生命，只在死亡的断然沉默中可以找到答案的生命。他的目标永远实现不了，但像他这样的一个人是不会接受这样的溃败的。他愿意为之赴死，但绝不会退让。您知道事实就是如此。生命扑到我们身上，正如盲眼的猛兽。它吞下时间，我们存在的岁月如台风一般过境，却什么都不留下。甚至连记忆都没有，因为记忆本身是由海市蜃楼的虚渺、短暂的材料做成的，之后便会消亡。谁能画出这样的东西呢。”

他说出每一句话的低沉声音都在微微震颤。有些什么在告诉我，是时候进入话题了。

“嗯，”我说，“咱们已经许久未见了，我觉得这次假期是个好机会，我想趁它来聊聊上次见面咱们没有说完的话题。此外，您向欧布雷贡说起了您的精神状态，我得向您坦承，我有些担心，所以，就有了这次见面。咱们拥有需要的所有时间。您知道马约卡岛是我的软肋，古老的根把我和这片土地连在了一起。如果您想知道的话，莫森·费兰什么都没有透露，他看上去是个好人，而且也很替您着想。我觉得他想让您亲自告诉我们您身上到底发生了什么。我实在猜不出来。本以为您已经不会有什么事让我吃惊了。”

“我本来也是这么认为的。”瞭望员看着模糊的远方答道，“很悲哀的是，我错了。在死亡临近时，会有另一些我们从未料想到的意外在等着我们。您的妻子呢？她没来波连斯萨吗？”

问题就这样抛出来，很突然，像是猛地从噩梦中惊醒，同时也告诉我，他当晚是不会告诉我发生了什么事的。出于某种原因——我当时并没能理解是什么原因——他希望讲自己的故事时有女性在场。瞭望员印证了我的直觉。

“讲这个故事时，我希望您的妻子也在。只有女人才能解孩童灵魂深处的迷。这故事恰恰和它相关。我们这些男人，在这方面和其他与情感有关的方面，都像愚鲁的村夫。堂娜·梅尔塞也是我的朋友，明天咱们请她在旅店里准备一锅上好的马约卡汤，再做条鱼，她可真的是手艺不凡。咱们坐在露台上，面朝大海，聊聊该聊的东西。我会过去的。也不用让莫森·费兰的出租车来接我，我已经习惯了沿着海湾走那条路。大海在我生命里永远是确实可靠的参谋。这一点您是很了解的。”

他说起了孩童的灵魂以及女性探究它的能力，这让我很感兴趣。但无论怎么想，我都猜不出这位朋友究竟迷失在了哪片迷宫里。唯一能确定的是，他经历了一些在那之前完全未知的考验。他茫然且没有任何招架能力的眼神和他尽力掩饰的喑哑不安都透露出了这一点。他那双休息中的托钵僧的眼睛深陷进眼窝，仿佛就要熄灭。前额划过几道阴影，但终究没能固定出某种表情，嘴唇一直紧闭着，像是在抗拒某种本不该有的、令人困惑的伤痛。

我们继续泛泛谈了些琐事，随后，他陪我走到了车旁。他向我道了别，几句话就把以往的那个马克洛尔交还给了我：

“我知道您会来。您不会空手而归，一定会带走我的另一个故事。如此而已，也没有别的什么了。但这故事会顺着您意想不到的道路找到您。感谢您回应了我。请为您的夫人带去我亲切的问候。”他无力地关上了车门，转身走入了废墟般的房子。我等他小房间窗口的灯光熄灭后才放心些地离开。

当晚，我和妻子说起与瞭望员间的对话时，她只是像女先知似的预测了些什么，之后的事实会完全印证它的准确，这些年间，我已习惯了她准确的直觉。

“最可怕的事他已经经历过了。现在只不过是在试着回到他已经习惯的路上去。我想他可能是遇到了一些男人都会束手无策，只有我们女人才有办法对付的试炼。”

第二天，马克洛尔在下午一点左右出现在了旅店。堂娜·梅尔塞亲切地招呼了他，听过他的想法，便立刻回头去准备只有她才知道如何料理的菜肴了。我们在房间听见了他们的对话，也由此证实，马克洛尔的马约卡方言已经说得十分流利了。两人下楼去露台时，看见他坐在角落里与其他桌子有些距离的一张桌前。他慢慢小口啜饮着一杯白葡萄酒，装酒的是岛上的陶瓷凉瓶，瓶身上满是亮黄色的装饰。白昼的日光下，他那张经历过各种气候折磨、被所有海洋上——他从年少时起便在它们之上航行游荡——的风暴摧残过的面庞显得更加无依无靠。他的声音仍旧粗暴地碎成低沉的话语，从我认识他起，它们就一直在讲述着他所经历的厄运。

他轻轻吻了一下我妻子的手背作为问候，接着请我们面对海滩坐了下来。很幸运，乌泱泱的游客还没有侵入这里。远处游艇俱乐部的码头拥着大小不一、来自世界各地的游艇。

“这酒，”瞭望员说道，“是莫森·费兰家族拥有的一个小酒庄产的。有点辛辣、苦涩，但透着日晒土地的味道，这给它意外地添上了一些高贵的气息。您尽管尝尝，我觉得可以与您应该从小就喝的一些加泰罗尼亚白葡萄酒不相上下。”马克洛尔总是喜欢提起我妻子的故土。这一次，我觉得他是在尝试建立起一种对他来说不可或缺的默契关系。

酒的优点在我看来没有马克洛尔称赞的那样明显，但是我们还是就着老板娘先端上来——作为随后大餐的预告——的炸鳀鱼一直喝到了上菜。

我们谈论着自己的旅行以及再次游览加的斯的计划。瞭望员则又一次沉浸在了对阿莱杭德罗画作的长串评论中。随后，他又开始赞美这位画家在与他的一些不便明说的共同经历中所表现出的非同寻常的特质。显然，他在争取时间，好为我们的对话铺垫更加亲切的氛围，以便讲述他要讲的事。一开始，他的不安就很明显，同样明显的还有他想引起我妻子注意的愿望——他希望能在接下来的故事中获得她的同情。堂娜·梅尔塞为我们端上了热腾腾的马约卡陶盘鱼汤。她来来去去，目光一直停在马克洛尔身上。显然，她想知道，在对他所经受的这次考验一无所知的我们面前，他要如何开口叙述。

吃餐后甜点时，莫森·费兰也来了。教士先称赞了堂娜·梅尔塞正为我们端上来的加泰罗尼亚焦糖布丁，紧接着就坐在了瞭望员身旁。这看起来是我们所有人一直期待的信号，似乎马克洛尔就要开始他的讲述了。一阵微风吹过海湾。瞭望员把手插入花白、粗硬的头发，捋了捋，像是一个就要面对不可避免的苦难的人。在向堂娜·梅尔塞又要了一瓶酒，并为我们所有人都叫了咖啡之后，他开始了自己的叙述：

“一年多前，我收到了一封来自旺德尔港的信。还没打开它，它的寄出地就已经让我开始不舒服了，这很好解释。多年前我曾经因为遭遇厄运，在那儿待了一段时间。去那儿之前我在一艘挂土耳其国旗的货船上做编外水手。是在萨洛尼卡上的船，用的是伪造的比利时公民证件。船长一开始并没有在意我的证件，但是水手长细细审看之后，发现了我做的假，于是命令我在下一个停靠的港口下船。我尽力说服了他不要让我在下一站的黎波里下去，因为在那儿我连几小时都活不了。那儿的故事很长，我改天再讲。我们之后去了热那亚，但是海关官员并不想接收我。看上去我有些被记录下的前科还在追责的有效期里。我的人生不容易，大家也很清楚，我总是会按自己的方式解读法律。之后的一站就是旺德尔港了。货船会在那儿接上一些法国移民，他们要去突尼斯试试运气。那些年里，那是众多移民的出发地，从世纪初开始，就有大批民众决定去没有受战争和经济危机摧残、离故土又不远的土地改善命运了。在旺德尔港，我求海关批准了我的入境申请，但同时保证在十日之内一定离开，前往阿尔及尔。我宣了誓，签了一张保证书，他们就让我下了船。

“旺德尔港那时还没有现如今这种朴实的夏日度假地的气息，不过今天它的这种气息也并不浓郁。那是一个乱糟糟的地方，它的生活完全围绕着即将前往北非的移民的脚步。人们可能会觉得那个镇子完全属于著名的巴克特航运公司，当时这家企业几乎垄断了那运送悲戚人潮的生意，那些人的穷困和对出发的迫切令整个港口都笼罩在了戏剧性的永恒灾难氛围里。当时我躁郁不堪，只想在那个人人都只想赶快出发，没人在乎把什么留在身后的地方找到一份稳定的工作，好摆脱对警察许下的承诺。所有的生意都要关门，或是绝望地想把自己脱手出去。诸位都知道，我遇上过许多严重疾病和饥饿的考验，很多次都是在阿拉斯加、火地岛、亚马孙、安第斯高原荒漠或路易斯安那丛莽这类气候严酷的地带经受的，这些地方只是命运带我去的一部分地狱。我想，大家会很难相信，我最接近死亡的经历事实上是在旺德尔港。花完了土耳其人赶走我时给我的那点儿法郎后，我曾经试着前往突尼斯或阿尔及利亚，我之前也是这么打算的。但法国政府部门一派官僚作风，变化无常的事频频发生，这总让我想起可怕的科尔贝尔。赛维涅夫人把他和他的办公室帝国称为‘北方’，他的这套办公系统仍然极度顽固地留在这个国家，我也因此得知自己无法前往北非，因为我不是法国公民，也缺少那些歇斯底里、官僚到僵化的殖民地政府签发的不知什么许可。我永远都忘不了那个满脸麻子、五官长得像贫血耗子一样的小官员，他一边口吐恶臭，一边给我下了审判：‘您永远都去不了那儿。一切手续齐全的话，给盖章的人是我。但我永远都不会盖，因为我们在那边不想要您这样的人。我们是法国人，我们打的仗，所以我们在那片土地上有权利。您这样的人，哪儿都不属于，所以还是去哪儿都不属于的地方吧，您只配在那儿待着。’他关上了小窗户，所带的怒火让我想起断头台和支持雅各宾党的那些纺织妇人。

“我在一家咖啡馆当了几天侍应。它关门后，一个给巴克特公司修起重机的机械作坊收留了我。做夜班值班的人。一个星期后，工会的人让他们辞退了我。为了生存下去，我还做了些别的事，但已经记不得都是些什么活计了，直到有一天我醒来时，发现自己卧在通往奥贝里斯克广场的楼梯一角。之前的那天我鼓起勇气，在港口为数不多还开着的咖啡馆讨要施舍来着，但一口饭都没吃上。后来我慢悠悠地去了码头，在移民出发前落脚的建筑设施里转了一圈，就快失去意识时，在一面巨大的涂成白色的玻璃窗旁躺了下去。窗子下方的一角被刮去了油漆，贴上了一张告示，说医务室在召清洁工，医务室在作为候车室的棚屋的一角。我走向一台起重机上挂着的水管，打开水泵，喝了点水。胃里塞满液体之后，就没那么晕了，接着，我走进了告示上所指的地方。

“我小心地按了按门铃，来开门的女人又让我想起了断头台旁的那些纺织妇人。她的牙掉光了，很难听懂她说的话。我用手指了指玻璃窗上的告示。她骂骂咧咧地嘟哝着让我进了门。老太婆把我留在了一间小诊室中。曾经是白色的屏风后面等待我的是我终生难忘的帕斯克大师，所有人都这样叫他。我没见过任何人可以像他这样，能用举止和表情就绝对地骗过他人。他身形肥胖，满面红光，仁慈的微笑在没有胡须的脸庞上铺开，一直延伸到那双淡蓝的眼睛里，眼神里透着毫无来由的活力，这是让仔细观察他的人警觉起来的第一个讯号。帕斯克医生偷来了法国医学界所谓‘大领导’的所有派头和外表特征。事实上，他只是个奸诈的骗子，有能力把最有耐心和最执着的下属磨到心绪枯萎。

“我像抓住救生板一样抓住了那个工作机会，任务是仔细打扫急救室。维持它的是某个慈善协会，好让移民能获得一些急需的医疗援助。一天二十四小时，涌向船只的移民家庭人潮从不间断。他们从法国的各个角落来到这里，不过显然，主要是南方人。帕斯克大师诊疗所的顾客主要是：即将临盆的妇女，在窗口前延绵不断的长龙中因为排队顺序打架受伤的男人，患百日咳、天花或严重脱水的孩子，醉到不省人事的醉汉和一些得了不治之症、期盼死在地中海另一岸美妙天堂的重病患者。诊室需要不断清理打扫，帕斯克医生用不容置疑的口气一遍遍对我重复，说那里必须保持绝对干净、卫生。我没了休息日，因为做这项工作的只有我一个人，像拉水车的驴马一样不得停歇。饭我需要在同一间诊室里、在病人看病的间隙吃。薪水自然少得可怜，但至少可以让我换来一日简单、快捷的三餐，还能让我时不时在码头周围聚集的二手衣店淘到件旧衣裳。开始工作那天，我和帕斯克说自己已经四十八小时没吃过东西了。他从医生罩袍口袋里掏出两法郎，递给我，说：‘去那扇门那边的咖啡馆吃点儿东西，半个小时内回来。这是我第一次也是最后一次这么做。您下周末领薪水时把它还给我。我是一个慈善机构的代表，但我本人并不是那个慈善机构。这两件事完全不同。您明白吗？’

“我很明白，接下来的日子更是让我明白得一清二楚。关于在旺德尔港的那间急救室里的工作，还有我看见的帕斯克为了榨干病人所设的那些陷阱，我就不讲过多细节了。他每次接诊时，都会告诉病人：‘我在这儿提供的服务是完全免费的，但是开的药您得付钱自己买。不过我在这儿就可以给您提供，比药店卖得便宜。’

“我不止一次见到怒火中烧的移民要向这个邪恶的伪君子讨公道，但是他永远都能用他含带笑意的平静眼神和藏在洁白医生罩袍下的肥大身躯抑制住对方的冲动。另一些人则会哭着离开，显然，他们没钱支付帕斯克开的药。

“我问他自己什么时候可以在哪儿睡觉时，他摆出天使般的表情说道：‘每天都会有一两次分娩手术。一般都会持续几个小时。那会儿我就不需要您了，您可以睡会儿。去问问失物招领处的格兰希尔先生吧。告诉他您是在我这儿干活的，他会给您指一个安静的角落，让您休息好。’

“格兰希尔是他老板的完美复刻品，他提供的这项服务并不是免费的。他所做的只是把自己睡觉用的藏在一堆行李和箱子后面的破行军床租借出来几小时。我需要在临行前旅客的喧闹声中试着入眠，他们可怜的歇斯底里在我眼里是再好理解不过的事了。我会慢慢进入梦乡，直到格兰希尔轻轻蹬着我的肋骨把我叫醒，告诉我他们在诊室等着我。面对那些声称自己丢了行李的客人时，他话很少，一脸凶相。只会耸耸肩，摇摇头，再去围绕着他的行李山间潦草地转一圈。很容易推断出来，这无赖就是码头旧衣店最持之以恒的供货商。

“我在那儿这样过了四个月地狱般的日子，亲身地体会到了——好像我还缺乏经验似的——一个忍住没自杀或没犯罪的人所能承受的肮脏残忍和困苦深渊的最大限度。后来，凭着诸神的奇迹，我终于逃脱了。一天晚上，一位丹麦船长去了急诊室。他之前不知在机械间做了什么活儿，胳膊脱臼了。帕斯克在给对方正骨前，让我固定住了病人的身体。剧痛之中，船长一直死盯着我。包扎好患处，医生打的麻药慢慢起效之后，丹麦人用一种几乎听不清的声音说道：‘马克洛尔。瞭望员马克洛尔。您在这儿干什么呢？不认得我了吗？我是奥尔利克，尼尔斯·奥尔利克，斯基沃号的船长。’因为他进门时的痛苦表情，我第一眼没认出他来。我们是老朋友了。我为他干过几次活，我想之前已经讲过了。”

我当然清楚地记得瞭望员的流浪人生中奥尔利克参与的那些章节。马克洛尔接着讲了下去：

“我向他讲述了自己的情况，因为缺少证件，变成了帕斯克的奴隶，还讲了讲他那些下三烂的骗人招数。奥尔利克问我是否签订了什么合同。我说没有，他于是直截了当地让我和他走。几小时后，他们的船就会起航。我不用担心证件问题，他会把我召入船员队伍。他知道该怎么做。不过这一点他是用德语和我说的，免得让医生警觉，节外生枝。我搀扶着他走出了诊室，医生惊呆了，不停用手抓挠他的大片秃头，不解地重复着：‘怎么可能，怎么可能。’

“奥尔利克把我写在了船员名单上，装作两个月前在汉堡招到的水手，因为有人患病，船不得不在旺德尔港停靠。我在船上吃第一顿饭时，差点儿留下了混着怒气和解脱感的泪水。船第二天一早就起航，载着大麦和小麦开往了科西嘉岛。

“我给诸位讲述我第一次去旺德尔港的经历是为了让大家明白我看见邮戳上这个地名时心里产生的不适，恰恰是在那个最令我痛苦的地方，我得到了人生中最令自己受益的教训之一。当我打开信封时，一个声音悄悄说，那里面不会有好事。虽然信中的内容令人不安，但那个声音却切切实实地错了。我随身带着这封信，可以为大家读一下。”

瞭望员从他的海员衬衫口袋里掏出了一个皱巴巴的信封。他展开两面都有手写文字的信，读给了我们听。我后来有机会把它誊写了下来：

瞭望员先生，

尽管我不太认识您，但听人讲起过您。一些年前，我和您的朋友阿卜杜尔·巴舒尔曾经一起生活过。是在阿卜杜尔在地中海港口间的一段段旅行之间发生的事，大概持续了两段时间吧。我是塞吉尔堡人，从小就和家人一起去了阿尔及尔生活。在那里，我学会了跳阿拉伯舞，靠着这技艺走过了大半个世界。我是在突尼斯遇见阿卜杜尔的。他当时开的船有一半是属于您的。船名我已经不记得了。我们在比塞大一起生活了大约一年的时间。我在那儿怀孕了，后来只好放弃了跳舞。阿卜杜尔总是和我说，如果有一天他不在了，我可以找您帮忙。我的儿子出生后，我们继续在突尼斯生活。阿卜杜尔会不时来看我们。他在丰沙尔去世之后，我不得不再次开始跳舞，但已经和从前没法比了。我的儿子贾米尔需要我照顾，职业又要我四处奔波，我并不想让他受这份罪。后来我终于在一个做游客生意的特色商品商店找到了一份工作，干了两年。后来商店关了，我又做了许多别的工作。现在，有了一个机会，我可以去德国的一家工厂工作，是一个在那边干了两年的朋友介绍的。她是旺德尔港人，所以，我和贾米尔来到了这里，好为去工厂所在的不来梅做准备。我的想法是，去那儿打工攒够了钱，之后就去黎巴嫩。阿卜杜尔的妹妹瓦尔妲说我可以带着贾米尔和她一起生活。她对我一直很诚恳、亲切。我们虽然没见过面，但时常通信。现在，我急需向一个可靠的人寻求意见，因为我的现状很窘迫，也很难在信中解释清楚。瓦尔妲把您的地址给了我，我恳求您来旺德尔港一趟，教我该如何做，因为我不能带贾米尔去德国。我的工作签证要求我一个人入境。这一切都很难办，我只能想到来求助于您。阿卜杜尔很爱您，他总是说，他唯一完全信任的人就是您了。我想不到还可以请谁帮忙。我的父母都已经去世，也没有兄弟和家庭。同时，我也不愿让瓦尔妲和她的兄弟姐妹来承担我在德国时照顾贾米尔的责任。您来了之后，我会细细解释给您。很抱歉打扰您，麻烦您了。我这么做纯粹是出于将巴舒尔和您联结在一起的友谊。希望能尽快见到您，并向您致以诚挚的问候。

莉娜·比森特

此外，如果您决定前来，可以写信到下方地址告知我：东比利牛斯省旺德尔港皮埃尔·福加斯码头44号莫嘉多尔老咖啡馆，莉娜。

“这封信，”马克洛尔继续说，“展现了一个性格坚毅、受过大考验的成熟女人的形象。她的语气里混杂着庄重、明智和尊重，这令我印象深刻，因为它们不是莉娜所在地区的生活里常见的美好品质。我于是决定去见她。我研究了一下可能会去旺德尔港或邻近地区的货船的线路，并且想办法获得了登上其中一艘船的机会，它会在两周后经过帕尔马。我给莉娜寄去了一封电报，告知她自己将要过去，随后便出发去了马约卡的首府。巴舒尔的形象和关于两人一起进行的那些旅行的回忆一直萦绕在我脑中，这很自然。在我去往旺德尔港的路上，莉娜的召唤让那些往事化成了某种执念。我渐渐想起了阿卜杜尔对他与这个女人的关系以及对他们孩子的描述。那些叙述都很模糊，很难记起他具体的话了。我的朋友的情感生活是一连串延绵不断的章节，常常很激烈，也总会戏剧化地结束。当然，有一个例外：伊洛娜。我曾经数次讲起这件事。在我们的这位共同的朋友、同谋、守护仙子和情人悲剧地离开之后，巴舒尔和自己的过去彻底决裂了，他走上了令人难以预料的曲折道路，关于这一点，我也在有机会时讲过了。他就是在那时认识的莉娜·比森特，并且和她有了贾米尔。”

“在船上，和我分享狭小寝舱的是一位已经褪下苦行衣的修士，以及一个亚美尼亚银匠，他在西西里不知犯下了什么罪，所以逃了出来。我试着在脑海中重现那段时期与巴舒尔相遇的场景，但却怎么也搜索不到现在向我求助的这个女人的形象。我尝试着按照信中的信息想象她的脸庞，给她安上一个身体、一些气质，但最终只创造出了模糊的拼图，什么意义都没有。在清晨到达旺德尔港后，我立刻奔向了莫嘉多尔老咖啡馆。我记忆中的旺德尔已经消失殆尽。只有巴克特航运公司的楼还在，褪色的招牌还留在那儿，纪念那个已消散的繁荣年代。城市的安静对我来说是全新的。酒店和咖啡馆的外立面透着温馨而和煦的文明风貌，吸引游客再合适不过了。当时是十月，北方来的游客已经散尽了。莉娜说的咖啡馆有一个靠街的小露台，街道那一边就是海湾了。面前是空荡的码头。我走进去，一个外貌看起来明显是加泰罗尼亚人的小伙子接待了我，随后他的口音清楚地印证了这一点。我向他问起了莉娜，他的脸上随即露出了一个大大的微笑，舒展开了眉眼。他往室内深处走过去，几分钟之后，莉娜出现了。一如既往，她的样子和我想象中的一点儿都不符合。她很高，步子坚实、有弹性，肩膀稍稍有些宽，乍一看会让人想起伊洛娜。但是她们的相似也就到此为止了。莉娜的面庞棱角分明，鼻子的弧线有游隼的气息，突出的下巴与鼻梁的线条弧度有些相似，让我想起巴斯克地区和巴尔干某些地区的人常有的样貌。她的眼睛也微微有些突出，浓绿色的眼眸遇上光便淡了，她的眼神里有种聪明的执着，像是要探究到底的样子，这是东地中海人的特点。她的目光里还有一种托钵僧或古旧仪式中女祭司的气息，和信中透露出的她的性格特点很相符。她艰难地笑了笑，可以看出来，因为未来很不确定，现在的她整个人都很紧绷、不安。我尝试着推算出她的年龄，但却无法确认。可以感觉到她体内有一种力量和动力，永远在行动，永远警觉着，指向余存的青春或是因突然而来的厄运而获得的成熟。她可能三十岁，也可能五十岁。后来，当我知道她真实年龄时，着实吃了一惊：她刚满二十五。她如猫科动物般轻盈地躲开露台的那些桌椅，向我走来时，我明白了，如她这样的女子对阿卜杜尔会有怎样的吸引力。她具备让我朋友失去理智、跳入各种麻烦的一切条件，这类事的结果我也都记得很清楚。她亲切地问候了我，在我身旁坐下，一直没有把目光从我身上移开，并且带着一种混合着惊慌和满足的微笑。‘我知道您会来的。我从没有怀疑过。’她说，‘阿卜杜尔和我讲了您的那么多事，让我感觉认识您好久了似的。在解释我向您求助的原因、细节之前，我先帮您安顿一下。请跟我来。’”

“她的西班牙语正确、流利，但明显带着阿拉伯口音。我跟随她穿过露台的桌椅、室内的小酒吧以及它后面的厨房，走到尽头时，有一个螺旋形的楼梯，爬上去，是类似屋顶平台的地方，那有几个房间，公用厕所旁还有一个洗衣间。我的水手包里装着随身物品和一些书，莉娜坚持要帮我拿。我们走进了其中一个房间，里面放着一张行军床，一个木制的小斗橱。把我的东西放在那儿后，莉娜把钥匙交给了我，告诉我可以自由进出，没有时间限制。咖啡馆早上七点开门，晚上一点关门。如果我回来得更晚，可以用房间的钥匙打开露台尽头的大门。她的所有动作和话语里都有一种明显的果断，这引起了我的兴趣。我想，在日常生活里，就巴舒尔的性子来看，这种坚决可能不会让他太好受。随后，在熟悉了她特别的迷人的甜美微笑之后，我便发现了这意外的混合体的全部魅力。我们下楼去了露台，莉娜说她在厨房有些活儿要做，还得接待开始到来的客人，于是约好午后的饭点再见。”

“我在城市中走了走，去了记忆中自己度过了灰暗时刻的那些地方。正如之前所说，那些地方都已经不在了。一切都焕然一新，透露着舒适祥和、不张扬却稳定的繁荣气息。很多在咖啡馆和码头流连的人都说加泰罗尼亚语。显然，他们是从菲格拉斯、赫罗纳过来，或者说从布拉瓦海岸过来，在熟悉和切近的氛围里享受法国美食美酒的游客。我走到了码头，昔日那些长长的收留即将启程去摩洛哥或阿尔及尔的移民的棚屋已经不复存在。只有招牌已褪色的巴克特航运公司还立在那里。那栋几乎已经废弃的建筑散发着无辜而平和的气息，它并不能带给我任何回忆。那时，我一定藏身于其他钢铁玻璃结构的楼房里，现在它们也都不在了。我觉得有些幻灭，心里像是发出了苦涩的召唤，希望自己能溶于那段至今仍让我疼痛的旧日时光里，但却连一个角落、一块砖都没有留下作为见证，见证那段潦倒岁月，那段和其他许多艰辛时日一样浮现在记忆迷宫中的岁月。房屋和建筑在小海湾平静、明澈的海水周围环出了一个半圆，灿烂的阳光明晃晃照在它们白色的正立面上。这样怡人的感觉甚至刺痛了我，让我觉得自己不属于这里，几乎像被一个我命中注定进入不了的天堂拒绝了。”

“我按照莉娜说的时间回到咖啡馆，在露台的一张桌子上坐了下来。一会儿，莉娜出现了，手里牵着一个孩子，他吃惊却含带笑意地看着我，和他母亲的神情很像。他过来问候了我，用磕磕巴巴的阿拉伯语向我表示了欢迎。最让我惊讶的是，他的举止与他父亲的是那么相似。话语和手势之间也不协调，在回答别人问题之前，也会把头转过去，望向一个不确定的远方。眼睛和下半张脸与阿卜杜尔一模一样，只是没有他父亲的斜视——这给了阿卜杜尔一种难以界定的神秘气质。我无法不想起咱们一起去丰沙尔取阿卜杜尔遗骨时，您给我的那张失事飞机废墟旁的孩子的照片。一种尖锐的疼痛和无可救药的怀念让我一时间喘不上气来。我试着掩饰住了自己的情绪，问了贾米尔一些问题，不过已经不记得问了些什么。他没有回答我，只是把手放在我的手臂上，冲我微笑了一下，像是在说，他都知道，他都懂。我们适时聊了聊日常琐事。显然，莉娜希望在讲述她的故事之前，我们两个能熟悉一下彼此。过了一会儿，她说我们要说话，让贾米尔上天台去玩。贾米尔立刻听了母亲的话，微笑着向我道了别，但看我的目光里仍透着好奇，像是想要了解这个与他说话的人没有展示出来的另一面。”

“莉娜的故事很平常，一个女人和一个男人住在一起，有了他的孩子，最后自己去闯荡。他们是在比塞大认识的，当时阿卜杜尔和我还是那艘因为帮无政府主义者走私武器而在巴塞罗那被扣下的货船的船主。巴舒尔知道莉娜怀孕后，一直按时给她寄钱，让她维持生计，在临盆时支付医院的费用。她的父亲是阿尔及利亚人，母亲是西班牙人，从小就展现出了过人的舞蹈才能，于是母亲便带她去和一个住在埃本哈度偏僻角落的跳肚皮舞的远方亲戚学习。她的父母死于一场车祸，当时，两人正乘坐大巴去往阿尔及利亚君士坦丁，因为她父亲在那边的一个炼油厂找到了一份工作。女孩在十三岁时成了孤儿，教她跳舞的舞者便收留了她。她父母留下的寒酸遗产被交给了那位夫人，后者一直照顾她，直到她开始在街区的节日和聚会上表演。很快，她因为才华出众出了名，加入了一个在北非和中东巡回表演的舞蹈公司。她用了母亲的姓氏，因为她的父母没有结婚。她的生活和所有在地中海各个港口间穿梭的舞者的生活一样。她掌握着这种舞蹈的千年智慧，它与仪式深深相关，在沙漠之子不为人知的过去中，它的严酷标准渐渐丢失，却得以发展延续下来。在比塞大表演时，她认识了巴舒尔。大家都知道他是肚皮舞迷，说起来，我也得承认，自己也很为这种舞蹈着迷。”

“那时，我正忙别的事情，其实就是在吉隆坡还有今天组成马来亚联合邦的半岛和附近岛屿游荡，我之前也讲过。在那里，我遇见了我们亲爱的阿莱杭德罗·欧布雷贡，也正是因为他，我们今天才会在这里相聚。因为之前所说的那些原因，我对阿卜杜尔和莉娜的关系知之甚少。阿卜杜尔曾经在信中模糊地提到过两三次，不过那些就是关于那段往事我仅有的信息了。巴舒尔每次从比塞大路过，都会去看望莉娜，但当他开始觉得一切都变得迷茫，去见她的时间便越来越短了。您曾经讲述过我们的朋友在边缘世界的黑暗中游走的那段时光。巴舒尔在丰沙尔的空难中离世的消息在事故发生后很快传到了莉娜耳中。当时她已经放弃了跳舞，只做些零工，先是在阿尔及尔，之后在瓦赫兰，最终又去了马赛。她就是在那儿认识的现在介绍她去德国工作的朋友。正如信中所说，莉娜和阿卜杜尔的家人一直有联络，尤其是和瓦尔妲，后者现在在黎巴嫩红新月会工作。”

“她不想把贾米尔送到姑姑那里去是因为她希望儿子能在对父亲的记忆中长大，但不是那个家人心中的阿卜杜尔，而是那个她所认识的、我最亲密的老友阿卜杜尔。她去德国是想赚一点儿钱，获得相对的独立，不那么倚仗巴舒尔的家人，在出发之前，她想把孩子交给我，让他在她离开时在我身边待一段时间。另一方面，莉娜也担心他的家庭会无意中拉开她和孩子的距离，把他变成老造船商艾哈迈德·巴舒尔的无数孙辈中的一个。这位老先生虽然已经去世多年，但他的声名在地区海上商人的团体中仍然显赫。她的担心很符合她的个性，但同时，也让我想起阿卜杜尔一直努力保持的和家人之间的既亲切热烈又留有距离的感情。”

“‘显然，’莉娜接着说，‘对我来说，所剩的唯一一条路就是来求您帮忙，我也知道，这会给您带来很多困扰，但阿卜杜尔了给我讲了和您共度时光中所发生的无数事情，所以我也了解了您，相信您一定会接受我的请求，就像我之前所说的，您对我来说已经是多年的老相识了。现在我只想知道，关于这件事您怎么看。’”

“我回答她说，收到信的时候我就做出了决定。她可以无须迟疑、毫无保留地把孩子交给我。但同时我也提醒她，和一个贾米尔这样的孩子一起生活是我从未想象过的事情。这么多年来我一直没有家庭的牵绊，也无须守护任何承诺，永远处在灾难的边缘，在世界上最偏远的角落游荡，一刻也无须为明日担忧，也不用多想留在身后的种种，从失败到失败，全部财产只有身上的这些，在这样的生活之后，很难想象如何去照顾一个完全需要依靠我的孩子。但我也对她说，我觉得自己可以在这个过渡时期替代他父亲的角色，因为我是那么爱这位朋友，我想，自己永远都无法从他的离去中恢复。莉娜点点头，没有作答，仿佛已经事先知道正在发生的事会这样发生。她没有再提起刚才的话，接着提出了一个问题。”

“贾米尔持有的证件显示他是突尼斯人。他去马约卡时会遇到一些问题。法国给他颁发的居住证几个月前就过期了。莉娜的居留文件不同，时限要宽泛得多，因为她是在法国统治时期出生的。得想清楚我该怎样把贾米尔带到西班牙去。这需要花去几天时间，孩子可以借机熟悉一下我，这样的话，和母亲分离时就会少些痛苦。我们反复思量着脑海中冒出的那几个解决问题的办法，就这样，到了午饭时间。露台渐渐坐满了人，莉娜得去厨房开始准备为客人服务了。她告诉我可以在那儿和贾米尔一起吃饭，接着就去干活了，很快，她的儿子就到了，默默坐在了我面前，一直看着我，先前大眼睛里的那种讶异的神色变成了一种要一探究竟的不安情绪，但是脸上一直挂着从母亲那儿遗传来的微笑。饭后甜点时间，我问他想吃什么，这次他干脆地用西班牙语回答我说：‘冰激凌。但是不要这里的，不好吃。我带你去冰激凌更好吃的地方。’他回话时的坦然让我感到好奇。随后，我们两个便顺着港口大道往下走去，来到了一家咖啡馆，那儿的客人已经渐渐地走光了。侍应走过来，像问候一位故交似的问候了贾米尔。随后他看着我们，等待我们点些什么。贾米尔想了一会儿，说：‘我想要一个柠檬球，再要一个椰子球。’他的法语带有浓重的阿拉伯口音。侍应回头来看我，我要了一杯咖啡。‘你不想要冰激凌吗？很好吃的。’贾米尔略有些失落地向我建议道。‘这个时间点，我还是比较想喝咖啡。’贾米尔的无拘无束让我着迷，和巴舒尔心情好的时候简直一个样。”

“现在，”瞭望员接着说，“我得岔开说两句，我觉得这对大家理解我和贾米尔之间的关系很有必要。我们在莫嘉多尔老咖啡馆第一次相见时，我的那种感觉很难描述，他就那样看着我，有些吃惊，有些紧绷，某一刻感觉很孩子气，但是同时又染着某种既不失落也不苦涩的成熟。我面前的不是一个孩子。至少不是我们这种这方面经验稀缺的大人所想象的孩子的样子。我可以和大家肯定的是，从那一刻起，我心里就对他燃起了一种热切的同情和绝对的喜爱，毫无保留，毫不犹豫。当时这让我很吃惊。它对我来说是全然陌生的东西。我本以为，自己曾在那么多流浪和失败中任意漂流，已经经历过了全部的人情世故。就好像，自己内心最隐蔽的地方突然开了一扇门，通向了一片直到那时从未被发现过的广博土地，那里充满了令人茫然的美妙事物。我很难更好地做出解释，怕自己陷入感伤主义中去。”

“您已经解释得很好了，”我的妻子说，“我听得很明白。”她说得那么坚定，显然让马克洛尔松了一口气。

“太好了。”他淡淡笑了笑，接着继续起自己的叙述来，这时的语调已经更自然、踏实了。显然，和贾米尔相处的经历中还是有些东西让他难以表达。

“我们坐在咖啡馆，贾米尔一口柠檬味一口椰子味地吃着冰激凌，那时我感觉好像他从出生起就一直在我身边，是我生命的一部分。的确，正是因为他是阿卜杜尔的孩子，我也清楚自己要做一段时间他的父亲，所以才会有那些感觉，并且那孩子作为一个个体，有他很可爱的地方和令人折服的魅力。有那么一刻，我甚至觉得我在骗自己：因为从来没有和孩子接触过，所以把对别人来说稀松平常的事当成了非同寻常的奇事。

“但贾米尔一边吃冰激凌一边和我说的几句话印证了我的第一印象。

“‘你住在马约卡岛，对吗？’他一边刮杯底剩的最后一点冰激凌一边对我说。

“‘对，’我回答道，‘我住在波连斯萨。很漂亮的港口。但是我住的地方是个破房子，在废墟里。’

“我觉得应该事先提醒他一下我住的地方有多残破。但他只是耸耸肩，像是在说‘那有什么关系。这样就挺好的’。吃完冰激凌后，他满脸责备地盯着杯子，煞有介事地说：‘总是在人还没吃够的时候就吃完了。事情都是这样。妈妈这么说的。’

“我又一次感觉自己在听巴舒尔说话，仿佛他就在身旁。这话太像他父亲说的了，他脱口而出，有那么一瞬，甚至让我感觉自己在参与一个超自然力量的祈愿仪式。

“回到莫嘉多尔老咖啡馆时，莉娜正倚在朝向厨房的门框上等我们。从她的表情能看出来，她已经清楚地察觉到了我对贾米尔的好感和喜爱。

“‘我真是万万没想到贾米尔强迫您去吃冰激凌了。是这么回事儿吧？’她愉快地说着，已经完全没有之前的紧绷和犹疑了。

“‘他不想吃冰激凌。喝了咖啡。’贾米尔一脸正经地说。

“莉娜转头来看我什么反应。

“‘别担心。’我对他说，‘下次我就吃，高高兴兴地吃。’

“那天下午，我决定去码头，看看有什么去马约卡的船。确实有一艘要过去的，根据抵达公告，它的船长是我的老相识了。我想，通过他把贾米尔带上肯定没问题。两天后，那艘货船靠岸了。负责给它装卸货物的办公室告诉我，出于健康原因，船长在最后一刻被替换掉了。当时，贾米尔是跟我一起去的。之前那晚他睡在了我那里，一整个白天也没有和我分开。一直要听我讲在阿拉斯加捕鱼时我差点被一只金枪鱼夺去性命的故事，也是在那次，斯韦雷·詹森和我失去了我们费尽千辛万苦在温哥华租的渔船。

“大半个白天我们都在码头，他不停地给我出着难题，‘为什么船会浮在水面？’‘那些螺旋桨这么小，为什么能带动那么大的铁打的船？’‘谁在船上更厉害：机械总管还是水手长？’‘为什么船那么好换国旗，人却很难换国家？’还有很多诸如此类的疑问，看起来很好回答，实际上却会遇上难以逃脱的困难，并引出更加无法回答的新问题。我们从港口大道回去时，贾米尔坚持要去把他当老主顾的咖啡馆吃冰激凌。那天下午，他吃光了两个香草球，一边吃一边和我一起望着港口。码头的运作从容、简单，当然和阿姆斯特丹或汉堡没法比，关于这些大港口，我们之前已经聊了很多。在这个小海湾中，我们看到了一只海岸卫队的小艇拖着一只帆已降下的小帆船，看起来，帆船上没有别的船员，只有一个舵手，失落地看着卫队的操作。他不时转一下舵盘，好跟上港口警察的小艇。贾米尔问我那只小船怎么了，我还没来得及回答他，在我们桌旁和我们一起看着那情景的侍应便解释道：‘是走私犯。从布拉瓦海岸来的。都是穷人，走投无路的。他们不明白，现在已经不是冒险干这行的时候了。随时都可能把他们抓住。’

“‘瞭望员，’贾米尔还没习惯叫我的名字，他发不出紧挨着的‘q’和‘r’，‘什么是走私犯？’

“我解释说：‘就是把货物从一个国家运到另一个国家，但是不交进口商品关税的人。海岸卫队会抓住他们，把他们送到监狱去。’

“‘但是，’贾米尔接着说，‘卫队是坏人吗？如果那些人逃跑的话，卫队会把他们杀死吗？’

“侍应抢先一步答道：‘不是，贾米尔。他们不是坏人，也不会杀死对方。那是以前的事儿了。以前人们都更猛，走私更厉害。咱们离边境太近了，这些事每时每刻都在发生。他们的货会被没收，人只会在监狱里待24小时，之后就会被遣返回西班牙。’

“‘真可怜。’孩子说，‘要是我，就不管他们。’

“侍应听了他的话，显然觉得他很可爱。就在那时，我突然有了一个想法，似乎可以引出帮我们解决回程困难的一串计划。我把我们的问题说给了侍应，接着对他说，我认为，和贾米尔一起从陆上回西班牙更简单。但是我需要一个旺德尔港人的帮忙，以免引起边防站的怀疑。侍应丝毫没有迟疑，低声对我说：‘想找的人您已经很熟悉了。是皮埃尔·比达尔，来自鲁西永的加泰罗尼亚人，就在莫嘉多尔老咖啡馆工作。您和他聊聊。相信我。’

“贾米尔吃完冰激凌，我们就往住所走去。一路上他一直盯着我看，像是要看透我的计划。他知道，他的命运就在此一举了。我也试着尽可能简单地向他解释了一下：‘要是想让你和我一起回波连斯萨，咱们先得进入西班牙，然后在巴塞罗那坐船过去。但是这儿的警察不会接受你现在的护照，会问咱们很多问题，所以咱们得用更简单的方法做这件事。’

“‘嗯’，贾米尔胸有成竹地说，‘就像那些走私犯一样。但是他们要是抓住咱们呢？’

“‘他们不会抓住咱们，什么都不会发生。你相信马克洛尔，对吗？’我直截了当地问他，想看他什么反应。

“贾米尔的回答很有特点，我和莫森·费兰后来会不时把他的这些‘著名’答话收集起来。

“‘我绝对相信瞭望员。’他回答我说，‘我不相信的是那些卫队的，不相信他们的小艇、探照灯，还有让我害怕的枪筒。’

“我只能随便想一句来回他：‘最好在路上不要遇上他们。咱们从陆地上走，风险小一些。’

“贾米尔回头看我时，坏坏地笑着。陆上的旅程给他打开了新的冒险可能性，这对他极具吸引力。但我了解自己，我是海上的人，对自己在陆上的旅程并没有多少信心。一时间，混乱的记忆浮上脑海。我觉得自己身边的是阿卜杜尔·巴舒尔，面对我那些挑战单调平常命运的计划，一脸笑嘻嘻，说话也拐弯抹角。

“莉娜在莫嘉多尔老咖啡馆等着我们。两人坐下吃了午餐，到该上甜点时，贾米尔已经困得睁不开眼了。之前那晚我们聊到了很晚。莉娜把他送回了房间，很快就回来了。她已经猜到我们在准备回波连斯萨的旅程了。我把在咖啡馆和侍应的对话转述给了她，也讲了讲我从陆上穿越边境的计划。一说完，她立刻表示了同意，转身就去找比达尔了。

“‘这是皮埃尔·比达尔。’她和他一起回来时，对我介绍说。他打量了一下我。‘这位是瞭望员马克洛尔，我想您已经很熟悉他了。他会给您细讲。’

“我大致给他描述了一下我的计划。他立刻表示出有兴趣帮我们，并且眉开眼笑，对能为我们摆脱困境贡献点经验感到满足。

“‘走海上想都不要想。’他说，‘监管太严格了，尤其是在西班牙的港口。您想得有道理：唯一的办法就是走陆上，在勒佩尔蒂过境。最好弄一辆车，得是佩皮尼昂牌照或者其他毗邻西班牙的城市的牌照。开这样的车，一般都不会检查证件。西班牙那边也不会检查。等到了菲格拉斯，再从那儿坐火车去巴塞罗那。接下来从巴塞罗那去帕尔马，您已经知道该如何操作了。渡轮上根本不会查证件。’

“一切听起来都简单得可疑，我也肯定把怀疑写在了脸上，他因而赶忙接着说：‘是的，先生。现在情况就是这样的。您可能很多年前来过这儿，所以一开始还会想走水路。现在事情很简单。您只要告诉我您和孩子什么时候想走，我就会和我的一个表兄弟安排好，他每星期都会去几趟洪克拉，在那儿有一家餐厅，他的一个侄子在帮他管理。这儿的一切都是家庭式的。您确定好了提前告诉我，提前两天之类的。一切都会很顺利，不用担心。’

“他帮我卸下了重负，一切都回到了自然而然的状态。我们继续聊着，我给他讲述了自己多年前在旺德尔港的经历。他露出很大的微笑，像是在表达自己的感同身受。他说那时他还是个少年，记得汹涌的移民潮，仿佛痛苦和阴暗的噩梦一样，让他的青春时期笼罩着感伤。旁边有一家荷兰游客，一直在给他做手势，并且已经开始不耐烦，于是他不得不向我们告辞，转身去招呼客人了。

“确定了去西班牙的大致路线后，只差和莉娜确定什么时候、怎么出发了。趁贾米尔还在睡觉，莉娜开诚布公地告诉了我她关于这件事的想法。

“‘我想让您知道，’她对我说，‘把贾米尔交给您，我去德国就安心多了。我看您和他特别能理解彼此。他总是动不动就提到您，对您有一种自然而然的亲切感。您看，事情就是这样，最出乎意料的决定却是最佳答案。如果和任何认识您的人说我要把贾米尔交给您来照顾，他们准会觉得我疯了。您一直居无定所，生活窘迫，充满了意外的、突然的变化，总是游走在法规和牢狱的边缘，看起来真的不像一个可以照顾不到五岁孩子的人选。但我只相信我的直觉，也记得巴舒尔讲的那么多关于您的故事，我觉得正好相反，没有人能比您更合适来照顾我的孩子了。现在，我知道自己猜得没错。我想最好是您带着他先走。我还有些事情要解决，要和我的朋友商量好一些旅程的细节。我们肯定是要坐火车去的，但是要找到去不来梅最快且最便宜的票。您无法想象，和我的孩子分开，我有多痛苦，但是我知道，这样做对我们两个都好，我会试着掩饰住自己的感情。但是孩子其实很明白我们的感受，藏也没用。嗯，再看吧。’

“我回答她说我已经准备好，随时可以走。知道她明白把贾米尔托付对了人，我很安心，我会带着丰沛的爱意来照顾他的。

“莉娜上楼去看贾米尔了，我留在露台上反复想着命运给我的新安排，这是从前我最疯癫的想象中都不会存在的可能性。比达尔走过来，看到我的样子，试着让我放宽心。

“‘贾米尔很可爱。’他说，‘您陪着他，观察他才刚刚开始的人生，对您会很有好处的。我有两个孙子。对我妻子和我来说，真的像接受了一场洗礼，唤醒了那些我们曾经以为已经僵死的感情。那是一种非常强烈同时又非常令人振奋的东西。一切都会好的。您会看到的。我想说，我都有些嫉妒您了。’

“他又回去干活了。但每次经过我身旁，都会给我使一个同谋间的眼色。莉娜的和之后比达尔的话一直盘绕在我脑中。我开始意识到自己的决定带出的一些其他事情，之前我忽略了它们：我突然发觉贾米尔已经和我的生命联结在了一起。我之前以为自己的生命已经在波连斯萨的藏身之处稳定下来了。这一变化非但没有给我带来意外责任的沉重，反而给我注入了某种从多年前起我便对一切事物都丧失了的兴奋。很显然，无论我做什么安排，贾米尔都会全心全意地配合。在我看来，他和我之间愉快的默契，尤其是当我向他描绘我们将来在波连斯萨生活的细节时他的那种表现就像诸神赐予的美妙礼物。我想，自己的整个人生都在跑来跑去，从一个港口到另一个港口，从地球上的一个角落到另一个角落，所去之处越来越荒凉、隐蔽。我穿越了那些无法形容却又不得不经过的地狱，获得了一身经验，它们常让我觉得经历了那些事的好像是不同的人，不是同一个人，那个我也说不清怎样侥幸活下来的同一个人。最终，一切的一切都是为了做阿卜杜尔的这个儿子的迟来的叔父，这个孩子的人生和命运将完全取决于我的所有行动和我的所有言语。这里好像有些不太明智的东西。但不该去挑战那些不经我们同意就随意牵动生命线的上天的力量。我对自己说，或许，一切都可以被归于那个梦想中的、期盼已久的从前已从我手中溜走了许多次的秩序。或许，它化身成了这个正和我说话的孩子，他说：‘这就是你分配到的大考验。我会在你身边，确保——哪怕只有一次—— 一切都按该发生的样子发生，不像你最常经历的那样，完全由命运来决定。’

“就在这时，贾米尔出现了。他坐在了我身边，开始观察港口的运作。像是猜到了我的想法似的，他突然一脸好奇地问我：‘波连斯萨也是这样吗？’

“我们之前已经聊起过波连斯萨和将要进行的旅程了，只不过没有谈细节。那时我还不知道该怎么离开旺德尔港，所以并不想让他以为那些待定的事就是事实。现在一切都已明了、踏实。到该说说我们未来的时候了。我知道贾米尔会把我话中的每一字每一句都当作真理。现在我明白了，小孩子大多是这样的。其实我稍稍想想自己的童年就会发现这一点。同时我也发觉，从很年轻的时候起，在工作的渔船桅杆顶上，我就必须要时刻全神贯注地应对每一天降临在头上的情况，它们就像充满风险和惊恐的洪流，让我失去了回想童年的时间，我于是便迷失在了令人晕眩的、严酷的每时每刻里。

“我告诉他，马约卡的那个港口位于一个比旺德尔港更大的海湾中，风景很不同。那儿的光更强，照耀着各处，那儿的水更清澈、平静，城市比旺德尔港小一点，在一片平原上铺开，再朝小丘延伸出去。那儿没有旺德尔港那样在阴雨天里萎靡不振的圣殿骑士团堡垒。在波连斯萨，人们讲马约卡方言，和加泰罗尼亚语很像，他一定在法国南部听过人们讲加泰罗尼亚语。波连斯萨很安静，没有旺德尔港的船多。有很多悠闲的游艇，有些很大、很豪华。我们会住在一座废弃的船舶修配厂里，原先，人们会把船拉到那里清洗，还会根据它在海上的工作进行一些船身和机械设备的调整。从我们房间的窗户看出去，能看到船的进出，大多数都让人愉快，它们让港湾的景色更宜人。

“随后我又给他讲了讲我们要怎样从勒佩尔蒂穿越国境到西班牙去。‘要是被卫兵抓到了，他们会对我们做什么？’他叫道。

“‘首先，’我对他说，‘他们不会抓我们的。人们不用手续就可以过关，并不是必须出示证件。但是万一发生了这件事，他们只会让我们返回法国，没别的事。’我不得不撒了一个小谎。我想，如果他们真的抓住我们，情况会复杂一些。

“‘所以他们是好卫兵。’贾米尔这样说道，要安慰我似的，好像想尽力消除掉他的第一个问题给我造成的‘不安’。

“‘贾米尔，卫兵没有好的，也没有坏的，他们只是卫兵而已。’我等着他的答话，但是他只是看了我一眼，眼神里透着同情，仿佛在说‘你真没救了。有时候你什么都不懂’。

“接着，他又一连串问了许多关于旅程的问题，很明显有些焦躁。我不明白怎么会这样，在经历了人生各种考验之后，最后却为这些原本在我看来无足轻重的日常琐事而兴奋不已。原因就在于贾米尔，在于我对他的发现，在于他对解决一切、了解一切、看遍一切的无尽渴望。我担心这样一遍遍地讲述我的崭新经历会让各位无聊，可能它对各位来说已经是很熟悉的事了。遇上一个不到五岁的孩子、和他之间的关系却变成了人生中最受启发的经历，大家一定觉得这愚蠢极了。”

“不会，别这么想。”我的妻子说道，“我们没有觉得无聊。和孩子的每一次接触都会让我们发现一个令人惊异的世界。无论那些心理学家怎么说，都不存在任何方法和准则可以让我们提前预知孩子带给我们的体验。不过我在想的不是这些。马克洛尔，我得向您坦白，有些事我之前就想问您了，但是又不太敢问。”

“我明白，夫人。您不用担心，贾米尔现在很好，生活在他该生活的地方，和他母亲还有阿卜杜尔的家人在一起。不太好的是我。但您也知道，我一向接受命运的安排，知道该如何调整。”

莫森·费兰把他的一只手——像庄稼人的手——放在了瞭望员摆在桌上的那只手上。那个动作比所有不想或不知该如何说出的话都要更有说服力。马克洛尔的目光避开了我们，一会儿过后，他再次开始了讲述。

“第二天，莉娜那个要和她一起去德国工作的朋友来看她了。莉娜坚持我也在场，和她们说说话，认识一下她用揶揄口气称呼的‘我的守护人’。那个女人在很多方面都是莉娜的相反面。金发、矮胖，眼神总有些游离，好像在看一些虽然不在眼前但她一直在寻找的东西。她叫阿松塔·埃斯波西托。父亲是萨瓦人，母亲是鲁西永人，这个组合很奇特。禁得住一切考验的诚恳，同时不达目的不罢休，这两点都被她那张玻璃橱窗里瓷娃娃般的永恒微笑藏了起来。她总是有些走神，离开了现场的感觉。显然，她很钦佩莉娜，对她有种眷恋，这让她显得比贾米尔的母亲要年轻一些，但实际上她比对方还要大几岁，这是我后来知道的。我立刻感觉到，如果没有莉娜的陪伴，阿松塔是不会回到不来梅的，前者能给她一种情绪上的稳定，好抵御漂泊异乡之苦。她说话时‘s’发得有些吃力，是舌头过多去贴上颚的缘故。

“‘我以为您是个更年轻的人啊。’她在我身旁坐下前冷不防来了一句，‘哎呀，不是这个意思。是莉娜给我讲了很多您的旅行故事、流浪故事，听起来好像一个冒险家的经历，我看您怎么都不像这样一个人。我脑中构想的是满世界寻找一个失落修道院的修士形象。’

“‘阿松塔。’莉娜想替自己朋友的鲁莽道歉，‘她总是到处乱抡棒子，总看到和事实偏离的事，或是她自己想象出来的人。’

“我回答说，恰恰相反，很可能阿松塔说的并不离谱，而且那也不是我第一次听人做这类比较了，而且寻找修道院这种说法倒是很新颖。我们一起笑了，随后，阿松塔问我对贾米尔有什么印象。我不想说太多细节，只说了说自己会怎么照顾他。我可以肯定这是她们两个最不放心的地方，可能阿松塔还要更担心一些，毕竟莉娜已经比较了解我了。我和她说，在我看来，贾米尔就像自己的亲侄子，我觉得他比同年龄的孩子要更清醒和聪明。我看到阿松塔不知怎么脸红了，她看了看莉娜，像是在和对方说，当初把我找来是对的，显然她一直有些疑虑。我们又说起了德国、德国人还有不来梅的惨淡天气。这时，贾米尔走过来，他想找我去港口，看一艘到港的意大利战舰，之前我们在港务局黑板的公示上看到了这个消息。我和两位女士道了别，临走时，莉娜像是早就决定好了似的自然地告诉我：‘今天下午就得告诉比达尔您和孩子要出发了。两天之内要把一切都准备好。’

“我有些吃惊地看着她，她对我的反应无动于衷，接着便开始和阿松塔谈论一些文件方面的细节，说要去某个办公室拿资料。贾米尔什么都没说，在我们去港口的路上，他一直没说话，他母亲的话对他的影响显而易见。

“那天晚上我们和比达尔联系了一下，约好两天之后出发。他的表兄弟会在中午前过来接我们。莉娜利用剩下的时间买了些据她说贾米尔在波连斯萨会需要的衣服，还把孩子原有的衣物整理了一下。在上船之前，莫森·费兰给我口袋里塞了几张法国钱。因为当时我带在身上的显然不够用。我对莉娜提出想陪她去买东西，把钱付了，她拒绝了，没有给我任何机会。

“出发那天，比达尔的表兄弟上午十点左右就来接我们了。他和皮埃尔很像，只不过更胖一些，但身上透着一种健硕的青春气息，和比达尔那种有些病恹恹的甚至令人不安的样子截然不同。莉娜和贾米尔一起从楼上下来了，他提着一个小旅行箱，已经有些破旧，但赋予了他一种颇有经验的旅行家的气质。莉娜久久地把他抱在怀里，想尽可能地掩饰自己的痛苦。贾米尔为即将到来的冒险感到兴奋，当时并没有表现出太多其他情感。比达尔笑着看着我们，当他表兄弟的雷诺小货车发动起来时，他用一只手臂搂住莉娜，另一只则一直深情地挥动，和我们道别。车子两侧各画着一盘虾，画法有些幼稚，旁边写着：‘顶级海鲜料理。拉洪克拉。’

“我们坐在了司机旁边。我坐在中间，贾米尔坐在窗户旁，因为他说不能错失我们过境时的细节。他怀里抱着自己的小行李，仿佛那是很珍贵的东西。后来他听从比达尔表兄弟的建议，把它放在了车后方，但时不时会扭头去看，好像怕它不见了似的。我们的这位司机名叫拉蒙，他镇静得很，几乎有点冷漠，这让贾米尔很感兴趣。我们走上往西班牙去的公路时，我大声地念出了路牌上的字，贾米尔回头去看拉蒙，向他抛出了自己藏了好一阵的问题：‘如果卫兵把咱们抓住了，会把您的车扣下吗？’

“拉蒙挑挑浓厚的眉毛，做了几个怪相，逗得我们笑起来，随后才像是听见了一个荒谬到不可思议的问题，用加泰罗尼亚语回答道：‘孩子，我的上帝啊！没有人会抓咱们。你想什么呢呀。卫兵这个点儿都在看报纸，喝每天的第二杯咖啡呢，这第二杯啊，更好喝。他们连看都不会看咱们一眼的。你到时候就会瞧见，他们会这么做个手势，就和轰苍蝇似的，就这样。’

“贾米尔看起来没怎么被说服，接着又问起了隔一会儿就会在山丘顶上出现的小堡垒是做什么用，它们像是在监视公路。我们给他解释说，那些都是很老的建筑了，建的时候两个国家在打仗。显然，他希望它们现在还在被使用，代表着现时的、切近的危险。过了一会儿，他睡着了，睡得很沉，靠在我的手臂上。我把他挪到了我的胸前，想让他睡得更舒服些。他的呼吸平静得天真，让我感动。长睫毛不时动一下，一定是梦见了卫兵和走私犯。突然间，我又感觉一阵火热、一阵几乎令人疼痛的强烈温柔涌进了心里。贾米尔，我这辈子最好朋友的儿子正睡在我胸前，他一定知道他从一开始便在我心里唤醒的感情，所以才能睡得这样安稳。这个孩子的举动、他与我的关系都释放出了某种能量，具有惊人的力量，让我为一连串非同寻常的感情松了绑。我小时候应该也曾拥有过它们，但后来把它们藏在了自己内心的最深处。人生很早就劈头盖脸砸下来，我咽下了许多的苦，成年人在面对它时，都会带着所谓‘为生活奋斗’的冷漠粗暴去接受。我又不知道该怎么解释了。把一头卷发的贾米尔抱在怀中时，我觉得他发出了一道暖流，将他变成了一位信使，在我无所依的混乱生命中慢慢指引着我，把我引向了一个崭新的世界，一种可以抹掉过去的错误与不幸的、美好的从头再来，让我回到了近乎陶醉的状态中。总之，它比这要复杂，但也比这要简单。夫人，您一定更能明白。”

我妻子微笑着点了点头，但什么都没说。莫森·费兰也动情地点着头，同时也能看出，他已经很熟悉瞭望员的体会了。我记起了阿卜杜尔·巴舒尔在我刚认识他时对我说的话，正是这番话帮助我与马克洛尔建立起了坚固的友谊。

“瞭望员，”他当时对我说，“就像那些甲壳纲的动物一样，外表坚如磐石，内里却柔软细致。他总是把内心的敏感之处小心翼翼藏起来，所以很容易让人觉得他并不拥有它们。但有时发生些什么，人们就会发现他的这一面。”

“接近法国边防站时，”瞭望员继续讲起来，“贾米尔醒了，好像猜到了那个自己期盼已久的时刻就要到来。一个法国卫兵，反戴着圆顶军帽，看起来是个好好先生，正睡眼惺忪地读着报纸。他抬眼看了我们一眼，瞧了瞧汽车，做了叫我们通过的手势，随后立刻低头继续读起报纸来，冷漠得几乎有些傲慢。贾米尔立刻做出了反应，拦都拦不住，他用手冲着卫兵摆出了开枪的姿势，同时用阿拉伯语对对方喊道：‘我们战胜你啦！砰，砰，砰。’”

“我想捂住他的嘴，但为时已晚。好在卫兵一直盯着报纸，连头都没抬。拉蒙训斥起他来：‘这孩子！怎么在这儿说起阿拉伯语呢。疯了还是怎么着？’”

“贾米尔坏坏地看着我们，他耸了耸肩膀，装作无所谓的样子。我们立刻进入了西班牙国境。在边防站的小房子里，两个卫兵平静地聊着天，嘴里抽着的大概是那天的第十根烟了。他们亲切地做手势问候了拉蒙，拉蒙加大了油门，把手伸出车窗去回了礼。贾米尔转过头来看我，说：‘我们不杀这些人，因为他们是拉蒙的朋友。你看见他们怎么问候我们了吗？’”

“到达拉洪克拉后，拉蒙把我们放在了开往菲格拉斯的汽车的首发站。他像老朋友般亲切地与我们道了别，摸着贾米尔的头发，温柔地对他说：‘阿拉伯语只能在和瞭望员单独在一起的时候说。因为在这儿说阿拉伯语可能会惹上麻烦。’”

“贾米尔饶有兴致地看着他，点了点头，仿佛在告诉对方，他会照着对方的建议做，尽管不太明白那是什么意思。”

“我们在一个咖啡馆坐了下来，等待发车。贾米尔一句话都不说，我于是想，他那时候可能意识到自己和妈妈分开了。他差点儿掉了眼泪，忍得很辛苦。过了一会儿，他终于开口说了话：‘我妈妈说我永远都不能把阿拉伯语忘记，因为那是我爸爸的语言，也是巴舒尔家族的人所说的语言。我现在该怎么办啊，如果在这儿不能说的话。我妈妈呢，在德国，要和谁说阿拉伯语呢？’硕大的泪珠顺着他的脸颊落了下来。”

“你和我想什么时候说阿拉伯语都可以。这些生活在边境的人戒心都很强，他们不想让别人觉得他们是外国人。你妈妈在那边也会和同事们说阿拉伯语的，她们中的很多人是巴勒斯坦人或叙利亚人。咱们很快就会去波连斯萨，你会看见在那儿也有很多人说阿拉伯语。”

“贾米尔平静了一点，但他向我投来的目光中还是透着一种模糊的不安，像是第一次见面一样。我们喝完牛奶咖啡后就上了大巴，随后车便发动了。到菲格拉斯时，已经过了中午，我带贾米尔去了拉蒙推荐的一个小饭馆，吃了那里的海鲜饭。小孩儿剥虾的技巧让我吃惊，我问他是在哪儿学的，按理说只有海边人才会那么熟练。他说他妈妈曾经在佩皮尼昂的一家餐馆工作，那儿的特色就是海鲜，她有时会偷偷把一些螯虾或对虾带给他吃，教会了他怎么处理它们。快到火车发车点时，我们直接去了车站。到巴塞罗那的特快晚点了两小时。我想，该谨慎一些，最好不要去菲格拉斯的街上乱逛。于是便在几乎空无一人的候车室里待了下来。我们在一条极为不舒适的长椅上坐下，贾米尔紧接着又开始询问我关于马约卡和波连斯萨的问题。我带着令自己吃惊的耐心回答了他的每一个问题，并试着不把那些好的地方说得太明显，也尽量不去渲染我住所的寒酸。车进站时，贾米尔拉着我的手说：‘咱们走吧，瞭望员，那个就是咱们的火车了，我想快点儿到波连斯萨。’”

“他会把‘波连斯萨’说成‘波连擦’，到后来也没办法纠正他。上了火车后，我告诉他，我们还得从巴塞罗那坐一段渡轮才能到波连斯萨。他又困了，躺在我的怀里睡着了。我抱着他的时候应该显得很笨拙吧，因为坐在对面的一位女士冲我微笑了一下，似乎在表示她对我的理解。我们在傍晚时分到达了巴塞罗那。贾米尔在列车开进法兰西火车站之前醒了过来。随后我们坐公共汽车去了港口。渡轮晚上八点出发。我们买了船票，在狭小的寝舱里安顿了下来。贾米尔不想再睡了，他拽着我上了甲板，去看渡轮的起航。等待的时间里，他着迷地望着港口船只进进出出，仔细观察着几艘大型客轮还有一些即将前往世界各个角落的货船是如何出港的。他对海的迷恋显而易见，这让我感动至极。他带着要一探究竟的目光观察着海关的全部运作细节，怀着永不满足的好奇心向我讨要着各类信息，并慢慢将它们都记了下来。我无法想象如果巴舒尔看到自己的儿子对海事这么感兴趣会有什么反应。后来，我终于说服他和我一起去吃饭，然后回寝舱去睡一会儿。贾米尔想看渡轮进入帕尔马港的好奇心一次次地把他叫醒。我们靠上码头时，他睁开了眼，因为没有亲眼看到停靠的操作而沮丧不已。”

“莫森·费兰正在帕尔马等着我们。我还记得他看见我们时说的第一句话：‘这孩子长得太漂亮了。简直像微服出巡的王子啊。’”

“我当时就是这感觉。”莫森·费兰转头对我的妻子说，“那场景就好像昨天才发生一样。贾米尔是个特别的孩子。我那个反应是当爷爷的人自然而然会有的反应。”看着这位教区神甫兼历史学家的兴奋劲儿，我妻子开心地笑了起来。

下午就要过去，太阳已经开始落下，橙色和丁香色铺散开一片令人心醉的色调，美得几乎有些过分，令我们的安静充满了仪式感。当色彩的狂欢褪变成紫红，随后又被一片令人想起埃尔·格列柯画作的青灰慢慢侵入，这时，马克洛尔第一个打破了沉默：

“我想，这故事已经讲得太长了，各位应该都已经累了。”

“那倒没有。”我妻子说，“我现在太想知道贾米尔后来怎么样了，他在波连斯萨过得如何。如果堂娜·梅尔塞不介意的话，我想提议我们今晚就在这里听您讲完故事。”

莫森·费兰和我都表示同意。教士从桌旁站起身来，去问女主人的意思。他很快就回来了，说堂娜·梅尔塞让我们尽管放心，一会儿她就会给我们送些点心来。现在先让神甫先生为我们带来了一罐水果酒，上面飘着切成小块的桃子和令莫森·费兰赞不绝口的自己院子里摘的草莓。

马克洛尔出神地望着海平线，地中海的夜就从那里铺展开来。就在那时，我察觉到了深入他脏腑的忧伤以及那口他正沉入的不安和遗憾之井，他在童年时应该就已经把它埋在了遗忘深处吧，但和贾米尔的接触将那个他以为已经失落的天堂带回了他的记忆。显然，和我们讲讲自己的故事，可以稍稍缓解一下他的窒闷。

“现在，”他继续说道，“我有时候会问自己，是否海上多年的生活和内陆惨淡、荒谬的日子让我被隔绝在了贾米尔带给我的那种经历之外，或者说，它们斩断了让我拥有那些体会的可能性。您记得的……”他转向了我：“我曾经逆苏兰朵河而上，寻找一些该死的、最后消失在一场噩梦中的木材厂，在那段旅途中所写的日记里，我说起了生命中的一些时刻，当我想起那些我们不会转弯的拐角，那个我们永远不会回头去寻找的女人，那段我们为了另一条路而放弃的路，那本我们永远读不完的书，所有这一切慢慢汇聚成了另一个与我们生命平行的生命，从某种角度来说，它也属于我们。已被我放置一旁的那另一个生命的很大一部分在贾米尔来到我身旁时突然回来了。那一刻，那条平行的水流和我的真实生命汇聚在了一起。待到它后来返回自己的河道时，我便被击垮了，没了方向。您应该比任何人都更能理解。”

瞭望员很习惯这样，在继续讲述故事前先抛出一段评论。他很需要这样，需要首先在内心捋顺他生活中的那些混乱的材料，那些在流浪和苦闷中永远保持沸腾的、无法平息的骚乱。我记得很清楚，有一次，他在密西西比河河口干了些无法对外言明的事儿，我赶去救他，在格兰德艾尔的一个乱糟糟的、名字我已经忘记了的小码头，度过了被波本威士忌和黑白混血女孩儿包围的放荡一晚后，“我们能信任的，”他当时对我说，“唯一的秩序，唯一确实、决定性的秩序，就是死亡的秩序。这我们都知道，我明白。诀窍就在于，我们继续活着，并且总是试着不要和它走得太近。当死亡发出邀请，我们需要背过身去。当然不是因为恐惧，而是因为我们确定，它对我们没兴趣，它只要我们可怜的骨头，还有用来填充它大军的皮肉。但是，那唯一有效的秩序就在那里等着我们。您不要忘记，永远都不要忘记。”他一边说，一边紧抓着我的手臂，绝望地摇晃着它们。在波连斯萨的夜晚，在那片希腊人的、倭马亚王子们的、见证过雇佣军首领朱多里奇奥·达佛里亚诺缓缓走过锡耶纳市政厅广场的天空下，那一段往事浮现在我眼前。

马克洛尔继续起他的讲述：

“最让我担心的恰恰却是最能给贾米尔带来乐趣的东西：船舶修配厂我的住所的混乱和寒酸。我想象中，它会让他有些茫然，但实际上，它却变成了他无法耗尽的欢乐源泉。神甫的出租车开了好一阵之后，我们到达了那里。神甫对我们这位小客人的机灵和敏捷赞不绝口，一直陪我们走到了船舶修配厂的门口。他向我们道别时，看了看我，像是有些担心贾米尔在看到那片废墟时的反应。但孩子却像一道闪电似的，窜上了通往我房间的颤巍巍的楼梯，把装着他行李的手提箱扔在我床上，接着便冲过去打开窗户看起海来。广博的水面迎着夜空的点点光芒，像是对他有种催眠般的魅力。我趁着那会儿，用几块木板和两个装满纸张的箱子架起了一张临时床铺，之前，一位曾和我一起在中亚游荡的朋友来看我时，我也是这么给他搭的床。床铺好后，我想让贾米尔离开他的‘瞭望台’，过来睡觉，旅途颠簸，该休息了。他拖了好一会儿才过来，钻进毯子时，也不忘问我：

“‘明天咱们干吗呀？’

“我一时间不知道该怎么回答这个突如其来的具体问题。我在船舶修配厂的工作是看守这个地方，防止邻居们从厂房里拿走剩下的东西。无尽的空闲时间里，我会看书，大部分都是莫森·费兰拿给我的；还会整理一段段过往的回忆，它们都像是另一个人的经历一样，很多时候我都觉得那个人和现在我所是的这个人完全不同。贾米尔还在看着我，等待着我要说出的答案。终于，也不知为什么，我对他说：

“‘咱们明天去钓鱼。’

“‘去哪儿钓？’

“‘就在这儿，在修配厂前面的码头。’我贸然讲出了一个不失谨慎的答案。

“‘那儿有鱼吗？有很多吗？’

“‘嗯。’我回答时比刚开始编计划时有了更多把握，‘明天我们就知道了，我没在那儿钓过，但是在码头边缘能看见鱼。’

“‘明天看吧。要是那儿真有鱼的话，你肯定在那儿钓过。’

“‘真的有。我看见过的。总是有鱼。现在咱们该睡了。’我带着勉强的权威语气说道。

“第二天我们睡到了很晚。贾米尔和我一起煮了咖啡加奶，准备了涂抹大量果酱的烤面包片，莉娜告诉我，那是他最喜欢的早餐。我喝了自己习惯喝的茶，吃了黑面包片，贾米尔嫌弃地看着我，他很讨厌茶，和自己来自沙漠的祖先的品味很不一样。我们出了家门，去镇上找钓鱼竿。莫森·费兰给我们提供了所有需要的物品，之后两个人就回了码头。我们坐在了尽头晃悠悠的木板上，开始等待不知何时才会到来的惊喜。我控制鱼竿的手法应该不太有说服力，不一会儿，贾米尔便开始笑起我的笨拙来：

"'瞭望员，你根本不会钓！那你小时候在船上都干什么呀？'

"'我，'我对他解释说，'小时候在船上，没有时间钓鱼。我得爬到最高的那根杆子上去，在那儿告诉船员们我在海平线那边看到了什么。在船上，每个人都有他自己的任务，没什么时间钓鱼。而且在船上都是拿网去捕，那活儿很累人的。'

"接着，我给他解释了很久怎么拿网捕鱼，还告诉他，后来我和一个挪威水手一起买下了一艘渔船，他成了我的朋友。贾米尔有些吃惊也有些怀疑地看了看我，就在那时，一条鱼上钩了。他用两只手固定住鱼竿，我帮他收了线。他的眼里闪烁着满足，大声用阿拉伯语欢呼起来。我们的猎物是条几乎有三千克重的鱼。我分辨不清是什么种类，所以也无法改善我作为垂钓手的名声。贾米尔为了安慰我，严肃地对我说：

"'今天下午你会表现得更好，马克洛尔。现在咱们把鱼带给莫森·费兰去，请他们给咱们做个晚饭。'

"我和他说，首先，我们不能确定这鱼能不能吃，其次，莫森·费兰很忙，我们不能这样突然去麻烦他。贾米尔坚持要去，后来我也只好带他去了。

"'我的厨师，'教士对我们说，'做不了，因为这种鱼不能吃。'贾米尔失落极了，看见厨师把他人生第一次钓鱼的战利品扔进垃圾桶，泪水立即划过了脸庞，我们赶忙帮他擦掉了。"

这时，马克洛尔再次陷入了失神的状态，我们也都保持着沉默。过了一会儿，他又继续起来：

"在码头钓鱼成了我们的主要活动。会有其他种类的鱼过来，很多可以吃，当贾米尔钓上的某一条成了当晚莫森·费兰家晚餐的主菜时，他在饭桌上看着我们的那个得意劲儿真是很有意思。

“修配厂里还剩两条船，我修好了其中一条，我们便乘着它去海面上。我给它安了一根桅杆，架起了一面帆，之后就出发，在海湾里探索哪里好钓鱼。我教他时不时控制一下固定帆面的绳结，这让他高兴得不得了。我从中得到的慰藉也足够让我忘记自己作为垂钓者的失败。我们的日子就这样顺着宁和的节奏过去，其中充满了‘航海家’和‘渔夫’在波连斯萨海湾中完成的丰功伟绩和间或的插曲。那时，我经常想起在阿拉斯加当渔夫时所面对的那些风暴还有那些差点儿沉入冰冷海水的日子，那些海的震怒是海员们的永恒噩梦。

“莉娜会不时从德国寄信过来，贾米尔听我读信时总是认真、严肃得像个大人。有时他会让我重复一些段落，大多是关于他妈妈在不来梅的工作和生活的文字。那是我所见识过的最阴郁无情的城市之一，显然，她把在那儿经历的心酸和困难都掩饰了起来。贾米尔总是想让我们立刻就给他母亲回信。‘不要让她等咱们的消息等得太久。’他这么和我解释，像是在为自己的要求表达歉意。他常常跟我说起他妈妈，给我讲他们在其他国家生活时的趣事。

“他心里父亲的形象来自莉娜对后者不断的描述，还有他自己根据对方曾有的海员生活做出的想象。一天，我主动提出要忠实地给他描述一下阿卜杜尔的样子，他兴致盎然地听我讲了很久，不过有时也有所怀疑。我说得尽可能简单，也跳过了那些对孩子来说可能难以理解的章节。我把他父亲想做完美货船船主的梦想讲给了他听，告诉他阿卜杜尔对那艘船的比例、设计、技术细节都有极清晰的想法，但最后始终没有能够完成梦想。我对他强调说，他父亲是一位忠诚的朋友，时刻都准备着要和那些想经历冒险和苦难的朋友分享时光。日子一天天过去，我发觉贾米尔把我描述中的细节和他自己编织的幻想世界融合在了一起，他觉得自己的想象和我的见证同样是真实的。事情就是这样，我也倾向于不去干涉。我想，巴舒尔也会为贾米尔编织的想象世界高兴不已。莉娜在这方面也从不说什么，我觉得很值得赞赏。将来，或许生活会负责把父亲的真实模样展现给贾米尔吧，世界各个角落的亲友们都真切地记得他的样子。

“就这样，我开始了一段崭新的人生，日日夜夜每时每刻都被这个被我牵在手上的孩子占据，他一直在探索世界，但与此同时也教会了我本以为自己早早就学会了的一课，那便是：用某种方式和诸神进行神秘的对话。每一天，我都更加惊叹于贾米尔在掌控自己新发现的事物时的那种天生的笃定。我的小房间里慢慢堆满了各式奇异的东西，它们一旦被贾米尔捡起来放好，就拥有了一种引人遐想和具有魔力的样子。各种样式和大小的海螺、被海推上沙滩的木块和瓶子、崖壁坑洞里鸟类和鱼类的骸骨、绳子段和船帆的残片、难以辨识的金属器物，甚至褪色招牌上钉的字母。贾米尔会就每一样物品构建一个故事，好为它们提供一段记忆和一种无可争辩的价值。晚上，他会在照亮我们住所的科尔曼油灯下审视自己的宝贝，给我重复其中的一些故事，每一次都会比前一次增添些惊人的、丰富的细节变化。其中的一个晚上，在给我展示一段被涂成紫色的电线时，他告诉我：

“‘他们就是用这根绳子勒死那个海盗的，那个海盗杀了一座海岛上的所有人，之后宣布自己是那里的主人。他甚至连小孩儿都不放过。去找他的战舰抓住他后，他们把他挂在了海军战舰最高的木杆上。你知道他叫什么吗？叫“愤怒的莱奥帕尔多”。’

“我问他是从哪儿搞出的这么多细节，还问他关于海盗和海军战舰都知道些什么。他回答我说，他曾听我和莫森·费兰谈论海盗和一个名叫‘塞西里’的岛。是‘西西里’，我纠正他说。我那时才发觉，贾米尔在用他的方式理解我和莫森·费兰关于敌后侵袭的讨论，而且他还翻看了我们的朋友借给我的相关话题的书籍，他创作故事的灵感一定来自其中的那些插画。

“贾米尔从海中打捞出的东西都不能换位置。一次，我在不经意间挪动它们时，受到了贾米尔的强烈谴责，他做出的解释让我摸不着头脑：

“‘如果你给它们换了地方，它们就不知道自己在哪儿了。你这样就会把它们和自己的朋友分开，让它们在陌生的东西中间生活。’

“随着时间流逝，我已经不再为这些统治这个童年世界的规则吃惊。甚至有时会兴致盎然地遵守它们。我和他之间的默契达到了极致——就像和他父亲之间的默契一样——很快，在只有我们两人熟悉的氛围里，我们不再需要向对方解释自己的行为就能达成一致。我经常得在头脑中刻意想一想才能反应过来，他只是个不满五岁的孩子，而不是一个将近四十岁的成年人——这正是我在开罗认识阿卜杜尔时他的年龄。两个生命的平行因为贾米尔某些像极了他父亲的动作而显得格外突出。他也会在想强调某个句子时高抬起手臂；手势也总是和同时说出的话语不相协调，甚至令人觉得有某个人藏在他们身体里，那些手势的背后有着隐秘的目的；最后还有那把一些话说到一半就沉默的习惯。日子平静地过去，毫无波澜，比起在旺德尔港刚认识他时，贾米尔的外表已经越来越健康、强壮了。

“一天，莉娜寄来了一封信，之前信中的乐观和顺其自然化成了一种沉郁、压抑的语气。她在不来梅郊区的一家生产化工产品的工厂工作，和阿松塔及两个葡萄牙姑娘同住在城市另一端肮脏的工人聚居地的一个狭小房间里。房租比她想象得要更贵，薪水总是因为交纳工会会费以及保险费而遭到克扣。此外，他们是以计件的方式付酬劳，疲惫和不来梅的气候造成的频繁感冒无法让她挣到最开始预想的薪水。她正想办法凑去黎巴嫩的旅费，并且不想给巴舒尔的家人造成负担，尤其不能让瓦尔姐破费，因为她的生活本就十分简朴，一心扑在她所做的慈善事业上。为了达到这个目标，她至少要再在那儿待一年的时间。至于贾米尔，她坦承她很放心把孩子交到我和莫森·费兰的手上，虽然她不认识后者，但十分感激他在对待自己儿子时的慷慨。贾米尔不在身旁自然令她心伤，她有时甚至想抛下一切回到他身旁。她请求我在回信中多聊聊孩子的细节，他的进步、他玩的游戏，并让我每天都在他面前提提他的母亲，好让她离得尽可能近一些。

这封信和之前的那些一样，寄到了莫森·费兰那里，但信封上没写我的名字，只写了神甫的。我没有告诉贾米尔信中的内容，因为知道他听了会伤心。不需要莉娜请我在她儿子心里维护她的形象和对她的记忆，我自己就会时常地说起她，他也一有机会就提起她。

“圣诞节前不久，我们给莉娜寄去了一张她儿子的照片，是在我们常钓鱼的码头拍的。要拍下那张相片可不容易。我基本上没有用过照相机，莫森·费兰也没有。幸运的是，我们找到了一位专为游客拍沙滩照的摄影师，由他来负责拍摄。我看到那张照片时，无法不想到阿卜杜尔的那张在黎巴嫩拍下的童年照，照片中他站在由法国炮兵击落的飞机的残骸旁。同样的、充满了惊恐和悲伤的眼睛，同样的乱糟糟的卷发。那张贾米尔的照片我也留了一份拷贝。”

“我应该是变了不少吧，因为您记得的，”他转头看着我说，“当时您把阿卜杜尔那张相片带给我时，我是不想收下的，那时候我说，我手上留不住东西。现在，我想，留着贾米尔的照片，也是某种留住他父亲的方式吧。”

瞭望员从他水手夹克的口袋里掏出了一张照片，递过来给我们看。我们不知该说什么。一切言语在那一刻都是多余的。我们把照片还给他，在他把它放好时，脸上划过了一道模糊的阴影，像是忍耐着很多东西，同时又充满了亲切的怀念。这时，莫森·费兰用他歌剧演员的低音嗓打破了沉默：

“知道孩子妈妈需要在德国待更长时间之后，我向瞭望员提议说，该给孩子在教区的哪所幼儿园注册一下，可以请波连斯萨有些地位的人来帮帮忙。但我们的朋友并不确定这对他是否有好处。我看出来，他担心一些孩子看他是外国人，尤其是有阿拉伯人的面孔，就去欺负他。我坚持了一下，马克洛尔勉强答应了，但是让我和孩子聊起来时，不要把它当成一件已经板上钉钉的事，要先试探一下。我们也是这么做的，贾米尔基本上接受了这个提议，只不过在我们给他解释时，总是回头去看马克洛尔。最后，他有些不安地问瞭望员在他上学时自己会去干什么。瞭望员嘟囔着搪塞了两句，贾米尔似乎没有被说服。不过，最开始时，事情并不复杂。”

“但是有一天，”瞭望员打断了对方，“贾米尔突然不想去上学了。‘我要和你去钓鱼’，他语气坚决地对我说。我不想也不能拒绝他，于是两个人就划着船来到了海湾中央。小船有一个下甲板，贾米尔的渔具就放在那里，一起存放的还有几个有魔力的东西，他说它们可以驱赶海盗，并且引来我们终有一天会钓到的大鱼。两人在清澈的水面上等待着，周围鱼群来来往往，并不太理会我们的鱼钩，这时，贾米尔开口给我讲起了他在学校的经历。他不想回去，因为同学们嘲笑他的口音，还模仿他说话的样子问他一些过分的问题，比如我是他爸爸还是爷爷，他妈妈住在哪儿，我是不是也是阿拉伯人，等等，粗莽无理，让他不知如何应对。我那时才发现，波连斯萨人编出了一整套传说来描述修配厂的看守以及贾米尔无端出现的原因。其中最不离谱的版本说，我原先是一个划船的苦役，后来在某个大陆做拉皮条的买卖并且与无政府主义者进行了肮脏的交易，被判刑之后，畏罪潜逃。最让我觉得可笑的说法是：我是阿曼国王的顺位继承者，藏在马约卡是因为我杀死了自己的兄弟——我父亲最喜爱的儿子。贾米尔转述给我时显然对故事的真实性有所怀疑。我很快向他澄清了一切，尤其是最后这个故事，不过我看出来，他倒有些希望它的某个部分是真的，因为这和他那些关于海盗和隐秘宝藏的幻想很相符。我没有办法让他回到学校，不过，在我的帮助下，他开始很努力地学习读写，面对这个任务，我唯一的武器就是刚刚学来的耐心。上学的经历让他有了‘自己是外国人’的意识，给他在社会交往中的心态留下了一些有些异样的印迹。这两件事都给他带来了一些创伤，他并不愿直接讲，但总会不时隐晦地提起，并开始更多地向我询问他父亲及家族的事。他在听我讲述我们旅行的时候，更加渴望准确的细节，我于是只得多加小心，尽量避开我和阿卜杜尔游走在法律边缘的那些事迹。避不开的时候，我就会适当美化一下事实，好让我们不那么像完全的恶人。将来，岁月会负责向他展示规则不可避免的相对性，以及男人们所擅长的对它的滥用。通过我的描绘，阿卜杜尔·巴舒尔的形象在贾米尔的头脑中越来越清晰，个性也愈发鲜明、突出了。”

“这个我可以证明。”莫森·费兰说，“瞭望员所做的是培养了一个小马克洛尔，在波连斯萨的街巷和海滩上走来走去，大摇大摆，像是无所不知，在他走过时，甚至那些愚蠢的北欧游客都会从日光下的麻木中醒过来，盯着他看。”

“我的感觉是，”听着教士的话，马克洛尔微笑了一下，“我的努力会让贾米尔在将来融入他的黎巴嫩家庭时已经形成了自己的个性。但我们成年人帮孩子做的算计常常都会失败。不过我觉得贾米尔的情况是不同的。和他共同生活，看着他一点点探索世界，近距离地感受那种每个孩子都有的让他们在成人之间占据一席之地的神秘而不可抗拒的能量，让我慢慢改变了对人的看法。我一直都坚信我们不该对自己的同类抱有什么期待，因为毫无疑问，他们构成了地球上最有害、最多余的物种。我仍然这么想，并且越来越笃定，但它已不再像从前那样用愤怒和苦楚折磨我，我所感受到的是可以被称为‘宽厚的温柔’的感情。我想，当人们还是孩子时，他们面前注定的道路和后来他们作为成年人所选的那条一定是截然不同的。这种转变足够让我接受自己的命运，留在波连斯萨，离群索居，平静安适，不再投入新的征程——过去，正是它们把我的人生变成了一连串疯狂的不幸。再也没有苏兰朵河上游的木材厂，再也不同醉酒的船长和狡猾的印第安人一同航行；再也不会做假空姐真妓院的生意，无论在巴拿马还是别的什么地方；再也不会将自己活埋在山脉中被废弃的矿洞里，去找那些会从指尖溜走的金子。与贾米尔的共同生活给予我了许多启示，过往的那些荒诞的流浪也逐渐模糊，在这两者之间很难确立起联系。不论怎样，事实是，我已经到达了一种冷漠接受一切的状态，只因这个孩子进入了这个黑暗的迷宫——人们将它构筑起来，只是为了最终走入棕褐尘灰的狭小坟墓，我们一如既往地用遗憾的方式将它简化，管它叫生活。我不知道贾米尔将来会怎样。但我知道，他长达一年的陪伴对我来说有种救赎的意味，即使没有把我变成另一个人，至少也让我成为一个隐忍的观者，默默观看我们与黑暗的斗争，它唯一尊严的来源是，努力保守我们曾是的那个孩子。”

“我想您一直都是那个孩子。”莫森·费兰说道，“只是您从前不知道，但现在知道了。这个在您身体里的孩子就是那个会去理解和爱贾米尔的人，正是他拯救了您。”

马克洛尔又陷入了他飘离的沉思里，没有对神甫的话进行任何评论。夜不知不觉地落下。莫森·费兰于是邀请我们去他家坐坐。他说家里准备了些点心，瞭望员也可以把故事讲完。我们高兴地接受了他的提议，并和堂娜·梅尔塞道了别，她坚持不收我们的钱。她用旧时的礼貌词句表示，她想借这餐饭来向瞭望员和他的朋友表达敬意。

波连斯萨的街道被昏暗街灯照着，很暗，却沐浴在满月乳白色的光芒中，走在那里，我突然觉得，神甫不光是想邀请我们听完贾米尔和瞭望员的故事，可能还很期待给我们展示一下他的藏书。他知道我对那些书的热爱，对有关这座岛屿历史的更是深感兴趣，他一定有不止一个惊喜。后来，我们到达了他的小教堂，在历年的修缮中，它已经失去了最初风格的一切痕迹，我猜想最早它是晚期浪漫主义风格的。教区的神甫住宅紧贴着教堂，和港口住宅区的那些年代不详的建筑没有什么两样。我们来到了莫森·费兰的书房，房间很宽敞，墙壁都被书占满了，只有一小块空隙，用来作壁龛，摆着一座美丽的象牙雕耶稣受难像，一定是十七世纪在菲律宾完成的作品。一位沉默的年长女管家，像是改宗的摩尔人，为我们用银盘端上了一大瓶葡萄酒以及四个有彩色装饰的玻璃酒杯。莫森·费兰请我浏览了一遍他的书架。那里的确有许多珍贵藏书，几乎都是关于马约卡王国历史的。在众多令人惊叹的书籍中，有1562年版拉蒙·蒙塔内尔的《编年史》，有更古老的关于国王海梅一世的《功绩记述》，当然，也绝不可能缺少上世纪法国研究拜占庭的学者古斯塔夫·斯伦贝谢的作品全集——在马克洛尔这位教士朋友收藏的众多珍宝中，这套书最能在我心里燃起羡慕之情。神甫在多年平静的生活中致力于研究历史和治愈人的心灵，然而这两项活动并没有夺去他审视人心深渊和记忆迷宫的机会。我向屋主表达了自己对他丰富藏书的赞叹，他不禁露出了满足的微笑。我在浏览书架时，瞭望员一直陪着我，从他的话中，我可以听出这里的许多书他都已经很熟悉了，并且阅读用去了他作为废弃船舶修配厂看守的大部分闲暇时间。我们回到了沙发上，莫森·费兰发表了一番看法，评述了地中海历史上最黑暗也是最决定性的时期之一。他那源于饱览群书的思想，向我揭开了马约卡港口这位谦逊神甫隐秘的另一面。在结束了颇有见识的评论之后，莫森·费兰向瞭望员使了一个眼色，像是在对他说，该他讲了。

“在这里，”马克洛尔的声音平直而黯淡，“我忘记了许多生命中可忘记的事，也记起和懂得了那些填满了我孤独的东西，关于这一点，我没有什么好抱怨的。我不知道和这位朋友在他令人赞叹的藏书前进行了多少次争论。回忆昂儒人在马约卡的暴行，谈论罗赫尔·德拉乌利亚出人意料的生活细节，探讨关于‘征服者海梅一世’事迹中的诸多疑问。贾米尔到来之后，不愿意一个人在我的破屋子里待着，很多时候都会和我们待在这儿，但总是没过多久就在沙发椅上睡着，在午夜过后返回时，我得一直把他抱在怀里。”

莫森·费兰品着葡萄酒，满意得很，再次笑了起来。这种酒从来都不是我最偏爱的，但这一次我得承认，它的质量实属上乘。我知道马克洛尔更习惯喝更老更烈的酒，看了看他的反应，他一边向我妻子敬酒，一边露出了赞赏的表情。酒杯在手，他再次沉浸在了自己的讲述中：

“来这儿六个月之后，贾米尔已经完全融入了我们的生活。我们的生活自然而然地有了几乎一成不变的模式。早餐之后，我们会去海里潜水，醒醒神，随后再按照我粗浅的知识和想法发明出来的方式上阅读写作课。课后我们会驾着小帆船去钓鱼或是去镇上购买一些必需品，再去邮局转一圈。回到住所，尝试着移动一下贾米尔出于神秘的祈祷目的而收集的他人不能碰触的那些物品。接着是准备午餐，贾米尔坚持要帮忙，会摆摆桌子，之后便会吃下我所准备的单一、粗淡的饭菜。饭后我们会高声朗读《白郎蒂朗》的冒险或《堂吉诃德》中的某段章节，后者给贾米尔带来的快乐难以言喻。接着，我们会重返帆船，我会教他一些基本的航海知识。在这之前，他已经学会了如何用他小小的手臂努力掌舵，这给他带来了极致的乐趣。如果遇上困难，我就会给他打下手帮个忙，尽量让他感觉自己仍在参与最重要的操作。天黑下来后，我们或者去拜访莫森·费兰，或者就待在我的房间准备晚餐和之后的阅读。贾米尔并不太喜欢对话。他会长时间沉默地编织自己的幻想世界，它们无一例外都和海洋有关，也会从我给他读的书里、从我给他讲的那些故事中获取灵感，只不过那些故事都是删节版的，有些细节我们还是忽略掉比较好。日子一个月一个月地过去，虽然孩子经常问起自己的母亲，并且永远在渴望妈妈的来信，但他已经离原先的生活越来越远，并且完全适应了我们在波连斯萨的生活。尽管他有时会沉默许久，但心情总是很好，听我说话、讲起往事时也常开玩笑，快乐得很，因为这一点，我不禁又想起了他的父亲。正如阿卜杜尔，他保持着一种完好无损的开放心态，想了解一切并且尽情地尝试一切。他的回答或评论经常让我捧腹大笑，在这之前，我已经许久没有这样过了。

“然而有一天，贾米尔醒来时脸上堆满了愁苦。他说他觉得很累，腿也很疼。我摸了摸他的前额，发现他烧得厉害。于是赶忙穿好衣服，找到莫森·费兰，请他尽快找位医生来。我通常都是在条件恶劣的地方生病，给我开汤药的人甚至都不知道医学为何物。在波连斯萨我几乎没有看过医生，所以也不知道该去找谁。莫森·费兰将我带到了他的一个熟人那里，对方是一位退休医生，已经多年没有从业。接着我们一起赶回了船舶修配厂，在一套烦琐的检查之后，他诊断说贾米尔患了恶性高热。这一术语在莫森·费兰和我听来不甚准确，因此也令我们更加慌乱了。贾米尔已经开始出现幻觉，模模糊糊地断续用阿拉伯语叫着妈妈。医生冲我们使了一个眼色，让我们和他一起出去。在棚屋门口，他说我们应该把孩子带到波连斯萨的诊所去，在那儿做些化验，确定一下发烧原因。孩子有患上脑膜炎的危险，后果大家也可以想象。诊所的人认得莫森，因为他有时会去为弥留之际的病患进行临终涂油仪式。我们向医生道了别，找来费兰的侄子——那位把我们载到波连斯萨的出租车司机。我们把贾米尔带到了诊所，随后便开始等待化验结果。莫森·费兰想尽力安慰我，但也只是徒劳一场，时间一点点过去，我也越来越恐慌。类似的感受是我从未经历过的。失去挚友或爱的女人对我来说都曾是残忍的打击，但那些时候，在我内心深处的角落里，总还留有一块安然无恙的区域，继续向前的力量就从那里流淌出来。但现在，好像这种内部的机制突然有了豁口，让我无法思考也无法战胜控制我的恐惧。诊所负责人和他的助手——一位花白头发、笑容慈祥的医生在贾米尔的病房里待了好一阵，等他们出来走向我们时，我觉得自己只想求助于哪种超自然的力量，求哪些慈悲的神明来保佑，保住孩子的生命。我想他们应该听见了我的祈祷吧，因为医生带来的是好消息。最艰难的时候已经过去，脑膜没有任何问题，是肾脏发生了感染，完全可控，因为还在第一阶段。X 光显示，肾管上有一个憩室，尿液在那里积聚，引发了感染和高热。使用抗生素治疗一个月就可以结束这些症状。现在还不需要手术，但是更晚些时候，等孩子10岁或12岁时，建议手术治疗。当时我的表情一定凄惨极了，医生不禁把她的手放在我的肩上，用悦耳的马约卡话安慰起我来。她说她也有孙辈，所以很理解我的慌乱，但是其实没必要过度担心。我们做爷爷奶奶的有时候很脆弱，但是贾米尔的情况完全不需要害怕。我实在无力向这位可爱的医生澄清我和贾米尔的关系，莫森·费兰也没想纠正她。我想，无论是他还是我都更像孩子的爷爷，而不是过渡期的监护人。

“我们走进病房，孩子用他那双大眼睛看着我们，又坏坏地笑起来，给我心里塞满了快乐。

“‘我已经好了。’他对我们说，‘医生们这么告诉我的。他们说马约卡话，但是我已经能听明白了。他们会给我打针，咱们很快就可以回去钓鱼了。’

“他这些话是用阿拉伯语说的，之后又回头对莫森·费兰用西班牙语重复了一遍，还表示他要好好学马约卡话。神甫告诉他以后有的是时间。现在最重要的是好好治疗，早日康复。之后他便离开了，还有教区的工作要做。我则在床尾的一把椅子上坐了下来，每动一下，它就会像要散架似的发出咯吱声响，逗得贾米尔笑得停不下来。天黑之后，医生来到了病房，看我和小病人聊得正欢，便对我使了个眼色，请我在她给孩子打第二针抗生素时在外面等候一下。她出来后告诉我孩子最好静养，睡得越多越好。我可以放心地离开。第二天早上，贾米尔肯定不烧了，身体也会开始恢复。我探头进去想和孩子告别时，他已经安稳地睡着了。

“第二天一大早，我就去了诊所。一夜辗转反侧，我们的小房间突然凄惨得令人无法忍受。正如医生之前所说，贾米尔的烧已经全退了，他还在睡，平静得让人嫉妒。我在一楼靠近诊所大门的小等候室里坐下来，等了几个小时，那里让我脑海中浮现出了一些画面，全都和阴险的帕斯克医生的急救室有关。快到中午时，一位护士走过来，告诉我可以上去看我的孙子了。我打算就这样让医护们误解下去，因为去纠正也没有什么意义。见到贾米尔时，他正在读一本‘二战’时期的杂志。我走过去吻了吻他的前额，他的额头已经凉下来，没有任何发烧的迹象了。‘现在的飞机已经不是这样的了’，他饶有兴致地把机身画有十字的‘斯图卡’战队指给了我看。我向他解释说现在涡轮机已经代替了螺旋桨。他随即便开始询问起这两者之间的区别。我的解释似乎没有令他满意，在我试着画出涡轮结构时，他更是表现出了不信任，由此对我拥有的航空知识充满了怀疑。医护送饭过来时，我去附近的小咖啡馆吃了点东西。回去时看见医生正在前厅等我。她告诉我说当天下午打完针就可以带贾米尔回家了。走之前他们会给我一张处方单，去开接下来两星期孩子应该吃的药，他需要卧床一星期，或者至少不能出门也不能运动，以免疲劳。到了时间点儿，贾米尔就穿好了衣服，我把他抱在怀里，打算这样回到修配厂去。他不喜欢这样，一直想下地走，但是医生告诉他他现在不能这么做。我要账单时，他们告诉我说莫森·费兰已经结清了。”

“我们朋友在修配厂挣的钱，”教士轻描淡写地说，“还不够付贾米尔打的第一针的费用。我想，之前去旺德尔港那一趟可能就花去了他的所有积蓄吧。”

马克洛尔微笑着宽厚地点点头，继续说起来：

“贾米尔的康复期很长，还让我担心了好几次。几天之后，就没有任何理由和权威能劝住他了，他一心想要出门钓鱼，耷拉着脑袋，闷闷不乐。他还抱怨过腰疼，头也疼。我去咨询了医生，她说不要紧，那些是之前那场病的后遗症。莫森·费兰有时会替我做一会儿护士，他会给贾米尔讲《圣经》故事、福音故事。对这些悄悄进行的神圣历史的课程，我们的小朋友大多数时候都不太积极。”

“我得澄清一下，事情也不全是这样，亲爱的马克洛尔。”神甫说道，“我发觉贾米尔之前肯定通过母亲学习了《古兰经》中最基本的道德准则，它们在他心里找到了比其他宗教教义更合适生长的土地。我那时想，贾米尔如果能做个好的伊斯兰教徒会比做个敷衍的基督徒要更好。因此，我也没有太坚持。不过，和十字军东征有关的故事倒是很能让他着迷。法国国王圣路易在突尼斯的死亡让他忍不住落泪。此外，他还很喜欢萨拉丁的英雄事迹。”

“我想试着给他讲十字军东征的故事时，”马克洛尔说，“贾米尔跟我说：‘你讲得不如莫森·费兰好。他好像真的亲身经历过一样。’我在表示赞同时，作为叙述者的自尊受到了轻微的伤害，不过同时又很高兴，高兴他也为那个我很感兴趣的年代而着迷。”

我们沉默了好一阵。贾米尔的两位保护人和朋友对他的回忆听着越来越切近，我们甚至感觉阿卜杜尔的孩子随时都可能被海湾缥缈的微光包裹着，在我们面前出现。马克洛尔用他低沉的嗓音打破了沉默，继续开始叙述，不时因怀念和遗憾而颤抖。

“某天清晨，贾米尔正睡得安稳，看上去已经恢复了能量，我看着他，心里突然生出了某种难以言喻的笃定。那种总有一天我会和他分开的想法突然变成了一种难以想象的可能性。从来没有人像这个孩子一样成为过我生命里这么深刻、绝对的一部分，他睁着那双警觉的大眼睛，迷人的眼神里充满了源自生命及其奇妙、迂回之路的本能，一步步探索着这个世界；同时，我内心也开始听到另一个声音，它告诉我，贾米尔注定要回到莉娜身边，在他父亲的家族中生活，很快，他的母亲就会遵循比人类在地球上的短暂存在更为古老的法则来接他。我心怀妒意地想象着美丽的瓦尔妲·巴舒尔将享有的特权——她将参与到她侄子每日的成长中去，孩子在那么多方面又那么像她的哥哥阿卜杜尔。短暂的一刻间，这两种声音起了冲突。贾米尔会和莉娜一起离开，这是早就确定的事。我一如既往地接受了那些从深奥黑暗中发出声音的力量的计划。我坐在孩子脚边，冲上胸口的疼痛让我一时动弹不得，随后它便开始缓解，最终慢慢散去，留下萎靡、隐忍的我，那情形我太熟悉了，有时甚至会认为那就是我的自然状态。我知道，一会儿，记忆就会回来完成它惯常的工作，提醒我，幸福不是属于我的东西。这我早已知晓。

“一天，莫森·费兰的医生朋友来看望贾米尔，他说孩子已经可以恢复正常生活了，但要少吃些盐，喝很多水，在不晒伤的情况下尽可能多晒太阳。于是我们又回到了从前的生活，每日一长串的活动，钓鱼，攀爬崖壁寻找被海抛上来的宝贝，午后的阅读，或者在我们的房间进行，或者去我们的朋友费兰的书房。贾米尔已经会写自己的名字了，被送到教区的帕尔马报纸上的标题也能读懂一些了。同时，我也在教他有关阿拉伯语书写的一些基本知识，但却没有文本可以用来练习。就这样，几个月过去了，我们虽然没有提，但氛围中逐渐飘浮起莉娜即将来接贾米尔的气息。她信里的语气不再那么悲观，还请我写信给瓦尔妲·巴舒尔，让我告诉后者她就要攒够钱，应该很快就能去黎巴嫩，可以相对独立地在那里生活了。贾米尔听到消息，既渴望见到自己的母亲，又害怕离开现在的生活，在他父亲的土地上重新开始新人生。我常常发现他在盯着我看，也不顾手上的鱼竿已经掉落到两膝之间。显然，孩子希望我能就他切近的、令他不安的未来说些什么。一天，他终于问出了口：

“‘你会到黎巴嫩看我们的，对吗？那儿不是很远，而且你都去了很多次了。’

“‘会啊。’我回答他道，他突然问出来，我也有些茫然，‘那条路我很熟，因为以前和你父亲经常走。我当然会去看你，看你的大伯、姑姑，我和他们感情很好，尤其是和你的姑姑瓦尔妲，我很爱她。’

“‘在那儿我们也可以钓鱼吗？’

“‘当然可以。’我尽可能平静地回答他，免得他看出我的慌乱，‘那儿的海湾要比这儿的大得多，有很多船，很多海运工程，但是附近也有很多我们可以安心钓鱼的好地方。到那时候你肯定已经是一个很棒的海员了，我一点儿都不怀疑。’

“‘能教我这些的只有你，马克洛尔。谁能比你更了解海呢？我觉得我爸爸都不知道这么多。’他说这话时语气严肃，像是在说服自己他说的是事实。

“‘不是的，贾米尔，’这时我已经更平静一些了，‘你弄错了。没有人能像你父亲那样了解大海和船舶。阿卜杜尔离着很远的距离就可以推测出一艘船的吨位，而且几乎也从不会猜错它们是在哪里制造的。甚至可以通过听声音就辨别出马达的牌子。你知道吗？我敢肯定，你将来也会这样厉害。’

“孩子陷入了沉思，他脸上划过了疑虑和茫然的阴影。因为他想象不出，没有我在身边，他怎么能学来那些海员的能力。关于黎巴嫩，他只有大致的概念。他把它看成一个群山遍布的国家，自己的家人住在内陆地区的雪山山峰间。当我和他说起黎巴嫩的海岸，说起的黎波里——当然用的是它的阿拉伯语名字‘塔拉布鲁斯艾什沙姆’——说起赛达和阿卡时，他都吃惊得不得了，像是从来没有听说过这些地方。

“在波连斯萨的最后几个月里，贾米尔对我的关心达到了极致。他不知道该如何表达自己的爱意，也无法调和见到母亲的欲望、对未来的好奇与对我的感情、和我的共同生活之间的关系。他似乎因抛弃我而有了罪恶感，但不知道该如何表达。所以他便更加注意所有和我有关的东西，更加殷勤积极。”

透过神甫书房巨大的窗户，可以看到马约卡的夜空散发着轻柔的炽热，它为马约卡的夜晚赋予了某种我无法言明的东西。虽然我很想用“古希腊的感觉”来形容它，但难免有故弄玄虚之嫌。这里的夜晚笼罩着宁静，之中不时有预言在震颤，宣告着一则明耀启示的存在，但它却从不会到来。仿佛不曾停下脚步的时间突然改换了自己的节奏，赠予了我们与永恒隔开的一刻。当时我大概这样说了一句，于是所有人都透过窗望向了天空，窗子完全开着，一阵微风飘进来，带着碘盐和安详深海的香气。我想，在继续贾米尔的故事之前，我们所有人都需要这样休息一阵再继续倾听，显然，瞭望员在讲述时已经越来越费力了。仿佛猜到了这一点似的，这时，莫森·费兰的女管家端来了一盘烤面包抹番茄，还配上了味道令人难以忘怀的西班牙火腿。

“此等美味，”马克洛尔说，“应该配更好的酒。”

神甫冲女管家做了个手势，她随即拿来了一个没有标签的酒瓶以及几个中世纪风格的陶瓷杯。莫森满足地笑起来，一句话没说，亲自为我们倒了酒，葡萄酒深紫色，透着刚犁过的地的香气。我禁不住夸赞起它美妙的乡土气息来，莫森说：

“是我在阿萨尔特尔山下的一个小葡萄园出的酒。一般都留着自己喝，或者给能喝下这种十字军的饮品而丝毫不会抱怨的人来喝。”

屋主说得有道理。幸好有烤面包抹番茄、橄榄油和美味的火腿相配，才能更好地消化这将我们带回马约卡王国的旧日时光里的粗重酒水。我们不紧不慢地吃完了来得正是时候的周到加餐。被阿萨尔特尔葡萄园出产的珍品慰藉过一番之后，瞭望员又捡起了他的叙述。

“莉娜表明自己即将过来的信件在贾米尔康复后第三个星期左右被送到了我们手上。她说自己已经把大部分存款转到了在贝鲁特一家银行开的账户上，很快就会坐货轮从不来梅直接到帕尔马来。旅程大约两个星期，因为中途要停靠数个港口。贾米尔最初的兴奋溢于言表。但是当我开始把自己的一些东西挪到楼里另一端乱糟糟的阁楼上，再把我总是随身带的吊床系在那里，好把我们之前的空间留给贾米尔和莉娜时，他立刻表现出了忧郁和茫然，我于是也赶忙尽力安慰起他。只是我也并不太能处理得好眼前的状况，这位和我生活了长达一年的小伙伴即将离去，我的不安也愈发尖锐起来。我们关于大海、航船以及历史上海上壮举的对话变得越来越频繁。贾米尔好像想尽可能地多存一些关于我的回忆。

“孩子学会的东西惊人地多。但他还想知道更多，于是我不得不再次地讲起：如何夜里在瑞天咸港停靠，如何从那里走陆路去吉隆坡？圣马洛的潮汐规律是怎样的？捕鲸船应该向卑尔根港务局提供哪些信息？进入威格敦海湾时马达应该保持怎样的速度，才能停靠在威索恩，好去拜访阿拉斯泰尔·瑞德？想要打开哈勒尔贝克的船闸，应该说出哪三个单词？哪种鸟会在帆船桅杆或货船帆桁上停留最长的时间？把库克船长的尸体拖到小船上的水手叫什么？在哪些日子和场合不适合在船上说教？哪个品牌的马达效率最高？在把逝者尸体抛入海中时该敲多少下钟？一位备受尊重的船长可以带什么武器？在何种情形下他可以带家人上船？货舱着火时，在打开闸门前应该采取什么措施？在密西西比河上航行是否安全？哪三位圣徒曾经做过海员？对马海战前，是哪艘船最先靠上陡峭堤岸的？哪些国王曾经在海上漂流？玛丽·加朗特号的桅杆上小刀刻下的记号是什么样的，关于它们可以有怎样的诠释？在船上由谁来负责进行惩罚：船长还是水手长？左撇子机械师真的会带来厄运吗？一个比利时商贸船的见习水手应该会打多少种绳结？在船上可以弹奏哪些音乐而哪些不可以？在火地岛人们更倾向于说哪种语言？在中世纪时波连斯萨叫什么名字？阿卜杜尔·巴舒尔做过水手吗？还是说他只做过船舶装配工和货船船主？我曾经做过哪艘船的船长吗？现在仍在航船上使用的最老的旗帜是哪一面？夏天时从卡门斯克叶到阿拉斯加苏厄德需要多久的航程？鲸鱼真的会用一种比阿拉伯语更复杂的语言交流吗？一位货船船主和一位渡轮船主谁更有钱？他最感兴趣的是穿越迷宫般的群岛过合恩角那段航程的细节，他对此十分着迷。关于瓦尔帕莱索、阿姆斯特丹、安特卫普、哥伦比亚卡塔赫纳以及朴次茅斯的描述我重复了千八百遍，但他永远都听不厌，如果我忘了讲哪个细节，他就会立刻指出来。贾米尔执着于记住我那些旅程的全部细节，甚至因此在最后几晚经常从睡梦中醒来，问我些诸如在新奥尔良停靠的那些船吃水能有多深、穿过巴拿马运河需要哪些文件这类的问题。当我开始回答他时，他已经再次坠入梦乡了。仿佛他梦里梦见的都是我和他父亲人生的片段。第二天吃早饭时，他一定会接着开始问我问题。

“当我们收到莉娜从巴塞罗那发来的告知她即将到达的电报时，贾米尔陷入了完全的沉默。出发去帕尔马接她之前的那天我去城里买了票，还得把我们的房间分好。回到家时，我大吃一惊。贾米尔一点一点小心攒起来的东西全都消失了。我问他它们在哪儿，他气鼓鼓地耸了耸肩，说：

“‘在码头尽头的海里。它们应该永远待在那儿。’

“那个答案里有他父亲完整的模样。沙漠之子千年不变的羞耻心，拼命要把内心深处的情感藏起来，只胡乱地暴露那些碰触不到他们的东西。我不知该说什么，他沉默不言，我的不安便更加浓郁起来。两天后，我们出发去了帕尔马。到那儿之后又立刻赶到了码头。等候室里，莉娜正满眼泪水地等着我们。贾米尔跑过去抱住了她，她则一把把他抱起来，紧贴在胸口，一句话都没说出来。看着那情形，我的喉咙像是被什么堵住了似的。莉娜把贾米尔放下来时，我走过去问候了她。她热情地拥抱了我，终于说出了话：

“‘孩子变了这么多。几乎都是个大人了。’她忍不住感慨，重复了好多遍。

“我提起莉娜的两个行李箱，三个人一起及时赶到了大巴车站，上了将把我们带到波连斯萨的车。莫森·费兰的出租车那天有事过不来。莉娜看起来很疲惫，脸上仍然印着在不来梅生活的痕迹。她比从前更瘦了。很容易就能想象出多年前那个出色舞者的模样。我把这话说给她听，她开心地笑了。贾米尔一路上都在不停地讲他这一年的经历、学到的东西，还有他所知道的关于我的生活和从前流浪的事，纷杂混乱，听得莉娜有些茫然。等我们到达波连斯萨时，他已经在自己母亲的怀里睡着了。莫森·费兰正在那里等着我们，陪我们一起走到了船舶修配厂。莉娜把孩子抱上了楼，放上床。我们道了别，也不知该说些什么，因为莉娜，在扫了一遍我们房间的样子之后，不禁又流下了泪水。她吻了吻我的脸颊，一遍一遍地在抽泣中说着'太感谢了,太感谢了,您真是一位天使'。从没有人这么对我说过。我回到我的阁楼，脑子里想，天使其实是那个孩子，带着被选中之人的宁和睡着了的那个孩子。

"第二天一早，贾米尔就爬上阁楼，在吊床上我的旁边躺了下来。他告诉我他妈妈还在睡，感觉一时半会儿也醒不了。我问他高不高兴，他说很高兴，但是话里却带有一丝迟疑。他盯着我看了一会儿，说：

"'我很早就醒了，一直在想，我们一走，你一个人会很孤独的，我也会很想你。但是我突然想到，如果你和我妈妈结婚了，咱们是一起住在这儿还是黎巴嫩呀？'

"这主意肯定不是贾米尔的。他这么说一定是因为在莫森·费兰家或者在莫嘉多尔老咖啡馆听见了什么对话。不过我立刻想清楚了，神甫朋友是不会说这样的话的，他了解我，我也知道他很谨慎。一时间，我不知该如何回答贾米尔。但觉得该说清楚为什么这是不可能的事。我和他说，首先，他妈妈有别的计划，希望能有巴舒尔家族的照应，但同时尽可能不依赖他们。接着，我提醒他，我们已经讲过许多次我在世界各地的旅行和流浪故事了，也提过我不可能在同一个地方待太长的时间。现在，我在波连斯萨的确很安稳，但是没有什么能保证这种状态会持续下去。我会回到自己的旅程中，这不是莉娜为自己、为孩子寻找的东西，他们已经在这世上奔波太久了。我唯一能保证他的是自己很快就会去黎巴嫩看望他们。我和阿卜杜尔家族的关系依然紧密而亲切。在我已经逐渐成形的计划里，贝鲁特是我最想拜访的地方。我做完这番解释后，看见两颗巨大的泪珠滚下了贾米尔的脸颊。我紧紧抱住他，两个人许久没说话。等听到莉娜睡觉的房间传来声音时，贾米尔下了吊床，轻轻吻了一下我的前额，带着成年人面对命运时的冷静对我说：

"'我知道再没有人可以像你那样给我讲故事。你是我最好的朋友，但我觉得我们不会再见面了。'

"大家一定知道，没有言语可以描述当时我们两人所处的那种情形。那是贾米尔的告别。是我们之间告别应有的样子，没有见证人，没有最后时刻的那句'再见'。我摊在吊床上，回想了一遍自己的人生，并得到了结论，认为那一刻就是我在上帝所造的这些世界中的旅程的终点。之后可能发生的都不再重要。只是某种延续而已，也就是说，与我的命运毫无关联。

"莉娜和贾米尔一起走上来，她长久地看着我，没有说话。她已经通过本能和女性心灵的至高智慧，用只有女人才能明白的方式明白了一切。她在波连斯萨的日子帮我确认并丰富了我对她的第一印象。她属于那种现在几乎已经绝迹的人，绝对独立，冷静、简单，把生活带来的负担与悲苦都扛在身上，不抱怨，也不为别人添麻烦。那些天，我也经常会想，莉娜可能像芙洛尔·埃斯特维兹或伊洛娜·哥拉博夫斯卡那样，具备可以陪我度过余生的全部条件和特质。但那条用不可磨灭的字迹刻下的'我本可能拥有的王国'正意味着我不该拥有它。

"还有更多的意外在等着我。莉娜告诉我，那艘将把他们从帕尔马带往贝鲁特，途经亚历山大和塞浦路斯的突尼斯货船的船长是文卡斯·布莱凯迪斯，阿卜杜尔和我难以忘怀的老朋友，已经很多年没有消息了。当时莉娜所坐的不来梅出发的船停靠在拉罗谢尔，她就在那儿偶然遇见了对方。文卡斯在比塞大时就认识了她，他激动万分，坚持要莉娜上他的船，因为帕尔马也是他们经停的港口之一。她解释说自己赶着去见儿子，但是可以在文卡斯到帕尔马时坐上他的船，一起去黎巴嫩。的确，几天后，文卡斯将到达帕尔马的消息就传了过来。靠港那天，莫森·费兰的出租车把我们带了过去。一到那里，我们就直奔码头。文卡斯正在右舷栏杆那儿监督装货卸货，看见我们，便高举手臂摇晃起来。他飞快地顺船梯爬下，一边用他会说的所有语言轮番问候我们，一边朝我们走来。他把贾米尔高高举起，吃惊地看着他：

"'啊呀，看看哈布杜尔的儿子都变成什么样啦！'文卡斯从来都念不对我们怀念的阿卜杜尔的名字，'都可以当见习水手了。你和马克洛尔都学了什么呀？来给我说说。'

"'好多东西。'贾米尔一边回答一边着迷地看着立陶宛人红色的大胡子。

"'这我可不会怀疑，'他说，'我也和他学了好多东西。咱们去港口办手续去。'

"我们去办了手续，一直忙到了日落时分。一切都准备妥当后，文卡斯带我们上了将在午夜出发的船。我们把贾米尔带去了驾驶室，让他看看各种设备和杠杆，他满心喜悦地摸了摸它们，看着所有细节，一脸难以置信的表情。随后，我们下到了文卡斯给母子二人准备的小寝舱里。贾米尔一下子爬到上铺去，果断宣布：

"'我睡这儿。我妈妈睡下面。应该这样，对吧？'他看着我，像是在等待我的肯定。

"我回答说的确应该这样。文卡斯给我使了一个眼色，请我和他出去，莉娜和孩子则留在屋里整理行李。我们去了甲板，布莱凯迪斯热情地称赞起孩子和莉娜。我和他简短地讲了讲自己和贾米尔在波连斯萨的共同生活，立陶宛人几乎没有颜色的眼中散出了深厚的温情，这是我和阿卜杜尔都见过许多次的。我向他解释说我不想让出租车司机等，对方是我朋友的侄子。到午夜时，船就该起航了。我们下到寝舱，和即将远行的人道别。莉娜久久抱住我，没有说一句话，贾米尔在自己的床铺上哭成一团。我不想拉长那一幕，什么都没说就离开了。文卡斯陪我走到了停车的地方。他亲切地紧紧抓住我的手臂，看着我含含糊糊说了些听不太懂的东西。接着便快步走向了他的船，我听他用自己的母语说：‘事情太多了，事情太多了。’他高举手臂晃了晃作为道别，但没有再回头。我上了出租车，立刻回了波连斯萨。”

神甫的书房再次安静下来。显然大家都没什么好说的。一切评论都没用，相反，它们都会伤害到瞭望员。

过了一会儿，他为我们倒了酒，把那一瓶都倒光了。接着用已经稳定的声音说：

“这就是我想讲的全部了。我想大家都知道，诸位的倾听给了我不少宽解。在阿莱杭德罗·欧布雷贡向您二位暗示，请两位过来看我时，真实地展现了旧时法国人所说的‘内心的良善’。”

随后，他转头对我说：

“您曾讲述过我生命中的那么多个篇章，但我肯定，您一定从来没有想过会从我嘴里听到刚才诸位耐心倾听的故事。我不知道是否值得讲。有时，我觉得它只是我十分钦佩的一位诗人所说的‘泛泛的人类生活’的一部分。我也不知道。需要您来判断了。让我觉得不好意思的是，占去了二位在波连斯萨的整整一天，明天就要回帕尔马了吧。要下次再见了。我们总是这么说，诸神也总是很慷慨地满足我们的愿望。”

他喝光了杯中的酒，起身道别。他轻轻吻了吻我妻子的手背，带着黯淡的微笑对她说：

“晚安，夫人，感谢您对我这个迷失歧途的瞭望员感兴趣。”

他与我和莫森·费兰握了握手，之后便向大门走去。我们陪他走到街上，看他转过一个小海岬——船舶修配厂就在那后面——消失在了没有月亮的夜里。莫森·费兰陪我们走到我们的旅馆，道别前说：

“明天一早我会来和两位道别。两位可以放心离开。对我们的朋友来说，最糟糕的事已经过去了。贾米尔现在是他记忆的一部分，他说正是这部分支撑着他日复一日的生活。愿上帝与二位同在，晚安。”

回到房间后，我说起了瞭望员的无助。她的回答果断坚定：

“他自己已经把一切都解释得很清楚了。那时候他不想留下阿卜杜尔童年那张在燃烧的飞机残骸前的照片，说自己不能收着它，因为他手上什么都留不住。他生命里的人也是这样的：或者被死亡带走，或者在他继续不停向前流浪时被他留在身后的路上。他自己造出了那种幻象。我从未想过的是会有贾米尔这样的考验等着他。咱们就看这回他会找什么借口离开波连斯萨吧。”

针对她的话确实没有什么好争辩的。毫无疑问，贾米尔对我们的朋友来说是一个考验，藏在他无法避免的长久征途的迷宫中的考验。就像他自己常说的：“如果诸神的慈悲真的存在，对我们来说也是无法解译的，或者总在我们奄奄一息时才会降下。我们无论做什么，都将无法摆脱他专断的监护。”